Э Л Джеймс

Трилогия
«Пятьдесят оттенков»

Пятьдесят оттенков
серого

На пятьдесят оттенков
темнее

Пятьдесят оттенков
свободы

На пятьдесят оттенков темнее

Э Л Джеймс

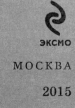

МОСКВА

2015

УДК 821.111-31(73)
ББК 84(7Сое)-44
Д40

E L James

FIFTY SHADES DARKER

© E L James, 2011
© Fifty Shades Ltd 2011

The author published an earlier serialised version of this story online with
different characters as «Master of the Universe» under the pseudonym
Snowqueen's Icedragon.

Cover design based on design by Jennifer McGuire

Cover image © E. Spek/Dreamstime.com

Джеймс Э Л.
Д40   На пятьдесят оттенков темнее / Э Л Джеймс ; [пер. с англ.
И. Н. Гиляровой]. — Москва : Эксмо, 2015. — 544 с. —
(Эрика Джеймс. Мировое признание).

ISBN 978-5-699-79191-0

«На пятьдесят оттенков темнее» — вторая книга трилогии Э Л
Джеймс «Пятьдесят оттенков», которая стала бестселлером № 1 в
мире, покорив читателей откровенностью и чувственностью.

УДК 821.111-31(73)
ББК 84(7Сое)-44

ISBN 978-5-699-79191-0

Посвящается Z и J
Вы мои самые любимые, навсегда

БЛАГОДАРНОСТЬ

Я хочу выразить безграничную признательность Саре, Кей и Джаде. Спасибо за все, что вы для меня сделали.

Еще я выражаю ОГРОМНУЮ благодарность Кэтлин и Кристи за то, что они взяли на себя всю основную тяжесть работы с текстом.

Спасибо и тебе, Ниалл, моя любовь, мой муж и самый лучший друг (почти всегда).

И большой-пребольшой привет всем замечательным, удивительным женщинам всего мира, с которыми я с удовольствием общалась и кого я считаю теперь моими подругами, в их числе Эйл, Алекс, Эми, Андреа, Анжела, Асусена, Бабс, Би, Белинда, Бетси, Бренди, Бритт, Кэролайн, Кэтрин, Доун, Гвен, Хана, Джанет, Джен, Дженн, Джил, Кэти, Келли, Лиз, Мэнди, Маргарет, Наталия, Николь, Нора, Ольга, Пам, Полина, Райна, Рейзи, Райан, Рут, Стеф, Суси, Таша, Тейлор и Юна. А также всем талантливым, веселым и добрым женщинам (и мужчинам), с которыми я общалась онлайн.

Спасибо Моргану и Дженн за все, что касается отеля «Хитман».

И, наконец, спасибо Джанин, моему редактору. Ты краеугольный камень, на котором все зиждется. Вот и всё.

Пролог

Он возвращается. Мама лежит на диване, спит, или ей опять плохо. Я прячусь на кухне под столом, прижимаюсь к стене, чтобы он меня не заметил. Закрываю лицо руками. Сквозь пальцы вижу маму, ее руку на грязном зеленом пледе. Его огромные ботинки с блестящими пряжками останавливаются напротив нее.

Он бьет маму ремнем. «Вставай! Вставай! Сука драная! Сука! Сука драная! Вставай, сука! Вставай! Вставай!..»

Мама всхлипывает. «Не надо. Пожалуйста, не надо!..» Мама не кричит. Мама свернулась в клубок и прячет лицо.

Я закрываю глаза и затыкаю уши. Тишина. Открываю глаза.

Он поворачивается и топает на кухню. С ремнем в руке. Ищет меня.

Наклоняется и заглядывает под стол. Мне в нос ударяет отвратительная вонь, смесь сигарет и виски. «Вот ты где, гаденыш...»

Он просыпается от леденящего кровь завывания. Господи! Он весь в поту, сердце бешено колотится. Что за черт? Он резко садится и трясет головой. Дьявол, они вернулись... Выл он сам. Он делает глубокий вдох, потом медленный выдох, пытаясь успокоиться, выбросить из ноздрей и из памяти запах дешевого бурбона и вонючих сигарет «Кэмел».

Глава 1

Я кое-как пережила Третий-день-без-Кристиана и свой первый рабочий день. Но все-таки сумела немного отвлечься. Мелькали новые лица, я старалась вникнуть в работу. А тут еще мой новый босс, мистер Джек Хайд... Вот он подходит к моему столу, улыбается, в голубых глазах сверкают искорки.

— Молодец, Ана. Думаю, мы с тобой прекрасно сработаемся.

Не без некоторого усилия я растягиваю губы в подобии улыбки.

— Я пойду, если вы не возражаете.

— Конечно, иди, уже полшестого. До завтра.

— До свидания, Джек.

— До свидания, Ана.

Беру сумку, натягиваю куртку и иду к двери. Оказавшись на улице Сиэтла, вздыхаю полной грудью. Но воздух раннего вечера все равно не заполняет пустоту в моей грудной клетке, тот вакуум, который я ощущала с субботнего утра, болезненное напоминание о моей потере. Понуро плетусь к автобусной остановке и размышляю, как же мне теперь жить без моей любимой старушки-«Ванды»... или без «Ауди».

Я тут же одергиваю себя. Нет. Не думай о нем! Да, конечно, я могу теперь позволить себе тачку — красивую, новую тачку. Пожалуй, он заплатил мне слишком щедро... После этой мысли во рту становится горько, но я предпочитаю этого не замечать. Надо выбросить все из головы. Ни о чем не думать, ничего не чувствовать... И не думать о нем. Иначе опять зареву, прямо сейчас, на улице. Только этого мне не хватало.

Без Кейт в квартире пусто и тоскливо. Небось валяется сейчас на Барбадосе на пляже, потягивает прохладный коктейль. Я включаю плоский телевизор, чтобы звук заполнил вакуум и создал хотя бы некоторое ощущение, что я не одна, но не слушаю и не смотрю. Я сажусь и тупо смотрю в стенку. Ничего не чувствую, только боль. Сколько еще мне это терпеть?

Из оцепенения меня выводит трель домофона, и я испуганно вздрагиваю. Кто это? Поколебавшись, нажимаю на кнопку.

— Доставка для мисс Стил.

Голос ленивый, скучный, и меня наполняет разочарование. Я спускаюсь по лестнице. Внизу, прислонясь к входной двери, стоит мальчишка с картонной коробкой и чавкает жвачкой. Царапаю свою подпись на квитанции и беру коробку. Она хоть и большая, но на удивление легкая. Внутри — две дюжины белых роз с длинным стеблем и карточка.

Поздравляю с первым рабочим днем.
Надеюсь, он прошел хорошо.
И спасибо за планер. Очень мило с твоей стороны.
Он украсил мой письменный стол.

Кристиан.

Я гляжу на карточку, на напечатанные на ней буквы, и пустота в моей груди растет. Не сомневаюсь, что все это отослала его секретарша, едва ли сам Кристиан. Мне слишком больно думать об этом. Разглядываю розы — они роскошные, и у меня не поднимается рука их выбросить. Делать нечего, шлепаю на кухню и ищу там вазу.

Вот так и проходит моя жизнь: пробуждение, работа, а вечером — слезы и сон. Ну, попытка сна. Кристиан преследует меня даже во сне. Сверкающие серые глаза, яркие волосы цвета темной меди... И музыка... много музыки — теперь я вообще не могу ее слышать. Я бегу от нее. Я вздрагиваю даже от колокольчика в соседней булочной.

Об этом я не рассказывала никому, даже маме или Рэю. У меня нет на это сил. И я вообще ничего не хочу. Сейчас я осталась одна на необитаемом острове, на выжженной войной земле, где ничего не растет, где горизонт темен и пуст. Да, я такая. На работе могу общаться со всеми — и ни с кем конкретно. Вот и все. Если я поговорю с мамой, то сломаюсь окончательно — а у меня в душе и так ничего не осталось целого.

У меня пропал аппетит. В среду в обед одолела стаканчик йогурта — первое, что съела с пятницы. Я существую благодаря капучино и диетической коле. Держусь на кофеине, а в этом нет ничего хорошего.

Джек часто подходит ко мне, надоедает, задает вопросы о моей личной жизни. И что ему нужно? Я стараюсь быть вежливой, но близко его не подпускаю.

Я сижу за компом, просматриваю почту Джека и радуюсь, что эта тупая работа отвлекает меня от проблем. Пищит моя почта, я быстро смотрю, от кого письмо.

Черт, что за новость! Письмо от Кристиана. Нет, только этого мне не хватало! Зачем сюда-то писать?

От кого: Кристиан Грей

Тема: Завтра

Дата: 8 июня 2011 г. 14.05

Кому: Анастейша Стил

Дорогая Анастейша.

Прости, что пишу тебе на работу. Надеюсь, что я не очень тебе помешаю. Получила ли ты мои цветы?

Я знаю, что завтра открывается галерея, будет вернисаж твоего приятеля. Ехать туда далеко, а на покупку авто у тебя наверняка не было времени. Я буду совершенно счастлив отвезти тебя туда — если ты захочешь.

Дай мне знать.

Кристиан Грей,
генеральный директор холдинга «Грей энтерпрайзес»

У меня на глазах закипают слезы. Я вскакиваю, галопом мчусь в туалет и ныряю в кабинку. Хосе! Я совсем забыла, а ведь обещала приехать на его вернисаж. Черт, Кристиан прав: как я туда доберусь?

Я прижимаю ладонь к горячему лбу. Почему Хосе мне не позвонил? И вообще, почему мне никто не звонит? В сумятице чувств я даже не замечала, что у меня молчит мобильник.

Черт! Что за идиотка! У меня по-прежнему включена переадресация звонков на мой смартфон «блэкберри», забытый у Кристиана. Все это время Грей получал адресованные мне звонки — разумеется, если только не выбросил смартфон. Как же Кристиан узнал мой мейл?

Впрочем, он знает даже размер моей обуви, так что узнать адрес электронной почты для него не проблема.

Смогу ли я встретиться с ним снова? Выдержу ли? Хочу ли его видеть? Я закрываю глаза и запрокидываю голову, застигнутая жаркой волной тоски и томления. Конечно, хочу.

Пожалуй... пожалуй, я сообщу ему, что уже раздумала... Нет, нет, нет, я не могу быть вместе с человеком, которому доставляет удовольствие причинять мне боль, тем, кто не может меня любить.

Мучительные воспоминания вспыхивают в моем сознании: ванна, сильные, ласковые руки, поцелуи, его юмор и его сумрачный, волнующий взгляд — очень сексуальный. Я скучаю без него. Пять дней, пять мучительных дней тянулись целую вечность. Я засыпала в слезах, жалела, что встретила его, и желала, чтобы он стал другим, смог стать другим, чтобы мы могли быть вместе. Сколько еще мне мучиться от этого жуткого, испепеляющего чувства? Я живу на пороге ада.

Я обхватываю плечи руками, крепко-крепко, словно боюсь, что вот-вот рассыплюсь на кусочки. Я скучаю без него. Скучаю... Я люблю его. Вот так, люблю, и все.

Анастейша Стил, ты сейчас на работе!.. Мне надо быть сильной, но я хочу поехать на вернисаж Хосе, а мазохистка, скрывающаяся в глубине моей души, хочет еще и встречи с Кристианом. Я набираю полную грудь воздуха, шумно выдыхаю и иду к своему столу.

От кого: Анастейша Стил

Тема: Завтра

Дата: 8 июня 2011 г. 14.25

Кому: Кристиан Грей

Привет, Кристиан.

Спасибо за цветы, они прелестны.

Да, мне бы хотелось поехать.

Благодарю.

Анастейша Стил,
секретарь Джека Хайда, редактора, SIP

Проверяю свой мобильник — да, была включена переадресация. Джек ушел на переговоры, и я быстренько звоню Хосе.

— Привет, Хосе. Это Ана.

— Привет, бродяга. — В его голосе столько тепла и доброты, что мне снова хочется плакать.

— Я не могу долго разговаривать. Во сколько начинается вернисаж?

— Так ты все-таки приедешь? — В его голосе слышится радость.

— Да, конечно. — Я мысленно вижу его лицо, его широкую ухмылку и впервые за пять дней совершенно искренне улыбаюсь.

— В семь тридцать.

— Тогда до встречи. Пока, Хосе.

— Пока, Ана.

От кого: Кристиан Грей

Тема: Завтра

Дата: 8 июня 2011 г. 14.27

Кому: Анастейша Стил

Дорогая Анастейша

Во сколько мне заехать за тобой?

Кристиан Грей,
генеральный директор холдинга «Грей энтерпрайзес»

От кого: Анастейша Стил
Тема: Завтра
Дата: 8 июня 2011 г. 14.32
Кому: Кристиан Грей

У Хосе вернисаж начинается в 7:30. Как ты думаешь, во сколько тебе заехать?

Анастейша Стил,
секретарь Джека Хайда, редактора, SIP

От кого: Кристиан Грей
Тема: Завтра
Дата: 8 июня 2011 г. 14.34
Кому: Анастейша Стил

Дорогая Анастейша

До Портленда довольно далеко. Я заеду за тобой в 5:45.

Жду встречи с тобой.

Кристиан Грей,
генеральный директор холдинга «Грей энтерпрайзес»

От кого: Анастейша Стил
Тема: Завтра
Дата: 8 июня 2011 г. 14.38
Кому: Кристиан Грей

Тогда до встречи.

Анастейша Стил
секретарь Джека Хайда, редактора, SIP

Господи, я скоро увижу Кристиана! Впервые за пять дней мое настроение чуточку улучшается. Я позволяю себе открыто думать о нем.

Скучал ли он по мне? Вероятно, не так, как я по нему. Или он нашел себе новую послушную игрушку? Мысль настолько невыносима, что я тут же ее отбрасываю. Гляжу на накопившуюся почту, которую нужно немедленно рассортировать, и пытаюсь выкинуть Кристиана из головы.

В этот вечер я ворочаюсь в постели и так и эдак, пытаясь заснуть, и впервые за несколько дней не плачу.

Передо мной возникает искаженное мукой лицо Кристиана в тот момент, когда я уходила. Я вспоминаю, что он не хотел меня отпускать, и это странно. Зачем мне было оставаться, раз все зашло в тупик? Каждому из нас мешало свое: мне — боязнь боли, ему — боязнь... чего? Любви?

Я переворачиваюсь на бок и обнимаю подушку. Моя душа наполнена безграничной печалью. Он думает, что не заслуживает любви. Почему? Может, причина кроется в его детстве? В его матери, дешевой проститутке? Такие мысли долго мучают меня, пока я не погружаюсь в беспокойный сон.

День тянется и тянется, а Джек необычайно внимателен ко мне. Я подозреваю, что все дело в платье Кейт сливового цвета и черных ботильонах на высоком каблуке, которые я позаимствовала из ее шкафа. Но меня это мало волнует. После первых же денег обязательно куплю себе что-нибудь приличное. Платье свободно болтается на мне, но я делаю вид, что так и задумано.

Наконец-то часы показывают половину шестого. С бешено бьющимся сердцем надеваю куртку и беру сумочку. Сейчас я увижу его!

— На свидание собралась? — спрашивает Джек, проходя мимо моего стола к выходу.

— Да. Нет. Не совсем.

Он поднимает бровь. На его лице написан явный интерес.

— Бойфренд?

Я краснею от смущения.

— Нет, просто друг. Бывший бойфренд.

— Ана, давай завтра после работы пойдем куда-нибудь. Ты отлично отработала первую неделю. Надо отпраздновать.

Джек улыбается, и его лицо на миг приобретает незнакомое выражение. Мне становится чуточку не по себе.

Сунув руки в карманы, он проходит через двойные двери. Я хмуро гляжу ему в спину. Прилично ли выпивать с боссом?

Я качаю головой. Сначала мне еще надо пережить вечер с Кристианом Греем. Сумею ли я это сделать?

Забегаю в туалет, чтобы привести себя в порядок. Останавливаюсь перед большим зеркалом, долго и придирчиво смотрю на свое лицо. Оно, как всегда, бледное; под большими глазами темные круги. Короче, вид замученный и испуганный. Эх, жалко, что я не умею пользоваться косметикой! Я подкрашиваю ресницы, подвожу глаза и похлопываю себя по щекам, чтобы они хоть немного порозовели. Расчесываю и укладываю волосы, чтобы они красиво лежали на спине. Перевожу дух. Что ж, теперь ничего.

Все сильнее нервничая, с улыбкой иду по вестибюлю, машу рукой Клэр, сидящей в приемной. Кажется, мы с ней скоро подружимся. Возле выхода Джек разговаривает с Элизабет. С широкой улыбкой он спешит открыть мне дверь.

— Только после тебя, Ана, — бормочет он.

— Спасибо, — смущенно улыбаюсь я.

У тротуара меня ждет Тейлор. Он открывает заднюю дверцу автомобиля. Я нерешительно оглядываюсь на Джека, вышедшего следом за мной; мой босс с беспокойством смотрит на «Ауди SUV».

Я подхожу и сажусь на заднее сиденье. А там сидит он, Кристиан Грей, — в сером костюме, без галстука, ворот белой рубашки распахнут. Серые глаза сияют.

У меня моментально пересыхает во рту. Он выглядит потрясающе, вот только почему-то хмурится, глядя на меня. Почему?

— Когда ты ела в последний раз? — сердито спрашивает он, когда Тейлор захлопывает за мной дверцу.

Ну и ну!

— Привет, Кристиан. Да, я тоже рада тебя видеть.

— Ты мне зубы не заговаривай. Отвечай. — В его глазах сверкает гнев.

Гад!

— Ну... днем я съела йогурт. Да, еще банан.

— Когда ты в последний раз ела нормально? — едко спрашивает он.

Тейлор садится за руль, трогает с места «Ауди» и встраивается в поток автомобилей.

Я смотрю в окно. Джек машет мне, хотя не знаю, как он видит меня сквозь темное стекло. Я машу в ответ.

— Кто это? — резко спрашивает Кристиан.

— Мой босс. — Я гляжу краешком глаза на красивого мужика, сидящего рядом со мной. Его губы плотно сжаты.

— Ну? Твоя последняя нормальная еда?

— Кристиан, это тебя не касается, честное слово, — бормочу я, чувствуя себя при этом необычайно храброй.

— Меня касается все, что ты делаешь. Отвечай.

Да что ж такое! Я от досады мычу, закатываю глаза, а Кристиан сердито щурится. И впервые за много дней мне вдруг становится смешно. Я изо всех сил стараюсь подавить смех, грозящий вырваться наружу. Лицо Кристиана смягчается, и тень улыбки украшает его изумительно очерченные губы.

— Ну? — настаивает он, уже мягче.

— В прошлую пятницу, пасту с ракушками, — шепотом отвечаю я.

Он закрывает глаза. По его лицу пробегает тень гнева и, вероятно, сожаления.

— Понятно, — говорит он бесстрастным тоном. — Ты выглядишь похудевшей на несколько фунтов, а то и больше. Пожалуйста, ешь, Анастейша.

Я опускаю глаза и разглядываю свои сцепленные пальцы. Почему рядом с ним я всегда чувствую себя глупым непутевым ребенком?

Он поворачивается ко мне.

— Как дела? — мягко спрашивает он.

Ну, вообще-то, ужасно... Я сглатываю комок в горле.

— Если скажу, что все хорошо, то совру.

Он прерывисто вздыхает.

— Вот и у меня тоже, — бормочет он и сжимает мою руку. — Я скучал без тебя.

Ой, нет! Я чувствую кожей тепло его пальцев.

— Кристиан, я...

— Ана, пожалуйста, нам надо поговорить.

Сейчас я заплачу. Нет!

— Кристиан, я... не надо... я так много плакала, — шепчу я, пытаясь справиться с эмоциями.

— Не надо, малышка! — Он тянет меня за руку, и, не успев опомниться, я оказываюсь у него на коленях. Он обнимает меня и утыкается носом в мои волосы. — Я так скучал без тебя, Анастейша, — говорит он еле слышно.

Хочу высвободиться из его рук, сохранять дистанцию, но не получается. Он прижимает меня к груди. Я млею от блаженства. Ах, вот бы так было всегда!

Кладу голову ему на плечо, а он осыпает поцелуями мои волосы. Мне хорошо, словно дома. От него пахнет чистотой, кондиционером для белья, гелем для тела. А еще пахнет Кристианом — и это мой самый любимый запах. На мгновение позволяю себе поверить в иллюзию, что все будет хорошо. Она проливается на мою истерзанную душу словно бальзам.

Через несколько минут Тейлор притормаживает «Ауди» у тротуара, хотя мы еще в городе.

— Пойдем, — Кристиан легонько приподнимает меня, — приехали.

Что-что?

— Там вертолетная площадка — на крыше здания. — Кристиан запрокидывает голову и машет рукой.

Ну конечно, «Чарли Танго». Тейлор открывает передо мной дверцу, одаривает теплой, покровительственной улыбкой. Я улыбаюсь в ответ.

— Я должна вернуть вам носовой платок.

— Оставьте его себе, мисс Стил, с моими лучшими пожеланиями.

Я заливаюсь краской. Кристиан выходит из-за машины и берет меня за руку. Он вопросительно глядит на Тейлора, а тот отвечает ему бесстрастным взглядом.

— В девять? — говорит Кристиан.

— Да, сэр.

Кристиан ведет меня через двойные двери в огромное фойе. Я млею от тепла длинных, чутких пальцев, сжимающих мою руку, от них исходит волнующий ток. Но и без этого Кристиан притягивает меня к себе — как солнце притягивало Икара. Я уже обожглась и все же снова лечу на его свет.

Подходим к лифтам, он жмет кнопку вызова. Краем глаза вижу на его губах загадочную полуулыбку. Раздвигаются створки двери. Он отпускает мою руку и легонько подталкивает меня в кабину.

Лифт закрывается. Рискую еще раз поднять глаза на Кристиана. Он смотрит на меня с высоты своего роста, и воздух заряжается электричеством, сгущается, пульсирует между нами. Хоть трогай его, хоть ешь. Нас притягивает друг к другу.

— О боже, — вздыхаю я, охваченная силой этого инстинктивного влечения, древнего, как сама жизнь.

— Я тоже это чувствую, — говорит он. Его глаза затуманены страстью.

Желание темной, смертельной плазмой наполняет мой живот. Кристиан стискивает мне руку, ласкает большим пальцем сгиб моего мизинца, и все мышцы в моем теле сжимаются в сладостной судороге.

Откуда у него такая власть надо мной?

— Анастейша, не надо кусать губу, — шепчет он.

Я разжимаю зубы и жалобно гляжу на него. Я хочу его, немедленно, здесь, в лифте. Да может ли быть иначе?

— Ты знаешь сама, что ты для меня значишь.

О, значит, я все-таки нужна ему! Моя внутренняя богиня, моя самооценка, зашевелилась после пяти дней безнадеги.

Внезапно створки лифта раздвигаются, разрушая чары, и мы выходим на крышу. Тут ветрено. Несмотря на черный пиджак, я мерзну. Кристиан обнимает меня за плечи, прижимает к себе, и мы быстро проходим на середину вертолетной площадки. Там стоит «Чарли Танго», и его лопасти медленно вращаются.

Из кабины выскакивает высокий светловолосый парень с квадратной челюстью и, пригнувшись, бежит к нам. Обменявшись крепким рукопожатием с Кристианом, он кричит сквозь шум роторов:

— Машина готова, сэр. В вашем распоряжении!

— Все проверил?

— Да, сэр.

— Заберешь ее примерно в восемь тридцать?

— Да, сэр.

— Тейлор ждет тебя у входа.

— Благодарю вас, мистер Грей. Счастливо слетать в Портленд. Мэм... — он вежливо улыбается мне.

Не выпуская моей руки, Кристиан кивает пилоту и, пригнувшись, ведет меня к дверям вертолета.

Внутри он пристегивает меня, туго затягивает ремни. Многозначительно, с загадочной улыбкой.

— Вот теперь ты никуда не денешься, — бормочет он. — Должен признаться, мне нравится на тебе этот бандаж. Да, ни к чему не прикасайся.

Я густо заливаюсь краской, когда он проводит указательным пальцем по моей щеке. Потом протягивает наушники. «Мне бы тоже хотелось прикоснуться к тебе, но ты не разрешаешь...» Я хмурю брови. К тому же он так туго затянул ремни, что я еле шевелюсь.

Кристиан садится в кресло пилота и пристегивается, потом выполняет все предполетные проверки. Действует уверенно и быстро. Я завороженно наблюдаю. Он надевает наушники, щелкает тумблером, и лопасти ускоряют вращение, оглушая меня низким рокотом.

Он поворачивается ко мне.

— Готова, малышка? — Голос эхом отзывается в наушниках.

— Угу.

На его губах усмешка — озорная, мальчишеская. Как давно я ее не видела!

— Вышка Ситак, это борт «Чарли Танго», отель «Гольф-Эхо» [А1], готов к рейсу в Портленд через PDX. Как слышите меня? Прием.

Безликий голос авиадиспетчера отвечает, инструктирует.

— Роджер, вышка, говорит борт «Чарли Танго», конец связи.

Кристиан щелкает двумя тумблерами, берется за ручку управления, и вертолет медленно и плавно взмывает в вечернее небо.

Сиэтл и мой желудок падают вниз, стремительно удаляясь от нас.

— Когда-то мы гнались за зарей, а она убегала от нас, теперь мы прогоняем тьму, — звучит в наушниках его голос.

Я таращу глаза от удивления. Что такое? Ушам не верю. Неужели он способен на такую романтику? Он улыбается, и я робко улыбаюсь в ответ.

— На этот раз, при вечернем солнце, все будет выглядеть гораздо красивее, — говорит он.

В прошлый раз, когда мы летели в Сиэтл, было темно. В этот же вечер вид открывается потрясающий, буквально неземной. Мы набираем высоту, пролетая меж высоченных небоскребов.

— Вон там моя «Эскала», — он кивает на здание, — «Боинг» там, а теперь приближается и «Спейс Нидл».

— Еще ни разу не была там, — вздыхаю я, вытягивая шею.

— Я покажу тебе его — мы там поужинаем.

— Кристиан, мы расстались.

— Знаю. Но я все-таки свожу тебя туда и накормлю, — сердится он.

Я качаю головой и понимаю, что лучше не спорить.

— Тут очень красиво, спасибо.

— Впечатляет, не правда ли?

— Впечатляет то, что ты можешь показать мне все это.

— Грубая лесть, да, мисс Стил? Но я действительно наделен многими талантами.

— Я прекрасно вижу это, мистер Грей.

Он поворачивает голову и усмехается. Впервые за пять дней я немного расслабляюсь. Может, все и не так плохо.

— Как тебе новая работа?

— Спасибо, хорошо. Интересная.

— А что представляет собой новый босс?

— Ну, нормальный.

Не могу же я сказать, что меня беспокоит внимание Джека? Кристиан прищуривается.

— Что-то не так?

— Нет, все в порядке, не считая очевидного.

— Очевидного?

— Ох, Кристиан, честное слово, ты меня иногда просто достаешь.

— Достаю? Я? Мне что-то не нравится ваш тон, мисс Стил.

— Не нравится — и ладно.

Его губы кривятся в усмешке.

— Я скучал без твоего милого дерзкого ротика, Анастейша.

Мне хочется крикнуть: «А я скучала без тебя — всего тебя — не только без твоего голоса, твоих губ!..» Но я лишь молча смотрю через лобовое стекло «Чарли Танго», похожее на выпуклую стенку аквариума. Мы продолжаем лететь на юг. Над горизонтом висит солнце — большое, оранжевое, опасное, — и я снова чувствую себя Икаром, рискующим сгореть в его огне.

Мрак ползет за нами следом со стороны Сиэтла. Небо украсилось опаловыми, пурпурными и аквамариновыми волнами, плавно переходящими друг в друга, так, как это может делать лишь Мать-Природа. Вечерний воздух чист и ясен. Огни Портленда мерцают, подмигивают, приветствуя нас, когда Кристиан сажает вертолет на посадочную площадку. Мы снова наверху странного кирпичного сооружения, откуда мы улетали меньше трех недель назад.

Казалось бы, что такое три недели? Так, мелочь. И все же мне кажется, будто я знала Кристиана всю свою жизнь. Он глушит двигатель «Чарли Танго», щелкая разными переключателями. Лопасти медленно останавливаются, и вскоре я слышу в наушниках лишь собственное дыхание. Хм-м. Внезапно почему-то вспоминаются органные мессы Томаса Таллиса, оказавшие на меня такое удивительное действие. Пульс учащается. Мне не хочется никуда уходить отсюда.

Кристиан расстегивает ремни и поворачивается, чтобы высвободить меня из моей сбруи. В его глазах горят огоньки.

— Понравился полет, мисс Стил? — интересуется он ласковым голосом.

— Да, благодарю вас, мистер Грей, — вежливо отвечаю я.

— Ну, теперь пойдем смотреть фотографии твоего приятеля.

Он подает мне руку, и я опираюсь на нее, чтобы выбраться из «Чарли Танго».

Навстречу нам идет седобородый мужчина и широко улыбается. Я узнаю его, видела в прошлый раз.

— Привет, Джой. — Кристиан, отпустив мою руку, обменивается с ним дружеским рукопожатием.

— Присмотри за машиной. Стивен заберет ее после восьми.

— Будет сделано, мистер Грей. Мэм, — он вежливо кивает мне, — ваш автомобиль ждет внизу, сэр. А, да, лифт не работает. Вам придется идти пешком.

— Благодарю, Джой.

Кристиан берет меня за руку, и мы идем к лестнице.

— Хорошо еще, что тут всего три этажа. Ты на таких каблуках, — неодобрительно бормочет он.

Кроме шуток.

— Тебе не нравятся эти ботильоны?

— Очень нравятся, Анастейша. — Он щурится и, по-моему, хочет сказать что-то еще, но замолкает. — Ладно. Пойдем не спеша. Еще не хватало, чтобы ты споткнулась и сломала себе шею.

Шофер везет нас в галерею. Мы сидим молча; тревога вернулась и мучает меня с прежней силой, и я понимаю, что время полета в «Чарли Танго» было затишьем, «оком урагана». Кристиан смотрит в окно; он спокоен и задумчив, даже подавлен; наше прежнее веселое настроение пропало. Мне хочется сказать так много, но поездка слишком коротка.

— Хосе — просто мой друг, — бормочу я.

Кристиан поворачивается; в его глазах — настороженность. Его рот — ах, его рот бередит во мне сладкие воспоминания. Помню его всей своей кожей, всем своим телом — повсюду. Кристиан хмурится.

— Твои красивые глаза теперь занимают половину лица, Анастейша. Пожалуйста, обещай мне, что ты будешь есть.

— Да, Кристиан, я буду есть, — отвечаю я автоматически, как робот.

— Я говорю серьезно.

— Да ну?

Мне не удается убрать насмешку из голоса. Честно говоря, поражает наглость этого человека, который заставил меня пройти через ад в последние дни. Нет, все не так...

Я сама провела себя через ад. Нет, все-таки он... Я совсем запуталась и потрясла головой.

— Я не хочу воевать с тобой, Анастейша. Я хочу, чтоб ты вернулась, и хочу, чтоб ты была здоровой.

— Но ведь ничего не изменилось.

«Ты недаром именуешься Пятьдесят Оттенков...» — мысленно добавляю я.

— Давай поговорим об этом на обратном пути. Уже приехали.

Мы останавливаемся возле галереи, и Кристиан, лишив меня дара речи, вылезает из машины. Он открывает дверцу и подает руку.

— Зачем ты так делаешь? — Мой голос звучит громче, чем я хочу.

— Что я делаю? — недоумевает Кристиан.

— Говоришь такие вещи, а потом...

— Анастейша, мы приехали туда, куда ты хотела. Давай пойдем в галерею. Потом поговорим. Я не хочу устраивать сцены на улице.

Я оглядываюсь по сторонам. Он прав. Вокруг много народу. Я крепко сжимаю губы, а он гневно смотрит на меня.

— Хорошо, — угрюмо бормочу я.

Сжав мою руку, он ведет меня в здание.

Мы попадаем в переделанный пакгауз — кирпичные стены, темный деревянный пол, белые потолки и белая сеть водопроводных труб. Современно, просторно. По галерее бродят посетители, потягивают вино и любуются работами Хосе. На миг мои тревоги отступают, я осознаю, что мой друг воплотил в жизнь свою мечту.

Удачи тебе, Хосе!

— Добрый вечер, милости просим на вернисаж Хосе Родригеса.

Нас приветствует молодая женщина в черном; у нее очень короткие каштановые волосы, ярко-красная помада; в ушах крупные серьги. Она мельком смотрит на меня, потом гораздо дольше, чем необходимо, на Кристиана, потом опять на меня — и часто моргает.

Я удивленно поднимаю брови. Он мой — или был моим. Прилагаю все силы, чтобы убрать из взгляда враждебность. Когда ее глаза все же сфокусировались на мне, она снова моргает.

— А, это ты, Ана. Мы хотим, чтобы ты тоже поучаствовала во всем этом...

Растянув губы в улыбке, она вручает мне брошюру и направляет к столу, заставленному напитками и закусками.

— Ты ее знаешь? — хмуро интересуется Кристиан.

Я мотаю головой, озадаченная не меньше его.

Он пожимает плечами и меняет тему.

— Что ты будешь пить?

— Пожалуй, бокал белого вина.

Он морщит лоб, но ничего не говорит и идет к бару.

— Ана!

Хосе пробирается сквозь толпу.

Мама родная! Прямо-таки красавец! В костюме! Весь сияя, Хосе обнимает и крепко стискивает, а я изо всех сил сдерживаюсь, чтобы не разреветься. Он мой друг, мой единственный друг после отъезда Кейт. Слезы все-таки затуманивают мне зрение.

— Ана, я так рад, что ты смогла приехать, — шепчет Хосе мне на ухо. Потом вдруг откидывается назад и, взяв меня за плечи, рассматривает.

— Ты что?

— Эй, у тебя все нормально? Впрочем, выглядишь ты шикарно. Dios mio, ты похудела?

Усилием воли прогоняю слезы — его это тоже не касается.

— Хосе, все хорошо. Я так за тебя рада! Поздравляю с выставкой.

Мой голос дрожит, когда я вижу озабоченность на его таком знакомом лице, но я должна во что бы то ни стало держаться.

— Как ты добралась? — спрашивает он.

— Меня привез Кристиан, — отвечаю я, внезапно ощутив тревогу.

— А-а. — Лицо Хосе мрачнеет, и он разжимает руки. — Где же он?

— Вон там, пошел за вином.

Я киваю в сторону Кристиана и вижу, как он обменивается любезностями с кем-то из присутствующих. Кристиан оборачивается, и наши взгляды встречаются. И меня на краткий миг парализует: я стою и гляжу на немыслимо красивого мужика, который смотрит на меня с каким-то непостижимым чувством. Его взгляд прожигает меня, и вот мы уже забыли обо всем, что происходит вокруг, и видим только друг друга.

Черт побери... Этот красавец хочет, чтобы я вернулась к нему. Глубоко внутри меня светлая радость медленно разливается по телу, словно утренняя заря.

— Ана! — Хосе окликает меня, и я нехотя возвращаюсь в реальность. — Я так рад твоему приезду! Послушай, я должен тебя предупредить...

Внезапно рядом возникает мисс Короткая Стрижка и Красная Помада.

— Хосе, с тобой хочет побеседовать журналист из «Портленд Принц». Пойдем. — Она одаривает меня вежливой улыбкой.

— Вот она, популярность. Круто? — Хосе усмехается, и я невольно усмехаюсь в ответ — ведь он так счастлив. — Я тебя отыщу, Ана.

Мой друг чмокает меня в щеку и спешит к девушке, стоящей рядом с высоким нескладным фотографом.

Снимки Хосе развешены по всему залу, многие сильно увеличены и перенесены на огромные полотна. Среди них и черно-белые, и цветные. Многие пейзажи сияют жемчужной красотой. Вот, к примеру, озеро в Ванкувере: ранний вечер, розоватые облака отражаются в тихой воде. И я опять на краткий миг забываю про все и погружаюсь в безмятежность и покой природы. Потрясающе!

Ко мне подходит Кристиан и протягивает бокал белого вина.

— Что, кончается? — Мой голос звучит почти нормально.

Он вопросительно поднимает брови.

— Я говорю про вино.

— Нет. На таких тусовках такое случается редко. А парень и вправду талантлив. — Кристиан любуется снимком озера.

— Как ты думаешь, почему я попросила его сделать твой портрет? — В моем голосе звучит явная гордость. Он переводит взгляд с озера на меня.

— Кристиан Грей? — К нему подходит фотограф из «Портленд Принц». — Можно вас сфотографировать, сэр?

— Конечно.

Кристиан прогоняет хмурость с лица. Я отхожу в сторону, но он хватает меня за руку и тянет к себе. Фотограф смотрит на нас обоих и не может скрыть удивления.

— Благодарю вас, мистер Грей. — Он несколько раз щелкает затвором. — Мисс?.. — спрашивает он.

— Ана Стил, — отвечаю я.

— Благодарю вас, мисс Стил. — Фотограф торопливо удаляется.

— В Интернете я искала твои снимки с подружками. Ни одного не нашла. Вот почему Кейт и подумала, что ты гей.

Губы Кристиана скривились в усмешке.

— Теперь мне понятен твой нелепый вопрос. Нет, я никому не назначаю свидания, Анастейша, только тебе. Но ты и сама это знаешь. — Его голос звучит спокойно и искренне.

— Так, значит, ты нигде не появлялся со своими... — я нервно оглядываюсь по сторонам, чтобы убедиться, что нас никто не слышит, — ... сабами?

— Иногда появлялся. Но не назначал свидания. Это шопинг, понимаешь? — Он пожимает плечами, не отрывая от меня взгляда.

О-о, так, значит, все происходило в игротеке — в его Красной комнате боли и его квартире. Прямо и не знаю, что думать.

— Только с тобой, Анастейша, — шепчет он.

Я краснею и опускаю глаза. По-своему он действительно привязан ко мне.

— Твой друг, похоже, больше любит снимать пейзажи, а не портреты. Давай поглядим его работы. — Он протягивает мне руку.

Мы неторопливо рассматриваем работы Хосе, и я замечаю, как какая-то пара кивает мне, широко улыбаясь, словно знакомой. Вероятно, потому, что мы вместе с Кристианом. Но вот какой-то белокурый парень открыто таращится на меня. Странно...

Мы поворачиваем за угол, и тут я понимаю причину странных взглядов. На дальней стене расположены семь огромных портретов — и на них я.

Я смотрю с портретов в зал. Тут надуваю губы, на соседнем смеюсь, а вот хмурюсь, удивляюсь... Все снято на предельном приближении, все черно-белое.

Вот зараза! Я вспоминаю, как Хосе возился пару раз с фотоаппаратом, когда бывал у меня и когда я выезжала с ним в качестве шофера и помощника. Я-то думала, что он просто баловался. Не подозревала, что он сделает такие непринужденные снимки.

Кристиан, как завороженный, подолгу смотрит на каждый портрет.

— Похоже, не только я один... — загадочно бормочет он. Его губы сжаты в твердую полоску.

Мне кажется, он сердится.

— Извини, — говорит Кристиан, пронзив меня на миг своим острым взглядом, и направляется к столику администратора.

В чем дело? Я завороженно наблюдаю, как он оживленно беседует с мисс Короткая Стрижка и Красная Помада. Вот достает бумажник и извлекает из него кредитную карточку.

Эге! Вероятно, он купил один из портретов.

— Эй, значит, ты муза? Потрясающие фото.

На меня опять таращится парень с копной светлых волос. Я чувствую теплую ладонь на моем локте. Это вернулся Кристиан.

— Ты счастливчик, — говорит ему блондин и получает в ответ ледяной взгляд.

— Конечно, счастливчик, — мрачно бормочет Кристиан, отводя меня в сторону.

— Ты купил один из портретов?

— Один? — фыркает он, не отрывая от них глаз.

— Ты купил не один, а больше?

Он поднимает брови.

— Я приобрел все, Анастейша. Я не хочу, чтобы всякие там типы таращились на тебя, если купят эти снимки и повесят их у себя дома.

Я чуть не рассмеялась.

— Ты предпочитаешь делать это сам? — усмехаюсь я.

Он сердито смотрит на меня, вероятно, застигнутый врасплох моей дерзостью, но старается скрыть удивление.

— Честно говоря, да.

— Извращенец. — Я прикусываю губу, чтобы не засмеяться.

У него отвисает челюсть, и теперь его удивление становится явным. В задумчивости он трет подбородок.

— Ничего не могу возразить против такой оценки, Анастейша. — Он наклоняет голову набок, и в его глазах прыгают смешинки.

— Мы потом еще поговорим с тобой об этом, но я обещаю полную конфиденциальность.

Он вздыхает и смотрит на меня долгим взглядом.

— И о том, что я сделал бы с твоим милым, дерзким ротиком, — еле слышно бормочет он.

Я ахаю, хорошо понимая, что он имеет в виду.

— Ты очень груб. — Я пытаюсь изобразить ужас, и мне это удается. Неужели для него не существует рамок дозволенного?

Он ухмыляется, потом хмурит брови.

— На этих фото ты держишься очень непринужденно. Я нечасто вижу тебя такой.

Что? Эге! Смена темы — от игривого к серьезному.

Я краснею и опускаю взгляд. Он берет меня за подбородок и заставляет поднять голову. Я взволнованно задыхаюсь от его прикосновения.

— Я хочу, чтобы ты со мной была такой же непринужденной, — шепчет он. Все проблески юмора исчезли.

Глубоко внутри меня опять зашевелилась радость. Но разве это возможно? Ведь у нас проблемы.

— Если ты хочешь этого, тогда перестань меня пугать, — огрызаюсь я.

— А ты научись общаться и говорить мне, что ты чувствуешь, — огрызается он в ответ, сверкнув глазами.

Я вздыхаю.

— Кристиан, ты хочешь видеть меня своей покорной рабыней, сабой. Вот в чем проблема. Вот определение прилагательного «сабмиссивная» — ты как-то прислал мне его по почте. — Я замолкаю, припоминая дословно его послание. — Кажется, синонимами были, цитирую: «мягкая, покладистая, податливая, уступчивая, сговорчивая, пассивная, послушная, смиренная, терпеливая, кроткая, безвольная, робкая...». Я не должна поднимать на тебя глаза. Не должна говорить без твоего разрешения. Чего же ты ожидал? — ехидно интересуюсь я.

Он хмурится все сильнее, а я продолжаю:

— Я вообще не понимаю, чего ты хочешь. То тебе не нравится, что я спорю с тобой, то ты хвалишь мой «дерзкий ротик». Ты ждешь от меня повиновения, чтобы при непослушании меня можно было бы наказать. Я просто не знаю, куда тебя занесет, когда я буду с тобой.

Его глаза превратились в злые щелочки.

— Что ж, мисс Стил, в логике вам, как всегда, не откажешь, — цедит он ледяным тоном. — Но сейчас мы поужинаем.

— Но ведь мы тут пробыли всего полчаса.

— Ты посмотрела фотографии; ты поговорила с парнем.

— Его зовут Хосе.

— Ты поговорила с Хосе. Между прочим, когда я видел его в прошлый раз, ты была пьяная, и он пытался засунуть свой язык в твой рот.

— Он ни разу не ударил меня, — парирую я.

Кристиан сдвигает брови, злость исходит из каждой его поры.

— Это запрещенный удар, Анастейша, — шепчет он.

Я бледнею, а Кристиан приглаживает свою шевелюру, вставшую дыбом от едва сдерживаемого гнева. Но я не собираюсь сдаваться и с вызовом гляжу на него.

— Ты срочно должна что-то съесть. Ты вянешь на глазах. Найди парня и попрощайся с ним.

— Пожалуйста, давай побудем здесь еще немного.

— Нет. Иди. Немедленно. Попрощайся.

Я злюсь, моя кровь бурлит. Проклятый идиот, кто дал ему право командовать? Злость — это хорошо. Злость лучше, чем слезы.

Я с трудом отрываю взгляд от Кристиана и ищу Хосе. Он беседует с группой каких-то девиц. Направляюсь к нему. Почему я должна слушаться Кристиана? Только потому, что он привез меня сюда? Какого черта! И вообще, что он себе воображает?

Девицы ловят каждое слово Хосе. Одна из них, несомненно, узнает меня по тем портретам и раскрывает рот от изумления.

— Хосе!

— Ана! Извините, девочки.

Хосе улыбается им и обнимает меня за плечи. Надо же, Хосе, мой старый приятель, сделался таким галантным, светским, производит впечатление на женщин.

— Ты выглядишь умопомрачительно, — говорит он.

— Мне пора уходить, — бормочу я.

— Но ведь ты только что пришла.

— Да, но Кристиану нужно возвращаться. Хосе, твои работы — фантастика. Ты очень талантлив.

Он просиял.

— Классно, что я тебя повидал.

Он по-медвежьи обхватывает меня и кружится вместе со мной. Краем глаза замечаю Кристиана. Он злится, ясное дело, потому что я в объятиях Хосе. Ладно, позлись, дружище! Я нарочно обнимаю Хосе за шею. Сейчас Кристиан лопнет от бешенства. Его глаза мечут молнии. Он медленно направляется к нам.

— Спасибо, что предупредил меня насчет портретов, — ехидно говорю я.

— Ой, блин. Извини, Ана. Мне и вправду нужно было бы сообщить тебе. Как ты их находишь?

— Хм... не знаю, — честно отвечаю я, мгновенно выбитая из равновесия его вопросом.

— Ну, они все уже проданы, так что они кому-то понравились. Круто, не? Ты — девушка с постера.

Хосе обнимает меня еще крепче. К нам подходит разъяренный Кристиан. К счастью, Хосе не видит его лица.

— Не пропадай, Ана, — Хосе отпускает меня. — О, мистер Грей, добрый вечер.

— Мистер Родригес, я очень впечатлен. — Кристиан произносит это с ледяной вежливостью. — К сожалению, мы не можем остаться здесь, так как должны вернуться в Сиэтл. Анастейша? — Он подчеркнуто произносит слово «мы» и берет меня за руку.

— Пока, Хосе. Еще раз поздравляю.

Я поспешно чмокаю его в щеку и не успеваю опомниться, как Кристиан уже выволакивает меня из здания. Я знаю, что он клокочет от безмолвной ярости, но я тоже зла на него.

Он быстро окидывает взглядом улицу и направляется влево, а потом внезапно втаскивает меня в боковую улочку и резко прижимает к стене. Обхватывает ладонями мое лицо, заставляет заглянуть в его горящие, решительные глаза.

Я судорожно хватаю ртом воздух, а Кристиан яростно меня целует. В какой-то момент наши зубы лязгают друг о друга, потом его язык проникает в мой рот.

Желание взрывается в моем теле подобно фейерверку в честь национального праздника. Я тоже целую его, с такой же страстью. Я вцепилась в его волосы, тяну их без пощады. Он стонет. Этот низкий звук очень сексуален; он рождается в глубине его глотки и вибрирует в моем теле. Рука Кристиана сползает мне на бедро, пальцы через платье впиваются в мое тело.

Я вливаю в наш поцелуй весь страх и боль последних дней, привязываю Кристиана ко мне. И в этот момент слепой страсти меня осеняет — он делает то же самое, чувствует то же самое.

Тяжело дыша, он прерывает поцелуй. Его глаза светятся желанием, этот свет уже зажег мою кровь, она бурлит в моем теле. Я хватаю ртом драгоценный воздух, наполняю им легкие.

— Ты. Моя. Ты. Моя, — рычит он, подчеркивая каждое слово. Наклоняется, упираясь руками в колени, словно только что пробежал марафонскую дистанцию. — Клянусь богом, Ана.

Я прислоняюсь к стене, тяжело дышу, пытаюсь взять под контроль судорожную реакцию собственного тела, обрести равновесие.

— Прости, — шепчу я, когда ко мне возвращается дыхание.

— Ты должна быть моей. Я понимаю, что ты колеблешься. Ты хочешь быть с фотографом, Ана? Он явно неравнодушен к тебе.

Я виновато качаю головой.

— Нет. Он просто друг.

— Всю мою сознательную жизнь я старался избегать крайних эмоций. А ты... ты вытаскиваешь из меня чувства, совершенно мне чуждые. Это очень ... — Он хмурится, подыскивая слово. — Тревожно... Я люблю все держать под контролем, Ана, а рядом с тобой это просто... — в его глазах мелькает удивление, — невозможно.

Он делает неопределенный жест рукой, проводит ею по волосам и тяжело вздыхает.

— Ладно, пойдем. Нам нужно поговорить, а тебе — еще и поесть.

Глава 2

Кристиан привел меня в маленький уютный ресторан.

— Ладно, этот нас устроит, — пробормотал он. — У нас мало времени.

Ресторан мне нравится. Деревянные стулья, льняные скатерти, а стены того же цвета, что и в игровой комнате, — темно-красные; на стенах кое-где висят маленькие зеркала в позолоченной оправе, на столах — белые свечи и вазочки с белыми розами. Где-то в глубине Элла Фицджеральд мягко воркует о недуге под названием «любовь». Все вполне романтично.

Официант ведет нас к столику на двоих в небольшом алькове. Я усаживаюсь, не зная, чего ждать от предстоящего разговора.

— У нас мало времени, — говорит Кристиан официанту. — Пожалуйста, два стейка из вырезки средней прожаренности, под соусом беарнез, если есть, с картофелем фри и свежие овощи на выбор шефа. И принесите винную карту.

— Конечно, сэр.

Официант, впечатленный холодным, властным тоном Кристиана, спешно удаляется. Кристиан кладет на столик свой смартфон. Господи, неужели я не имею права голоса?

— А если я не люблю стейк?

— Анастейша, опять ты за старое...

— Кристиан, я не ребенок.

— А ведешь себя как ребенок.

Я вздрагиваю, словно от пощечины. Сейчас начнется раздраженная перепалка, хотя и в романтичном интерьере, но уж точно без цветов и сердечек.

— Я ребенок, потому что не люблю стейк? — бубню я, стараясь спрятать обиду.

— Потому что нарочно заставляешь меня ревновать. Совершенно по-детски. Неужели тебе не жалко своего приятеля, когда ты так поступаешь? — Кристиан поджимает губы и хмурится.

Возвращается официант с винной картой.

Как я не подумала об этом? Я краснею. Бедный Хосе — я вовсе не собиралась обнадеживать его. Я помертвела: в самом деле, как по-дурацки! Прав Кристиан.

— Хочешь выбрать вино? — обращается он ко мне, вопросительно подняв брови, сама надменность. Ведь знает, что я совершенно не разбираюсь в винах.

— Выбери ты, — отвечаю я, хмуро, но покорно.

— Пожалуйста, два бокала «Баросса Вэлли Шираз».

— Э-э... Мы подаем это вино только бутылкой, сэр.

— Тогда бутылку, — приказывает Кристиан.

— Хорошо, сэр.

Официант покорно удаляется, и я его понимаю. Хмуро смотрю на своего Пятьдесят Оттенков. Что так выводит его из себя? Наверное, я. Где-то в глубине моей души внутренняя богиня восстает от сна, потягивается и улыбается. Она подремала.

— Ты очень вздорный.

Он бесстрастно смотрит на меня.

— Интересно, с чего бы это?

— Ладно, может, лучше найдем верный тон для честного и откровенного обсуждения нашего будущего? — Я заглядываю ему в глаза и сладко улыбаюсь.

Его рот сжимается в жесткую линию, но потом, почти против желания, губы шевелятся, и я понимаю, что он пытается спрятать улыбку.

— Извини.

— Извинения приняты. И я с удовольствием сообщаю тебе, что за время, прошедшее с нашего последнего совместного ужина, я не перешла на вегетарианство.

— Тогда ты в последний раз ела что-то существенное, так что, по-моему, это умозрительный факт, далекий от практической реальности.

— Вот, опять это слово, «умозрительный».

— Да, умозрительный, небесспорный, — произносит он, и в его глазах мелькают смешинки. Он приглаживает волосы и снова становится серьезным. — Ана, в последний раз, когда мы говорили с тобой о важных вещах, ты ушла от меня. Я немного нервничаю. Я уже сказал тебе, что хочу тебя вернуть, а ты... не ответила мне. — В его глазах я вижу мольбу и ожидание, а его искренность меня обезоруживает. Черт побери, что же мне ему ответить?

— Я скучала без тебя... ужасно скучала, Кристиан. Последние дни были... очень тяжелыми. — Комок в моем горле растет и растет, я вспоминаю свое мрачное отчаяние.

Последняя неделя, наполненная неописуемой болью, стала самой тяжелой в моей жизни. Ничего подобного со мной еще не случалось. Но здравый смысл берет свое.

— Ничего не изменилось. Я не могу быть такой, как нужно тебе. — Я буквально выдавливаю из себя эти слова, им очень мешает комок в горле.

— Ты будешь такой, как нужно мне, — решительно заявляет он.

— Нет, Кристиан, не буду.

— Ты расстроена из-за того, что произошло в тот последний раз. Я вел себя глупо, а ты… Да и ты тоже. Почему ты не сказала стоп-слово, Анастейша? — Его тон меняется, в нем звучит упрек.

Что?.. Эге, смена темы…

— Ответь мне.

— Не знаю. Я была не в себе. Я старалась быть такой, какой тебе нужно, старалась перетерпеть боль. Поэтому я просто забыла. Понимаешь… я забыла, — прошептала я, пристыженная, и виновато пожала плечами.

Возможно, тогда мы избежали бы ссоры.

— Ты забыла! — ужасается он и с силой сжимает край стола. Я вяну под его гневным взглядом.

Дьявол! Он опять злится. Моя внутренняя богиня тоже недовольна мной. Видишь, ты сама во всем виновата!..

— Вот как я могу доверять тебе? — Его голос еле слышен. — Как?

Появляется официант с заказанным вином, а мы сидим и играем в гляделки, голубые глаза и серые. Нас обоих переполняют невысказанные упреки. Официант с нелепой торжественностью откупоривает бутылку и наливает немного вина Кристиану. Тот машинально берет бокал и пробует вино.

— Хорошо, — кивает он.

Официант аккуратно наполняет бокалы, ставит на стол бутылку и поспешно уходит. Все это время Кристиан не отрывает от меня глаз. Я первая прекращаю игру и делаю большой глоток. Вкуса вина я почти не ощущаю.

— Извини, — шепчу я.

В самом деле, как глупо все получилось. Я ушла, решив, что у нас разные представления об удовольствии, но сейчас он говорит, что я могла его остановить.

— За что? — пугается он.

— Что не сказала стоп-слово.

Он прикрывает веки, словно испытывает облегчение.

— Мы могли бы избежать всех этих страданий, — бормочет он.

— Выглядишь ты тем не менее хорошо.

«Более чем хорошо. Ты выглядишь, как всегда».

— Внешность обманчива, — спокойно возражает он. — Мне было очень плохо, Ана. Пять дней я жил во мраке, без солнца. В вечной ночи.

Я тронута его признанием. Господи, совсем как я...

— Ты обещала, что никогда не уйдешь от меня, а сама из-за какого-то недоразумения — и сразу за дверь.

— Когда это я обещала тебе, что не уйду?

— Во сне. Анастейша, это была самая приятная вещь, какую я слышал в жизни. Я так обрадовался.

Мое сердце сжалось, рука потянулась к бокалу.

— Ты говорила, что любишь меня, — шепчет он. — Что, теперь это в прошлом? — В его вопросе звучит тревога.

— Нет, Кристиан, нет.

— Хорошо, — бормочет он и вздыхает с облегчением. Сейчас он выглядит таким беззащитным.

Его признание поразило меня. Неужели он переменился? Ведь когда-то, в самом начале, я призналась, что люблю его, и он пришел в ужас...

Вернулся официант. Быстро ставит перед нами тарелки и исчезает.

Проклятье. Еще эта еда!

— Ешь, — приказывает Кристиан.

Я понимаю, что голодна, но в этот момент мой желудок свело судорогой. Вот я сижу сейчас напротив любимого мужчины, единственного в моей жизни, и мы говорим о нашем неопределенном будущем. Какой уж тут здоровый аппетит? Я с тоской смотрю на тарелку.

— Клянусь богом, Анастейша, если ты не будешь есть, я прямо тут, в ресторане, положу тебя к себе на колени и отшлепаю. И это никак не будет связано с моими сексуальными пристрастиями. Ешь!

Не кипятись, Грей... Мое подсознание глядит на меня поверх очков-половинок. Оно целиком и полностью поддерживает Пятьдесят Оттенков, соглашается с ним.

— Ладно, я поем. Уйми, пожалуйста, зуд в твоей доминантной ладони.

Он по-прежнему смотрит на меня — строго, без улыбки. Неохотно беру нож с вилкой и отрезаю кусочек стейка. Ох, какой он вкусный! Я голодна, очень голодна. Жую мясо, и Грей заметно успокаивается.

Мы молча ужинаем. Музыка переменилась. Нежный женский голос поет грустную песню, ее слова эхом повторяют мои мысли. Я тоже никогда уже не буду прежней, после того как он вошел в мою жизнь.

Я поднимаю глаза на Пятьдесят Оттенков. Он пережевывает мясо и смотрит на меня. В горячем взгляде смешались страсть и беспокойство.

— Ты знаешь, кто это поет? — Я пытаюсь завязать нормальную беседу.

Кристиан перестает жевать и прислушивается.

— Нет. Но поет она хорошо.

— Мне тоже нравится.

Наконец, на его лице появляется обычная загадочная улыбка. Что-то он задумал?

— Что? — спрашиваю я.

— Ешь, — мягко говорит он и качает головой.

Я осилила половину тарелки. Больше не могу. Как мне его убедить?

— Все, я сыта. Сэр, как, на ваш взгляд, я съела достаточно?

Он молча и невозмутимо смотрит на меня, потом на часы.

— Я в самом деле наелась, — добавляю я и пью восхитительное вино.

— Нам пора идти. Тейлор уже здесь, а тебе утром — на работу.

— Тебе тоже.

— Мне требуется гораздо меньше сна, чем тебе, Анастейша. Что ж, по крайней мере, ты поела.

— Мы снова полетим на «Чарли Танго»?

— Нет, я ведь пил вино. Нас отвезет Тейлор. Побудем вместе хотя бы пару часов, поговорим. Угадай, чем мы сможем заняться еще, помимо разговоров?

А-а, вот что он задумал! Кристиан подзывает официанта и просит чек, потом берет телефон и звонит.

— Мы в ресторане «Ле Пикотен», Юго-Запад, Третья авеню.

Он всегда говорит по телефону коротко.

— Ты очень резок с Тейлором, да и с другими людьми тоже.

— Просто я быстро излагаю суть, Анастейша, и быстро ее схватываю.

— Сегодня вечером ты не добрался до сути. Ничего не изменилось, Кристиан.

— У меня к тебе предложение.

— Я уже слышала твои предложения.

— Это другое предложение.

Возвращается официант, и Кристиан, не глядя на счет, протягивает ему свою кредитную карточку. Он задумчиво смотрит на меня, пока официант манипулирует с карточкой. Смартфон снова оживает.

Предложение? Что на этот раз? Воображение подсказывает несколько сценариев: похищение, рабство... Нет, все это глупости. Кристиан прячет карточку.

— Пошли. Тейлор приехал.

Мы встаем, и он берет меня за руку.

— Я не хочу терять тебя, Анастейша.

Он нежно целует мои пальцы. Прикосновение губ к моей коже резонансом отзывается по всему телу.

У входа в ресторан нас ждет «Ауди». Кристиан открывает для меня дверцу. Я сажусь на мягкое замшевое сиденье. Он делает знак Тейлору, тот выходит из машины, и они что-то кратко обсуждают. Вещь необычная для них. Любопытно, о чем они говорят? Через пару минут оба садятся в машину. Я кошусь на Кристиана, а тот с бесстрастным видом смотрит куда-то вперед.

Позволяю себе на краткий миг рассмотреть его профиль: прямой нос, полные, четко очерченные губы, восхительно пышные волосы небрежно падают на лоб. Конечно, я недостойна этого божественно красивого мужчины.

Салон наполняет нежная музыка, какое-то замечательное оркестровое произведение, которое я не знаю. Тейлор встраивается в поток машин и берет курс на I-5 и Сиэтл.

Кристиан поворачивает голову.

— Как я уже сказал, Анастейша, у меня есть предложение.

Я нервно гляжу на водителя.

— Тейлор нас не слышит, — заверяет меня Кристиан.

— Как это?

— Тейлор, — зовет Кристиан. Тейлор не реагирует. Он окликает его снова, опять без ответа. Кристиан наклоняется и хлопает его по плечу. Тейлор снимает наушники, которые я не заметила.

— Да, сэр?

— Спасибо, Тейлор. Все в порядке, слушай дальше.

— Да, сэр.

— Теперь довольна? Он слушает музыку. Пуччини. Забудь о его присутствии. Я забыл.

— Ты нарочно попросил его это сделать?

— Да.

А-а...

— Ладно, так твое предложение?

Внезапно Кристиан принимает решительный и деловой вид. Ой, мама, оказывается, мы обсуждаем сделку. Я внимательно слушаю.

— Позволь мне сначала тебя спросить: ты предпочитаешь правильный, «ванильный» секс? Без всякой эксцентрики?

У меня отвисает челюсть.

— Эксцентрики? — пищу я.

— Эксцентрики, со всякой хренотенью.

— Не верю своим ушам, неужели это говоришь ты?

— Да, я. Ответь мне, — спокойно требует он.

Я краснею. Моя внутренняя богиня стоит на коленях и молит меня согласиться.

— Мне нравится твоя эксцентричная хренотень, — шепчу я.

— Так я и думал. Тогда что же тебе не нравится?

«Что я не могу касаться тебя, что ты наслаждаешься моей болью, не нравится ремень…»

— Мне не нравится угроза жестокого и необычного наказания.

— Ты о чем?

— Меня жутко пугают хлысты и плетки в твоей игровой комнате. Мне не хочется, чтобы ты опробовал их на мне.

— Ладно, договорились: никаких плеток и хлыстов, а также бандажа, — сардонически говорит он.

Я озадаченно смотрю на него.

— Ты пытаешься заново определить жесткие рамки?

— Не совсем. Я просто пытаюсь понять, что тебе нравится, а что нет.

— Самое главное, Кристиан, мне трудно примириться с тем, что ты с удовольствием причиняешь мне боль. А еще мысль о том, что ты будешь это делать, потому что я выйду за какую-то условную случайную черту.

— Но она не случайная; правила у нас записаны.

— Мне не нужен набор правил.

— Вообще? Никаких?

— Никаких.

Я решительно качаю головой, но в душе побаиваюсь. Как он отнесется к моим словам?

— А если я тебя отшлепаю? Не будешь возражать?

— Чем отшлепаешь?

— Вот чем. — Он подносит к моему лицу ладонь.

— Пожалуй, не буду, — неуверенно отвечаю я. — Особенно, если с теми серебряными шариками…

Слава богу, темно. Мои щеки пылают, пропадает голос, когда я вспоминаю ту ночь… Да, я хочу, хочу, чтобы она повторилась.

— Что ж, тогда было забавно, — ухмыляется он.

— Тогда было хорошо, — лепечу я.

— Так ты можешь вытерпеть чуточку боли?

Я пожимаю плечами.

— Да, пожалуй.

Ох, куда он зайдет с этим? Мой уровень тревоги взлетает на несколько баллов по шкале Рихтера.

Он в задумчивости трет подбородок.

— Анастейша, я хочу начать все сначала. Остановимся
пока на ванильных радостях. Может быть, потом, если ты
начнешь больше мне доверять, мы научимся быть честны-
ми друг с другом. Тогда мы выйдем на более высокий уровень общения, шагнем вперед и станем делать кое-какие
вещи, которые нравятся мне.

Я озадаченно гляжу на него, и в моей голове пусто, от-
сутствуют абсолютно все мысли — как компьютерный пи-
пец... Потом понимаю: он волнуется, но я почему-то больше не вижу его отчетливо, словно нас окутала орегонская
мгла. Наконец, до меня доходит, что так оно и есть.

Он хочет света, ясности? Но разве мне нравится тьма?
Смотря какая и где. В памяти опять всплывают непрошеные воспоминания о Томасе Таллисе.

— Как же наказания?

— Никаких наказаний. — Он кивает как бы в подтверждение своих слов и еще раз повторяет: — Никаких.

— А правила?

— Никаких правил.

— Вообще никаких? Но тебе ведь нужны правила.

— Ты нужна мне еще больше, чем они, Анастейша.
Последние дни показались мне адом. Моя интуиция, мой
здравый смысл убеждали меня, что я должен тебя отпу-
стить, что я не заслуживаю твоего внимания. Те снимки,
которые сделал парень... Мне стало ясно, какой он тебя
видит. Ты выглядишь на них беззаботной и красивой. Ты
и сейчас красивая, но я вижу твою боль. Мне грустно сознавать, что я стал виновником этой боли... Да, я эгоист.
Я захотел тебя мгновенно, в тот момент, когда ты рухнула
на пороге моего кабинета. Ты необыкновенная, честная,
добрая, сильная, остроумная, соблазнительно невинная;
твои достоинства можно перечислять бесконечно. Я обожаю тебя. Хочу тебя, и мысль о том, что ты будешь с кем-
то другим, словно нож ранит мою темную душу.

У меня пересохли губы. Мама родная! Если это не признание в любви, тогда что же? И плотину прорвало — из
меня полились слова.

— Кристиан, почему ты считаешь, что у тебя темная душа? Я никогда бы не сказала. Печальная, да, возможно... но ты хороший! Я вижу это... ты великодушный, щедрый, добрый, и ты мне никогда не лгал. А я и не очень сильно страдала в тот раз от боли. Просто минувшая суббота стала для меня шоком. Или пробуждением, моментом истины. Я поняла, что ты щадил меня, что я не смогла быть такой, какой ты хотел меня видеть. Потом я ушла и вскоре осознала, что физическая боль, которую ты мне причинил, не идет ни в какое сравнение с болью потери, если мы расстанемся. Я хочу тебе нравиться, но это трудно.

— Ты нравишься мне всегда, — шепчет он. — Сколько раз я должен повторять это?

— Я никогда не знаю, что ты думаешь. Иногда ты такой замкнутый... как островное государство. Ты меня пугаешь. Вот почему я притихла. Потому что не знаю, какое настроение будет у тебя в следующий момент. За наносекунду оно переносится с севера на юг и обратно. Это сбивает меня с толку. И еще ты не позволяешь до тебя дотрагиваться, а мне так хочется показать, как сильно тебя люблю.

Он молчит в темноте, вероятно, не знает, что сказать, и я не выдерживаю. Отстегиваю ремень безопасности и, к удивлению Кристиана, забираюсь к нему на колени.

— Я люблю тебя, Кристиан Грей, — шепчу я, обхватив ладонями его голову. — Ты готов пойти на это ради меня. Я не заслуживаю такой жертвы, и мне очень жаль, что я не могу делать все эти штуки. Ну, может, со временем, я не знаю... однако я принимаю твое предложение, да, принимаю. Где я должна поставить свою подпись?

Он обнимает меня и прижимает к себе.

— Ох, Ана! — вздыхает он и утыкается носом в мои волосы.

Мы сидим, обняв друг друга, и слушаем музыку — спокойно журчащий фортепианный этюд. Она отражает наши эмоции, радостный покой после бури. Я уютно устроилась и положила голову ему на плечо. Он ласково гладит меня по спине.

— Я не переношу, когда ко мне прикасаются, Анастейша, — шепчет он.

— Знаю. Только не понимаю почему.

Он молчит, потом вздыхает и говорит вполголоса:

— У меня было ужасное детство. Один из сутенеров матери... — Его голос дрожит и замолкает, а тело каменеет. Он вспоминает какой-то невообразимый ужас и содрогается. — Я ничего не забыл.

У меня сжимается сердце, когда я вспоминаю шрамы от ожогов на его теле. О Кристиан! Я еще сильнее обнимаю его за шею.

— Она обижала тебя? Твоя мать? — У меня дрожит голос, а в глазах стоят слезы.

— Нет, насколько я помню. Но она меня почти не замечала. Не защищала от своего дружка. — Он хмыкает. — По-моему, это я заботился о ней, а не наоборот. Когда она в конце концов свела счеты с жизнью, прошло четыре дня, прежде чем кто-то забил тревогу и нашел нас... Я это помню.

Я не в силах сдержать возглас ужаса. Господи! К моему горлу подступает желчь.

— Хреново тебе пришлось, — шепчу я.

— На мою долю выпали все пятьдесят оттенков мрака, — бормочет он.

Я прижимаюсь губами к его шее, жалею, представляю маленького и грязного сероглазого мальчугана, растерянного и одинокого, рядом с телом мертвой матери.

Кристиан!.. Я вдыхаю его запах. Божественный, самый любимый запах на всем белом свете. Кристиан еще крепче обнимает меня, целует мои волосы. Я нежусь в его объятиях, а Тейлор гонит машину сквозь ночь.

Когда я просыпаюсь, мы уже едем по Сиэтлу.

— Эй, — ласково говорит Кристиан.

— Прости, — мурлычу я и выпрямляюсь, моргая и потягиваясь. Я все еще сижу у него на коленях, в его объятиях.

— Ана, я могу целую вечность смотреть, как ты спишь.

— Я что-нибудь говорила?

— Нет. Мы уже подъезжаем к твоему дому.

Неужели? Так скоро?

— Мы не поедем к тебе?

— Нет.

Я поворачиваюсь и смотрю на него.

— Почему нет?

— Потому что тебе завтра на работу.

— А-а-а... — Я складываю губы трубочкой.

— Ты что-то задумала?

— Ну, может. — Я немного смущена.

Он весело усмехается.

— Анастейша, я не собираюсь прикасаться к тебе, пока ты не попросишь меня об этом.

— Как? Не понимаю.

— Мне нужно, чтобы ты шла на контакт со мной. В следующий раз, когда мы займемся любовью, ты должна точно сказать мне, что ты хочешь. Точно и подробно.

Тейлор останавливается возле моего дома. Кристиан выходит из машины и открывает передо мной дверцу.

— Я кое-что для тебя приготовил.

Он открывает багажник и извлекает из него большую, красиво упакованную коробку. Интересно, что это такое?

— Открой, когда поднимешься к себе.

— А ты не пойдешь со мной?

— Нет, Анастейша.

— Когда же я тебя увижу?

— Завтра.

— Мой босс хочет, чтобы я пошла с ним завтра в ресторан.

Лицо Кристиана делается строгим.

— В самом деле? Зачем? — В его голосе звучит скрытая угроза.

— Чтобы отпраздновать окончание моей первой рабочей недели, — быстро добавляю я.

— И куда же?

— Не знаю.

— Я могу забрать тебя оттуда.

— Хорошо, я сообщу тебе по почте или эсэмэской.

— Договорились.

Он провожает меня до входной двери и ждет, пока я выуживаю из сумочки ключи и открываю дверь. Потом он наклоняется и, держа меня за подбородок, проводит дорожку из поцелуев от уголка моего глаза до уголка рта.

У меня вырывается тихий стон, внутри все тает и млеет.

— До завтра, — шепчет он.

— Доброй ночи, Кристиан. — В моем голосе звучит желание.

Он улыбается и приказывает:

— Иди.

Я иду через вестибюль, держа в руках загадочную коробку.

— Пока, малышка.

Он поворачивается и грациозно, как всегда, возвращается к машине.

В квартире я открываю коробку. В ней вижу мой лэптоп MacBook Pro, «блэкберри» и еще одну прямоугольную коробку. Что же там? Я снимаю серебристую бумагу. Под ней — черный кожаный футляр.

Открываю футляр и обнаруживаю айпад. Рехнуться можно! На экране лежит белая карточка. Строчки написаны почерком Кристиана.

Анастейша — это тебе.
Я знаю, что тебе хочется послушать.
Музыка все скажет вместо меня.

Кристиан.

Я получила микстейп Кристиана Грея, составленную им музыкальную композицию, да еще на роскошном крутом айпаде. Неодобрительно качаю головой, мол, слишком дорогой презент, а в душе довольна. Такой девайс есть у нас в офисе, у Джека, и я знаю, как он работает.

Включаю его и ахаю, увидев заставку: маленькая модель планера. Господи, планер «Бланик» Л-23 на стеклянной подставке стоит на письменном столе Кристиана. Вероятно, в его кабинете. У меня отвисает челюсть.

Он склеил его! Он действительно его склеил. Я вспомнила, что он упомянул о нем в записке, лежавшей в цветах. Меня захлестывает радость — я моментально понимаю, что он вложил в этот подарок свою душу.

Я направляю стрелку вниз, чтобы открыть программу, и снова ахаю при виде другого снимка: нас с Кристианом сфоткали на тусовке по случаю окончания колледжа. Снимок потом появился в «Сиэтл таймс». Кристиан там потрясающий красавец. Мое лицо расползается в невольной улыбке: да, он красавец, и он мой!

Взмах пальца, иконка смещается, а на следующем экране появляются несколько новых: электронные книги, Kindle app, Word — что угодно.

Британская библиотека? Я касаюсь иконки — выскакивает меню: Историческая коллекция. Двигаясь по списку, я выбираю «Новеллы XVIII — XIX столетий». Вот другое меню. Я печатаю в строке выбора: «Американцы у Генри Джеймса». Открывается новое окно, со сканированной копией книги. Елки-палки, да это издание 1879 года! Кристиан купил мне доступ в Британскую библиотеку — достаточно лишь нажать клавишу.

Я понимаю, что могу надолго тут застрять, и поскорее выхожу из библиотеки. Вижу другие приложения — новости, погода... «хорошая еда» (тут я закатываю глаза от возмущения и одновременно улыбаюсь)... Но в записке упомянута музыка. Я возвращаюсь к основному интерфейсу, кликаю иконку, появляется плей-лист.

Я просматриваю музыку. Подборка вызывает у меня улыбку. Томас Таллис — уж его-то я никогда не забуду. Ведь я слышала его дважды, когда Кристиан порол меня и трахал.

«Колдовство» — группа «Pendulum». У меня рот до ушей — я кружусь по комнате. Бах-Марчелло — ну нет, слишком печально, не годится для моего теперешнего настроения. Хмм. Джеф Бакли — да, слышала о таком. «Snow Patrol», моя любимая группа, а еще композиция под названием «Принципы похоти». Как похоже на Кристиана! Еще одна — «Обладание»... о да, вот они, Пятьдесят Оттенков. Про остальные я никогда не слышала.

Выбираю песню и нажимаю play. Называется она «Try», поет Нелли Фуртадо. Голос обволакивает меня, окутывает меня, словно серебристый шарф. Я ложусь на постель и гляжу в потолок.

Что, это и есть новая попытка Кристиана? Попытка новых отношений между нами? Я околдована словами песни, но пытаюсь понять его планы. Он скучал без меня. Я скучала без него. Возможно, он что-то испытывает ко мне. Возможно. Айпад, эти песни и приложения — он выбирал их специально для меня. Значит, хочет, чтобы я была с ним. В самом деле хочет. В моем сердце шевелится надежда.

Песня замолкает, а у меня на глаза наворачиваются слезы. Я поскорей выбираю другую — «Ученый», группа «Колдплэй», ее очень любит Кейт. Я ее знаю, но всегда слушала мимоходом, невнимательно. Сейчас я закрываю глаза, и слова песни омывают меня, проникают мне в душу.

Из глаз полились слезы. Я не могу их остановить. Если это не раскаяние, тогда что же? Ах, Кристиан!..

Или это приглашение? Ответит ли он на мои вопросы? Но, может, я слишком фантазирую и вижу то, чего нет в реальности и никогда не будет?

Я смахиваю слезы. Надо отправить ему письмо и поблагодарить. Я вскакиваю с постели и иду за ноутбуком.

Под «Колдплэй» я сажусь и поджимаю ноги. «Мак» включается, и я открываю почту.

От кого: Анастейша Стил

Тема: iPad

Дата: 9 июня 2011 г. 23.56

Кому: Кристиан Грей

Ты опять заставил меня плакать.

Я люблю планшетник.

Я люблю песни.

Я люблю приложение «Британская библиотека».

Я люблю тебя.

Спасибо.

Доброй ночи.

Ана хх

От кого: Кристиан Грей

Тема: iPad

Дата: 10 июня 2011 г. 00.03

Кому: Анастейша Стил

Дорогая Анастейша

Рад, что он тебе понравился. Я купил и себе такой же.

Если бы я был рядом, я осушил бы твои слезы поцелуями.

Но я не рядом — так что ложись спать.

Кристиан Грей,
генеральный директор холдинга «Грей энтерпрайзес»

Его ответ вызывает у меня улыбку: все-таки он верен себе — такой властный. Изменится ли и это? И тут я понимаю, что и не надеюсь на это. Он нравится мне именно таким, доминирующим, если к нашим отношениям не примешивается страх перед физическим наказанием.

От кого: Анастейша Стил
Тема: Мистер Ворчун
Дата: 10 июня 2011 г. 00.07
Кому: Кристиан Грей

Ты верен себе — как всегда, властный и, возможно, возбужденный, возможно, сердитый.

Я знаю способ, как облегчить такое состояние. Но ты не рядом — ты не позволил мне остаться у тебя и ждешь, что я стану тебя умолять...

Мечтать не вредно, сэр.

Ана хх

P.S. Я обратила внимание, что ты включил в плей-лист и группу «Сталкер», ее антем «Каждое твое дыхание». Мне нравится твое чувство юмора, но знает ли о нем доктор Флинн?

От кого: Кристиан Грей
Тема: Спокойствие Будды
Дата: 10 июня 2011 г. 00.10
Кому: Анастейша Стил

Дражайшая мисс Стил

Порка встречается и при «ванильных» отношениях, как тебе известно. Как правило, при обоюдном согласии и в сексуальном контексте... но я более чем счастлив сделать исключение.

Тебе будет приятно узнать, что доктору Флинну тоже нравится мое чувство юмора.

Теперь, прошу тебя, ложись спать, ведь тебе предстоит напряженный день.

Между прочим, ты будешь умолять меня, поверь. И я жду этого.

Кристиан Грей,
генеральный директор холдинга «Грей энтерпрайзес»

От кого: Анастейша Стил
Тема: Доброй ночи, сладких снов
Дата: 10 июня 2011 г. 00.12
Кому: Кристиан Грей

Ну, раз ты так просишь и раз мне нравится твой восхитительный подарок, я свернусь клубочком, обнимая айпад, и засну, слушая музыку, которая тебе нравится, и шаря по «Британской библиотеке».

А. ххх

От кого: Кристиан Грей
Тема: Еще одна просьба
Дата: 10 июня 2011 г. 00.15
Кому: Анастейша Стил

Думай обо мне. Я хочу тебе присниться.

Кристиан Грей,
генеральный директор холдинга «Грей энтерпрайзес»

Думать о тебе, Кристиан Грей? Я всегда о тебе думаю.

Я быстро переодеваюсь в пижаму, чищу зубы и залезаю под одеяло. Вставив в уши наушники, достаю из-под подушки сдувшийся воздушный шарик с надписью «Чарли Танго», прижимаю к сердцу.

Меня переполняет радость; на моем лице глупая, от уха до уха улыбка. Как непохоже утро этого дня на вечер. Смогу ли я вообще заснуть?

Хосе Гонсалес выводит успокаивающую мелодию под гипнотический гитарный рифф, и я медленно уплываю в сон. Но перед этим успеваю еще раз удивиться, как исправился мир за один вечер, и думаю, не составить ли и мне свой собственный плей-лист для Кристиана.

Глава 3

Один из плюсов жизни без тачки — по дороге на работу, в автобусе, я могу подключить наушники к айпаду, благополучно лежащему в моей сумке, и слушать чудесные мелодии, которые подарил мне Кристиан. Поэтому я приезжаю на работу с радостной физиономией.

Джек бросает на меня долгий взгляд и удивленно говорит:

— Доброе утро, Ана. Ты просто сияешь.

Его замечание меня беспокоит. Как некстати!

— Я нормально выспалась, спасибо, Джек. Доброе утро.

Он поднимает брови.

— Пожалуйста, прочти это до обеда и напиши резюме. Хорошо? — Он вручает мне четыре рукописи и, заметив на моем лице ужас и недоумение, добавляет: — Только четыре главы.

— Конечно.

Я с облегчением улыбаюсь, и он тоже отвечает мне широкой улыбкой.

Я включаю компьютер, допиваю латте и съедаю банан. В почте меня уже ждет письмо от Кристиана.

От кого: Кристиан Грей
Тема: Так помоги мне…
Дата: 10 июня 2011 г. 08.05
Кому: Анастейша Стил

Я очень надеюсь, что ты позавтракала.

Я скучал без тебя этой ночью.

Кристиан Грей,
генеральный директор холдинга «Грей энтерпрайзес»

От кого: Анастейша Стил
Тема: Старые книги
Дата: 10 июня 2011 г. 08.33
Кому: Кристиан Грей

Я работаю на компе и жую банан. Я не завтракала несколько дней, так что это шаг вперед. Я в восторге от приложения «Британская библиотека» — уже перечитываю «Робинзона Крузо». ... И, конечно, я люблю тебя.

А теперь не мешай: я пытаюсь работать.

Анастейша Стил, секретарь Джека Хайда, редактора, SIP

От кого: Кристиан Грей
Тема: Это все, что ты ела?
Дата: 10 июня 2011 г. 08.36
Кому: Анастейша Стил

Исправляй ситуацию. Ведь тебе потребуется вся твоя энергия, чтобы умолять меня кое о чем.

Кристиан Грей,
генеральный директор холдинга «Грей энтерпрайзес»

От кого: Анастейша Стил
Тема: Зараза
Дата: 10 июня 2011 г. 08.39
Кому: Кристиан Грей

Мистер Грей, я пытаюсь зарабатывать себе на жизнь. А умолять меня придется вам.

Анастейша Стил, секретарь Джека Хайда, редактора, SIP

От кого: Кристиан Грей
Тема: Накликаешь!
Дата: 10 июня 2011 г. 08.40
Кому: Анастейша Стил

Что ж, мисс Стил, я люблю справляться с трудными ситуациями...

Кристиан Грей,
генеральный директор холдинга «Грей энтерпрайзес»

Я сижу и сияю как идиотка. Но мне ведь нужно прочесть четыре главы и написать о них. Кладу на стол рукописи и приступаю.

В обеденный перерыв я иду в магазин, съедаю сэндвич с копченой говядиной-пастрами и слушаю музыку Кристиана — на очереди интересный Найтин Соуни с его индийско-английским сочинением под названием «Родные страны». В музыкальных пристрастиях мистера Грея, на мой взгляд, много эклектики. Я двигаюсь назад и слушаю классику, «Фантазию на тему Томаса Таллиса» Ральфа Вон Уильямса. О, у Кристиана есть чувство юмора, и мне это нравится. Черт! Когда с лица сойдет эта идиотская улыбка?

День тянется бесконечно долго. Улучив момент, я решаю послать Кристиану письмо.

От кого: Анастейша Стил
Тема: Скучно
Дата: 10 июня 2011 г. 16.05
Кому: Кристиан Грей

Бью баклуши.

Как дела?

Чем занимаешься?

Анастейша Стил, секретарь Джека Хайда, редактора, SIP

От кого: Кристиан Грей
Тема: Твои баклуши
Дата: 10 июня 2011 г. 16.15
Кому: Анастейша Стил

Переходи на работу ко мне.

Тут тебе не придется бить баклуши.

Уверен, что найду для твоих пальчиков лучшее применение.

В самом деле, у меня уже есть несколько вариантов на выбор...

Я занят обычными делами — слиянием и поглощением.

Все это тебе малоинтересно.

Твоя офисная почта мониторится.

Кристиан Грей
Отвлекшийся генеральный директор холдинга «Грей энтерпрайзес»

Вот как! Об этом я и не подумала. Но откуда же он знает? Я хмуро гляжу на экран, быстро открываю почту и удаляю нашу переписку.

Ровно в половине шестого Джек подходит к моему столу. Сегодня пятница, поэтому на нем джинсы и черная рубашка.

— Ну как, Ана, обмоем твой дебют? Обычно мы заходим в бар на той стороне улицы.

— Мы? — с надеждой переспрашиваю я.

— Да, многие из нас. Ты пойдешь?

По неведомой причине, которую мне не хочется анализировать, я испытываю облегчение.

— С удовольствием. Как называется бар?

— «У Пятидесяти».

— Ты шутишь.

Он удивленно глядит на меня.

— Нет. А что?

— Да так, извини. Я приду.

— Что ты будешь пить?

— Пиво.

— Прекрасно.

Я иду в туалет и с «блэкберри» посылаю письмо Кристиану.

От кого: Анастейша Стил
Тема: Как раз для тебя
Дата: 10 июня 2011 г. 17.36
Кому: Кристиан Грей

Мы идем в бар под названием «У Пятидесяти».

Можешь себе представить, какой толстый пласт юмора я в этом обнаружила.

Жду вас там, мистер Грей.

А. x

От кого: Кристиан Грей
Тема: Опасность
Дата: 10 июня 2011 г. 17.38
Кому: Анастейша Стил

Горные разработки всяких пластов — очень и очень опасное занятие.

Кристиан Грей
Генеральный директор холдинга «Грей энтерпрайзес»

От кого: Анастейша Стил
Тема: Опасность?
Дата: 10 июня 2011 г. 17.40
Кому: Кристиан Грей

Почему ты так считаешь?

От кого: Кристиан Грей
Тема: Просто…
Дата: 10 июня 2011 г. 17.42
Кому: Анастейша Стил

Высказываю свои наблюдения, мисс Стил.

Скоро увидимся.

Скорее раньше, чем позже, детка.

Кристиан Грей,
Генеральный директор холдинга «Грей энтерпрайзес»

Я рассматриваю себя в зеркале. Какие перемены, хотя прошел всего лишь день. Мои щеки порозовели, глаза блестят. Вот эффект Кристиана Грея и небольшого почтового спарринга с ним. Я усмехаюсь собственному отражению и разглаживаю бледно-голубую рубашку — ту самую, купленную Тейлором. Сегодня я надела свои любимые джинсы. Большинство сотрудниц офиса носит либо джинсы, либо тонкие юбки. Мне тоже нужно обзавестись парой таких юбок. Пожалуй, я займусь этим в выходные и обналичу чек, который Кристиан дал мне за мою букашечку-«Ванду».

На выходе из здания меня кто-то окликает.

— Мисс Стил?

Я поворачиваюсь и вижу совсем юную девушку. Она похожа на призрак — бледная, со странным лицом, похожим на маску.

— Мисс Анастейша Стил? — повторяет она, а ее лицо остается неподвижным, даже когда она говорит.

— Да, а что?

Она останавливается на тротуаре в метре от меня и смотрит мне в глаза. Я тоже смотрю на нее в оцепенении. Кто она такая? Что ей надо?

— В чем дело? — интересуюсь я. Откуда она знает, как меня зовут?

— Нет… я просто хотела взглянуть на вас.

Ее голос до жути нежный. Как и у меня, у нее темные волосы и светлая кожа. Глаза желто-карие, как виски бурбон, но безжизненные и тусклые. На красивом лице — печать горя.

— Простите — мы в неравном положении, — говорю я, стараясь не обращать внимания на неприятные мурашки, побежавшие по спине.

Теперь я замечаю, что она выглядит странно, вся неухоженная и растрепанная. Ее одежда на два размера больше, чем надо, в том числе и элегантный плащ-тренчкот.

Она смеется — тоже странно, неестественно, и ее смех лишь усиливает мое беспокойство.

— Что в тебе есть такого, чего нет у меня? — грустно спрашивает она.

Мое беспокойство перерастает в страх.

— Простите, кто вы?

— Я? Я — никто.

Она поднимает руку и проводит ладонью по длинным, до плеч, волосам. Рукав пальто сползает вниз, обнажая запястье, а на нем — грязноватый бинт.

Мамочка моя!

— Всего доброго, мисс Стил.

Она поворачивается и уходит вверх по улице, а я будто приросла к месту и смотрю, как ее хрупкая фигура исчезает в толпе людей, выходящих из различных офисов.

Что все это значит?..

Озадаченная, я направляюсь через улицу к бару, пытаясь понять, что же произошло. Мое подсознание поднимает свою отвратительную голову и шипит как змея: «Она имеет какое-то отношение к Кристиану».

Бар «У Пятидесяти» — безликий, похожий на пещеру. На стенах развешены бейсбольные атрибуты и постеры. Джек сидит возле стойки, а с ним Элизабет, Кортни, другой редактор, два парня из финансового и Клэр из приемной. В ушах у нее, как всегда, — серебряные обручи.

— Эй, Ана! — Джек протягивает мне бутылку «Бада».

— За вас... спасибо, — бормочу я, все еще не опомнившись от встречи с призраком в женском обличье.

— Будем...

Мы чокаемся пивными бутылками, и он продолжает беседовать с Элизабет. Клэр приветливо улыбается.

— Ну, как прошла первая неделя?

— Спасибо, хорошо. Все, по-моему, очень приятные.

— Сегодня ты выглядишь гораздо веселее.

— Потому что пятница, — тут же нахожусь я. — Какие у тебя планы на выходные?

Испытанный отвлекающий прием срабатывает, я спасена. Оказывается, Клэр — из многодетной семьи, у нее шестеро братьев и сестер, и она поедет на семейную встречу в Такому. Она сразу оживилась, а я вдруг поняла, что не общалась ни с кем из моих ровесниц, с тех пор как Кейт уехала на Барбадос.

Я рассеянно подумала, как там дела у Кейт... и Элиота. Не забыть бы поинтересоваться у Кристиана, слышал ли он что-нибудь от него. Ох, в следующий вторник вернется Итан, брат Кейт, и он остановится в нашей квартире. Не думаю, что Кристиан обрадуется новости. Моя встреча с девушкой-призраком все дальше отходит на задний план.

Во время нашего с Клэр разговора Элизабет протягивает мне еще одну бутылку.

— Спасибо, — с улыбкой благодарю я.

С Клэр очень легко — она разговорчивая. Я не успеваю опомниться, как получаю третью бутылку — от парня из финансового.

Элизабет и Кортни уходят; Джек присоединяется к нам с Клэр. Где же Кристиан? Один из финансовых парней вступает в беседу с Клэр.

— Ана, ты не жалеешь, что пришла к нам?

Джек говорит тихо, а стоит ко мне чересчур близко. Правда, я уже заметила, что он всегда так беседует, даже в офисе.

— Спасибо, Джек, я нравилась сама себе в эту неделю. Да, я считаю, что правильно выбрала место работы.

— Ты очень умная, Ана. Далеко пойдешь.

Я зарделась от его комплимента.

— Спасибо, — бормочу я, не зная, что еще сказать.

— Ты далеко живешь?

— Недалеко от рынка Пайк-Маркет.

— О, мы почти соседи. — Улыбаясь, он встает еще ближе ко мне и облокачивается о стойку. Я оказываюсь в ловушке. — Какие у тебя планы на выходные?

— Ну, мне...

Я чувствую его еще до того, как вижу. Словно все мое тело тонко настроено на его присутствие. Я ощущаю исходящее от него странное пульсирующее электричество. Это одновременно успокаивает и зажигает меня — такое вот внутреннее противоречие.

Кристиан обнимает меня за плечи. Жест кажется небрежным и дружеским — но я-то понимаю его смысл. Он заявляет о своих правах, и в этой ситуации я радуюсь. Он ласково целует меня в макушку.

— Привет, малышка.

Я испытываю облегчение и восторг, я не могу оторвать от него глаз. Он отводит меня в сторону, а сам с бесстрастным лицом смотрит на Джека. Потом переключается на меня, лукаво улыбается и чмокает в щеку. На Кристиане джинсы, пиджак в тонкую полоску и белая рубашка с открытым воротом. Как всегда, он выглядит лучше всех.

Джек машинально пятится назад.

— Джек, это Кристиан, — виновато бормочу я. Почему я оправдываюсь? — Кристиан, это Джек.

— Я бойфренд, — объявляет Кристиан с холодной улыбкой, которая не затрагивает глаза, и пожимает руку Джека, и тот мысленно оценивает изысканный образчик мужественности, стоящий перед ним.

— Я босс, — высокомерно заявляет Джек. — Ана и в самом деле упоминала о каком-то бывшем приятеле.

Ой, зря! Не надо играть в такие игры с Кристианом Греем.

— Ну, я больше не бывший, — спокойно отвечает Кристиан. — Пойдем, малышка, нам пора.

— Оставайтесь с нами. Выпьем вместе, — тут же предлагает Джек.

Мысль не кажется мне удачной. Откуда такая неловкость? Я скашиваю взгляд на Клэр. Конечно, она раскрыла рот и с явным обожанием глядит на Кристиана. Когда я перестану волноваться из-за эффекта, который он производит на других женщин?

— У нас свои планы, — с загадочной улыбкой отвечает Кристиан.

Планы? По моему телу пробегает трепет предвкушения.

— Может быть, в другой раз, — добавляет он. — Пошли, — говорит он и берет меня за руку.

— До понедельника.

Я улыбаюсь Джеку, Клэр и парням из финансового, изо всех сил стараюсь не замечать недовольную физиономию босса и выхожу из бара следом за Кристианом.

Тейлор ждет у тротуара за рулем «Ауди».

— Почему вы были похожи на мальчишек, которые состязаются, кто дальше пустит струю? — спрашиваю я у Кристиана, когда он открыл передо мной дверцу.

— Потому что так оно и было, — бормочет он и одаривает меня своей загадочной улыбкой.

— Здравствуйте, Тейлор, — здороваюсь я, и наши глаза встречаются в зеркале заднего вида.

— Добрый день, мисс Стил, — вежливо кивает Тейлор.

Кристиан садится рядом со мной, сжимает мою руку и ласково целует пальцы.

— Привет, — тихо говорит он.

Я краснею: понимаю, что Тейлор нас слышит, и рада, что он не видит страстного, опаляющего взгляда, который направил на меня Кристиан. Я собираю все свое самообладание, чтобы не прыгнуть на него прямо тут, на заднем сиденье тачки.

Ох, заднее сиденье... хмм.

— Привет, — еле слышно отвечаю я пересохшими губами.

— Чем займемся сегодня вечером?

— По-моему, ты сказал про какие-то планы.

— О-о, Анастейша, я-то знаю, чего мне хочется. Я спрашиваю тебя, что ты хочешь.

Я улыбаюсь ему.

— Понятно, — произносит он с сальной ухмылкой. — Тогда я жду, когда ты попросишь меня. Где это произойдет, у меня или у тебя?

Наклонив голову набок, он улыбается мне — ой как сексуально!

— Вы очень самонадеянны, мистер Грей. Но для разнообразия мы можем поехать ко мне.

Я нарочно кусаю губу, и его лицо мрачнеет.

— Тейлор, пожалуйста, к мисс Стил.

— Да, сэр, — отвечает Тейлор и встраивается в поток машин.

— Как прошел твой день? — интересуется Кристиан.

— Хорошо. А твой?

— Спасибо, хорошо.

Его широкая до комизма ухмылка отражает мою. Он опять целует мои пальцы.

— Ты отлично выглядишь, — говорит он.

— Ты тоже.

— Твой босс, Джек Хайд... он хороший работник?

Ого! Неожиданная смена темы. Я хмурюсь.

— А что? Это имеет какое-то значение? Влияет на дальность струи?

Кристиан фыркает.

— Парень хочет залезть тебе в трусики, Анастейша.

У меня отваливается челюсть. Я краснею и нервно кошусь на Тейлора.

— Ну, мало ли что он хочет... Зачем вообще говорить об этом? Ты ведь знаешь, что он мне неинтересен. Он просто мой босс.

— В этом все дело. Он посягает на то, что принадлежит мне. Мне нужно знать, хороший ли он профессионал.

— Пожалуй, да.

Я пожимаю плечами. Зачем ему это надо?

— Ну, пускай он оставит тебя в покое, иначе в два счета вылетит на улицу.

— Ой, Кристиан, что ты говоришь? Он не сделал ничего дурного...

Нет, он стоял слишком близко ко мне.

— Если хоть раз попробует, скажи мне. Это называется грубое попрание общественной морали или сексуальное домогательство.

— Мы просто пили пиво после работы.

— Я не шучу. Одна попытка, и он вылетит.

— У тебя нет такой власти. — Честное слово, я так и сказала. Но тут же понимание ударило меня с силой мчащегося грузовика. — Или есть, Кристиан?

Вместо ответа Кристиан опять загадочно улыбается.

— Ты покупаешь фирму, — в ужасе шепчу я.

— Не совсем, — говорит он с улыбкой.

— Ты уже купил ее. Уже.

— Возможно, — уклончиво отвечает он.

— Купил или нет?

— Да.

Что за черт? Это уже слишком.

— Зачем? — пораженно спрашиваю я.

— Потому что я могу себе это позволить, Анастейша. Ради твоей безопасности.

— Но ведь ты сказал, что не будешь вмешиваться в мою карьеру!

— Я и не буду.

Я вырываю руку из его ладоней.

— Кристиан... — У меня нет слов.

— Ты злишься на меня?

— Да. Конечно. Злюсь. Разве в серьезном бизнесе так делают? Разве так принимают решения? Под влиянием трахания?

Я опять нервно кошусь на Тейлора, но он нас стоически игнорирует.

М-да, пора ставить фильтр между мозгами и языком.

Кристиан открывает было рот, но тут же закрывает и хмурится. Мы злобно сверкаем глазами друг на друга. Атмосфера в салоне, только что теплая и радостная, делается ледяной от невысказанных слов и потенциальных обвинений.

К счастью, поездка быстро заканчивается. Тейлор тормозит у моего дома.

Я пулей вылетаю из салона, не дожидаясь, когда кто-то откроет мне дверцу.

Я слышу, как Кристиан говорит вполголоса Тейлору:

— Пожалуй, подожди меня здесь.

Я роюсь в сумочке, нашаривая ключи. Он подходит и встает у меня за спиной.

— Анастейша, — осторожно говорит он успокаивающим тоном, словно я дикий зверек, загнанный в угол.

Со вздохом я поворачиваюсь к нему лицом. Я так страшно злюсь, что мой гнев хоть пальцами трогай — темное чудище, схватившее меня за горло.

— Во-первых, я давно тебя не трахал — уже целую вечность. Во-вторых, я давно собирался войти в издательский бизнес. В Сиэтле четыре компании этого профиля, из них SIP — самая прибыльная, но сейчас она оказалась на пороге стагнации. Ей нужно расширяться.

Я холодно щурюсь на него. Его глаза глядят пронзительно, даже грозно, но адски сексуально. Я тону в их стальной глубине.

— Так, значит, ты теперь мой босс, — рычу я.

— Технически я босс босса твоего босса.

— И технически это грубое попрание общественной морали — факт, что я трахаюсь с боссом босса моего босса.

— В данный момент ты с ним пререкаешься, — усмехается Кристиан.

— Потому что он такой осел.

Кристиан отшатывается. Вот черт... Я зашла слишком далеко?

— Осел? — бормочет он, и неожиданно на его лице появляется веселое изумление.

Проклятье! Я злюсь на тебя, я не хочу смеяться!

— Да. — Я цепляюсь за остатки своей злости.

— Осел? — повторяет Кристиан. На этот раз его губы вздрагивают от подавляемой улыбки.

— Не весели меня, когда я на тебя злюсь! — кричу я.

А он улыбается ослепительной, белозубой улыбкой американского парня, и я сдаюсь. Я тоже улыбаюсь, сначала неохотно, потом от души. Да и как можно не испытывать радость при виде такой улыбки?

— Не придавай значения моей дурацкой улыбке — я все равно зла как черт, — бормочу я, пытаясь не захихикать. Впрочем, я никогда не умела так заразительно хихикать, как мои однокурсницы, промелькнула в голове горькая мысль.

Он наклоняется ко мне, и я жду, что он меня поцелует. Но он лишь утыкается носом в мои волосы и с чувством вдыхает их запах.

— Вы неожиданны, как всегда, мисс Стил. — Откинувшись назад, он глядит на меня; в его глазах пляшут смешинки. — Так ты приглашаешь меня к себе? Или я поеду, чтобы реализовать демократическое право американского гражданина, предпринимателя и потребителя на покупку всего, что взбредет мне в голову?

— Ты говорил об этом с доктором Флинном?

Он смеется.

— Так ты пустишь меня к себе или нет?

Я хмурю брови и кусаю губу — но потом улыбаюсь и отпираю дверь. Кристиан оборачивается и машет рукой Тейлору. «Ауди» уезжает.

Как странно видеть Кристиана Грея в моем жилище. Мне кажется, что ему тут тесно.

Я все еще зла — его активность не знает границ. Теперь я понимаю, откуда он знал, что моя почта в SIP просматривается. Впрочем, он знает о SIP больше моего. Эта мысль меня не радует.

Что я могу сделать? Зачем ему понадобилось меня опекать? Слава богу, я взрослый человек — ну, типа того. Как убедить его в этом?

Я гляжу на его лицо, пока он расхаживает по комнате, словно тигр в клетке. И моя злость проходит. Мне радостно видеть его здесь, у меня дома, ведь еще вчера я думала, что мы разбежались навсегда. Да что там — радостно! Я люблю его, и мое сердце наполняется восторгом. Он оглядывает комнату, оценивая мою среду обитания.

— Приятная квартирка.

— Ее купили для Кейт родители.

Он рассеянно кивает, его самоуверенный взгляд устремлен на меня.

— Э-э... хочешь чего-нибудь выпить? — бормочу я, зардевшись и нервничая.

— Нет, спасибо, Анастейша. — Его глаза темнеют.

Почему я так нервничаю?

— Чем ты хочешь заняться, Анастейша? — тихо спрашивает он, направляясь ко мне — дикий, неприрученный тигр. И тихо добавляет: — Я-то знаю, чего хочу.

Я пячусь и пячусь, пока не упираюсь в кухонный островок.

— Все-таки я сердита на тебя.

— Знаю.

Он улыбается, криво и виновато, и я таю... Ну, может, не совсем таю, но несколько смягчаюсь.

— Хочешь есть? — спрашиваю.

Он медленно кивает.

— Да. Тебя, — мурлычет Кристиан.

Все, что лежит к югу от моей талии, то есть ниже ее, заходится в сладкой истоме. Меня совращает уже один его голос, а уж если к этому добавить взгляд, голодный, жадный — хочу-тебя-немедленно... — о боже!

Он стоит передо мной, не касаясь, и смотрит с высоты своего роста мне в глаза. Я купаюсь в жаре, исходящем от его тела. Я вся горю, не чую под собой ног, я опьянела от темного желания, наполнившего мое тело. Я хочу его.

— Ты ела сегодня что-нибудь? — бормочет он.

— Сэндвич во время ланча, — шепчу я. Мне не хочется говорить сейчас о еде.

Он щурится.

— Надо есть.

— Я, честное слово, не хочу сейчас... есть.

— Чего же вы хотите, мисс Стил?

— Вероятно, вы догадываетесь, мистер Грей.

Он наклоняется, и я опять думаю, что он меня поцелует. Но нет.

— Хочешь, чтобы я поцеловал тебя, Анастейша? — шепчет он мне на ухо.

— Да, — на выдохе говорю я.

— Куда?

— Везде.

— Говори конкретнее. Я уже сказал, что не дотронусь до тебя, пока ты не попросишь меня об этом и не скажешь, что я должен делать.

Я растерялась; это нечестная игра с его стороны.

— Пожалуйста, — шепчу я.

— Пожалуйста — что?

— Трогай меня.

— Где, малышка?

Он стоит так соблазнительно близко, его запах сводит меня с ума. Я протягиваю руку, и он тут же отступает назад.

— Нет, нет! — В его глазах внезапно появляется тревога.

— Что? — «Нет... вернись...»

— Нет. — Он качает головой.

— Совсем? — Я не могу убрать тоску из голоса.

Он неуверенно смотрит на меня, и я, осмелев от его колебаний, шагаю к нему. Он отступает, выставив перед собой руки, как бы для защиты. Но улыбается.

— Смотри, Ана. — Это предостережение, и он с отчаяньем приглаживает волосы.

— Иногда ведь ты не против, — жалобно напоминаю я. — Может, я найду маркер, и мы отметим те места, которые не надо трогать?

Он поднимает брови.

— Идея интересная. Где твоя спальня?

Я киваю в сторону моей комнаты. Он нарочно меняет тему?

— Ты приняла таблетку?

Ох, блин! Таблетка!

При виде моей растерянности он мрачнеет.

— Нет, — лепечу я.

— Ясно, — говорит он и плотно сжимает губы. — Ладно, давай что-нибудь поедим.

— Я думала, что мы ляжем в постель! Я хочу!

— Знаю, малышка. — Он улыбается и внезапно бросается ко мне, хватает за запястья, обнимает, прижимается ко мне всем телом.

— Тебе надо поесть, да и мне тоже, — бормочет он, пожирая меня горящими глазами. — К тому же предвкушение — ключ к соблазнению, и сейчас я наслаждаюсь отложенным удовлетворением.

Хм, с каких это пор?

— Я уже соблазнилась и хочу получить удовлетворение немедленно. Ну, пожалуйста. — Мой голос звучит жалобно.

Он нежно улыбается.

— Ешь. Ты слишком худенькая. — Он целует меня в лоб и разжимает руки.

Значит, это игра, часть какого-то коварного плана. Я смотрю на него исподлобья.

— Я уже и так злюсь на тебя за приобретение издательства, а теперь к этому добавляется то, что ты заставляешь меня ждать, — бурчу я, надув губы.

— Маленькая, злая мадам, ты подобреешь, когда хорошенько поешь.

— Я знаю, после чего я подобрею.

— Анастейша Стил, я шокирован. — В его тоне звучит легкая насмешка.

— Перестань меня дразнить. Это нечестно.

Он подавляет усмешку, закусив нижнюю губу. А выглядит просто умопомрачительно... игривый Кристиан, манипулирующий моим либидо. Будь я более опытной соблазнительницей, я бы знала, что делать. Но сейчас меня бесит, что я не могу к нему прикоснуться.

Моя внутренняя богиня щурит глаза и задумывается. Нам нужно над этим поразмыслить.

Пока мы с Кристианом глядим друг на друга (я — распаленно, с досадой и мольбой, а он — со спокойной улыбкой), я вспоминаю, что в доме нет ни крошки еды.

— Я могу что-нибудь приготовить — вот только нам придется купить...

— Купить?

— Да, что-нибудь.

— У тебя тут вообще нет ничего? — ужасается он.

Я качаю головой. Ни фига себе, похоже, он рассердился.

— Тогда пошли в супермаркет. — Он резко поворачивается, идет к двери и распахивает ее передо мной.

— Когда ты в последний раз был в супермаркете?

Кристиан выглядит здесь пришельцем из иных миров, но послушно следует за мной с металлической корзинкой.

— Не помню.

— Продукты покупает миссис Джонс?

— Кажется, ей помогает Тейлор. Но я точно не помню.

— Тебе нравятся блюда, которые жарят с перемешиванием? Их быстро готовить.

— Жарение с перемешиванием? Соблазнительная штука.

Кристиан усмехается. Несомненно, он разгадал мое желание поскорее закончить с едой.

— Они давно у тебя служат?

— Тейлор — четыре года вроде бы. Миссис Джонс — тоже около того. Почему у тебя дома шаром покати?

— Ты знаешь почему, — смущенно бормочу я.

— Это ведь ты ушла от меня, — неодобрительно напоминает он.

— Знаю, — неохотно отвечаю я.

Мы подходим к кассам и молча стоим в очереди.

«Если бы я не ушла, предложил бы он мне «ванильную» альтернативу?» — праздно гадаю я.

— Что мы будем пить? У тебя найдется что-нибудь? — Его вопрос возвращает меня к реальности.

— Пиво... вроде...

— Я куплю вина.

Бог ты мой, я не уверена, что в супермаркете «У Эрни» найдется приличное вино. Кристиан возвращается с пустыми руками и недовольной гримасой.

— Хорошее вино продается тут рядом, — быстро говорю я.

— Посмотрим, что у них есть.

Может, надо было поехать сразу к нему; мы бы обошлись без всей этой возни. Стремительно, с природной грацией он идет к выходу. Какие-то две женщины, остолбенев, таращатся на него. Да, да, таращатся на моего Грея!.. Внутри меня все бурлит от злости.

Мне хочется скорее оказаться с ним в постели, но он ускользает от меня. Может, и мне надо вести себя так же? Моя внутренняя богиня бурно поддерживает меня. Пока я стою в кассу, у нас с ней возникает план. Хмм...

Мы возвращаемся домой с покупками. Кристиан тащит сумки. Как это непривычно и как он не похож на самого себя — большого босса.

— Ты выглядишь совсем... одомашненным.

— До сих пор никто не обвинял меня в этом, — сухо отвечает он и ставит сумки на кухонный островок.

Я выкладываю продукты. Он достает бутылку вина и оглядывается в поисках штопора.

— Я здесь недавно и не все знаю. Возможно, штопор лежит вон в том ящике.

Казалось бы, все нормально. Два человека познакомились, теперь готовят ужин. Тем не менее так странно все складывается. Страх, который я всегда испытывала в его присутствии, испарился. Мы уже много чем занимались вместе — даже стыдно вспоминать. И все-таки я едва знаю этого мужчину.

— О чем задумалась? — Кристиан снимает пиджак и кладет его на диван.

— О том, как мало я тебя знаю.

Его глаза добреют.

— Ты знаешь меня лучше кого бы то ни было.

— Не думаю, что это так. — Мне вспоминается миссис Робинсон, неожиданно и совсем некстати.

— Так, именно так, Анастейша. Я очень и очень замкнутый.

Он протягивает мне бокал белого вина.

— За нас...

— За нас... — эхом отзываюсь я и отпиваю глоток. Он убирает бутылку в холодильник.

— Тебе помочь?

— Нет, все нормально, посиди.

— Я с удовольствием помогу, — искренне заверяет он.

— Тогда нарежь овощи.

— Я не умею готовить, — признается он, разглядывая нож, который я не без опаски вручила ему.

— Тебе это и не нужно.

Я кладу перед ним доску и пару стручков красного сладкого перца. Он озадаченно смотрит на них.

— Ты никогда не нарезал овощи?

— Никогда.

Я усмехаюсь.

— Тебе смешно?

— Оказывается, есть что-то, что я могу делать, а ты нет. Согласись, Кристиан, это забавно. Вот, я покажу тебе, как надо резать.

Я прижимаюсь к нему плечом. Он отодвигается. Моя внутренняя богиня берет это на заметку.

— Вот так. — Я разрезаю стручок пополам и тщательно очищаю его от семян.

— Хм, оказывается, все довольно просто, — удивляется он.

— У тебя не должно возникнуть сложностей, — говорю я с иронией.

Он смотрит на меня долгим взглядом, потом берется за работу, а я продолжаю нарезать кубиками курятину. Он режет перец соломкой, медленно, тщательно. Ох-ох-о, мы так всю ночь провозимся у плиты!

Я ополаскиваю руки и ищу в хозяйстве сковородку вок, оливковое масло и прочие нужные вещи. Попутно я стараюсь прикасаться к Кристиану — то бедром, то рукой, то спиной. Как бы случайно. Легкие, казалось бы, невинные прикосновения. И каждый раз он не реагирует на них и все еще возится с первым перцем.

— Я знаю, что ты делаешь, Анастейша, — мрачно бормочет он.

— Кажется, это называется приготовлением ужина, — отвечаю я с невинным видом.

Хватаю другой нож и встаю возле него — чищу и режу чеснок, лук-шалот и зеленую фасоль. И опять, как бы невзначай, задеваю его.

— Ловко ты орудуешь, — бормочет он, принимаясь за второй стручок.

— Нарезаю? — Невинный взмах ресниц. — У меня многолетняя практика. — Я опять трусь о него, на этот раз попкой.

— Анастейша, если ты проделаешь этот трюк еще раз, я овладею тобой прямо здесь, на полу кухни.

Ого, сработало!

— Сначала ты должен попросить меня об этом.

— Это вызов мне?

— Возможно.

Он кладет нож на доску и медленно поворачивается ко мне. Его глаза горят. Протягивает руку и выключает газ. Масло в воке сразу затихает.

— Пожалуй, мы поедим позже. Положи курятину в холодильник.

Вот уж я никогда не ожидала услышать от Кристиана Грея такие слова, и только он способен придать им такую невероятную сексуальность, что дух захватывает. Я беру миску с нарезанной курятиной, кое-как накрываю тарелкой и убираю. Он уже стоит рядом.

— Так ты будешь просить меня? — шепчу я и храбро гляжу в его потемневшие глаза.

— Нет, Анастейша. — Он качает головой и говорит нежно и страстно. — Не буду.

И вот мы стоим и пожираем друг друга глазами. Воздух между нами постепенно заряжается, начинает потрескивать. Мы молчим и просто глядим. Я кусаю губу, так как во мне яростно бушует желание, зажигает мою кровь, перехватывает дыхание, накапливается внизу живота. Я вижу, как моя реакция отражается в его глазах, его позе.

В один миг он хватает меня за бедра и прижимает к себе, мои руки тянутся к его волосам, а его губы накрывают мои. Он толкает меня к холодильнику, я слышу протестующее дребезжание бутылок и банок, а его язык уже властно ласкает мой. Я испускаю стон прямо в его рот. Рука берет меня за волосы, откидывает назад мою голову, и мы яростно целуемся.

— Чего ты хочешь, Анастейша? — еле слышно спрашивает он.

— Тебя, — шепчу я.

— Где?

— В постели.

Он подхватывает меня на руки и несет в мою спальню, быстро и легко. Там ставит меня возле кровати, протягивает руку и включает лампу. Быстро оглядывает комнату и торопливо задергивает бледно-кремовые шторы.

— Что теперь?

— Занимайся любовью.

— Как?

Господи!

— Ты должна мне сказать, малышка.

Черт побери!..

— Раздень меня. — Я уже задыхаюсь от страсти.

Он улыбается, запускает загнутый крючком указательный палец в вырез на моей блузке и тянет меня к себе.

— Молодец, — бормочет он и, не отрывая своих горящих глаз от моих, принимается медленно расстегивать мою блузку.

Чтобы не упасть, я нерешительно хватаюсь за его руки. Он не возражает. Его руки — безопасная область. Закончив возиться с пуговицами, он стягивает блузку с моих плеч, а я отпускаю его руки, и блузка падает на пол. Он берется за пояс моих джинсов, расстегивает пуговицу, потом тянет вниз молнию.

— Скажи мне, Анастейша, чего ты хочешь. — Его глаза затуманены страстью, из губ вырывается учащенное дыхание.

— Поцелуй меня отсюда досюда, — шепчу я и провожу пальцем от уха до ямки на горле.

Он откидывает с линии огня мои волосы, наклоняется и оставляет сладкие и нежные поцелуи вдоль проведенной мною дорожки, а потом и обратно.

— Джинсы и трусики, — бормочу я.

Он улыбается возле моего горла и встает передо мной на колени. О, я чувствую себя такой властной! Запустив в джинсы большие пальцы, он аккуратно стягивает их, а потом и трусы. Я сбрасываю с ног плоские туфли, перешагиваю через одежду и остаюсь в одном бюстгальтере. Он замирает и глядит на меня с вопросом, но не встает.

— Что теперь, Анастейша?

— Поцелуй меня, — шепчу я.

— Куда?

— Ты знаешь.

— Куда? Я понятия не имею.

А, он пленных не берет! Смущаясь, я показываю пальцем на мое сокровенное местечко, и он ухмыляется. Я закрываю глаза и сгораю от стыда, находясь одновременно в страшном возбуждении.

— С огромным удовольствием, — смеется он.

Потом целует меня и дает волю языку, своему опытному языку, умеющему доставлять столько удовольствия. Я кричу и вцепляюсь в его волосы. Он не останавливается, его язык гуляет вокруг моего клитора, доводя меня до безумия, вновь и вновь, кругом, кругом. Аххх... это так... сколько еще...? А...

— Кристиан, пожалуйста! — молю я. Мне не хочется кончать стоя. У меня нет сил.

— Что «пожалуйста», Анастейша?

— Занимайся любовью со мной.

— Я и занимаюсь, — мурлычет он.

— Нет, я хочу, чтобы ты вошел в меня.

— Точно?

— Пожалуйста.

Он не прекращает свою сладкую, изысканную пытку. Я издаю громкие стоны.

— Кристиан... пожалуйста!

Он встает и глядит на меня сверху вниз; на его губах блестит свидетельство моего возбуждения.

Такая страсть...

— Ну? — спрашивает он.

— Что «ну»? — Я тяжело дышу и смотрю на него с яростной мольбой.

— Я все еще одет.

В смущении я открываю рот.

Раздеть его? Да, могу. Тяну руки к его рубашке, но он пятится назад.

— Нет, нет. — Черт, он хочет, чтобы я сняла с него джинсы!

О-о, у меня появляется идея. Моя внутренняя богиня ликует. Я опускаюсь на колени. Неумело, дрожащими пальцами расстегиваю ремень и ширинку, спускаю вниз джинсы и боксерские трусы, и *он* упруго высвобождается. Ого!

Я гляжу на Кристиана сквозь ресницы, а он смотрит на меня... с чем? С волнением? Трепетом? Удивлением?

Он перешагивает через джинсы, снимает носки, и я беру *его* в руку, туго сдавливаю, двигаю назад, как он показывал мне на минувшей неделе. Кристиан стонет и напрягается, дыхание со свистом вырывается через стиснутые зубы. Чуть поколебавшись, я беру его в рот и сосу — сильно. М-м-м, на вкус он приятный.

— Ахх... Ана... ой, мягче.

Он нежно держит меня за затылок, а я еще глубже беру его в рот, плотно сжимаю губы и сосу изо всех сил.

— Хватит, — шипит он и грязно ругается.

О-о, это хорошо, сексуально, это вдохновляет... И я делаю это еще раз, втягиваю его еще глубже, вожу языком вокруг кончика. Хм-м... я чувствую себя Афродитой.

— Ана, хватит. Больше не надо.

Я проделываю все снова — взмолись, Грей, взмолись!

— Ана, ты увлеклась, — прорычал он сквозь зубы. — Так ты всего меня проглотишь.

Еще раз. Он наклоняется, хватает меня за плечи и швыряет на постель. Стаскивает через голову рубашку, протягивает руку к своим джинсам и достает из них конвертик из фольги. Он тяжело дышит, я тоже.

— Сними лифчик.

Я сажусь и выполняю его приказ.

— Ляг. Я хочу посмотреть на тебя.

Я ложусь и смотрю, как он медленно надевает презерватив. Я ужасно хочу его. Он смотрит на меня сверху и облизывает губы.

— Красиво смотришься, Анастейша Стил.

Он наклоняется над кроватью и целует меня. Он целует поочередно мои груди, щекочет языком соски. Я захожусь от страсти, извиваюсь под его мускулистым телом, но он не останавливается.

Нет... Перестань... Я хочу тебя...

— Кристиан, пожалуйста!

— Что «пожалуйста»? — бормочет он, уткнувшись в мои груди.

— Я хочу, чтобы ты был внутри меня.

— Прямо сейчас?

— Да-да, пожалуйста.

Глядя мне в глаза, он раздвигает мне ноги своими коленями и входит в меня в восхитительно медленном темпе.

Закрыв глаза, издавая громкие стоны, я наслаждаюсь полным, изысканным ощущением его обладания, инстинктивно приподнимаю навстречу ему свой таз. Он выходит из меня и медленно наполняет снова. Я погружаю пальцы в его шелковистые непослушные волосы, а он — как медленно! — движется во мне.

— Быстрее, Кристиан, быстрее... пожалуйста.

Он торжествующе смотрит на меня с высоты вытянутых рук, потом целует, убыстряет ритм — беспощадно, мстительно — о черт! — и я уже понимаю, что это ненадолго. Он переходит на бьющий ритм. Я тоже ускоряю движения, мои ноги напрягаются.

— Давай, малышка, — просит он, хватая ртом воздух. — Помоги мне.

Его слова помогают мне, и я взрываюсь, роскошно, умопомрачительно, рассыпаюсь на миллион осколков. Он следует за мной, выкрикнув мое имя.

— Ана! Ох, Ана!

Его тело расслабляется, придавливает меня своей тяжестью, голова утыкается мне в шею.

Глава 4

Когда ко мне возвращается ясность мыслей, я открываю глаза и гляжу в лицо любимого мужчины. Оно ласковое, нежное. Кристиан трется кончиком носа о мой нос, опирается на локти, сжимает мои руки и держит их возле моей головы. Вероятно, чтобы я не прикасалась к нему. Мне грустно. Потом ласково целует меня в губы и выходит из меня.

— Я скучал по нашей близости, — шепчет он.

— Я тоже, — вторю я.

Он берет меня за подбородок и целует — страстно, словно о чем-то умоляет. Чего он хочет? Я не знаю. У меня захватывает дух.

— Не бросай меня. — Он глядит мне в глаза, глубоко и серьезно.

— Хорошо, — шепчу я и улыбаюсь. Его ответная улыбка ослепительна; облегчение, воодушевление и мальчишеский восторг соединяются в восхитительный букет, способный размягчить самое холодное сердце. — Спасибо за айпад.

— Я очень рад, что он тебе нравится, Анастейша.

— Какая у тебя самая любимая песня в подборке?

— Ну, это мой секрет, — усмехается он. — Пойдем, девочка! Приготовь мне пожрать. Я умираю от голода.

Он спрыгивает с кровати и тащит меня за собой.

— Девочка? — смеюсь я.

— Девочка. Еды мне, скорее, пожалуйста.

— Ну, раз вы так просите, сэр, я немедленно примусь за готовку.

Слезая, я сдвигаю подушку. Из-под нее появляется сдувшийся воздушный шарик с надписью «Чарли Танго». Кристиан берет его и озадаченно смотрит на меня.

— Это мой шарик, — заявляю я, надеваю халат и завязываю пояс. (Вот же черт... зачем шарик так некстати вылез из-под подушки?)

— В твоей постели?

— Да. — Я краснею. — Он составлял мне компанию.

— Счастливый «Чарли Танго», — удивляется Кристиан. На его лице расцветает улыбка от уха до уха.

Да, Грей, я сентиментальная девочка, потому что люблю тебя.

— Это мой шарик, — повторяю я, поворачиваюсь и иду на кухню.

Мы с Кристианом сидим на персидском ковре, едим палочками из белых фарфоровых мисок лапшу с курятиной и запиваем охлажденным белым «Пино Гриджо». Кристиан опирается спиной о диван, ноги вытянул перед собой. На нем джинсы и рубашка. Всё. В глубине комнаты из его айпада мягко льется музыка «Буэна Виста сошал клаб».

— Вкусно, — хвалит он, энергично орудуя палочками.

Я сижу рядом, поджав ноги, жадно ем, внезапно осознав, какая я голодная, и любуюсь его голыми ступнями.

— Обычно готовлю я. Кейт не любит с этим возиться.

— Тебя научила мать?

— Не совсем, — усмехаюсь я. — Когда у меня возник интерес к готовке, мать жила с Супругом-номер-три в Техасе. А Рэй, если бы не я, питался бы тостами и фаст-фудом.

— Почему ты не осталась в Техасе с матерью?

— Ее муж Стив и я... мы не ладили. И я скучала без Рэя. Мама недолго прожила со Стивом. Вероятно, опомнилась. Она не любит говорить о нем, — спокойно добавила я.

Это была невеселая полоса в ее жизни, которую мы с ней никогда не обсуждали.

— Так что ты осталась в Вашингтоне у отчима.

— Я очень недолго жила в Техасе. Потом вернулась к Рэю.

— Похоже, ты заботилась о нем, — мягко говорит он.

— Наверное, — пожимаю я плечами.

— Ты привыкла заботиться о других.

В его голосе явственно звучит недовольная нотка.

— В чем дело? — интересуюсь я с удивлением. — Тебя что-то не устраивает?

— Я хочу заботиться о тебе. — Его глаза сияют от каких-то непонятных эмоций.

Мое сердце заколотилось.

— Я уже заметила, — шепчу я. — Только ты делаешь это странным образом.

Он морщит лоб.

— Это единственный способ, которым я владею.

— Я все-таки злюсь на тебя за покупку SIP.

— Знаю, малышка, но твоя злость меня не остановит, — улыбается он.

— Что я скажу моим коллегам, Джеку?

Он мрачнеет и сердито щурится.

— Этот хрен еще у меня дождется.

— Кристиан! Он мой босс.

Он поджимает губы и становится похож на упрямого школьника.

— Не говори им.

— Чего не говорить?

— Что я их купил. Соглашение о намерениях было подписано вчера. О сделке будет объявлено через четыре недели, когда руководство SIP выполнит кое-какие условия и внесет изменения в издательскую политику.

— О-о... я могу оказаться без работы? — встревожилась я.

— Искренне сомневаюсь в этом, — отвечает Кристиан, пряча усмешку.

— Если я найду другую работу, ты купишь и ту компанию?

— Но ведь ты не собираешься уходить, верно? — Он настораживается.

— Возможно. Я не уверена, что ты позволишь мне выбирать.

— Да, я куплю и ту компанию. — Он непреклонен.

Я хмурюсь, не видя выхода.

— Тебе не кажется, что ты переходишь все пределы разумного?

— Да. Я полностью отдаю себе отчет в том, как это выглядит.

— Спасибо доктору Флинну, — бормочу я.

Он ставит на пол пустую фарфоровую плошку и бесстрастно смотрит на меня. Я вздыхаю. Мне не хочется воевать. Встаю и забираю посуду.

— Десерт хочешь?

— Конечно! Ты можешь мне что-то предложить? — интересуется он с обольстительной ухмылкой.

— Не меня. — Почему не меня?.. Моя внутренняя богиня пробуждается от дремоты и садится, чутко прислушиваясь. — У меня есть мороженое. Между прочим, ванильное, — смеюсь я.

— В самом деле? — Его усмешка становится шире. — Думаю, мы можем придумать что-нибудь интересное.

Что?.. Я озадаченно гляжу на него, а он грациозно встает с ковра.

— Я могу остаться?

— Что ты имеешь в виду?

— У тебя, на ночь?

— По-моему, это предполагалось с самого начала.

— Хорошо. Где мороженое?

— В духовке. — Я мило улыбаюсь.

Он наклоняет голову набок и с иронией замечает:

— Сарказм — низшая форма остроумия, мисс Стил.

В его глазах появляется сладострастный блеск.

О черт! Что он задумал?..

— Я ведь могу и отшлепать тебя.

Я ставлю миски в раковину.

— Ты захватил с собой серебряные шарики?

Он хлопает себя по карманам и разводит руками.

— Знаешь, как это ни смешно, но я не ношу с собой запасной комплект. В офисе он мне без надобности.

— Очень рада это слышать, мистер Грей. А еще, кажется, вы сказали, что сарказм — низшая форма остроумия.

— Анастейша, мой новый девиз таков: «Если ты не можешь одолеть кого-то, присоединись к нему».

Я раскрываю рот — ушам своим не верю, — а он выглядит довольным собой и ухмыляется. Потом открывает морозилку и достает пинту лучшего ванильного мороженого «Бен & Джерри».

— Это нам подойдет. — Он глядит на меня потемневшими глазами. — «Бен & Джерри & Ана». — Каждое слово он выговаривает медленно и отчетливо.

Ну и ну!.. Моя нижняя челюсть отвисает до самого пола. Кристиан выдвигает ящик стола и хватает ложку. Когда он поднимает на меня взгляд, в его глазах горит страсть, а язык касается краешка верхних зубов. Ах, этот язык!

У меня захватывает дух. Желание — темное и сладостное — пробегает горячей волной по моим жилам. Сейчас будет весело.

— По-моему, тебе слишком жарко, — шепчет он. — Ты перегрелась. Я буду охлаждать тебя. Пойдем.

Кристиан протягивает мне руку, и я послушно следую за ним.

В спальне он ставит мороженое на ночной столик, снимает с кровати пуховое одеяло и обе подушки, кладет их горкой на пол.

— У тебя ведь найдется смена простыней, верно?

Я киваю, завороженно наблюдая за его действиями. Он берет в руки «Чарли Танго».

— Не испачкай мой шарик! — грозно предупреждаю я.

Уголки губ дергаются в лукавой улыбке.

— И не собираюсь, малышка. Я испачкаю тебя и эти простыни.

Мое тело буквально заходится в конвульсиях.

— Я привяжу тебя, согласна?

Ой... Что-то будет...

— Ладно, — шепчу я.

— Только руки. К кровати. Мне так нужно.

— Ладно, — снова шепчу я, не в силах произнести что-то другое.

Он подходит, глядя мне в глаза.

— Мы возьмем вот это. — Он берется за пояс моего халата и очень медленно, словно дразня меня, развязывает его и аккуратно вытаскивает из петель.

Халат распахивается, и я стою как парализованная под его жарким взглядом. Через пару мгновений Кристиан снимает халат с моих плеч. Халат спадает и ложится возле моих ног, а я стою обнаженная. Кристиан гладит мое лицо костяшками пальцев; прикосновение отдается сладким эхом в глубине живота. Наклонившись, он быстро целует меня в губы.

— Ложись на спину, — бормочет он. Его потемневшие глаза сверкают.

Я послушно выполняю все, что он говорит. Моя комната погружена в полумрак, только от ночника льется робкий свет.

Вообще-то, я ненавижу энергосберегающие лампочки — они такие тусклые. Но сейчас радуюсь приглушенному свету. Кристиан стоит возле кровати и глядит на меня.

— Я могу смотреть на тебя весь день, Анастейша, — говорит он и тут же залезает на кровать, садится на меня верхом.

— Руки над головой, — командует он.

Я повинуюсь, и он обвязывает концом пояса мое левое запястье и продевает пояс через металлические прутья в изголовье кровати. Сильно дергает за него, рука вытягивается. Так же крепко привязывает и мое правое запястье.

Теперь, когда я связана, он заметно успокаивается. Ему это по нраву. Ведь я больше не могу до него дотронуться. Мне пришло в голову, что ни одна из его прежних партнерш не прикасалась к нему — они никогда не получали такой возможности. Он всегда контролировал все действия и сохранял дистанцию. Вот почему он так любит свои правила.

Он слезает с меня и, наклонившись, быстро чмокает в губы. Выпрямляется и стаскивает через голову рубашку. Расстегивает джинсы и сбрасывает их на пол.

Обнаженный, он великолепен. Моя внутренняя богиня выполняет тройной аксель, а у меня внезапно пересыхают губы. Его фигура словно создана по классическим канонам: широкие мускулистые плечи, узкие бедра — перевернутый треугольник. Он явно поддерживает форму тренировками. Я могла бы любоваться им с утра до вечера. Тем временем Кристиан подходит к изножью кровати, хватает меня за лодыжки и резко тянет на себя. Теперь мои руки окончательно вытянулись, и я не могу ими двигать.

— Так-то лучше, — бормочет он.

Взяв мороженое, он возвращается на кровать и опять садится на меня верхом. Медленно сдирает крышку из фольги и втыкает ложку в ванильную массу.

— Хм-м... оно еще твердовато, — сообщает он, подняв брови. Зачерпывает мороженое и отправляет в рот. Сладко жмурится, облизывает губы. — Поразительно, каким вкусным бывает простое ванильное мороженое. — Смотрит на меня с хитрым видом. — Хочешь попробовать?

Он сидит на мне и лакомится мороженым — такой молодой, беззаботный и горячий — глаза веселые, лицо сияет. Что же он собирается со мной делать? Я робко киваю, словно не могу говорить.

Он зачерпывает еще мороженого и протягивает мне; я открываю рот; тогда он быстро его проглатывает.

— Слишком вкусно, чтобы делиться, — заявляет он с коварной ухмылкой.

— Эй! — протестую я.

— Как, мисс Стил, вы любите ванильное мороженое?

— Да, — отвечаю я с наигранной злостью и безуспешно пытаюсь сбросить его с себя.

Он смеется.

— Ах, мы сердимся! Я бы на твоем месте поостерегся.

— Хочу мороженого!

— Ладно уж, мисс Стил, ведь вы так порадовали меня сегодня. — Он подносит к моим губам полную ложку мороженого и дает ее съесть.

Мне тоже хочется смеяться. Он веселится от души, и его хорошее настроение заразительно. Он зачерпывает еще мороженого и дает мне, потом еще... Ладно, хватит.

— Эге, вот как можно заставить тебя есть — путем принудительного кормления. Надо иметь это в виду.

Зачерпывает еще мороженого и предлагает мне. На этот раз я плотно сжимаю губы и мотаю головой. Тогда он ждет, держа ложку надо мной. Растаявшее мороженое капает мне на горло, на ключицы. Он медленно слизывает его. Мое тело наполняется истомой.

— Хм-м. Мисс Стил, оказывается, так мороженое еще вкуснее.

Я неистовствую, пытаюсь освободить руки; кровать зловеще скрипит, а мне плевать — я горю желанием, оно пожирает меня. Он зачерпывает еще ложку и льет растаявшее мороженое мне на груди. Потом размазывает его ложкой по каждой груди и соскам.

Ой... холодно! Соски напрягаются от мороженого.

— Холодно? — участливо спрашивает Кристиан и опять слизывает с меня лакомство. Его губы кажутся мне горячими по сравнению с холодом ванильной массы.

Это мука. Мороженое тает и стекает с меня струйками на простыню. Губы Кристиана продолжают медленную пытку, то с силой всасывают, то нежно ласкают мою кожу.

— Пожалуйста... — Я учащенно дышу.

— Поделиться с тобой?

Прежде чем я успеваю сказать «да» или «нет», его язык уже вторгается в мой рот, холодный, умелый; на вкус он походит сейчас одновременно на Кристиана и на ванильное мороженое. Восхитительно!

Едва я успеваю привыкнуть к этому, как он садится и выливает подтаявшее мороженое узкой полоской от грудей вниз и кладет на мой пупок большой комок. Оно еще холоднее, но почему-то обжигает...

— Ну вот, лежи спокойно, иначе все мороженое окажется на постели.

Его глаза сияют. Он целует обе груди, сильно сосет соски, затем слизывает полоску мороженого на теле.

А я стараюсь лежать неподвижно, несмотря на головокружительное сочетание холода и жарких прикосновений. Но бедра начинают двигаться сами собой, в собственном ритме, под действием холодной ванильной магии. Кристиан перемещается вниз и поедает мороженое с моего живота, ввинчивает кончик языка в пупок.

Из моего горла вырываются громкие стоны. Боже мой! Мне холодно и жарко одновременно, Кристиан доводит меня до исступления, но не останавливается. Он льет мороженое ниже, на лобок, на клитор. Я громко кричу.

— Тише, тише, — говорит Кристиан.

Его волшебный язык продолжает слизывать мороженое. Теперь я выражаю свою страсть спокойнее.

— Ох... пожалуйста... Кристиан...

— Я знаю, малышка, знаю, — шепчет он, а его язык делает свое дело.

Он не останавливается, не желает останавливаться, и мое тело выгибается кверху — выше, выше. Кристиан вставляет в меня один палец, другой и движет ими взад-вперед с мучительной неспешностью.

— Вот так, — бормочет он, ритмично поглаживая переднюю стенку моей вагины, а сам продолжает слизывать и всасывать ванильное мороженое.

Неожиданно я тону в умопомрачительном оргазме, извиваюсь со стонами; он притупляет все мои чувства, отдаляет все, что творится вне моего тела. Черт побери, это случилось так быстро!

Я едва замечаю, что Кристиан прекратил свои манипуляции и теперь стоит надо мной, надевая резинку. Вот он уже внутри меня, жестко и быстро.

— О да! — стонет он, вторгаясь в меня.

Он весь липкий — остатки мороженого размазаны между нами. Это странное ощущение меня отвлекает, но лишь на считаные секунды, так как Кристиан внезапно переворачивает меня на живот.

— Вот так, — бормочет он и опять резко входит в меня, но не спешит начинать свои обычные карающие движения.

Он развязывает мои руки и поднимает меня кверху, так что теперь я практически сижу на нем. Его ладони обхватывают мои груди, мягко теребят соски. Я со стонами откидываю голову назад, на его плечо. Он ласкает, покусывает мою шею и одновременно двигает бедрами, восхитительно медленно, снова и снова наполняя меня.

— Знаешь ли ты, как много ты для меня значишь? — шепчет он мне на ухо.

— Нет, — шепчу я.

Он смеется и на миг сжимает пальцами мое горло.

— Знаешь, знаешь. Я никуда тебя не отпущу.

Вместо ответа я издаю стон, а он прибавляет темп.

— Ты моя, Анастейша.

— Да, твоя, — признаю я, тяжело дыша.

— Я забочусь обо всем, что принадлежит мне, — шипит он и кусает мое ухо.

Я кричу.

— Правильно, малышка, я хочу слышать твой голос.

Одной рукой он обхватывает мою талию, другой держит мое бедро и врывается в меня еще жестче, вынуждая меня закричать еще раз. Его дыхание делается хриплым, неровным, под стать моему. Глубоко внутри я чувствую знакомую пульсацию. Опять!..

Я растворяюсь в ощущениях. Вот что он делает — владеет моим телом так, что я не могу ни о чем думать. Мощная, заразительная магия. Я как бабочка, попавшая в его сачок, не способная улететь, не желающая никуда улетать. Я его... вся целиком его...

— Давай, малышка, — рычит он сквозь стиснутые зубы, и после этого, словно ученик чародея, я взрываюсь, и мы вместе погружаемся в блаженную агонию.

Я лежу в его объятьях на липких простынях. Он прижался грудью и животом к моей спине и уткнулся носом мне в волосы.

— Я боюсь моей любви к тебе, — шепчу я.

— Я тоже, — спокойно говорит он.

— Вдруг ты меня бросишь? — Мне страшно об этом даже подумать.

— Я никуда не денусь, Анастейша. По-моему, я даже не смогу никогда насытиться тобой.

Я поворачиваюсь и гляжу на него. Его лицо серьезное и искреннее. Я нежно его целую. Он улыбается и заправляет прядь моих волос за ухо.

— Мне никогда еще не было так плохо, как после нашей ссоры, Анастейша, когда ты ушла. Я сделаю все что угодно, горы сдвину, лишь бы не страдать опять, как в тот раз.

В его словах звучат грусть и даже удивление.

Я опять целую его. Мне хочется вернуть наш веселый настрой. Кристиан делает это вместо меня.

— Ты пойдешь со мной завтра к моему отцу на торжественный летний прием? Это ежегодная благотворительная акция. Я уже обещал, что приду.

Я улыбаюсь, испытывая неожиданную робость.

— Конечно, пойду. — «Ох, черт! Мне нечего надеть».

— Что ты помрачнела?

— Так, ничего.

— Скажи мне, — настаивает он.

— Мне нечего надеть.

Кристиан слегка хмурится.

— Не обижайся и не сердись, но у меня дома остались все вещи, купленные для тебя. Я уверен, что там найдется парочка платьев.

Я недовольно надуваю губы.

— Да ладно?

Но сегодня мне не хочется ссориться. Лучше я приму душ.

Девушка, похожая на меня, стоит возле SIP. Застрелиться можно. Она — вылитая я. Словно это я, бледная и неряшливая, в одежде не по размеру, стою и смотрю на ту, другую, здоровую и довольную жизнью, которая носит мои наряды.

— Что в тебе есть такого, чего нет у меня? — спрашиваю я у нее.

Мое беспокойство перерастает в страх.

— Кто ты?

— Я? Я — никто... А кто ты? Ты тоже никто?

— Тогда мы с тобой равны — только не говори никому, они нас прогонят, понимаешь?..

Она улыбается; злая гримаса медленно расползается по ее лицу. Это так страшно, что я невольно кричу.

— Что с тобой, Ана? — Кристиан трясет меня за плечо.

Я не сразу соображаю, где нахожусь. Я дома, в темноте, в постели с Кристианом... Я трясу головой, чтобы окончательно проснуться.

— Ну, пришла в себя? Тебе приснился плохой сон.

— А-а.

Он включает лампу, и она льет на нас свой тусклый свет. Кристиан смотрит на меня с озабоченным лицом.

— Та девушка, — шепчу я.

— Что-что? Какая девушка? — участливо интересуется он.

— Сегодня, когда я уходила с работы, возле SIP стояла девушка. Она выглядела почти как я... правда, не совсем.

Кристиан застывает, и когда свет лампочки делается ярче, я вижу, что его кожа стала пепельного цвета. Он садится на постели и поворачивает ко мне лицо.

— Когда это было?

— Сегодня вечером, когда я уходила с работы, — повторяю я. — Ты ее знаешь?

— Да. — Он проводит рукой по шевелюре.

— Кто она?

Он молчит. Его рот плотно сжат.

— Кто она? — настаиваю я. — Скажи!

— Лейла.

Я сглатываю комок в горле. Его бывшая саба! Я вспомнила, как Кристиан говорил о ней перед тем, как мы отправились кататься. Внезапно я вижу, что он страшно напрягся. С ним что-то творится.

— Та девушка, которая записала «Токсик» на твой плеер?

Он с тревогой смотрит на меня.

— Да. Она что-нибудь тебе говорила?

— Она сказала: «Что в тебе есть такого, чего нет у меня?», а когда я спросила, кто она, ответила: «Никто».

Кристиан закрывает глаза, словно ему очень больно. Что случилось? Что она значит для него?

В моем теле бурлит адреналин, даже волосы шевелятся. Она очень дорога ему? Может, он страдает без нее? Я знаю так мало про его прошлые... хм, связи? увлечения? Возможно, они заключили контракт, по которому она обязалась давать ему то, что он захочет, и она с радостью давала это ему.

Ну нет, я так не могу... При мысли об этом мне становится нехорошо.

Спрыгнув с кровати, Кристиан натягивает джинсы и идет в гостиную. Я бросаю взгляд на будильник — пять утра. Накидываю его белую рубашку и иду за ним.

Господи, он звонит по телефону!

— Да, возле SIP, вчера... ранним вечером, — спокойно сообщает он. Потом поворачивается ко мне и строго требует: — Назови точное время.

— Примерно без десяти шесть, — бормочу я.

Кому он звонит в такую рань? Что сделала Лейла? Он сообщает эту информацию неизвестному адресату, а сам не отрывает от меня глаз. Его лицо строгое и серьезное.

— Выясни, как... Да... Я бы этого не сказал, но ведь и тогда я не мог подумать, что она способна на такое. — На его лице — болезненная гримаса. — Неизвестно, как все обернется. Да, я поговорю... Да... Знаю... Выясни и сообщи мне. Обязательно найди ее, Уэлч, она в беде. Найди ее. — Разговор окончен.

— Хочешь чаю? — спрашиваю я. У Рэя чай — ответ на любой кризис и единственная вещь, которую он хорошо делает на кухне. Я наливаю воду в чайник.

— Вообще-то я хочу вернуться в постель. — По взгляду Кристиана мне ясно, что не для сна.

— Знаешь, мне нужно выпить чашечку чая. Присоединишься?

Я хочу знать, что происходит. И мне не нужны его отвлекающие маневры.

Он взволнованно приглаживает волосы.

— Да, пожалуй, выпью, — соглашается он, но я вижу его раздражение.

Я ставлю чайник на плиту и вожусь с чашками и заварочным чайником. Мой уровень тревоги взлетает до готовности номер один. Намерен ли он рассказать мне об этой проблеме? Или мне самой придется все раскапывать?

Я чувствую на себе его взгляд — чувствую его неуверенность, гнев. Я поднимаю голову и вижу его настороженное ожидание.

— В чем дело? — тихо спрашиваю я.

Он трясет головой.

— Ты не хочешь мне говорить?

— Нет. — Он вздыхает и закрывает глаза.

— Почему?

— Потому что это не должно тебя касаться. Я не хочу впутывать тебя в эту историю.

— Хоть и не должно, все равно уже коснулось. Ведь она разыскала именно меня и поджидала возле моей работы. Как она про меня узнала? Откуда знает, где я работаю? Поэтому я имею право требовать от тебя объяснения того, что происходит.

Он снова раздраженно проводит ладонью по волосам, словно прислушивается к какому-то своему внутреннему спору.

— Пожалуйста, — ласково прошу я.

Его губы крепко сжимаются. Он хмурит брови.

— Вообще-то я представления не имею, как она тебя нашла. Может, видела наше фото в Портленде, не знаю. — Он опять вздыхает, и мне ясно, что он злится на себя.

Он расхаживает взад-вперед. Я терпеливо жду и наливаю кипяток в заварочный чайник. После паузы он продолжает:

— Когда я был с тобой в Джорджии, Лейла без предупреждения явилась ко мне домой и устроила сцену Гейл.

— Гейл?

— Миссис Джонс.

— Как это «устроила сцену»?

Он досадливо морщится.

— Скажи. Ты что-то скрываешь. — Я перебарываю робость и добавляю настойчивости в свой голос.

Он удивленно моргает.

— Ана, я...

— Ну?

Он обреченно вздыхает.

— Она пыталась вскрыть себе вены.

— Не может быть! — Теперь понятно, откуда у нее бинт на запястье.

— Гейл отвезла ее в госпиталь. Но Лейла ушла оттуда еще до моего возвращения.

Господи! Что это значит? Попытка суицида? Почему?

— Врач, лечивший ее, назвал этот поступок типичным криком о помощи. Он не верит, что она вправду шла на риск, и считает, что она лишь стоит на пороге суицидального мышления. Но я не уверен. Я пытаюсь ее отыскать и как-то помочь.

— Она что-нибудь сказала миссис Джонс?

Он смерил меня долгим взглядом. Я вижу, что ему не по себе.

— Так, пару слов, — наконец, отвечает он, но я понимаю: он что-то недоговаривает.

Я наливаю чай в чашки и обдумываю ситуацию. Итак, Лейла хочет вернуться в жизнь Кристиана и идет на крайние меры, чтобы привлечь его внимание. Ого, страшный способ... Но эффективный. Кристиан уехал ради нее из Джорджии, но она скрылась раньше, чем он туда прибыл? Очень странно.

— Ты не можешь ее найти? А если через ее семью?

— Они не знают, где она. Не знает и ее муж.

— Муж?

— Да, — смущенно говорит он, — она года два как замужем.

Что?

— Так она, замужняя женщина, была с тобой? — Ни хрена себе! Он и вправду не знает никаких рамок приличия.

— Нет! Господи, нет. Она была со мной года три назад. Потом мы расстались, и она вскоре вышла замуж за этого парня.

А-а...

— Так почему же она теперь пыталась привлечь твое внимание?

Он печально качает головой.

— Не знаю. Нам лишь удалось узнать, что она сбежала от мужа четыре месяца назад.

— Подожди, значит, она не была твоей сабой уже три года?

— Два с половиной.

— Но ей захотелось стать твоей законной женой.

— Да.

— А ты ни в какую.

— Ну, сама знаешь.

— И тогда она ушла от тебя.

— Да.

— Так почему же она снова вернулась к тебе?

— Не знаю. — По тону чувствую, что у него есть объяснение.

— Но ты подозреваешь...

Он сердито прищурил глаза.

— Я подозреваю, что это как-то связано с тобой.

Со мной? Чего она от меня хочет? «Что в тебе есть такого, чего нет у меня?»

Я гляжу на Кристиана, на его великолепный торс. Этот красавец принадлежит мне; он мой. Мой. Но все-таки она так похожа на меня: такие же темные волосы и бледная кожа. При этой мысли я хмурюсь. Да... что в тебе есть такого, чего нет у меня?..

— Почему ты не сказала мне вчера?

— Забыла. — Я виновато пожимаю плечами. — Понимаешь, междусобойчик после работы, в конце моей первой

рабочей недели. Потом ты появился в баре. Твой... тестостеронный клинч с Джеком; потом мы приехали сюда. Эта
встреча совсем выскользнула из моей памяти. Ты заставляешь меня забыть обо всем.

— Тестостеронный клинч? — кривится он.

— Да. Кто дальше пустит струю.

— Я тебе покажу тестостеронный клинч!

— Разве ты не будешь пить чай?

— Нет, Анастейша, не буду.

Его глаза прожигают меня насквозь. Говорят: «Я хочу
тебя и немедленно». У-ух, горячо!

— Забудь о ней. Пойдем. — Он протягивает руку.

Моя внутренняя богиня делает в гимнастическом зале
три сальто назад; я хватаю его за руку.

Я просыпаюсь, потому что мне жарко. Оказывается, я
обвилась вокруг голого Кристиана Грея. Он хотя и спит, но
крепко прижимает меня к себе. Мягкий утренний свет про-
сачивается сквозь шторы. Моя голова лежит на его груди,
нога сплелась с его ногой, рука на его животе.

Я осторожно, чтобы не разбудить его, поднимаю голову.
Во сне он такой молодой и безмятежный. Он — мой.

М-м-м... Я нерешительно глажу его по груди, пробегаю
кончиками пальцев по спутанным волосам, а он не шевелится. Я прямо-таки не верю своим глазам. Он реально
мой — на несколько драгоценных мгновений. Я нежно целую один из его шрамов. Он тихо стонет, но не просыпается. Я улыбаюсь и снова целую. Он открывает глаза.

— Привет, — говорю я с виноватой усмешкой.

— Привет, — настороженно отвечает он. — Что ты делаешь?

— Смотрю на тебя.

Я пробегаю пальцами по его «дорожке счастья» — от
пупка вниз до... Он сердито щурится, хватает меня за руку,
но потом его губы растягиваются в ослепительной улыбке,
и я успокаиваюсь. Мои прикосновения остаются тайными.

Но почему ты не позволяешь мне дотрагиваться до тебя?

Неожиданно он ложится на меня, вдавив в матрас,
и хватает за запястья. Щекочет мой нос своим носом.

— Кажется, мисс Стил, вы задумали что-то нехорошее, — заявляет он строгим тоном, но с улыбкой.

— Я люблю думать о нехорошем, когда лежу рядом с тобой.

— Правда? — спрашивает он и легонько целует меня в губы. — Секс или завтрак? — спрашивает он.

Его глаза потемнели, но полны юмора. Я чувствую, как он входит в меня, и выгибаюсь навстречу ему.

— Правильно, молодец, — бормочет он; его дыхание щекочет мне шею.

Я стою перед зеркалом и пытаюсь изобразить из своих волос какое-то подобие прически — но они слишком длинные. Я в джинсах и майке. Кристиан только что принял душ и тоже одевается. Я жадным взором гляжу на его тело.

— Ты часто ходишь на тренировки? — интересуюсь я.

— Каждую неделю в один из выходных, — отвечает он, застегивая ширинку.

— Чем ты занимаешься?

— Бегаю, делаю силовые упражнения, занимаюсь кикбоксингом, — пожимает он плечами.

— Кикбоксингом?

— Да, у меня есть персональный тренер, бывший олимпийский чемпион. Его зовут Клод. Он тебе понравится.

Я поворачиваюсь и гляжу на него. Он застегивает рубашку.

— Как это понравится? Что ты хочешь этим сказать?

— Тебе он понравится как тренер.

— Зачем мне нужен персональный тренер? Для хорошей формы мне достаточно и тебя.

Он подходит ко мне и обнимает за плечи. Его потемневшие глаза встречаются в зеркале с моими.

— Но я хочу, чтобы ты, малышка, была в форме и справлялась с нагрузками. Это нужно для моих планов.

У меня вспыхивают щеки при воспоминании об игровой комнате. Да... Красная комната боли задает нагрузку для организма. Значит, он рассчитывает, что я опять туда вернусь? Хочу ли я этого?

«Конечно, хочешь!» — кричит моя внутренняя богиня.

Я смотрю в его бездонные, завораживающие серые глаза.

— Ты хочешь этого, не отрицай, — шепчет он.

Я заливаюсь краской; мне в голову приходит неприятная мысль о том, что Лейла, вероятно, справлялась с нагрузками. Мои губы поджимаются сами собой.

— Что такое? — озабоченно спрашивает Кристиан.

— Ничего, — трясу я головой. — Ладно, я познакомлюсь с Клодом.

— Правда? — недоверчиво спрашивает Кристиан.

Его лицо светлеет. У него такой вид, словно он выиграл в лотерею, хотя наверняка ни разу в жизни не покупал лотерейные билеты — не было нужды.

— Да, господи, если это так тебя радует, — усмехаюсь я.

Он еще крепче обнимает меня и целует в щеку.

— Ты даже не представляешь как, — шепчет он. — Ну, чем мы займемся сегодня?

Он утыкается носом в мои волосы, и по всему моему телу бегут восхитительные мурашки.

— Я хотела сегодня подстричься, а еще, хм-м, мне надо обналичить чек и купить машину.

— А, совсем забыл! — спохватывается он и закусывает губу. Потом лезет в карман и достает ключ от «Ауди».

— Машина здесь, — говорит он спокойно, с непроницаемым лицом.

— Что значит «здесь»? — сердито спрашиваю я.

Черт! Я зла. Как он смеет!

— Тейлор привез ее вчера.

Я открываю рот, закрываю и повторяю эти действия дважды, но так ничего и не в силах изречь. Он возвращает мне машину. Черт побери! Почему я не смогла это предвидеть? Что ж, в этой игре два игрока. Я лезу в задний карман джинсов и достаю конверт с чеком.

— Вот, это твой чек.

Кристиан смотрит на меня с удивлением; потом, узнав свой конверт, поднимает ладони кверху и пятится назад.

— Нет-нет. Это твои деньги.

— Нет, не мои. Я хочу купить у тебя машину.

Выражение его лица мгновенно меняется. На нем вспыхивает ярость — да, ярость.

— Нет, Анастейша. Это твои деньги, твоя машина, — сердито заявляет он.

— Нет, Кристиан. Мои деньги, твоя машина. Я покупаю ее у тебя.

— Я подарил тебе эту машину по случаю окончания учебы.

— Если бы ты подарил мне ручку — это был бы нормальный подарок. А не «Ауди».

— Тебе в самом деле хочется спорить со мной?

— Нет.

— Ладно, вот ключи, держи! — Он кладет их на комод.

— Я не это имела в виду!

— Прекратим дискуссию, Анастейша. Не испытывай мое терпение.

Я хмуро гляжу на него, потом меня осеняет. Взяв конверт, я рву его пополам, потом еще пополам и бросаю клочки в корзину. Уф, хорошо!

Кристиан стоит с бесстрастным лицом, но я знаю, что подожгла фитиль и теперь мне надо держаться подальше. Он гладит свой подбородок.

— Вы, как всегда, нарываетесь на неприятности, мисс Стил, — сухо заявляет он, резко поворачивается и идет в другую комнату.

Такой реакции я не ожидала. Думала, будет Армагеддон по полной программе. Я гляжусь в зеркало и принимаю решение завязать волосы в хвост.

Меня гложет любопытство. Чем там занимается мистер Грей? Вхожу в комнату. Он говорит по телефону.

— Да, двадцать четыре тысячи долларов. Срочно.

Он направляет на меня бесстрастный взгляд.

— Хорошо. В понедельник? Прекрасно... Нет, это все, Андреа.

Сердито захлопнул мобильник.

— Деньги поступят на твой банковский счет в понедельник. Мне не нужны такие фокусы.

Он клокочет от злости, но мне плевать.

— Двадцать четыре тысячи долларов! — Я почти кричу. — И откуда ты знаешь мой банковский счет?

Моя ярость удивляет его.

— Я знаю о тебе все, Анастейша, — спокойно заявляет он.

— Моя машина никак не стоила двадцать четыре тысячи.

— В целом я с тобой согласен, но у рынка свои законы. Цена зависит от того, покупатель ты или продавец. Некий сумасшедший захотел купить этот гроб на колесах и был готов раскошелиться на эту сумму. Очевидно, коллекционер. Если не веришь мне, спроси у Тейлора.

Я недоверчиво и зло смотрю на него, он на меня — два злых и упрямых идиота.

И тут я ощущаю притяжение: между нами возникает электричество; оно толкает нас друг к другу. Внезапно Кристиан хватает меня в охапку, жадно, неистово целует в губы. Его растопыренная ладонь держит меня за попку и прижимает к бедрам; другая рука тянет за волосы и запрокидывает мне голову. Я тоже запустила пальцы в его шевелюру и крепко держу, не отпускаю от себя. Он трется об меня всем телом, я слышу его прерывистое дыхание. Я чувствую, как он возбужден. Он хочет меня, и у меня кружится от счастья голова, я плавлюсь от восторга — ведь я нужна ему.

— Почему, почему ты споришь со мной? — бормочет он между жаркими поцелуями.

Кровь звенит в моих жилах. Неужели он всегда будет так же действовать на меня? А я на него?

— Потому что могу.

Я задыхаюсь от долгого поцелуя. Я не вижу, а чувствую кожей его улыбку. Он прижимается лбом к моему лбу.

— Господи, я хочу тебя, но у меня закончились резинки. Я никогда не могу насытиться тобой. Ты умопомрачительная, потрясающая женщина.

— А ты доводишь меня до безумия, — шепчу я. — Во всех отношениях.

Он качает головой.

— Пошли. Позавтракаем. И я знаю место, где ты можешь подстричься.

— Хорошо, — соглашаюсь я.

Наш конфликт позади.

— Я плачу. — Я хватаю чек за завтрак, опередив его.
Он хмурится.

— Ты не успел, Грей. Надо быстрее шевелиться.

— Верно, надо, — кисло соглашается он, хотя я подозреваю, что он меня дразнит.

— Не сердись. Ведь я теперь на двадцать четыре тысячи долларов богаче, чем была сегодня утром. Могу себе позволить... — я гляжу на чек, — заплатить за завтрак двадцать два доллара шестьдесят семь центов.

— Благодарю, — ворчит он. Ну, вернулся угрюмый подросток.

— Теперь мы куда?

— Ты в самом деле хочешь подстричься?

— Да ты посмотри на меня!

— По-моему, симпатичная прическа. Как все в тебе.

Я краснею и опускаю глаза.

— А как же прием, который устраивает вечером твой отец?

— Вспомнил! Нужно явиться в смокинге.

— Где он пройдет?

— В доме родителей. У них там разбит большой шатер.

— Что за благотворительная программа?

Кристиан трет ладони о бедра и неохотно отвечает:

— Называется «Справимся вместе». Реабилитация для наркозависимых родителей с маленькими детьми.

— По-моему, хорошее дело, — тихо говорю я.

— Ладно, пошли.

Он встает, давая понять, что разговор на эту тему закончен, и подает мне руку. Я берусь за нее, Кристиан крепко сжимает мои пальцы и выводит из ресторана.

Странно. Он так демонстративно ведет себя в одних случаях и совершенно закрыт в других. Мы идем по улице. Утро приятное, мягкое. Светит солнце, в воздухе витает аромат кофе и свежего хлеба.

— Куда мы идем?

— Это сюрприз.

Ну ладно. Не очень-то я люблю его сюрпризы.

Мы проходим два квартала; магазины тут явно более дорогие. Мне еще не выдавалась возможность обследовать эту часть города, но все это буквально по соседству с нашим жильем. Кейт будет довольна: тут масса маленьких бутиков, где она сможет утолять свою страсть к нарядам. Впрочем, мне тоже нужно купить несколько легких юбок, чтобы надевать на работу.

Кристиан останавливается перед большим шикарным салоном красоты под названием «Эсклава» (то есть «Рабыня» по-испански) и открывает передо мной дверь. Внутри все белое и кожаное. За ослепительно-белой стойкой администратора сидит молодая блондинка в белом. Она поднимает на нас взгляд.

— Доброе утро, мистер Грей, — радостно здоровается она и хлопает длинными ресницами.

На щеках блондинки появляется румянец, вероятно, от смущения. Это меня не удивляет, ведь таково действие Кристиана на всех женщин. Но откуда она его знает?

— Привет, Грета.

Он тоже ее знает. Как это понять?

— Как обычно, сэр? — вежливо спрашивает она. У нее очень розовая помада.

— Нет, — быстро отвечает он, нервно покосившись на меня.

Как обычно? Что это значит?

«Ни фига себе! Ведь это Правило номер шесть, проклятый салон красоты... Вся эта чушь с воском... проклятье!..»

Вот куда он приводил всех своих саб! Может, и Лейлу тоже? Как мне к этому относиться?

— Мисс Стил скажет вам, что она хочет.

Я сердито гляжу на него. Он вводит свои Правила, не мытьем, так катаньем. Я уже согласилась на персонального тренера — и вот теперь это?

— Почему здесь? — злобно прошипела я.

— Салон принадлежит мне, как и еще три таких же.

— Ты его владелец? — удивленно переспрашиваю я. Вот уж неожиданность!

— Да. Попутный бизнес. Кстати, ты можешь получить здесь все, что хочешь. Всевозможный массаж: шведский, шиацу; горячие камни, рефлексология, ванны с морскими водорослями, массаж лица и прочее, что нравится женщинам, — тут делают все. — Он взмахивает рукой с длинными пальцами.

— И воск?

Он смеется.

— Да, воск тоже. Во всех местах, — шепотом добавляет он, наслаждаясь моим дискомфортом.

Я вспыхиваю и бросаю взгляд на Грету. Она выжидающе смотрит на меня.

— Будьте добры, мне нужно подстричься.

— Хорошо, мисс Стил.

Грета с немецкой четкостью находит в компьютере необходимую информацию.

— Франко освободится через пять минут.

— Франко хорошо стрижет, — заверяет меня Кристиан.

Я пытаюсь осмыслить то, что только что узнала. Кристиан Грей, генеральный директор холдинга, владеет еще и сетью салонов красоты.

Краем глаза я наблюдаю за ним. Внезапно Кристиан бледнеет — что-то, или кто-то, этому причиной. Я поворачиваю голову, чтобы узнать, куда направлен его взгляд. В глубине салона появляется стройная платиновая блондинка, закрывает за собой дверь и разговаривает с парикмахером.

Платиновая блондинка высокая, загорелая, на вид лет тридцати с небольшим — точно сказать трудно. Она одета в такую же форму, что и Грета, только черного цвета. Выглядит потрясающе. Ее волосы буквально светятся словно нимб, постриженные каре с длинными передними прядями. Она поворачивается, видит Кристиана, и на ее лице расцветает ослепительная и теплая улыбка.

— Извини, — торопливо бормочет Кристиан.

Он быстро идет через салон, мимо парикмахеров в белом, мимо учеников, стоящих возле раковин, к ней. Они стоят слишком далеко, и я не слышу, о чем они беседуют. Платиновая блондинка нежно здоровается с ним, целует в обе щеки, берет за локоть, и они о чем-то оживленно беседуют.

— Мисс Стил?

Грета безуспешно окликает меня.

— Минуточку, пожалуйста, — прошу я, не в силах оторвать глаз от Кристиана и платиновой блондинки.

Та поворачивается и смотрит на меня, как на знакомую. На ее лице — такая же ослепительная улыбка. Я вежливо растягиваю губы в ответ.

Кажется, Кристиан чем-то расстроен. Он в чем-то убеждает платиновую блондинку, она уступает и с улыбкой поднимает руки кверху. Он тоже улыбается — ясное дело, они прекрасно знают друг друга. Возможно, они долгое время вместе работали? Может, она управляет этим салоном? У нее властный вид.

Потом понимание ударяет в меня, словно тяжелый стальной шар на тросе, и глубоко внутри, на уровне инстинкта, я понимаю, кто это. Она. Яркая, не очень юная, прекрасная...

Это миссис Робинсон.

Глава 5

— Грета, с кем разговаривает мистер Грей?

Мне хочется умереть. Я полна недобрых предчувствий, и мое подсознание кричит: «Беги, беги отсюда!» Но вопрос я произнесла небрежным тоном.

— А, это миссис Линкольн. Она владелица этого салона в доле с мистером Греем. — Грета с готовностью сообщает эти сведения.

— Миссис Линкольн? — Вероятно, миссис Робинсон развелась с мужем и женила на себе какого-нибудь беднягу саба.

— Да. Обычно ее здесь трудно увидеть, но сегодня заболел один из наших сотрудников, и она его заменяет.

— Вы знаете, как зовут миссис Линкольн?

Грета смотрит на меня, подняв брови, хмурится и надувает свои розовые губки, словно удивлена моим любопытством. Эх, может, я зашла слишком далеко?

— Элена, — отвечает она, почти с неохотой.

Меня захлестывает странное чувство облегчения от того, что не подвело мое шестое чувство.

«Шестое чувство? — фыркает мое подсознание. — Незамутненная детская интуиция».

Они все еще что-то обсуждают. Кристиан говорит горячо, с напором. Элена взволнованно слушает, кивает, качает головой и морщится. Вот она прикусила губу и поглаживает пальцами свою ладонь, словно желая успокоиться. Еще один кивок, и она бросает на меня взгляд, дарит бледную улыбку.

Я могу лишь таращиться на нее с каменным лицом. Пожалуй, я в шоке. Как он посмел привезти меня сюда?

Она что-то бормочет Кристиану; он бросает на меня краткий взгляд, затем поворачивается к ней и отвечает. Она кивает, и я думаю, что она желает ему удачи. Впрочем, я плохо умею читать по губам.

Кристиан возвращается ко мне; на его лице я вижу беспокойство. Черт побери, не зря я... Миссис Робинсон удаляется в дальнюю комнату и закрывает за собой дверь.

Кристиан хмурится.

— Все в порядке? — В его голосе мне слышится опаска, настороженность.

— Не совсем. Ты не хотел меня знакомить? — холодно спрашиваю я.

У него отваливается челюсть. Он выглядит так, словно я выдернула из-под его ног ковер.

— Но я думал...

— Что ж, и умные люди иногда... — Я не могу подыскать подходящие слова. — Мне хочется уйти отсюда.

— Почему?

— Ты знаешь почему. — Я опускаю глаза.

Он смотрит на меня горящим взором.

— Прости, Ана. Я не ожидал ее здесь увидеть. Она никогда сюда не приезжает. Она открыла новый салон в Браверн-центре и сидит обычно там. Сегодня кто-то заболел.

Я резко поворачиваюсь и иду к двери.

— Грета, Франко нам не понадобится, — говорит Кристиан, и мы выходим на улицу.

Мне хочется убежать, но я перебарываю это желание. Убежать далеко-далеко. Еще ужасно хочется плакать. Но больше всего я хочу уйти подальше от этого идиотского гламура.

Мы движемся по Шестой авеню. Я обхватила себя руками и нагнула голову, избегая веток. Мой мозг бурлит от бесчисленных вопросов, на которые пока нет ответа. Кристиан молча идет рядом, пока в моем сознании проносятся все эти мысли. Он не прикасается ко мне, и это весьма разумно с его стороны. Будет ли мистер Хитрец и на этот раз уклоняться от ответа?

— Ты приводил сюда своих саб? — грозно интересуюсь я.

— Некоторых приводил, — спокойно отвечает он.

— И Лейлу?

— Да.

— Но ведь салон выглядит новым.

— Я недавно закончил ремонт.

— Понятно. Так что миссис Робинсон встречала всех твоих рабынь?

— Да.

— Они знали про нее?

— Нет. Никто из них. Только ты.

— Но я не саба.

— Нет, конечно.

Я останавливаюсь и поворачиваюсь к нему лицом. В его широко раскрытых глазах читаю страх.

— Неужели ты не понимаешь, как все это мерзко? — Мой голос дрожит от гнева и возмущения.

— Да. Прости. — И он изображает раскаяние (как любезно с его стороны!).

— Я хочу подстричься, желательно там, где не будет твоих сотрудников или клиенток.

Он болезненно морщится.

— Ну, я пошла. Пока.

— Ты ведь не сбегаешь от меня? Нет?

— Нет. Я, черт побери, просто хочу подстричься. Где-нибудь. Я хочу сесть в парикмахерское кресло, закрыть глаза и забыть про всю фигню, которая тебя сопровождает.

Он проводит ладонью по шевелюре.

— Я могу прислать Франко к тебе домой, — спокойно предлагает он.

— Она очень привлекательная.

— Да, верно, — неохотно соглашается он.

— Она сейчас замужем?

— Нет. Уже пять лет как в разводе.

— Почему вы не вместе?

— Потому что у нас все в прошлом. Я уже говорил тебе.

Внезапно он морщит лоб, поднимает кверху палец, потом выуживает из кармана свой «блэкберри». Вероятно, телефон вибрировал; звонка я не слышала.

— Да, Уэлч, — рявкает он и выслушивает сообщение. Мы стоим на Второй авеню. Я смотрю на молоденькую лиственницу, опушившуюся нежной зеленью.

Мимо нас идут и идут люди по своим субботним делам. Несомненно, размышляют о каких-то личных драмах. Интересно, думаю я, входят ли в число этих драм сбежавшая экс-саба, умопомрачительная экс-доминантка и мужчина, чье поведение не укладывается в концепт приватности, предусмотренный законами США.

— Погиб в ДТП? Когда? — прерывает мои размышления Кристиан.

Э, кто? Я настораживаюсь.

— Тем более. Значит, этот говнюк рассказал не все. Он что-то знает. Неужели у него нет никакой жалости к ней? — Кристиан неодобрительно качает головой. — Теперь все начинает проясняться... нет... мне понятно, почему она такая, а не где она.

Кристиан обводит взглядом улицу, словно что-то ищет, и я невольно повторяю его действия. Но не замечаю ничего особенного. Все те же деревья, автомобили, горожане, спешащие по своим делам.

— Она здесь, — продолжает Кристиан. — Она следит за нами. Да... Нет. Два или четыре, двадцать четыре, семь... Я еще не объявил об этом. — Кристиан переводит взгляд на меня.

Не объявил о чем? Я хмурюсь, и он опасливо поглядывает на меня.

— Что?.. — шепчет он и бледнеет. — Понятно. Когда? Только что? Но каким образом?.. Никаких биографических данных?.. Понятно. Отправь по емейлу имя, адрес и фото, если есть... двадцать четыре, семь, с сегодняшнего дня. Поддерживай связь с Тейлором. — Кристиан отключает смартфон.

— Ну? — с тревогой спрашиваю я. Он скажет мне хоть что-нибудь?

— Это был Уэлч.

— Кто он?

— Мой секьюрити.

— Понятно. Что же случилось?

— Три месяца назад Лейла сбежала от мужа с каким-то парнем, а четыре недели назад он погиб в ДТП.

— Ой...

— Этот говнюк, врач, знал все это... — с гневом и досадой говорит он. — Горе — вот в чем причина ее странного поведения. Пойдем.

Он протягивает мне ладонь, и я машинально берусь за нее. Но тут же спохватываюсь и отдергиваю руку.

— Постой, мы не договорили. О «нас» и о ней, твоей миссис Робинсон.

Кристиан сердито морщится.

— Она не «моя миссис Робинсон». Мы можем поговорить об этом у меня дома.

— Я не хочу идти к тебе. Я хочу подстричься! — кричу я, стараясь сосредоточиться только на стрижке...

Он снова выхватывает из кармана смартфон и набирает номер.

— Грета, это Кристиан Грей. Мне нужно, чтобы Франко был через час у меня. Передай миссис Линкольн... Хорошо. — Он убирает смартфон. — Ты слышала? Парикмахер приедет в час.

— Кристиан! — лепечу я.

— Анастейша, у Лейлы явно нервный срыв. Я не знаю, за кем она охотится, за тобой или за мной, и что задумала. Сейчас мы поедем к тебе, соберем твои шмотки, и ты поживешь у меня, пока мы не разыщем Лейлу.

— Зачем мне это надо?

— Ради твоей безопасности.

— Но ведь...

— Никаких «но», — сердится он. — Ты поедешь ко мне, даже если тебя придется тащить за волосы.

Я удивленно смотрю на него. Невероятно. Пятьдесят Оттенков в великолепном, ярком многообразии.

— По-моему, ты преувеличиваешь опасность.

— Нет. Пошли. Продолжим разговор у меня дома.

Я с вызовом гляжу на него, скрестив на груди руки. Он заходит слишком далеко.

— Нет, — повторяю упрямо.

— Ты либо пойдешь сама, либо я тебя понесу. Меня устраивают оба варианта.

— Не посмеешь, — усмехаюсь я. Ведь не станет же он устраивать спектакль на Второй авеню.

Он улыбается, но его глаза остаются строгими.

— Ну, малышка, мы оба знаем, что если ты бросаешь мне перчатку, то я с радостью принимаю вызов.

Мы сердито смотрим друг на друга — и тут он наклоняется, берет меня за бедра и поднимает. Не успев опомниться, я уже лежу животом на его плече.

— Оставь меня в покое! — визжу я. Ох, как мне нравится так кричать!

Не обращая внимания на мои крики, он идет по Второй авеню. Крепко держит одной рукой, а свободной шлепает меня по заду.

— Кристиан! — кричу я. Люди оглядываются на нас. Я не знаю, куда деться от стыда. — Я пойду сама! Я пойду!

Он ставит меня на ноги и не успевает выпрямиться, как я уже шагаю в сторону своего дома, клокоча от ярости, игнорируя его. Да, конечно, иногда он идет рядом, но я продолжаю его игнорировать. Что я намерена делать? Я так злюсь, что даже не знаю, что злит меня больше — всего хватает.

По дороге я мысленно составляю такой список:

1. Он нес меня на плече — недопустимо для меня, как и для любого человека старше шести лет.

2. Он привел меня в салон, которым владеет вместе с бывшей любовницей, — не глупо ли?

3. В тот же салон он приводил своих бывших саб — тоже глупо.

4. Он даже не понял, что это некорректно, — а еще считается умным человеком.

5. Наличие сумасшедших подружек, хотя и бывших. Могу ли я винить его в этом? Я сейчас в такой ярости, что да, могу.

6. Он знает мой банковский счет — слишком неприлично.

7. Его покупка SIP — у него больше денег, чем ума.

8. Он настаивает на моем переезде к нему — угроза со стороны Лейлы, вероятно, серьезнее, чем он думал... Так почему же он не рассказал мне о ней вчера?

В моем мозгу шевелится догадка. Что-то изменилось. Что же? Я останавливаюсь, и Кристиан останавливается вместе со мной.

— Что произошло? — грозно спрашиваю я.

— Ты о чем? — уточняет он, вопросительно подняв брови.

— С Лейлой.

— Я уже сказал тебе.

— Нет, не сказал. Тут что-то еще. Вчера ты не настаивал на том, чтобы я перебралась к тебе. Так что же случилось?

Он нерешительно мнется.

— Кристиан! Отвечай! — требую я.

— Вчера она ухитрилась получить разрешение на ношение оружия.

Вот это да. Я смотрю на него, тупо моргаю и, переваривая эту новость, чувствую, что бледнею. Что вот-вот упаду в обморок. Вдруг она хочет его убить? Нет!..

— Значит, она может купить себе пушку, — шепчу я.

— Ана, — озабоченно произносит он и берет меня за плечи. — Я не думаю, что она наделает глупостей, но не хочу, чтобы ты подвергалась какому бы то ни было риску.

— Я-то ладно... а вот как быть с тобой? — шепчу я.

Он хмуро глядит на меня, а я обхватываю его руками, крепко прижимаюсь и утыкаюсь лицом в его грудь. Кажется, он не возражает.

— Пойдем назад, — бормочет он, наклоняется и целует меня в макушку.

Вот и всё. Вся моя злость ушла, но не забылась. Она рассеялась под угрозой опасности, нависшей над Кристианом. Мне невыносимо даже думать об этом.

В самом мрачном настроении я собираю небольшой чемоданчик, кладу в рюкзак свой ноут, «блэкберри», айпад и шарик «Чарли Танго».

— Ты и «Чарли Танго» берешь с собой? — удивляется Кристиан.

Я киваю, и он снисходительно улыбается.

— Во вторник вернется Итан, — лепечу я.

— Итан?

— Брат Кейт. Он остановится тут, пока не подыщет себе квартиру в Сиэтле.

Кристиан бесстрастно глядит на меня, но я замечаю, что в его глазах появляются льдинки.

— Ну вот и хорошо, что ты переедешь ко мне. Ему будет просторнее, — спокойно говорит он.

— Я не знаю, есть ли у него ключи. Во вторник мне надо будет сюда приехать.

Кристиан не отвечает.

— Я все собрала.

Он подхватывает чемодан, мы выходим на улицу и направляемся на стоянку, расположенную за домом. Там стоит моя «Ауди». Я непроизвольно оглядываюсь через плечо и не понимаю, то ли это паранойя, то ли за нами действительно кто-то наблюдает. Кристиан распахивает передо мной дверцу пассажирского сиденья и выжидательно смотрит.

— Ты садишься?

— Я думала, что сяду за руль.

— Нет, машину поведу я.

— Разве я плохо вожу? Только не говори мне, что тебе известно, сколько баллов я получила за вождение. Меня уже не удивляют твои шпионские наклонности. — Может, он знает, что я еле-еле одолела письменный экзамен.

— Садись в машину, Анастейша, — сердится он.

— Ладно уж.

Я поспешно ныряю в «Ауди». Честно говоря, мне страшновато. Возможно, ему тоже не по себе. За нами следит сумасшедшее существо — ну, бледная брюнетка с карими глазами, обладающая жутковатым сходством со мной и, возможно, купившая себе огнестрельное оружие.

Кристиан встраивается в поток машин.

— У тебя все сабы были брюнетками?

Он хмурится.

— Да. — Голос звучит неуверенно. Наверняка Кристиан удивляется, зачем мне нужно это знать.

— Мне просто интересно.

— Я уже говорил тебе, что предпочитаю брюнеток.

— Миссис Робинсон не брюнетка.

— Вот именно, — бормочет он. — Она-то и отвратила меня навсегда от блондинок.

— Ты шутишь, — удивляюсь я.

— Да, я шучу, — отвечает он с досадой.

С бесстрастным лицом я высматриваю за окном брюнеток, но Лейлы среди них нет.

Так, значит, он любит только брюнеток. Интересно, почему? Или миссис Необычайный Гламур, несмотря на то что она Старушка Робинсон, в самом деле отвратила его от блондинок? Я трясу головой: Кристиан Грей просто пудрит мне мозги.

— Расскажи мне о ней.

— Что ты хочешь знать? — Лоб Кристиана собирается в гармошку, а его тон рассчитан на то, чтобы меня запугать.

— Расскажи мне о вашем деловом соглашении.

Он явно радуется возможности поговорить о делах и успокаивается.

— Я скорее теневой партнер. Бизнес, связанный с салонами красоты, меня мало интересует, но она встроила его в успешную сеть других фирм. Я просто помог ей на старте инвестициями.

— Почему?

— Я был у нее в долгу.

— Да?

— Когда меня вышибли из Гарварда, она дала мне взаймы сто тысяч баксов, чтобы я мог начать свой бизнес.

Ни хрена себе! Она тоже богатая...

— Тебя вышибли?

— Это было не мое, Анастейша. Я промучился два года. К сожалению, мои родители не понимали этого.

Я хмурю брови. Мистер Грей и доктор Грейс Тревельян не одобряли его. Мне трудно это представить.

— По-моему, ты не прогадал, вылетев из Гарварда. На чем ты специализировался?

— Политика и экономика.

Хм-м... цифры.

— Так она богатая? — бормочу я.

— Ей было скучно. Она была дорогой куклой очень богатого торговца древесиной. — Кристиан повернул ко мне лицо и криво усмехнулся. — Он не позволял ей работать. Понимаешь, он любил все держать под контролем. Такой чудак. — На его лице вновь появилась усмешка.

— Неужели? Разве бывают такие диктаторы? По-моему, это из области мифов... — Я вкладываю в реплику весь сарказм, на какой способна.

Кристиан ухмыляется еще шире.

— Она ссудила тебя деньгами мужа?

Он кивает с озорной улыбкой.

— Какой ужас!

— Свое он вернул себе, — туманно возражает Кристиан, въезжая в подземный гараж в башне «Эскала».

Да ладно!..

— Каким образом?

Кристиан качает головой, словно ему неприятно вспоминать об этом, и паркуется возле «Ауди Quattro SUV».

— Пойдем — скоро приедет Франко.

В лифте Кристиан пристально смотрит мне в лицо.

— Ты все еще злишься? — интересуется он будничным тоном.

— Ужасно злюсь.

— Ну-ну, — кивает он и смотрит в стенку.

Тейлор ждет нас возле лифта и берет мой чемодан. Как он ухитряется всегда быть там, где нужно?

— Уэлч звонил? — спрашивает Кристиан.

— Да, сэр.

— И?

— Все улажено.

— Замечательно. Как ваша дочь?

— Все в порядке, благодарю вас, сэр.

— Хорошо. В час приедет парикмахер — Франко де Лука.

— Мисс Стил. — Тейлор почтительно кивает.

— Здравствуйте, Тейлор. У вас есть дочь?

— Да, мэм.

— Сколько ей лет?

— Семь.

Кристиан нетерпеливо смотрит на меня.

— Она живет у матери, — поясняет Тейлор.

— О-о, понятно.

Тейлор улыбается. Для меня это неожиданность. Тейлор — отец? Я следую за Кристианом в большой зал, впечатленная этой информацией.

Оглядываюсь по сторонам. Я не была здесь с того горького момента.

— Ты голодна?

Я качаю головой, мол, нет. Кристиан пристально глядит на меня, но решает не спорить.

— Мне нужно сделать несколько звонков. Располагайся как дома.

— Ладно.

Кристиан скрывается за дверью своего кабинета, оставив меня одну. Я стою посреди обширной картинной галереи, которую он именует домом, и прикидываю, чем мне заняться.

Одежда! Схватив рюкзак, я взбираюсь по лестнице в свою спальню и заглядываю в большой шкаф-купе. В нем по-прежнему много нарядов — все новые, с ценниками. Три длинных вечерних платья, три коктейльных платья и еще три повседневных. Все они, должно быть, тянут на запредельную сумму.

Я смотрю на ярлычок одного из вечерних платьев: 2998 долларов. Вот это да! У меня подкашиваются ноги, и я сажусь на пол.

Нет, я не узнаю себя. Обхватив голову руками, я пытаюсь осмыслить последние несколько часов. Как я устала! Зачем, ну зачем я встретила этого сумасшедшего — красивого как бог, сексуального как дьявол, богатого, как Крез, и вдобавок ко всему сумасшедшего?

Я выуживаю из рюкзака «блэкберри» и звоню маме.

— Ана, девочка моя! Давно ты не звонила. Как ты там, милая?

— Ой, понимаешь...

— Что такое? Ты так и не помирилась с Кристианом?

— Мам, все так сложно. По-моему, он ненормальный. Вот в чем проблема.

— Расскажи мне об этом. Мужчины... их иногда не поймешь. Вот и Боб — сомневается, хорошо ли, что мы переехали в Джорджию.

— Что?

— Да, он уговаривает меня вернуться в Вегас.

Да, у всех проблемы. Я не одна такая.

В дверях показался Кристиан.

— Вот ты где! А я уж решил, что ты сбежала, — говорит он с явным облегчением.

Я выставляю перед собой ладонь, показывая, что я разговариваю по телефону.

— Извини, мама, мне надо идти. Я перезвоню тебе попозже.

— Хорошо, милая, будь там осторожна. Целую тебя!

— Я тоже тебя целую, мам.

Я выключаю смартфон и гляжу на Кристиана. Он хмурит брови и держится до странного неловко.

— Почему ты здесь прячешься? — спрашивает он.

— Я не прячусь. Я пропадаю от отчаяния.

— Пропадаешь? Почему?

— Из-за всего этого, Кристиан. — Я машу рукой в сторону нарядов.

— Мне можно войти?

— Это твой шкаф.

Он опять хмурит брови и садится на пол, скрестив ноги.

— Это всего лишь тряпки. Если они тебе не нравятся, я отправлю их назад, в бутик.

— Ты слишком много на себя берешь, понятно?

Он чешет подбородок... свой заросший щетиной подбородок. Мои пальцы зудят — так мне хочется дотронуться до него.

— Знаю. Со мной тяжело, — бормочет он.

— Очень тяжело.

— С вами тоже, мисс Стил.

— Тогда зачем ты делаешь все это?

Он широко раскрывает глаза; в них возвращается опаска.

— Ты знаешь, почему.

— Нет, не знаю.

Он проводит ладонью по волосам.

— Да, с тобой сплошные проблемы.

— Заведи себе хорошенькую брюнетку-сабу. Такую, чтобы спрашивала «Как высоко?» всякий раз, когда ты велишь ей подпрыгнуть. Разумеется, при условии, что ей будет позволено разговаривать. Так зачем я тебе, Кристиан? Просто не понимаю.

Он смотрит на меня долгим взглядом, и я совершенно не знаю, о чем он думает в этот момент.

— Анастейша, ты заставила меня по-иному взглянуть на мир. Тебя не интересуют мои деньги. Ты дала мне... надежду, — тихо говорит он.

Что-что? Опять он изъясняется загадками.

— Надежду на что?

Он пожимает плечами.

— На большее. — Его голос звучит тихо и спокойно. — И ты права. Я привык, что женщины делают точно то, что я приказываю, когда я им это приказываю. И это быстро надоедает. А в тебе, Анастейша, есть нечто такое, что затрагивает во мне какие-то глубинные струны, глубокий, непонятный мне уровень. Это как пение сирены. Я не могу противиться тебе и не хочу тебя терять. — Он берет меня за руку. — Не убегай, пожалуйста, — наберись терпения и немного поверь в меня. Прошу тебя!

Он выглядит таким беззащитным и ранимым... Меня это тревожит. Я опускаюсь на колени и нежно целую его в губы.

— Ладно. Вера и терпение. Я буду руководствоваться ими.

— Вот и хорошо. Потому что Франко уже здесь.

Франко маленький, смуглый и веселый. Мне он сразу нравится.

— Такие красивые волосы! — восхищается он с немыслимым, вероятно, фальшивым итальянским акцентом.

Я готова поспорить, что он родом откуда-нибудь из Балтимора или типа того, но его энтузиазм заразителен.

Кристиан ведет нас в свою ванную, тут же уходит и возвращается со стулом, взятым из комнаты.

— Я оставляю вас здесь, — бормочет он.

— Grazie, мистер Грей. — Франко поворачивается ко мне. — Bene, Анастейша, что мы будем делать?

Кристиан сидит на диване и возится с чем-то, похожим на электронные таблицы. Мягкая, мелодичная классическая музыка плывет по большому залу. Голос женщины страстно поет, вкладывая в песню всю душу. Просто дух захватывает. Кристиан поднимает глаза и улыбается, отвлекая меня от музыки.

— Гляди! Говорю же тебе, что он одобрит твою прическу, — бурлит Франко.

— Ты выглядишь прелестно, Ана, — говорит Кристиан.

— Моя работа сделана, — объявляет Франко.

Кристиан встает и направляется к нам.

— Спасибо, Франко.

Франко поворачивается, обнимает меня по-медвежьи и целует в обе щеки.

— Больше никому не позволяй стричь твои волосы, bellissima Ана!

Я смеюсь, смущенная его фамильярностью. Кристиан провожает его до лифта и тут же возвращается.

— Как хорошо, что ты оставила длинные волосы, — говорит он, подходя ко мне.

Его глаза сияют. Он трогает пальцами прядь.

— Такие мягкие волосы! — восхищается он. — Ты все еще злишься на меня, Ана?

Я киваю, а он улыбается.

— Что же именно тебя сердит?

Я закатываю глаза.

— Тебе перечислить весь список?

— Что, даже список?

— Да, длинный список.

— Может, мы обсудим его в постели?

— Нет. — Я по-детски надуваю губы.

— Тогда за ланчем. Я хочу есть и еще кое-чего... — Он подмигивает.

— Я не позволю сбить себя с толку. Хоть ты и не эксперт, а настоящий сексперт в постели.

Он прячет улыбку.

— Что сердит вас особенно сильно, мисс Стил? Выкладывайте начистоту.

Ладно, слушайте, мистер Грей...

— Что меня сердит? Ну, во-первых, твое грубое вторжение в мои личные дела, то, что ты привез меня в салон, где работает твоя бывшая любовница и где наводили красоту все твои брюнетки; на улице ты обращался со мной, словно с шестилетней девочкой, — и, что хуже всего, ты позволяешь твоей миссис Робинсон прикасаться к тебе! — Я перехожу на визг.

Он удивленно поднимает брови, а его благодушное настроение улетучивается.

— Правда, целый список. Но только я еще раз объясняю — она не моя миссис Робинсон.

— Она может прикасаться к тебе, — повторяю я.

Он выпячивает губы.

— Она знает, где можно.

— Как это понять?

Он проводит по волосам обеими руками и на миг закрывает глаза, словно ищет вдохновения свыше. Вздыхает.

— У нас с тобой нет никаких правил. Я никогда еще не занимался сексом без правил, и я никогда не знаю, где ты прикоснешься ко мне. От этого я нервничаю. Твое прикосновение совершенно... — Он замолкает, подыскивая слова. — Ну... просто оно означает больше... намного больше.

Больше?.. Его ответ оказался для меня совершенно неожиданным. Это короткое слово с важным значением снова повисло между нами.

Мое прикосновение означает... больше. Как прикажете мне устоять, когда он говорит такие вещи? Серые глаза ищут мои; я вижу в них настороженность и опаску.

Я нерешительно протягиваю к нему руку, и мое предчувствие переходит в тревогу. Кристиан пятится назад, и моя рука повисает в пустоте.

— Жесткий предел, — шепчет он. На его лице читаются боль и паника.

Я страшно разочарована и ничего не могу с собой поделать.

— Вот если бы ты не мог дотронуться до меня, что бы ты испытывал?

— Пустоту и обездоленность, — сразу отвечает он.

Ох ты мой лукавый! Поистине Пятьдесят Оттенков. Я качаю головой и слабо улыбаюсь ему. Он заметно успокаивается.

— Когда-нибудь ты непременно должен мне объяснить, почему у тебя существует такой жесткий предел, откуда он появился.

— Когда-нибудь, — бормочет он, но потом за долю секунды сбрасывает с себя боль и беззащитность.

Как быстро он умеет переключаться! Из всех людей, которых я знаю, у него быстрее всего меняется настроение.

— Итак, вернемся к твоему перечню обвинений. Я вторгаюсь в твою частную жизнь. — Он кривит губы, обдумывая ответ. — Это из-за того, что я знаю номер твоего банковского счета?

— Да, это возмутительно.

— Я проверяю всех своих сабмиссив. Я покажу тебе. — Он поворачивается и идет в свой кабинет.

Я покорно плетусь за ним, ошеломленная. Он отпирает картотечный шкаф и достает из него пластиковую папку. На этикетке напечатано: АНАСТЕЙША РОУЗ СТИЛ.

Ни фига ж себе! Я сердито гляжу на него.

Он пожимает плечами, словно извиняясь.

— Вот, можешь забрать себе.

— Ну спасибо, — рычу я.

Потом просматриваю содержимое папки: копия моего свидетельства о рождении — господи, мой жесткий предел! — обязательство о неразглашении информации, контракт — боже! — мой номер социального страхования, резюме, записи по месту работы.

— Так ты знал, что я работаю в «Клэйтоне»?

— Да.

— Значит, это не было случайным совпадением. Ты не просто проезжал мимо?

— Нет.

Я не знаю, злиться мне или радоваться.

— Как все это мерзко. Ты хоть понимаешь?

— Не вижу ничего плохого. Я должен соблюдать осторожность.

— Но ведь это вторжение в частную жизнь.

— Я не злоупотребляю такой информацией. Анастейша, ее может добыть любой человек. Она нужна мне для контроля. Я всегда так поступаю и поступал.

Он настороженно глядит на меня. Теперь его бесстрастное лицо напоминает маску.

— Нет, злоупотребляешь. Ты положил на мой счет двадцать четыре тысячи долларов против моей воли.

Он поджимает губы.

— Я уже объяснял тебе. Эти деньги Тейлор выручил за твой автомобиль. Да, согласен, трудно в это поверить, но факт остается фактом.

— Но ведь «Ауди»...

— Анастейша, ты хоть приблизительно представляешь, сколько я зарабатываю?

Я густо краснею.

— Зачем это мне? Кристиан, меня не интересует состояние твоего банковского счета.

Его взгляд теплеет.

— Я знаю. Это одна из твоих черт, которые я люблю.

Я с испугом гляжу на него. Неужели он что-то любит во мне?

— Анастейша, я зарабатываю в час приблизительно сто тысяч долларов.

У меня отвисает челюсть — сама собой. Это же немыслимые деньги!

— Двадцать четыре тысячи долларов для меня — так, тьфу... Машина, книги, наряды — все это мелочи. — Он словно уговаривает меня.

Я гляжу на него. Он действительно не понимает, чем я недовольна. Вот чудак!

— Как бы ты себя чувствовал на моем месте, если бы на тебя обрушились такие щедроты?

Он смотрит на меня с недоумением. Вот она, его проблема, — неспособность понять других. Мы погружаемся в молчание.

Наконец, он пожимает плечами и отвечает с искренним недоумением:

— Не знаю.

У меня сжимается сердце. Да, основная проблема Кристиана — неспособность сопереживать. Он не может поставить себя на мое место. Что ж, теперь я это вижу.

— Не очень приятное чувство. Да, ты великодушный и щедрый, но мне от этого некомфортно. Я несколько раз тебе об этом говорила.

Он вздыхает.

— Анастейша, я готов подарить тебе весь мир.

— Мне нужен только ты сам, Кристиан. Без всяких доплат и добавок.

— Они входят в сделку, как часть меня самого.

Нет, так мы ни о чем не договоримся.

— Мы будем когда-нибудь есть? — спрашиваю я. Напряжение, возникающее между нами, забирает у меня силы.

— Да, конечно, — хмурится он.

— Я что-нибудь приготовлю, ладно?

— Валяй. В холодильнике много продуктов.

— Миссис Джонс уходит на выходные? И ты питаешься в эти дни нарезкой?

— Нет.

— А как?

Он вздыхает.

— Мне готовят мои сабы.

— А, ну конечно. — Я краснею от досады. Разве можно быть такой дурой? И с любезной улыбкой спрашиваю: — Что сэр желает?

— Все, что мадам сумеет найти, — мрачно отвечает он.

Ознакомившись с содержимым холодильника (оно меня впечатлило, есть даже холодный отварной картофель), я останавливаюсь на испанском омлете. Готовится быстро и просто. Кристиан все еще сидит в кабинете — несомненно, вторгается в частную жизнь какой-нибудь бедной, ничего не подозревающей дурочки и суммирует информацию.

Неприятная мысль оставляет во рту горький привкус. Мои мысли лихорадочно мечутся. Он действительно не знает никаких границ.

Я всегда готовлю еду под музыку, и тем более мне она нужна сейчас, чтобы не ощущать себя собой! Я иду к камину, где стоит док-станция, и беру айпод Кристиана. При этом готова поспорить, что в его плей-листе много мелодий, выбранных Лейлой. Меня жуть берет при одной лишь мысли об этом.

Интересно, где же она? И чего ей нужно?..

Я содрогаюсь при мысли о ней. Ну и наследство мне досталось!

Просматриваю обширное музыкальное меню. Хочется чего-нибудь бодрящего. Хм-м, Бейонсе, едва ли она во вкусе Кристиана. «Crazy in Love». О! Годится. Закольцовываю и прибавляю громкость.

Пританцовывая, возвращаюсь на кухню, беру миску, открываю холодильник и вынимаю яйца. Разбиваю их и принимаюсь взбивать, не прерывая танца.

Еще раз заглядываю в холодильник, достаю картошку, окорок и — о да! — горошек из морозилки. Отлично! Ставлю на плиту сковородку, лью немножко оливкового масла и снова взбиваю яйца.

Неспособность сопереживать, размышляю я, типична только для Кристиана? Может, все мужики такие, причем по вине женщин? Те сбивают их с толку? Я просто не знаю. Возможно, это знают все, кроме меня.

Жалко, что Кейт уехала; она бы мне точно все разъяснила. Она еще долго пробудет на Барбадосе и вернется только в конце недели. Из-за Элиота. Интересно, сохранилось ли у них и до сих пор то самое желание с первого взгляда?

«Одна из твоих черт, которые я люблю...»

Я замираю, забыв про омлет. Он так сказал. Значит ли это, что он любит и другие мои качества? Я улыбаюсь в первый раз после того, как увидела миссис Робинсон, — искренне, от души, от уха до уха.

Кристиан обнимает меня. От неожиданности я вздрагиваю.

— Интересный выбор музыки, — мурлычет он и целует в шею. — Как приятно пахнут твои волосы.

Он утыкается в них носом и глубоко вдыхает их запах.

Желание скручивает мой живот. Ну уж нет! Я вырываюсь из его рук.

— Я сержусь на тебя.

Он хмурится.

— Долго еще будешь злиться? — спрашивает он, запуская пятерню в свою шевелюру.

Я пожимаю плечами.

— По крайней мере, пока не поем.

На его губах появляется намек на улыбку. Он берет пульт и выключает музыку.

— Эта запись есть на твоем айподе? — спрашиваю я.

Он качает головой, его лицо мрачнеет, и я понимаю, что это была она — Девушка-призрак.

— Тебе не кажется, что она пыталась тебе что-то сказать?

— Что ж, возможно, если подумать, — спокойно соглашается он.

Что и требовалось доказать. Никакого дара сочувствия. Мое подсознание неодобрительно цокает языком.

— Почему ты не удалил эту песню?

— Мне она нравится. Но я удалю, если она как-то задевает твои чувства.

— Нет, все нормально. Я люблю готовить под музыку.

— Что еще тебе поставить?

— Сделай мне сюрприз.

Он направляется к док-станции, а я снова взбиваю омлет венчиком.

Вскоре зал наполняет божественно нежный и задушевный голос Нины Симоне. Это любимая песня Рэя «I Put a Spell on You».

Я вспыхиваю и, раскрыв рот, поворачиваюсь к Кристиану. Что он пытается мне сказать? Ведь он уже давно околдовал меня. О господи... его взгляд изменился, сделался острым, глаза потемнели.

Я завороженно смотрю, как он движется ко мне под медленный ритм музыки — плавно, словно хищник. Он босой, в джинсах и незаправленной белой рубашке. Красив как бог.

Нина поет «ты мой», и Кристиан протягивает ко мне руки; его намерения ясны.

— Кристиан, пожалуйста, — шепчу я, сжимая в руке венчик.

— Что?

— Не делай этого.

— Чего?

— Этого.

Он стоит передо мной и смотрит сверху вниз.

— Ты уверена? — тихо спрашивает он, отбирает у меня венчик и кладет в миску с яичной массой.

Мое сердце бешено стучит. Я не хочу — нет, хочу — я страшно хочу. Он такой ужасный — и такой желанный, такой горячий. Я с трудом отрываю взгляд от его колдовских глаз.

— Я хочу тебя, Анастейша, — мурлычет он. — Я люблю и ненавижу, и я люблю спорить с тобой. Все это совсем ново. Мне надо знать, что у нас все в порядке. Убедиться в этом я могу лишь одним способом.

— Мои чувства к тебе не изменились, — шепчу я.

Его близость завораживает, пьянит. Знакомое притяжение — все мои синапсы направляют меня к любимому мужчине, моя внутренняя богиня бушует. Я гляжу на треугольничек волос в распахнутом вороте рубашки и прикусываю губу, противясь своему желанию — попробовать их на вкус.

Он совсем близко, но не касается меня. Его тепло согревает мою кожу.

— Я не дотронусь до тебя, пока ты не скажешь «да», — тихо говорит он. — Но сейчас, после дрянного утра, мне хочется соединиться с тобой и забыть обо всем, кроме нас.

О господи! Нас... Магическая комбинация, маленькое, всемогущее местоимение, которое скрепляет союз. Я поднимаю голову и смотрю на его прекрасное и серьезное лицо.

— Я хочу дотронуться до твоего лица, — еле слышно говорю я и вижу мелькнувшее в его глазах удивление, потом согласие.

Подняв руку, я глажу его по щеке, пробегаю пальцами по щетине. Он закрывает глаза и тихо наклоняет голову навстречу моим прикосновениям.

Потом он медленно наклоняется ко мне, а я машинально тянусь к его губам...

— Да или нет, Анастейша? — бормочет он.

— Да.

Его губы нежно соединяются с моими и тут же яростно впиваются в них. Ладонь ползет по моей спине, пальцы погружаются в волосы на моем затылке, щекочут его. Другая ладонь обхватывает мои ягодицы, прижимает мои бедра к нему. У меня вырывается негромкий стон.

— Мистер Грей, — раздается голос Тейлора, и Кристиан немедленно отпускает меня.

— Тейлор, — говорит он ледяным тоном.

Я поворачиваюсь и вижу на пороге зала смущенного Тейлора. Кристиан и Тейлор глядят друг на друга, разговаривая без слов.

— В кабинет, — отрывисто говорит Кристиан, и Тейлор быстро идет через зал.

— Сеанс откладывается, но билеты действительны, — шепчет мне Кристиан и выходит следом за Тейлором.

Я перевожу дыхание, пытаясь успокоиться. Я одновременно и смущена, и благодарна Тейлору за вмешательство. Неужели я ни минуты не могу противостоять Кристиану? Недовольная собой, я качаю головой.

Интересно, что заставило Тейлора прервать наше уединение? И что он видел? Впрочем, мне не хочется об этом думать. Ланч. Я буду готовить ланч. Нарезаю картошку. Что нужно Тейлору? Мои мысли бешено скачут — может, что-то известно о Лейле?

Через десять минут они появляются. Омлет как раз готов. У Кристиана озабоченный вид.

— В десять я дам им инструкции, — говорит он Тейлору.

— Мы будем готовы, — отвечает Тейлор и выходит.

Я достаю две подогретые тарелки и ставлю на кухонный островок.

— Будешь?

— Да, пожалуйста. — Кристиан примостился на барный стул. Он внимательно глядит на меня.

— Проблема?

— Нет.

Я хмурю брови. Он не хочет мне говорить. Я раскладываю омлет и сажусь рядом с Кристианом, смирившись с тем, что останусь в неведении.

— Вкусно, — хвалит Кристиан, попробовав кусочек. — Хочешь вина?

— Нет, благодарю.

Мне нужна ясная голова, когда я рядом с тобой, Грей...
Омлет удался, хоть я и не очень голодная. Но я ем, зная, что иначе Кристиан начнет ворчать. Потом Кристиан прерывает наше угрюмое молчание и включает классику, которую я уже слышала когда-то.

— Что это? — спрашиваю я.

— Жозеф Кантелуб, «Песни Оверни». Эта называется «Байлеро».

— Красивая вещица. На каком языке?

— Это старофранцузский, вернее, окситанский.

— Ты ведь говоришь по-французски. Ты понимаешь слова песни? — Мне вспомнился безупречный французский Кристиана на обеде у его родителей.

— Только отдельные слова. — Кристиан улыбается, заметно успокоившись. — У моей матери была мантра: «музыкальный инструмент, иностранный язык, боевое искусство». Элиот говорит по-испански; мы с Миа — по-французски. Элиот играет на гитаре, я — на фортепиано, а Миа — на виолончели.

— Ого! А боевые искусства?

— Элиот владеет дзюдо. Миа в двенадцать лет взбунтовалась и не стала ходить на занятия. — Он улыбнулся при этом воспоминании.

— Жаль, что моя мать не занималась мной.

— Доктор Грейс превращается в беспощадное чудовище, когда речь идет о воспитании и обучении ее детей.

— Вероятно, она гордится тобой. Я бы гордилась на ее месте.

По лицу Кристиана пробежала тень, и он мгновенно помрачнел. Он настороженно поглядывает на меня, словно очутился на неизведанной территории.

— Ты уже решила, что наденешь сегодня вечером? Или мне поехать и выбрать что-нибудь для тебя? — внезапно резко говорит он.

Эге! Кажется, он сердится. Почему?.. Что я такого сказала?..

— Хм-м, еще нет. Ты выбирал все эти платья?

— Нет, Анастейша, не я. Просто я дал список нужных вещей и твой размер продавцу из «Нейман Маркус». Платья должны тебе подойти. И вот еще что: на этот вечер и на несколько следующих дней я нанял дополнительного секьюрити. По-моему, это разумная предосторожность, ведь где-то рядом бродит непредсказуемая Лейла. Я не хочу, чтобы ты выходила из дома без охраны. Договорились?

Я удивленно гляжу на него.

— Договорились. — Что произошло с напористым Греем?

— Хорошо. Я дам им инструкции. Это недолго.

— Они здесь?

— Да.

Где же?

Кристиан берет свою тарелку и кладет в раковину. Потом выходит. Что тут происходит, елки-палки? В его теле словно уживаются несколько разных людей. Не симптом ли это шизофрении? Надо посмотреть в Гугле.

Я очищаю свою тарелку, быстро мою и возвращаюсь в спальню, прихватив досье на Анастейшу Роуз Стил. Захожу в шкаф-купе и достаю три длинных вечерних платья. Ну и какое из них выбрать?

Я ложусь поперек кровати, гляжу на свои «мак», айпад и «блэкберри» и балдею от этих чудес технологии. Переписываю плей-лист Кристиана с айпада на «мак», затем выхожу в Гугл, чтобы пошарить по Сети.

Входит Кристиан.

— Чем занимаешься? — ласково интересуется он.

Я в легкой панике прикидываю, можно ли показать ему сайт, который я открыла, — «Диссоциативное расстройство идентичности: Симптомы».

Он ложится рядом и с насмешкой смотрит на сайт.

— Чего ты сюда залезла?

Ворчливый Кристиан исчез — вернулся веселый Кристиан. Как мне к этому приспособиться?

— Интересуюсь. Сложной личностью.

Я изо всех сил сохраняю невозмутимость.

Его губы кривятся в сдержанной усмешке.

— Сложной личностью?

— Это мой собственный излюбленный проект.

— А теперь твой проект распространяется на меня? В качестве побочной линии. Что-то вроде научного эксперимента. А я-то рассчитывал оказаться в центре внимания. Мисс Стил, вы меня обижаете.

— Почему ты решил, что это касается тебя?

— Случайная догадка.

— Верно, ты единственный чокнутый тип, постоянно меняющийся и помешанный на диктаторстве, с которым я знакома очень близко.

— Я-то думал, что я вообще единственный, с кем ты знакома очень близко.

Я краснею.

— Да. Верно.

— Ты уже пришла к каким-то выводам?

Я поворачиваюсь и гляжу на него. Он лежит на боку, положив голову на локоть; лицо ласковое и удивленное.

— По-моему, тебе нужна интенсивная терапия.

Он протягивает руку и, бережно взяв прядь моих волос, заправляет ее за ухо.

— А по-моему, мне нужна ты. Вот, бери. — Он вручает мне тюбик губной помады.

Я хмуро разглядываю помаду. Она пронзительно-красная, совсем не мой цвет.

— Ты хочешь, чтобы я так ярко красила губы?

Он смеется.

— Нет, Анастейша, не хочу. Я вовсе не уверен, что это твой цвет, — сухо добавляет он.

Он садится по-турецки и стягивает через голову рубашку. О господи...

— Мне нравится твоя идея дорожной карты, — сообщает он.

Я хлопаю ресницами, ничего не понимая. Какая еще дорожная карта?

— Запретные зоны, — поясняет он.

— Ой, я шутила!

— А я не шучу.

— Ты хочешь, чтобы я нарисовала их на тебе? Помадой?

— Она смывается. Со временем.

Это означает, что я смогу беспрепятственно дотрагиваться до него. Я даже заулыбалась от удивления.

— А если взять что-нибудь более стойкое, например, маркером?

— Могу сделать татуировку. — В его глазах светится юмор.

Кристиан Грей с татуировкой? Портить его прекрасное тело, когда на нем и так уже есть отметины? Нет уж!

— Только не тату! — Я смеюсь, чтобы спрятать свой ужас.

— Тогда помада, — усмехается он.

Закрываю «мак» и отодвигаю его в сторону. Пожалуй, это будет забавно.

— Иди сюда. — Он тянет ко мне руки. — Садись на меня.

Он лежит на спине, но ноги у него согнуты в коленях.

— Обопрись спиной о мои колени.

Я сбрасываю шлепанцы и сажусь на него верхом. Он смотрит на меня широко раскрытыми испуганными глазами. Но ему тоже интересно.

— По-моему, ты с энтузиазмом отнеслась к моему предложению, — ехидничает он.

— Я всегда отношусь положительно к новой информации, мистер Грей, а еще вы успокоитесь, потому что я буду точно знать, где проходят твердые границы допустимого.

Он качает головой, словно и сам пока не верит, что сейчас позволит мне разрисовать все свое тело.

— Открой помаду, — велит он.

Ох, теперь вместо веселого Кристиана я вижу перед собой босса. Но мне плевать.

— Дай руку.

Я протягиваю ему свободную руку.

— Нет, руку с помадой. — Он закатывает глаза.

— Ты от досады закатил глаза?

— Угу.

— Очень грубо, мистер Грей. Я знаю людей, которые впадают в бешенство, когда кто-то при них закатывает глаза.

— И ты тоже? — спрашивает он с иронией.

Я протягиваю ему руку с помадой. Внезапно он садится, и мы оказываемся нос к носу.

— Готова? — Его голос похож на нежное мурлыканье, и внутри меня все сладко сжимается. Ох!

— Да, — шепчу я.

Его близость волнует кровь, запах Кристиана смешивается с запахом моего лосьона. Он направляет мою руку к изгибу своего плеча.

— Нажимай, — на выдохе говорит он (у меня сразу становится сухо во рту) и ведет мою руку вниз, от плеча, вокруг подмышки и вниз по стороне грудной клетки.

Красная помада оставляет широкую и яркую полосу. Он останавливается внизу грудной клетки и направляет меня поперек живота. Он напрягается и глядит, казалось бы, бесстрастно, в мои глаза, но за этой бесстрастностью я чувствую его напряженность.

Свое нежелание он держит под строгим контролем; я вижу, как он стиснул зубы и щурит глаза. На середине живота он бормочет:

— И кверху по другой стороне, — и после этого отпускает мою руку.

Я зеркально повторяю линию, которую провела по его левому боку. Он мне доверяет. Эта мысль наполняет меня ликованием, но радость умаляется тем, что теперь я могу пересчитать его боль. На его груди я вижу семь маленьких шрамов, белых и круглых. Мучительно больно мне видеть это ужасное, злое надругательство над его прекрасным телом. Какой негодяй мог причинить такую боль ребенку?

— Все, готово, — шепчу я, сдерживая мои эмоции.

— Нет, еще здесь, — отвечает он и своим длинным указательным пальцем проводит линию у основания шеи.

Следом за ним я провожу там красную черту. Закончив, заглядываю в серую глубину его глаз.

— Теперь спину. — Он шевелится, я слезаю с него, и он поворачивается спиной ко мне. — Проведи линию поперек спины, — говорит он тихо и хрипло.

Я делаю, как велено, и красная линия пересекает его спину. Одновременно я считаю его шрамы на спине. Их девять.

Какой ужас! Невероятными усилиями я перебарываю желание поцеловать каждый шрамик и сдерживаю слезы, льющиеся из моих глаз. Кто способен на такое издевательство над маленьким ребенком, какой мерзавец? Голова Кристиана опущена, мышцы напряжены, когда я замыкаю круг на его теле.

— Вокруг шеи тоже? — шепчу я.

Он кивает, и я продолжаю линию шеи, чуть ниже границы волос.

— Готово, — сообщаю я.

Он выглядит так, словно надел странную жилетку телесного цвета с ярко-красной отделкой.

Кристиан расслабляет плечи и медленно поворачивается лицом ко мне.

— Таковы границы, — спокойно сообщает он. Его глаза потемнели, зрачки расширились. От страха? От желания? Мне хочется прижаться к нему, но я сдерживаюсь и с удивлением смотрю на него.

— Они меня устраивают. Но прямо сейчас я хочу наброситься на тебя.

Он лукаво ухмыляется и протягивает ко мне руки — в знак согласия.

— Ну, мисс Стил, я весь в вашем распоряжении.

Я восторженно визжу, как ребенок, бросаюсь в его объятья, опрокидываю. Он барахтается, хохочет, испытывая облегчение, что весь напряг позади. В итоге я оказываюсь под ним.

— Итак, билеты на отложенный сеанс действительны, — шепчет он и жадно впивается в мои губы.

Глава 6

Я запустила пальцы в шевелюру Кристиана, мои губы страстно целуют его губы, наслаждаются их жаром, мой язык блаженствует, прижимаясь к его языку. Он испытывает то же самое от близости со мной. И это счастье.

Внезапно он сажает меня, стаскивает с меня футболку и швыряет на пол.

— Я хочу чувствовать тебя, — говорит он возле моих губ, а в это время его руки расстегивают мой бюстгальтер. Одно мгновение — и я уже голая до пояса.

Он толкает меня на кровать, вдавливает в матрас; его губы и рука тянутся к моей груди. Мои пальцы крепко хватают его за волосы, когда он берет губами мой сосок и тянет за него.

Яркая молния пронзает мое тело и напрягает все мышцы внизу живота. Я кричу.

— Да, малышка, я хочу слышать твой голос, — говорит он, касаясь губами моей разгоряченной кожи.

Ох, как я хочу, чтобы ты вошел в меня! А он все теребит губами мой сосок, сосет, дергает, заставляя меня извиваться, изгибаться, звать его к себе. Я чувствую, что его страсть ко мне смешана — с чем? С поклонением. Мне кажется, он поклоняется мне.

Он дразнит меня пальцами; мой сосок твердеет и вытягивается от его умелых прикосновений. Его рука ловко расстегивает пуговицу на моих джинсах, потом молнию и залезает в мои трусики. И вот его пальцы уже ласкают мой клитор.

Его дыхание делается хриплым и неровным, когда его палец скользит внутрь меня. Я поднимаю бедра, толкаюсь в его ладонь. Он отвечает ласковым поглаживанием.

— О, малышка, — стонет он, с удивлением глядя мне в глаза. — Ты так промокла.

— Потому что я хочу тебя.

Его губы вновь сливаются с моими, и я ощущаю его жажду, его отчаянную потребность во мне.

Это для меня новость: так еще никогда не было, кроме того случая, когда я вернулась из Джорджии. «Мне надо знать, что у нас все в порядке. Убедиться в этом я могу лишь одним способом».

Мысль меня греет. Как приятно сознавать, что я так важна для него, что могу дать ему утешение... Он садится, стаскивает с меня джинсы, а потом и трусики.

Не отрывая от меня глаз, он встает, вынимает из кармана блестящий конвертик и бросает его мне, затем быстро сбрасывает джинсы и боксерские трусы.

Я с готовностью разрываю упаковку и, когда он ложится рядом, медленно надеваю резинку. Он хватает меня за руки и перекатывается на спину.

— Ты. Сверху, — приказывает он. — Я хочу тебя видеть. Да!

Он сажает меня верхом, и я нерешительно подчиняюсь его рукам. Он закрывает глаза и приподнимает бедра мне навстречу, наполняет меня, растягивает. Когда он делает протяжный выдох, его рот образует круглое О.

Как приятно — обладать им, отдаваться ему.

Он держит меня за руки, и я не понимаю, то ли чтобы поддержать, то ли чтобы не позволить дотрагиваться до него, несмотря на «дорожную карту».

— С тобой так приятно, — мурлычет он.

Я опять приподнимаюсь, опьяненная властью над ним, и гляжу, как Кристиан Грей медленно выходит из меня. Он отпускает мои руки и берется за бедра, а я хватаюсь за его предплечья. Тут он резко входит в меня, вынуждая меня закричать.

— Вот так, малышка, почувствуй меня, — произносит он напряженным голосом.

Я запрокидываю голову и направляю все свое внимание на его ритмичные движения. Как хорошо они ему удаются!

Я двигаюсь — в идеальной симметрии противодействуя его ритму, — и все мои мысли и резоны куда-то улетучиваются. Я вся — ощущение, растворенное в океане удовольствия. Вверх и вниз... еще и еще... О да! Открываю глаза и, прерывисто дыша, смотрю на него сверху вниз. Он тоже глядит на меня горящими глазами.

— Моя Ана, — шепчет он.

— Да, — задыхаясь, вторю я. — Навсегда.

Он громко стонет, закрывает глаза и запрокидывает голову. При виде пришедшего к финишу Кристиана я тоже поспеваю за ним — громко, бурно, долго, а потом без сил падаю на него.

— Ох, малышка, — стонет он и разжимает руки.

Моя голова покоится на его груди (на запретной территории), курчавые волосы щекочут мне щеку. Я вся горю, никак не могу отдышаться и с трудом перебарываю желание вытянуть губы и поцеловать его кожу. Он гладит мои волосы, потом его рука скользит по моей спине, ласкает ее. Между тем его дыхание восстанавливается.

— Ты очень красивая.

Я поднимаю голову и гляжу на него. С недоверием. Он тут же хмурит брови и быстро садится. От неожиданности я чуть не падаю, лишившись опоры. Он поддерживает меня своей сильной рукой. И вот мы уже оказываемся нос к носу.

— Ты. Очень. Красивая, — повторяет он назидательным тоном.

— А ты иногда бываешь удивительно милым. — Я ласково целую его.

Тут он выходит из меня. Я недовольно морщусь — жалко расставаться. Он успокаивает меня нежным поцелуем.

— Ты ведь даже не сознаешь своей привлекательности, верно?

Я краснею. Зачем он говорит об этом?

— Все те парни, которые ухаживают за тобой, — разве не убеждают тебя в этом?

— Парни? Какие парни?

— Тебе перечислить список? — хмурится Кристиан. — К примеру, фотограф. Он без ума от тебя. Еще тот парень с твоей прежней работы в магазине. Еще старший брат твоей подруги. Да и твой босс, — с горечью добавляет он.

— Ой, Кристиан, это не так.

— Поверь мне. Они хотят тебя. Они хотят получить то, что принадлежит мне.

Он привлекает меня к себе. Я кладу руки ему на плечи, запускаю пальцы в его шевелюру и удивленно заглядываю в глаза.

— Ты моя, — повторяет он, сверкнув глазами.

— Да, твоя, — с улыбкой заверяю его я.

Он убрал колючки, а я блаженствую, сидя на его коленях, голая, в ярких лучах субботнего солнца. Кто бы мог подумать? На его великолепном торсе виднеются следы красной помады. Кое-где я вижу их и на простыне. Интересно, что подумает миссис Джонс...

— Граница на замке, — шучу я и смело провожу указательным пальцем по красной линии, нарисованной на его плече. Он напрягается и почему-то часто моргает. — Я хочу заняться исследованием.

Он с сомнением качает головой.

— Квартиры?

— Нет, я имела в виду карту спрятанных сокровищ, которую мы нарисовали на тебе. — Мои пальцы зудят — так мне хочется дотронуться до Кристиана.

Его брови удивленно взлетают кверху. В глазах нерешительность. Я трусь носом об его плечо.

— Что конкретно это означает, мисс Стил?

Я провожу кончиками пальцев по его лицу.

— Просто я хочу касаться тебя всюду, где мне дозволено. Кристиан ловит мой указательный палец зубами и легонько кусает.

— Ой, — протестую я, а он издает басовитый рык.

— Ладно. — Он отпускает мой палец, но в его голосе слышится беспокойство. — Подожди. — Он стаскивает резинку и бесцеремонно бросает на пол возле кровати.

— Мне не нравятся такие вещи. Пожалуй, я позову доктора Грин, чтобы она сделала тебе укол.

— Ты думаешь, что главный гинеколог Сиэтла сразу сюда примчится?

— Я умею убеждать, — бормочет он и заправляет мою прядь за ухо. — Франко замечательно потрудился над твоими волосами. Мне нравится твоя прическа.

Что-что?

— Перестань мне зубы заговаривать.

Он опять сажает меня верхом на себя. Я сижу, откинувшись спиной на его согнутые колени; мои ступни лежат по сторонам его бедер. Он опирается на локти.

— Валяй, трогай, — говорит он без всякого юмора, явно нервничая, но скрывая это.

Не отрывая глаз от Кристиана, я веду пальцем чуть ниже красной линии по великолепным мышцам живота. Он морщится, и я останавливаюсь.

— Что, не надо? — шепчу я.

— Нет, все нормально. Просто здесь мне требуется... определенная перенастройка. Ко мне давным-давно никто не прикасался.

— А миссис Робинсон? — неожиданно срывается с моих губ вопрос. Но, удивительно, мне удается убрать из голоса всю горечь и затаенную ненависть.

Он кивает с явным дискомфортом.

— Не хочу говорить о ней. Иначе у тебя испортится настроение.

— Ничего, я справлюсь.

— Нет, Ана. Ты вся багровеешь при одном лишь упоминании о ней. Мое прошлое — это мое прошлое. Это факт. Я не могу ничего переменить. Я счастлив, что у тебя его нет, иначе оно довело бы меня до безумия.

Я хмуро гляжу на него, но не хочу конфликта.

— До безумия? Больше, чем сейчас? — Я улыбаюсь, надеясь этим разрядить атмосферу.

Уголки его губ дергаются.

— Я без ума от тебя, — шепчет он.

Мое сердце наполняется радостью.

— Позвонить доктору Флинну?

— Я не вижу в этом необходимости, — сухо отвечает он. Он выпрямляет ноги. Я опять дотрагиваюсь пальцами до его живота и глажу его кожу. Он опять затихает.

— Мне нравится тебя трогать. — Мои пальцы скользят вниз к его пупку, потом еще ниже и ниже. Его дыхание учащается, глаза темнеют, а его плоть шевелится подо мной и оживает. Ого! Второй раунд.

— Опять? — бормочу я.

Он улыбается.

— Да, мисс Стил, опять.

Какое восхитительное занятие для субботнего дня! Я стою под душем, рассеянно моюсь, стараясь не намочить роскошную прическу, и обдумываю последние пару часов. Кажется, Кристиан и ванильная любовь не конфликтуют друг с другом.

Сегодня он поведал мне о многом. Теперь я пытаюсь переварить всю информацию: о его бизнесе — эге, он страшно богатый, хотя и очень молодой, потрясающе!.. — о тех досье, которые он собрал на меня и на всех его покорных брюнеток. Интересно, значит, все они хранятся в той картотеке?

Мое подсознание надувает губы и качает головой: «Не вздумай пойти туда». Я хмуро возражаю: «А если лишь одним глазком?..»

Да еще эта самая Лейла с пушкой, возможно, и где-то рядом. Проклятье, как она хорошо разбирается в музыке, ведь выбранные ею вещи до сих пор остаются на айподе у Кристиана. Но хуже Лейлы чертова педофилка миссис Робинсон; я не могу понять ее и не хочу. Еще я не хочу, чтобы она маячила в наших отношениях как фея в золотистом ореоле. Кристиан прав, при мысли о ней я начинаю терять здравый смысл, так что лучше выбросить ее из головы.

Я выхожу из-под душа, вытираюсь, и тут меня внезапно настигает приступ злости.

Но кто остался бы равнодушным на моем месте? Какая нормальная, здоровая женщина могла бы сотворить такое с пятнадцатилетним мальчишкой? Насколько она усилила его нездоровые склонности? Я ее не понимаю. Но, хуже того, ведь он утверждает, что она помогала ему. Как?

Я вспоминаю его шрамы, ужасные физические следы жуткого детства и пугающие напоминания о том, какие шрамы остаются в его душе. У моего милого, печального Грея. Сегодня он говорил мне такие чудесные слова. Что он без ума от меня...

Глядя на свое отражение, я вспоминаю его слова и улыбаюсь. Мое сердце полно до краев счастьем, а губы расплываются в глупой улыбке. Может, у нас что-то и получится. Но долго ли он выдержит такие отношения? Ведь, возможно, он рано или поздно захочет наказать меня за то, что я выйду за какую-нибудь установленную им черту?

Моя улыбка увяла. Вот этого я как раз и не знаю. Это тень, висящая над нами. Трахаться с извращениями, да, я могу. А дальше что?

Мое подсознание тупо уставилось на меня и не находит никаких умных слов. Я возвращаюсь в спальню, чтобы одеться к выходу.

Кристиан одевается внизу и что-то там делает, сейчас я одна в спальне. Кроме платьев, в шкафу еще много нового нижнего белья. Я выбираю черный корсет-бюстье стоимостью 540 долларов (она указана на этикетке) с серебряной отделкой и очень короткие трусики. Еще чулки телесного цвета, тончайшие, нежные, чистый шелк. Ах, какие приятные на теле и как возбуждают...

Я протягиваю руку к платьям, когда в дверях появляется Кристиан. Ну хоть бы постучался! Он застывает на месте, смотрит на меня; в глазах появляется голодный блеск. Я густо краснею. На нем белая рубашка и черные брюки; ворот рубашки распахнут. Там виднеется линия от помады.

— Вам нужна моя помощь, мистер Грей? Вероятно, вы явились сюда с какой-то целью, а не для того, чтобы бессмысленно стоять, разинув рот.

— Мисс Стил, мне нравится стоять, бессмысленно разинув рот, — сумрачно огрызается он и проходит в комнату, по-прежнему не отрывая от меня глаз. — Напомните мне, чтобы я послал карточку с благодарностью Кэролайн Эктон.

Я хмурюсь. Это еще кто?

— Персональный продавец в «Нейман», — говорит он, предугадав мой невысказанный вопрос.

— А-а.

— Я рассеянный.

— Знаю. Что ты хочешь, Кристиан? — Я строго смотрю на него.

Он хитро ухмыляется и вытаскивает из кармана серебряные шарики. От неожиданности я немею. Черт побери! Он хочет меня отшлепать? Сейчас? Почему?

— Это не то, что ты думаешь, — быстро предупреждает он.

— Тогда объясни, — одними губами прошу я.

— Я подумал, что ты могла бы носить их сегодня вечером.

Смысл этой фразы доходит до меня очень медленно.

— На приеме? — с ужасом спрашиваю я.

Он кивает, его глаза темнеют.

О господи!

— И после этого ты меня отшлепаешь?

— Нет.

На миг я чувствую разочарование.

Он смеется.

— А ты что, этого хочешь?

Я судорожно сглатываю, не зная, что и ответить.

— Уверяю тебя, что я больше не собираюсь прикасаться к тебе таким образом, даже если ты станешь умолять меня об этом.

Ого! Это новость.

— Хочешь поиграть в эту игру? — продолжает он, держа на ладони шарики. — Ты всегда можешь их вытащить, если тебе надоест.

Я гляжу на него. Он выглядит этаким коварным искусителем — взъерошенные волосы, в темных глазах — эротические мысли, губы раздвинуты в сексуальной усмешке.

— Давай, — тихо соглашаюсь я. Да, да! Моя внутренняя богиня обрела свой голос и кричит во всю мощь.

— Молодец, хорошая девочка, — усмехается Кристиан. — Пойдем, я их вставлю, когда ты наденешь туфли.

— Туфли?

Я поворачиваюсь и смотрю на замшевые шпильки — серые, в тон платью, которое я выбрала.

Какой шутник!..

Протянув руку, он поддерживает меня, пока я надеваю шпильки от Кристиана Лубутена. Мельком вижу их цену — 3295 долларов. Теперь я стала выше на пять дюймов, не меньше.

Он ведет меня к кровати, но не садится, а идет к единственному стулу в комнате. Хватает его и ставит передо мной.

— Когда я кивну, ты наклоняешься и держишься за стул. Поняла? — хрипло спрашивает он.

— Да.

— Хорошо. Теперь открой рот, — негромко приказывает он.

Я делаю, как он сказал, ожидая, что сейчас он положит шарики мне в рот. Нет, он кладет в него свой указательный палец.

Ого!

— Соси, — велит он.

Я беру его руку и делаю, как велено («вот видишь, я могу быть послушной, когда хочу»).

Палец пахнет мылом. М-м-м... Я сосу изо всех сил. Его глаза вылезают из орбит, а изо рта вырываются прерывистые выдохи. Сейчас мне и смазка не требуется. Он берет шарики в рот, а я ласкаю его палец, щекочу его языком. Когда он пытается вытащить палец, я сжимаю его зубами.

Он усмехается и качает головой, мол, так нельзя, и я отпускаю его палец. Он кивает, я нагибаюсь и хватаюсь за края стула. Он сдвигает в сторону мои трусы и очень медленно вставляет в меня палец, медленно крутит его там, так что я ощущаю его всеми стенками. Из меня вырывается непроизвольный стон.

Он вынимает палец и осторожно вставляет шарики, один за другим, заталкивая их глубоко внутрь меня. Потом поправляет трусики и целует мне попку. Проведя ладонью по моим ногам от щиколотки до бедер, ласково целует верх каждого бедра, там, где заканчиваются чулки.

— У вас классные ноги, мисс Стил.

Встав сзади, он хватает меня за бедра и прижимает к себе, так что я ощущаю его эрегированный член.

— Пожалуй, я возьму тебя в такой позе, когда мы вернемся домой. Теперь можешь выпрямиться.

Тяжелые шарики наполняют меня и тянут, у меня кружится голова. Не разжимая рук, Кристиан целует меня в плечо.

— Я купил вот эту штуку тебе в прошлую субботу, чтобы ты ее надела. — Он протягивает ко мне кулак и разжимает. На ладони лежит маленькая красная коробочка. На крышке написано «Картье». — Но ты сбежала, и у меня не было возможности передать это тебе.

Ой!

— Это мой второй шанс, — бормочет он. Его голос дрожит от какого-то неназванного чувства. Он явно нервничает.

Я нерешительно беру коробочку и открываю. В ней ярко сияют серьги. В каждой по четыре бриллиантика, один — внизу, а три — немного выше по вертикали. Красивые, классические и простые. Такие я бы выбрала и сама, будь у меня возможность покупать у Картье.

— Они очень милые, — шепчу я, они мне нравятся, поскольку как-то связаны со вторым шансом. — Спасибо.

Спиной я чувствую, что напряжение покидает Кристиана. Он еще раз целует меня в плечо.

— Ты выбрала это серебристое платье? — спрашивает он.

— Да. Правильно?

— Конечно. Что ж, не буду тебе мешать. — Не оглядываясь, он выходит из спальни.

Я вошла в параллельный мир. Молодая женщина, глядящая на меня из зеркала, достойна красной дорожки. Ее серебристое платье до пола и без бретелек изумительно. Может, я и сама напишу слова благодарности Кэролайн Эктон. Платье не только идеально сидит, но и выгодно подчеркивает те немногие линии, которыми я могу похвастаться.

Волосы мягкими волнами обрамляют лицо, льются на плечи и падают на грудь. С одной стороны головы я заправила пряди за ухо, открыв взору окружающих серьги. Косметику свела до минимума, чтобы сохранить естественный вид. Теперь на очереди — карандаш для глаз, тушь для ресниц, немножко розовых румян и бледно-розовая помада.

По сути, румяна мне не нужны. Я и так слегка порозовела от постоянного шевеления серебряных шариков. Да, сегодня вечером они послужат гарантией румянца на моих щеках. Тряхнув головой от дерзости эротических идей Кристиана, я наклоняюсь, беру в руки атласную накидку и серебристую сумочку. Потом иду разыскивать своего любимого мужчину.

Он в коридоре. Стоит ко мне спиной и разговаривает с Тейлором и еще тремя мужчинами. Их удивленные и вежливые улыбки говорят Кристиану о моем появлении. Он поворачивается ко мне. Я неловко переминаюсь.

Мои губы пересохли. Он выглядит потрясающе: черный смокинг, черный галстук-бабочка... С минуту Кристиан смотрит на меня с благоговением. Потом подходит ко мне и целует.

— Анастейша, ты выглядишь умопомрачительно. — Я краснею от такого комплимента, прозвучавшего при Тейлоре и других мужчинах.

— Хочешь бокал шампанского перед отъездом?

— Да, пожалуйста, — бормочу я слишком быстро.

Кристиан кивает Тейлору, и тот идет в вестибюль вместе с тремя спутниками.

В большом зале Кристиан достает из холодильника бутылку шампанского.

— Это охрана? — спрашиваю я.

— Да, для персональной защиты. Они под контролем у Тейлора. Он тоже понимает в таких вещах. — Кристиан протягивает мне узкий бокал с шампанским.

— Он прямо универсал.

— Да, так и есть. — Кристиан улыбается. — Ты очень хорошо выглядишь, Анастейша. Ну, за нас. — Он поднимает бокал и чокается со мной. У шампанского бледно-розовый цвет и удивительно приятный вкус, легкий и свежий.

— Как ты себя чувствуешь? — интересуется Кристиан, глядя на меня горящими глазами.

— Спасибо, нормально. — Я мило улыбаюсь, не более того, хотя прекрасно понимаю, что его интересуют серебряные шарики.

Он ухмыляется.

— Возьми, тебе это понадобится. — Он берет с кухонного островка большой бархатный мешочек и протягивает мне.

— Открой его, — говорит он между глотками шампанского. Заинтригованная, я запускаю руку в мешочек и вытаскиваю хитроумную маскарадную маску серебряного цвета с синими перьями.

— Это ведь маскарад, — сообщает он само собой разумеющимся тоном.

— Понятно. — Маска великолепная. По краям продета серебряная ленточка.

— Маска не скроет твои красивые глаза, Анастейша.

Я робко улыбаюсь ему.

— А ты наденешь маску?

— Конечно. В маске чувствуешь себя свободнее, — добавляет он, подняв бровь.

Ну-ну. Кажется, будет забавно...

— Пошли. Я хочу тебе кое-что показать.

Он берет меня за руку и ведет по коридору к двери возле лестницы. Открывает ее. За ней большая комната приблизительно такой же величины, что и игровая комната (вероятно, она прямо над нами). Здесь полно книг — от пола до потолка, на всех стенах. Вау, библиотека! В середине комнаты большой биллиардный стол, освещенный длинным призматическим светильником в технике «тиффани».

— У тебя библиотека! — восторженно пискнула я.

— Да, Элиот называет ее «комнатой шариков». Как видишь сама, апартаменты у меня вместительные. Сегодня, когда ты сказала про исследование, я сообразил, что еще не показал тебе всю квартиру. Сейчас некогда, но я решил привести тебя в эту комнату. Может, в недалеком будущем мы сыграем с тобой в бильярд, если ты умеешь.

Я усмехаюсь.

— Сыграем. — В глубине души я злорадствую. Мы с Хосе три года резались в бильярд. Хосе оказался хорошим учителем, и я мастерски играю в пул.

— Что? — заинтересованно спрашивает Кристиан.

Ой! Надо контролировать мимику! Все мои эмоции сразу отражаются на лице.

— Нет, ничего.

Кристиан прищуривается.

— Что ж, может, доктор Флинн раскроет твои секреты. Ты встретишься с ним сегодня вечером.

— С этим дорогостоящим шарлатаном?

— С ним самым. Он умирает от желания побеседовать с тобой.

Кристиан держит мою руку и ласково водит пальцем по моей ладони. Мы мчимся на север в «Ауди». Я ерзаю, сладкая истома наполняет мой живот. С трудом удерживаюсь, чтобы не застонать, ведь за рулем сидит Тейлор без своего айпода, а рядом с ним один из нанятых секьюрити. Кажется, по фамилии Сойер.

Приглушенная, приятная боль вызвана серебряными шариками. Я праздно гадаю, долго ли я смогу ее выдерживать без, хм, облегчения? Я кладу ногу на ногу. Внезапно всплывает на поверхность то, что смутно беспокоило меня уже некоторое время.

— Где ты взял помаду? — спокойно спрашиваю я.

Кристиан ухмыляется и тычет пальцем в кресло водителя.

— У Тейлора, — произносит он одними губами.

— А-а, — смеюсь я и тут же замолкаю — из-за шариков.

Я прикусываю губу. Кристиан улыбается, коварно поблескивая глазами. Этот развратник знает, что делает.

— Расслабься, — чуть слышно говорит он. — А если тебе невмоготу... — Он замолкает, ласково целует поочередно мои пальцы и тихонько сосет мизинец.

Теперь я понимаю, что он делает это нарочно. Я закрываю глаза. Темная волна желания бушует в моем теле, сжимает мои мышцы. Я ненадолго попадаю в ее власть.

Когда я снова открываю глаза, Кристиан, этот принц, князь тьмы, пристально смотрит на меня. Вероятно, все дело в смокинге и бабочке, но сейчас он выглядит старше, умудренным и потрясающе красивым. Классический повеса. У меня просто дух захватывает. Я подпала под его сексуальные чары, а он, если верить его словам, — под мои. Мысль вызывает у меня улыбку. Его ответная усмешка ослепительна.

— Так что же нас ждет на этом приеме?

— А, обычная чепуха, — беззаботно отвечает Кристиан.

— Для меня не совсем обычная, — напоминаю я.

Он нежно улыбается и опять целует мои пальцы.

— Куча народу будет хвастаться своим богатством. Аукцион, лотерея, обед, танцы — моя мать умеет устраивать приемы.

Он улыбается, и я впервые за весь день позволяю себе ощутить легкий восторг от предвкушения.

К особняку семьи Грей движется цепочка дорогих авто. Подъездная дорога украшена длинными бледно-розовыми бумажными фонарями. Когда мы приближаемся к дому, я вижу, что фонарики повсюду. На закате дня они кажутся волшебными, словно мы въезжаем в зачарованный замок. Я гляжу на Кристиана. Как все это подходит моему принцу — и мой детский восторг расцветает, заглушая все другие чувства.

— Надеваем маски, — усмехается Кристиан.

В простой черной маске мой принц становится еще более темным и чувственным. Теперь я вижу лишь его красивые губы и крепкую челюсть. От восторга у меня едва не останавливается сердце.

Я натягиваю маску и игнорирую бушующий в теле пожар.

Тейлор подъезжает к дому. Слуга открывает дверцу перед Кристианом. Сойер выскакивает из машины, чтобы открыть передо мной дверцу.

— Готова? — спрашивает Кристиан.

— Как всегда.

— Ты выглядишь замечательно, Анастейша. — Он целует мою руку и выходит.

Темно-зеленая дорожка проходит вдоль фасада по газону и ведет к просторному лугу за домом. Кристиан обнял меня за талию, и мы идем по зеленой дорожке в потоке сиэтловской элиты, одетой в изысканные наряды и разнообразные маски. Два фотографа щелкают гостей на фоне увитой плющом беседки.

— Мистер Грей! — зовет один из них.

Кристиан кивает и тащит меня. Мы быстро позируем для снимка. Как они узнали, что это он? Несомненно, по буйной рыжеватой шевелюре.

— Почему два фотографа? — спрашиваю я.

— Один из «Сиэтл таймс», другой для снимков на память. Потом мы купим фото.

Ой, опять в прессе появится мой снимок. На память внезапно приходит Лейла. Вот как она меня вычислила. Мысль тревожная, но успокаиваюсь тем, что маска скрывает мое лицо.

В конце дорожки слуги в белом держат подносы с бокалами, наполненными шампанским. Я с облегчением беру из рук Кристиана бокал — чтобы поскорее отвлечься от мрачных мыслей.

Мы приближаемся к просторной белой беседке, увешанной более мелкими бумажными фонариками. Под ними сияют черно-белые клетки танцпола, окруженного низкой оградой с тремя входами. По обе стороны от каждого входа установлены два ледяных лебедя. Четвертую сторону павильона занимает сцена: струнный квартет играет какую-то нежную, знакомую и легкую мелодию. Сцена рассчитана на большой состав музыкантов, но пока никого не видно. Вероятно, они появятся позже. Держа меня за руку, Кристиан ведет меня мимо лебедей на танцпол, где собираются остальные гости. Они держат бокалы и оживленно переговариваются.

Ближе к морскому берегу установлен гигантский шатер. Под ним я вижу аккуратные ряды столов и стульев. Их так много!

— Сколько гостей приезжает на прием? — спрашиваю я у Кристиана, впечатленная размерами шатра.

— По-моему, около трехсот. Это знает моя мать, — с улыбкой отвечает он.

— Кристиан!

Из толпы возникает молодая девушка и бросается к нему на шею. Я сразу ее узнаю — Миа. Она одета в облегающее шифоновое платье бледно-розового цвета. Под цвет платья — изысканная венецианская маска с тончайшим узором. На какой-то момент я кажусь себе Золушкой рядом с ней.

— Ана! Ах, дорогая, ты выглядишь великолепно! — Она обнимает меня и тут же разжимает руки. — Ты непременно должна познакомиться с моими подружками. Никто из них не верит, что Кристиан наконец-то нашел себе избранницу.

Я бросаю быстрый панический взгляд на Кристиана, а он лишь смиренно пожимает плечами, мол, «что поделаешь, она такая, и мне пришлось прожить рядом с ней много лет», и позволяет Миа привести меня к группе из четырех молодых женщин в дорогих платьях и с безупречными прическами.

Миа торопливо представляет меня. Три из них милые и деликатные, но подруга в красной маске, Лили, кажется, так ее зовут, смотрит на меня неприязненно.

— Конечно, все мы думали, что Кристиан — гей, — едко комментирует она, пряча ехидство за широкой фальшивой улыбкой.

Миа набрасывается на нее.

— Лили, о чем ты говоришь! У него превосходный вкус. Он просто ждал, когда ему встретится девушка его мечты, и это оказалась не ты!

Лили вспыхнула и сделалась одного цвета с маской. Покраснела и я. Можно ли представить себе более неприятную ситуацию?

— Леди, можно мне увести от вас мою избранницу? — Обняв за талию, Кристиан привлекает меня к себе.

Все четыре девицы вспыхивают, улыбаются и суетятся; ослепительная улыбка Кристиана производит свое обычное действие. Миа смотрит на меня и комично поднимает брови. Я невольно улыбаюсь.

— Я была рада нашей встрече, — говорю я, и Кристиан утаскивает меня прочь.

— Спасибо, — благодарю я Кристиана, когда мы удаляемся на безопасное расстояние.

— Я видел, что рядом с Миа стоит Лили. Неприятная особа.

— Она влюблена в тебя, — сухо замечаю я.

Он передергивает плечами.

— Без взаимности. Пошли, я познакомлю тебя кое с кем.

Следующие полчаса я только и делаю, что знакомлюсь — с двумя голливудскими актерами, еще с двумя генеральными директорами и несколькими выдающимися врачами. Запомнить их имена я просто не в силах.

Кристиан прижимает меня к себе, и я ему за это благодарна. Честно говоря, меня подавляют богатство, гламур и размах этого приема. Никогда в жизни я не видела ничего подобного.

Официанты в белом легко порхают среди густеющей толпы с бутылками шампанского и с тревожной регулярностью пополняют мой бокал. «Мне нельзя пить слишком много, мне нельзя пить слишком много», — повторяю я сама себе. У меня слегка кружится голова, и я не знаю — то ли от шампанского, от атмосферы восторга и тайн, созданной масками, или от серебряных шариков. Приглушенную боль внизу живота мне уже трудно игнорировать.

— Так вы работаете в SIP? — спрашивает лысеющий джентльмен в полумаске медведя (или собаки?). — До меня дошли слухи о недружественном поглощении.

Я краснею. Это и было недружественное поглощение со стороны человека, у которого больше денег, чем здравого смысла. Ведь он по своей натуре сталкер.

— Я Эккл, ассистент по налогам. Я и не слышал про подобные вещи.

Кристиан помалкивает и только холодно улыбается Экклу.

— Леди и джентльмены! — В игру вступает церемоний-мейстер в черно-белой маске Арлекина. — Прошу занять места. Обед подан.

Кристиан берет меня за руку, и мы идем вместе с оживленной толпой к шатру цвета слоновой кости.

Увиденное внутри меня поражает. Три гигантских канделябра бросают радужные искры на шелковый потолок и стены. Стоят не меньше тридцати столов. Они напоминают мне частную столовую в отеле «Хитмен» — хрустальные бокалы, накрахмаленные скатерти и чехлы на стульях, а в центре — изысканная композиция из бледно-розовых пионов, окружающих серебряный канделябр. Рядом стоит корзина со сладостями, драпированная шелковой тканью.

Кристиан смотрит на план и ведет меня к столику в центре. Там уже сидят Миа и Грейс Тревельян-Грей, они увлечены беседой с незнакомым мне молодым человеком. На Грейс блестящее платье цвета мяты с такой же венецианской маской. Она тепло здоровается со мной.

— Ана, я рада вас видеть! Вы чудесно выглядите.

— Здравствуй, мама, — сдержанно говорит Кристиан и целует ее в обе щеки.

— Ох, Кристиан, ты так формально здороваешься! — шутливо упрекает она.

За столик садятся родители Грейс, мистер и миссис Тревельян. Они кажутся молодыми и энергичными, хотя их лица скрыты под бронзовыми масками, поэтому невозможно определить их возраст точно. Они очень рады видеть Кристиана.

— Бабушка, дедушка, позвольте вам представить Анастейшу Стил.

Миссис Тревельян обрушивается на меня.

— Ах, наконец-то он нашел себе девушку, как чудесно, и какая хорошенькая! Что ж, я надеюсь, что вы сделаете из него порядочного человека, — тараторит она, пожимая мне руку.

Вот те раз... Я благодарю небеса за то, что на мне маска. На помощь приходит Грейс.

— Мама, не смущай Ану!

— Милая, не обращай внимания на глупую старушку. — Мистер Тревельян трясет мне руку. — Она считает, что раз она такая старая, то имеет право говорить любую глупость, какая придет ей в голову.

— Ана, это мой друг Шон. — Миа робко представляет своего парня. Он озорно усмехается, а его карие глаза полны удивления, когда мы пожимаем друг другу руки.

— Приятно познакомиться, Шон.

Кристиан обменивается с Шоном рукопожатием и пристально рассматривает его. Нечего и говорить, бедная Миа тоже страдает от властного брата. Я сочувственно улыбаюсь ей.

Ланс и Джанин, друзья Грейс, последняя пара за нашим столом. Не хватает только мистера Каррика Грея.

Внезапно слышится треск микрофона. Голос мистера Грея гремит в акустической системе, заставляя притихнуть гул голосов. Каррик стоит на небольшой сцене в конце шатра. На нем роскошная золотая маска Панчинелло.

— Леди и джентльмены, добро пожаловать на наш ежегодный благотворительный бал. Надеюсь, что вам понравится программа, приготовленная для вас, и вы пошарите в своих карманах и поддержите ту фантастическую работу, которая делает наша команда по программе «Справимся вместе». Как вам известно, мы с женой вкладываем в нее всю душу.

Я с беспокойством кошусь на Кристиана, а он бесстрастно глядит перед собой — вероятно, на сцену. Потом переводит взгляд на меня и хмыкает.

— А сейчас я передаю вас в руки нашего церемониймейстера. Прошу вас, садитесь и наслаждайтесь вечером, — заканчивает свою речь Каррик.

Раздаются вежливые аплодисменты, и гул голосов снова нарастает. Я сижу между Кристианом и его дедом и любуюсь белой кувертной карточкой, на которой каллиграфическим почерком написаны серебряные буквы — мое имя. Официант зажигает канделябр с коническими лампочками. Каррик подходит к столу и, к моему удивлению, целует меня в обе щеки.

— Рад снова вас видеть, Ана, — говорит он. Необычная золотая маска придает ему величественность.

— Леди и джентльмены, пожалуйста, выберите главу вашего стола! — кричит церемониймейстер.

— О-о-о! Меня, меня! — тут же кричит Миа и неистово прыгает на своем стуле.

— В центре стола вы найдете конверт, — продолжает мастер церемоний. — Пускай каждый из вас найдет, попросит, возьмет взаймы или украдет чек с самой большой суммой, какую вы можете себе позволить. Напишите на нем свое имя и положите внутрь конверта. Главы столов, пожалуйста, тщательно охраняйте эти конверты. Они понадобятся нам позже.

Черт! Я не взяла с собой деньги. Как глупо — ведь это благотворительный бал!..

Достав бумажник, Кристиан извлекает из него два чека по сто долларов.

— Вот, держи, — говорит он.

Что?

— Я потом тебе отдам, — шепчу я.

Он кривит губы, но от комментариев воздерживается. Понимаю, он недоволен. Я беру его ручку, черную с белым цветком на колпачке, и пишу свое имя. Миа передает конверт по кругу.

Перед собой я обнаруживаю другую карту с серебряной каллиграфической надписью — наше меню.

БАЛ-МАСКАРАД
В ПОЛЬЗУ ОБЩЕСТВА
«СПРАВИМСЯ ВМЕСТЕ»

МЕНЮ

Тартар из лосося со сметаной и огурцом на тосте из бриоши
Олбан Эстейт Рузанна 2006
Жареная грудка мускусной утки
Пюре из топинамбура со сливками
Черешня, жаренная с чабрецом, фуа-гра
Шатонёф-дю-Пап Вьей Винь 2006/Домен де ля Жанас

Шифоновый бисквит с фундуком и сахарной глазурью
Кандированный инжир, сабайон, мороженое с кленовым сиропом
Вэн де Констанс 2004 Кляйн Констанция

Ассорти из местных сортов сыра и хлеба
Олбан Эстейт Гренаш 2006

Кофе и птифуры

Что ж, теперь понятно, почему перед моей тарелкой столько хрустальных бокалов разной величины. Наш официант вернулся и предлагает вино и воду. За моей спиной опустили края шатра, закрыв проход, через который все вошли. Зато впереди два человека раздвинули полог, и взорам гостей предстал закат солнца над Сиэтлом и заливом Мейденбауэр.

От красоты захватывает дух. В оранжевой воде спокойного залива отражаются мерцающие огни Сиэтла и опаловое небо.

К нашему столику подходят десять официантов с подносами. По безмолвному знаку они абсолютно синхронно подают нам закуски и исчезают. Тартар из лосося восхитителен. Я обнаруживаю, что очень хочу есть.

— Изголодалась? — еле слышно шепчет Кристиан. Я понимаю, что он говорит не о пище, и на его слова отзываются мышцы в глубине моего живота.

— Ужасно, — шепчу я, смело встречая его взгляд, и губы Кристиана раскрываются от прерывистого вдоха.

Ха-ха! Еще поглядим, кто из нас лучше в этой игре.

Дед Кристиана немедленно вступает со мной в беседу. Замечательный старикан, он так гордится своей дочерью и тремя внуками!

Мне так странно представить себе Кристиана ребенком. Тут же приходит на ум воспоминание о его шрамах от ожогов, но я прогоняю его. Сейчас я не хочу об этом думать, хотя, по сути, в этом и заключается смысл нынешнего благотворительного бала.

Жаль, что здесь нет Кейт с Элиотом. Они бы так хорошо вписались в эту картину. А еще Кейт не смутили бы многочисленные ножи и вилки, лежащие на столе. Она даже могла бы поспорить с Миа, кто из них станет главой стола. Мысль вызвала у меня улыбку.

Беседа за столом течет своим чередом. Миа, как всегда, щебечет и совершенно заслоняет бедного Шона, который в основном молчит, как и я. Чаще всех солирует бабушка. Ее шутки полны язвительности и в основном направлены на супруга. Постепенно мне становится немного жалко мистера Тревельяна.

Кристиан и Ланс оживленно говорят об устройстве, которое разрабатывает фирма Кристиана, вдохновленная принципом Эрнста Шумахера «Маленькое красиво». Я с трудом понимаю суть. Кажется, Кристиан намерен обеспечить энергией бедные поселения по всему миру, применяя «заводные технологии» — простые в обслуживании механизмы, которые не требуют ни электричества, ни батареек.

Я смотрю на него новыми глазами. Он страстно мечтает помочь обделенным судьбой беднякам. Через свою телекоммуникационную компанию он намерен первым выйти на рынок с заводным мобильным телефоном.

Ого! А я и не знала. То есть я слышала о его намерении накормить мир, но это...

Кажется, Ланс не понимает Кристиана, когда тот не собирается брать патент на новую технологию. В душе я удивляюсь, как Кристиан заработал такие огромные деньги, если он готов отдать все задаром.

На протяжении всего вечера у нашего стола останавливаются мужчины в хорошо сшитых смокингах и темных масках. Они жмут Кристиану руку, обмениваются с ним любезностями. Кого-то из них он знакомит со мной, но не всех. Я заинтригована, почему он делает между ними такое различие.

Во время одной такой беседы ко мне обращается Миа и спрашивает с улыбкой:

— Ана, ты поможешь нам на аукционе?

— Конечно, — с готовностью отзываюсь я.

Когда дело доходит до десерта, уже совсем темно. Я с трудом сижу за столом. Мне нужно срочно избавиться от шариков. Но прежде чем я успеваю встать, возле нас появляется церемониймейстер, а с ним, если не ошибаюсь, — мисс Европейские Хвостики.

Как ее там? Гензель, Гретель, Гретхен...

Конечно, она в маске, но я знаю — это она краснеет, бледнеет и не сводит глаз с Кристиана. Еще я страшно рада, что Кристиан совершенно ее не узнает.

Церемониймейстер берет наш конверт и произносит длинную и изысканную фразу, в которой просит Грейс достать выигрышный чек. Побеждает Шон, и ему вручают корзинку, завернутую в шелк.

Я вежливо аплодирую, но с трудом слежу за ходом церемонии.

— Прошу меня извинить, — бормочу я Кристиану.

Он пристально глядит на меня.

— Тебе нужно выйти?

Я киваю.

— Сейчас я провожу тебя, — мрачно говорит он.

Я встаю, и все мужчины за столом встают вместе со мной. Ох уж эти хорошие манеры...

— Нет, Кристиан, не уходи с Аной — я пойду с ней.

Миа вскакивает, прежде чем Кристиан успевает что-то возразить. На его челюсти видны желваки; я понимаю, что

он недоволен. Честно говоря, я тоже. Мне очень нужно...
Я виновато пожимаю плечами, и он смиренно садится.

Вернувшись, я чувствую себя немного лучше, хотя облегчение наступает не так быстро, как я надеялась. Шарики надежно лежат в моей сумочке.

Почему я решила, что смогу выдержать весь вечер? Я по-прежнему страдаю — может, мне удастся потом убедить Кристиана пойти со мной в лодочный сарай. При этой мысли я краснею и гляжу на него. Он встречает мой взгляд, и на его губах появляется тень улыбки.

А, он больше не злится из-за нашего упущенного шанса. Я разочарована, даже раздражена. Кристиан крепко держит мою руку, и мы с ним внимательно слушаем Каррика, который снова вернулся на сцену и рассказывает гостям о программе «Справимся вместе». Кристиан передает мне другую карту — список аукционных цен. Я быстро просматриваю.

АУКЦИОННЫЕ ДАРЫ
И ЛЮБЕЗНЫЕ ПОЖЕРТВОВАНИЯ
В ПОЛЬЗУ ПРОГРАММЫ
«СПРАВИМСЯ ВМЕСТЕ»

Бейсбольная бита с подписями от клуба «Маринерс» — доктор Эмили Мейнуоринг

Сумочка, портмоне и ключница Гуччи — Андреа Вашинитон

Билет на две персоны в «Эсклава», Браверн-центр — Элена Линкольн

Ландшафтный и парковый дизайн — Джиа Маттео

Шкатулка из сейшельской пальмы и Парфюмерный набор — Элизабет Остин

Венецианское зеркало — мистер и миссис Дж. Бейли

Два ящика вина на ваш выбор от Олбан Эстейтс — Олбан Эстейтс

Два ВИП-билета на джазовый концерт XTY — миссис Л. Есиов

День автогонок в Дейтоне — ЭМК Бритт Инк.

«Гордость и предубеждение» Джейн Остин, первое издание — доктор А.Ф.М. Лейс-Филд

Однодневная поездка на «Астон-Мартин DB7» — мистер и миссис Л. У. Нора

Живопись (масло) «В синеву», Дж. Троутон — Келли Троутон

Полет на дельтаплане с инструктором — Общество дельтапланеристов, Сиэтл

Воскресный отдых в отеле «Хитман» на двоих — отель «Хитман»

Путевка на неделю в Аспен, Колорадо (шесть ночей) — мистер К. Грей

Плавание неделю на яхте «Съюзи-Кью» (шесть ночей), отправление из Сент-Люсия — доктор и миссис Ларин

Путевка на неделю на озеро Адриана, Монтана (восемь ночей) — мистер и доктор Грей

Вот это да! Я гляжу на Кристиана.

— У тебя есть собственность в Аспене? — спрашиваю я. Аукцион уже начался, и мне приходится понижать голос до шепота.

Он кивает, удивленный и даже немного раздраженный моим интересом. Подносит палец к губам.

— У тебя повсюду есть собственность? — шепчу я.

Он опять кивает и предостерегающе трясет головой.

Все ликуют и аплодируют; один из лотов достиг аж двенадцати тысяч долларов.

— Я тебе потом расскажу, — спокойно говорит Кристиан. — Я хотел пойти с тобой, — добавляет он с легкой обидой.

Ну, а сам не пошел... Я хмурюсь и понимаю, что до сих пор недовольна. Несомненно, это отрицательный эффект шариков. Мое настроение портится еще больше, когда я вижу миссис Робинсон в списке щедрых жертвователей.

Я оглядываюсь по сторонам, ищу ее, но нигде не вижу ее пышных волос. Конечно, Кристиан предупредил бы меня, что она тоже приглашена. Я сижу и парюсь, аплодирую, когда надо, ведь каждый лот продается за баснословные деньги.

Путевка в Аспен, пожертвованная Кристианом, достигла цены в двадцать тысяч.

— Двадцать тысяч раз, двадцать тысяч два, — объявляет мастер церемоний.

Не знаю, что меня толкнуло, но внезапно я слышу собственный голос, перекрывающий шум аукциона:

— Двадцать четыре тысячи долларов!

Все маски за столом поворачиваются ко мне в немом удивлении, но самую сильную реакцию я ощущаю рядом со мной. Я слышу, как он резко задерживает дыхание, как его гнев обрушивается на меня, словно морская волна.

— Двадцать четыре тысячи долларов, прелестная леди в серебряной маске. Раз... два... Продано!

Глава 7

Черт, неужели я действительно решилась на такое? Вероятно, подействовал алкоголь. Я выпила бокал шампанского плюс четыре бокала разного вина. Я с опаской гляжу на аплодирующего Кристиана.

Господи, сейчас он разозлится, а ведь все было так хорошо! Мое подсознание наконец-то решило заявить о себе и надело на себя маску «Крик» Эдварда Мунка.

Кристиан наклоняется ко мне с улыбкой, широкой и фальшивой. Целует меня в щеку, потом шепчет на ухо ледяным и сдержанным тоном:

— Не знаю, то ли мне благоговейно поклоняться, то ли хорошенько отшлепать и выбить из тебя дурь.

Ну а я знаю, чего хочу прямо сейчас. Я гляжу на него сквозь маску. Хочу прочесть, что в его глазах.

— Я бы выбрала второй вариант, — горячо шепчу я, когда аплодисменты затихают.

Он раскрывает губы и резко вдыхает воздух. Ах, эти точеные губы — как я хочу к ним припасть! Я мучительно хочу его. Он отвечает мне искренней, сияющей улыбкой, и у меня перехватывает дыхание.

— Ты выбираешь страдание? Что ж, поглядим, как нам это организовать... — Он проводит пальцами по моей щеке.

Его прикосновение отзывается глубоко-глубоко внутри меня, там, где растекаются боль и истома. Я хочу наброситься на него прямо тут, немедленно, но вместо этого мы сидим и смотрим, как торгуется очередной лот.

Я с трудом сижу на месте. Кристиан обнял меня за плечи, его большой палец ритмично гладит мою спину, посылая восхитительные мурашки вдоль позвоночника. Другой рукой он сжимает мою руку, подносит ее к губам, кладет к себе на колени.

Он делает это неторопливо, и я не понимаю его игры, пока не становится слишком поздно: он как бы невзначай кладет мою руку так, что я чувствую его эрекцию. Я вздрагиваю, в панике обвожу взглядом сидящих за столом, но их внимание направлено на сцену. Слава богу, на мне маска...

Воспользовавшись этим, я ласкаю его, даю волю своим желаниям. Кристиан прикрывает мою руку своей, прячет мои смелые пальцы, а другой рукой щекочет мне затылок. Его губы разжались, он прерывисто дышит, и это единственная реакция на мои наивные прикосновения. Но она значит для меня так много. Он хочет меня. Спазм распространяется по моему животу. Положение становится невыносимым.

Неделя у озера Адриана в Монтане — финальный лот аукциона. Конечно, у мистера Грея и его супруги там есть дом; цена быстро растет, но я едва слежу за ней. Я чувствую, как нечто растет под моими пальцами, и у меня кружится голова от осознания своей власти.

— Продано за сто десять тысяч долларов! — торжественно объявляет церемониймейстер.

Буря аплодисментов. Я с неохотой присоединяюсь, Кристиан тоже. Удовольствие испорчено.

Он поворачивает ко мне лицо и спрашивает одними губами:

— Готова?

Я киваю.

— Ана! — зовет Миа. — Пора!

Что?.. Нет... Не надо!..

— Что пора?

— Аукцион первого танца. Пойдем! — Она встает и протягивает мне руку.

Я растерянно гляжу на Кристиана; он злится на сестру, а я не знаю, плакать мне или смеяться; побеждает смех. Я подавляю лихорадочный приступ смеха, какой иногда настигает школьницу на серьезном уроке. Наши планы опять смяты в лепешку гусеницами розового танка по имени Миа Грей. Кристиан смотрит на меня, и на его губах возникает призрак улыбки.

— Первый танец со мной, да? И не на танцполе, — страстно шепчет он мне.

Я уже не смеюсь, предвкушение вновь разжигает внутри меня пламя страсти. О да!.. Моя внутренняя богиня выполняет превосходный тройной сальхов.

— Я буду ждать. — Я нежно и невинно целую его в губы. Оглянувшись по сторонам, вижу изумление на лицах присутствующих. Конечно, они никогда еще не видели Кристиана с его избранницей.

Он широко улыбается. И выглядит... счастливым.

— Пойдем, Ана, — торопит Миа.

Держась за ее руку, я плетусь за ней на сцену, где уже стоят еще десять девушек. Со смутной тревогой вижу среди них Лили.

— Джентльмены, начинается самое интересное! — провозглашает церемониймейстер, перекрывая гул толпы. — Этой минуты вы все давно ждете! Двенадцать прелестных леди согласились выставить на аукцион свой первый танец с тем, кто предложит самую большую ставку!

Ой, нет! Я краснею с головы до пят. Прежде я не понимала, что означает этот аукцион. Какое унижение!

— Деньги пойдут на хорошее дело, — шепчет мне Миа, почувствовав мой дискомфорт. — К тому же Кристиан победит всех. — Она улыбается. — Не могу себе представить, чтобы он позволил кому-то перебить его ставку. Ведь он не отрывал от тебя глаз весь вечер.

Да, я сосредоточусь на благой цели, а Кристиан непременно всех победит. Ведь деньги для него не вопрос.

«Опять лишние траты на тебя!» — ворчит мое подсознание. Но ведь я не хочу танцевать ни с кем, кроме него, не хочу и не могу — и он тратит деньги не на меня, а жертвует их на благотворительность. «Как и те двадцать четыре тысячи, которые он уже пожертвовал?» — напоминает мое подсознание. Черт побери! Кажется, я уже примирилась с моей импульсивной выходкой. Почему я спорю сама с собой?

— Итак, джентльмены, призы вас ждут. Выбирайте, кого вы хотите пригласить на первый танец. Перед вами двенадцать милых и послушных дев.

Кошмар! Я чувствую себя рабыней, которую продают на рынке. С ужасом смотрю, как к сцене направляются не менее двадцати мужчин, среди них Кристиан. С непринужденной грацией он лавирует между столов, здороваясь на ходу со знакомыми. Участники в сборе, и церемониймейстер продолжает:

— Леди и джентльмены, по традиции маскарада мы называем только имена, сохраняя тайну участниц вместе с их масками. Первой перед нами предстает очаровательная Джейда.

Она одета с головы до ног в тафту цвета морской волны, и маска тоже соответствующая. Джейда тоже хихикает как школьница, не хуже и не лучше меня. Может, я тут не такая и чужая. Два молодых человека выходят из толпы мужчин. Счастливица Джейда.

— Джейда бегло говорит по-японски, кроме того, она олимпийская чемпионка по гимнастике и пилот истребителя... хм-м. — Мастер церемоний машет рукой. — Джентльмены, делайте ставки!

Джейда раскрывает рот, удивленная словами церемониймейстера; он понес какую-то чепуху. Она робко улыбается своим поклонникам.

— Тысяча баксов! — выкрикивает один. Очень быстро ставка повышается до пяти тысяч.

— Пять тысяч раз... пять тысяч два... продано! — громко объявляет ведущий. — Джентльмену в маске!

Здесь все мужчины в масках. Хохот, аплодисменты и ликование. Джейда ослепительно улыбается своему «покупателю» и быстро сбегает со сцены.

— Вот видишь? Это забавно! — шепчет мне Миа. — Я надеюсь, что Кристиан выиграет тебя, хотя... Только бы обошлось без драки, — добавляет она.

— Драки? — ужасаюсь я.

— Ну да. В юности он был ужасно вспыльчивый. — Миа содрогается.

Кристиан дрался? Утонченный, изысканный любитель старинных хоралов? Не представляю. Ведущий отвлекает меня от размышлений, представляя следующую девушку: в красном, с черными, как смоль, волосами до талии.

— Джентльмены, позвольте вам представить замечательную Марию. Что можно сказать о ней? Она опытный матадор, профессионально играет на виолончели и выступает с концертами, а еще чемпионка по прыжкам с шестом. Как вам такой набор талантов? Какую ставку мне назначить за танец с восхитительной Марией?

Мария сверкнула глазами на церемониймейстера, а кто-то заорал, очень громко: «Три тысячи долларов!» Это светловолосый мужчина с бородой.

После одного встречного предложения Мария продана за четыре тысячи.

Кристиан глядит на меня коршуном. Оказывается, он драчун — кто мог бы подумать?

— Давно это было? — спрашиваю я.

Миа непонимающе моргает.

— Давно Кристиан дрался?

— Когда был подростком. Он доводил родителей до исступления, домой являлся с разбитыми губами и синяками под глазом. Его выгнали из двух школ. Кому-то из противников он нанес серьезную травму.

Я удивленно слушаю ее.

— Он тебе не говорил? — Она вздыхает. — Среди моих подруг он снискал дурную репутацию. Несколько лет он был настоящим изгоем. Но все закончилось, когда ему исполнилось пятнадцать или шестнадцать. — Миа пожимает плечами.

Вот как! Еще один кусочек пазла встал на свое место.

— Итак, что мне назначить за роскошную Джил?

— Четыре тысячи долларов, — раздается бас с левой стороны. Джил визжит от радости.

Я перестаю следить за аукционом. Так, значит, Кристиан дрался и имел проблемы в школе. Интересно почему. Я гляжу на него. Лили пристально наблюдает за нами.

— А теперь позвольте представить красавицу Ану.

О господи, моя очередь! Я нервно гляжу на Миа, а она выталкивает меня на середину сцены. К счастью, я не споткнулась. Адски смущенная, я стою перед всеми. Перевожу взгляд на Кристиана и вижу, что он ухмыляется. Негодяй!

— Красавица Ана играет на шести музыкальных инструментах, бегло говорит по-мандарински, любит йогу... Ну, джентльмены ... — Он не успевает договорить фразу, как его перебивает Кристиан, сверкая глазами под маской:

— Десять тысяч долларов. — Я слышу, как за моей спиной недоверчиво ахает Лили.

Ну надо же!

— Пятнадцать.

Что? Мы все поворачиваемся и смотрим на высокого, безукоризненно одетого мужчину. Он стоит слева от сцены. Я растерянно гляжу на Кристиана. Это-то что значит? Но он чешет подбородок и иронически улыбается сопернику. Очевидно, они знакомы. Высокий мужчина вежливо кивает Кристиану.

— Ну, джентльмены! Сегодня у нас высокие ставки. — Ведущий бурлит от восторга под своей маской Арлекина. Он поворачивается к Кристиану. Шоу увлекательное, но, увы, за мой счет. Я готова разрыдаться.

— Двадцать, — спокойно произносит Кристиан.

Толпа притихла. Все таращатся на меня, Кристиана и мистера Незнакомца.

— Двадцать пять, — говорит тот.

Разве бывает что-нибудь унизительнее?

Кристиан бесстрастно глядит на него, а сам явно развеселился. Все взоры устремлены на Кристиана. Что он предпримет? Мое сердце стучит, как молот. От волнения кружится голова.

— Сто тысяч долларов, — говорит Кристиан; его голос раздается по шатру четко и громко.

— Ни фига себе... — шипит Лили за моей спиной; по толпе пробегает рябь удивления и недовольства. Незнакомец поднимает руки в знак поражения и смеется. Кристиан тоже ухмыляется ему. Уголком глаза я вижу, как прыгает от радости Миа.

— Сто тысяч долларов за прелестную Ану! Сто тысяч раз... сто тысяч два... — Церемониймейстер замирает и смотрит на незнакомца. Тот с шутливым сожалением качает головой и галантно кланяется.

— Продано! — торжествует мастер церемоний.

Оглушительная буря аплодисментов и ликования. Кристиан выходит вперед, подает мне руку и помогает сойти со сцены. Пока я спускаюсь, он смотрит на меня с удивленной усмешкой, потом целует мне руку и ведет меня к выходу из шатра.

— Кто это был? — спрашиваю я.

Он поворачивает ко мне лицо.

— Ты познакомишься с ним позже. А сейчас я хочу тебе кое-что показать. До конца аукциона еще приблизительно полчаса. Потом нам нужно вернуться на танцпол, чтобы я смог насладиться танцем, за который заплатил.

— Очень дорогой танец, — неодобрительно бормочу я.

— Я не сомневаюсь, что он будет стоить того. — Кристиан лукаво улыбается. Ах, от этой улыбки томление вернулось и расцвело в моем теле.

Мы вышли на лужайку. Я-то думала, он поведет меня к лодочному сараю, но, к моему разочарованию, мы направляемся к танцполу, где как раз рассаживаются музыканты. Их не меньше двадцати. Вокруг бродят несколько гостей, курят тайком — но поскольку главное действо разворачивается в шатре, мы не привлекаем особого внимания.

Кристиан ведет меня к задней части дома и открывает французское окно, ведущее в комфортабельную гостиную, которую я еще не видела. Мы идем через опустевший холл к крутой лестнице с элегантной балюстрадой из полированного дерева. Взяв за руку, он тащит меня на второй этаж, потом на третий. Открывает белую дверь и вталкивает в одну из спален.

— Это моя комната, — спокойно сообщает он и запирает дверь изнутри.

Тут просторно, стены белые. Мебели мало, и она тоже белого цвета: двуспальная кровать, письменный стол со

стулом, полки, уставленные книгами и разными награ-
дами — кажется, по кикбоксингу. На стенах — плакаты
к фильмам: «Матрица», «Бойцовский клуб», «Шоу Тру-
мана», а также два постера с кикбоксерами. Одного зовут
Джузеппе де Натале — я о нем даже не слышала.

Но меня притягивает белая доска над столом: на ней —
множество фотографий, спортивных призов и билетных
корешков. Это срез жизни юного Кристиана. Я вновь гляжу
на великолепного мужчину, стоящего в центре комнаты.
Он смотрит на меня, его взгляд пронзает насквозь и волнует.

— Я никогда еще не приводил сюда девушек, — бормочет он.

— Никогда? — шепчу я.

Он качает головой.

Я конвульсивно сглатываю; боль, беспокоившая меня
в последние часы, сейчас бушует и требует утоления.
И вот мой любимый мужчина стоит здесь на синем ковре,
в маске... эротичный до невозможности. Я хочу его. Немедленно. Я с трудом сдерживаюсь, чтобы не наброситься на него, сдирая одежду. Он медленно приближается ко
мне, танцуя.

— У нас немного времени, Анастейша. Но, судя по нашему голоду, нам много и не нужно. Повернись. Дай-ка я
извлеку тебя из этого платья.

Я поворачиваюсь и гляжу на дверь, радуясь, что она заперта. Он наклоняется и шепчет мне на ухо:

— Не снимай маску.

В ответ мое тело заходится в судороге. Из меня вырывается стон. А ведь он даже не прикоснулся ко мне.

Он берется за верх платья, его пальцы скользят по моей
коже, вызывая вибрацию в теле. Быстрым движением расстегивает молнию. Придерживая платье, помогает мне пе-
решагнуть через него, потом поворачивается и аккуратно
вешает его на спинку стула. Я остаюсь в корсете и трусиках.
Сняв пиджак, он кладет его на платье. Замирает и несколько мгновений смотрит на меня, пожирая глазами. Я таю
под его чувственным взглядом.

— Знаешь, Анастейша, — тихо говорит он, приближаясь ко мне. На ходу он развязывает галстук-бабочку (теперь его концы свисают с шеи) и расстегивает три верхние пуговицы рубашки. — Я так разозлился, когда ты купила мой аукционный лот. Всякие мысли пронеслись в голове. Мне пришлось напомнить себе, что наказание вычеркнуто из нашего меню. Но потом ты сама попросила... — Он смотрит на меня сквозь маску и спрашивает шепотом: — Зачем ты это сделала?

— Зачем? Не знаю. Огорчение... слишком много алкоголя... веская причина, — кротко бормочу я, пожимая плечами. Может, чтобы привлечь его внимание?

Тогда он был мне нужен. Сейчас нужен еще больше. Боль усилилась, и я знаю, что он один способен ее унять, способен утихомирить этого ревущего зверя во мне с помощью своего зверя. Рот Кристиана сжимается в тонкую линию, потом он облизывает верхнюю губу. Я тоже хочу почувствовать телом этот язык.

— Я дал себе слово, что больше никогда не стану тебя шлепать, даже если ты попросишь.

— Пожалуйста! — молю я.

— Но потом я понял, что тебе, вероятно, в этот момент очень некомфортно, ты не привыкла к этому. — Он понимающе ухмыляется, нахал, но мне все равно, потому что он абсолютно прав.

— Да, — соглашаюсь я.

— Итак, можно ввести некоторую... самостоятельность. Если я это сделаю, ты должна пообещать мне одну вещь.

— Что угодно.

— При необходимости ты воспользуешься стоп-словом. При таком условии я сейчас займусь с тобой любовью. О'кей?

— Да. — Я учащенно дышу и хочу как можно скорее почувствовать на своем теле его руки.

Он сглатывает, потом берет меня за руку и ведет к кровати. Откинув одеяло, садится и кладет рядом с собой подушку. Я стою перед ним. Внезапно он сильно дергает меня за руку, и я падаю к нему на колени. Он слегка сдвигает меня, и теперь я лежу на кровати, грудью на подушке, повернув лицо в сторону. Он убирает со спины мои волосы и гладит меня по щеке.

— Положи руки за спину.

Ой! Он снимает с шеи галстук и быстро связывает им мои запястья. Теперь кисти лежат на пояснице.

— Анастейша, ты в самом деле хочешь этого?

Я закрываю глаза. Впервые после нашего знакомства я действительно этого хочу. Очень хочу.

— Да, — шепчу я.

— Почему? — нежно спрашивает он, лаская ладонью мои ягодицы.

Я издаю стон, как только чувствую кожей его руку. Я не знаю, почему. После такого безумного дня, где было все — спор о деньгах, Лейла, миссис Робинсон, досье на меня, «дорожная карта», пышный прием, маски, алкоголь, серебряные шары, аукцион... я хочу этого.

— Я должна придумать причину?

— Нет, малышка, не нужно, — говорит он. — Просто я пытаюсь тебя понять.

Его левая рука берет меня за талию, удерживая на месте, а правая ладонь поднимается над моими ягодицами и больно бьет по ним. Эта боль смыкается с болью в животе.

Ох! Из меня вырывается громкий стон. Он бьет меня снова, точно туда же. Новый стон.

— Два, — бормочет он. — Будет двенадцать.

О господи! Сейчас я чувствую наказание не так, как в прошлый раз, — оно такое... плотское, такое... необходимое. Он ласкает мой зад своими длинными пальцами, а я лежу беспомощная, связанная и прижатая к матрасу, вся в его власти — причем по собственной воле. Он бьет меня снова, чуть правее, и еще раз, с другой стороны, потом останавливается и медленно спускает с меня трусики. Ласково проводит ладонью по ягодицам и опять продолжает наказание — каждый жгучий шлепок убирает остроту моей страсти — или разжигает ее, я не знаю. Я отдаюсь ритму ударов, впитываю в себя каждый, наслаждаюсь ими.

— Двенадцать, — бормочет он низким, хриплым голосом. Опять ласкает мою попку, забирается пальцами глубже между ног, к влагалищу, медленно вставляет два пальца внутрь меня и водит ими по кругу, по кругу, по кругу, вызывая во мне сладкие муки.

Мое тело не выдерживает этого, и я кончаю и кончаю, сжимаюсь в конвульсиях вокруг его пальцев. Интенсивно, неожиданно и быстро.

— Вот и хорошо, малышка, — одобрительно мурлычет он. Не вынимая из меня пальцев, он развязывает свободной рукой мои запястья. Я лежу, обессиленная, и тяжело дышу.

— Мы с тобой еще не закончили, Анастейша, — сообщает он и, все еще не вынимая пальцев, ставит меня коленями на пол.

Теперь я опираюсь о кровать. Он встает на колени позади меня и расстегивает ширинку. Вынимает пальцы, и я слышу знакомое шуршание фольги.

— Раздвинь ноги, — урчит он, и я повинуюсь. Он гладит мои ягодицы и входит в меня. — Все будет быстро, малышка. — Он держится за мои бедра, выходит из меня и резко входит.

— Ай! — кричу я, но испытываю божественное ощущение полноты. Он выбивает из меня всю боль, еще и еще, стирая ее с каждым резким и сладким движением. Ощущение умопомрачительное, как раз то, что мне надо. Я направляю бедра навстречу ему, ловлю его удары.

— Ана, не надо, — урчит он, пытаясь остановить меня. Но я хочу его слишком сильно, ударяюсь о него, соперничая с ним по силе. — Ана, черт возьми! — шипит он и кончает. Его голос раскручивает во мне по спирали целительный оргазм, который длится и длится, выжимает меня насухо и бросает, распластанную и бездыханную.

Кристиан наклоняется и целует меня в плечо, потом выходит из меня. Обхватывает меня руками, кладет голову мне на спину. Так мы и стоим на коленях возле кровати. Долго ли? Секунды? Даже минуты, пока не успокоится дыхание. Боль в животе прошла, и теперь я наслаждаюсь безмятежным покоем.

Кристиан шевелится и целует меня в спину.

— По-моему, вы должны мне танец, мисс Стил.

— М-м-м, — отвечаю я, наслаждаясь отсутствием боли и полнотой жизни.

Он садится на корточки и сажает меня к себе на колени.

— Это недолго. Пошли. — Он целует меня в макушку и заставляет встать.

Ворча, я сажусь на кровать, подбираю с пола трусики и натягиваю их. Лениво тащусь к стулу за платьем. С равнодушным интересом отмечаю, что не снимала туфель. Кристиан завязывает галстук и уже привел в порядок себя и кровать.

Натягивая платье, я рассматриваю снимки на доске. Кристиан даже мальчишкой был красивым, хотя и хмурым. Вот он с Элиотом и Миа на заснеженном склоне; вот он в Париже, это можно понять по Триумфальной арке на заднем плане; в Лондоне; в Нью-Йорке; в Большом каньоне; возле Сиднейской оперы; даже на фоне Великой Китайской стены. Мистер Грей много путешествовал в юности.

Вот корешки билетов с разных концертов и шоу: U2, Металлика, The Verve, Sheryl Crow, Нью-Йоркский филармонический оркестр исполняет «Ромео и Джульетту» Прокофьева — какая причудливая смесь! А в углу я вижу маленькое фото молодой женщины. Черно-белое. Ее лицо кажется мне знакомым, но вот где я ее видела — не знаю, хоть тресни. Но это не миссис Робинсон, слава богу.

— Кто это? — спрашиваю я.

— Так, не важно, — бормочет он, надевая пиджак и поправляя бабочку. — Застегнуть тебя?

— Да, пожалуйста. Тогда почему она тут, на твоей доске?

— По недосмотру. Как тебе мой галстук? — Он поднимает подбородок, словно маленький мальчик. Я поправляю бабочку.

— Теперь все идеально.

— Как и ты, — мурлычет он и, обняв, страстно целует. — Ну что, лучше стало?

— Намного лучше, благодарю вас, мистер Грей.

— Всегда рад служить, мисс Стил.

Гости тем временем собираются вокруг танцпола. Кристиан усмехается — мы явились как раз вовремя — и ведет меня на клетчатый пол.

— Леди и джентльмены, пришло время для первого танца. Мистер и доктор Грей, вы готовы? — Каррик кивает и подает руку Грейс.

— Леди и джентльмены с аукциона первого танца, вы готовы?

Мы все дружно киваем. Миа стоит с незнакомым мне мужчиной. Интересно, где же Шон?

— Тогда начинаем. Давай, Сэм!

Под горячие аплодисменты молодой парень взбегает на сцену, поворачивается к оркестру и щелкает пальцами. Знакомая мелодия «I've Got You Under My Skin» наполняет воздух.

Кристиан улыбается мне, кладет руку на плечо и начинает танец. Да, он великолепно танцует, с ним легко. Он ведет меня в танце, и мы улыбаемся друг другу как идиоты.

— Я люблю эту песню, — мурлычет Кристиан, глядя мне в глаза. — По-моему, она очень подходит. — Сейчас он уже говорит без усмешки, серьезно.

— Ты тоже залез мне под кожу, — вторю я. — Или залезал в твоей спальне.

Он не в силах спрятать удивление.

— Мисс Стил, — шутливо одергивает он меня. — Я и не знал, что вы бываете такой грубой.

— Мистер Грей, я тоже не знала. Думаю, виной всему мой недавний опыт. Он многому меня научил.

— Научил нас обоих.

Кристиан снова посерьезнел. Сейчас мне кажется, что на танцполе только мы двое и оркестр. Мы находимся в нашем личном воздушном шаре.

Песня кончается, и мы аплодируем. Певец Сэм грациозно кланяется и представляет свой оркестр.

— Могу я пригласить леди?

Я узнаю высокого мужчину, который соперничал с Кристианом на аукционе. Кристиан неохотно отпускает меня, но сам тоже удивлен.

— Да, пожалуйста. Анастейша, это Джон Флинн. Джон, это Анастейша.

Черт побери!

Кристиан усмехается и отходит на край танцпола.

— Доброго вечера, Анастейша, — говорит доктор Флинн, и я понимаю, что он англичанин.

— Здравствуйте, — отвечаю я.

Оркестр начинает другую песню, и доктор Флинн ведет меня в танце. Он гораздо моложе, чем я думала, хотя и не вижу его лица. Его маска походит на маску Кристиана. Он высокий, но не выше Кристиана и не обладает такой же непринужденной грацией.

О чем мне с ним говорить? Спросить, почему у Кристиана такой неровный характер? А еще почему Флинн делал ставку на меня? Это единственное, что мне хочется узнать от него, но отчего-то этот вопрос кажется грубым.

— Я рад, что наконец познакомился с вами лично, Анастейша. Вам здесь нравится?

— Нравилось, — шепчу я.

— О-о, надеюсь, я не виноват в такой перемене вашего настроения. — Он тепло улыбается, и я немного расслабляю душевные мышцы.

— Доктор Флинн, вы психиатр. И вы мне это говорите.

Он усмехается.

— В этом проблема, не так ли? Что я психиатр?

Я хихикаю.

— Я беспокоюсь, что вы разглядите во мне что-нибудь нехорошее, вот немного и смущаюсь. А вообще-то я хочу спросить вас о Кристиане.

— Во-первых, я не на работе, а на благотворительном празднике, — с улыбкой шепчет он. — Во-вторых, я действительно не могу говорить с вами о Кристиане. Кроме того, — дразнит он меня, — еще нужно дожить до Рождества.

Я в ужасе ахаю.

— Это наша профессиональная шутка, Анастейша.

Я смущаюсь и краснею, потом чувствую легкую неприязнь. Он отпускает шутки в адрес Кристиана.

— Вы только что подтвердили то, что я говорила Кристиану... что вы дорогостоящий шарлатан.

Доктор Флинн хохочет.

— Пожалуй, вы отчасти угадали.

— Вы англичанин?

— Да. Родился в Лондоне.

— Как вы попали сюда?

— Счастливое стечение обстоятельств.

— Вы не склонны рассказывать о себе, верно?

— Мне особенно нечего рассказать. Я самый обычный, заурядный человек.

— Какое самоуничижение.

— Это британская черта. Особенность нашего национального характера.

— А-а.

— Я могу обвинить вас в том же самом, Анастейша.

— Что я тоже обычная, заурядная особа, доктор Флинн? Он фыркает.

— Нет, Анастейша. Что вы не склонны раскрываться.

— Мне особенно нечего показывать, — улыбаюсь я.

— Я откровенно в этом сомневаюсь. — Неожиданно он хмурится.

Я краснею, но музыка заканчивается, и рядом со мной возникает Кристиан. Доктор Флинн отпускает меня.

— Рад был с вами познакомиться, Анастейша.

Он снова тепло улыбается, и я чувствую, что прошла какой-то скрытый тест.

— Джон. — Кристиан кивает ему.

— Кристиан. — Доктор Флинн отвечает на его кивок, поворачивается и исчезает в толпе.

Кристиан обнимает меня за плечи и ведет на следующий танец.

— Он гораздо моложе, чем я думала, — бормочу я ему. — И ужасно несдержанный.

Кристиан удивленно наклоняет голову набок.

— Несдержанный?

— Да, он все мне рассказал, — шучу я.

Кристиан напрягается.

— Ну, в таком случае можешь собирать чемодан. Я уверен, что ты больше не захочешь иметь со мной дело, — тихо говорит он.

Я замираю на месте.

— Да ничего он мне не сказал! — В моем голосе слышна паника.

Кристиан растерянно моргает, потом его лицо светлеет. Он снова держит меня в объятьях.

— Тогда будем наслаждаться танцем. — Он радостно улыбается, потом кружит меня.

Почему он подумал, что я захочу его бросить? Непонятно.

Мы остаемся на площадке еще два танца, и я понимаю, что мне нужно в туалет.

— Я сейчас.

По дороге я вспоминаю, что оставила свою сумочку на банкетном столе, и иду к шатру. В нем еще горят канделябры, но уже пусто, только в другом конце сидит какая-то пара. Я беру сумочку.

— Анастейша?

Нежный голос поражает меня. Я оглядываюсь и вижу женщину в длинном облегающем платье из черного бархата. Ее изысканная, отделанная золотой нитью маска не походит на остальные. Она закрывает верхнюю часть ее лица и все волосы.

— Я так рада, что вы тут одна, — тихо говорит она. — Весь вечер я искала возможности поговорить с вами.

— Простите, я не знаю, кто вы.

Она снимает маску с лица и волос.

Черт! Это миссис Робинсон.

— Простите, я вас испугала.

Я смотрю на нее, разинув рот. Черт, какого хрена нужно от меня этой женщине?

Не знаю, как полагается себя вести, беседуя с известной растлительницей малолетних. Она мило улыбается и жестом приглашает меня присесть за стол. Поскольку я лишена референтной среды и обалдела от неожиданности, то из вежливости делаю все, что она говорит. Только радуюсь, что на мне маска.

— Я буду лаконична, Анастейша. Мне известно, что вы думаете обо мне... Кристиан мне сказал.

Я бесстрастно слушаю ее, но довольна тем, что она знает об этом. Это избавляет меня от необходимости высказывать собственное мнение. Кроме того, в глубине души мне любопытно, что она скажет.

Она замолкает и куда-то смотрит через мое плечо.

— Тейлор наблюдает за нами.

Я оглядываюсь и вижу, как он стоит у входа в шатер. С ним Сойер. Они смотрят куда угодно, только не на нас.

— Ладно, мы быстро, — торопливо говорит она. — Вам, должно быть, ясно, что Кристиан в вас влюблен. Я никогда еще не видела его таким, никогда. — Она подчеркивает последнее слово.

Что? Любит меня?.. Нет. Зачем она говорит мне об этом? Чтобы убедить меня? Не понимаю.

— Он не скажет вам этого, потому что, возможно, сам не сознает, хотя я говорила ему об этом. Но это Кристиан. Он не очень держится за те позитивные чувства и эмоции, которые у него возникают. Гораздо крепче он цепляется за негативные. Вероятно, вы и сами поняли это. Он не считает себя достойным позитива.

Я сижу в растерянности. Кристиан любит меня?.. Он ничего не говорил мне про любовь, а эта женщина сообщила ему, что он ее чувствует? Как все странно.

Сотни мыслей пляшут в моем сознании: айпад, полет на вертолете, чтобы повидаться со мной, все его действия, его ревность, сто тысяч за танец. Это любовь?

Слышать о его любви от этой женщины, честно говоря, неприятно. Я предпочла бы услышать это от него самого.

Мое сердце сжимается. Он чувствует себя недостойным? Почему?

— Я никогда еще не видела его таким счастливым, и мне очевидно, что вы тоже испытываете к нему какие-то чувства. — Мимолетная улыбка появляется на ее губах. — Это замечательно, и я желаю вам обоим всего наилучшего. Но вот что я хотела сказать: если вы опять его обидите, я найду вас, леди, и вам не поздоровится.

Она смотрит на меня; голубые льдинки глаз впиваются в мой мозг, пытаются проникнуть под маску. Ее угроза настолько удивительна и неожиданна, что у меня невольно вырывается недоверчивый смех. Я ожидала от нее чего угодно, но только не этого.

— Вы думаете, это смешно? — сердится она. — Вы не видели его в минувшую субботу — что с ним творилось.

Мое лицо мрачнеет. Мне неприятна мысль о несчастном Кристиане, ведь в минувшую субботу я от него ушла. Вероятно, он поехал к ней. Мне стало противно. Зачем я сижу здесь с ней и выслушиваю всякую чушь? Я медленно встаю, не сводя с нее глаз.

— Меня смешит ваша наглость, миссис Линкольн. Вас совершенно не касаются наши с Кристианом отношения. А если я все-таки его брошу и вы явитесь ко мне, я буду вас ждать, не сомневайтесь. И может, я дам вам попробовать ваше собственное лекарство в отместку за пятнадцатилетнего ребенка, которого вы совратили и, вероятно, испортили еще сильнее, чем он был испорчен.

У нее отвисает челюсть.

— Теперь извините. Меня ждут более приятные вещи, чем разговор с вами.

Я резко поворачиваюсь; адреналин и гнев бурлят в моем теле. Я иду к входу в шатер, где стоит Тейлор. В это время появляется встревоженный Кристиан.

— Вот ты где, — бормочет он, потом хмурится при виде Элены.

Я молча шагаю мимо него, давая ему возможность выбора — между ней и мной. Он делает правильный выбор.

— Ана, — зовет он. Я останавливаюсь и смотрю на него. — Что случилось?

— Почему бы тебе не спросить об этом у своей бывшей? — едко интересуюсь я.

Он кривит губы, взгляд леденеет.

— Я спрашиваю тебя, — мягко возражает он, но в его голосе звучат грозные нотки.

Мы сердито глядим друг на друга.

Ладно, я вижу, что дело может закончиться дракой, если я ему не скажу.

— Она пригрозила, что придет ко мне, если я снова тебя обижу, — вероятно, с плеткой.

На его лице написано явное облегчение, губы растянулись в усмешке.

— Конечно, от тебя не ускользнул комизм этой ситуации? — спрашивает он, и я вижу, как он пытается скрыть смех.

— Тут нет ничего смешного, Кристиан!

— Ты права, нет. Я поговорю с ней. — Он делает серьезное лицо, хотя все еще борется со смешком.

— Ты этого не сделаешь. — Я стою, скрестив руки на груди, и снова киплю от злости.

Он удивленно моргает.

— Слушай, я знаю, что ты связан с ней финансовыми делами, но...

Я замолкаю. О чем я могу его попросить? Бросить ее? Больше не видеться с ней? Могу ли я просить его об этом?

— Мне нужно в туалет. — Я сердито поджимаю губы.

Он вздыхает и наклоняет голову набок. Неужели кто-то может выглядеть желаннее, чем он? Что это, маска или он сам?

— Пожалуйста, Анастейша, не злись. Я не знал, что она здесь. Она говорила, что не придет. — Он уговаривает меня словно ребенка. Протянув руку, проводит пальцем по моей надутой нижней губе. — Прошу тебя, не позволяй Элене испортить наш вечер. Ведь она — старая новость, клянусь тебе.

«Старая» — подходящее слово», — безжалостно думаю я. Он держит меня за подбородок и ласково трется своими губами о мои губы. Я вздыхаю в знак согласия. Он выпрямляется и берет меня под локоть.

— Я провожу тебя до туалета, чтобы тебя опять никто не отвлек.

Он ведет меня через лужайку к временным туалетным комнатам — совершенно шикарным. Миа сказала, что они были доставлены для этого случая, но я и не подозревала, что это будет люксовая версия.

— Я буду ждать тебя здесь, малышка.

Вышла я уже в ровном настроении. Нет, я не позволю миссис Робинсон портить мне вечер, ведь, возможно, на это она и рассчитывала. Отойдя в сторону, Кристиан разговаривает по телефону. Подхожу ближе и слышу его слова. Он очень сердит.

— Почему ты переменила решение? Ведь мы с тобой договорились. Знаешь, оставь ее в покое. У меня это первые стабильные отношения в жизни, и я не хочу, чтобы ты их разрушила своей неуместной заботой обо мне. Оставь ее. Я серьезно предупреждаю тебя, Элена. — Он замолкает и слушает. — Нет, конечно, нет. — Он грозно хмурится. Поднимает взгляд и видит меня. — Мне пора. Пока.

Я стою, склонив голову набок, и вопросительно гляжу на него. Зачем он ей звонил?

— Как там старая новость?

— Злится, — сардонически отмахивается он. — Ты хочешь еще танцевать? Или пойдем? — Смотрит на часы. — Скоро начнется фейерверк.

— Я люблю фейерверки.

— Тогда мы останемся и посмотрим. — Он обнимает меня и прижимает к себе. — Прошу тебя, не позволяй ей встать между нами.

— Она беспокоится за тебя, — бормочу я.

— Да, я ее... ну... друг.

— По-моему, для нее это больше, чем дружба.

Он морщит лоб.

— Анастейша, у нас с Эленой все сложно. У нас общее прошлое. Но это всего лишь прошлое. Я уже несколько раз говорил тебе, что она хороший друг. И не более того. Пожалуйста, забудь о ней.

Он целует меня в макушку, и я смиряюсь, чтобы не портить наш вечер. Вот только пытаюсь понять ситуацию.

Держась за руки, мы возвращаемся на танцпол. Оркестр по-прежнему играет вовсю.

— Анастейша!

Я поворачиваюсь и вижу стоящего позади нас Каррика.

— Позвольте пригласить вас на следующий танец.

Каррик протягивает мне руку. Кристиан улыбается и, пожав плечами, отпускает меня. По знаку Сэма оркестр начинает «Come fly with Me». Каррик обнимает меня за талию и бережно ведет в танце.

— Анастейша, я хотел поблагодарить вас за щедрый вклад в нашу благотворительную программу.

По его тону я подозреваю, что он просто хочет выяснить, могу ли я позволить себе такую щедрость.

— Мистер Грей...

— Пожалуйста, Ана, зовите меня Каррик.

— Я очень рада, что могу себе это позволить. У меня неожиданно появилась некоторая сумма, без которой я обойдусь. А тут такое благое дело.

Он улыбается мне, а я пользуюсь возможностью и задаю кое-какие невинные вопросы. «Carpe diem, лови момент», — подсказывает мне мое подсознание.

— Кристиан немного рассказал мне о своем детстве, поэтому я с готовностью поддерживаю вашу программу, — добавляю я в надежде, что Каррик хоть немного приоткроет передо мной завесу тайны его сына.

Каррик удивлен.

— Неужели? Это необычно для него. Анастейша, вы необычайно положительно влияете на него. По-моему, я никогда еще не видел его таким... окрыленным.

Я краснею.

— Простите, я не хотел вас смущать.

— Знаете, у меня небольшой жизненный опыт... он очень необычный человек, — бормочу я.

— Да, верно, — спокойно соглашается Каррик.

— Судя по тому, что мне рассказывал Кристиан, его раннее детство было ужасным и травмировало его психику.

Каррик хмурится, и я боюсь, не преступила ли я черту.

— Моя жена была на дежурстве, когда полицейские привезли его в госпиталь. Он был страшно обезвожен и очень худой, кожа да кости. И совсем не мог говорить. — Каррик мрачнеет, несмотря на окружающую нас бодрую музыку. — Фактически он не говорил около двух лет. Ему помогла прийти в себя игра на фортепиано. Да, конечно, и появление Миа. — Его губы растягиваются в нежной улыбке.

— Он прекрасно играет, профессионально. Вы можете им гордиться, — говорю я, а сама никак не могу прийти в себя: какой ужас, не говорил два года...

— Да, мы гордимся. Он целеустремленный, способный и умный. Но скажу вам по секрету, Анастейша, нам с матерью радостнее всего видеть его таким, как сегодня, — молодым и беззаботным. Мы уже обменялись с ней впечатлениями. И благодарить за это мы должны вас.

Кажется, я покраснела с ног до головы. Что мне сказать на это?

— Он всегда был одиночкой. Мы уж и не чаяли увидеть его с избранницей. Пожалуйста, не останавливайтесь, что бы вы ни делали. Как приятно видеть его счастливым. — Внезапно он замолкает, словно именно он переступил через запретную черту. — Простите, я не хотел вас смущать.

Я качаю головой.

— Мне тоже хочется видеть его счастливым, — лепечу я и не знаю, что еще сказать.

— Что ж, я очень рад, что вы пришли сегодня к нам. Очень приятно видеть вас вдвоем.

Когда замолкают последние ноты мелодии, Каррик галантно раскланивается; я делаю в ответ реверанс.

— Хватит танцевать со стариками. — Кристиан снова рядом со мной. Каррик весело смеется.

— Ты полегче со «стариками», сын. У меня тоже бывали незабываемые моменты. — Каррик шутливо подмигивает мне и исчезает в толпе.

— Кажется, ты понравилась отцу, — бормочет Кристиан, когда мы провожаем взглядом Каррика.

— Почему я могла ему не понравиться? — кокетливо спрашиваю я, глядя на него из-под ресниц.

— Правильный вопрос, мисс Стил. — Он обнимает меня, и в это время оркестр играет «It Had to Be You».

— Танцуй со мной, — страстно шепчет Кристиан.

— С удовольствием, мистер Грей, — улыбаюсь я, и он снова кружит меня по танцполу.

В полночь мы идем к берегу между шатром и лодочным сараем. Все гости собрались там, чтобы полюбоваться фейерверком. Церемониймейстер, снова заявивший о себе, разрешил снять маски, чтобы лучше видеть огненное действо. Кристиан обнимает меня за плечи, но я знаю, что Тейлор и Сойер где-то рядом, вероятно, в толпе. Они смотрят по сторонам, а не на причал, где два техника в черном заняты последними приготовлениями. Увидев Тейлора, я вспоминаю о Лейле. Возможно, она где-то здесь. Черт! При мысли о ней у меня ползут мурашки, и я прижимаюсь к Кристиану. Он удивленно смотрит на меня с высоты своего роста и обнимает еще крепче.

— Все в порядке, детка? Замерзла?

— Нет, не замерзла.

Я быстро оглядываюсь и вижу рядом с нами двух других секьюрити, чьи имена я забыла. Кристиан ставит меня перед собой и кладет руки мне на плечи.

Внезапно над доком раздается классический, как на саундтреке, грохот — баммм! В небо взлетают две ракеты и с оглушительным бабаханьем взрываются над заливом, осветив его ослепительным снопом из оранжевых и белых искр, которые отражаются в спокойной воде залива, словно сверкающий ливень. Я с раскрытым ртом смотрю, как в воздух взмывают еще несколько ракет и, взорвавшись, рассыпаются разноцветным калейдоскопом.

Не могу вспомнить, когда видела такое же улетное действо, разве что по телику, но это не в счет. И все это под музыку, под охи и ахи толпы. Взлет за взлетом, взрыв за взрывом, вспышка за вспышкой. Зрелище поистине неземное!

На установленном в заливе понтоне несколько серебристых световых фонтанов взлетают в воздух на двадцать футов, меняя цвет на голубой, красный, оранжевый, и снова становятся серебристыми. А в это время взрываются все новые ракеты, и музыка достигает крещендо.

У меня уже болят мышцы лица от дурацкой восхищенной улыбки. Я гляжу на Кристиана — он тоже заворожен великолепным шоу как ребенок. Наконец, вереница из шести ракет взлетает в темное небо и одновременно взрывается, заливая нас роскошным золотым светом. Толпа неистовствует, аплодисменты долго не стихают.

— Леди и джентльмены, — кричит церемониймейстер, когда затихают крики и свист. — В завершение этого замечательного вечера хочу вам сообщить следующее: сегодня ваша щедрость принесла в программу «Справимся вместе» в общей сложности один миллион восемьсот пятьдесят три тысячи долларов!

Снова грохочут аплодисменты, а на понтоне серебряные потоки искр складываются во фразу: «Спасибо вам от «Справимся вместе». Буквы долго искрятся и мерцают над водой.

— Ах, Кристиан... это было чудесно. — Я восторженно улыбаюсь ему, он наклоняется и целует меня.

— Пора уходить, — говорит он, и в его словах я читаю так много обещаний.

Внезапно я чувствую, что страшно устала.

Толпа вокруг нас постепенно редеет. Кристиан и Тейлор не говорят ничего, но между ними что-то происходит.

— Давай немного постоим. Тейлор хочет, чтобы мы подождали здесь.

Ага.

— По-моему, из-за этого фейерверка он постарел на сотню лет.

— Он не любит фейерверки?

Кристиан ласково глядит на меня и качает головой, но не объясняет.

— Итак, Аспен, — говорит он, и я понимаю, что он хочет меня отвлечь. Это получается.

— Ой! Я не внесла ставку, — спохватываюсь я.

— Ты можешь прислать чек. Я знаю адрес.

— Ты тогда был в бешенстве.

— Да, был.

Я усмехаюсь.

— В этом виноваты ты и твои игрушки.

— Вы, мисс Стил, были охвачены страстью. Потом, насколько я припоминаю, все завершилось наилучшим образом. — Он сально улыбается. — Кстати, где они?

— Серебряные шарики? Они в моей сумочке.

— Я хочу забрать их у тебя. Это слишком мощные игрушки, чтобы оставлять их в твоих невинных руках.

— Беспокоишься, что я снова буду охвачена страстью и, может, с кем-то еще?

Кристиан зло сверкает глазами.

— Надеюсь, что такого не случится, — заявляет он с холодком в голосе. — Нет, Ана. Я хочу сам управлять твоей страстью.

Ну и ну! Ничего себе!

— Ты мне не доверяешь?

— Доверяю полностью. Итак, я могу получить их назад?

— Я рассмотрю твою просьбу.

Он прищуривает глаза.

На танцполе снова звучит музыка. Но это уже диджей развлекает гостей грохочущими басовыми ритмами.

— Ты хочешь танцевать?

— Я очень устала, Кристиан. Если можно, я бы поехала домой.

Кристиан смотрит на Тейлора, тот кивает, и мы направляемся к дому. За нами бредет пара подвыпивших гостей. Я рада, что Кристиан поддерживает меня под локоть — у меня болят ноги от тесных туфель и каблуков головокружительной высоты.

К нам подбегает Миа.

— Вы ведь еще не уходите, а? Настоящая музыка только начинается. Пошли, Ана! — Она хватает меня за руку.

— Миа, — останавливает ее Кристиан. — Анастейша устала. Мы поедем домой. К тому же у нас завтра тяжелый день.

Да ну?..

Миа недовольно выпячивает губы, но, к моему удивлению, не спорит с Кристианом.

— Тогда обязательно приезжай к нам на следующей неделе. Может, мы тогда прогуляемся по моллу?

— Конечно, Миа. — Я улыбаюсь, а в душе гадаю, как я теперь буду зарабатывать себе на жизнь.

Она чмокает меня, потом бурно обнимает Кристиана, удивляя этим нас обоих. Но еще удивительнее, она кладет ладони на его грудь и говорит:

— Как приятно видеть тебя таким счастливым. — Она целует его в щеку. — Пока, ребята, всего хорошего.

Она убегает к своим подругам — среди них Лили; без маски она выглядит еще более унылой.

Я опять вспоминаю Шона. Интересно, где же он?

— Надо попрощаться с родителями. Пойдем.

Кристиан ведет меня под гул разговоров гостей к Грейс и Каррику. Они прощаются с нами тепло и нежно.

— Пожалуйста, приезжайте еще, Анастейша. Мы так рады вам, — говорит Грейс.

Я слегка обескуражена их отношением ко мне. К счастью, уже ушли родители Грейс, поэтому я избавлена еще и от их энтузиазма.

Рука об руку мы молча идем к фронтону дома, где в ожидании хозяев выстроились бесчисленные автомобили. Я гляжу на Кристиана. Он и в самом деле выглядит счастливым, хотя после такого напряженного дня это даже странно. И я рада.

— Тебе не холодно? — спрашивает он.

— Нет, все хорошо, спасибо. — Я придерживаю атласную накидку.

— Я наслаждался этим вечером, Анастейша. Спасибо тебе.

— Я тоже, хотя не всеми его частями одинаково, — усмехаюсь я.

Он тоже ухмыляется, потом морщит лоб.

— Не кусай губу! — От его интонации у меня учащенно бьется сердце.

— Почему ты сказал, что завтра у нас будет трудный день? — спрашиваю я, чтобы отвлечься.

— Приедет доктор Грин. А еще я приготовил для тебя сюрприз.

— Доктор Грин? — Я останавливаюсь.

— Да.

— Зачем?

— Потому что я не выношу презервативы, — спокойно отвечает он. Его глаза блестят в мягком свете бумажных фонарей.

— Это мое тело, — бормочу я с досадой. Почему он не спросил меня?

— Оно и мое тоже, — шепчет он.

Я стою и гляжу на него. Мимо проходят гости, не обращая на нас внимания. У него такое серьезное лицо. Да, мое тело и его тоже... он знает его лучше, чем я.

Я протягиваю к нему руку. Он слегка морщится, но не протестует. Хватаю галстук за кончик, тяну, и тот развязывается. Видна верхняя пуговица рубашки. Я расстегиваю ее.

— Так ты выглядишь сексуально, — шепчу я. Вообще-то он выглядит сексуально всегда, но так особенно.

— Мне надо отвезти тебя домой. Пойдем.

У машины Сойер протягивает Кристиану конверт. Кристиан хмуро глядит на него, переводит взгляд на меня. В этот момент Тейлор открывает передо мной дверцу. По его лицу я вижу, что он уже не так напряжен, как раньше. Потом Кристиан садится рядом со мной и отдает мне этот конверт, нераспечатанный. Тейлор и Сойер садятся впереди.

— Письмо адресовано тебе. Кто-то из слуг отдал его Сойеру. Вероятно, еще от какого-то твоего поклонника. — Кристиан недовольно скривил губы. Конечно, такая мысль ему неприятна.

Я тупо гляжу на письмо. От кого оно? Вскрываю конверт и быстро читаю послание при тусклом свете. Черт побери, оно от *нее*! Почему она не оставляет меня в покое?

Возможно, я заблуждалась на ваш счет. А вы явно заблуждаетесь насчет меня. Позвоните мне, если вам понадобится заполнить какие-либо пробелы — мы можем вместе пообедать. Кристиан не хочет, чтобы я говорила с вами, но я буду счастлива вам помочь. Поймите меня правильно. Я одобряю ваш союз, поверьте — но если вы его обидите... Он и так видел много обид. Позвоните мне: (206) 279-6261.
Миссис Робинсон.

Дьявол, она подписалась «Миссис Робинсон»! Он сказал ей... Ублюдок!

— Ты сказал ей?

— Что сказал? Кому?

— Что я называю ее миссис Робинсон, — буркнула я.

— Письмо от Элены? — ужасается Кристиан. — Это уже смешно, — ворчит он, проводя ладонью по волосам. Я вижу, что он раздражен. — Завтра я с ней поговорю. Или в понедельник.

Хотя мне стыдно в этом признаться, я немного доволь-на. Мое подсознание кивает с мудрым видом. Элена сердит его, и это хорошо, несомненно, хорошо. В общем, пока я не буду ничего ему говорить, но письмо кладу в свою сумочку. А для того чтобы улучшить его настроение, возвращаю ему шарики.

— До следующего раза, — бормочу я.

Он глядит на меня из полумрака и наверняка усмеха-ется, хотя его лица мне почти не видно. Потом берет мою руку и сильно сжимает.

Я гляжу в темноту и вспоминаю весь этот длинный день. Я узнала о Кристиане так много новых фактов — салоны, «дорожная карта», детство, — но мне предстоит узнать еще больше. А что там с миссис Р.? Да, она переживает за него, кажется, очень переживает. Я это вижу. Он тоже хорошо к ней относится — но не так, как она. Я не знаю, что и ду-мать. От всей этой информации у меня болит голова.

Кристиан будит меня, когда мы останавливаемся возле «Эскалы».

— Отнести тебя на руках? — нежно спрашивает он.

Я сонно мотаю головой. Не надо.

Когда мы стоим у лифта, я прислоняюсь к нему и кладу голову на плечо. Сойер стоит перед нами и неловко пере-минается.

— Длинный день получился, да, Анастейша?

Я киваю.

— Устала?

Я киваю.

— Ты не слишком разговорчива.

Я киваю, и Кристиан усмехается.

— Пойдем. Я положу тебя в постель.

Он берет меня за руку, и мы выходим из лифта, но останавливаемся в фойе. И тут Сойер поднимает руку. За эту долю секунды с меня слетает сон. Сойер что-то гово-рит в рукав. Я и не знала, что он носит там переговорное устройство.

— Ладно, Ти, — говорит он и поворачивается к нам. — Мистер Грей, на «Ауди» мисс Стил проколоты шины, а машина залита краской.

Черт побери! Моя машина!.. Кто мог это сделать? Как только этот вопрос материализуется в моем сознании, я уже знаю ответ. Лейла. Я гляжу на Кристиана. Он побледнел.

— Тейлор беспокоится, что преступник мог войти в квартиру и теперь находится там. Он хочет сначала все проверить.

— Понятно, — шепчет Кристиан. — Действия Тейлора?

— Он поднимается по служебному лифту с Райаном и Рейнолдсом. Они проведут осмотр и тогда дадут нам добро. Я остаюсь с вами, сэр.

— Благодарю вас, Сойер. — Кристиан крепче обнимает меня. — Да, день становится все лучше и лучше, — горько вздыхает он и утыкается носом в мои волосы. — Слушайте, я не могу стоять тут и ждать. Сойер, позаботьтесь о мисс Стил. Не пускайте ее в квартиру, пока не получите разрешения Тейлора. Впрочем, я уверен, что Тейлор преувеличивает опасность. Она не могла попасть ко мне домой.

Что?

— Нет, Кристиан, останься со мной, — умоляю я.

— Делай, что тебе говорят, Анастейша. Жди здесь.

Нет!

— Сойер! — говорит Кристиан.

Сойер открывает дверь фойе, впускает Кристиана в квартиру, закрывает за ним дверь и встает перед ней, бесстрастно глядя на меня.

Черт возьми! Кристиан! В моей голове громоздятся всякие ужасы, но мне ничего не остается, как ждать, ждать и ждать.

Глава 8

Сойер опять говорит в свой рукав:

— Тейлор, мистер Грей вошел в квартиру. Тут он морщится, хватает наушник и выдергивает его из уха. Вероятно, получил от Тейлора мощный нагоняй.

Ну, если Тейлор встревожился...

— Пожалуйста, позвольте мне войти, — умоляю я.

— Извините, мисс Стил, не могу. Это не займет много времени. — Сойер поднимает кверху обе руки, как бы защищаясь. — Тейлор и парни как раз тоже туда входят.

Да что ж такое! Я мучительно чувствую собственное бессилие. Замирая, жадно ловлю все звуки, но слышу лишь собственное неровное дыхание. У меня пересохло во рту, кружится голова. Я молча молюсь: «Господи, пусть с Кристианом ничего не случится!»

Не знаю, сколько прошло времени. Мы ничего не слышим. Конечно, тишина — тоже хорошо, лучше, чем выстрелы. Чтобы отвлечься от тревожных мыслей, я хожу по фойе и разглядываю висящие на стенах картины.

Я никогда прежде не обращала на них внимания: все это предметная живопись, религиозная — мадонна с младенцем. Всего там шестнадцать картин. Как странно. Кристиан ведь неверующий, кажется. Вся живопись в большом зале абстрактная — а эти картины совсем другие. Впрочем, долго я возле них не задерживаюсь. Где же Кристиан?

Я гляжу на Сойера, он бесстрастно смотрит на меня.

— Что там происходит?

— Никаких новостей, мисс Стил.

Неожиданно шевелится дверная ручка. Сойер мгновенно поворачивается и выхватывает пистолет из кобуры, висящей на плече.

Я застываю. В дверях появляется Кристиан.

— Все чисто, — сообщает он и хмурится на Сойера. Тот немедленно убирает оружие и отходит назад, пропуская меня внутрь.

— Тейлор перебдел, — ворчит Кристиан, протягивая мне руку.

Я стою, разинув рот, не могу пошевелиться и впитываю каждую его маленькую черточку: непослушные волосы, морщинки вокруг глаз, волевую челюсть, расстегнутые верхние пуговки на рубашке. Мне кажется, что он постарел на десять лет. Кристиан озабоченно глядит на меня; его глаза потемнели.

— Все в порядке, детка. — Он подходит ко мне, обнимает и целует в макушку. — Пойдем, ты устала. Ляжешь.

— Я так волновалась, — лепечу я, млея в его объятьях и вдыхая его сладкий-пресладкий запах.

— Знаю. Мы все тревожились.

Сойер исчез, вероятно, прошел в квартиру.

— Честно говоря, мистер Грей, ваши бывшие подружки очень утомительны, — сердито замечаю я. Кристиан усмехается.

— Да. Верно.

Взяв меня за руку, он идет через холл в большой зал.

— Тейлор и его помощники проверяют сейчас все шкафы и кладовые. Только я не думаю, что она здесь.

— Что ей тут делать? — недоумеваю я.

— Верно.

— Как она могла войти сюда?

— Я не вижу такой возможности. Но Тейлор иногда проявляет чрезмерную бдительность.

— Вы уже искали в твоей игровой комнате? — спрашиваю я шепотом.

Кристиан бросает на меня быстрый взгляд и морщит лоб.

— Да, она заперта, но мы с Тейлором ее проверили.

Я набираю полную грудь воздуха и медленно выдыхаю — очистительное упражнение.

— Может, ты хочешь чего-нибудь выпить? — спрашивает Кристиан.

— Нет. — Меня наполняет свинцовая усталость: я ужасно хочу лечь и уснуть.

— Пойдем, я уложу тебя в постель. У тебя утомленный вид. — В его глазах я вижу нежность.

Я хмурюсь. Он тоже ляжет со мной? Или хочет спать один?

Я с облегчением вижу, что он ведет меня в свою спальню. Я кладу сумочку на комод и раскрываю ее. Там белеет послание миссис Робинсон.

— Вот. — Я протягиваю его Кристиану. — Если хочешь, прочти. Я не буду на него отвечать.

Кристиан быстро прочитывает письмо. На его челюсти напрягаются желваки.

— Не знаю, какие пробелы она может заполнить, — пренебрежительно фыркает он. — Я должен поговорить с Тейлором. Давай я расстегну молнию на твоем платье.

— Ты сообщишь в полицию насчет автомобиля? — спрашиваю я.

Он убирает в сторону мои волосы. Его пальцы нежно гладят мне спину, потом тянут вниз бегунок молнии.

— Нет, я хочу обойтись без таких мер. Лейле требуется помощь, а не карающая рука полиции. Мы просто должны удвоить наши усилия и найти ее. — Он наклоняется и ласково целует меня в плечо.

— Ложись, — приказывает он и уходит.

Я лежу, гляжу в потолок и жду его возвращения. За прошедший день так много всего случилось, так много нужно обдумать. С чего начать?..

Я резко просыпаюсь и не сразу понимаю, где я. Неужели я заснула? В слабом свете, проникающем сюда через приоткрытую дверь, я вижу, что Кристиана рядом со мной нет. Где же он? Я обвожу глазами комнату. В изножье кровати стоит какая-то тень. Женщина?

Одетая в черное? Трудно сказать.

Еще не до конца проснувшись, я протягиваю руку и включаю ночник, потом опять бросаю взгляд на изножье. Там никого нет. Я трясу головой. Мне все это померещилось? Приснилось?

Я сажусь и обвожу глазами спальню. Мне становится жутковато — но я тут совершенно одна.

Я провожу ладонью по лицу. Который час? Где Кристиан? На будильнике — пятнадцать минут третьего.

Слезаю с кровати и иду на его поиски, сбитая с толку разыгравшимся воображением. Мне уже мерещится всякая ерунда. Должно быть, реакция на драматические события минувшего вечера.

Зал пустой. Его освещают лишь три подвесные лампы над баром. Но дверь в кабинет приоткрыта, и я слышу, как Кристиан разговаривает по телефону.

— Я не понимаю, почему ты звонишь в такой поздний час. Мне нечего тебе сказать. Ну, впрочем, ответь мне ты... Тебе не надо было передавать письмо.

Я неподвижно стою возле двери и, сгорая от стыда, подслушиваю. С кем это он говорит?

— Нет, ты послушай. Я просил тебя, а теперь приказываю. Оставь ее в покое. У вас с ней нет ничего общего. Понятно?

Он говорит сердито и агрессивно. Я хочу постучать в дверь, но не решаюсь.

— Я знаю. Но я серьезно говорю, Элена. Оставь ее в покое, мать твою. Или мне нужно повторять это несколько раз? Слышишь меня?.. Ладно. Спокойной ночи. — Он швыряет телефон на стол.

Ох, черт! Я робко стучусь в дверь.

— Что? — рычит он, и мне хочется убежать и спрятаться.

Он сидит за столом, уронив голову на руки. Поднимает голову, и суровое выражение лица сразу смягчается, когда он видит меня. В глазах читается настороженность и такая ужасная усталость, что у меня сжимается сердце.

Он озадаченно моргает и обводит меня взглядом с головы до ног. Я явилась в его майке.

— Тебе больше подходят атлас или шелк, Анастейша, — шутит он. — Но даже в моей майке ты прелестна.

Ах, какой неожиданный комплимент.

— Я соскучилась без тебя. Пойдем спать.

Он медленно встает со стула, все еще одетый в белую рубашку и костюмные брюки. Теперь его глаза сияют и полны обещания... хотя в них видна и грусть. Он стоит передо мной, устремив на меня пронзительный взгляд, но ко мне не прикасается.

— Знаешь ли ты, что ты значишь для меня? — спрашивает он. — Если по моей вине с тобой что-нибудь случится...

Его голос обрывается, на лице — болезненная гримаса. Он выглядит таким беззащитным, он боится за меня...

— Ничего со мной не случится, — заверяю я его ласковым голосом и глажу его по лицу, провожу пальцами по щетине на щеке. Она неожиданно мягкая на ощупь. — Как быстро у тебя растет борода, — шепчу я, не в силах убрать из своего голоса восхищение этим красивым, испорченным мужчиной, который стоит передо мной.

Я провожу пальцем по контуру его нижней губы, потом веду пальцы вниз по его горлу, к полустертой красной черте у основания его шеи. Он глядит на меня сверху с приоткрытыми губами и все еще не дотрагивается до меня. Я веду пальцем по этой черте, он закрывает глаза. Его спокойное дыхание делается неровным. Мои пальцы замирают у бортика рубашки, и я берусь за ближайшую застегнутую пуговицу.

— Я не буду дотрагиваться до тебя. Только сниму с тебя рубашку, — шепчу я.

Его глаза широко раскрылись и глядят на меня с тревогой. Но он не шевелится и не останавливает меня. Я очень медленно расстегиваю пуговицу, держа ткань подальше от его кожи, потом неторопливо перехожу к следующей и повторяю весь процесс — тщательно и сосредоточенно.

Я не хочу дотрагиваться до него. Вернее, хочу, но не дотрагиваюсь... После четвертой пуговицы вновь появляется красная линия, и я поднимаю лицо и робко улыбаюсь.

— Вот и разрешенная территория. — Я провожу пальцами по линии и расстегиваю последнюю пуговицу. Распахиваю полы рубашки, перехожу к манжетам, поочередно вынимаю запонки из черного отшлифованного камня.

— Можно я сниму с тебя рубашку? — тихо спрашиваю я.

Он кивает; я поднимаю руки и стаскиваю рубашку с его плеч. Он вытаскивает руки из рукавов и вот уже стоит передо мной голый до пояса. Избавленный от рубашки, он, кажется, восстановил душевное равновесие и лукаво улыбается.

— Теперь займемся брюками, мисс Стил? — спрашивает он, поднимая брови.

— В спальне. Я хочу, чтобы ты лег в постель.

— Неужели? Мисс Стил, вы ненасытная особа.

— Интересно, почему? — Я хватаю его за руку, вытаскиваю из кабинета и веду в спальню. Там прохладно.

— Ты открывала балконную дверь? — спрашивает он, нахмурив брови, когда мы входим.

— Нет. — Я не помню этого. Помню только, как я обвела взглядом комнату, когда проснулась. Тогда дверь была закрыта.

О черт! Кровь отхлынула от моего лица; разинув рот, я гляжу на Кристиана.

— Что? — отрывисто спрашивает он.

— Когда я проснулась, здесь кто-то был, — шепчу я. — Только тогда я решила, что мне почудилось.

— Что? — На его лице отражается ужас. Он бросается к балконной двери, выглядывает из нее, потом возвращается в комнату и запирает за собой дверь. — Точно? Кто?..

— Женщина, кажется... Было темно. И я только что проснулась.

— Одевайся, — рычит он. — Немедленно!

— Моя одежда вся наверху, — жалобно сообщаю я.

Он выдвигает ящик комода и выуживает из него спортивные штаны.

— Вот, надевай. — Штаны велики, но сейчас с ним не поспоришь.

Он хватает майку и торопливо натягивает на себя. Хватает телефон и нажимает две кнопки.

— Она все-таки здесь, мать ее так, — шипит он в трубку.

Через три секунды Тейлор и один из секьюрити вбегают в спальню Кристиана. Тот кратко сообщает о случившемся.

— Давно? — спрашивает Тейлор деловым тоном. На нем, как всегда, его куртка. Спит когда-нибудь этот человек или нет?

— Минут десять назад, — бормочу я, почему-то чувствуя себя виноватой.

— Она знает квартиру как свои пять пальцев, — говорит Кристиан. — И прячется где-то здесь. Найдите ее. Сейчас я увезу Анастейшу. Когда вернется Гейл?

— Завтра вечером, сэр.

— Пусть не возвращается, пока здесь не станет безопасно. Ясно? — резко говорит Кристиан.

— Да, сэр. Вы поедете в Белвью?

— Я не хочу привозить проблему своим родителям. Забронируй мне где-нибудь номер.

— Да. Я вам позвоню.

— Мы не преувеличиваем опасность? — спрашиваю я.

Кристиан сердито сверкает глазами.

— Возможно, у нее пистолет.

— Кристиан, она стояла возле кровати и могла меня застрелить, если бы хотела.

Он замирает на мгновение, вероятно, чтобы взять себя в руки. Потом зловеще ласковым голосом говорит:

— Я не готов рисковать. Тейлор, Анастейше нужна обувь.

Кристиан заходит в шкаф-купе, а я остаюсь под охраной секьюрити. Не помню его имя, кажется, Райан. Он смотрит поочередно то на холл, то на балконную дверь. Через пару минут возвращается Кристиан с кожаной сумкой; на нем джинсы и блейзер в тонкую полоску. Он набрасывает мне на плечи джинсовую куртку.

— Пойдем. — Кристиан крепко сжимает мне руку, и я почти бегу за ним через большую комнату.

— Мне не верится, что она может быть где-то здесь, — бормочу я, глядя на балконную дверь.

— Квартира большая. Ты не все еще здесь видела.

— Почему бы тебе просто не позвать ее? Скажешь, что хочешь с ней поговорить.

— Анастейша, она не в себе и, скорее всего, вооружена, — раздраженно отвечает он.

— Так мы просто сбегаем?

— Пока что да.

— А если она попытается застрелить Тейлора?

— Тейлор знает толк в таких делах. Он опередит ее.

— Рэй был в армии. Он научил меня стрелять.

Кристиан удивленно поднимает брови и едва ли не смеется.

— Ты, с оружием? — недоверчиво переспрашивает он.

— Да, мистер Грей, — с вызовом заявляю я. — Берегитесь, я умею стрелять. Так что вам нужно опасаться не только ваших свихнувшихся саб.

— Приму это к сведению, мисс Стил, — сухо отвечает он, но улыбается. Мне приятно сознавать, что я могу заставить его улыбнуться даже в такой напряженной ситуации.

Тейлор встречает нас в фойе и вручает мне мой маленький чемодан и черные кеды. Я поражена — он упаковал для меня что-то из одежды — и робко улыбаюсь ему в знак благодарности. Он тоже ободряюще улыбнулся мне. Не удержавшись, обнимаю его. Он удивляется и густо краснеет.

— Будьте осторожны, — говорю я.

— Да, мисс Стил, — смущенно бормочет он.

Кристиан хмуро смотрит на меня и вопросительно на Тейлора, а тот, чуть улыбаясь, поправляет галстук.

— Сообщите, куда мне ехать, — говорит Кристиан.

Тейлор лезет в карман, достает бумажник и протягивает Кристиану кредитную карточку.

— Возможно, она вам пригодится, когда вы приедете на место.

— Верно, — кивает Кристиан.

К нам подходит Райан.

— Сойер и Рейнолдс никого не обнаружили, — докладывает он Тейлору.

— Проводите мистера Грея и мисс Стил до гаража, — приказывает Тейлор.

Гараж опустел. Что ж, ведь почти три часа ночи. Кристиан сажает меня на пассажирское кресло «Ауди R8» и кладет мой чемодан и свою сумку в багажник, расположенный спереди. На «Ауди», стоящую рядом, страшно смотреть — все шины проколоты, кузов залит белой краской. Зрелище не для слабонервных. Я радуюсь, что Кристиан увозит меня в другое место.

— Замена прибудет в понедельник, — бесстрастно сообщает Кристиан, садясь рядом со мной.

— Как она узнала, что это моя машина?

Он с беспокойством глядит на меня и вздыхает.

— У нее была «Ауди А3». Я покупаю такую тачку всем моим сабмиссив — это наиболее безопасная машина в своем классе.

Ага.

— Так, значит, ее нельзя считать подарком в честь окончания учебы.

— Анастейша, вопреки моим надеждам ты никогда не была сабмиссив, так что технически это подарок к окончанию колледжа. — Он трогается с парковочного отсека и мчится к выходу.

«Вопреки его надеждам. О нет...» Мое подсознание грустно качает головой. Мы все время возвращаемся к этой фразе.

— Ты все еще надеешься? — шепчу я.

В салоне оживает телефон.

— Грей, — рявкает Кристиан.

— «Фермонт Олимпик». На мое имя.

— Спасибо, Тейлор. И, Тейлор, будьте осторожны.

Тейлор молчит.

— Да, сэр, — спокойно говорит он потом, и Кристиан кладет трубку.

Улицы Сиэтла абсолютно пустые, и Кристиан мчится по Пятой авеню в направлении I-5. Выехав на федеральную трассу, он вдавливает в пол педаль газа и берет курс на север. Он делает рывок так быстро, что меня вдавливает в спинку кресла.

Я поглядываю на него. Кристиан занят своими мыслями и излучает смертельное спокойствие. Не отвечает на мой вопрос. Часто поглядывает в зеркало заднего вида, и я понимаю, что он проверяет, не едет ли кто-нибудь за нами. Вот почему мы оказались на I-5. А я думала, что «Фермонт» находится в Сиэтле.

Я гляжу в окно, пытаюсь взять под контроль свой утомленный, перевозбужденный разум. Если она хотела меня убить, у нее были все возможности для этого в спальне.

Кристиан прерывает мои размышления.

— Нет. Я не на это надеюсь, уже не на это. Я думал, что это очевидно, — мягко говорит он.

Я гляжу на него, запахиваю плотнее его джинсовую куртку и не понимаю, откуда исходит холод, от меня или от окна.

— Я беспокоюсь, что... понимаешь... что я недостаточно...

— Более чем достаточно, Анастейша. Ради бога, что я еще должен сделать?..

«Расскажи мне о себе. Скажи мне, что ты любишь меня».

— Почему ты решил, что я уйду, когда я пошутила, что доктор Флинн рассказал мне все, что знает о тебе?

Он тяжко вздыхает, на мгновенье прикрывает глаза и очень долго не отвечает.

— Тебе трудно понять всю глубину моей порочности. И мне совсем не хочется делиться этим с тобой.

— И ты действительно подумал, что я бы ушла, если бы узнала? — Срываюсь на крик. Неужели он не понимает, что я люблю его? — Ты так плохо думаешь обо мне?

— Я знаю, что ты уйдешь, — грустно произносит он.

— Кристиан... Я думаю, что это невозможно. Я не могу представить себе жизни без тебя... — «Совершенно не могу».

— Однажды ты уже от меня уходила — я не хочу повторения.

— Элена сказала, что видела тебя в прошлую субботу.

— Нет, не видела. — Он хмурится.

— Ты не ездил к ней, когда я ушла?

— Нет, — раздраженно отрезает он. — Я уже сказал тебе — и я не люблю, когда кто-то не верит моим словам. Я никуда не ездил и не ходил в минувшие выходные. Я сидел и мастерил планер, который ты мне дала. Так и провел время, — спокойно добавляет он.

У меня опять сжимается сердце. Миссис Робинсон сказала, что видела его.

Видела или не видела? Она солгала. Зачем?

— Вопреки уверенности Элены, я не бегаю к ней со всеми своими проблемами. Я вообще не бегаю ни к кому. Возможно, ты заметила, я не слишком разговорчив. — Он еще крепче сжимает баранку.

— Каррик сказал мне, что ты не говорил почти два года.

— Правда? — Рот Кристиана сжимается в жесткую линию.

— Я... ну... вытянула из него эту информацию. — Я смущенно потупилась.

— Что еще сказал тебе папочка?

— Что твоя мама была доктором, осматривавшим тебя. После того как тебя обнаружили и привезли в госпиталь.

Лицо Кристиана походит на маску.

— Он сказал, что тебе помогла игра на фортепьяно. И Миа.

При упоминании ее имени его губы расплылись в нежной улыбке.

— Ей было шесть месяцев, когда она появилась у нас. Я был в восторге, Элиот — не очень. Ведь ему пришлось до этого привыкать ко мне. Она была прелестна. — Меня поражает ласковая грусть в его голосе. — Теперь, конечно, меньше, — добавляет он, и мне приходят на ум ее успешные попытки нарушить наши похотливые намерения. Я невольно смеюсь.

Кристиан удивленно косится на меня.

— Вам это кажется смешным, мисс Стил?

— Мне показалось, что она была полна решимости разлучить нас.

Он невесело хмыкнул.

— Да, она это умеет. — Он кладет руку на мое колено и сжимает его. — Но мы не поддались, — с улыбкой добавляет он и снова смотрит в зеркало заднего вида. — По-моему, за нами никто не гонится. — Он сворачивает с I-5 и возвращается в центр Сиэтла.

— Могу я спросить у тебя кое-что про Элену? — Мы стоим перед светофором.

— Попробуй, — недовольно бормочет он, но я игнорирую его раздражение.

— Когда-то давно ты сказал мне, что она любила тебя так, как ты считал приемлемым. Как это понимать?

— Разве непонятно?

— Мне — нет.

— Я был неуправляемым. Я не выносил, когда ко мне прикасаются. И сейчас не переношу. Для четырнадцатилетнего подростка с бушующими гормонами это было трудное время. Она научила меня выпускать пар.

А-а-а.

— Миа сказала, что ты был драчуном.

— Господи, что за болтливая у меня семья? Впрочем, это ты виновата. — Мы снова стоим перед светофором, и он, прищурившись, смотрит на меня и с шутливым осуждением качает головой. — Ты умеешь выуживать информацию из людей.

— Миа сама рассказала мне об этом. Она беспокоилась, что ты затеешь драку, если не выиграешь на аукционе мой первый танец.

— Ой, детка, тут не было никакой опасности. Я ни при каких условиях не позволил бы никому танцевать с тобой.

— Ты позволил доктору Флинну.

— Он всегда исключение из правила.

Кристиан подъезжает к отелю «Фермонт Олимпик» по красивой аллее и останавливается перед входом, возле причудливого каменного фонтана.

— Пойдем. — Он вылезает из машины и достает наш багаж. Навстречу нам бежит служащий гостиницы — несомненно, он удивлен нашим поздним появлением. Кристиан бросает ему ключи от машины.

— На имя Тейлора, — говорит он.

Парень кивает, сияя от восторга, прыгает в R8 и отъезжает. Кристиан берет меня за руку и входит в вестибюль.

Я стою рядом с ним у стойки администратора и чувствую себя ужасно нелепо. Вот я нахожусь в самом престижном отеле Сиэтла, одетая в мужскую джинсовую куртку, тренировочные штаны, которые мне велики, и старую майку, — рядом с элегантным греческим богом. Не удивительно, что администраторша недоуменно переводит взгляд с меня на Кристиана и обратно, словно у нее в мозгу не складывается уравнение. Конечно, она благоговеет перед Кристианом, запинается и краснеет. У нее даже руки дрожат...

— Вам нужен носильщик... для багажа, мистер Тейлор? — спрашивает она и снова заливается краской.

— Нет, мы с миссис Тейлор сами справимся.

Миссис Тейлор!.. Но я не ношу кольцо. И я незаметно прячу руку за спину.

— Вы будете жить на одиннадцатом этаже в номере «каскад», мистер Тейлор. Наш посыльный поможет вам донести вещи.

— Все нормально, — отрезает Кристиан. — Где лифты?

Мисс Застенчивость объясняет, и Кристиан опять хватает меня за руку. Я быстро обвожу взглядом помпезный вестибюль с мягкими креслами. Сейчас он пуст, если не считать темноволосой женщины, которая сидит на диване и кормит своего терьера. Она улыбается нам, когда мы идем к лифтам. Так, значит, в этом отеле позволено приезжать с домашними животными? Странно для такого роскошного заведения.

В нашем номере две спальни, гостиная, а в ней — роскошное фортепьяно. Зажжен камин. Этот номер больше, чем вся моя квартира.

— Ну, миссис Тейлор, не знаю, как вы, а я бы выпил чего-нибудь, — заявляет Кристиан, надежно заперев входную дверь.

В спальне он ставит мой чемодан и свою сумку на оттоманку, стоящую в изножье огромной кровати с балдахином, и ведет меня в гостиную, где ярко горит огонь. Как приятно! Я грею возле камина руки, а Кристиан готовит нам выпивку.

— Арманьяк?

— Да, пожалуйста.

Через минуту он тоже подходит к огню и протягивает мне хрустальный коньячный бокал.

— Ну и денек был, а?

Я киваю и вижу в его глазах озабоченность.

— Да все нормально, — успокаиваю я его. — Как ты сам?

— Ну, прямо сейчас я хочу выпить, а потом, если ты не слишком устала, лечь с тобой в постель и раствориться в тебе.

— Все в нашей власти, мистер Тейлор. — Я робко улыбаюсь ему, а он сбрасывает с себя обувь и стаскивает носки.

— Миссис Тейлор, перестаньте прикусывать губу, — шепчет он.

Я краснею и загораживаюсь от него бокалом. Арманьяк восхитителен; он скользит, как шелковый, по глотке, оставляя за собой теплый след. Когда я поднимаю глаза на Кристиана, он допивает свой бокал и смотрит на меня голодным взглядом.

— Анастейша, ты не перестаешь меня удивлять. После такого дня, как сегодняшний, вернее, уже вчерашний, ты не ноешь и не убегаешь прочь от меня. Ты очень сильная. Я преклоняюсь перед тобой.

— Между прочим, ты — очень веская причина для того, чтобы я осталась, — возражаю я. — Кристиан, я уже говорила тебе, что никуда не уйду, что бы ты ни делал. Ты ведь знаешь мои чувства к тебе.

Он кривит губы, словно сомневается в моих словах. Он морщит лоб, словно ему больно слышать мои слова. Ах, Кристиан, что мне сделать, чтобы ты поверил моим словам?

«Позволь ему побить тебя», — усмехается мое подсознание. Я хмуро отмахиваюсь.

— Где ты собираешься повесить мои портреты, сделанные Хосе? — Я пытаюсь повысить наше настроение.

— Это зависит от... — Он улыбается. Очевидно, для него эта тема более приятная.

— От чего?

— От обстоятельств, — загадочно говорит он. — Его вернисаж еще не закончился, поэтому у меня еще есть время подумать.

Я наклоняю голову набок и щурю глаза.

— Миссис Тейлор, вы можете строго смотреть на меня сколько угодно. Я ничего не скажу, — усмехается он.

— Я могу пытками добиться от вас правды.

Он поднимает брови.

— Знаешь, Анастейша, не надо обещать того, чего не сможешь выполнить.

Ого, он в этом уверен? Я ставлю мой бокал на каминную полку, протягиваю руку и, к удивлению Кристиана, беру его бокал и ставлю рядом с моим.

— Вот мы сейчас и проверим, — бормочу я. Храбро, осмелев от арманьяка, несомненно, я беру Кристиана за руку и тащу его в спальню. Возле кровати я останавливаюсь. Кристиан пытается скрыть свое веселое изумление.

— Ну, мы пришли. Что ты будешь делать дальше? — с насмешкой спрашивает он вполголоса.

— Прежде всего, я тебя раздену. Завершу начатое. — Я берусь за лацканы его блейзера, стараясь не прикасаться к телу. Он не морщится, но все же задерживает дыхание.

Я бережно снимаю блейзер с плеч Кристиана. Он не отрывает от меня глаз, теперь в них горит огонь, а все веселье исчезло без следа. Еще я вижу осторожность и... жажду? Как много всего можно прочесть в его взгляде... О чем он думает? Я кладу блейзер на оттоманку.

— Теперь снимем майку, — шепчу я и берусь за ее нижний край. Он помогает, поднимает руки и пятится назад, чтобы я быстрее стянула ее с него. Оставшись без майки, он выпрямляется и пристально глядит на меня с высоты своего роста. Сейчас на нем только джинсы, которые так провокационно сползли с его бедер. Из-под них выглядывает резинка трусов-боксеров.

Мой голодный взгляд поднимается по его плоскому животу к смазанным остаткам красной линии, потом к груди. Больше всего мне сейчас хочется провести языком по растительности на его груди, наслаждаться вкусом этих упругих волос.

— Что теперь? — шепчет он. Его глаза пылают.

— Хочу поцеловать тебя вот сюда. — Я провожу пальцем поперек его живота.

Он судорожно втягивает воздух, раскрыв губы.

— Я не останавливаю тебя.

Я беру его за руку.

— Тогда ложись, — мурлычу я и веду его к кровати с балдахином. Он явно удивлен. Мне приходит в голову, что, вероятно, над ним никто не доминировал после... нее. Нет, не надо заходить на ту территорию.

Откинув покрывало, он садится на край кровати и глядит на меня снизу вверх. Лицо серьезное, в глазах ожидание и настороженность. Я стою перед ним и сбрасываю сначала джинсовую куртку, потом штаны.

Он трет кончики пальцев. Видно, что ему отчаянно хочется меня потрогать, но он перебарывает это желание. Набрав полную грудь воздуха, я храбро берусь за майку, стаскиваю ее через голову и выпрямляюсь. Не отрывая от меня глаз, он сглатывает и восхищенно говорит:

— Ты настоящая Афродита.

Я беру в ладони его лицо и наклоняюсь, чтобы его поцеловать. Он издает низкий горловой стон.

Когда я накрываю его губы своими, он хватает меня за бедра. Не успев опомниться, я уже под ним, он раздвигает коленями мои ноги и вот уже лежит между ними как в колыбели. Он страстно целует меня, терзает мои губы; наши языки ударяются друг о друга. Его рука ползет от моего бедра по животу к груди, сжимает ее, мнет, восхитительно тянет за сосок.

Я издаю протяжный стон и невольно прижимаюсь пахом к нему, сладостно трусь о шов ширинки и его растущую в эрекции плоть. Он прерывает поцелуй и глядит на меня сверху вниз с удивлением и восторгом, выдвигает вперед бедра и ударяется о мое лоно. «Да. Сюда, сюда...»

Я закрываю глаза и издаю стон. Он повторяет свой удар, но на этот раз я отвечаю ему ответным ударом и наслаждаюсь его стоном и восторженным поцелуем. Он продолжает свою медленную, восхитительную пытку — ласкает меня, ласкает себя. И он прав: я забываю обо всем на свете. Все мои тревоги стираются из памяти. Я живу только сейчас, в этот момент, рядом с Кристианом — кровь ликует в моих жилах, громко стучит в ушах, и этот стук сливается с шумом нашего дыхания. Я запускаю пальцы в его буйную шевелюру, даю волю своему жадному языку, который теперь соперничает в смелости с его языком. Я глажу ладонями по его рукам, по пояснице до пояса джинсов, засовываю бесстыдные, жадные руки в джинсы, побуждая его повторять желанные движения вновь и вновь — чтобы забыть обо всем на свете, кроме нас двоих.

— Ана, ты так кастрируешь меня, — шепчет он внезапно, отодвигается от меня и быстро стягивает джинсы. Потом протягивает мне упаковку из фольги. — Ты хочешь меня, детка, и я ужасно тебя хочу. Ты знаешь, что делать.

Нетерпеливо и ловко я вскрываю фольгу и надеваю на него презерватив. Кристиан блаженно улыбается, приоткрыв рот; в его глазах туман и обещание плотских удовольствий. Наклонившись надо мной, он трется носом о мой нос, закрывает глаза и с замечательной медлительностью входит в меня.

Я хватаю его за руки и запрокидываю голову, наслаждаясь восхитительно полным ощущением его власти. Он тихонько прикусывает зубами мой подбородок, выходит из меня и снова скользит внутрь — медленно, сладко и нежно. Его тело придавливает меня, локти и ладони лежат по сторонам моей головы.

— Ты заставляешь меня забыть обо всем. Ты лучшее мое лекарство, — шепчет он, медленно двигаясь, смакуя каждый дюйм моего тела.

— Пожалуйста, Кристиан, быстрее, — молю я, желая большего и немедленно.

— Ну нет, детка. Мне так нужно. — Он сладко целует меня, нежно кусает за нижнюю губу и слушает мои тихие стоны.

Я опять запускаю пальцы в его волосы и вся отдаюсь его ритму. Мое тело медленно и верно взбирается все выше и выше на плато, затем резко и стремительно падает вниз, и я вся пульсирую вокруг его плоти.

— Ох, Ана! — выдыхает он и извергается как вулкан. Мое имя звучит в его устах как благословение.

Его голова покоится на моем животе, руки обнимают меня. Мои пальцы теребят его непослушные волосы. Не знаю, как давно мы так лежим. Уже поздно, я очень устала, но хочу насладиться безмятежным послевкусием акта любви с Кристианом Греем, потому что именно этим мы и занимались: нежно и сладко любили друг друга.

За такое короткое время он прошел долгий путь. Я тоже. Осмыслить все разом не получается. За всеми проклятыми перипетиями я теряю из вида его простую и честную тягу ко мне.

— Мне никогда не насытиться тобой. Не бросай меня, — шепчет он и целует меня в живот.

— Я никуда и не собираюсь, Кристиан. Ой, помнится, я тоже хотела поцеловать твой живот, — сонно бормочу я.

Он усмехается, обдав теплом мою кожу.

— Тебя ничто не останавливает, детка.

— Я слишком устала... Не в силах пошевелиться.

Кристиан со вздохом поднимает голову и устраивается рядом со мной, натягивает на нас одеяло. Кладет под голову локоть, лежит и смотрит на меня теплым, любящим взглядом.

— Спи, малышка. — Он целует мои волосы, обнимает меня, и я уплываю в сон.

Когда я открываю глаза, свет наполняет комнату. Моя голова немного затуманена от недосыпа. Где я? Ах да, в отеле!..

— Привет, — нежно мурлычет Кристиан. Он лежит рядом со мной поверх одеяла, одетый. Долго ли? Он что, изучает меня? Внезапно я робею, мои щеки краснеют под его упорным взглядом.

— Привет, — бормочу я, радуясь, что лежу ничком. — Давно ты смотришь на меня?

— Я могу часами смотреть на тебя спящую, Анастейша. Но сейчас в моем распоряжении всего пять минут. — Свои слова он прерывает нежным поцелуем. — Скоро сюда приедет доктор Грин.

— Ой. — Я совсем забыла про неуместное вмешательство Кристиана.

— Ты выспалась? — заботливо интересуется он. — По-моему, должна была выспаться. Ты задавала такого храпака.

Да уж, шуточки!

— Я не храплю, — с возмущением заявляю я.

— Не храпишь, верно. — Он усмехается. На его шее все еще виднеется слабая красная линия.

— Ты принимал душ?

— Нет. Жду тебя.

— О-о... ладно... Который час?

— Начало одиннадцатого. Я не решился разбудить тебя раньше. Пожалел.

— А ты мне говорил, что вообще не знаешь жалости.

Он грустно улыбнулся, но не ответил.

— Тебя ждет завтрак — оладьи и бекон. Все, вставай, мне скучно тут одному.

Он звонко шлепает меня по заду, отчего я подпрыгиваю, и встает с кровати.

Хм-м... Вот как Кристиан понимает нежное обращение.

Я потягиваюсь и замечаю, что у меня болит все тело. Несомненно, это результат секса, танцев и ковыляния на высоких каблуках. Я бреду в роскошную ванную комнату, перебирая в уме события предыдущего дня. Когда я выхожу, на мне уже надет пушистый халат — несколько таких халатов висят на медных крючках в ванной.

Лейла, девушка, похожая на меня, — вот тот образ, который выбрасывает на поверхность мой мозг; она и ее странное присутствие в спальне Кристиана. Кто ей нужен? Я? Кристиан? Чего она добивается? И какого хрена она изувечила мою машину?

Кристиан сказал, что я получу другую «Ауди», как все его сабы. Эта мысль мне неприятна. После того как я щедро распорядилась деньгами, которые он мне дал, мой выбор ограничен.

Я иду в большую комнату — Кристиана там нет. Наконец, я нахожу его в столовой. Я сажусь, радуясь обильному завтраку. Кристиан пьет кофе и читает воскресные газеты. Он уже позавтракал.

— Ешь. Сегодня тебе пригодятся все твои силы, — шутит он.

— Почему? Ты намерен запереть меня в ванной?

Моя внутренняя богиня внезапно пробуждается под его сладострастным взглядом.

— Мысль хорошая. Но я думал, что мы с тобой выйдем в город подышать свежим воздухом.

— А это безопасно? — интересуюсь я невинным тоном, пытаясь добавить в него иронию. Впрочем, это мне плохо удается.

Лицо Кристиана суровеет, рот сжимается в скупую линию.

— Там, куда мы отправимся, да. Но вообще шутки неуместны, — строго добавляет он и щурится.

Я краснею и перевожу взгляд на свою тарелку. Мне неприятно получать выговор, тем более после всех событий прошедшей ночи. Я молча ем завтрак и злюсь.

Мое подсознание качает головой, осуждая меня. Кристиан не любит шутить, если речь идет о моей безопасности, — пора бы мне это понять. Я хочу ему что-то возразить, но воздерживаюсь.

Ладно, я устала и раздражена после длинного вчерашнего дня и короткого сна. Почему же, ну почему он выглядит свежим как огурчик? Все-таки нет в жизни справедливости.

Раздается стук в дверь.

— Вероятно, это добрый доктор, — бурчит Кристиан, явно переживающий из-за моей иронии. Он встает из-за стола.

— Неужели нельзя было провести утро спокойно, без посторонних?

С тяжелым вздохом я оставляю половину своего завтрака и иду встречать доктора Депо-Провера, или доктора Контрацептив.

Мы уединились в спальне. Доктор Грин смотрит на меня с открытым ртом. Она одета более буднично, чем в прошлый раз. На ней бледно-розовый твинсет из кашемира и черные штаны, а ее светлые волосы свободно падают на плечи.

— И вы просто перестали их принимать? Просто так?

Я смущаюсь, чувствуя себя идиоткой.

— Да, — пищу я.

— Вы могли забеременеть, — сообщает она будничным тоном.

Что?! Земля уходит у меня из-под ног. Мое подсознание падает на пол, его тошнит. Я подозреваю, что и меня тоже стошнит. Нет!..

— Вот, пописайте сюда. — Сегодня она страшно деловая — пленных не берет.

Сникнув, беру у нее маленькую пластиковую емкость и, словно под гипнозом, бреду в ванную. Нет. Нет. Нет. Это невозможно... Невозможно... Пожалуйста, не надо. Не надо!

Что будет делать Кристиан? Я бледнею. Он струсит.

Нет, пожалуйста! Я шепчу молитву одними губами.

Я вручаю доктору Грин баночку с мочой, и она аккуратно опускает в нее маленькую белую палочку.

— Когда у вас пришли последние месячные?

Как мне думать о таких мелочах, когда я не могу оторвать взгляда от белой палочки?

— Хм, в среду? Нет, это предыдущие были тогда. Последние пришли первого июня.

— А когда вы перестали принимать таблетки?

— В воскресенье. В прошлое воскресенье.

Она выпячивает губы.

— Тогда все в порядке, — резко говорит она. — По вашей реакции я поняла, что неожиданная беременность для вас нежелательна. Так что принимайте медроксипрогестерон, только непременно каждый день по одной таблетке.

Она пронзает меня строгим взглядом, под которым я вяну. Потом берет белую палочку и разглядывает.

— Все чисто. Вы еще не овулировали. Поэтому если вы будете принимать необходимые меры предосторожности, то не забеременеете. Теперь позвольте мне проконсультировать вас об этом уколе. В прошлый раз мы отказались от него из-за побочного эффекта. Но, честно говоря, рождение ребенка — такой побочный эффект, который не проходит много лет. — Она усмехается, довольная собой и своей шуткой, но я не в силах ей ответить, слишком обескуражена.

Доктор Грин принимается перечислять все побочные действия, а я сижу, парализованная от облегчения, и не понимаю ни слова. Я думаю о том, что скорее готова вытерпеть дюжину странных женщин, стоящих в изножье моей кровати, чем признаться Кристиану в том, что я беременна.

— Ана! — рявкает доктор Грин. — Идите сюда.

Она отрывает меня от раздумий, и я с готовностью закатываю рукав.

Кристиан закрывает за ней дверь и с опаской смотрит на меня.

— Все в порядке?

Я молча киваю. Он наклоняет голову набок и озабоченно спрашивает.

— Анастейша, в чем дело? Что сказала доктор Грин?

Я качаю головой.

— Через семь дней ты сможешь ни о чем не беспокоиться.

— Через семь?

— Да.

— Ана, в чем дело?

Я сглатываю.

— Так, ничего особенного. Пожалуйста, Кристиан, не приставай.

Он встает передо мной. Берет меня за подбородок, запрокидывает назад мою голову и смотрит мне в глаза, пытаясь понять причину моей паники.

— Скажи мне, — резко говорит он.

— Мне нечего говорить. Я хочу одеться. — Я резко дергаю головой и высвобождаю свой подбородок.

Он вздыхает и проводит рукой по волосам, хмуро поглядывая на меня.

— Пойдем под душ, — говорит он наконец.

— Конечно, — рассеянно бормочу я, и он кривит губы.

— Пошли, — с обидой говорит он, решительно берет меня за руку и идет к ванной.

Я тащусь за ним. Плохое настроение не только у меня. Включив душ, Кристиан быстро раздевается и лишь потом поворачивается ко мне.

— Я не знаю, что тебя расстроило, или ты просто не выспалась, — говорит он, развязывая на мне халат. — Но я хочу, чтобы ты сказала мне причину. Мое воображение подсовывает мне всякую всячину, и мне это не нравится.

Я закатываю глаза от досады, а он сердито щурится. Черт!.. Ладно, скажу.

— Доктор Грин отругала меня за то, что я пропустила прием таблеток. Она сказала, что я могла забеременеть.

— Что? — Он бледнеет, его рука застывает в воздухе.

— Но я не беременна. Она сделала тест. Это был шок, вот и все. Я не могу простить себе такую глупость.

Он заметно успокаивается.

— Ты точно не беременна?

— Точно.

Он шумно переводит дух.

— Хорошо. Да, понятно. Такая новость способна огорчить.

Я хмурюсь. Огорчить?

— Меня больше беспокоила твоя реакция.

Он удивленно морщит лоб.

— Моя реакция? Ну, естественно, я испытываю облегчение... ведь это был бы верх беспечности и плохих манер, если бы ты залетела по моей вине.

— Тогда, может, нам лучше воздерживаться? — прошипела я.

Он удивленно смотрит на меня, словно на результат научного эксперимента.

— У тебя сегодня плохое настроение.

— Просто я испытала шок, вот и все, — хмуро повторяю я.

Схватив за отвороты халата, он тянет меня в свои теплые объятья, целует мои волосы, прижимает к груди голову. Жесткие волосы щекочут мне щеку. Ох, если бы я могла сейчас потрогать их губами!

— Ана, я не привык к таким капризам, — бормочет он. — Следуя своим природным наклонностям, я бы выбил их из тебя, но серьезно сомневаюсь, хочешь ли ты этого.

Дьявол!

— Нет, не хочу. Мне помогает вот что.

Я крепче прижимаюсь к Кристиану, и мы стоим целую вечность в странных объятьях: Кристиан голый, а я в халате. Я снова поражена его честностью. Он ничего не знает о нормальных отношениях, я тоже, не считая того, чему я научилась от него. Он просит веры и терпения; может, мне надо сделать то же самое.

— Пойдем под душ, — говорит Кристиан, разжимая руки.

Он снимает с меня халат, и я иду за ним под водный каскад, подставляя лицо под струи. Под гигантским душем нашлось место для нас обоих. Кристиан берет шампунь и моет голову. Потом передает флакон мне, и я тоже моюсь.

Ах, как хорошо! Закрыв глаза, я наслаждаюсь очистительной, теплой водой. Когда я промываю волосы от шампуня, Кристиан намыливает мне тело: плечи, руки, подмышки, груди, спину. Ласково поворачивает меня спиной, прижимает к себе и продолжает намыливать живот, бедра, умелые пальцы моют у меня между ног — х-м-м — и мой зад. Ах, это так приятно и так интимно. Потом снова поворачивает лицом к себе.

— Вот, — говорит он спокойно, вручая мне жидкое мыло. — Смой с меня остатки помады.

Я испуганно таращу глаза. Он пристально смотрит на меня, мокрый и прекрасный, а в его замечательных ярко-серых глазах не читается ничего.

— Только, пожалуйста, не отходи далеко от линии, — просит он.

— Хорошо, — бормочу я, пытаясь постичь огромное значение того, о чем он меня попросил, — прикасаться к нему по краям запретной зоны.

Я выдавливаю на ладонь немного жидкого мыла, тру руки, чтобы образовалась пена, кладу их ему на плечи и осторожно смываю пятна красной помады. Он затих и закрыл глаза, лицо бесстрастное, но дышит учащенно, и я знаю, что это страх, а не похоть. Поэтому я стараюсь быстрее закончить эту пытку.

Дрожащими пальцами я тщательно намыливаю и смываю линию на боках грудной клетки; он судорожно сглатывает, на челюсти желваки от стиснутых зубов. Ох! У меня сжимается сердце и растет комок в горле. Нет, нет, только бы не заплакать!

Я останавливаюсь, подливаю в ладонь мыла и чувствую, что он немного расслабился. Я не могу поднять на него глаза. Мне невыносимо видеть его боль, невыносимо. Теперь моя очередь сглатывать.

— Нормально? — спрашиваю я, и в моем голосе слышится дрожь.

— Да, — шепчет он хриплым от страха голосом.

Я нежно кладу руки по обе стороны его грудной клетки, и он снова застывает.

Это невыносимо. Я потрясена его доверием ко мне — потрясена его страхом, тем злом, которое было причинено этому прекрасному, падшему, испорченному человеку.

Слезы набухают на моих глазах, текут по лицу и смешиваются с водой из душа. Кристиан! Кто же сделал тебе такое?

Его диафрагма быстро движется в такт дыханию, тело окаменело, напряжение исходит от него волнами, когда мои руки ползут вдоль линии, смывая ее. Да если бы я могла смыть и его боль, я бы смыла, я бы сделала что угодно... И сейчас мне ужасно хочется поцеловать каждый шрам, который я вижу, убрать поцелуями все ужасные годы. Но я знаю, что не могу этого сделать, и по моим щекам льются непрошеные слезы.

— Пожалуйста, не плачь, — уговаривает он меня и крепко обнимает. — Пожалуйста, не плачь из-за меня.

И тут я разражаюсь бурными рыданиями, уткнувшись лицом в его шею. Я оплакиваю маленького мальчика, погруженного в море боли и страха, запуганного, грязного, изнасилованного и обиженного.

Он сжимает ладонями мою голову, запрокидывает ее и наклоняется, чтобы поцеловать меня.

— Не плачь, Ана, пожалуйста, — бормочет он возле моих губ. — Это было давно. Мне ужасно хочется, чтобы ты прикасалась ко мне, но я все-таки не могу это выдержать. Это выше моих сил. Пожалуйста, пожалуйста, не плачь.

— Я хочу прикасаться к тебе. Очень-очень хочу. Я страдаю, когда вижу тебя таким... Кристиан, я очень люблю тебя.

Он проводит большим пальцем по моей нижней губе.

— Я знаю. Я знаю, — шепчет он.

— Тебя очень легко любить. Неужели ты этого не понимаешь?

— Нет, малышка, не понимаю.

— Легко. И я люблю тебя, и твоя семья тебя любит. И Элена, и Лейла — они странно проявляют свою любовь, но они любят тебя. Ты достоин ее.

— Стоп. — Он прижимает палец к моим губам и качает головой, в глазах страдание. — Я не могу слышать это. Я ничтожество, Анастейша. Я лишь оболочка человека. У меня нет сердца.

— У тебя есть сердце. И я хочу владеть им, всем твоим сердцем. Ты хороший человек, Кристиан, очень хороший. Ты даже не сомневайся в этом. Посмотри, сколько ты всего сделал, чего достиг. — Я рыдаю. — Посмотри, что ты сделал для меня... от чего ты отказался ради меня. Я знаю. Я знаю, что ты испытываешь ко мне.

Он смотрит на меня с высоты своего роста. В его широко раскрытых глазах я вижу панику. Шумит вода, льется на нас сверху.

— Ты любишь меня, — шепчу я.

Его глаза становятся еще больше, губы приоткрываются. Он вздыхает. Он кажется измученным и беззащитным.

— Да, — шепчет он. — Я люблю.

Глава 9

Я не в силах сдержать ликование. Мое подсознание смотрит на меня с изумлением и молчит. Я улыбаюсь от уха до уха и жадно вглядываюсь в измученное лицо любимого человека.

Его нежное, сладкое признание отзывается в глубинах моей души. Три коротеньких слова для меня словно манна небесная. У меня снова наворачиваются на глаза слезы. «Да, ты любишь. Я знаю, любишь».

Осознание этого освобождает, снимает с моих плеч непосильную тяжесть. Этот порочный красавец, которого я прежде считала своим романтическим героем — сильный, одинокий, таинственный, — обладает всеми этими чертами, но одновременно он одинок, раним и полон ненависти к себе. В моем сердце смешались радость и сочувствие к его страданиям. И в этот момент я понимаю, что мое сердце вместит нас обоих. Я *надеюсь*, что оно достаточно велико для нас двоих.

Я поднимаю руки, беру в ладони его милое, красивое лицо и нежно целую, выражая этим всю свою любовь. Я хочу насладиться этой любовью под горячей водой каскада. Кристиан со стоном заключает меня в объятья, держит так жадно, словно я воздух, необходимый ему для дыхания.

— Ана, — хрипло шепчет он. — Я хочу тебя, но не здесь.

— Да, — страстно отвечаю я возле его губ.

Он выключает душ, берет за руку, выводит из ванной и закутывает в пушистый халат. Снимает с крючка полотенце и опоясывает свои бедра, потом берет полотенце поменьше и осторожно обсушивает мои волосы. Решив, что хватит, он обертывает полотенце вокруг моей головы, так что в большом зеркале над раковиной я отражаюсь будто в тюрбане. Он стоит за моей спиной, и наши глаза встречаются в зеркале — пронзительные серые и ярко-синие. У меня возникает идея.

— Можно я тоже поухаживаю за тобой?

Он кивает, хоть и без энтузиазма. Я беру еще одно пушистое полотенце из большой стопки рядом с туалетным столиком и, встав на цыпочки, принимаюсь вытирать его волосы. Он слегка наклоняется, облегчая мне задачу, и когда я иногда вижу за полотенцем его лицо, оказывается, улыбается, как маленький мальчик.

— Давно никто не вытирал мне голову. Очень давно, — бормочет он, но потом хмурится. — Вообще-то, кажется, никто никогда не вытирал.

— Но уж Грейс-то наверняка ухаживала за тобой, когда ты был маленьким?

Он качает головой и опережает мой вопрос.

— Нет. Она с самого первого дня уважала мои границы, как ни трудно ей это было. Я был весьма самодостаточным ребенком, — спокойно поясняет он.

У меня снова заныло сердце: я думаю о медноволосом малыше, который заботится о себе сам, потому что больше никому нет до него дела. Мысль ужасно печальная. Но я не хочу, чтобы моя грусть нарушила нашу волнующую близость.

— Что ж, я впечатлена, — шучу я.

— Не сомневаюсь, мисс Стил. Или, может, это я впечатлен.

— Разумеется, мистер Грей, тут и сомневаться не приходится, — нахально отвечаю я.

Обсушив его волосы, беру еще одно полотенце и захожу за спину Кристиана. Наши взгляды в зеркале встречаются. Его настороженный вопросительный взгляд заставляет меня дать объяснения.

— Можно я кое-что попробую?

Немного подумав, он кивает. Осторожно, очень аккуратно я провожу мягким полотенцем по его левой руке, убирая влагу с кожи. Поднимаю взгляд и смотрю на выражение его лица в зеркале. Его горящие глаза неотрывно смотрят на меня.

Я наклоняюсь и целую его предплечье. Потом вытираю другую руку и тоже покрываю ее ниточкой поцелуев. На его губах появляется слабая улыбка. С большой осторожностью я вытираю его спину под все еще заметной красной линией. Я не сумела смыть ее до конца.

— Всю спину, — спокойно говорит он, — полотенцем. — Он делает резкий вдох и закрывает глаза, а я быстро обтираю его, стараясь дотрагиваться до его кожи только тканью.

Какая красивая спина — широкая, со скульптурными плечами; на ней отчетливо выступают даже мелкие мышцы. Кристиан действительно следит за собой. Его красоту портят только шрамы.

С огромным трудом я игнорирую их и перебарываю огромное желание поцеловать каждый шрам. Дело сделано; он с облегчением выдыхает, а я вознаграждаю его поцелуем в плечо. Обхватив Кристиана руками, я обтираю его живот. Наши глаза снова встречаются в зеркале. Он смотрит на меня с удивленной улыбкой, но и с опаской.

— Держи. — Я вручаю ему маленькое полотенце для лица; в ответ он удивленно улыбается и хмурится. — Помнишь Джорджию? Ты заставил меня прикасаться ко мне твоими руками.

Его лицо мрачнеет, но я игнорирую его реакцию и обнимаю. В зеркале мы выглядим почти по-библейски — он обнаженный красавец, я в тюрбане, — словно сошли с барочной картины на тему Ветхого Завета.

Я беру его руку, которую он с готовностью подает мне, вкладываю в нее полотенце и направляю, чтобы она вытерла его грудь. Раз, два — и опять. Он парализован из-за своего напряжения, парализован весь, кроме глаз, которые следят за движениями моей руки, сжимающей его руку.

Мое подсознание глядит на меня с одобрением, его всегда недовольный рот расплылся в улыбке, а я чувствую себя опытным кукловодом. Тревога Кристиана волнами исходит от его спины, но он не прерывает глазной контакт, хотя сейчас его глаза потемнели, стали более опасными... вероятно, выдали свои секреты.

Хочу ли я туда попасть? Хочу ли я встретиться с его демонами?

— По-моему, ты уже сухой, — шепчу я и опускаю руку, глядя в отражение его глаз, в их бездны. Он учащенно дышит, приоткрыв губы.

— Ты нужна мне, Анастейша, — шепчет он.

— Я тоже не могу без тебя. — Сказав эти слова, я вдруг понимаю, как они справедливы. Я не могу представить себе жизнь без Кристиана, никак не могу.

— Разреши мне любить тебя, — говорит он хриплым голосом.

— Да, — отвечаю я. Повернувшись, он обнимает меня, его губы ищут мои. Он умоляет меня, боготворит, лелеет... любит меня.

Он проводит пальцами вверх и вниз по моему позвоночнику, а мы глядим друг на друга, нежимся в послевкусии любви, ласкаем друг друга. Мы лежим рядом — я на животе, обнимая подушку, он на боку, — и я наслаждаюсь его ласковыми прикосновениями. Я знаю, что сейчас ему нужно трогать меня. Для него я как бальзам, как источник успокоения, и как я могу отобрать у него это лекарство? Да и он для меня то же самое.

— Так ты умеешь быть нежным, — мурлычу я.

— Хм-м... вероятно, мисс Стил.

Я усмехаюсь.

— Ты не был таким, когда мы... э-э-э... делали это в первый раз.

— Не был? — ухмыляется он. — Когда я похитил твою девственность?

— Ты ничего у меня не похищал, — высокомерно заявляю я («Ведь я не беспомощная игрушка»). — По-моему, моя девственность была отдана тебе добровольно и без принуждения. Я тоже хотела тебя, и, если правильно помню, получила удовольствие. — Я лукаво улыбаюсь, прикусив губу.

— Я тоже получил удовольствие, помнится. Мы стремимся радовать друг друга, — заключает он, и его лицо светлеет. — Это значит, что ты моя, целиком и полностью. — Весь его юмор куда-то исчез, он смотрит на меня серьезно.

— Да, твоя, — подтверждаю я. — Мне хотелось бы спросить тебя вот о чем.

— Валяй.

— Твой биологический отец... тебе известно, кто он? — Эта мысль давно не дает мне покоя.

Сначала он морщит лоб, потом трясет головой.

— Нет, я не имею ни малейшего представления. Только он не был таким дикарем, как ее сутенер, и это уже хорошо.

— Откуда ты знаешь?

— Мне что-то такое говорил отец... говорил Каррик.

Я выжидающе гляжу на него и жду.

— Ты так жаждешь информации? — вздыхает он и качает головой. — Сутенер обнаружил труп проститутки и сообщил в полицию. На это открытие он потратил четыре дня. Уходя, он закрыл дверь... оставил меня с ней... с ее телом. — При этом воспоминании в его глазах появилась печаль.

Я всхлипываю. Бедный малыш — ужас слишком велик, чтобы его можно было понять.

— Потом его допрашивала полиция. Он всячески отрицал свое отцовство, и Каррик сказал, что мы с ним совершенно разные.

— Ты помнишь, как он выглядел?

— Анастейша, в эту часть моей жизни я стараюсь не заглядывать. Да, я помню его внешность. Я никогда его не забуду. — Лицо Кристиана помрачнело и сделалось суровым, в глазах сверкнул гнев. — Знаешь, давай поговорим о чем-нибудь другом.

— Прости. Я не хотела тебя огорчить.

Он качает головой.

— Ана, это старая новость, и я не хочу об этом думать.

— А какой сюрприз ты приготовил для меня? — Я стараюсь переменить тему, прежде чем Кристиан обрушит на меня все свои пятьдесят оттенков. Его лицо сразу светлеет.

— Ты можешь выйти со мной на свежий воздух? Я хочу тебе кое-что показать.

— Конечно.

Я восхищаюсь тем, как быстро он меняется — прямо ртуть. Он усмехается мне своей мальчишеской беззаботной улыбкой, и мое сердце заходится от радости...

Кристиан игриво шлепает меня по заду.

— Одевайся. Можно надеть джинсы. Надеюсь, Тейлор положил их тебе в чемодан.

Он встает и натягивает свои боксеры. А я могу сидеть весь день и смотреть, как он расхаживает по комнатам.

— Ну? — сердито подгоняет он меня. Я усмехаюсь.

— Я просто любуюсь видом.

Он возмущенно качает головой.

Когда мы одеваемся, я обращаю внимание, что движемся синхронно, как пара, которая хорошо знакома, прислушиваемся друг к другу и иногда обмениваемся улыбкой и ласковыми прикосновениями. И мне тут же приходит в голову, что это ново как для него, так и для меня.

— Подсуши волосы, — приказывает Кристиан, когда мы оделись.

— Доминируешь, как всегда, — усмехаюсь я, а он наклоняется и целует меня в макушку.

— По-другому никогда и не будет, малышка. Еще не хватает, чтобы ты заболела.

Я закатываю глаза, а его рот растягивается в усмешке.

— Между прочим, мисс Стил, мои ладони до сих пор зудят.

— Рада это слышать, мистер Грей. А то я уже подумала, что вы утратили свою суровость.

— Я могу легко продемонстрировать, что это не так, если вы настаиваете.

Кристиан вытаскивает из сумки большой кремовый свитер из толстой пряжи и элегантно набрасывает его на плечи. В белой майке и джинсах, с живописной шевелюрой и с накинутым свитером он выглядит так, словно сошел с обложки гламурного журнала.

Он красив до безобразия. И я не знаю, то ли причиной безупречный вид, то ли уверенность в его любви, но угроза больше не наполняет меня ужасом. Таков уж мой любимый мужчина с его пятьюдесятью оттенками.

Когда я беру в руки фен, в моей душе появляется луч надежды. Мы найдем средний путь. Нам только нужно признать потребности друг друга и приспособиться к ним. Я наверняка смогу это сделать.

Я гляжусь в зеркало комода. Сейчас на мне бледно-голубая блузка, которую Тейлор купил для меня, а вчера положил в мой чемодан. Волосы растрепаны, лицо пылает, губы распухли — я щупаю их пальцами, вспоминаю обжигающие поцелуи Кристиана и не могу удержаться от улыбки. «Да, я люблю», — сказал он.

— Куда же мы направляемся? — спрашиваю я, когда мы ждем в вестибюле служащего с парковки.

Кристиан таинственно подмигивает и выглядит так, словно пытается изо всех сил сдержать ликование. Честно говоря, это на него очень непохоже.

Таким же он был, когда мы отправились летать на планере, — возможно, это нам и предстоит. Я оглядываюсь на него с радостной улыбкой. Надменный вид и кривая усмешка обескураживают, но Кристиан тут же наклоняется и нежно целует меня.

— Ты хоть представляешь, как я счастлив благодаря тебе?

— Да, я хорошо представляю. Потому что я счастлива благодаря тебе.

Парень пригоняет «Ауди» Кристиана. Он сияет. Господи, сегодня все счастливы!

— Клевая тачка, сэр, — бормочет он, протягивая ключи. Кристиан подмигивает и дает ему немыслимо большие чаевые.

Я хмурюсь из-за этого. Честное слово.

Когда мы едем в потоке машин, Кристиан погружен в себя. Из динамиков льется голос молодой женщины, у него красивый, яркий и мягкий тембр, и я заслушалась ее печальным, душевным голосом.

— Нужно сделать крюк. Небольшой, — рассеянно говорит он, отвлекая меня от песни.

Да? Зачем? Я заинтригована и хочу поскорей узнать, что за сюрприз. Моя внутренняя богиня прыгает, как пятилетняя девочка.

— Конечно, — бормочу я. Что-то у него не получается. Внезапно у него на лице появляется выражение суровой решимости.

Он въезжает на стоянку крупного автодилера, останавливает машину и поворачивается ко мне с настороженным лицом.

— Мы должны купить тебе новый автомобиль, — сообщает он. Я разеваю рот.

Прямо сейчас? В воскресенье? С какой стати? К тому же это дилер «Сааб».

— Не «Ауди»? — глупо спрашиваю я единственное, что приходит мне в голову.

Кристиан смущен, он покраснел. Вот так номер!

— Я подумал, что ты захочешь что-то другое, — оправдывается он.

О господи! Такая удобная возможность его подразнить.

— «Сааб»? — усмехаюсь я.

— Да. «А 9—3». Пойдем.

— Какая у тебя тяга к заграничным машинам...

— Немцы и шведы делают самые безопасные в мире машины, Анастейша.

Правда?

— Мне казалось, что ты уже заказал для меня другую «Ауди А3».

Он смерил меня насмешливым взглядом.

— Я могу отменить его. Пойдем.

Выйдя из машины, он открывает передо мной дверцу.

— За мной ведь подарок по случаю окончания учебы, — говорит он и подает мне руку.

— Кристиан, ты зря это делаешь, не надо.

— Я так хочу. Пожалуйста. Пойдем. — Его тон говорит мне, что он не расположен к шуткам.

Я покоряюсь судьбе. «Сааб»? Ты хочешь «Сааб»? Мне очень нравился спецавтомобиль для сабмиссив — «Ауди». Он был очень стильный.

Конечно, теперь он залит белой краской... Меня передергивает. И она все еще где-то бродит.

Я беру Кристиана за руку, и мы идем в демонстрационный зал.

Трой Турнянски, консультант, набрасывается на нас, как коршун. Чует покупателей. Акцент выдает в нем уроженца Атлантического побережья Европы, возможно, англичанина. Трудно сказать.

— «Сааб», сэр? Подержанный? — Он радостно потирает руки.

— Новый. — Кристиан крепко сжимает губы.

Новый!

— Вы уже выбрали модель, сэр? — подобострастно интересуется продавец.

— «9—3 2.0Т Спорт Седан».

— Превосходный выбор, сэр.

— Какого цвета, Анастейша? — Кристиан наклоняет набок голову.

— Э-э... черный? — Я пожимаю плечами. — Но только не надо...

Он хмурит брови.

— Черный плохо виден в темноте.

О господи!.. Я перебарываю желание закатить в досаде глаза.

— У тебя ведь черная машина.

Он сумрачно смотрит на меня.

— Тогда желтый, канареечно-желтый.

Кристиан морщится — канареечно-желтый ему явно не нравится.

— Тогда какой бы ты сам выбрал для меня цвет? — спрашиваю я его, словно маленького ребенка, каким он во многом и остался. Мысль неприятная, грустная и отрезвляющая одновременно.

— Серебристый или белый.

— Тогда серебристый. Знаешь, я все-таки хочу «Ауди», — добавляю я, смягчившись после таких мыслей. Трой бледнеет, чувствуя, что сделка уплывает из рук.

— Может, вы хотите конвертибль? С откидным верхом, мэм? — спрашивает он, с энтузиазмом хлопая в ладоши.

Мое подсознание недовольно ежится от всей этой церемонии покупки машины, но моя внутренняя богиня кладет его на лопатки. «С откидным верхом?.. Круто!..»

Кристиан сдвигает брови и смотрит на меня.

— Конвертибль? — спрашивает он.

Я смущаюсь. Похоже, он общается с моей внутренней богиней. По прямой линии, которая явно протянута между ними. Иногда это страшно неудобно. Я гляжу на свои ногти.

Кристиан обращается к Трою.

— Какова статистика безопасности по конвертиблю?

Трой, почувствовав слабое место клиента, идет в наступление и обрушивает на него массу статистики.

Разумеется, Кристиан хочет моей безопасности. Для него это религия, и, оказавшись в роли зилота, он внимательно выслушивает бойкие речи Троя.

«Да. Я люблю». Я вспоминаю слова, которые он произнес сегодня утром шепотом, и радость расползается по моим жилам, словно теплый мед. Этот мужчина — божий дар для любой женщины — любит меня.

Я ловлю себя на том, что глупо улыбаюсь, и, когда он переводит на меня взгляд, он радуется и удивляется моей улыбке. А я так счастлива, что готова обнять весь мир.

— Что вас привело в такой кайф, мисс Стил? Может, поделитесь таблеткой? — шутит он, когда Трой пошел к своему компьютеру.

— У меня кайф от вас, мистер Грей.

— Правда? Ну, вы действительно выглядите так, словно опьянели. — Он целует меня. — И спасибо за то, что согласились на автомобиль. Сейчас это было проще, чем в прошлый раз.

— Жаль, что это не «Ауди А3».

— Та машина не для тебя, — усмехается он.

— Она мне нравилась.

— Сэр, «9—3»? Я нашел одну машину в нашем автосалоне в Беверли-Хиллз. Она прибудет к нам через пару дней, — торжествует Трой.

— Лучшая в своем классе?

— Да, сэр.

— Превосходно.

Кристиан достает кредитную карточку. Или это карточка Тейлора? При мысли о нем меня охватывает беспокойство. Как там Тейлор, обнаружил ли он Лейлу в квартире Кристиана? Я тру лоб. Да, впрочем, Кристиан взял с собой вещи.

— Вы пройдете к выходу здесь, мистер... — Трой смотрит имя на карточке, — Грей.

Кристиан открывает передо мной дверцу, и я забираюсь на пассажирское сиденье.

— Спасибо, — благодарю я, когда он садится рядом.

Он улыбается.

— Я рад от всей души, Анастейша.

Как только Кристиан запускает двигатель, звучит музыка.

— Что за певица? — спрашиваю я.

— Ева Кэссиди.

— Какой замечательный голос. Она хорошо поет.

— Да, точнее, пела.

— А-а.

— Она умерла молодой.

— О-о.

— Ты голодная? Ведь ты не доела завтрак. — Он смотрит на меня с осуждением.

— Угу.

— Тогда первым номером нашей программы будет ланч.

Мы подъезжаем к берегу, сворачиваем на север и едем по виадуку Аляскинской трассы. Сегодня еще один погожий денек, такой нетипичный для Сиэтла.

Кристиан кажется беззаботным и счастливым. Мы мчимся по хайвею и слушаем задушевное пение Евы Кэссиди. Чувствовала ли я себя раньше так уютно в его компании? Трудно сказать.

Теперь я меньше нервничаю из-за его резких перемен настроения, ведь я знаю, что он не «накажет» меня. Да и ему, кажется, стало комфортнее со мной. Он сворачивает влево и через некоторое время останавливается на парковке возле огромной марины, стоянки яхт.

— Тут мы поедим. Сейчас я открою тебе дверцу, — говорит он таким непререкаемым тоном, что я не решаюсь ему возражать. Поэтому сижу и гляжу, как он огибает машину. Когда-нибудь он откажется от такой моды?

Рука об руку мы идем к воде, где перед нами простирается марина.

— Как много яхт! — удивляюсь я.

Их сотни, любых форм и размеров. Яхты мирно покачиваются на спокойной воде. Вдали, в заливе Пьюджет-Саунд, трепещут на ветру дюжины парусов. Зрелище удивительное. Ветер чуть усиливается, и я надеваю куртку.

— Замерзла? — спрашивает он и крепко прижимает к себе.

— Нет. Как тут красиво.

— Я готов целый день смотреть на океан. Ладно, пошли, нам сюда.

Кристиан ведет меня в бар, разместившийся у кромки воды, и направляется к стойке. Декор скорее типичен для Новой Англии, чем для Западного побережья, — беленые стены, бледно-голубая мебель и развешенные повсюду судовые принадлежности. Здесь светло и уютно.

— Мистер Грей! — тепло приветствует Кристиана бармен. — Чем порадовать вас сегодня?

— Добрый день, Данте, — усмехается Кристиан, когда мы устраиваемся на барных табуретах. — Эту милую леди зовут Анастейша Стил.

— Добро пожаловать к нам.

Данте, черноволосый красавец, тепло улыбается мне. Его черные глаза оценивают меня и, кажется, не находят достойной внимания. В ухе сверкает крупная бриллиантовая серьга. Мне он сразу понравился.

— Что желаете выпить, Анастейша?

Я поворачиваюсь к Кристиану, а он вопросительно глядит на меня. Ну и ну, неужели он позволяет мне сделать выбор?

— Пожалуйста, зовите меня Ана. Я выпью все, что и Кристиан. — Я робко улыбаюсь Данте. Кристиан намного лучше моего разбирается в винах.

— Я буду пиво. Это единственный бар в Сиэтле, где можно купить «Аднемс эксплорер».

— Пиво?

— Да. — Он улыбается. — Данте, пожалуйста, два «Эксплорера».

Данте кивает и ставит два пива на стойку.

— У них тут восхитительная похлебка из морепродуктов, — поясняет мне Кристиан.

Вероятно, он спрашивает меня.

— Похлебка с пивом — замечательно, — одобряю я.

— Две похлебки? — спрашивает Данте.

— Да, пожалуйста, — кивает Кристиан.

За ланчем мы разговариваем, чего не делали прежде. Кристиан спокоен; он выглядит молодым, счастливым и оживленным, несмотря на все события вчерашнего дня. Он вспоминает историю холдинга «Грей энтерпрайзес», и чем больше рассказывает, тем яснее для меня его страсть улаживать проблемы компаний, надежды на новые технологии, мечты о повышении урожайности в странах «третьего мира». Я увлеченно слушаю его. Он умный, щедрый, интересный, красивый, и он любит меня.

В свою очередь, он донимает меня вопросами о Рэе и маме, о детстве в пышных лесах Монтесано, о моем недолгом пребывании в Техасе и Вегасе. Он интересуется моими любимыми книгами и фильмами, и я удивляюсь, как много у нас с ним общего.

Когда мы разговариваем, меня вдруг поражает мысль, что за такой короткий срок он превратился из соблазнителя Алека в добропорядочного Энджела, героев романа Гарди «Тэсс из рода д'Эрбервиллей».

Мы заканчиваем трапезу в третьем часу. Кристиан расплачивается с Данте, и тот тепло прощается с нами.

— Какое чудесное место. Спасибо за ланч, — благодарю я Кристиана, когда он берет меня за руку и уводит из бара.

— Мы будем приезжать сюда, — говорит он. Мы идем вдоль залива. — Сейчас я хочу показать тебе кое-что.

— Я понимаю и не могу дождаться, когда я посмотрю на эту интересную вещь... что бы это ни было.

Держась за руки, мы идем вдоль марины. День восхитительный. Окружающие тоже наслаждаются воскресным досугом — гуляют с собаками, любуются яхтами. Дети стайками носятся по променаду.

Чем дальше мы идем вдоль марины, тем крупнее становятся суда. Кристиан ведет меня в док и останавливается перед огромным катамараном.

— Я собирался пройтись на нем с тобой сегодня. Это моя игрушка.

Ничего себе! Игрушка длиной не менее сорока-пятидесяти футов. Два длинных белых корпуса, палуба-мост, вместительная каюта, а над всем — внушительная мачта. Я ничего не смыслю в судах, но понимаю, что это нечто особенное.

— Вот это да! — восхищенно бормочу я.

— Катамаран построен в моей компании, — гордо сообщает Кристиан, и мое сердце тоже наполняется гордостью. — Проект разработан с нуля лучшими в мире специалистами по морским судам и реализован здесь же, в Сиэтле, в моем доке. Гибридный электропривод, асимметричные шверты, квадратный парус...

— О'кей, Кристиан, я уже ничего не понимаю...

Он усмехается.

— В общем, крутая посудина.

— Она выглядит впечатляюще, мистер Грей.

— Это точно, мисс Стил.

— Как называется?

Он ведет меня чуть дальше, и я вижу название: «Грейс». Я удивлена.

— Ты назвал ее в честь мамы?

— Да. — Он наклоняет голову набок. — Почему это кажется тебе странным?

Я неопределенно пожимаю плечами. Но я удивлена — ведь он всегда держится в ее присутствии отстраненно.

— Я обожаю маму, Анастейша. Так почему бы мне не назвать ее именем судно?

Я смущаюсь.

— Нет, я не то чтобы... просто... — Черт, как ему объяснить?

— Анастейша, Грейс Тревельян-Грей спасла мне жизнь. Я обязан ей всем, — тихо говорит он.

Я гляжу на него и постигаю благоговение, прозвучавшее в его признании. Впервые мне ясно, что он любит свою мать. Почему же тогда он держится с ней так напряженно?

— Хочешь подняться на катамаран? — спрашивает он воодушевленно.

— Да, с радостью, — улыбаюсь я.

Держа меня за руку, он ведет меня на борт по узким мосткам. И вот мы уже стоим на палубе под навесом.

По одну сторону от нас стоят стол и полукруглая банкетка, обитая бледно-голубой кожей; на ней разместятся не меньше восьми человек. Я заглядываю через раздвижные двери в каюту и вздрагиваю от неожиданности. На пороге появляется высокий светловолосый парень лет тридцати — загорелый, кудрявый и кареглазый. На нем бледно-розовая рубашка-поло с коротким рукавом, шорты и топсайдеры на резиновой подошве.

— Мак, привет, — улыбается Кристиан.

— Мистер Грей, приветствую. — Они обмениваются рукопожатием.

— Анастейша, это Лайэм Мак-Коннел. Лайэм, это моя подруга, Анастейша Стил.

Подруга! Моя внутренняя богиня тут же встает в классический балетный арабеск. Она еще не пришла в себя после конвертибля с откидным верхом. Мне еще предстоит привыкнуть к этому — я не впервые слышу слова «моя подруга», но неизменно прихожу в восторг.

Мы с Лайэмом тоже жмем руки.

— Зовите меня Мак, — добродушно предлагает он, и я не могу определить его акцент. — Добро пожаловать на борт «Грейс», мисс Стил.

— Ана, — смущенно бормочу я. У него красивые карие глаза.

— Как она адаптируется, Мак? — быстро вмешивается Кристиан, и в какой-то момент я думаю, что речь идет обо мне.

— Она готова плясать рок-н-ролл, сэр, — радостно сообщает Мак. «Ах, они говорят о катамаране «Грейс». Какая я дуреха».

— Тогда посмотрим ее в деле.

— Вы хотите выйти на ней в море?

— Угу, — лукаво улыбается Кристиан. — Краткий тур, правда, Анастейша?

— Да, пожалуйста.

Я прохожу за ним в каюту. Прямо перед нами стоит угловой кожаный диван, над ним массивный округлый иллюминатор открывает панорамный вид на марину. Слева я вижу кухонную зону — стильную, из светлого дерева.

— Это салон. Тут же камбуз, — говорит Кристиан, махнув рукой в сторону кухни.

Он ведет меня за руку через салон, удивительно светлый и просторный. Пол из того же светлого дерева. Все современно, элегантно, но в то же время очень функционально.

— Ванные с обеих сторон.

Кристиан машет рукой на две двери, потом открывает маленькую дверь причудливой формы, что прямо перед нами. Мы оказываемся в шикарной спальне. Ух ты...

Тут стоит огромная капитанская койка из светлого дерева и с бледно-голубым бельем, как в спальне в «Эскале». Кристиан явно предпочитает держаться одного стиля.

— Это каюта хозяина. — Он смотрит на меня с высоты своего роста. — Ты здесь первая девушка, не считая членов моей семьи. Они не в счет.

Я краснею под его жарким взглядом, у меня учащается пульс. Правда? Опять «первая». Кристиан обнимает меня, погружает пальцы в мои волосы и целует, долго и крепко. Потом мы оба не можем отдышаться.

— Может, обновим эту койку, — шепчет он мне в губы. А, в море!..

— Но не сию минуту. Пойдем, нужно сначала отправить на берег Мака.

Я прогоняю укол разочарования, и мы снова идем через салон. Мимоходом Кристиан машет рукой на другие двери.

— Там — офис, а вон там — еще две каюты.

— Так сколько же человек могут спать на борту?

— Катамаран рассчитан на шесть человек. Но только я люблю ходить на нем один и никогда не беру с собой родственников. Вот ты — другое дело. Я ведь должен за тобой присматривать.

Он открывает дверцу и достает ярко-красный спасательный жилет.

— Вот. — Надев на меня через голову жилет, он подгоняет все ремни, и на его губах играет легкая улыбка.

— Тебе нравится стягивать меня ремнем, верно?

— Не только стягивать, но и... — Он усмехается.

— Ты извращенец.

— Знаю. — Он поднимает брови; усмешка расползается по его лицу.

— Мой извращенец, — шепчу я.

— Да, твой.

Закончив возиться с жилетом, он хватает за его края и целует меня.

— Навсегда, — шепчет он и опускает руки, прежде чем я успеваю ему ответить.

Навсегда! Черт побери!

— Пошли.

Взяв за руку, он ведет меня по трапу наружу, на верхнюю палубу в маленький кокпит, где я вижу большой руль и высокое сиденье. На носу катамарана Мак возится с канатами.

— Ты здесь научился своим трюкам с веревками? — спрашиваю я невинным тоном.

— Выбленочные узлы мне очень пригодились, — говорит он, окидывая меня оценивающим взглядом. — Мисс Стил, вас все интересует. Мне нравится ваше любопытство. Я буду рад продемонстрировать вам свое умение обращаться с веревками.

Он лукаво подмигивает мне, а я бесстрастно гляжу на него, словно обиделась. У него вытягивается лицо.

— Вас поняла, — усмехаюсь я.

Он прищуривается.

— Тобой я займусь позже, а сейчас мне нужно управлять судном. — Он садится за руль, нажимает на какую-то кнопку, и двигатель с ревом оживает.

Мак идет вдоль борта, улыбается мне и, спрыгнув на нижнюю палубу, принимается отвязывать веревку. Может, он тоже знает кое-какие трюки с веревками. Эта непрошеная мысль возникает в моей голове, и я смущаюсь.

Мое подсознание сердится на меня. Я виновато пожимаю плечами и перевожу взгляд на Кристиана — это он во всем виноват. А Грей в это время связывается по рации с береговой охраной. Мак кричит, что катамаран готов к отплытию.

И опять меня поражает многосторонность Кристиана. Кажется, нет ничего на свете, чего этот человек не умеет делать. Но тут я вспоминаю его добросовестную, но неспешную попытку нарезать стручок перца и улыбаюсь.

Кристиан медленно выводит «Грейс» со стоянки и движется к выходу из марины. На берегу собралась небольшая толпа — посмотреть на нас. Дети машут руками, и я машу в ответ.

Кристиан оглядывается через плечо, потом сажает меня на колени и показывает разные приборы в кокпите.

— Держи руль, — приказывает он властно, как всегда, и я подчиняюсь.

— Ай-ай, капитан! — хихикаю я.

Накрыв мои руки своими, он продолжает выводить судно из марины, и через несколько минут мы уже — в открытом море, в холодных голубых водах залива Пьюджет-Саунд. Здесь, без защитного мола марины, ветер усиливается, а море колышется и перекатывается под нами.

Я улыбаюсь, видя воодушевление Кристиана — это так замечательно. Мы описываем большую дугу, потом при попутном ветре берем курс на Олимпийский полуостров.

— Пора идти под парусом, — с восторгом говорит Кристиан. — Вот тебе руль — веди «Грейс» этим курсом.

Что? Он усмехается, увидев ужас на моем лице.

— Детка, это очень легко. Держись за руль и гляди на горизонт. У тебя получится; у тебя всегда все получается. Когда паруса раскроются, ты почувствуешь тягу. Твоя задача — ровно держать судно. Я дам тебе сигнал, вот такой, — он проводит пальцем по горлу, — и ты заглушишь двигатель. Вот эта кнопка. — Он показывает на большую черную кнопку. — Поняла?

— Да. — Я послушно киваю, а сама впадаю в панику. Еще бы, я ведь не умею делать все на свете!

Он быстро целует меня, спрыгивает с капитанского кресла и направляется на нос судна к Маку. Там он начинает распускать паруса, отвязывать канаты и орудовать лебедками. Они слаженно работают, кричат друг другу разные морские термины. Приятно видеть, как Кристиан так легко и свободно общается с кем-то.

Вероятно, Мак — друг Кристиана. Насколько я могу судить, у него мало друзей, но ведь и у меня их немного. Моя единственная подруга нежится сейчас на солнышке на западном побережье Барбадоса.

Внезапно я понимаю, что соскучилась по Кейт сильнее, чем думала. Надеюсь, она передумает и вернется домой с братом Итаном, а не останется там еще на несколько дней с Элиотом, братом Кристиана.

Кристиан и Мак ставят грот, основной парус. Грот сразу наполняется жадным ветром, и судно тут же делает неожиданный рывок. Я ощущаю это по рулю. Ого!

Теперь они берутся за передний парус. Я завороженно гляжу, как он взлетает вверх по мачте. Ветер ловит его и туго натягивает.

— Держи руль, детка, и глуши двигатель!

Кристиан с трудом перекрикивает свист ветра и делает условленный жест. Я почти не слышу его голоса, но с энтузиазмом киваю. Мой любимый мужчина — овеянный ветрами, воодушевленный; ему нипочем ни качка, ни холодные брызги.

Я нажимаю на кнопку, рев двигателя замолкает, а «Грейс» летит к Олимпийскому полуострову, еле касаясь воды. Мне хочется орать, визжать и прыгать от восторга — для меня это одно из самых волнующих событий в моей жизни — не считая разве что планера, да еще Красной комнаты боли.

Вот это да! Это судно умеет летать! Я стою, вцепившись в руль, а Кристиан снова занял свое место позади меня и накрыл мои руки своими.

— Как тебе это? Нравится? — кричит он, перекрывая свист ветра и грохот волн.

— Кристиан! Это фантастика!

Он сияет и улыбается до ушей.

— Вот подожди, сейчас добавится спинни. — Он кивает в сторону Мака, который распускает спинакер — темно-красный парус. Его цвет напоминает мне стены в игровой комнате.

— Интересный цвет, — кричу я.

Кристиан усмехается и подмигивает. А, это сделано нарочно.

Спинни надувается — большой, странный, по форме напоминающий эллипс, — и «Грейс» мчится по заливу еще быстрее.

— Асимметричный парус. Для скорости, — отвечает Кристиан на мой невысказанный вопрос.

— Потрясающе.

Я не нахожу слов, чтобы выразить восторг. Улыбаюсь, как дура, и вся отдаюсь полету над волнами. Впереди все явственнее виднеются горы Олимпийского полуострова и остров Бейнбридж. Оглянувшись назад, я вижу съеживающийся Сиэтл и далекую гору Маунт-Рейнир.

Прежде я и не знала, как красивы окрестности Сиэтла — с отвесными утесами, пышной зеленью лиственных и высоченными хвойными деревьями. В этот солнечный день от их дикой, но мирной красоты у меня перехватило дыхание. Покой природы поразительно не сочетался с нашей бешеной скоростью.

— С какой скоростью мы плывем?

— «Грейс» делает пятьдесят узлов.

— Я не понимаю, сколько это.

— Около семнадцати миль в час.

— И все? Кажется, что гораздо быстрее.

Кристиан с улыбкой сжимает мне руку.

— Ты прелестна, Анастейша. Мне приятно видеть твои порозовевшие щеки... не от смущения. Сейчас ты выглядишь так же, как на тех снимках, сделанных Хосе.

Я поворачиваюсь и целую его.

— Мистер Грей, вы умеете показать девушке красивую жизнь.

— Мы стараемся, мисс Стил. — Он откидывает мои волосы в сторону и целует шею, отчего по спине бегут восхитительные мурашки. — Мне нравится видеть тебя счастливой, — мурлычет он и обнимает еще крепче.

Я гляжу на голубой простор и размышляю, что же такого я сделала в прошлом, раз фортуна улыбнулась и послала мне этого человека.

«Да, тебе повезло, дуре, — ворчит мое подсознание. — Но тебе нужно порвать с ним. Ведь он не будет вечно терпеть эту ванильную дребедень... тебе придется идти на компромиссы». Я мысленно показываю язык этому сварливому, угрюмому существу и кладу голову на грудь Кристиана. Глубоко в душе я знаю, что подсознание право, но гоню от себя эти мысли. Мне не хочется портить такой день.

Часом позже мы бросаем якорь в маленькой, уединенной бухте острова Бейнбридж. Мак отправляется на берег в надувной лодке — не знаю, для чего — но кое-что подозреваю, ведь как только Мак завел мотор, Кристиан схватил меня за руку и практически потащил в свою каюту.

И вот он стоит передо мной, излучая свою пьянящую чувственность, а его ловкие пальцы возятся с застежками моего спасательного жилета. Он отбрасывает его в сторону и окидывает меня темным взором.

Я уже теряю голову, хотя он почти не касался меня. Он подносит руку к моему лицу, его горячие пальцы скользят по подбородку, горлу, грудине, до первой пуговки на моей голубой блузке.

— Я хочу смотреть на тебя, — шепчет он и ловко расстегивает пуговицу.

Нагнувшись, нежно целует мои приоткрытые губы. Я учащенно дышу, меня возбуждает неотразимое сочетание его мужественной красоты, его грубой сексуальности и тихого покачивания катамарана. Он делает шаг назад.

— Разденься для меня, — просит он.

О господи! Я рада подчиниться. Не отрывая от него глаз, я медленно расстегиваю каждую пуговицу, наслаждаясь его жадными взглядами. Ах, как приятно! Я вижу его желание — оно заметно на его лице... и еще кое-где.

Легким движением плеч я сбрасываю блузку на пол и тяну руки к застежке джинсов.

— Стоп, — приказывает он. — Сядь.

Я сажусь на край кровати, и он плавным движением встает передо мной на колени и развязывает шнурки на моих кедах, а потом снимает их. За ними — носки. Берет левую ногу, приподнимает, целует большой палец, а потом вонзает в него зубы.

— А-а! — кричу я и пахом ощущаю эффект этого.

Кристиан так же плавно встает, протягивает руку и поднимает меня с кровати.

— Продолжай, — говорит он и отходит, чтобы смотреть на меня.

Я расстегиваю молнию на джинсах, засовываю за пояс большие пальцы и покачиваю бедрами. Джинсы скользят вниз. На губах Кристиана появляется нежная улыбка, но глаза по-прежнему темные.

А я не знаю, может, от того, что сегодня утром он не трахал меня, а занимался со мной любовью — а он действительно занимался любовью, нежно и сладко, да, да, — я ничуточки не смущаюсь. Я хочу выглядеть сексуальной в глазах этого мужчины. Он заслуживает этого — благодаря ему я ощутила свою сексуальность. Да, для меня это непривычно, но я учусь под его умелым руководством. Впрочем, сейчас он тоже открывает для себя много нового. Наши отношения напоминают чаши весов — поочередно перевешивает то одна чаша (его), то другая (моя).

Я надела сегодня утром новые кружевные трусы-танга белого цвета и такой же бюстгальтер — дизайнерский бренд по соответствующей цене. Перешагнув через джинсы, я стою перед ним в нижнем белье, купленном на его деньги, но больше не чувствую себя бедной содержанкой.

Кокетливо спускаю с плеч бретельки, завожу руки за спину, расстегиваю лифчик и бросаю его на блузку. Медленно стягиваю с бедер трусики, позволяю им упасть к ногам и перешагиваю через них, удивляясь собственной грации.

Теперь я стою перед ним голая и ничуть не стыжусь — потому что он любит меня. Мне нечего прятать от него. Он молчит, просто глядит. Я вижу его желание, даже преклонение, и что-то еще — глубину его жажды, глубину его любви ко мне.

Вот он пошевелился и, не отрывая от меня откровенного взгляда серых глаз, берется за края кремового свитера и стягивает его через голову, за ним майку. Далее следуют носки и ботинки. Вот он берется за пуговицу джинсов.

— Дай я, — шепчу.

Он выпячивает губы, словно хочет произнести «о-о-о», потом улыбается.

— Валяй...

Я запускаю свои бесстрашные пальцы за пояс джинсов и тяну на себя, так что Кристиан вынужден шагнуть ко мне, чтобы сохранить равновесие. Он невольно ахает на мою неожиданную дерзость и улыбается. Я расстегиваю пуговицу, но, прежде чем дернуть за молнию, даю волю пальцам, и они щупают через мягкую ткань его эрекцию. Он выдвигает бедра вперед и ненадолго прикрывает глаза, наслаждаясь.

— Ана, ты становишься такой смелой, такой опытной, — шепчет он и, обхватив мое лицо ладонями, страстно целует меня в губы.

Я кладу руки ему на бедра — на прохладную кожу и приспущенный пояс джинсов.

— Ты тоже, — шепчу я возле его губ и чувствую ответную улыбку, а в это время мои пальцы гладят кругами его кожу.

— Не останавливайся.

Я тяну за бегунок молнии. Мои жадные пальцы пробираются через жесткие волосы к *нему*, и я крепко сжимаю *его* в кулаке.

Кристиан издает низкий горловой звук, обдает меня сладким дыханием и снова целует меня с любовью. Я глажу *его*, щекочу, туго сдавливаю. В это время его правая рука, растопырив пальцы, держит меня за спину, а левая погружается в мои волосы, крепче прижимая мои губы к его губам.

— О-о, я так хочу тебя, малышка, — жарко шепчет он и, внезапно отпрянув, быстрым и ловким движением сбрасывает с себя джинсы и боксеры. Как красив он без одежды, как красив каждый дюйм его обнаженного тела!

Он — само совершенство. Его красоту портят только шрамы, с грустью думаю я. И они остаются не только на его коже, но и намного глубже.

— Что такое, Ана? — мурлычет он и нежно гладит мою щеку согнутыми пальцами.

— Ничего. Люби меня.

Он прижимает меня к себе, целует в губы, запускает пальцы в мои волосы. Наши языки нежно ласкают друг друга. Словно в танце, я отступаю шаг за шагом к кровати, он осторожно кладет меня и сам ложится рядом.

Теперь я погружаю руки в его медную шевелюру, а он водит кончиком носа по моей щеке.

— Ана, ты хоть представляешь, какой изысканный запах исходит от тебя? Против него невозможно устоять.

Его слова делают свое обычное дело — зажигают кровь, учащают пульс. А он ведет кончиком носа по моему горлу, грудям, покрывая эту дорожку ласковыми поцелуями.

— Ты так прекрасна, — мурлычет он, обхватывает губами мой сосок и нежно щекочет языком.

Я со стоном выгибаюсь дугой.

— Дай мне послушать тебя, малышка.

Его ладонь скользит к моему животу, я наслаждаюсь его прикосновениями, кожа к коже — его голодный рот приник к моей груди, умелые, длинные пальцы ласкают и нежат мои бедра, ягодицы, колени. И все это время он целует и сосет мои груди.

Схватив меня за колено, он внезапно поднимает кверху мою ногу; я ахаю и скорее ощущаю кожей, чем вижу, его усмешку. Потом он перекатывается на спину, и я вмиг оказываюсь верхом на нем. Он протягивает мне пакетик из фольги.

Я чуть сдвигаюсь, беру в руки член, во всем его великолепии. Наклоняюсь и целую, беру *его* в рот, глажу языком, потом сильно сосу. Кристиан стонет, выгибает бедра и еще глубже погружается в мою глотку.

Хм-м-м... хорош на вкус... Но мне хочется ощутить *его* внутри себя не здесь. Я сажусь и гляжу на Кристиана; он лежит, открыв рот, никак не может отдышаться и пристально смотрит на меня.

Я торопливо разрываю фольгу и, приложив к *нему* презерватив, раскатываю его на *нем*. Кристиан тянет ко мне руки. Я опираюсь на них одной рукой, а другой направляю *его* в свое лоно и медленно допускаю внутрь себя.

Кристиан гортанно стонет, закрыв глаза.

Теперь *он* весь во мне... растягивает... наполняет меня... какое божественное ощущение... Из меня тоже вырывается стон. Кристиан крепко держится за мои бедра и помогает двигаться вверх-вниз, вверх-вниз, резко входит в меня еще глубже. Ох... восхитительно...

— О детка! — шепчет он и неожиданно садится, так что мы оказываемся нос к носу. Ощущение экстраординарное — невероятной полноты. Я ахаю, хватаю Кристиана за плечи, а он сжимает в ладонях мою голову и смотрит в глаза — пронзительно, горячо.

— Ох, Ана... Какие новые чувства ты пробуждаешь во мне, — бормочет он и целует меня, страстно и трепетно. Я целую его в ответ, у меня кружится голова от блаженства — как восхитительно, что мы сейчас слились с ним в единое целое.

— Ах, я люблю тебя, — нежно мурлычу я. Он стонет, словно ему больно слышать мое тихое признание, и перекатывается вместе со мной, не прерывая наш драгоценный контакт. Теперь я лежу под ним. Я обхватываю его ногами.

Он смотрит на меня с удивленным обожанием, и я уверена, что мое выражение лица отражает как в зеркале его. Я протягиваю руку и ласкаю его прекрасный лик. Закрыв глаза, с тихими стонами он начинает медленно двигаться.

Мягкий плеск волн, покачивающих катамаран, и мирный покой каюты нарушаются только нашим учащенным дыханием, когда он медленно входит и выходит из меня, размеренно и сладко — божественно. Одну руку Кристиан положил мне под голову, погрузив пальцы в волосы, другой гладит мое лицо. Наклонясь, целует в губы.

Я окутана его любовью, словно коконом. Он медленно движется во мне, наслаждаясь мной. Я глажу его — не нарушая границ — ласкаю его руки, волосы, поясницу, крепкие ягодицы — и мое дыхание учащается, когда размеренный ритм толкает меня все выше и выше к пику наслаждения. Кристиан покрывает поцелуями мое лицо, покусывает мочку уха. С каждым нежным рывком его бедер я все ближе и ближе к блаженству…

Мое тело сотрясает дрожь. О, я уже так хорошо знаю это ощущение… Уже совсем близко… Ох…

— Хорошо, детка… отдайся мне вся… Молодец… Ана, — повторяет он, и его слова открывают во мне лавину счастья.

— Кристиан! — кричу я, и наши стоны сливаются воедино, когда мы вместе приходим к цели.

Глава 10

— Скоро вернется Мак, — бормочет он.

— Хм-м. — Мои глаза открываются и встречают взгляд его серых глаз. Господи, какой у них поразительный цвет — особенно тут, на море. В них отражается свет, который, в свою очередь, отражается от воды и проникает в каюту через небольшие иллюминаторы.

— Я бы с удовольствием валялся здесь с тобой весь день, но ему нужно помочь с лодкой. — Наклонившись, Кристиан нежно целует меня. — Ана, ты сейчас так прекрасна, ты такая сексуальная. Я снова тебя хочу. — Он улыбается и встает с постели. Я лежу на животе и любуюсь им.

— Ты и сам неплох, капитан. — Я восхищенно причмокиваю губами, и он не может сдержать усмешки.

Я наблюдаю, как он ходит по каюте и одевается. Он, мужчина, который только что опять нежно занимался со мной любовью. Я с трудом верю в свое везение. Кристиан садится рядом со мной и обувается.

— Капитан? Какой же я капитан, — сухо замечает он. — Я хозяин этой посудины.

Я наклоняю голову набок.

— Вы хозяин моего сердца, мистер Грей. — И моего тела... и моей души...

Он недоверчиво качает головой и опять меня целует.

— Я буду на палубе. В ванной есть душ. Тебе нужно еще что-нибудь? Попить, например? — заботливо спрашивает он, а я лишь усмехаюсь в ответ. Неужели это тот же самый мужчина? Тот же самый Пятьдесят Оттенков?

— Что? — спрашивает он, заметив мою глупую ухмылку.

— Ты.

— Что я?

— Кто ты такой и что ты сделал с Кристианом?

Его губы кривятся в грустной улыбке.

— Детка, он не очень далеко отсюда, — тихо говорит он, и грусть в его голосе заставляет меня мгновенно пожалеть о своих словах. Но Кристиан прогоняет печаль. — Скоро ты его увидишь, — лукаво усмехается он, — особенно если немедленно не встанешь. — С этими словами он смачно шлепает мне по заду. Я вскрикиваю и хохочу одновременно.

— Ты меня напугал.

— Правда? — Кристиан морщит лоб. — Ты издаешь такие смешанные сигналы, Анастейша. Как мужчине удержаться? — Он опять наклоняется и целует меня. — Пока, детка, — добавляет он с ослепительной улыбкой и уходит, оставив меня наедине с моими мыслями.

Когда я поднимаюсь на палубу, Мак уже вернулся на «Грейс», но он тут же исчезает на верхней палубе, как только я открываю двери салона. Кристиан разговаривает по «блэкберри». «Интересно, с кем?» — удивляюсь я. Он проходит мимо меня и, приобняв, целует в макушку.

— Прекрасные новости. Хорошо. Да... В самом деле? По аварийной лестнице?.. Ясно... Да, вечером.

Он нажимает кнопку отбоя, и меня тут же настигает рев запущенного двигателя. Должно быть, Мак уже сидит в кокпите.

— Пора возвращаться, — говорит Кристиан, еще раз целует меня и упаковывает в спасательный жилет.

Мы приближаемся к марине, когда солнце уже висит над горизонтом. Я вспоминаю чудесный день. При разумном и терпеливом наставничестве Кристиана я теперь научилась убирать грот, то есть основной парус, а также передний парус и спинакер. Еще умею завязывать рифовый узел, выбленочный узел и колышку. Когда он давал мне такие уроки, его губы весело подрагивали.

— Может, я когда-нибудь свяжу тебя, — заявила я.

— Вы сначала меня догоните, мисс Стил, — весело возразил он.

После этих слов я вспомнила, как он гонялся за мной по комнатам, тот восторг, а потом ужасный финал. Я нахмурилась и зябко передернула плечами. Ведь после этого я от него ушла.

Смогу ли я снова уйти от него? Ведь Кристиан признался, что любит меня. Я заглядываю в его чистые серые глаза. Смогу ли я когда-нибудь снова его бросить — что бы он мне ни сделал? Смогу ли я предать его? Нет, пожалуй, не смогу.

Кристиан устроил мне более подробную экскурсию по судну, рассказал про все инновационные средства и дизайн, про высококачественные материалы, которые пошли на изготовление катамарана. Мне вспомнилось интервью, которое я взяла у него; мне и тогда бросилась в глаза его страсть к морским судам. Оказывается, что эта страсть распространяется не только на большие океанские грузовые суда, которые строит его компания, но и на суперсексуальные изящные катамараны.

И, конечно, он занимался со мной любовью, сладко, неторопливо. Я качаю головой, вспоминая, как в его опытных руках мое тело выгибалось дугой и сгорало от желания. Он исключительный любовник, я уверена — хотя, конечно, мне не с чем сравнивать. Но Кейт еще больше обожала бы секс, если бы он всегда был таким, как наш с Кристианом; ведь она обычно не замалчивает подробности.

Но долго ли всего этого будет ему достаточно? Я не знаю, и эта мысль меня беспокоит.

И вот он сидит, а я стою в надежном кольце его рук. Мы дружески молчим, а «Грейс» подходит все ближе и ближе к Сиэтлу. Я держусь за руль, Кристиан часто дает мне советы.

— В плавании под парусами есть своя поэзия, древняя как мир, — мурлычет он мне на ухо.

— Похоже на цитату. — Я чувствую его усмешку.

— Да, это почти цитата. Из Антуана де Сент-Экзюпери.

— О, я обожаю «Маленького принца»!

— Я тоже.

Уже вечереет, когда Кристиан, по-прежнему накрывая своими руками мои, направляет судно в марину. На лодках уже зажглись огни, они отражаются от потемневшей воды, но пока еще светло. Ясный, мягкий вечер, прелюдия к роскошному закату.

У причала собирается толпа и смотрит, как Кристиан медленно разворачивает катамаран в сравнительно тесном пространстве. Потом легко и плавно движется задним ходом и швартуется на то же место, откуда мы отплыли. Мак спрыгивает на берег и надежно привязывает «Грейс» к швартовой тумбе.

— Вот и вернулись, — говорит Кристиан.

— Спасибо, — робко благодарю я. — День был удивительный.

Кристиан усмехается.

— Я тоже так считаю. Пожалуй, мы запишем тебя в мореходную школу. Тогда можно будет нам с тобой выходить в море вдвоем на несколько дней.

— С удовольствием. Тогда мы сможем часто наведываться в спальню.

Он наклоняется и целует меня в шею под ухом.

— Хм-м-м... Я буду ждать этого, Анастейша, — сообщает он шепотом, от которого встают дыбом все волоски на теле.

Как он это делает?

— Все, в квартире чисто. Можно возвращаться.

— А как же вещи, оставшиеся в отеле?

— Тейлор уже их забрал.

Да ну?! Когда?

— Сегодня днем, после того, как он со своей группой проверил «Грейс», — отвечает Кристиан на мой невысказанный вопрос.

— Бедняга спит когда-нибудь?

— Спит. — Кристиан удивленно поднимает брови. — Он просто делает свою работу, Анастейша, и делает очень хорошо. Джейсон — настоящая находка.

— Джейсон?

— Джейсон Тейлор.

Я-то думала, что Тейлор — его имя. Джейсон. Что ж, имя ему подходит — солидное, надежное. Почему-то я улыбаюсь.

— Ты без ума от Тейлора, — ворчит Кристиан, хмуро глядя на меня.

— Допустим. — Его замечание меня огорчает. — Но он не интересует меня как мужчина, если ты хмуришься из-за этого. Стоп.

Кристиан почти надул губы.

Господи, иногда он такой ребенок...

— По-моему, Тейлор очень хорошо тебе служит. Поэтому он мне симпатичен. Он надежный, добрый и верный. У меня к нему платоническая симпатия.

— Платоническая?

— Да.

— Ну ладно, платоническая. — Кристиан испытывает на вкус это слово и его значение. Я смеюсь.

— Ах, Кристиан, ради бога, пора тебе повзрослеть!

Он раскрывает рот, удивленный моим замечанием, но потом хмурится, словно обдумывает.

— Я стараюсь, — говорит он после паузы.

— Да, стараешься. Очень, — мягко говорю я, но тут же закатываю глаза от досады.

— Анастейша, знаешь, какие воспоминания ты пробуждаешь у меня, когда закатываешь глаза? — Он ухмыляется.

— Что ж, будешь хорошо себя вести, то, может, мы и освежим эти воспоминания.

Его рот складывается в ироничную улыбку.

— Хорошо себя вести? — Он удивленно поднимает брови. — Мисс Стил, почему вы решили, что я хочу их освежить?

— Вероятно, потому, что когда я сказала об этом, ваши глаза зажглись, как рождественская елка.

— Ты уже так хорошо меня знаешь, — сухо бурчит он.

— Мне хотелось бы знать тебя еще лучше.

— И мне тебя, Анастейша, — отвечает он с нежной улыбкой.

— Спасибо, Мак. — Кристиан жмет руку Мак-Коннелу и ступает на причал.

— Всегда рад помочь, мистер Грей. До свидания. Ана, рад был познакомиться.

Я робко пожимаю ему руку. Он наверняка знает, чем мы с Кристианом занимались на катамаране, когда он сходил на берег.

— Всего хорошего, Мак. Спасибо.

Он усмехается и подмигивает, чем вгоняет меня в краску. Кристиан берет меня за руку, и мы направляемся к променаду.

— Откуда Мак родом? — интересуюсь я, вспомнив его акцент.

— Из Ирландии... Северной Ирландии, — поправляется Кристиан.

— Он твой друг?

— Мак? Он работает на меня. Помогал строить «Грейс».

— У тебя много друзей?

Он хмурит брови.

— Да нет. При моих занятиях... Я не культивирую дружбу. Разве что... — Он осекается и хмурится еще сильнее. Я понимаю, что он хотел упомянуть миссис Робинсон.

— Проголодалась? — спрашивает он, желая сменить тему.

Я киваю. Вообще-то, я умираю с голоду.

— Ладно, поедим там, где я оставил машину.

Возле порта есть маленькое итальянское кафе «Би'с». Оно напоминает мне одно заведение в Портленде — несколько столиков и кабин, лаконичный современный декор, на стене — большая черно-белая фотография фиесты начала прошлого столетия.

Мы с Кристианом сели в кабине, изучая меню и потягивая восхитительное легкое фраскати. Я поднимаю голову, сделав свой выбор, и вижу, что Кристиан задумчиво глядит на меня.

— Что? — спрашиваю я.

— Ты отлично выглядишь, Анастейша. Свежий воздух тебе на пользу.

Я краснею.

— Честно говоря, у меня немного обветрилось лицо. Но день прошел чудесно. Спасибо тебе.

Его глаза теплеют. Он улыбается.

— Всегда пожалуйста, — бормочет он.

— Можно я задам тебе вопрос? — Я решаю провести небольшое расследование.

— Сколько угодно, Анастейша. Ты сама знаешь. — Как он восхитительно выглядит!

— Кажется, у тебя мало друзей. Почему?

Он пожимает плечами и хмурится.

— Я ведь сказал тебе, что у меня нет времени. У меня есть деловые партнеры — хотя эти отношения очень далеки от дружбы. У меня есть семья. Вот и все. Не считая Элены.

Упоминание этой сучки я игнорирую.

— У тебя совсем нет друзей твоего возраста, чтобы ты мог встречаться с ними и выпускать пар?

— Анастейша, ты сама знаешь, как я люблю выпускать пар. — Кристиан кривит губы. — Еще я работаю, строю свой бизнес. — Он все-таки озадачен. — Вот и все, что я делаю, — за исключением парусного спорта и редких полетов.

— Даже в колледже их не было?

— В общем, нет.

— Значит, только Элена?

Он осторожно кивает.

— Вероятно, тебе одиноко.

Его губы складываются в грустную улыбку.

— Что ты будешь есть? — спрашивает он, меняя тему.

— Мне хочется ризотто.

— Хороший выбор. — Кристиан подзывает официанта, заканчивая этот разговор.

Ужин заказан. Я ерзаю на стуле и гляжу на свои пальцы. Мне надо воспользоваться тем, что Кристиан расположен к беседе.

Надо выспросить у него, чего он ожидает, чего ему... хм... хочется.

— Анастейша, в чем дело? Скажи мне.

Я гляжу в его озабоченное лицо.

— Говори. — Он уже не спрашивает, а приказывает; его озабоченность перерастает во что-то другое. В страх? В гнев?

Я набираю полную грудь воздуха.

— Я просто беспокоюсь, что тебе этого недостаточно. Ну, понимаешь... чтобы выпускать пар.

Его челюсть напрягается, взгляд жесткий.

— Разве я давал тебе повод думать, что этого недостаточно?

— Нет.

— Тогда с чего ты взяла?

— Я знаю, какой ты. Что тебе... э-э... требуется, — запинаясь, лепечу я.

Он закрывает глаза и трет лоб своими длинными пальцами.

— И что мне теперь делать? — Его голос звучит зловеще мягко, словно он рассержен. От страха я холодею.

— Нет, ты меня не понял. В последние дни ты был замечательный. Но я надеюсь, что не вынуждаю тебя идти против собственной природы, притворяться.

— Я — это я, Анастейша, во всех пятидесяти оттенках моей порочности. Да, мне приходится перебарывать диктаторские замашки... но такова моя натура, так я строю свою жизнь. Да, я рассчитываю, что ты будешь вести себя определенным образом. Когда ты отказываешься, это одновременно тяжело и интересно. Мы все-таки делаем то, что мне нравится. Вчера, после твоей возмутительной выходки на аукционе, ты позволила мне отшлепать тебя. — Он нежно улыбается. — Мне нравится тебя наказывать. Не думаю, что это желание когда-нибудь пройдет... но я стараюсь, работаю над собой, и это не так трудно, как я думал.

Я краснею и ежусь, вспоминая наш тайный визит в его комнату в родительском доме.

— Я не возражала, — шепчу я с робкой улыбкой.

— Знаю. — Его губы растягиваются в неуверенной улыбке. — Я тоже. Но позволь тебя заверить, Анастейша, что все это для меня в новинку и что последние несколько дней стали лучшими в моей жизни. Я не хочу ничего менять.

Ого!

— В моей жизни они тоже были лучшими, это точно, — лепечу я, и он широко улыбается. Моя внутренняя богиня бурно кивает — и подталкивает меня локтем: давай, давай! — Так ты не хочешь водить меня в свою игровую комнату?

Он бледнеет и тяжело вздыхает; все следы веселья исчезли.

— Нет, не хочу.

— Почему? — шепчу я. Не такого ответа я ожидала.

Да-да, вот он — маленький укол разочарования. Моя внутренняя богиня топает ногой и надувает губы, как сердитый малыш.

— Ты ушла от меня как раз оттуда, когда мы там были в последний раз, — спокойно говорит он. — Я боюсь всего, что могло бы побудить тебя снова меня бросить. Когда ты ушла, я был раздавлен, я уже говорил тебе об этом. Я не хочу повторения той ситуации. Ты мне нужна. — В его серых глазах вижу искренность.

— По-моему, это несправедливо. Твоя постоянная забота о том, как я себя чувствую, — ведь это очень утомительно. Ты столько всего переменил ради меня... Я считаю, что тоже должна как-то пойти навстречу тебе. Не знаю, может... попробуем... какие-нибудь ролевые игры.

Я произнесла это, запинаясь, а мое лицо стало одного цвета со стенами игровой комнаты.

Почему мне так трудно говорить об этом? Я уже по-всякому трахалась с этим мужчиной, мы проделывали вещи, о которых я и не слышала еще месяц назад, даже не предполагала, что такое возможно... Но все-таки самое трудное — говорить с ним об этом.

— Ана, ты идешь мне навстречу даже больше, чем ты думаешь. Пожалуйста, прошу тебя, не думай об этом.

Беззаботный Кристиан исчез. Теперь я вижу в его глазах тревогу, и это ранит мне душу.

— Малышка, это были всего лишь одни выходные, — продолжает он. — Подожди немного. Когда ты ушла, я много думал о нас. Нам требуется время. Ты должна доверять мне, а я — тебе. Может, со временем мы сумеем вернуться к прежним штукам, но сейчас ты мне нравишься такая, какая ты есть. Мне приятно видеть тебя счастливой, беззаботной и спокойной, зная, что я причастен к этому. Я никогда еще... — Он замолкает и проводит рукой по волосам. — Прежде чем бегать, нам надо научиться ходить. — Внезапно он усмехается.

— Что тебя так развеселило?

— Флинн. Он постоянно говорит эту фразу. Я не думал, что стану его цитировать.

— Получается, «флиннизм»?

— Верно, — смеется Кристиан.

Появляется официант с закусками и брускеттой, разговор сходит на нет, и Кристиан успокаивается.

Но когда перед нами ставят удивительно большие тарелки, я невольно вспоминаю, каким сегодня был Кристиан — беззаботный, веселый, раскованный. Сейчас он опять смеется, и это хорошо.

Я с облегчением вздыхаю, когда он принимается расспрашивать меня о местах, где я бывала. Разговор получается короткий, ведь я не была нигде, кроме Соединенных Штатов. А вот сам Кристиан уже объехал весь мир. Мы незаметно переходим на легкую болтовню, обсуждая все места, которые он посетил.

После вкусного и сытного ужина Кристиан везет нас назад, в «Эскалу», под задушевное пение Евы Кэссиди. Я получаю возможность спокойно подумать. День был умопомрачительный: доктор Грин; наш совместный душ; признание Кристиана; занятия любовью в отеле и на катамаране; покупка автомобиля. Даже сам Кристиан оказался совсем другой, не такой, как прежде. Он словно открывал для себя что-то новое или избавлялся от чего-то — трудно сказать.

Кто знал, что он может быть таким милым? А сам-то он знал?

Я смотрю на него. Кажется, он тоже погружен в свои мысли. И тут меня поражает, что он, вообще-то, никогда не был подростком — во всяком случае, нормальным. Я качаю головой.

Мои мысли возвращаются к балу и танцу с доктором Флинном. Я вспоминаю, как Кристиан испугался, что Флинн все мне рассказал. Кристиан до сих пор что-то от меня скрывает. Как мы сможем в таких условиях продвигаться дальше?

Он думает, что если я узнаю его до конца, то его брошу. Он думает, что я его брошу, если он предстанет передо мной таким, как он есть. Ох, такой он сложный человек...

Чем ближе мы подъезжаем к дому, тем напряженнее Кристиан становится. Он всматривается в боковые улочки и тротуары, его глаза шарят везде и всюду, и я знаю, что он высматривает Лейлу. Я делаю то же самое. Под подозрением оказывается каждая молодая брюнетка, но Лейлу мы не видим.

Когда он въезжает в гараж, его рот смыкается в угрюмую линию. Удивительно, зачем мы вернулись сюда, если он так беспокоится? В гараже мы видим Сойера. Искалеченная «Ауди» исчезла. Кристиан ставит свою машину рядом с внедорожником, и Сойер подходит, чтобы открыть мне дверцу.

— Здравствуйте, Сойер, — здороваюсь я.

— Зравствуйте, мисс Стил, мистер Грей, — кивает он.

— Ничего? — спрашивает Кристиан.

— Нет, сэр.

Кристиан кивает, берет меня за руку и ведет к лифту. Я вижу, что его мозг лихорадочно работает — он расстроен. В лифте он поворачивается ко мне.

— Ты не должна выходить отсюда одна. Ты поняла? — рычит он.

— Ладно.

Господи, этого еще не хватало! Но его строгость вызывает у меня улыбку. Я мысленно хвалю себя за терпение и понимание. Еще неделю назад я бы ужасно расстроилась, если бы он говорил со мной таким тоном. Но теперь я знаю его гораздо лучше. Таков его механизм совладания, копинг-механизм. Сейчас он испытывает стресс из-за Лейлы. Он любит меня и хочет защитить.

— Что тут забавного? — бормочет он с легким удивлением.

— Не что, а кто. Ты.

— Я? Мисс Стил, что во мне забавного? — Он надувает губы.

Как это сексуально!

— Не надувай губы.

— Почему? — Он удивлен еще больше.

— Потому что на меня это действует так же, как на тебя вот это. — Я прикусываю губу.

Он поднимает брови, удивленный и довольный одновременно.

— Правда? — Он снова выпячивает губы и, наклонившись, целует меня, быстро и невинно.

Я тянусь к нему губами, и, когда наши губы соприкасаются, природа поцелуя меняется за наносекунду — по моим жилам проносится огонь и влечет меня к нему.

Внезапно мои пальцы погружаются в его волосы, а Кристиан хватает меня, прижимает к стене кабины, ладони обхватывают мое лицо, а наши языки сталкиваются друг с другом. Я не знаю, может, узкие пределы лифта делают все более реальным, но я физически чувствую его жажду, его тревогу, его страсть.

Черт побери, я хочу его, хочу здесь, немедленно!

Лифт останавливается, дверцы открылись. Наш поцелуй прерван, но Кристиан все еще прижимает меня бедрами к стенке; я чувствую его эрекцию.

— Уф, — бормочет он, тяжело дыша.

— Уф! — повторяю я, набирая в легкие желанный воздух.

Он смотрит на меня огненным взглядом.

— Что ты со мной делаешь, Ана! — Он проводит большим пальцем по моей нижней губе.

Краешком глаза я вижу, как Тейлор отходит назад, исчезает из моего поля зрения. Я встаю на цыпочки и целую Кристиана в уголок его красиво вылепленного рта.

— Что ты со мной делаешь, Кристиан!

Он делает шаг назад и берет меня за руку. Его глаза потемнели, подернулись туманом.

— Пошли, — командует он.

Тейлор деликатно стоит в стороне, ждет нас.

— Добрый вечер, Тейлор, — сердечно здоровается Кристиан.

— Здравствуйте, мистер Грей, мисс Стил.

— Вчера я была миссис Тейлор. — Я улыбаюсь Тейлору.

— Это приятно, мисс Стил, — преодолев смущение, отвечает он.

— Я тоже так считаю.

Кристиан крепче сжимает мне руку и хмурится.

— Если вы закончили беседовать, я бы хотел обсудить обстановку.

Он сердито смотрит на Тейлора. Тот неловко пожимает плечами, а я досадую на себя. Я преступила черту.

— Извините, — говорю я Тейлору одними губами. Он снова пожимает плечами и мягко улыбается, а я поворачиваюсь и иду за Кристианом.

— Я сейчас вернусь. Мне нужно поговорить с мисс Стил, — говорит Кристиан Тейлору, и я понимаю, что меня ждет нагоняй.

Кристиан ведет меня в свою спальню и закрывает дверь.

— Никакого флирта с обслугой, Анастейша, — строго говорит он.

Я раскрываю рот, чтобы сказать что-то в свою защиту, потом закрываю, потом опять раскрываю.

— Я не флиртовала. Я просто дружески разговаривала — в этом разница.

— Не разговаривай дружески с обслугой и не флиртуй. Я этого не люблю.

Да, прощай, беззаботный Кристиан...

— Извини, — бормочу я и гляжу на свои пальцы. Весь день он не заставлял меня чувствовать себя провинившимся ребенком. А он берет меня за подбородок и приподнимает его, чтобы я посмотрела ему в глаза.

— Ты ведь знаешь, какой я ревнивый, — шепчет он.

— Кристиан, у тебя нет причин ревновать. Я телом и душой принадлежу тебе.

Он моргает, словно ему трудно это понять. Потом наклоняется и быстро целует, но без той страсти, которая охватила нас в лифте.

— Я ненадолго. Устраивайся как дома, — угрюмо говорит он и уходит. А я остаюсь в его спальне, смущенная и обалдевшая.

«С какой стати ему ревновать меня к Тейлору?» Я недоверчиво трясу головой.

Я гляжу на будильник — уже девятый час. Надо приготовить одежду на завтра, ведь мне на работу. Я иду наверх, в свою комнату, и открываю шкаф-купе. Он пуст. Вся одежда исчезла. Не может быть! Кристиан поймал меня на слове и забрал всю одежду. Черт!..

Мое подсознание сердито сверкает глазами. «Что ж, так тебе и надо с твоим длинным языком».

Почему он поймал меня на слове? Мне приходят на ум слова матери: «Мужчины так буквально все понимают, милая». Надувшись, смотрю на пустой шкаф. Там ведь были и симпатичные вещи, например, серебристое платье, которое я надевала на бал.

Я уныло бреду в спальню. Постой-ка, что происходит? Пропал айпад. Где мой «мак»? О нет! Прежде всего в голову приходит неприятная мысль, что их украла Лейла.

Я бегу вниз и возвращаюсь в спальню Кристиана. На столике возле кровати лежат и «мак», и айпад, и мой рюкзак. Все здесь.

Я открываю дверцу шкафа. Моя одежда здесь, вся, вместе с одеждой Кристиана. Когда это случилось? Почему он никогда меня не предупреждает о таких вещах?

Я поворачиваюсь. Он стоит в дверях. Лицо угрюмое.

— А, они все перенесли, — рассеянно бормочет он.

— В чем дело? — спрашиваю я.

— Тейлор считает, что Лейла проникла в апартаменты через аварийный выход. Должно быть, у нее есть ключ. Заменили все замки. Тейлор с помощниками проверили каждую комнату. Ее тут нет. — Он замолкает и проводит рукой по волосам. — Как мне хочется узнать, где она. Ведь ей срочно нужна помощь. А она ускользает от нас.

Он хмурится, и вся моя злость исчезает. Я обнимаю его. Он тоже берет меня за плечи и целует в макушку.

— Что ты сделаешь, когда ее найдешь?

— У доктора Флинна есть место.

— А что там с ее мужем?

— Он отказался от нее, — с горечью отвечает Кристиан. — Ее семья живет в Коннектикуте. Кажется, она тут совсем одна.

— Печально.

— Ничего, что все твои вещи перенесены сюда? Я хочу, чтобы мы с тобой жили в одной комнате.

Эге, быстрая смена темы...

— Хорошо.

— Мне хочется, чтобы ты спала со мной. Тогда мне не снятся кошмары.

— У тебя бывают кошмары?

— Да.

Я еще крепче обнимаю его. Мое сердце разрывается от жалости.

— Вот только я приготовлю одежду на завтра. Чтобы утром не опоздать на работу, — говорю я.

— На работу! — восклицает Кристиан, как будто это неприличное слово, и, разжав свои объятья, сердито смотрит на меня.

— Да, на работу, — отвечаю я, смущенная его реакцией. Он глядит на меня с удивлением и гневом.

— Но Лейла — ведь она в городе. — Некоторое время он молчит. — Я не хочу, чтобы ты ходила на работу.

Что?

— Но это смешно, Кристиан. Я должна работать.

— Нет.

— У меня новая работа, и она мне нравится. Конечно, я должна пойти на работу. — «Что еще он выдумывает?»

— Нет, — сердито повторяет он.

— Ты думаешь, я останусь тут бить баклуши, а ты на своей работе будешь хозяином вселенной?

— Честно говоря, да.

«Ох, Грей, Грей, Грей... дай мне силы!»

— Кристиан, мне надо работать.

— Нет.

— Да. Надо. — Я повторяю медленно и внятно, словно ребенку.

Он хмуро глядит на меня.

— Это небезопасно.

— Кристиан, мне нужно зарабатывать себе на жизнь. Все будет хорошо.

— Нет, тебе не нужно зарабатывать на жизнь — и откуда ты знаешь, что все будет хорошо? — Он почти кричит.

Что он имеет в виду? Он намерен содержать меня? Ну, это даже не смешно. Сколько я его знаю, пять недель?

Он злится, глаза сверкают, но мне плевать.

— Ради бога, Кристиан, пойми: Лейла стояла возле твоей кровати и не причинила мне вреда. И мне надо работать, да, надо. Я не хочу зависеть от тебя. Мне нужно выплачивать ссуду на учебу.

Его губы сжимаются в тонкую линию, а я упираю руки в бока. Я намерена стоять на своем. Что он себе воображает?

— Я не хочу, чтобы ты завтра ходила на работу.

— Это не твое дело, Кристиан. Не тебе решать.

Он проводит рукой по волосам и глядит на меня. Секунды, минуты мы глядим друг на друга.

— Сойер пойдет с тобой.

— Кристиан, это лишнее. Ты ведешь себя неразумно.

— Неразумно? — рычит он. — Либо он идет с тобой, либо я действительно поступлю неразумно и запру тебя здесь.

Он этого не сделает. Или сделает?..

— Как?

— О-о, я найду способ. Не вынуждай меня на крайности.

— Ладно-ладно! — соглашаюсь я и выставляю перед собой ладони, успокаивая его. Черт возьми, Пятьдесят вернулся назад, на всю катушку...

Мы стоим, хмурясь друг на друга.

— О'кей, Сойер может завтра поехать со мной, если тебе так спокойнее, — уступаю я, закатывая глаза.

Кристиан щурится и с грозным видом делает шаг ко мне. Я немедленно отступаю. Он останавливается, вздыхает, закрывает глаза и проводит обеими руками по волосам. Ой-ой, Пятьдесят очень сильно взвинчен.

— Хочешь, я устрою тебе экскурсию?

«Экскурсию? Шутишь?»

— Давай, — с опаской бормочу я. Очередная смена темы — вернулся мистер Ртуть. Кристиан протягивает руку и, когда я берусь за нее, ласково сжимает мои пальцы.

— Я не собирался пугать тебя.

— Ты и не напугал. Я просто была готова убежать.

— Убежать? — Кристиан широко раскрывает глаза.

— Я пошутила! — О господи!

Он выводит меня из шкафа, и я с минуту стою, чтобы успокоиться. В моем теле бушует адреналин — нелегко вступать в конфликт с Греем.

Он ведет меня по квартире, показывает комнаты. Я с удивлением узнаю, что наверху, кроме игровой и трех гостевых комнат, расположены покои, где живут Тейлор и миссис Джонс, — кухня, просторная гостиная и спальни. Миссис Джонс все еще гостит у сестры в Портленде.

Внизу мое внимание привлекает комната напротив его кабинета — с огромным плазменным телевизором и игровыми консолями. Там уютно.

— У тебя тут есть Xbox? — усмехаюсь я.

— Да, но я в нем не силен. Элиот всегда меня обыгрывает. Забавно было, когда ты подумала, что это и есть моя игровая комната. — Он смеется, уже забыв про гнев. Слава богу, к нему вернулось хорошее настроение.

— Я рада, что вы находите меня забавной, мистер Грей, — высокомерно заявляю я.

— Вы такая и есть, мисс Стил, — если, конечно, не ведете себя несносно.

— Обычно я веду себя несносно, когда вы ведете себя неразумно.

— Я? Неразумно?

— Да, мистер Грей. «Неразумно» можно даже добавить как ваше среднее имя.

— Не вижу причин для этого.

— Напрасно. Вам очень это подходит.

— По-моему, тут возможны разные мнения, мисс Стил.

— Мне интересно было бы узнать профессиональное мнение доктора Флинна.

Кристиан усмехается.

— Я думала, что Тревельян — твое второе имя.

— Нет. Фамилия. Тревельян-Грей.

— Но ты им не пользуешься.

— Так слишком длинно. Пойдем, — командует он.

Из телекомнаты мы проходим через большую комнату в основной коридор. По дороге заглядываем в подсобку и импозантный винный погребок. И вот мы — в большом, прекрасно оборудованном кабинете Тейлора (мы входим, и Тейлор встает). Там стоит стол для совещаний на шесть человек. Над одним из рабочих столов — полка с мониторами. Я и не подозревала, что в квартире есть видеонаблюдение CCTV. Камеры мониторят балкон, лестничный колодец, грузовой лифт и фойе.

— Привет, Тейлор. Я тут устроил экскурсию для Анастейши.

Тейлор кивает, но без улыбки. Наверное, он тоже получил выговор. Почему же он тогда еще работает? Я улыбаюсь ему, он вежливо кивает. Кристиан опять хватает меня за руку и ведет в библиотеку.

— Здесь ты уже была. — Кристиан открывает дверь. Я вижу зеленое сукно бильярдного стола.

— Сыграем? — предлагаю я.

Кристиан удивленно улыбается.

— Давай. Ты уже играла когда-нибудь?

— Несколько раз.

Он наклоняет набок голову и прищуривается.

— Ты безнадежная лгунья, Анастейша. Ты либо не играла никогда, либо...

Я облизываю губы.

— Боишься проиграть?

— Такой маленькой девочке? — Кристиан добродушно фыркает.

— Пари, мистер Грей.

— Вы так уверены в себе, мисс Стил? — Он недоверчиво усмехается. — Какое предлагаете пари?

— Если я выиграю, ты снова отведешь меня в игровую комнату.

Он глядит на меня так, словно не верит своим ушам.

— А если выиграю я? — спрашивает он после затянувшегося молчания.

— Тогда тебе выбирать.

Скривив губы, он обдумывает ответ.

— Ладно. — Он усмехается. — Во что ты хочешь играть: в пул, снукер или карамболь?

— В пул. В другие я не умею.

Из шкафчика, висящего под одной из книжных полок, Кристиан достает большой кожаный футляр. В нем на бархатных гнездах лежат шары. Быстро и ловко он выкладывает шары на сукно. Кажется, я никогда еще не играла в бильярд на таком большой столе. Кристиан вручает мне кий и кусочек мела.

— Разобьешь? — Он — сама галантность. Еще он задается — думает, что выиграет.

— Конечно.

Я натираю мелом кончик кия и сдуваю излишек — глядя из-под ресниц на Кристиана. Его глаза сразу темнеют. Я нацеливаюсь на белый шар и быстрым четким движением бью в средний шар треугольника с такой силой, что полосатый шар крутится и плюхается в правую верхнюю лузу. Остальные шары разбегаются по столу.

— Я выбираю полосатые, — сообщаю я невинным тоном Кристиану. Он удивленно усмехается.

— Пожалуйста, — вежливо соглашается он.

Я ухитряюсь забить в лузу один за другим еще три шара. Внутри меня все ликует. В этот момент я невероятно благодарна Хосе, что он научил меня играть в пул, причем прилично. Кристиан наблюдает за моими действиями с бесстрастным видом, но его удивление явно нарастает. Я на волосок промахиваюсь мимо зеленого полосатого.

— Знаешь, Анастейша, я готов весь день стоять тут и смотреть, как ты наклоняешься над бильярдным столом и ловко обращаешься с кием, — с восторгом говорит он.

Я смущаюсь. Слава богу, я в джинсах. Он усмехается. Негодяй, хочет отвлечь меня от игры! Между тем он стягивает через голову кремовый свитер, бросает его на спинку стула и с усмешкой идет к столу, чтобы вступить в игру.

Он низко наклоняется над столом. У меня пересыхают губы. А, теперь понимаю, что он имел в виду. Кристиан в облегающих джинсах и белой майке, вот так наклонившийся — да, это нечто... Я буквально теряю нить игры. Он быстро забивает четыре чистых, но потом ошибается и посылает в лузу свой шар.

— Досадная ошибка, мистер Грей, — с насмешкой говорю я.

Он усмехается.

— Ах, мисс Стил, я всего лишь простой смертный. Кажется, ваша очередь.

— Надеюсь, вы мне не подыгрываете?

— Ну нет. Я задумал такой приз, что хочу выиграть, Анастейша. — Он небрежно пожимает плечами. — К тому же я всегда хочу выигрывать.

Я смотрю на него, прищурившись. Ладно, тогда берегись! Я так рада, что надела белую блузку с большим вырезом. И теперь я хожу вокруг стола и низко наклоняюсь при любом удобном случае — даю Кристиану возможность налюбоваться моим задом и низким вырезом. Двое влюбленных могут играть в эту игру. Я поднимаю на него глаза.

— Я знаю, что ты делаешь, — шепчет он с потемневшим от страсти взором.

Я кокетливо наклоняю голову, ласкаю кий, медленно вожу по нему ладонью.

— А, я просто выбираю, по какому шару ударить, — бормочу я рассеянно.

Наклонившись, я направляю оранжевый полосатый на более удобную позицию. Потом встаю прямо перед Кристианом и добираю остальное с нижнего положения. Следующий удар я делаю, наклонившись над столом. Я слышу, как Кристиан шумно вдыхает, и, конечно, промахиваюсь. Черт побери!..

Он подходит ко мне, когда я еще не успеваю выпрямиться, и кладет руку на мой зад. Хм-м...

— Мисс Стил, вы нарочно крутите вот этим, чтобы меня подразнить? — И он больно шлепает меня. Я охаю.

— Да, — бормочу я, потому что он угадал.

— Будь осторожнее со своими желаниями, детка.

Я тру место удара, а он идет к другому концу стола, наклоняется и бьет. Он попадает в красный шар, и тот падает в левую боковую лузу. Он целится в желтый, верхний справа, и мажет. Я усмехаюсь.

— Сейчас пойдем в Красную комнату, — дразню я его.

Он лишь поднимает брови и велит мне продолжать. Я быстро расправляюсь с зеленым полосатым и каким-то чудом ухитряюсь сбить последний оранжевый полосатый.

— Назови свою лузу, — бормочет Кристиан так, словно говорит о чем-то еще, темном и неуправляемом.

— Верхняя левая. — Я целюсь в черный, задеваю его, но мажу. Шар отлетает. Проклятье!

Кристиан с коварной ухмылкой наклоняется над столом и быстро решает судьбу двух оставшихся одноцветных. Затаив дыхание, я смотрю на него, на его гибкое тело. Он выпрямляется и натирает мелом кий. Его глаза буквально прожигают меня.

— Если я выиграю...

Ну?

— Я хочу отшлепать тебя, а потом трахнуть на этом бильярдном столе.

Черт побери!.. У меня заходятся в сладкой судороге все мышцы в животе.

— Верхняя правая, — бормочет он, нацеливается на черный и наклоняется, чтобы сделать удар.

Глава 11

С непринужденной грацией Кристиан посылает белый шар — тот скользит по столу, целует черный, и ох-как-медленно черный катится, замирает на краю и, наконец, падает в верхнюю правую лузу бильярдного стола.

Проклятье.

Кристиан выпрямляется, а его губы расплываются в торжествующей улыбке — мол, теперь-Стил-ты-моя. Положив кий, он небрежно направляется ко мне — в белой майке и джинсах, с взъерошенными волосами. Он похож не на генерального директора холдинга, а на хулигана из бедного квартала. Черт побери, он офигительно сексуален.

— Ты ведь умеешь достойно проигрывать, верно? — бормочет он, едва сдерживая усмешку.

— Зависит от того, как больно ты меня отшлепаешь, — шепчу я, вцепившись для поддержки в кий. От забирает кий, кладет его в сторону, цепляет указательным пальцем за ворот моей блузки и тянет к себе.

— Что ж, теперь посчитаем ваши промахи, мисс Стил. — Он начинает загибать свои длинные пальцы. — Раз — заставила меня ревновать к служащим. Два — спорила со мной по поводу работы. И три — виляла передо мной своей соблазнительной попкой в течение последних двадцати минут.

В его серых глазах сияет восторг; наклонившись, он трется своим носом о мой.

— Я хочу, чтобы ты сняла джинсы и эту очень симпатичную блузку. Прямо сейчас. — Он нежно целует меня в губы, подходит к двери и запирает ее.

Он поворачивается и смотрит на меня, его глаза горят. Я стою, парализованная, прямо как зомби, мое сердце бешено колотится, кровь бурлит, а я не в силах шевельнуть ни единой мышцей. Я лишь мысленно повторяю: «Это для него» — повторяю вновь и вновь, как мантру.

— Одежда, Анастейша. Она все еще на тебе. Снимай — или я сделаю это сам.

— Вот и сделай. — Я, наконец, обретаю голос, хриплый и тихий. Кристиан усмехается.

— Ох, мисс Стил. Неблагодарная это работа, но так и быть — я попробую справиться.

— Мистер Грей, вы хорошо справляетесь со своими проблемами. — Я выразительно поднимаю брови, и он смеется.

— Что вы имеете в виду, мисс Стил?

Движется ко мне, задерживается возле маленького столика, встроенного в книжный шкаф, и достает из ящика двенадцатидюймовую линейку из оргстекла. Берет ее за концы и сгибает, не отрывая от меня глаз.

Ничего себе! Вот оно, выбранное им оружие. У меня пересыхает во рту.

Внезапно меня охватывает невыносимое желание; я промокаю во всех положенных местах. Только Кристиан способен так меня завести одним лишь поигрыванием линейкой. Он кладет линейку в задний карман джинсов и неторопливо идет ко мне — глаза темные и полные предвкушения. Не говоря ни слова, он падает передо мной на колени, ловко развязывает шнурки и стаскивает с меня кеды и носки. Чтобы не упасть, я опираюсь на бортик бильярдного стола. Смотрю сверху и удивляюсь глубине чувств к этому мужчине. Я люблю его.

Он хватает меня за бедра, запускает пальцы за пояс джинсов и расстегивает кнопку и молнию. Смотрит на меня из-под длинных ресниц, улыбается своей самой чувственной ухмылкой и медленно стягивает с меня джинсы. Я перешагиваю через них, радуясь, что надела симпатичные белые кружевные трусики, а он хватает меня за ноги и проводит носом по внутренней поверхности моих бедер. Я буквально таю.

— Я хочу быть суровым с тобой, Ана. Ты должна мне сказать «стоп», если станет невыносимо, — еле слышно говорит он.

О боже... Он целует меня... туда. Из меня вырывается нежный стон.

— Стоп-слово? — спрашиваю я.

— Нет, не стоп-слово, просто скажи мне «стоп», и я остановлюсь. Поняла? — Он опять целует меня, ласкает языком. Ох, как мне сладко! Он встает и пронзительно глядит на меня. — Отвечай, — приказывает он голосом, мягким как бархат.

— Да, да, я поняла. — Я озадачена его настойчивостью.

— Ты роняла намеки и посылала мне смешанные сигналы весь день, — говорит он. — Ты сказала, что тебя беспокоит, не утратил ли я себя. Я не очень понимаю, что ты имела в виду, и не знаю, насколько серьезно это было сказано, но мы сейчас это выясним. Пока я не хочу возвращаться в игровую комнату; попробуем выяснить это здесь. Но если это тебе не понравится, дай слово, что скажешь мне об этом. — Его былая самонадеянность исчезла; теперь я вижу в его глазах беспокойство.

Пожалуйста, Кристиан, не волнуйся...

— Я сообщу тебе. Не стоп-слово, а просто «стоп», — повторяю я.

— Мы любовники, Анастейша. Любовникам не нужно стоп-слово. — Он озадаченно хмурится. — Правильно?

— Пожалуй, не нужно, — бормочу я. Откуда мне знать?.. — Я обещаю.

Он всматривается в мое лицо, ищет в нем признаки того, что я, возможно, не такая смелая, как мои слова. Сама я нервничаю, но испытываю восторг. Мне гораздо интереснее этим заниматься, когда я знаю, что он меня любит. Для меня все очень просто, и я не хочу прямо сейчас менять решение.

На его лице медленно расплывается улыбка, и он начинает расстегивать мою блузку. Ловкие пальцы быстро справляются с задачей, но блузку он с меня не снимает. Он наклоняется и берет кий.

«Ох, черт, что он задумал?» По моему телу пробегает волна страха.

— Вы хорошо играете, мисс Стил. Признаться, я удивлен. Почему вы не попали по черному?

Мой страх забыт. Я недовольно морщусь, не понимая, с какой стати ему удивляться — этому самодовольному привлекательному негодяю. Моя внутренняя богиня машет руками на заднем плане, делая упражнения, — с радостной улыбкой.

Я ставлю белый шар. Кристиан обходит вокруг стола и встает позади меня, когда я наклоняюсь, чтобы сделать удар. Он кладет мне ладонь на правое бедро и водит пальцами по ноге, до ягодиц и обратно, слегка поглаживая меня.

— Я промажу, если ты будешь меня отвлекать, — шепчу я, закрываю глаза и наслаждаюсь его прикосновениями.

— Мне наплевать, попадешь ты или промажешь, малышка. Мне просто хотелось посмотреть, как ты, полуодетая, наклоняешься над бильярдным столом. Ты хоть представляешь, как сексуально ты выглядишь в этот момент?

Я краснею, а моя внутренняя богиня берет в зубы розу и танцует танго. Набрав в грудь воздуха, я пытаюсь игнорировать его и целюсь в шар. Но это невозможно. Кристиан ласкает мою попку, снова и снова.

— Верхняя левая, — бормочу я и бью по белому шару. Кристиан бьет меня по ягодице, больно и звонко.

Это так неожиданно, что я вскрикиваю. Белый ударяет по черному, а тот отскакивает от борта возле отверстия лузы. Кристиан опять гладит мою попку.

— Ох, по-моему, тебе надо попробовать еще раз, Анастейша, — шепчет он. — Сосредоточься.

Я уже тяжело дышу, возбужденная игрой. Он направляется в конец стола, опять кладет черный шар, а белый пускает ко мне. Темноглазый, с похотливой улыбкой, Кристиан выглядит таким плотским. Как я могу устоять? Я ловлю шар и снова готовлюсь ударить по нему.

— Эй-эй! — окликает он. — Подожди.

Эх, как он любит продолжать мучения! Он возвращается и опять встает позади меня. Я закрываю глаза, а он на этот раз гладит мое левое бедро, потом опять ласкает попку.

— Целься, — шепчет он.

Я не могу сдержать стон; желание бушует внутри меня. Я пытаюсь, действительно пытаюсь думать, как мне ударить белым шаром по черному. Я слегка сдвигаюсь вправо, и он следует за мной. Я еще раз наклоняюсь над столом. Собрав последние крохи внутренней силы — которая значительно уменьшилась, поскольку я знаю, что будет, когда я ударю по белому шару, — я целюсь и ударяю по нему. Кристиан шлепает меня, больно.

Ой!.. Я опять мажу.

— О нет! — с досадой восклицаю я.

— Еще раз, детка. Если ты промажешь и на этот раз, я действительно покажу тебе.

Что? Что он покажет?..

Он еще раз ставит черный шар, очень медленно идет назад, встает позади меня, ласкает мою попку.

— Ты можешь это сделать, — уговаривает он.

Да не могу я, когда ты меня отвлекаешь... Я толкаю попкой его руку, он легонько шлепает меня.

— Жаждете, мисс Стил? — бормочет он.

Да... Я хочу тебя...

— Что ж, давай избавимся вот от этого.

Он осторожно спускает мои трусики и снимает их совсем. Я не вижу, что он с ними делает, но чувствую себя беззащитной, когда он нежно целует каждую ягодицу.

— Бей, детка.

Я чуть не плачу — этого не должно было случиться. Я знаю, что промахнусь. Я подношу кий к белому шару, бью по нему и, к собственной досаде, промахиваюсь мимо черного. Жду удара — но его нет. Вместо этого Кристиан наклоняется надо мной, пригибает к столу, отбирает у меня кий и толкает его к борту. Я чувствую попкой его эрекцию.

— Ты промазала, — ласково говорит он мне на ухо. Моя щека прижата к сукну. — Положи ладони на стол.

Я делаю, как он говорит.

— Хорошо. Сейчас я отшлепаю тебя, и в следующий раз ты, возможно, не будешь так делать. — Он встает слева от меня. Теперь я чувствую его эрекцию бедром.

Я издаю стон; сердце выпрыгивает из груди. Дыхание учащается, по жилам проносится горячая, тяжелая волна возбуждения. Кристиан ласкает мне зад, другой рукой держится за волосы у меня на затылке, а локтем надавливает на спину, не давая мне выпрямиться. Я совершенно беспомощна.

— Раздвинь ноги, — говорит он; я колеблюсь. Тогда он сильно бьет меня — линейкой! Звук удара сильнее, чем боль, и это меня удивляет. Я ахаю, и он бьет меня опять. — Ноги, — приказывает он. Учащенно дыша, я раздвигаю ноги. Линейка бьет опять. Ой, больно! Но треск удара по коже страшнее, чем сам удар.

Я закрываю глаза и впитываю боль. Все не так страшно, а дыхание Кристиана делается все жестче. Он бьет меня еще и еще, слушая мои стоны. Я не знаю, сколько ударов я смогу выдержать, но я слышу его дыхание, чувствую его эрекцию, и это питает мои возбуждение и готовность продолжать. Я перехожу на темную сторону, в то место души, которое я еле знаю, но уже посещала прежде, в игровой комнате — под музыку Таллиса. Линейка бьет меня снова, я издаю громкий стон, и Кристиан стонет в ответ. Он бьет меня еще, и еще, и снова... на этот раз больнее — и я морщусь.

— Стоп. — Слово вырывается у меня прежде, чем я сознаю, что произнесла его.

Кристиан немедленно бросает линейку и отпускает меня.

— Хватит? — шепчет он.

— Да.

— Я хочу трахнуть тебя, — говорит он сдавленным голосом.

— Да, — мурлычу я, томясь от желания. Он расстегивает молнию, а я ложусь на стол, зная, что он будет грубым.

Я опять изумляюсь, как сумела выдержать то, что он делал со мной до этого момента, — и да, наслаждалась этим. Все это такое темное, но так связано с ним!

Он вкладывает внутрь меня два пальца и водит ими по кругу. Ощущение восхитительное, я таю от блаженства. Потом слышу знакомый шорох фольги, потом он встает позади меня, между моих ног, раздвигает их шире.

Он медленно входит, наполняет меня, стонет от удовольствия, и это радует мою душу. Он крепко держит меня за бедра, выходит из меня и резко, словно нанося удар, входит, доводя меня до крика. На мгновение затихает.

— Еще? — спрашивает он нежно.

— Да... Все хорошо. Освобождайся... возьми меня с собой, — задыхаясь, говорю я.

Он издает низкий, горловой стон, выходит и резко входит; он повторяет это снова и снова, намеренно — грубый, карающий, восхитительный ритм.

Господи боже мой! Внутри меня все начинает пульсировать. Он тоже чувствует это и ускоряет ритм, толкается в меня жестче, чаще — и я сдаюсь, взрываюсь вокруг него — опустошительный оргазм вынимает из меня всю душу, последние остатки энергии.

Я смутно сознаю, что Кристиан тоже кончает, выкрикивая мое имя; его пальцы впиваются мне в бедра; потом он затихает и никнет. Мы сползаем на пол, и он заключает меня в объятья.

— Спасибо, малышка, — шепчет он, покрывая мое лицо нежными, как пух, поцелуями.

Я открываю глаза и гляжу на него, а он еще крепче меня обнимает.

— Твоя щека красная от сукна, — бормочет он и нежно трет мое лицо. — Как тебе такое? — В его глазах настороженность.

— Потрясающе, Кристиан, — шепчу я. — Я люблю, когда грубо, люблю, и когда нежно. Я люблю все, что связано с тобой.

Он закрывает глаза и еще крепче обнимает меня.

Ой-ой, как я устала...

— Ты никогда не разочаровываешь, Ана. Ты красивая, яркая, умная, забавная, сексуальная, и я каждый день благодарю божественное провидение, что брать интервью пришла ко мне ты, а не Кэтрин Кавана. — Он целует мои волосы. Я улыбаюсь и одновременно зеваю, уткнувшись ему в грудь. — Я тебя замучил, — продолжает он. — Пойдем. Ванна и постель.

Мы сидим в ванне в пене до подбородка. Нас окутывает сладкий аромат жасмина. Кристиан поочередно массирует мне ноги. Мне так хорошо, что даже не верится, что так может быть.

— Можно попросить тебя о чем-то? — шепчу я.

— Конечно, Ана. Проси что угодно, сама знаешь.

Я набираю в грудь воздуха и сажусь, только чуточку морщусь.

— Завтра, когда я пойду на работу, пускай Сойер проводит меня только до входной двери офиса, а в конце дня заберет. Хорошо? Пожалуйста, Кристиан. Пожалуйста, — молю я.

Его руки замирают, а на лбу собираются морщины.

— А я думал, мы договорились, — ворчит он.

— Пожалуйста, — прошу я.

— Как же ланч?

— Я приготовлю что-нибудь и возьму с собой, так что мне не придется выходить. Ну пожалуйста.

Он целует мою ступню.

— Мне очень трудно отказать тебе, — бормочет он, словно считает, что это его упущение. — Ты не будешь выходить?

— Нет.

— Хорошо.

Я радостно улыбаюсь.

— Спасибо. — Встаю на колени, расплескивая воду, и целую его.

— Всегда рад вам услужить, мисс Стил. Как ваша попка?

— Болит. Но не очень. Вода успокаивает.

— Я рад, что ты попросила меня остановиться.

— Мой зад тоже рад.

Он ухмыляется.

Я устало вытягиваюсь в постели. Всего десять тридцать, но мне кажется, что уже три часа ночи. Это были самые утомительные выходные в моей жизни.

— Что, разве мисс Эктон не положила ночные рубашки? — спрашивает Кристиан с неодобрением, стоя возле кровати.

— Не знаю. Мне нравится спать в твоих футболках, — сонно бормочу я.

На его лице появляется нежность; он наклоняется и целует меня в лоб.

— Мне нужно работать. Но я не хочу оставлять тебя одну. Можно я возьму твой ноутбук, чтобы связаться с офисом? Я буду тебе мешать, если поработаю здесь?

— Нет... бери... — Я уплываю в сон.

Будильник оживает и будит меня сообщением о ситуации на дорогах. Рядом все еще спит Кристиан. Я тру глаза и смотрю на часы. Половина седьмого — еще очень рано.

На улице идет дождь, впервые за много дней, поэтому утренний свет приглушенный и мягкий. Мне уютно и удобно в огромной кровати с Кристианом под боком. Я потягиваюсь и поворачиваюсь лицом к этому восхитительному мужчине. Он открывает глаза и сонно моргает.

— Доброе утро. — Я улыбаюсь, глажу его по щеке, целую.

— Доброе утро, малышка. Обычно я просыпаюсь раньше будильника, — удивленно бормочет он.

— Он поставлен на такую рань.

— Все правильно, мисс Стил. — Кристиан усмехается. — Мне пора вставать.

Он целует меня и соскакивает с кровати. Я откидываюсь на подушки. Ого, пробуждение в рабочий день возле Кристиана Грея. Как это случилось? Я закрываю глаза и сплю дальше.

— Эй, соня, вставай. — Кристиан наклоняется надо мной. Он чисто выбрит, свеж — м-м, как хорошо от него пахнет, — в ослепительно-белой рубашке и черном костюме, без галстука — генеральный директор холдинга вернулся. — Что? — спрашивает он.

— Мне хочется, чтобы ты лег в постель.

Он раскрывает рот, удивленный моим призывом, и улыбается почти робко.

— Вы ненасытны, мисс Стил. Ваша идея мне очень нравится, но у меня в восемь тридцать деловая встреча, поэтому пора уходить.

Ой, мама, я проспала еще целый час! К удивлению Кристиана, я выпрыгиваю из постели.

Я быстро принимаю душ и надеваю приготовленную с вечера одежду: узкую серую юбку, бледно-серую шелковую блузку и черные лодочки на высоком каблуке — все новое. Расчесываю волосы и тщательно их укладываю, потом выхожу в большую комнату, не зная точно, чего ожидать. Как я попаду на работу?

Кристиан пьет кофе у бара. Миссис Джонс готовит на кухне оладьи и бекон.

— Ты отлично выглядишь, — замечает Кристиан. Обнимает рукой за талию и целует в шею. Краешком глаза я вижу, что миссис Джонс улыбается. Я краснею.

— Доброе утро, мисс Стил, — говорит она и ставит передо мной завтрак.

— Ой, спасибо. Доброе утро, — мямлю я. Господи — к этому еще надо привыкнуть.

— Мистер Грей сказал, что вы хотите взять ланч с собой на работу. Что вам приготовить?

Я гляжу на Кристиана, а он пытается сдержать улыбку. Я суживаю глаза.

— Сэндвич, салат. Мне все равно. — Я улыбаюсь миссис Джонс.

— Я упакую для вас ланч, мэм.

— Пожалуйста, миссис Джонс, зовите меня Ана.

— Ана, — повторяет она с улыбкой и отворачивается, чтобы приготовить мне чай.

Ого... это круто!

Я смотрю на Кристиана, склонив голову, дразню его, мол, давай, обвиняй меня во флирте с миссис Джонс.

— Мне пора, детка. Вернется Тейлор и вместе с Сойером отвезет тебя на работу.

— Только до двери.

— Да, только до двери. — Кристиан закатывает в досаде глаза. — Будь осторожна.

Я оглядываюсь и вижу в дверях Тейлора. Кристиан встает и целует меня, держа за подбородок.

— Пока, детка.

— Пока, милый, хорошей тебе работы! — кричу я вслед.

Кристиан поворачивается и ослепляет меня своей прекрасной улыбкой. Миссис Джонс ставит передо мной чашку чая. Теперь, когда мы остались вдвоем, я внезапно робею.

— Вы давно работаете у Кристиана? — спрашиваю я, пытаясь завязать подобие беседы.

— Года четыре, — вежливо отвечает она и начинает нарезать для меня ланч.

— Знаете, я сама могу это сделать, — смущенно лепечу я.

— Вы завтракайте, Ана. Это моя работа. Я с удовольствием это делаю. Приятно поухаживать за кем-то еще, кроме мистера Тейлора и мистера Грея, — ласково улыбаясь, отвечает миссис Джонс.

Мои щеки розовеют от радости, мне хочется засыпать эту женщину вопросами. Вероятно, она так много знает о Грее. Впрочем, в ее теплой и дружеской манере общения я вижу высокий профессионализм и понимаю, что, если стану расспрашивать, лишь внесу неловкость в наши отношения. Поэтому я доедаю завтрак в уютном молчании, которое прерывают лишь ее вопросы о моих предпочтениях в еде.

Через двадцать пять минут в дверях большой комнаты появляется Сойер. Я уже почистила зубы и готова ехать. Он берет бумажную сумку с ланчем — я даже не помню, чтобы это делала за меня мама, — и мы спускаемся на лифте на первый этаж. Мой секьюрити очень молчалив, с бесстрастным лицом. Тейлор ждет нас в «Ауди». Когда Сойер открывает передо мной дверцу, я забираюсь на заднее пассажирское сиденье.

— Доброе утро, Тейлор, — весело здороваюсь я.

— Здравствуйте, мисс Стил. — Он улыбается.

— Тейлор, извините за вчерашнее и за мои неуместные слова. Надеюсь, они не принесли вам неприятности.

Тейлор удивленно и хмуро смотрит на меня в зеркало заднего вида, выезжая на улицы Сиэтла.

— Мисс Стил, у меня очень редко бывают неприятности, — заверяет он.

Вот и хорошо. Может, Кристиан вообще не сказал ему ничего. Только я...

— Рада слышать, — с улыбкой говорю я.

Джек оценивающе смотрит на меня, пока я иду к столу.

— Доброе утро, Ана. Как провели выходные? Хорошо?

— Да, спасибо. А вы?

— Тоже неплохо. Устраивайтесь — у меня есть для вас работа.

Я киваю и сажусь за компьютер. Мне кажется, что я не была на работе целую вечность. Я включаю компьютер и запускаю почтовую программу. Конечно, меня уже ждет письмо от Кристиана.

От кого: Кристиан Грей
Тема: Босс
Дата: 13 июня 2011 г. 08.24
Кому: Анастейша Стил

Доброе утро, мисс Стил
Я хотел поблагодарить вас за замечательные выходные, несмотря на все драматические коллизии.
Надеюсь, что ты никогда от меня не уедешь, никогда.
Еще напоминаю, что новости о SIP четыре недели под секретом.
Удали это письмо сразу, как только прочтешь.
Твой
Кристиан Грей, генеральный директор холдинга «Грей энтерпрайзес» & босс босса твоего босса

Надеется, что я никогда не уеду? Значит, хочет, чтобы я у него поселилась? Святой Моисей, я едва знаю этого человека! Я нажимаю delete.

От кого: Анастейша Стил
Тема: Боссовитый
Дата: 13 июня 2011 г. 09.03
Кому: Кристиан Грей

Дорогой мистер Грей
Вы просите меня поселиться у вас? И, конечно, я запомнила, что свидетельство ваших баснословных способностей будет под секретом четыре недели. Могу ли я выписать чек для «Справимся вместе» и послать его вашему отцу? Прошу, не стирайте это письмо. Ответьте на него.
ILY ххх

Анастейша Стил,
секретарь Джека Хайда, редактора, SIP

— Ана! — говорит Джек. Я вздрагиваю от неожиданности.

— Что? — Я краснею, и Джек с удивлением смотрит на меня.

— Все нормально?

— Конечно.

Я беру свой блокнот и иду в его кабинет.

— Хорошо. Как вы, вероятно, помните, в четверг я еду в Нью-Йорк на симпозиум по беллетристике. У меня уже есть билеты и заказан отель, но мне хочется, чтобы вы поехали со мной.

— В Нью-Йорк?

— Да. Нужно будет поехать в среду и там переночевать. Думаю, вам это будет полезно и поучительно. — Тут его глаза темнеют, но Джек по-прежнему вежливо улыбается. — Пожалуйста, закажите себе билеты и забронируйте еще один номер в том же отеле. Кажется, Сабрина, моя прежняя секретарша, оставила где-то все необходимые адреса и телефоны.

— Хорошо. — Я слабо улыбаюсь Джеку.

Ни фига себе. Я возвращаюсь к своему столу. Кристиану это не понравится. Но главное, я хочу поехать. Кажется, это реальная возможность узнать что-то новое. Еще я уверена, что смогу держать Джека на расстоянии, если даже он на что-то рассчитывает. Вернувшись к своему столу, я вижу ответ Кристиана.

От кого: Кристиан Грей
Тема: Я? Боссовитый?
Дата: 13 июня 2011 г. 09.07
Кому: Анастейша Стил

Да, пожалуйста.

Кристиан Грей, генеральный директор холдинга «Грей энтерпрайзес»

Он вправду хочет, чтобы я жила у него. Ой, Кристиан, еще слишком рано. Я обхватываю голову руками и пытаюсь справиться с сумятицей в душе. Мне это необходимо после таких необыкновенных выходных. У меня не было ни минуты досуга, чтобы продумать и понять все, что я пережила и открыла для себя за последние два дня.

От кого: Анастейша Стил
Тема: Флиннизм
Дата: 13 июня 2011 г. 09.20
Кому: Кристиан Грей

Кристиан

Как насчет любимого изречения, что прежде чем бегать, надо научиться ходить?

Давай поговорим об этом вечером, хорошо?

Меня просят поехать в четверг на конференцию в Нью-Йорк.

Это означает отъезд в среду и ночевку.

Я думаю, что должна тебе сообщить об этом.

А х

Анастейша Стил,
секретарь Джека Хайда, редактора, SIP

От кого: Кристиан Грей
Тема: ЧТО?
Дата: 13 июня 2011 г. 09.21
Кому: Анастейша Стил

Да, давай обсудим это вечером.

Ты поедешь одна?

Кристиан Грей,
генеральный директор холдинга «Грей энтерпрайзес»

От кого: Анастейша Стил
Тема: В понедельник утром никаких громких слов
Дата: 13 июня 2011 г. 09.30
Кому: Кристиан Грей

Давай поговорим об этом вечером, хорошо?

А х

Анастейша Стил,
секретарь Джека Хайда, редактора, SIP

От кого: Кристиан Грей
Тема: Ты еще не слышала громких слов
Дата: 13 июня 2011 г. 09.35
Кому: Анастейша Стил

Скажи мне.

Если с тем слизняком, с которым ты работаешь, тогда ответ будет «Нет, через мой труп».

Кристиан Грей,
генеральный директор холдинга «Грей энтерпрайзес»

Черт, да он ведет себя так, будто он мой отец! У меня портится настроение.

От кого: Анастейша Стил
Тема: Нет, это ТЫ еще не слышал громких слов
Дата: 13 июня 2011 г. 09.46
Кому: Кристиан Грей
Да. С Джеком.

Я хочу поехать. Для меня это прекрасная возможность.

И я никогда не была в Нью-Йорке.

Не перегибай палку.

Анастейша Стил,
секретарь Джека Хайда, редактора, SIP

От кого: Кристиан Грей
Тема: Нет, это ТЫ еще не слышала громких слов
Дата: 13 июня 2011 г. 09.50
Кому: Анастейша Стил

Анастейша

Я беспокоюсь не из-за чертовой палки.

Ответ — НЕТ.

Кристиан Грей,
генеральный директор холдинга «Грей энтерпрайзес»

— Нет! — ору я на компьютер. Все коллеги замирают и смотрят на меня. Джек выглядывает из своего кабинета.

— Все в порядке, Ана?

— Да. Простите, — бормочу я. — Забыла сохранить файл.

Я сижу, багровая от смущения. Он улыбается мне с удивленным видом. Сделав парочку успокоительных вдохов и выдохов, быстро печатаю ответ. Внутри меня клокочет буря.

От кого: Анастейша Стил
Тема: Пятьдесят оттенков
Дата: 13 июня 2011 г. 09.55
Кому: Кристиан Грей

Кристиан

Ты должен понять.

Я НЕ собираюсь спать с Джеком — ни за что.

Я ЛЮБЛЮ тебя. Когда люди любят друг друга –
они ДОВЕРЯЮТ друг другу.

Я не думаю, что ты собираешься СПАТЬ, ТРАХАТЬСЯ с кем-то еще,
ШЛЕПАТЬ и ПОРОТЬ кого-то. Я тебе ВЕРЮ и ДОВЕРЯЮ.

Пожалуйста, ответь мне ТЕМ ЖЕ.

Ана

Анастейша Стил,
секретарь Джека Хайда, редактора, SIP

Сижу и жду его ответа. Я звоню в агентство и заказываю себе билет на тот же рейс, что и у Джека. Слышу сигнал о прибытии новой почты.

От кого: Линкольн, Элена
Тема: Приглашение на ланч
Дата: 13 июня 2011 г. 10.15
Кому: Анастейша Стил

Дорогая Анастейша

Мне бы очень хотелось встретиться с вами за ланчем. По-моему, у нас сложились неправильные отношения, и мне хочется их исправить. У вас найдется время на этой неделе?

Элена Линкольн

Черт подери, только миссис Робинсон не хватало! Как она узнала мой электронный адрес? Я роняю голову на руки. Ну и денек! Хуже не придумаешь!

Звонит телефон. Я поднимаю голову и отвечаю, глядя на часы. Всего двадцать минут одиннадцатого, а я уже мечтаю снова оказаться на кровати у Кристиана.

— Офис Джека Хайда, говорит Ана Стил.

До боли знакомый голос рычит из трубки:

— Будь любезна, сотри последнее письмо, которое ты прислала, и постарайся более осмотрительно выбирать слова, которые используешь в электронной почте. Я уже говорил тебе, что почта мониторится. Я намерен ввести с этого момента ряд ограничений для минимизации негативных последствий. — Он отключается.

Черт побери... Я сижу, уставившись на телефон. Кристиан обвиняет меня. Этот человек топчет всю мою только что начавшуюся карьеру и при этом вешает на меня собак? Я сердито смотрю на трубку, и, не будь она неодушевленным предметом, я уверена, она бы съежилась от ужаса под моим яростным взглядом.

Я открываю свою почту и стираю злосчастное письмо. Не такое уж оно и ужасное. Я просто упомянула шлепки и... ну, порку. Если уж ты стыдишься этого, тогда не делай! Хватаю «блэкберри» и звоню ему на мобильный.

— Что? — рычит он.

— Я поеду в Нью-Йорк, нравится тебе это или нет, — шиплю я в трубку.

— И не рассчитывай.

Я прерываю связь, оборвав его на середине фразы. Адреналин бурлит в моем теле. Вот, я ему сказала. Ох, как я зла! Набираю полную грудь воздуха, пытаясь взять себя в руки. Закрываю глаза и мысленно переношусь в приятное место. Каюта катамарана и Кристиан... Прогоняю картинку, ведь я злюсь как раз на него, и ему нечего делать в приятном для меня месте.

Открываю глаза и уже спокойно беру блокнот, внимательно просматриваю список дел, которые мне надо выполнить. Еще раз глубокий вдох и выдох. Равновесие восстановлено.

— Ана! — внезапно кричит Джек. — Не покупай билет!

— Ой, поздно. Я уже это сделала, — отвечаю я.

Он выходит из кабинета и идет ко мне. Вид у него очумелый.

— Слушай, творится что-то странное. По какой-то причине, внезапно, все расходы на транспорт и проживание должны утверждаться главным начальством. Приказ поступил с самого верха. Я должен поговорить со стариной Рочем.

Очевидно, запрет на все траты введен только что. Ничего не понимаю. — Джек трет переносицу и закрывает глаза.

Я бледнею, у меня холодеет под ложечкой. Пятьдесят Оттенков!

— Принимай мои звонки. Я пойду и посмотрю, что скажет Роч. — Он подмигивает мне и отправляется к своему боссу — не к боссу его босса.

Вот же гад Кристиан Грей... Моя кровь снова вскипает.

От кого: Анастейша Стил
Тема: Что ты наделал?
Дата: 13 июня 2011 г. 10.43
Кому: Кристиан Грей

Пожалуйста, обещай мне, что не будешь вмешиваться в мою работу. Я очень хочу поехать на эту конференцию.

Зря я написала тебе об этом.

Я удалила то письмо.

Анастейша Стил

Секретарь Джека Хайда, редактора, SIP

От кого: Кристиан Грей
Тема: Что ты наделала?
Дата: 13 июня 2011 г. 10.46
Кому: Анастейша Стил

Я только защищаю то, что принадлежит мне.

Письмо, которое ты сгоряча отправила, стерто с сервера SIP, как и все мои письма к тебе.

Между прочим, тебе я полностью доверяю. Я не доверяю ему.

Кристиан Грей, генеральный директор холдинга «Грей энтерпрайзес»

Я проверяю, остались ли у меня в компьютере его письма. Нет, все исчезли. Влияние этого человека не знает границ. Как ему это удается? Кто может проникнуть в сервер и удалить почту? Я совершенно растерялась.

От кого: Анастейша Стил
Тема: Взрослая
Дата: 13 июня 2011 г. 10.48
Кому: Кристиан Грей

Кристиан

Я не нуждаюсь в защите от моего собственного босса.

Если он будет заигрывать со мной, я скажу нет.

Не вмешивайся. Не будь диктатором. Это нехорошо во многих отношениях.

Анастейша Стил,
секретарь Джека Хайда, редактора, SIP

От кого: Кристиан Грей
Тема: Ответ — НЕТ
Дата: 13 июня 2011 г. 10.50
Кому: Анастейша Стил

Ана

Я видел, как «эффективно» ты сопротивляешься нежелательному вниманию. Я помню, как мне посчастливилось провести с тобой первую ночь. Фотограф хотя бы неравнодушен к тебе. А вот слизняк — нет. Он серийный бабник и попытается тебя соблазнить. Спроси у него, что случилось с его предыдущей секретаршей и с той, что была до этого.

Я не хочу больше спорить об этом.

Если хочешь посмотреть Нью-Йорк, я съезжу с тобой. Хоть в следующие выходные. У меня там квартира.

Кристиан Грей, генеральный директор холдинга «Грей энтерпрайзес»

Ну Кристиан!.. Дело ведь не в этом. Он чертовски меня огорчает. Да, конечно, у него там квартира. Где же еще ему покупать недвижимость? Почему я не остановила тогда Хосе? Он когда-нибудь перестанет колоть меня этим? Господи, я ведь тогда напилась. С Джеком я не буду напиваться.

Гляжу на экран, качаю головой, но понимаю, что не могу и дальше спорить с ним по емейлу. Дождусь вечера. Смотрю на часы. Джек еще не вернулся от Джерри. Мне нужно что-то решить с Эленой. Я перечитываю ее послание и принимаю решение переслать его Кристиану. Пускай он ломает голову, а не я.

От кого: Анастейша Стил
Тема: FW: Приглашение на ланч, или Назойливая нахалка
Дата: 13 июня 2011 г. 11.15
Кому: Кристиан Грей

Кристиан

Пока ты вмешивался в мою карьеру и страховался от моих неосторожных посланий, я получила от миссис Линкольн такое вот письмо. Я не хочу с ней встречаться — но если бы и захотела, мне не дозволяется выходить из этого здания. Не знаю, как она разузнала адрес моей электронной почты. Что ты предлагаешь мне сделать? Ниже привожу ее письмо:

Дорогая Анастейша. Мне бы очень хотелось встретиться с вами за ланчем. По-моему, у нас сложились неправильные отношения, и мне хочется их исправить. У вас найдется время на этой неделе?

Элена Линкольн

Анастейша Стил,
секретарь Джека Хайда, редактора, SIP

От кого: Кристиан Грей
Тема: Назойливая нахалка
Дата: 13 июня 2011 г. 11.23
Кому: Анастейша Стил

Не злись на меня. Я хочу самого лучшего для тебя.

Если с тобой что-то случится, я никогда себе не прощу.

С миссис Линкольн я разберусь.

Кристиан Грей, генеральный директор холдинга «Грей энтерпрайзес»

От кого: Анастейша Стил
Тема: Потом
Дата: 13 июня 2011 г. 11.32
Кому: Кристиан Грей

Пожалуйста, давай обсудим это сегодня вечером.

Я пытаюсь работать, и твои письма меня очень отвлекают.

Анастейша Стил,
секретарь Джека Хайда, редактора, SIP

Джек возвращается после полудня и сообщает, что моя поездка в Нью-Йорк отменяется, хотя сам он едет, и что он никак не может изменить политику главного начальства. Он проходит в свой кабинет, с грохотом закрывает дверь. Он явно в ярости. Интересно почему.

В душе я понимаю, что намерения у него недостойные, но уверена, что смогу сама с ним разобраться. Еще мне интересно, что знает Кристиан о предыдущих секретаршах

Джека. Я отодвигаю эти мысли и сосредоточиваюсь на работе, но в душе полна решимости заставить Кристиана переменить свою позицию, хотя перспективы тут туманные.

В час дня Джек высовывает голову из кабинета.

— Ана, пожалуйста, вы можете принести мне ланч?

— Конечно. Что вы хотите?

— Пастрами на ржаном хлебе, с горчицей. Отдам вам деньги, когда вы вернетесь.

— А запить?

— Коку, пожалуйста. Спасибо, Ана. — Он скрывается за дверью, а я достаю кошелек.

Черт. Я обещала Кристиану, что не буду выходить. Я вздыхаю. Он не узнает, а я тут же вернусь.

Клэр из приемной предлагает мне свой зонтик, так как на улице все еще льет. Выйдя на улицу, я потуже запахиваю пиджак и украдкой оглядываю из-под огромного зонтика прохожих. Вроде все в порядке. Девушки-Призрака не видно.

Я быстро и, как мне кажется, не привлекая внимания, иду по тротуару в магазин. Но чем ближе подхожу, тем явственней у меня появляется жутковатое ощущение, что за мной наблюдают, и я не пойму, то ли это обострение паранойи, то ли реальность. Черт. Надеюсь, что это не Лейла с пушкой.

«Это просто твое воображение, — ворчит мое подсознание. — Кому нужно в тебя стрелять?»

Через пятнадцать минут я возвращаюсь — живая и здоровая, но испытывая облегчение. Вероятно, паранойя Кристиана и его чрезмерная бдительность заразили и меня.

Я захожу в кабинет Джека и отдаю ему ланч. Он разговаривает по телефону.

— Ана, спасибо. Раз вы не едете со мной, я задержу вас сегодня на работе. Мы должны подготовить эти письма. Надеюсь, я не нарушаю ваши планы. — Он тепло улыбается мне, и я краснею.

— Нет, все нормально, — отвечаю я с широкой улыбкой. Все это не к добру, уныло думаю я. Кристиан взбесится, точно.

Вернувшись на место, решаю пока не сообщать Кристиану об этом, иначе он как-нибудь вмешается. Сижу и ем сэндвич с курятиной и салатом, который приготовила миссис Джонс. Очень вкусный.

Конечно, если я перееду к Кристиану, она будет каждый день делать для меня ланч. Мысль мне неприятна. Я никогда не мечтала о богатстве и нарядах — только о любви. Мечтала найти мужчину, который будет любить меня и не станет контролировать каждый мой шаг. Тут зазвонил телефон.

— Офис Джека Хайда...

— Ты уверяла меня, что не будешь выходить, — прерывает меня Кристиан. Тон холодный и строгий.

Мое сердце сжимается в миллионный раз за этот день. Черт, да откуда он узнал?

— Джек послал меня за ланчем. Я не могла отказаться. Ты что, устроил за мной слежку? — При мысли об этом меня разбирает злость. Неудивительно, что я чувствовала себя параноиком — за мной кто-то и в самом деле следил.

— Вот почему я не хотел, чтобы ты вышла на работу, — рычит Кристиан.

— Кристиан, пожалуйста. Ты сейчас такой, «все Пятьдесят Оттенков», такой давящий.

— Давящий? — удивленно шепчет он.

— Да. Перестань так себя вести. Обсудим это вечером. К сожалению, я вынуждена задержаться на работе, потому что не могу поехать в Нью-Йорк.

— Анастейша, я вовсе не собираюсь давить на тебя, — спокойно говорит он.

— И все-таки давишь. Мне надо работать. Поговорим потом. — Я нажимаю на кнопку и чувствую себя опустошенной, даже подавленной.

После чудесных выходных на меня обрушилась реальность. Еще никогда мне не хотелось так остро, как сейчас, сбежать в какое-нибудь тихое место, где я могла бы подумать об этом мужчине — какой он и как мне вести себя с ним. С одной стороны, я знаю, что у него подорвана психика — теперь я ясно вижу это, — и у меня болит за него душа. По крошечным фрагментам драгоценной информации о его жизни я поняла почему. Нежеланный ребенок, чудовищная среда, где насилие — норма; на его глазах умирает мать, которая не смогла его защитить.

Я содрогаюсь. Мой бедный Пятьдесят! Я вся принадлежу ему, душой и телом, но не намерена сидеть в золотой клетке. Как же убедить его в этом?

С тяжелым сердцем я кладу на колени рукопись, на которую Джек велел написать рецензию, и продолжаю читать. Я не вижу простого решения проблем, связанных со стремлением Кристиана держать меня под контролем. Мне просто необходимо поговорить с ним начистоту.

Через полчаса Джек присылает мне документ, который я должна стилистически обработать и приготовить к распечатке. Работа займет у меня не только остаток рабочего дня, но и добрую часть вечера. Я принимаюсь за дело.

Когда я поднимаю глаза, уже восьмой час, и офис опустел, хотя в кабинете Джека еще горит свет. Я даже не заметила, как все ушли, но теперь я почти закончила. Я отправляю документ Джеку на одобрение и проверяю почтовый ящик. От Кристиана нет ничего нового. Я перевожу взгляд на «блэкберри», и телефон тут же оживает — это Кристиан.

— Привет, — говорю я.

— Привет, когда ты закончишь?

— К половине восьмого.

— Я буду ждать тебя на улице.

— Хорошо.

Он говорит спокойно, но понятно, что нервничает. Почему? Боится моей реакции?

— Я все еще злюсь на тебя, — шепчу я. — Нам нужно многое обсудить.

— Знаю. Жду тебя в семь тридцать.

Из кабинета выходит Джек и небрежной походкой идет ко мне.

— Ладно. Пока. — Я заканчиваю разговор и гляжу на Джека.

— Нужно внести еще парочку поправок. Я переслал тебе документ.

Он наклоняется ко мне, пока я открываю документ. Он стоит очень близко, неприятно близко. Задевает меня рукой. Случайно? Я морщусь, но он делает вид, что не замечает. Другой рукой он опирается на спинку моего кресла, касаясь моей спины. Я сижу прямо и стараюсь не откидываться назад.

— Шестнадцатая и двадцать третья страницы, — негромко говорит он, его рот оказывается буквально в дюйме от моего уха.

От его близости у меня ползут мурашки по коже, но я стараюсь их не замечать. Вношу изменения в документ. Он по-прежнему нависает надо мной, и я напряжена. Мне неловко, я не могу сосредоточиться и мысленно кричу — «отойди!».

— Так, готово, можно распечатывать. Но это уже завтра. Спасибо, Ана, что ты задержалась и сделала эту работу.

Джек говорит вкрадчиво, ласково, словно он уговаривает раненое животное. Мне противно.

— Пожалуй, самое малое, чем я могу тебя отблагодарить, это угостить пивом. Ты заслужила.

Он заправляет мне за ухо выбившуюся прядь волос и нежно ласкает мочку.

Я ежусь, стискиваю зубы и резко отвожу голову. Черт!.. Кристиан был прав. «Не прикасайся ко мне».

— Вообще-то, сегодня вечером я не могу. — И в любой другой вечер тоже.

— Даже совсем быстро? — уговаривает он.

— Никак не могу. Спасибо.

Джек садится на край стола и хмурится. В моей голове громко гудят сигналы тревоги. В офисе я одна. Уйти я не могу. Я нервно гляжу на часы. Кристиан появится через пять минут.

— Ана, по-моему, мы замечательная команда. Как жаль, что я не могу отменить поездку в Нью-Йорк. Без тебя она будет не такая интересная.

«Уж, конечно, не будет». Я слабо улыбаюсь, не зная, что ответить. И впервые за весь день я чувствую облегчение, что не еду.

— Как ты провела выходные, хорошо? — вкрадчиво спрашивает Джек.

— Да, спасибо. — К чему он клонит?

— Встречалась с другом?

— Да.

— Чем он занимается?

«Он твой босс, козел...»

— Он бизнесмен.

— Как интересно. И что за бизнес?

— О, у него много всего.

Джек наклоняет голову набок и подается вперед, вторгаясь в *мое личное пространство* — опять.

— Ты очень закрытая, Ана.

— Ну, у него телекоммуникации, производство и сельское хозяйство.

Джек удивленно поднимает брови.

— Так много всего. На кого же он работает?

— Он работает на себя. Если ты доволен документом, я пойду. Хорошо?

Он выпрямляется. Мое личное пространство снова в безопасности.

— Конечно. Извини, я не собирался тебя задерживать, — лукавит он.

— Когда закрывают здание?

— Охранник тут до одиннадцати.

— Хорошо.

Я улыбаюсь, а мое подсознание с облегчением плюхается в кресло. Оказывается, в здании мы не одни. Выключив компьютер, я беру сумочку и встаю, собираясь уйти.

— Тебе он нравится? Твой друг?

— Я люблю его, — отвечаю я, глядя Джеку прямо в глаза.

— Понятно. — Джек хмурится. — Как его фамилия?

Я смущаюсь.

— Грей. Кристиан Грей, — мямлю я.

У Джека отвисает челюсть.

— Самый богатый холостяк в Сиэтле? Тот самый Кристиан Грей?

— Да. Тот самый. — Да, тот самый Кристиан Грей, твой будущий босс. Он съест тебя с потрохами, если ты еще раз нарушишь *мое личное пространство*, идиот.

— То-то он показался мне знакомым, — мрачно бормочет Джек и снова морщит лоб. — Что ж, он счастливец.

Я растерянно гляжу на него. Что я могу ему сказать?

— Желаю приятно провести вечер, Ана. — Джек улыбается, но его глаза остаются холодными. Потом он идет, не оглядываясь, в свой кабинет.

Я с облегчением вздыхаю. Проблема улажена. Кристиан Грей делает свое дело. Его имя — мой талисман. Вот и этот кобелек отступил, поджав хвост. Я позволяю себе победную улыбку. «Видишь, Кристиан? Меня защищает даже твое имя — тебе нет необходимости в чем-то меня ограничивать». Я навожу порядок на столе и гляжу на часы. Кристиан должен уже приехать.

«Ауди» припаркована у тротуара. Тейлор выскакивает из нее, чтобы распахнуть передо мной заднюю дверцу. Еще никогда я не была так рада его видеть. Я торопливо прыгаю в машину, спасаясь от дождя.

Кристиан сидит на заднем сиденье, на меня смотрит с опаской. На челюстях желваки — он готов к моему приступу гнева.

— Привет, — бормочу я.

— Привет, — осторожно отвечает он и берет меня за руку, крепко сжимает ее. Я слегка оттаиваю. Я смущена и даже не знаю, что ему сказать.

— Ты все еще злишься? — спрашивает он.

— Не знаю, — бурчу я. Он подносит мою руку к губам и покрывает ее нежнейшими, словно мотыльки, поцелуями.

— День был ужасный, — говорит он.

— Да, верно.

Но впервые после его отъезда на работу напряжение идет на убыль. Для меня успокоительный бальзам — уже то, что он рядом. На задний план отступают и наша злобная переписка, и все гадости, связанные с Джеком, и неприятное письмо от Элены. Остаемся только мы — я и мой любимый диктатор.

— Теперь, раз ты здесь, жизнь налаживается, — говорит он.

Мы сидим и молчим, задумчивые и угрюмые. Тейлор умело лавирует в вечернем транспортном потоке. И я чувствую, как с Кристиана постепенно спадают дневные заботы, он тоже постепенно расслабляется и сейчас в нежном, успокаивающем ритме водит большим пальцем по моим костяшкам.

Тейлор высаживает нас у входа, и мы забегаем внутрь. Кристиан держит меня за руку, когда мы дожидаемся лифта, а его глаза непрестанно сканируют пространство перед зданием.

— Как я понимаю, вы еще не нашли Лейлу.

— Нет. Уэлч ее ищет, — уныло отвечает Кристиан.

Открываются створки лифта, мы входим в него. Кристиан смотрит на меня с высоты своего роста, в его глазах я ничего не могу прочесть. Ах, выглядит он потрясающе — пышные волосы, белая рубашка, темный костюм. И внезапно, ниоткуда, это чувство. О господи — страсть, похоть, электричество! Будь это видимым, вокруг нас и между нами повисла бы интенсивная голубая аура, очень мощная.

— Ты чувствуешь? — шепчет он.

— Да.

— Ох, Ана! — стонет он и обнимает меня дрожащими руками.

Одна рука погружается пальцами в волосы на моем затылке, запрокидывает мою голову, и его губы находят мои. Мои пальцы тоже взъерошивают его волосы, гладят щеки, а он прижимает меня к стенке лифта.

— Я очень не люблю с тобой спорить, — шепчет он возле моих губ, и в его поцелуе соперничают страсть и отчаяние, под стать моему настроению.

Желание взрывается в моем теле, все дневное напряжение ищет выхода, бурлит во мне. Мы забываем про все, растворяемся друг в друге. Остаются лишь наши языки, и дыхание, и руки, и огромная, огромная сладость. Он кладет руки мне на бедра, задирает юбку, гладит мои ляжки.

— Господи Иисусе, ты носишь чулки, — с благоговением бормочет он, а его пальцы ласкают мне кожу над чулками. — Я хочу посмотреть... — Он задирает мне юбку еще выше, до верха бедер.

Сделав шаг назад, он нажимает кнопку «стоп». Лифт плавно останавливается между двадцать вторым и двадцать третьим этажом. У Кристиана потемнели глаза, раскрылись губы, из них шумно вырывается дыхание. Мне тоже не хватает воздуха. Мы стоим, не касаясь друг друга. Я радуюсь, что у меня за спиной стена, поддерживающая меня, пока я нежусь под чувственным, плотским взглядом этого красавца.

— Распусти волосы, — приказывает он. Я подчиняюсь, и волосы густым облаком падают мне на плечи. — Расстегни две верхние пуговки на блузке, — шепчет он с затуманенным взором.

Я воображаю себя ужасной развратницей. Поднимаю руки и медленно расстегиваю каждую пуговицу. Теперь из распахнутой блузки соблазнительно выглядывают мои груди.

Он облизывает пересохшие губы.

— Ты не представляешь, насколько ты меня волнуешь!

Я нарочно кусаю губу и качаю головой. Он на секунду закрывает глаза, а когда вновь открывает, в них пылает огонь. Он шагает ко мне и опирается ладонями на стенку лифта, по обе стороны от моего лица. Он так близко, насколько это возможно, не касаясь меня.

Я поднимаю лицо навстречу, а он наклоняется и трется носом о мой нос, и это единственный контакт между нами в узком пространстве лифта. Я пылаю страстью. Я хочу его немедленно.

— Уверен, что вы знаете это, мисс Стил. Уверен, что вам нравится доводить меня до исступления.

— Разве я довожу тебя до исступления? — шепчу я.

— Во всем, Анастейша. Ты сирена, богиня.

Кристиан подхватывает мою ногу выше колена и кладет себе на талию. Я стою на одной ноге, опираясь на него. Я чувствую внутренней стороной ляжек, какой он возбужденный, как он хочет меня. А он проводит губами по моему горлу. Я со стоном обнимаю его за шею.

— Сейчас я тебя возьму, — шепчет он, и я в ответ выгибаю спину, прижимаюсь к нему, трусь, наслаждаясь фрикцией.

Он издает низкий горловой стон, подхватывает меня, поднимает выше и расстегивает ширинку.

— Держи крепче, малышка, — бормочет он и, как фокусник, откуда-то извлекает пакетик из фольги и держит у моего рта. Я сжимаю его зубами, он тянет, и мы вскрываем пакетик. — Молодец. — Он чуть отодвигается и надевает презерватив. — Господи, не могу дождаться, когда пройдут шесть дней, — ворчит он и глядит на меня затуманенными глазами. — Надеюсь, ты не очень дорожишь этими трусиками. — Он прорывает их ловкими пальцами. Кровь бешено бурлит в моих жилах. Я тяжело дышу от страсти.

Его слова опьяняют меня, все мои дневные страхи забыты. Во всем мире сейчас — только он и я, и мы занимаемся тем, что умеем лучше всего. Не отрывая своих глаз от моих, он медленно входит в меня. Я изгибаюсь, запрокидываю голову, закрываю глаза, наслаждаюсь. Он выходит и опять движется в меня, так медленно, так сладко...

— Ты моя, Анастейша, — бормочет он, обдавая жарким дыханием мое горло.

— Да. Твоя. Когда ты привыкнешь к этому? — задыхаясь, отвечаю я. Он стонет и начинает двигаться быстрее. Я отдаюсь его неумолимому ритму, наслаждаясь каждым его движением, неровным дыханием, его потребностью во мне, отражающей мою потребность в нем.

От этого я ощущаю себя сильной, властной, желанной и любимой — любимой этим очаровательным сложным мужчиной, которого я тоже люблю всем сердцем. Он берет меня все жестче и жестче, прерывисто дышит, растворяется во мне, а я растворяюсь в нем.

— Ох, детка! — стонет Кристиан, мягко покусывая мою щеку, и я бурно пульсирую вокруг него. Он замирает, вцепившись в меня пальцами, и сливается со мной, шепча мое имя.

Теперь Кристиан другой, усталый и спокойный; его дыхание выравнивается. Он нежно целует меня, потом мы стоим, касаясь лбами, и мое тело — словно желе, ослабевшее, но блаженно сытое любовью.

— Ох, Ана, — со стоном говорит он и целует меня в лоб. — Ты так мне нужна.

— И ты мне, Кристиан.

Потом он одергивает на мне юбку и застегивает пуговицы на блузке. После этого набирает на панели комбинацию цифр, и лифт оживает.

— Тейлор наверняка удивляется, куда мы пропали, — говорит Кристиан с сальной ухмылкой.

Вот черт! Я торопливо поправляю волосы в безуспешной попытке избавиться от следов бурной любви, потом сдаюсь и просто завязываю их сзади.

— Нормально, — улыбается Кристиан, застегивая брюки и убирая в карман презерватив.

Сейчас он опять воплощает собой американского бизнесмена, а поскольку его прическа и без того всегда выглядит так, словно он только что занимался любовью, разница незаметна. Разве что теперь он спокойно улыбается, а в глазах лучится мальчишеский шарм. Неужели всех мужчин так легко умиротворить?

Когда дверцы лифта раздвигаются, Тейлор уже ждет.

— Проблемы с лифтом, — бормочет Кристиан, когда мы выходим, а я не могу смотреть им в лицо и поспешно скрываюсь за двойными дверями в спальне Кристиана, чтобы найти свежее белье.

Когда я возвращаюсь, Кристиан уже сидит без пиджака за баром и болтает с миссис Джонс. Она ласково улыбается мне и ставит на стол две тарелки с горячим ужином. О, восхитительный аромат — кок-о-вэн, петух в вине, если я не ошибаюсь. Я умираю от голода.

— Кушайте на здоровье, мистер Грей, Ана, — говорит она и оставляет нас вдвоем.

Кристиан достает из холодильника бутылку белого вина и, пока мы едим, рассказывает, как он усовершенствовал мобильный телефон на солнечной батарее. Он увлечен этим проектом, оживлен, и я понимаю, что не весь день был у него плохим.

Я задаю вопрос о его недвижимости. Он усмехается, и я узнаю, что квартиры у него только в Нью-Йорке, Аспене и «Эскале». Больше нигде. Мы доедаем, я беру наши тарелки и несу к раковине.

— Оставь. Гейл вымоет, — говорит он.

Я поворачиваюсь и смотрю на него, а он внимательно наблюдает. Привыкну ли я когда-нибудь, что кто-то убирает за мной?

— Ну, мисс Стил, теперь у вас более или менее кроткий вид. Поговорим о сегодняшних событиях?

— По-моему, это ты выглядишь более кротким. Мне кажется, я делаю полезное дело, укрощая тебя.

— Меня? Укрощая? — удивленно фыркает он. Я киваю, и он морщит лоб, словно размышляя над моими словами. — Да. Пожалуй, ты права, Анастейша.

— Ты был прав насчет Джека, — говорю я уже серьезно и наклоняюсь к нему, чтобы посмотреть на его реакцию. Лицо Кристиана вытягивается, глаза становятся жесткими.

— Он приставал к тебе? — шепчет он смертельно ледяным тоном.

Я мотаю головой для убедительности.

— Нет, и не будет, Кристиан. Сегодня я сказала ему, что я твоя подружка, и он дал задний ход.

— Точно? А то я уволю этого мудака, — грозно рычит он.

Я вздыхаю, осмелев после бокала вина.

— Ты должен мне позволить выигрывать собственные сражения. Ты ведь не можешь постоянно опекать меня. Это душит, Кристиан. Я никогда не добьюсь ничего в жизни, если ты будешь все время вмешиваться. Мне нужна некоторая свобода. Ведь я не вмешиваюсь в твои дела.

Он серьезно выслушивает меня.

— Я хочу лишь твоей безопасности, Анастейша. Если с тобой что-нибудь случится, то я... — Он замолкает.

— Знаю и понимаю, почему ты так стремишься защитить меня. И мне отчасти это нравится. Я знаю, что если ты мне понадобишься, то ты будешь рядом со мной, как и я — рядом с тобой. Но если мы хотим надеяться на совместное будущее, то ты должен доверять мне и доверять моим оценкам. Да, я иногда ошибаюсь — делаю что-то неправильно, но я должна учиться.

Он с беспокойством смотрит на меня, сидя на барном стуле, и это заставляет меня обойти вокруг стола и встать возле него. Я беру его руки и завожу их вокруг своей талии.

— Ты не должен вмешиваться в мою работу. Это неправильно. Я не хочу, чтобы ты появлялся как светлый рыцарь и спасал ситуацию. Понятно, что ты хочешь держать все под контролем, но не надо этого делать. Все равно это невозможно. Научись терпению. — Я поднимаю руку и глажу его по щеке. Он глядит на меня широко раскрытыми глазами. — Если ты научишься терпению и дашь мне свободу действий, я перееду к тебе, — тихо добавляю я.

От удивления он прерывисто вздыхает.

— Правда? — шепчет он.

— Да.

— Но ты меня не знаешь. — Кристиан мрачнеет, и внезапно в его сдавленном голосе слышится паника. Сейчас он не похож сам на себя.

— Я уже неплохо знаю тебя, Кристиан. Теперь я ничего не испугаюсь, что бы ты ни рассказал о себе. — Я ласково веду согнутыми пальцами по его щеке. Тревога на его лице сменяется сомнениями. — Вот только если бы ты смог ослабить свой контроль надо мной, — умоляюще заканчиваю я.

— Я стараюсь, Анастейша. Но только я не мог позволить тебе поехать в Нью-Йорк с этим... слизняком. У него нехорошая репутация. Ни одна из его секретарш не задерживается дольше трех месяцев, они уходят из фирмы. Я не хочу, чтобы такое случилось с тобой. — Он вздыхает. — Я не хочу, чтобы с тобой вообще что-нибудь случилось. Меня приводит в ужас мысль, что тебя могут обидеть. Я не могу обещать тебе, что не буду вмешиваться, особенно если увижу, что тебе что-то угрожает. — Он замолкает, потом вздыхает. — Я люблю тебя, Анастейша. Я буду делать все, что в моих силах, чтобы защитить тебя. Я не представляю себе жизни без тебя.

Черт побери... Моя внутренняя богиня, мое подсознание и я сама в шоке глядим на Пятьдесят Оттенков.

Три коротких слова. Мой мир замирает, кренится, потом вращается на новой оси. Я наслаждаюсь этим замечательным моментом, глядя в искренние, прекрасные серые глаза.

— Я тоже люблю тебя, Кристиан.

Я наклоняюсь и целую его. Поцелуй затягивается.

Незаметно вошедший Тейлор деликатно кашляет. Кристиан отстраняется, но не отрывает от меня взора. Встает, держа меня за талию.

— Что? — резко спрашивает он Тейлора.

— Сюда поднимается миссис Линкольн, сэр.

— Что?

Тейлор пожимает плечами, словно извиняется. Кристиан тяжело вздыхает и качает головой.

— Что ж, будет интересно, — бормочет он и лукаво усмехается, взглянув на меня.

Мать твою так! Почему эта проклятая баба никак от нас не отвяжется?

Глава 12

— Ты говорил с ней сегодня? — спрашиваю я у Кристиана, когда мы ждем миссис Робинсон.

— Да.

— Что ты сказал?

— Что ты не хочешь ее видеть и что я понимаю причины твоего нежелания. Еще сказал, что не одобряю ее активность за моей спиной.

Его взгляд бесстрастный, не выдающий никаких чувств. Ну хорошо.

— А она что?

— Отмахнулась от меня так, как может только Элена. — Его губы растягиваются в лукавой усмешке.

— Зачем она явилась сюда, как ты думаешь?

— Понятия не имею. — Кристиан пожимает плечами.

В комнату снова входит Тейлор.

— Миссис Линкольн, — объявляет он.

Вот и она. Проклятье, почему она так хороша? Одета вся в черное: облегающие джинсы и рубашка подчеркивают ее идеальную фигуру, а вокруг головы — ореол ярких, блестящих волос.

Кристиан обнимает меня за талию и привлекает к себе.

— Элена, — говорит он удивленным тоном.

Она с ужасом замечает меня и застывает. Какое-то время просто моргает, но потом к ней возвращается дар речи.

— Прости, Кристиан. Я не знала, что ты не один, а в компании. Ведь сегодня понедельник, — говорит она, словно это объясняет, почему она здесь.

— С подругой, — говорит он, как бы объясняя, наклоняет голову к плечу и холодно улыбается.

Лучезарная улыбка, направленная прямо на него, появляется на ее лице. Она меня нервирует.

— Конечно. Привет, Анастейша. Я не догадывалась, что ты здесь. Знаю, что ты не хочешь говорить со мной. Что ж, ладно.

— Правда? — спокойно спрашиваю я, глядя на нее и удивляя этим всех.

Слегка хмурясь, она проходит в комнату.

— Да, я получила ответ. Я здесь не для того, чтобы встретиться с тобой. Я уже сказала, что у Кристиана редко бывают гости в течение недели. — Она ненадолго замолкает. — У меня проблема, и мне нужно обсудить ее с Кристианом.

— Да? — Кристиан выпрямляется. — Выпьешь что-нибудь?

— Да, спасибо, — благодарит она.

Кристиан идет за бокалом, а мы с Эленой стоим и неловко глядим друг на друга. Она крутит массивное серебряное кольцо на среднем пальце, а я не знаю, куда мне смотреть. Наконец, она напряженно улыбается мне, подходит к кухонному островку и усаживается в его конце на барный стул. По всему видно, что она прекрасно знает это место и чувствует себя тут комфортно.

Что делать мне? Остаться? Уйти? Да, трудный вопрос. Мое подсознание корчит этой особе самые зверские рожи.

Вообще-то я хочу высказать ей много всего. Но она друг Кристиана, единственный, и поэтому, при всей моей ненависти к этой женщине, веду себя с подобающей вежливостью. Решив остаться, я сажусь со всей грацией, на какую способна, на барный стул, где только что сидел Кристиан. А хозяин дома наливает вино в наши бокалы и садится между нами у бара. Интересно, сознает ли он, как все это неприятно и странно?

— Что случилось? — спрашивает он.

Элена нервно смотрит на меня, и тогда Кристиан берет мою руку и сжимает ее.

— Анастейша со мной, — отвечает он на ее невысказанный вопрос. Я краснею, мое подсознание сияет и больше не строит рожи.

Лицо Элены смягчается, словно она рада за него. Действительно рада за него. Нет, я совсем не понимаю эту женщину, и мне неловко в ее присутствии.

Она вздыхает и сдвигается на краешек стула. Нервно смотрит на свои руки и снова принимается крутить массивное серебряное кольцо.

Что ей мешает? Мое присутствие? Я так действую на нее? Потому что у меня то же самое — мне не хочется ее видеть.

Она поднимает голову и смотрит прямо в глаза Кристиану.

— Меня шантажируют.

Ничего себе! Вот так новость. Кристиан замирает. Неужели кто-то пронюхал о ее склонности бить и трахать несовершеннолетних мальчишек? Я подавляю отвращение, в голове проносится мимолетная мысль о цыплятах, которые приходят в дом, где их поджарят. Мое подсознание трет руки с плохо скрытым злорадством. Поделом тебе!

— Как? — спрашивает Кристиан; в его голосе слышится откровенный ужас.

Она лезет в дизайнерскую кожаную сумку несуразной величины, вытаскивает записку и вручает ему.

— Положи ее и разверни. — Кристиан кивает подбородком на бар.

— Ты не хочешь к ней прикасаться?

— Нет. Отпечатки пальцев.

— Кристиан, ты же знаешь, я не могу обратиться с этим в полицию.

Зачем я слушаю все это? Она трахает какого-то другого беднягу?

Она кладет перед ним записку, он наклоняется и читает.

— Они требуют всего-то пять тысяч долларов, — говорит он почти с пренебрежением. — Ты догадываешься, кто бы это мог быть? Кто-нибудь из знакомых?

— Нет, — говорит она своим нежным, ласковым голосом.

— Линк?

«Линк? Кто такой?»

— Что, через столько лет? Не думаю, — бурчит она.

— Айзек знает?

— Я ему не говорила.

«Кто такой Айзек?»

— По-моему, его надо поставить в известность, — говорит Кристиан.

Она качает головой, и я внезапно осознаю, что я тут лишняя. Я не хочу ничего знать. Я пытаюсь высвободить свою руку, но Кристиан лишь крепче ее сжимает и поворачивается ко мне.

— Что?

— Я устала. Пожалуй, я лягу.

Его глаза испытующе всматриваются в мое лицо. Что они ищут в нем? Осуждение? Одобрение? Враждебность? Я стараюсь, чтобы оно было как можно более бесстрастным.

— Хорошо, — говорит Кристиан. — Я скоро приду.

Он отпускает мою руку, и я встаю. Элена с опаской косится на меня. Я стою, плотно сжав губы, и выдерживаю ее взгляд.

— Доброй ночи, Анастейша. — Она одаривает меня слабой улыбкой.

— Доброй ночи, — холодно бормочу я и направляюсь к выходу.

Напряжение невыносимо. В дверях слышу, что они продолжают прерванный разговор.

— Элена, я не уверен, что могу что-либо сделать, — говорит Кристиан. — Если все дело лишь в деньгах... — Его голос обрывается. — Я могу попросить Уэлча заняться этим.

— Нет, Кристиан, я просто хотела поделиться с тобой, — отвечает она.

Уже за дверью я слышу, как она говорит:

— Ты весь светишься от счастья.

— Да, это так, — отвечает Кристиан.

— Ты заслуживаешь его.

— Хотелось бы надеяться.

— Кристиан. — Она строго урезонивает его.

Я замираю и вся обращаюсь в слух. Ничего не могу с собой поделать.

— Она знает, как ты негативно относишься к себе? Обо всех твоих проблемах?

— Она знает меня лучше кого бы то ни было.

— Да? Обидно слышать.

— Это правда, Элена. Мне не приходится играть с ней в игры. И я серьезно говорю тебе — оставь ее в покое.

— Почему она так настроена против меня?

— Что ты... Что мы были... Что мы делали... Она не понимает этого.

— Добейся, чтобы поняла.

— Дело прошлое, Элена. Зачем мне портить ей настроение нашими отношениями? Она милая, невинная, хорошая девочка и каким-то чудом любит меня.

— Это не чудо, Кристиан, — добродушно ворчит Элена. — Ты должен хоть чуточку верить в себя. У тебя слишком низкая самооценка. Ты яркий мужчина, я часто говорила это тебе. А она вроде симпатичная. Сильная. Она сможет тебя поддержать в трудную минуту.

Ответ Кристиана я не слышу. Так, значит, я сильная? Как-то я не вижу в себе особой силы.

— Тебе ее не хватает? — продолжает Элена.

— Ты о чем?

— О твоей игровой комнате.

Я затаила дыхание.

— Вообще-то, это не твое собачье дело, — злится Кристиан.

Ого!

— Ну извини, — фыркает Элена.

— Думаю, тебе лучше уйти. И пожалуйста, в следующий раз звони и предупреждай о своем появлении.

— Кристиан, я прошу прощения, — говорит она, и по ее тону заметно, что на этот раз она говорит искренне. Впрочем, она тут же не удерживается от язвительного вопроса: — С каких это пор ты стал таким чувствительным?

— Элена, у нас деловые отношения. Они приносят нам обоим огромную выгоду. Пускай так будет и впредь. А то, что было между нами, — дело прошлое. Анастейша — мое будущее, и я не намерен им рисковать, так что хватит.

Его будущее!..

— Понятно.

— Слушай, мне жаль, что у тебя возникли неприятности. Я надеюсь, что тебе удастся все выяснить и что это окажется блефом, — говорит он уже мягче.

— Я не хочу тебя терять, Кристиан.

— Элена, я не твой, чтобы ты могла меня потерять, — огрызается он опять.

— Я не это имела в виду.

— А что же? — злится он.

— Знаешь, не хочу с тобой спорить. Твоя дружба для меня очень много значит. Сейчас я не стану раздражать Анастейшу. Но если я тебе понадоблюсь, ты только скажи. Я всегда буду рядом с тобой.

— Анастейша уверена, что ты была у меня в прошлую субботу. Ты ведь позвонила, и все. Зачем ты сказала ей другое?

— Мне хотелось, чтобы она поняла, как ты был огорчен после ее ухода. Я не хотела, чтобы она огорчала тебя.

— Она и так знает. Я сказал ей об этом. Так что перестань вмешиваться. Честное слово, ты как мамочка-наседка.

Кристиан произносит эти слова уже спокойно. Элена смеется, но в ее смехе слышится грусть.

— Понятно. Прости. Ты же знаешь, что я переживаю за тебя. Кристиан, я никогда не предполагала, что ты способен влюбиться. Мне очень приятно это видеть. Но я не перенесу, если она тебя обидит.

— Я попробую обойтись без этого, — сухо возражает он. — Ну, так ты не хочешь, чтобы Уэлч вмешался в историю с шантажом?

— Пожалуй, лишним это не будет, — с тяжким вздохом отвечает она.

— Хорошо, завтра я позвоню ему.

Я слушаю, как они перебрасываются фразами, обсуждая проблему. Они говорят, как старые друзья. Что ж, Кристиан так и говорит — просто друзья. А она заботится о нем — может, чрезмерно. Ну, а с другой стороны, разве те, кто его знает, могут не переживать за него?

— Спасибо, Кристиан. И еще раз прости. Я не хотела вмешиваться. Ладно, ухожу. В следующий раз позвоню.

— Хорошо.

Она уходит! Черт!.. Я мчусь по коридору в спальню Кристиана и сажусь на кровать. Через несколько мгновений входит Кристиан.

— Она ушла, — осторожно сообщает он, наблюдая мою реакцию.

Я гляжу на него и пытаюсь сформулировать свой вопрос.

— Ты расскажешь мне о ней? Я пытаюсь понять, почему ты считаешь, что она помогла тебе. — Тут я замолкаю и старательно обдумываю мою следующую фразу. — Я ненавижу ее, Кристиан. Мне кажется, именно она толкнула тебя на нездоровый путь. Вот у тебя нет друзей. Это она мешает развитию дружбы?

Он вздыхает и проводит ладонью по волосам.

— Какого хрена тебе нужно знать что-то о ней? У нас очень долгие отношения, часто она выбивала из меня дурь, а я трахал ее по-всякому, так, что ты даже не можешь вообразить. Конец истории.

Я бледнею. Черт, он злится — на меня. Я смотрю на него и хлопаю глазами.

— Почему ты так сердишься?

— Потому что все это позади! — орет он, сверкая глазами. Потом вздыхает и качает головой.

Я теряюсь. Черт... Смотрю на свои руки, сцепленные на коленях. Я просто хочу понять.

Он садится рядом.

— Что ты хочешь понять? — устало спрашивает он.

— Можешь не отвечать мне. Я не хочу вмешиваться.

— Анастейша, дело вовсе не в этом. Я не люблю говорить об этом. Годами я жил словно в батискафе; меня ничто не задевало, и я не должен был ни перед кем оправдываться. Элена всегда находилась рядом, как напарница. А теперь мое прошлое и будущее столкнулись так, как я и не предполагал.

Я гляжу на него, он — на меня, широко раскрыв глаза.

— Анастейша, я никогда не думал, что для меня возможно будущее с кем-то. Ты подарила мне надежду и помогла представить возможные варианты. — Он замолкает.

— Я подслушала, — еле слышно шепчу я и гляжу на свои руки.

— Что? Наш разговор?

— Да.

— Ну и что? — неуверенно спрашивает он.

— Она переживает за тебя.

— Да, верно. Да и я за нее тоже, по-своему. Но это и близко нельзя сравнить с тем, что я испытываю к тебе. Если все дело в этом.

— Я не ревную. — Меня задевает, что он так думает. Или я все же ревную? Черт, может, все дело в этом. — Ты не любишь ее, — бормочу я.

Он вздыхает. Он раздосадован.

— Когда-то давно я думал, что люблю ее, — говорит он сквозь зубы.

Ну и ну!

— Когда мы были в Джорджии... ты сказал, что никогда ее не любил.

— Правильно.

Я хмурю брови.

— Тогда я уже любил тебя, Анастейша. Ты единственная женщина, ради которой я готов пролететь три тысячи миль.

О господи! Ничего не понимаю. Ведь тогда он хотел, чтобы я стала его сабой. Я хмурюсь еще сильнее.

— Чувства, которые я испытываю к тебе, совсем не такие, как те, какие я когда-либо испытывал к Элене, — говорит он, как бы объясняя ситуацию.

— Когда ты это понял?

Он пожимает плечами.

— По иронии судьбы, именно Элена подсказала мне это. Она и велела мне лететь в Джорджию.

Так и знала! Я поняла это в Саванне.

Озадаченно смотрю на него. Как все это понимать? Может, она на моей стороне и беспокоится лишь о том, чтобы я его не обидела. Мысль болезненная. Я никогда не стану его обижать. Она права, его и так много обижали.

Может, она не такая и плохая. Я мотаю головой. Нет, я не желаю оправдывать их отношения. Я их не одобряю. Да, да, не одобряю. Что бы Кристиан ни говорил, эта отвратительная особа набросилась на беззащитного подростка и похитила у него юные годы.

— Ты желал ее? Когда был подростком?

— Да.

Ох.

— Она очень многому меня научила. Например, научила верить в себя.

Ох.

— Но ведь она избивала тебя.

— Да, верно, — с нежной улыбкой соглашается он.

— И тебе нравилось?

— В то время да.

— Настолько нравилось, что тебе захотелось делать то же с другими?

Его глаза раскрылись еще шире и посерьезнели.

— Да.

— Она помогала тебе в этом?

— Да.

— Была твоей сабой?

— Да.

Ни фига себе...

— И ты рассчитываешь, что я стану лучше к ней относиться? — В моем голосе звучит горечь.

— Нет. Хотя тогда моя жизнь была бы намного проще, — устало говорит он. — Я понимаю твою неготовность к общению.

— Неготовность? Господи, Кристиан, будь это твой сын, что бы ты чувствовал?

Он озадаченно смотрит на меня, как будто не понимает вопроса. Хмурится.

— Анастейша, это был и мой выбор. Меня никто не заставлял.

Тут уж мне и возразить нечего.

— Кто такой Линк?

— Ее бывший муж.

— Линкольн Тимбер?

— Он самый, — ухмыляется Кристиан.

— А Айзек?

— Ее нынешний сабмиссив.

Ну и ну.

— Ему лет двадцать пять. Знаешь, такой послушный барашек, — быстро добавляет он, правильно истолковав мою гримасу отвращения.

— Твой ровесник, — цежу я сквозь зубы.

— Слушай, Анастейша, как я уже говорил ей, она — часть моего прошлого. Ты — мое будущее. Пожалуйста, не позволяй ей встать между нами. Честно тебе признаюсь: мне уже надоело говорить на эту тему. Мне надо работать. — Он встает и смотрит на меня. — Выбрось это из головы. Прошу тебя.

Я упрямо гляжу на него.

— Да, чуть не забыл, — добавляет он. — Твоя машина прибыла на день раньше. Она в гараже. Ключ у Тейлора.

Э-ге-ге... «Сааб»?

— Завтра можно поехать?

— Нет.

— Почему?

— Сама знаешь. И вот что еще. Если ты соберешься выйти из офиса, дай мне знать. Вчера там был Сойер, наблюдал за тобой. Похоже, я вообще не могу тебе доверять.

Он хмурится, а я чувствую себя провинившимся ребенком — опять. В другой раз я бы поспорила с ним, но сейчас он взвинчен из-за разговора об Элене, и я не хочу доводить его до крайности. Тем не менее не могу удержаться от язвительного замечания:

— Я тоже не могу тебе доверять. Мог бы предупредить, что за мной наблюдал Сойер.

— Ты и тут лезешь в драку? — огрызается он.

— Я и не знала, что мы деремся. Думала, мы разговариваем, — недовольно бормочу я.

Он закрывает глаза, словно пытается сдержать гнев. Я сглатываю и с тревогой наблюдаю за ним. Я не знаю, что будет дальше.

— Мне надо работать, — спокойно сообщает Кристиан и с этими словами выходит из комнаты.

Я делаю шумный выдох. Я и не замечала, что затаила дыхание. Падаю на кровать и лежу, уставившись в потолок.

Сможем ли мы когда-нибудь нормально разговаривать, не пускаясь в споры? Как это утомительно.

Просто мы пока еще недостаточно хорошо знаем друг друга. Хочу ли я перебраться к нему? Я даже не знаю, могу ли я предложить ему чашку чая или кофе, когда он работает. Могу ли я вообще ему мешать? Я плохо представляю, что ему нравится, а что нет.

Ему явно надоела вся эта история с Эленой — он прав, я должна что-то решить. Успокоиться. Что ж, он хотя бы не ждет от меня, что мы подружимся. И я надеюсь, что теперь она не будет приставать ко мне с предложениями о встрече.

Встаю с кровати и подхожу к окну. Отпираю балконную дверь и подхожу к стеклянному релингу. Он прозрачный, и это меня немного нервирует, ведь здесь так высоко. Воздух прохладный и свежий.

Я смотрю на мерцающие огни Сиэтла... Тут, в своей крепости, Кристиан далек от всего. Он ни перед кем не в ответе. Он только что сказал, что любит меня, а потом случилась вся эта ерунда из-за заразы Элены... Я тяжело вздыхаю. У него такая сложная жизнь, а он такой сложный человек!

Бросив последний взгляд на Сиэтл, распростершийся золотым покрывалом у моих ног, решаю позвонить Рэю. Я не говорила с ним несколько дней. Как обычно, разговор у нас недолгий, но я удостоверилась, что с ним все в порядке и что я отрываю его от важного футбольного матча.

— Надеюсь, что у вас с Кристианом все хорошо, — говорит он как бы невзначай. Я понимаю, что он выуживает информацию, но не очень стремится ее услышать.

— Да. Все хорошо. — Типа того, и я собираюсь переехать к нему. Хотя мы не обсудили сроки.

— Целую тебя, па.

— Я тебя тоже, Энни.

Я гляжу на часы. Всего десять вечера. После нашего напряженного разговора я нервничаю, не могу успокоиться.

Быстро приняв душ, я возвращаюсь в спальню и хочу надеть одну из ночных рубашек, которые Кэролайн Эктон прислала для меня от фирмы «Нейман Маркус». Кристиан все время нудит из-за футболок. Рубашек три штуки. Я выбираю бледно-розовую и надеваю ее через голову. Ткань приятно скользит по коже, лаская ее, и облегает фигуру. Ощущение роскошное — тончайший атлас. Ого! Я выгляжу как кинозвезда тридцатых годов. Рубашка длинная, элегантная — и очень не моя.

Я накидываю подходящий халат и хочу поискать в библиотеке какую-нибудь книгу. Я могла бы почитать что-нибудь и на айпаде — но сейчас мне хочется взять в руки настоящую книгу, это успокаивает. Кристиана я оставлю в покое. Возможно, к нему вернется хорошее настроение после работы.

Как много книг в его библиотеке! Одни только названия можно читать целую вечность. Мой взгляд случайно падает на бильярдный стол, и я краснею, вспомнив вчерашний вечер. С улыбкой смотрю на линейку, все еще валяющуюся на полу. Поднимаю ее, бью по ладони. Ой! Больно.

Почему я не могу вытерпеть чуть больше боли ради любимого мужчины? Опечалившись, кладу линейку на столик и продолжаю поиски хорошего чтива.

Большинство книг — первоиздания. Как ему удалось собрать внушительную библиотеку за такое короткое время? Возможно, в обязанности Тейлора входит и покупка книг. Я останавливаю выбор на «Ребекке» Дафны дю Морье. Давно ее не перечитывала. С улыбкой устраиваюсь, поджав ноги, в одном из мягких кресел и читаю первую строчку:

«Прошлой ночью мне снилось, что я вернулась в Мандерли...»

Я выныриваю из сна, когда Кристиан поднимает меня на руки.

— Эй, — бормочет он. — Я тебя обыскался, а ты тут спишь.

Он прижимается губами к моим волосам. В полусне я обнимаю его за шею и вдыхаю его запах — ах, какой родной и приятный, — а он несет меня в спальню. Кладет на кровать и накрывает.

— Спи, малышка, — шепчет он и прижимается губами к моему лбу.

Внезапно просыпаюсь и не сразу понимаю, где я. Мне приснилось что-то тревожное. Я всматриваюсь в темноту, мне мерещится чей-то силуэт, стоящий в изножье кровати. Нет-нет, всего лишь показалось. Из большой комнаты доносятся еле слышные аккорды рояля — какая-то очень сложная ритмичная мелодия.

Который час? Я гляжу на будильник — два часа ночи. Неужели Кристиан так и не ложился? Оказывается, я сплю в длинном халате. Выпутав из него ноги, я слезаю с кровати.

Выхожу в комнату, стою в тени, слушаю. Кристиан весь отдается музыке. Он сидит в круге, вернее, даже в пузыре света, и мне сейчас кажется, что стенки пузыря надежно защищают его от всех тревог и опасностей. Мелодия, которую он играет, мне слабо знакома. Ах, как мастерски он играет!.. И почему меня всегда удивляют его бесчисленные таланты?

Что-то в этой картине кажется необычным, и я не сразу понимаю, что опущена крышка рояля. Поэтому я так хорошо вижу музыканта. Он поднимает голову, и я гляжу в его серые глаза — они чуть сияют в рассеянном свете лампы. Не сбившись ни на миг, он продолжает играть, а я тихонько иду к нему. Его глаза устремлены на меня, они разгораются все ярче и ярче. Когда я подхожу близко, музыка обрывается.

— Почему ты остановился? Было так чудесно.

— Ты не представляешь, как ты желанна мне сейчас, — ласково произносит Кристиан.

Ах...

— Пойдем спать, — шепчу я. Он протягивает мне руку; его глаза пылают. Когда я беру ее, он внезапно тянет меня к себе, и я падаю к нему на колени. Он обвивает меня руками, припадает губами к моей шее; у меня по спине бегут сладкие мурашки.

— Почему мы воюем? — шепчет он, покусывая зубами мочку моего уха.

На секунду у меня замирает сердце, потом стучит с удвоенной силой, разгоняя по телу жар.

— Потому что в спорах мы познаем друг друга. А ты упрямый, капризный, тяжелый и вздорный, — чуть слышно бормочу я и поднимаю кверху подбородок, чтобы ему было легче добираться до моего горла. Он проводит по нему носом, и я ощущаю на коже его улыбку.

— Мисс Стил, если я такой ужасный, как вы терпите меня? — Он прикусывает мою мочку, и я издаю стон. — Я всегда такой?

— Не знаю.

— Я тоже. — Он дергает за пояс, халат распахивается, и его рука скользит по моему телу, по моей груди. Под его ласковой ладонью мои соски набухают, торчат сквозь тонкую ткань. А рука движется вниз, к животу, к бедрам. — Ты такая красивая под этой тканью, я вижу всю тебя — даже вот это.

Он осторожно дергает сквозь ткань за волосы на моем лобке, заставляя меня судорожно всхлипнуть. Другой рукой он сжимает в горсть волосы у меня на затылке и запрокидывает мне голову. И вот уже его язык вторгается в мой рот — жадно, настойчиво, страстно. Из меня вырывается стон, я гляжу милое лицо. Его рука сдвигает кверху мою ночную рубашку, медленно, словно дразнит меня. Вот она уже ласкает мой голый зад, нежную кожу на внутренней поверхности ляжек.

Внезапно он сажает меня на рояль. Мои пятки ударяют по клавишам, и те отвечают дикой какофонией. В это время он раздвигает мои колени, берет меня за руки.

— Ложись на спину, — приказывает он и держит меня за руки, пока я опускаюсь навзничь на крышку рояля. Она жесткая и неудобная. Он еще шире раздвигает мне ноги, и мои пятки пляшут по клавишам, по сочным басам и пронзительным верхам.

Ах, милый! Я знаю, что он задумал, и предвкушение... Он целует внутреннюю сторону моего колена, поднимается все выше и выше, целует, подсасывает, покусывает. Я отвечаю ему громкими стонами. Нежная ткань рубашки сдвигается все дальше, щекочет мне кожу. Я сдвигаю ноги, и клавиши тоже стонут. Закрыв глаза, я вся отдаюсь блаженной неге, когда его губы добираются до верха моей ляжки.

Он целует меня там... (Ах, милый...) потом тихонько дует на волосы, и вот уже водит кончиком языка вокруг клитора. Еще шире раздвигает мне ноги. Я ощущаю себя раскрытой, беззащитной. Он крепко зажал под мышками мои колени, а его язык мучает меня, не давая пощады, передышки... не давая облегчения. Приподняв бедра, я подлаживаюсь под его ритм.

— Кристиан, пожалуйста! — молю я.

— Нет-нет, детка, еще рано, — дразнит он, но я чувствую, как внутри начинается пульсация. Вдруг он останавливается.

— Нет, не надо, — хнычу я.

— Это моя месть, Ана, — нежно рычит он. — Раз ты споришь со мной, я буду отыгрываться на твоем теле. — Он проводит дорожку из поцелуев через мой живот, его руки ползут вверх по моим бедрам, гладят, тискают, дразнят. Его язык описывает круг около моего пупка, а его руки и большие пальцы — ах, эти пальцы! — добираются до верха моих ляжек.

— А-а! — вскрикиваю я, когда он вставляет большой палец внутрь меня. Другой палец терзает меня, медленно, мучительно медленно поглаживает клитор. От его прикосновений я выгибаю спину, отрываю ее от рояля, извиваюсь. Я уже на грани, это невыносимо.

— Кристиан! — кричу я, теряя над собой контроль.

Он проявляет жалость ко мне и прекращает пытку. Подняв мои ступни с клавиш, толкает меня; внезапно я скольжу по роялю, скольжу на атласной ткани, а он следует за мной, ненадолго встает на колени между моих ног, надевая презерватив. Он ложится на меня, а я тяжело дышу, жадно гляжу на него и тут только обнаруживаю, что он голый. Когда он успел раздеться?

Он опирается на руки и смотрит на меня. В его глазах я вижу удивление, и любовь, и страсть. От восторга у меня замирает дыхание.

— Я жутко хочу тебя, — говорит он и очень медленно и умело входит в меня.

Я тяжело и томно распростерлась на нем, обессилевшая. Мы с ним лежим на огромном рояле. Да уж, лежать на Кристиане гораздо удобнее, чем на крышке рояля. Стараясь не прикасаться к его груди, я ложусь щекой на его плечо и замираю. Он не возражает, и я слушаю, как успокаивается его дыхание. Как и мое. Он ласково гладит мои волосы.

— Ты пил вечером чай или кофе? — спрашиваю я сонно.

— Что за странный вопрос? — отвечает он, тоже сквозь сон.

— Я хотела принести тебе чай в кабинет, но потом поняла, что не знаю, понравится ли это тебе.

— А-а, понятно. Ана, вечером я обычно пью воду или вино. Впрочем, могу попробовать и чай.

Его рука ритмично и нежно гладит меня по спине.

— Мы в самом деле так мало знаем друг о друге, — говорю я.

— Да, — соглашается он, и в его голосе звучит ужасная печаль. Я тут же сажусь и смотрю на него.

— Ты что? — спрашиваю я.

Он качает головой, словно хочет прогнать какую-то неприятную мысль, и, подняв руку, гладит меня по щеке. Я заглядываю в его глаза, сияющие и серьезные.

— Я люблю тебя, Ана Стил, — говорит он.

Будильник оживает в шесть утра и сообщает дорожную сводку. Я с трудом вырываюсь из мучительного сна с участием блондинок и брюнеток и не сразу понимаю, где я. Но тут же забываю про сон, так как Кристиан Грей обвился вокруг меня, словно шелк; его всклокоченная голова покоится на моем плече, рука накрыла куполом мою правую грудь, а нога придавливает меня своей тяжестью. Он все еще спит, а мне очень жарко. Но я не обращаю внимания на дискомфорт, запускаю пальцы в его волосы, и он шевелится. Раскрывает ярко-серые глаза, сонно улыбается. О господи... он прекрасен.

— Доброе утро, красавица, — говорит он.

— Доброе утро, красавец, — улыбаюсь я в ответ. Он целует меня и, опершись на локоть, любуется мной.

— Выспалась?

— Да, несмотря на ночной перерыв.

Его улыбка расползается шире.

— А-а-а, ты тоже можешь разбудить меня в любое время. — И он снова меня целует.

— А как ты? Хорошо спал?

— Я всегда хорошо сплю с тобой, Анастейша.

— Никаких кошмаров?

— Никаких.

Я хмурю брови и спрашиваю:

— Что тебе снится в твоих кошмарах?

Его улыбка меркнет, лоб собирается в гармошку. «Черт — мое глупое любопытство!»

— Доктор Флинн считает, что это эпизоды из моего раннего детства. Одни яркие, другие не очень. — Его голос обрывается, на лице задумчивость и страдание. Он рассеянно проводит пальцем по моей ключице.

— Ты просыпаешься с криками и в слезах? — неуклюже шучу я.

Он удивленно смотрит на меня.

— Нет, Анастейша. Я никогда не плакал, сколько себя помню.

Он хмурится, словно погружаясь в глубину своей памяти. Ну нет, это слишком темное место, чтобы посещать его в этот час.

— У тебя сохранились какие-то радостные воспоминания о детстве? — тут же спрашиваю я, в основном чтобы его отвлечь.

Он задумывается, все еще поглаживая пальцем мою кожу.

— Я помню, как моя родная мать что-то пекла. Помню запах. Наверное, именинный пирог. Для меня. А еще, как в доме появилась Миа. Мама, Грейс, беспокоилась, какой будет моя реакция, но я сразу полюбил крошку. Мое первое слово было «Миа». Я помню первый урок игры на фортепиано. Мисс Кейти, преподавательница, была просто чудо. Еще она держала лошадей. — Он с грустью улыбается.

— Ты говорил, что мама спасла тебя. Как?

Задумчивость исчезает, и Кристиан глядит на меня так, словно я не понимаю элементарных вещей, таких как дважды два.

— Она усыновила меня, — говорит он. — Когда я впервые увидел ее, мне показалось, что она ангел. Она была одета в белое и такая ласковая и спокойная. Она осматривала меня. Я никогда этого не забуду. Если бы она отказалась от меня или если бы отказался Каррик... — Он пожимает плечами и смотрит на часы. — Впрочем, это слишком длинная история для утреннего часа.

— Я поклялась себе, что узнаю тебя лучше.

— Ну и как, узнали, мисс Стил? Кажется, вас интересовало, что я предпочитаю, кофе или чай. — Он усмехается. — Вообще-то я знаю способ, с помощью которого вы узнаете меня еще лучше. — Он приникает ко мне губами.

— По-моему, с этой стороны я знаю вас достаточно глубоко. — Мой голос звучит высокомерно и ворчливо, и Кристиан улыбается еще шире.

— А я не уверен, что когда-нибудь узнаю тебя достаточно хорошо, — бормочет он. — Но я люблю просыпаться возле тебя, в этом есть свои плюсы.

Его голос звучит нежно, обольстительно; у меня все тает внутри.

— Разве тебе не пора вставать? — спрашиваю я хриплым голосом. «О-ой, что он со мной делает...»

— Сегодня нет. Я хочу, чтобы сейчас у меня встало только одно место. — Его глаза похотливо сверкают.

— Кристиан! — испуганно вскрикиваю я.

Секунда — и он уже на мне, вдавливая меня в матрас. Схватив мои руки, он вытягивает их над моей головой и покрывает поцелуями мое горло.

— О мисс Стил! — Его улыбающиеся губы щекочут меня, посылая по моему телу восхитительные мурашки, рука медленно задирает кверху атласную ночную рубашку. — А вот что я хочу с тобой сделать, — мурлычет он.

Я млею, допрос закончен.

Миссис Джонс ставит на стол завтрак, мне — оладьи и бекон, а Кристиану — омлет с беконом. Мы сидим рядышком за баром и молчим, как молчат близкие люди.

— Когда я увижусь с твоим тренером, Клодом, и посмотрю, на что он способен? — спрашиваю я.

Кристиан усмехается.

— Это зависит от того, хочешь ты поехать в выходные в Нью-Йорк или нет. Впрочем, можешь поехать к нему и утром на этой неделе. Я попрошу Эндри посмотреть его график и скажу тебе.

— Эндри?

— Мою секретаршу.

Ах да...

— Одну из твоих бесчисленных блондинок, — дразню его я.

— Она не моя. Она работает на меня. Вот ты — моя.

— Я тоже работаю на тебя, — угрюмо бурчу я.

Он усмехается, будто забыл об этом.

— Верно. — Его лучезарная улыбка невероятно заразительная.

— Может, Клод научит меня кикбоксингу, — пугаю я.

— Да? Чтобы повысить свои шансы в противоборстве со мной? — Кристиан удивленно поднимает брови. — Давайте, мисс Стил.

Он счастливый и довольный, не то что вчера, после ухода Элены. Меня это совершенно обезоруживает. Может, все дело в сексе... это он его так воодушевляет.

Я оглядываюсь на рояль, наслаждаясь воспоминаниями о минувшей ночи.

— Ты снова поднял крышку рояля.

— Вчера ночью я закрыл рояль, чтобы тебя не разбудить. Оказывается, не помогло, но я и рад. — Кристиан чувственно улыбается и подносит ко рту кусок омлета.

Я краснею и глупо улыбаюсь. Да, забавно было... на рояле...

Миссис Джонс ставит передо мной бумажный пакет с ланчем; я виновато краснею.

— Вот вам с собой, Ана. Тунец подойдет?

— Да, спасибо, миссис Джонс. — Я робко улыбаюсь ей, она отвечает мне теплой улыбкой и уходит. Вероятно, чтобы оставить нас вдвоем.

— Я могу тебя попросить? — Я поворачиваюсь к Кристиану.

— Конечно.

— И ты не рассердишься?

— Что-нибудь насчет Элены?

— Нет.

— Тогда не рассержусь.

— Но теперь у меня возник еще один вопрос.

— Да?

— Он про нее.

Он с досадой поднимает брови.

— Ну, что? — На этот раз у него недовольный вид.

— Почему ты так злишься, когда я спрашиваю про нее?

— Тебе честно ответить?

— Я думала, что ты всегда отвечаешь мне честно, — бурчу я.

— Я пытаюсь.

— Какой-то уклончивый ответ, — говорю я, прищурив глаза.

— Ана, я всегда честен с тобой. Я не хочу играть в разные игры. Вернее, в такие игры, — уточняет он, и его глаза подергиваются туманом.

— В какие игры ты готов играть?

Он наклоняет голову набок и ухмыляется.

— Мисс Стил, вас очень легко отвлечь.

Я хихикаю. Он прав.

— Мистер Грей, вы сбиваете меня с курса сразу на многих уровнях. — Я вижу, как в его серых глазах вспыхивают смешинки.

— Мой самый любимый звук в целом мире — твое хихиканье, Анастейша. Ну что, вернемся к твоему первому вопросу? — вкрадчиво спрашивает он, и, мне кажется, он смеется надо мной.

Я хочу надуться и показать свое недовольство, но не могу — меня смешит игривый Кристиан. Мне нравятся эти добродушные утренние пикировки. Я морщу лоб, пытаясь вспомнить свой вопрос.

— А, да. Ты встречался с сабами только по выходным?

— Да, верно, — отвечает он, занервничав.

Я усмехаюсь.

— Значит, никакого секса в течение недели.

Он хохочет.

— Вот куда ты клонишь. — На его лице я читаю облегчение. — Но почему ты решила, что я работаю каждый день?

Сейчас он явно смеется надо мной, но мне все равно. Хочется прыгать от радости. Я и тут первая — ну, уже по нескольким позициям.

— Мисс Стил, кажется, вы довольны собой.

— Да, довольна, мистер Грей.

— И правильно. — Он усмехается. — А теперь доедай завтрак.

Ох, босс — всегда босс, всегда поблизости.

Мы едем на заднем сиденье «Ауди». Тейлор сначала подбросит на работу меня, потом отвезет Кристиана. Сойер — на переднем сиденье.

— Кажется, ты говорила, что сегодня приезжает брат твоей подруги? — спрашивает Кристиан будничным тоном.

— Ой, верно, — спохватываюсь я. — Как это я забыла! Кристиан, спасибо, что напомнил. Я должна вернуться в квартиру Кейт.

Его лицо мрачнеет.

— Во сколько?

— Я не знаю точно, когда он приезжает.

— Мне не хочется, чтобы ты ездила куда-нибудь одна, — резко заявляет он.

— Знаю, — бормочу я и перебарываю желание закатить глаза от досады. — А Сойер будет сегодня шпионить, хм, сопровождать меня? — Я перевожу взгляд на Сойера и вижу, как покраснели его уши.

— Да, — рявкает Кристиан; его глаза сейчас холодны как лед.

— Если я поеду на «Саабе», все будет проще, — упрямо бормочу я.

— Сойер приедет на машине; он отвезет тебя на квартиру. Ты только скажи, в какое время.

— Ладно. Думаю, что Итан позвонит мне в течение дня. Тогда я сообщу тебе о своих дальнейших планах.

Он глядит на меня и молчит. И о чем он только думает?

— Ладно, — говорит он, наконец. — Никаких самостоятельных действий. Понятно? — Он грозит мне пальцем.

— Да, дорогой, — бормочу я.

По его лицу пробегает тень улыбки.

— И еще, пожалуй, держи под рукой «блэкберри» — я буду посылать на него сообщения. И тогда у моего парня, отвечающего за ИТ, утро будет менее интересным, чем предыдущие. Хорошо? — Его голос полон сарказма.

— Да, Кристиан. — Я закатываю глаза от досады, а он усмехается.

— Ну, мисс Стил, кажется, у меня уже зудит ладонь.

— Ах, мистер Грей, она вечно у вас зудит. Что с этим поделаешь?

Он смеется, а потом достает свой «блэкберри» — вероятно, он вибрировал, звонка я не слышала. Хмурится, когда видит, кто ему звонит.

— В чем дело? — рявкает он в трубку, потом внимательно слушает. Я пользуюсь возможностью и любуюсь на его черты — прямой нос, свисающие на лоб пряди. От этого приятного занятия меня отвлекает изменившееся выражение лица Кристиана: недоверчивость уступает место веселому изумлению. Я настораживаю уши.

— Ты шутишь... Ради сцены... Когда он тебе сказал? — Кристиан смеется, почти против воли. — Не беспокойся. И не надо извиняться. Я рад, что нашлось логическое объяснение. По-моему, смехотворная сумма... Не сомневаюсь, что ты уже планируешь в отместку что-то зловещее и творческое. Бедный Айзек. — Он улыбается. — Хорошо... Пока.

Он захлопывает телефон и глядит на меня. В его глазах неожиданно появляется опаска, но, как ни странно, я вижу, что он тоже испытывает облегчение.

— Кто это был? — интересуюсь я.

— Тебе действительно хочется знать? — спокойно спрашивает он.

После этих слов я сама догадываюсь. Я качаю головой и гляжу в окно на серый денек, чувствуя себя одинокой. Почему она не может оставить его в покое?

— Эй. — Он подносит к губам мою руку, целует поочередно каждую костяшку и вдруг сильно сосет мой мизинец. Потом тихонько кусает его.

Ух ты! Это вызывает в моем паху жаркий смерч, я вскрикиваю и нервно кошусь на Тейлора и Сойера, потом на Кристиана. Вижу, что его глаза потемнели, а губы медленно растягиваются в чувственной улыбке.

— Не дергайся, Анастейша, — мурлычет он. — Она вся в прошлом.

И тут же целует меня в середину ладони, от чего у меня бегут мурашки по всему телу. Моя недолгая меланхолия забыта.

— Доброе утро, Ана, — приветствует меня Джек. — Симпатичное платье.

Я смущаюсь. Платье из нового гардероба, любезно предоставленного мне сказочно богатым бойфрендом. Оно из бледно-голубого льна, облегающее, без рукавов и талии. К нему я надела кремовые босоножки на высоких каблуках. Кажется, Кристиан любит каблуки. При мысли о нем я нежно улыбаюсь, но сразу возвращаю на лицо бесстрастную профессиональную улыбку — для босса.

— Доброе утро, Джек.

Я отправляю его брошюру в печать. Джек высовывает голову из двери.

— Ана, будьте любезны, приготовьте мне кофе.

— Хорошо.

Иду на кухню и сталкиваюсь с Клэр из приемной. Она тоже готовит кофе.

— Привет, Ана, — весело говорит она.

— Привет, Клэр.

Она радостно рассказывает мне про ее семейное сборище, как все было замечательно, а я описываю, как мы плавали с Кристианом по заливу.

— Ана, твой бойфренд — просто мечта, — говорит она с горящими глазами.

Я с трудом подавляю вздох.

— Он неплохо выглядит, — улыбаюсь я, и мы смеемся.

— Ты слишком долго возилась! — рявкает Джек, когда я приношу ему кофе.

Ничего себе!

— Извини. — Я смущаюсь, потом хмурюсь. Я варила кофе не дольше, чем обычно. В чем проблема? Вероятно, что-то заставляет его нервничать.

Он мотает головой.

— Прости, Ана. Я не хотел рычать на тебя, милая.

Милая?

— Наверху что-то происходит, и я не пойму, что именно. Ты тоже прислушивайся, договорились? Может, ты что-нибудь услышишь — я знаю, о чем вы только не болтаете между собой.

Он усмехается, и мне становится нехорошо. Он и понятия не имеет, о чем мы беседуем. К тому же я знаю, что происходит.

— Ты ведь скажешь мне, правда?

— Конечно, — бурчу я. — Брошюра отправлена на размножение. Будет готова к двум часам.

— Замечательно. Вот. — Он вручает мне стопку рукописей. — Для каждой рукописи сделай конспект первой главы и занеси данные в компьютер.

— Сделаю.

С облегчением я выхожу из его кабинета и сажусь за свой стол. Да, трудно быть осведомленной. Что он сделает, когда узнает! При этой мысли я холодею. Что-то подсказывает мне, что Джек разозлится. Я бросаю взгляд на свой мобильный и улыбаюсь. Там сообщение от Кристиана.

От кого: Кристиан Грей
Тема: Восход солнца
Дата: 14 июня 2011 г. 09.23
Кому: Анастейша Стил

Я люблю просыпаться вместе с тобой утром.

Кристиан Грей,
Целиком & Полностью Влюбленный Генеральный директор холдинга
«Грей энтерпрайзес»

Мне кажется, что мое лицо чуть не треснуло пополам от улыбки.

От кого: Анастейша Стил
Тема: Закат
Дата: 14 июня 2011 г. 09.35
Кому: Кристиан Грей

Дорогой Целиком & Полностью Влюбленный

Я тоже люблю просыпаться вместе с тобой. Но еще я люблю быть вместе с тобой в постели, и в лифтах, и на роялях, и на бильярдных столах, и на лодках, и на столах, и под душем, и в ваннах, и на деревянных крестах с наручниками, и в кроватях с балдахином и красными атласными простынями, и в лодочных сараях, и в детских спальнях.

Твоя
Сексуальная Маньячка и Ненасытная Тварь хх

От кого: Кристиан Грей
Тема: Мокрая клавиатура
Дата: 14 июня 2011 г. 09.37
Кому: Анастейша Стил

Дорогая Сексуальная Маньячка и Ненасытная Тварь

Я только что залил кофе клавиатуру.

Кажется, со мной такого еще не бывало.

Я восхищаюсь женщиной, которая знает географию.

Как я понял, ты хочешь меня только ради моего тела?

Кристиан Грей,
Целиком & Полностью Шокированный Генеральный директор
холдинга «Грей энтерпрайзес»

От кого: Анастейша Стил
Тема: Смех — и тоже мокрая клавиатура
Дата: 14 июня 2011 г. 09.42
Кому: Кристиан Грей

Дорогой Целиком & Полностью Шокированный

Всегда.

Мне надо работать.

Хватит меня отвлекать.

СМ & НТ хх

От кого: Кристиан Грей
Тема: А мне надо?
Дата: 14 июня 2011 г. 09.50
Кому: Анастейша Стил

Дорогая СМ & НТ

Как всегда, твое желание для меня закон.

Я люблю, когда ты смеешься и промокаешь.

Пока, малышка.

х

Кристиан Грей,
Целиком & Полностью Влюбленный, Шокированный и Очарованный
Генеральный директор холдинга «Грей энтерпрайзес»

Я откладываю смартфон и берусь за работу.

В обеденный перерыв Джек просит меня сходить в магазин. Я звоню Кристиану, как только выхожу из кабинета.

— Анастейша, — немедленно отзывается он теплым и ласковым голосом. Этот мужчина заставляет меня таять, даже разговаривая со мной по телефону.

— Кристиан, Джек попросил купить ему ланч.

— Ленивая скотина, — ворчит Кристиан.

Я игнорирую его слова и продолжаю:

— Так что я сейчас иду за едой. Может, ты мне дашь телефон Сойера, чтобы я не отрывала тебя лишний раз от дел?

— Ты не отрываешь, малышка.

— Ты сейчас один?

— Нет. Сейчас со мной сидят шесть человек. Они глядят на меня и удивляются, с кем это я беседую.

Н-да...

— Правда? — ужасаюсь я.

— Да. Правда. Это моя подружка, — объявляет он кому-то.

Черт возьми!

— Знаешь, они, наверно, думали, что ты гей.

Он смеется.

— Да, возможно.

— Э-э, я, пожалуй, пойду. — Я уверена, что он чувствует мое смущение.

— Я сообщу Сойеру. — Он снова смеется. — Есть известия от твоего приятеля?

— Пока нет. Мистер Грей, вы будете первым, кто об этом узнает.

— Хорошо. Пока, детка.

— Пока, Кристиан. — Я усмехаюсь. Всякий раз, когда он так говорит, я невольно улыбаюсь. Это так не похоже на Грея и так похоже.

Когда через несколько секунд я выхожу на улицу, Сойер ждет меня у дверей.

— Здравствуйте, мисс Стил, — церемонно приветствует он меня.

— Здравствуйте, Сойер, — киваю я в ответ, и мы вместе идем в магазин.

С Тейлором я чувствую себя более непринужденно. Когда мы идем до перекрестка, Сойер непрерывно сканирует улицу. Я нервничаю и ловлю себя на том, что копирую его.

В городе Лейла или нет? Может, мы все заразились паранойей Кристиана? Интересно, паранойя входит в пятьдесят оттенков его личности? Я бы дорого дала за полчаса откровенной беседы с доктором Флинном, чтобы это выяснить.

В Сиэтле все как обычно, обеденный перерыв — люди торопятся, чтобы съесть ланч, что-то купить, встретиться с друзьями. Я вижу, как встретились и обнимаются две девушки.

Я скучаю без Кейт. После ее отъезда прошло лишь две недели, но они кажутся мне самыми долгими в жизни. Столько всего произошло — она в жизни не поверит. Ну, я расскажу ей отредактированную версию, не нарушающую соглашение о конфиденциальности. Я хмурюсь. Надо обсудить это с Кристианом. Что скажет Кейт? Страшно даже подумать. Возможно, она вернется с Итаном. При этой мысли меня охватывает восторг, но, с другой стороны, это вряд ли. Скорее всего, она останется там с Элиотом.

— Где вы находитесь, когда ждете меня возле офиса? — спрашиваю я у Сойера, когда мы стоим в очереди. Он стоит впереди, лицом к двери, и непрерывно мониторит улицу и всех, кто входит. Это нервирует.

— Я сижу в кафе, прямо через улицу, мисс Стил.

— Разве вам не скучно?

— Мне — нет, мэм. Это моя работа, — чопорно отвечает он.

Я смущаюсь.

— Извините, я не хотела... — Мой голос срывается.

— Мисс Стил, моя работа — защищать вас. Я этим и занимаюсь.

— О Лейле ничего не слышно?

— Нет, мэм.

Я хмурюсь.

— Откуда вы знаете, как она выглядит?

— Я видел ее фото.

— Вы что же, носите его с собой?

— Нет, мэм. — Он стучит пальцем по лбу. — Я ношу его в памяти.

Конечно. Я бы хотела взглянуть на фотографию Лейлы. Мне интересно посмотреть, как она выглядела до того, как стала Девушкой-Призраком. Интересно, позволит ли мне Кристиан взять ее фото? Но почему бы и нет — ради моей безопасности. У меня возникает план, и мое подсознание одобрительно кивает.

В офис приносят тираж. К моему облегчению, брошюры выглядят превосходно. Я несу одну брошюру Джеку. Его глаза радостно загораются; не знаю, то ли при виде меня, то ли при виде брошюры. Я бы предпочла последнее.

— Ана, все замечательно. — Он лениво перелистывает страницы. — Да, хорошая работа. Ты встречаешься со своим бойфрендом сегодня вечером? — Его рот кривится, когда он произносит «бойфренд».

— Да. Мы вместе живем.

Это хоть какая-то правда. Да, сейчас мы живем вместе. И я официально согласилась переехать к нему, так что я почти не лгу. И надеюсь, что этого достаточно, чтобы отбить у него охоту.

— Нам надо обмыть твою замечательную работу. Он не будет возражать, если ты сегодня выпьешь со мной пива или вина? Ненадолго.

— Сегодня приезжает мой друг, и мы пойдем все вместе ужинать. — «И я буду занята каждый вечер, Джек».

— Понятно. — Он огорченно вздыхает. — Может, когда я вернусь из Нью-Йорка, а? — Он вопросительно смотрит на меня, подняв брови, а его взгляд темнеет.

Ну уж нет...

Я уклончиво улыбаюсь, подавляя отвращение.

— Вам приготовить чай или кофе? — спрашиваю.

— Кофе, пожалуйста.

Его голос звучит хрипло и приглушенно, словно он просит чего-то другого. Урод, он и не собирается отлипать от меня. Сейчас я это вижу. Ну и что же делать?..

Выхожу от него и с облегчением перевожу дух. Он мне надоел. Кристиан прав, и где-то в душе мне даже досадно, что он оказался прав.

Я сажусь на место, и тут звонит «блэкберри» — номер мне незнаком.

— Ана Стил.

— Привет, Стил! — Голос Итана застает меня врасплох.

— Итан! Как дела? — Я чуть не визжу от восторга.

— Рад, что вернулся. Я сыт по горло солнцем, ромовым пуншем и моей сестрой, безнадежно влюбленной в большого парня. Ана, это был ад.

— Да! Море, песок, солнце и ромовые пунши — прямо как цитата из Дантова «Ада». — Я хихикаю. — Ты где находишься?

— Я в Ситаке, жду багаж. А ты что делаешь?

— Работаю. — Он удивленно ахает. — Да, я устроилась на работу, зарабатываю деньги. Может, приедешь сюда и заберешь ключи? Потом, дома, ты мне обо всем расскажешь.

— Прекрасно. Я буду примерно через сорок пять минут, может, через час. Скажи мне твой адрес.

Я диктую ему адрес.

— До встречи, Итан.

— Покеда, — говорит он.

Что? Неужели и Итан тоже? Тут я вспоминаю, что он только что жил рядом с Элиотом. Я быстро печатаю письмо Кристиану.

От кого: Анастейша Стил
Тема: Гость из солнечного края
Дата: 14 июня 2011 г. 14.55
Кому: Кристиан Грей

Дражайший Целиком & Полностью SS&S

Итан вернулся, и он приедет сюда, чтобы забрать ключи от квартиры.

Я очень хочу убедиться, что он нормально устроился.

Ты не хочешь заехать за мной после работы? Мы бы съездили на квартиру, а потом ВМЕСТЕ где-нибудь поужинали.

Я угощаю?

Твоя

Ана х

Все еще СМ & НТ

Анастейша Стил,
секретарь Джека Хайда, редактора, SIP

От кого: Кристиан Грей
Тема: Ужин в ресторане
Дата: 14 июня 2011 г. 15.05
Кому: Анастейша Стил

Я одобряю твой план. За исключением строчки про платеж!

Угощаю я.

Я заеду за тобой в 6.00.

х

P. S. Почему ты не пишешь мне со своего «блэкберри»?

Кристиан Грей,
Целиком & Полностью Раздосадованный Генеральный директор
холдинга «Грей энтерпрайзес»

От кого: Анастейша Стил
Тема: Боссовость
Дата: 14 июня 2011 г. 15.11
Кому: Кристиан Грей

Ну не будь таким грубым и жестоким.

Все зашифровано.

Увидимся в 6:00.

Ана x

Анастейша Стил,
секретарь Джека Хайда, редактора, SIP

От кого: Кристиан Грей
Тема: Доводящая до бешенства особа
Дата: 14 июня 2011 г. 15.18
Кому: Анастейша Стил

Грубый и жестокий!

Я покажу тебе, какой я грубый и жестокий.

И я жду этого часа.

Кристиан Грей,
Целиком & Полностью Раздосадованный, но Улыбающийся
по Какой-то Неизвестной Причине Генеральный директор холдинга
«Грей энтерпрайзес»

От кого: Анастейша Стил
Тема: Обещания. Обещания.
Дата: 14 июня 2011 г. 15.23
Кому: Кристиан Грей

Давайте, мистер Грей

Я тоже жду этого. **смайлик**

Ана x

Анастейша Стил,
секретарь Джека Хайда, редактора, SIP

Он не отвечает, но я и не жду ответа. Представляю себе, как он стонет при виде моих смешанных сигналов; мысль вызывает у меня улыбку. Пару мгновений я даже мечтаю, что он сделает со мной, но ловлю себя на том, что ерзаю на кресле. Мое подсознание неодобрительно взирает на меня поверх узких очков, мол, займись делом.

Чуть позже звонит телефон. Это Клэр из приемной.

— Тут, в приемной, тебя спрашивает какой-то очень клевый парень. Ана, нам надо с тобой как-нибудь вместе выпить. Ты знакома с такими симпатичными парнями, — шепчет она в трубку заговорщицким тоном.

Итан! Нашарив в сумочке ключи, я спешу в вестибюль.

Ни фига себе — выгоревшие на солнце русые волосы, загар такой, что умереть и не встать, яркие оленьи глаза! Как только он видит меня, у него отваливается челюсть; он вскакивает с зеленого кожаного дивана и идет ко мне.

— Ух ты, Ана! — Он хмурит брови, потом наклоняется и обнимает меня.

— Хорошо выглядишь, — говорю я с усмешкой.

— А ты выглядишь... по-другому. Ты какая-то взрослая, холеная. Что случилось? Ты переменила прическу? Стиль одежды? Не знаю, Стил, но ты выглядишь круто!

Я ужасно смущаюсь.

— Да ладно, Итан, я просто одета так, как полагается на работе, — бурчу я и вижу хитроватую усмешку на лице Клэр. — Как там было на Барбадосе?

— Ничего, весело.

— Когда возвращается Кейт?

— Они с Элиотом прилетают в пятницу. У них все чертовски серьезно. — Итан закатывает глаза.

— Я без нее скучала.

— Да? Как у тебя отношения с мистером Великим Моголом?

— С Моголом? — Я хихикаю. — Ну, все интересно. Сегодня он приглашает нас с тобой поужинать.

— Круто. — Кажется, Итан очень доволен. Ага!

— Вот. — Я протягиваю ему ключи. — Адрес у тебя есть?

— Да. Ну, покеда. — Он наклоняется и целует меня в щеку.

— Это выражение Элиота?

— Угу, типа, его влияние.

— Он может. Покеда.

Я улыбаюсь ему, а Итан подхватывает громадную дорожную сумку на ремне, стоявшую возле зеленого дивана, и выходит на улицу.

Когда я оборачиваюсь, Джек бесстрастно взирает на меня из дальнего края вестибюля. Я весело улыбаюсь ему и иду к своему столу, чувствуя на себе взгляд босса. Меня это уже начинает напрягать. Что делать? Понятия не имею. Дождусь, когда вернется Кейт. Она обязательно что-нибудь придумает. Эта мысль разгоняет мое уныние, и я беру в руки следующую рукопись.

Без пяти шесть вновь звонит телефон. Это Кристиан.

— Грубый и жестокий прибыл, — сообщает он, и я улыбаюсь. Все-таки он — все тот же забавный Пятьдесят. Моя внутренняя богиня радостно хлопает в ладоши, как малый ребенок.

— На связи Сексуальная Маньячка и Ненасытная Тварь. Как я понимаю, ты здесь? — сухо спрашиваю я.

— Конечно, мисс Стил. С нетерпением жду вашего появления. — Его голос, ласковый и вкрадчивый, вызывает у меня бешеное сердцебиение.

— Аналогично, мистер Грей. Сейчас выйду.

Я выключаю компьютер и забираю свою сумочку и кремовый кардиган.

— Я пошла, Джек! — кричу я своему боссу.

— Ладно, Ана. Спасибо за работу. Приятного тебе вечера.

— Взаимно.

Почему он не может быть таким нормальным все время? Не понимаю.

«Ауди» стоит у бордюра; Кристиан вылезает из машины при моем появлении. Снимает пиджак и остается в серых брюках, моих любимых, которые свободно висят на его бедрах. Почему этот греческий бог так много значит для меня? В ответ на этот вопрос я улыбаюсь сама себе как идиотка.

Весь этот день он вел себя как влюбленный — влюбленный в меня. Этот прелестный, сложный, порочный мужчина влюблен в меня, а я — в него. Неожиданно я чувствую внутри себя взрыв огромного счастья. Я наслаждаюсь этим моментом, мне кажется, я могу покорить весь мир.

— Мисс Стил, вы выглядите так же соблазнительно, как и утром. — Кристиан заключает меня в объятья и крепко целует.

— Мистер Грей, вы тоже.

— Что ж, поехали к твоему приятелю. — Он улыбается и открывает мне дверцу.

Пока мы едем к нашему с Кейт дому, Кристиан рассказывает, как прошел его день — вроде гораздо лучше, чем вчера. Я с обожанием гляжу на него, а он пытается мне объяснить, какой прорыв в науке совершили на факультете экологии Вашингтонского университета в Ванкувере. Объяснения не очень понятны, но я захвачена его страстным интересом к этой теме. Может, у нас так и будет впереди — хорошие дни и плохие; если хорошие дни будут такими, как этот, мне не на что жаловаться. Он дает мне листок бумаги.

— Вот когда Клод свободен на этой неделе.

А, тренер!

Когда мы подъезжаем, Кристиан достает из кармана свой «блэкберри».

— Грей, — отвечает он. — Рос, что там? — Внимательно слушает, что ему говорят.

— Я пойду и приведу Итана. Через две минуты вернусь, — шепчу я Кристиану и показываю два пальца.

Он рассеянно кивает, очевидно, поглощенный сообщением. Тейлор с теплой улыбкой открывает мне дверцу. Я ухмыляюсь в ответ. Потом нажимаю на кнопку домофона и весело кричу:

— Привет, Итан, это я. Открывай.

Замок жужжит, дверь открывается. Я взбегаю по ступенькам к нашей двери. Оказывается, я не была здесь с субботы, всего четыре дня, а кажется, что целую вечность. Итан любезно оставил дверь открытой. Я шагаю в квартиру и непонятно почему инстинктивно застываю на месте. Через мгновение понимаю причину: возле кухонного островка стоит бледная фигура, направив на меня револьвер. Это Лейла.

Глава 13

Ни хрена себе... Она здесь. Глядит на меня с чудовищным бесстрастным выражением лица, целится из пушки. Мое подсознание шлепается в глубокий обморок, ему не поможет даже нюхательная соль.

Я смотрю на Лейлу, а мой мозг лихорадочно работает. Как она сюда попала? Где Итан? Черт побери! Где Итан?

Ледяной страх стискивает мое сердце, кожа на голове зудит от того, что каждый волосок встал дыбом от ужаса. Вдруг она что-то с ним сделала? У меня учащается дыхание, по телу проносятся волны адреналина и смертельного ужаса. «Спокойно, спокойно», — я повторяю эти слова как мантру.

Она наклоняет голову набок и разглядывает меня, словно я уродец, выставленный на ярмарке. Господи, уродец тут не я.

Мне кажется, что прошла тысяча лет, хотя на самом деле — всего доли секунды. Лицо Лейлы по-прежнему остается бесстрастной маской, а выглядит она, как и в прошлый раз, грязной и неряшливой. Ей весьма не мешало бы принять душ, и на ней все тот же грязный тренчкот. Грязные волосы липнут к голове, висят сосульками; тусклые карие глаза затуманены, и я вижу в них легкое замешательство.

Несмотря на то что в моем рту сухо, как в пустыне, я пытаюсь завязать диалог.

— Привет. Ты Лейла, да? — хрипло каркаю я. Ее губы дергаются, изображая улыбку.

— Она говорит, — шепчет Лейла, и ее голос, одновременно нежный и хриплый, звучит жутковато.

— Да, я говорю. — Я произношу эти слова ласково, словно уговариваю ребенка. — Ты тут одна?

Где Итан? Мое сердце сжимается от ужаса при мысли о том, что он мог пострадать.

Ее лицо вытягивается, мне даже кажется, что она готова зарыдать — такой несчастной она выглядит.

— Одна, — шепчет она. — Одна.

И в одном этом слове звучит такая глубокая печаль, что сердце сжимается. Что она имеет в виду? Я одна? Она одна? Она одна, потому что сделала что-то с Итаном? Только не это... Я с трудом перебарываю страх, сжимающий мое горло.

— Что ты здесь делаешь? Тебе помочь?

Несмотря на душащий страх, мои слова звучат как спокойный, доброжелательный допрос. Она морщит лоб, словно вопросы сбивают ее с толку, но не делает никаких агрессивных шагов. Ее рука по-прежнему спокойно сжимает оружие.

Тогда я выбираю другую тактику, пытаясь не обращать внимания на свои нервы.

— Может, ты хочешь чаю?

Почему я спрашиваю ее об этом? Потому что так Рэй отвечал на любую неожиданную эмоциональную перегрузку. Господи, да его удар бы хватил, если бы он увидел меня в эту минуту. Вообще-то, он уже обезоружил бы ее благодаря своей армейской тренировке... Сейчас она почти не целится в меня. Может, я могу и пошевелиться. Она качает головой и наклоняет ее то в одну, то в другую сторону, словно разминая шею.

Я набираю полную грудь драгоценного воздуха, пытаясь успокоить панику, и иду к кухонному островку. Она хмурится, словно не совсем понимает мои действия, и немного сдвигается, чтобы по-прежнему стоять лицом ко мне. Я беру чайник и дрожащими руками наливаю в него воду из-под крана. Мое дыхание постепенно выравнивается. Да, если она хочет моей смерти, она бы наверняка меня уже застрелила. Она наблюдает за мной с отстраненным любопытством. Я включаю нагрев, а сама мучительно думаю об Итане. Он ранен? Связан?

— В квартире еще кто-нибудь есть? — неуверенно спрашиваю я.

Она наклоняет голову и правой рукой — той, которая не держит револьвер, — хватает прядь своих длинных, грязных волос и начинает ее крутить и теребить. Очевидно, это ее привычка, когда она нервничает; я поражаюсь ее сходству со мной. Затаив дыхание, жду ее ответа. Тревога нарастает почти до невыносимого предела.

— Одна. Совсем одна, — бормочет она. Меня ее слова немного успокаивают. Может, Итана здесь нет.

— Ты точно не хочешь выпить чая или кофе?

— Не хочу пить, — тихо отвечает она и делает осторожный шаг в мою сторону.

Мое ощущение того, что я владею ситуацией, испаряется. Дьявол! Я опять тяжело дышу от страха, который расползается по моим жилам. Несмотря на это, я поворачиваюсь и беру из шкафчика пару чашек.

— Что в тебе есть такого, чего нет у меня? — спрашивает она, вернее, произносит с напевной интонацией ребенка.

— Что ты имеешь в виду, Лейла? — спрашиваю я как могу ласково.

— Мастер, мистер Грей, разрешает тебе называть его по имени.

— Я не сабмиссив, Лейла. Ну, Мастер понимает, что я не способна исполнять эту роль, что я не подхожу, что я неадекватна для нее.

Она наклоняет голову на другую сторону. Очень неестественно, и это меня нервирует.

— Не-аде-кват-на. — Она проговаривает это слово, пробует его на вкус языком. — Но Мастер счастлив. Я видела его. Он улыбается и смеется. С ним это бывает редко, очень редко.

Ничего себе.

— Ты выглядишь, как я. — Лейла меняет тему, удивив меня; ее глаза, кажется, впервые за все время фокусируются на мне. — Мастер любит покорных, которые выглядят как ты и я. Другие, все равно... все равно... и все-таки ты спишь в его постели. Я видела тебя.

Черт! Она была в комнате. Я и не догадывалась об этом.

— Ты видела меня в его постели? — шепчу я.

— Я никогда не спала в постели Мастера, — бормочет она.

Она напоминает мне эфирное видение. Половину личности. Лейла кажется такой эфемерной... Несмотря на то что она держит оружие, я внезапно ощущаю к ней симпатию. Тут она берет револьвер двумя руками, и мои глаза едва не вылезают из орбит.

— Почему мы нравимся Мастеру? Я думаю, что... что... Мастер темный... Мастер темный человек, но я люблю его.

«Нет, нет, он не такой!» — возмущаюсь я в душе. Он не темный. Он хороший человек, и он не на темной стороне. Он присоединился ко мне на светлой. И вот она явилась сюда, пытаясь утащить его назад, с какой-то ущербной идеей о том, что она его любит.

— Лейла, ты не хочешь отдать мне револьвер? — ласково спрашиваю я. Ее рука крепче стискивает его, прижимает к груди.

— Это мое. Это все, что у меня осталось. — Она нежно ласкает револьвер. — Он поможет мне вернуть мою любовь.

Черт!.. Какую любовь, Кристиана? Она словно ударила меня под дых. Я понимаю, что с минуты на минуту он явится сюда выяснить, что меня задержало. Неужели она хочет его застрелить? Мысль так ужасна, что у меня в горле растет огромный комок боли, почти душит меня; он сравним со страхом, который скапливается в моем животе.

В ту же минуту дверь распахивается — на пороге стоит Кристиан. За ним — Тейлор.

Кристиан окидывает меня взглядом с головы до ног, и я замечаю в его взгляде проблеск облегчения. Но оно мгновенно тает, когда Кристиан обнаруживает Лейлу и фокусируется на ней. Он смотрит на нее с пронзительностью, какой я не видела прежде. В его глазах сверкают гнев и испуг.

О нет... нет...

Лейла широко раскрывает глаза, и в какое-то мгновение мне кажется, что к ней вернулся рассудок. Она часто моргает, а ее рука снова крепко сжимает револьвер.

Воздух застревает у меня в горле, а сердце стучит так громко, что в ушах шумит кровь. Нет, нет, нет!..

Весь мой мир оказался сейчас в руках этой бедной, безумной женщины. Станет ли она стрелять? В нас обоих? В Кристиана? Все варианты ужасны.

Однако спустя целую вечность, когда вокруг нас сгущалось время, ее голова опускается, и Лейла смотрит на Кристиана из-под длинных ресниц. На ее лице написана покорность.

Кристиан поднимает руку, приказывая Тейлору оставаться на месте. Побелевшее лицо Тейлора выдает его ярость. Я еще никогда не видела его таким. Но он тихо стоит, а Кристиан и Лейла глядят друг на друга.

Оказывается, я затаила дыхание. Что будет делать она? Что будет делать он? Но они продолжают смотреть друг на друга. На лице Кристиана отражаются какие-то непонятные мне эмоции. Что это — жалость, страх, привязанность... или любовь? Нет, пожалуйста, только не любовь!

Его глаза впиваются в нее, и атмосфера в квартире мучительно медленно меняется. Напряжение накапливается до такой степени, что я ощущаю их связь, электрический заряд между ними.

Нет! Внезапно чувствую, что это я вторгаюсь в их отношения, когда они стоят, глядя друг на друга. Я посторонняя — вуайеристка, подглядывающая запретную интимную сцену, разворачивающуюся за задернутыми занавесами.

Пронзительный взгляд Кристиана разгорается ярче, а его осанка слегка меняется. Он кажется более высоким, каким-то угловатым, холодным и более отрешенным. Я узнаю этот облик. Таким я уже видела Кристиана — в его игровой комнате.

У меня снова встают дыбом волосы. Передо мной сейчас стоит Доминант Кристиан. Я не знаю, рожден он для такой роли или обучен, но я наблюдаю с щемящим сердцем и болезненным ощущением под ложечкой, как Лейла отвечает ему, как раскрываются ее губы, учащается дыхание, а на щеках появляется легкая краска. Нет! Мне мучительно видеть такую неприятную картину из его прошлого.

Наконец, он говорит ей одними губами какое-то слово. Какое, я не слышу, но оно оказывает на Лейлу мгновенное действие. Она падает на колени, склоняет голову, а револьвер выпадает из ее руки на деревянный пол. Ничего себе!..

Кристиан спокойно идет к револьверу и, грациозно наклонившись, поднимает его. Рассматривает его с плохо скрытым отвращением и сует в карман пиджака. Снова смотрит на Лейлу, покорно стоящую на коленях возле кухонного островка.

— Анастейша, ступай с Тейлором, — приказывает он. Тейлор шагает за порог и глядит на меня.

— Итан, — шепчу я.

— Вниз, — спокойным тоном повторяет Кристиан, не отрывая глаз от Лейлы.

Надо идти вниз. Не оставаться здесь. С Итаном все в порядке. Волна облегчения стремительно проносится по моему телу, и в какой-то момент мне кажется, что я упаду в обморок.

— Анастейша. — Голос Кристиана грозный и предостерегающий.

Я гляжу на него, моргая, и не могу пошевелиться. Я не хочу оставлять его — оставлять с ней. Он делает несколько шагов и встает возле покорной Лейлы, словно хочет ее защитить. Она затихла как-то неестественно. Я не могу оторвать глаз от обоих — вместе...

— Ради бога, Анастейша, хоть раз в жизни сделай то, что тебе говорят, и ступай!

Кристиан смотрит мне в глаза, его голос похож на осколок льда. Я чувствую гнев за этими спокойными словами.

Он сердится на меня? Нет, не надо, пожалуйста! Мне кажется, что он ударил меня по щеке. Почему он хочет остаться с ней?

— Тейлор, отведите мисс Стил вниз. Немедленно.

Тейлор кивает ему, а я гляжу на Кристиана.

— Почему? — шепчу я.

— Ступай. Возвращайся в мою квартиру. — Его глаза холодно сверкают. — Я должен остаться наедине с Лейлой, — настойчиво повторяет он.

Мне кажется, что он пытается что-то сказать, но я настолько потрясена всем случившимся, что не уверена в этом. Я перевожу взгляд на Лейлу и замечаю еле заметную улыбку на ее губах, хотя в остальном она неподвижна. Настоящая саба. Дьявол!.. У меня холодеет все внутри.

Вот что ему нужно. Вот что ему нравится. Нет!.. Мне хочется плакать.

— Мисс Стил, Ана. — Тейлор протягивает мне руку, пытаясь увести. Я оцепенела от ужасной сцены, которую вижу перед собой. Она подтверждает мои худшие опасения: Кристиан и Лейла вместе — Мастер и его саба.

— Тейлор, — торопит Кристиан, и Тейлор наклоняется и берет меня в охапку.

Последнее, что я вижу, когда мы уходим, — как Кристиан нежно гладит Лейлу по голове и говорит ей что-то ласковое.

Нет!

Тейлор несет меня вниз по ступенькам, а я безвольно лежу у него на руках, стараясь понять, что произошло за последние десять минут — или больше? Меньше? Я совершенно потеряла счет времени.

Кристиан и Лейла, Лейла и Кристиан... вместе? Что он делает сейчас с ней?

— Господи, Ана! Что происходит, черт побери?

Я с облегчением вижу, как Итан идет по маленькому вестибюлю со своей огромной сумкой. Ну слава богу, с ним все в порядке!.. Когда Тейлор ставит меня на ноги, я бросаюсь к Итану, висну у него на шее.

— Итан! Слава богу! — Я обнимаю его, прижимаю к себе. Я так волновалась и теперь на краткий миг радуюсь передышке от нарастающей внутри меня паники.

— Что происходит, а? Ана, кто этот мужик?

— Ой, извини, Итан. Это Тейлор. Он работает с Кристианом. Тейлор, это Итан, брат моей подруги.

Они кивают друг другу.

— Ана, что происходит там, наверху? Я доставал ключи
от квартиры, когда эти парни набросились на меня и ото-
брали их. Один из них был Кристиан...

— Ты приехал позже... Слава богу.

— Да. Я встретил приятеля из Пуллмана — мы с ним
выпили. Так что происходит наверху?

— Там бывшая девушка Кристиана. В нашей квартире.
У нее крыша поехала, и Кристиан... — Мой голос дрогнул,
на глаза навернулись слезы.

— Эй, — шепчет Итан и прижимает меня крепче. —
Кто-нибудь вызвал копов?

— Нет, они не нужны.

Я рыдаю у него на груди и никак не могу остановиться;
напряжение последнего часа выливается из меня слезами.
Итан обнимает меня, но я чувствую его удивление.

— Эй, Ана, пойдем, выпьем.

Он неловко хлопает меня по спине. Внезапно я тоже
чувствую неловкость и смущение; честно говоря, мне хочется побыть одной. Но я киваю, приняв его приглашение.
Мне хочется быть подальше отсюда, от того, что творится
наверху.

Я поворачиваюсь к Тейлору.

— Квартиру проверяли? — спрашиваю я сквозь слезы,
вытирая нос тыльной стороной руки.

— Сегодня днем. — Тейлор виновато пожимает плечами
и протягивает мне платок. Он удручен. — Простите, Ана.

Я хмурюсь. Господи, у него такой виноватый вид! Я не
хочу огорчать его еще больше.

— Она все время ускользала от нас со сверхъестествен-
ной ловкостью, — хмуро добавляет он.

— Мы с Итаном сейчас ненадолго отлучимся
и выпьем. — Я утираю глаза.

Тейлор переминается с ноги на ногу.

— Мистер Грей хотел, чтобы вы вернулись в квартиру, — спокойно напоминает он.

— Но ведь нам сейчас известно, где Лейла. — Я не в силах убрать горечь из голоса. — Поэтому необходимость

в охране отпала. Передайте Кристиану, что мы встретимся с ним позже.

Тейлор открывает рот и хочет что-то возразить, но потом благоразумно закрывает его.

— Может, ты оставишь сумку у Тейлора? — предлагаю я Итану.

— Нет, спасибо, я возьму ее с собой.

Итан кивает Тейлору и ведет меня к выходу. Я слишком поздно вспоминаю, что оставила сумочку на заднем сиденье «Ауди», так что у меня нет ни цента.

— Моя сумка...

— Не беспокойся, — с озабоченным лицом бормочет Итан. — Я угощаю.

Мы выбираем бар на другой стороне улицы, садимся у окна на деревянные стулья. Я хочу видеть, что происходит — кто приходит и, что важнее, кто уходит. Итан протягивает мне бутылку пива.

— Проблемы с бывшей? — осторожно интересуется он.

— Все немного сложнее, — бормочу я, резко замкнувшись.

Я не могу говорить об этом — я подписала договор. Впервые за все время я по-настоящему жалею об этом, тем более что Кристиан ничего не сказал о сроке давности.

— У меня много времени, — мягко говорит Итан и делает большой глоток пива.

— Они были вместе несколько лет назад. Она вышла замуж, потом сбежала от мужа с каким-то парнем. Пару недель назад парень погиб в автомобильной аварии, и теперь она стала охотиться за Кристианом. — Я пожимаю плечами. По сути, тут нечего и скрывать.

— Охотиться?

— У нее была пушка.

— Черт побери!

— Вообще-то она никому не угрожала. Может, собиралась застрелиться. Вот почему я так волновалась за тебя. Я не знала, был ли ты в квартире.

— Понятно. Похоже, у нее неустойчивая психика.

— Да, верно.

— А что сейчас с ней делает Кристиан?

У меня отливает кровь от лица, а к горлу подступает желчь.

— Не знаю, — шепчу я.

Итан таращит глаза — наконец-то он все понял.

Вся моя проблема в этом. Какого черта они там делают? Разговаривают, надеюсь. Просто разговаривают. И все-таки я вижу мысленным взором, как его рука нежно гладит ее волосы.

«У нее расстроена психика, и Кристиан заботится о ней, вот и все», — уговариваю я себя. Но мое подсознание грустно качает головой.

Дело не только в этом. Лейла способна удовлетворять его потребности так, как не могу я. Эта мысль меня угнетает.

Я вспоминаю все, что мы делали за последние дни, — его признание в любви, игривый юмор, хорошее настроение. Но в памяти все время всплывают слова Элены и беспокоят меня. Недаром говорится — когда подслушиваешь чужой разговор, ничего приятного для себя не услышишь.

«Тебе не хватает ее... игровой комнаты?»

Я быстро приканчиваю бутылку, и Итан ставит новую. Сейчас я плохой компаньон, но, к его чести, он остается со мной, что-то болтает, старается развеселить меня, говорит о Барбадосе, о выходках Кейт и Элиота, и это меня прекрасно отвлекает. Но лишь отвлекает.

Мои разум, сердце, душа по-прежнему находятся там, в квартире, вместе с Кристианом и женщиной, которая была когда-то его сабмиссив. Она считает, что любит его до сих пор. Она выглядит как я.

Когда я пью третью бутылку, перед домом рядом с «Ауди» останавливается большой «Лендкрузер» с тонированными стеклами. Из него выходит доктор Флинн (я узнаю его) в сопровождении женщины, одетой в бледно-голубую медицинскую форму. Я вижу, как Тейлор впускает их в парадную дверь.

— Кто это? — спрашивает Кристиан.

— Некий доктор Флинн. Знакомый Кристиана.

— Что он лечит?

— Невропатолог.

— А-а.

Мы ждем, что будет дальше. Через несколько минут они возвращаются. Кристиан несет Лейлу, завернутую в одеяло. Что? Я с ужасом смотрю, как все они садятся в машину и уезжают.

Итан сочувственно поглядывает на меня, а я чувствую себя одинокой и брошенной.

— Можно я выпью что-нибудь покрепче? — прошу я Итана.

— Конечно. Что ты хочешь?

— Бренди. Пожалуйста.

Итан кивает и идет к бару. Я гляжу через стекло на парадную. Через несколько мгновений из нее выходит Тейлор, садится в «Ауди» и уезжает в направлении «Эскалы»... Вслед за Кристианом? Не знаю.

Итан ставит передо мной большую бутылку бренди.

— Ну, Стил. Давай напьемся.

Мне кажется, что это лучшее предложение, какое я слышала в последние часы. Мы чокаемся, и я делаю глоток жгучей янтарной жидкости. Наконец-то я могу отвлечься от ужасной боли, поселившейся в моем сердце.

Уже поздно, я опьянела. У нас с Итаном нет ключей от квартиры. Он настаивает на том, что проводит меня до «Эскалы», а сам отправится дальше. Он уже позвонил приятелю, с которым пил днем, и договорился о встрече.

— Так вот где живет Могол, — присвистывает Итан.

Я киваю.

— Ты наверняка не хочешь, чтобы я поднялся к нему вместе с тобой? — спрашивает он.

— Нет, мне нужно разобраться во всем — или просто лечь спать.

— Завтра увидимся?

— Да. Спасибо, Итан. — Я обнимаю его.

— Все будет нормально, Стил, — бормочет он мне на ухо. Потом разжимает объятья и смотрит, как я вхожу в здание.

— Покеда, — кричит он. Я слабо улыбаюсь ему и машу рукой, потом вызываю лифт.

Я выхожу из лифта и направляюсь в квартиру Кристиана. Тейлора нет, и это необычно. Распахнув двустворчатые двери, вхожу в большую комнату. Кристиан ходит по комнате и разговаривает по телефону.

— Она здесь, — рявкает он и поворачивается ко мне. — Где ты была, мать твою? — орет он, но не двигается с места.

Он злится на меня? Это он-то? Сам провел бог знает сколько времени со своей чокнутой? И теперь злится на меня?

— Ты пьянствовала? — с ужасом спрашивает он.

— Немножко. — Не думаю, что это было так заметно.

Он тяжело дышит и проводит рукой по волосам.

— Я велел тебе возвращаться сюда. — Его голос зловеще спокоен. — Уже четверть одиннадцатого. Я волновался.

— Я пошла выпить с Итаном, пока ты возился со своей бывшей, — прошипела я в ответ. — Я не знала, сколько ты собирался пробыть... с ней.

Он щурит глаза, делает несколько шагов ко мне, но останавливается.

— Почему ты говоришь это таким тоном?

Я пожимаю плечами и гляжу на свои пальцы.

— Ана, в чем дело? — Впервые за это время я слышу в его голосе не только гнев, но и что-то другое. Что? Страх?

Я с трудом сглатываю и пытаюсь обдумать, что хочу сказать.

— Где Лейла? — Я гляжу на него исподлобья.

— В психиатрической больнице во Фримонте, — отвечает он, пристально вглядываясь в мое лицо. — Ана, что такое? — Теперь он стоит прямо передо мной. — В чем дело?

Я трясу головой.

— Я тебе не гожусь.

— Что? — В его глазах появляется тревога. — Почему ты так считаешь? Как ты можешь так думать?

— Я не могу дать тебе все, что тебе нужно.

— Ты — все, что мне нужно.

— Просто я увидела тебя с ней... — Мой голос оборвался.

— Почему ты мучаешь меня? Дело не в тебе, Ана. Дело в ней. — Он прерывисто вдыхает воздух и снова проводит рукой по волосам. — В настоящий момент она очень больна.

— Но я почувствовала... то, что вас соединяет.

— Что? Нет. — Он тянет ко мне руку, а я инстинктивно делаю шаг назад. Его рука безвольно падает, он глядит на меня. Мне кажется, что он охвачен паникой.

— Ты уходишь? — шепчет он; его глаза полны страха.

Я молчу, пытаясь собрать мои разбежавшиеся мысли.

— Не надо, — умоляет он.

— Кристиан... я... — Что я пытаюсь сказать ему? Мне нужно время, чтобы все обдумать. — Дай мне время.

— Нет. Нет! — говорит он.

— Я...

Он обводит комнату безумным взглядом. Зачем? Ждет озарения? Вмешательства высшей силы? Я не знаю.

— Ты не можешь уйти, Ана. Я люблю тебя!

— Я тоже люблю тебя, Кристиан, просто...

— Нет... нет! — в отчаянии говорит он и хватается руками за голову.

— Кристиан...

— Нет, — шепчет он с расширенными в панике глазами и внезапно падает передо мной на колени и склоняет голову. Тяжело вздыхает и не шевелится.

Что?..

— Кристиан, что ты делаешь?

Он продолжает так стоять, не глядя на меня.

— Кристиан! Что ты делаешь? — повторяю я, почти кричу. Он не шевелится. — Кристиан, смотри на меня! — в панике приказываю я.

Он тут же поднимает голову и послушно смотрит на меня своими серыми глазами — почти безмятежно... с ожиданием.

Черт побери! Кристиан. Сабмиссив.

Глава 14

Кристиан на коленях у моих ног, не отрывающий от меня своих безжизненных серых глаз — самое ужасное зрелище в моей жизни. Лейла с ее пушкой не идет ни в какое сравнение. Я тотчас протрезвела, кровь отхлынула от моего лица, алкогольный дурман моментально рассеялся, его сменило жуткое ощущение обреченности, рока.

Я резко, со всхлипом вздыхаю. У меня шок. «Нет. Нет, это неправильно, очень неправильно и очень тревожно».

— Кристиан, пожалуйста, не делай так! Я не хочу.

Он по-прежнему пассивно смотрит на меня, не шевелится, ничего не говорит.

«Да что ж такое! Мой бедный Пятьдесят». Мое сердце сжимается от тоски. Что я ему сделала? Из моих глаз брызнули слезы.

— Зачем ты это делаешь? Говори со мной, — шепчу я. Он моргает.

— Что ты хочешь от меня услышать? — говорит он мягко, бесстрастно, и на секунду я испытываю облегчение, что он разговаривает... Но нет — не так, нет. Нет.

Слезы уже текут по моим щекам. Внезапно я понимаю, что не могу смотреть, как он сидит в той же смиренной позе, что и жалкое существо по имени Лейла. У меня разрывается сердце при виде сильного мужчины, который на самом деле остается маленьким мальчиком, ужасно обиженным и никому не нужным, который чувствует себя недостойным любви ни своей идеальной семьи, ни далекой от совершенства подружки... моим бедным мальчиком.

Сочувствие, отчаяние, боязнь переполняют мое сердце, сдавливают мое горло. Я буду бороться и верну его назад, верну назад моего Кристиана.

Мне отвратительна мысль о том, что я буду доминировать над кем-то. А от мысли о доминировании над Кристианом меня вообще тошнит. Тогда я стану похожа на нее — на женщину, которая сделала с ним это.

При этой мысли я содрогаюсь и чувствую во рту вкус желчи. Никогда не буду это делать. Никогда не захочу.

Когда мои мысли проясняются, я вижу единственный выход. Я смахиваю слезы тыльной стороной руки и, не отрывая своих глаз от его, опускаюсь перед ним на колени.

Деревянный пол жесткий и неудобный. Зато мы теперь равны, мы на одном уровне. Только так я могу вернуть его обратно.

Его глаза раскрываются чуть шире, но поза и выражение лица не меняются.

— Кристиан, не надо так делать, — умоляю я. — Никуда я не собираюсь убегать. Сколько раз я говорила тебе, что никуда не убегу. — Все, что произошло, сильно подействовало на меня. Мне требуется время, чтобы это осмыслить... побыть наедине с собой. Почему ты всегда предполагаешь худшее?

Мое сердце опять сжимается от жалости. Я знаю ответ: потому что Кристиан не любит себя, не верит, что он кому-то нужен.

Мне вспоминаются слова Элены.

«Она знает, как ты негативно относишься к себе? О всех твоих проблемах?»

О Кристиан... Страх снова сжимает мое сердце, и я начинаю отчаянно говорить:

— Я хотела бы сегодня вечером вернуться к себе в квартиру. Ты не давал мне времени... времени просто подумать обо всех переменах, случившихся в моей жизни. — Я рыдаю, и по его лицу пробегает тень. — Просто подумать. Мы почти не знаем друг друга, и весь багаж, который ты несешь с собой... мне нужно... мне нужно время на его осмысление. А теперь, когда Лейла... ну... когда она уже не бродит по улицам, и угрозы больше нет... я подумала... я подумала...

Мой голос прерывается, и я смотрю на него. Он внимательно смотрит на меня, я думаю, что и слушает.

— Увидев тебя с Лейлой... — Я закрываю глаза — меня опять гложет болезненное воспоминание о его тесной связи с экс-сабой. — Я пережила такой шок. Я как бы заглянула в твою прежнюю жизнь... и... — Я гляжу на свои крепко сжатые кулаки, а слезы все текут и текут по щекам. — Я по-

няла, что недостаточно хороша для тебя. Я испугалась, что
надоем тебе, и тогда ты уйдешь... а я окажусь в положении
Лейлы... стану тенью. Потому что я люблю тебя, Кристиан,
и если ты бросишь меня, то словно солнце погаснет. Я останусь во мраке. Я никуда не хочу убегать. Просто я очень
боюсь, что это ты бросишь меня...

Говоря ему это — в надежде, что он слушает, — я понимаю, в чем моя истинная проблема. Просто я не понимаю,
почему он любит меня. Я никогда не понимала, почему он
любит меня.

— Я не понимаю, почему ты находишь меня привлекательной, — бормочу я. — Ты... ну, ты — это ты... а я...—
Я пожимаю плечами и гляжу на него. — Мне просто непонятно. Ты красивый, сексуальный, успешный, добрый,
хороший, заботливый и все такое — а я нет. И я не могу делать то, что тебе нравится. Я не могу дать тебе то, что тебе
нужно. Разве ты будешь счастлив со мной? Как я смогу
тебя удержать? — Когда я высказываю свои самые большие
опасения, мой голос понижается до шепота. — Я никогда
не понимала, что ты находишь во мне. А когда увидела тебя
с ней, мне все это стало ясно окончательно.

Я шмыгаю носом, вытираю слезы рукой, гляжу на его
бесстрастное лицо.

Боже, как это невыносимо! «Говори со мной, черт побери!»

— Ты собираешься тут стоять всю ночь? Потому что я
тоже буду стоять, — рявкаю я.

Кажется, его лицо смягчилось — чуть оживилось. Но
это так трудно понять.

Я могла бы протянуть руку и дотронуться до него, но это
стало бы грубым злоупотреблением положением, в которое
он меня поставил. Я не хочу этого, но я не знаю, чего он
хочет или что пытается мне сказать. Я просто не понимаю.

— Кристиан, пожалуйста, пожалуйста... говори со
мной, — молю я его, заламывая руки.

Мне так неудобно стоять на коленях, но я стою, глядя
в его серьезные, прекрасные серые глаза, и жду.
И жду.

И жду.

— Пожалуйста, — снова молю я.

Неожиданно его глаза темнеют. Он моргает.

— Я так испугался, — шепчет он.

Ну слава богу! Мое подсознание плетется в свое кресло, вздыхает с облегчением и делает большой глоток джина.

Он заговорил! Меня переполняет радость, и я сглатываю, пытаясь совладать с эмоциями и удержать новую порцию слез, готовых хлынуть из глаз.

Его голос звучит тихо и ласково.

— Когда к дому подошел Итан, я понял, что кто-то пустил тебя в квартиру. Мы с Тейлором выскочили из машины... Потом я увидел ее там, с тобой — вооруженную. Наверно, я был еле жив от страха. Тебе кто-то угрожал... сбылись мои самые худшие опасения. Я был так зол — на нее, на тебя, на Тейлора, на себя. — Он покачал головой и страдальчески поморщился. — Я не знал, насколько она переменилась. Не знал, что делать. Не знал, как она будет реагировать на меня. — Он замолчал и нахмурился. — А потом она сама дала мне подсказку; она стала такой покорной. Тут я понял, как мне действовать. — Он останавливается, глядит на меня, пытается угадать мою реакцию.

— Дальше, — шепчу я. Он вздыхает.

— Я увидел ее в таком состоянии и понял, что я, возможно, тоже виноват в ее надломе. Ведь она всегда была живой и озорной.

Он опять закрывает глаза, тяжело вздыхает, чуть ли не всхлипывает. Мне мучительно это видеть, но я стою на коленях и слушаю, вся внимание.

— Она могла причинить тебе вред. И я был бы виноват в этом. — Его глаза наполняются ужасом, и он снова замолкает.

— Но ведь не причинила же, — шепчу я. — И ты не виноват в ее безумии, Кристиан. — Я смотрю на него и жду продолжения.

Тут я понимаю, что он делал все это ради моей безопасности и, возможно, ради Лейлы, потому что он волнуется за нее. Но насколько она ему небезразлична? Этот нежеланный вопрос не дает мне покоя. Кристиан говорит, что любит меня, но ведь тогда он грубо выкинул меня из собственного дома.

— Я лишь хотел, чтобы ты ушла, — бормочет он, проявляя жутковатую способность читать мои мысли. — Я хотел, чтобы ты была подальше от опасности, а... Ты. Не. Хотела. Уходить, — шипит он сквозь стиснутые зубы и качает головой. Его отчаяние очевидно.

Он пристально смотрит на меня.

— Анастейша Стил, вы самая упрямая из женщин, которых я знаю. — Он закрывает глаза и снова недоверчиво качает головой.

«А, он вернулся». Я вздыхаю с облегчением, словно очищаюсь от тревог.

Он опять открывает глаза, на его лице грусть — искренняя грусть.

— Ты не собиралась сбежать? — спрашивает он.

— Нет!

Он закрывает глаза и заметно успокаивается. Когда открывает глаза, я вижу его боль и страдание.

— Я подумал... — Он замолкает. — Ана. Вот я весь перед тобой... и я весь твой. Что мне сделать, чтобы ты это поняла? Чтобы ты увидела, что я хочу тебя всю, всю целиком, какая ты есть. Что я люблю тебя.

— Я тоже люблю тебя, Кристиан, и видеть тебя вот таким, это... — У меня дрогнул голос и полились слезы. — Я думала, что сломала тебя.

— Сломала? Меня? Да нет, Ана, как раз наоборот. — Он берет меня за руку. — Ты указываешь мне правильную линию жизни, — шепчет он и целует мои пальцы, потом прижимает свою ладонь к моей.

С расширенными от страха глазами он осторожно тянет к себе мою руку и кладет ее себе на грудь, чуть выше сердца — на запретную зону. Его дыхание учащается. Сердце выстукивает под моими пальцами лихорадочный ритм. Стиснув зубы, он не отрывает от меня глаз.

Я ахаю. Мой Кристиан! Он позволил мне дотронуться до него. Сейчас мне кажется, что из моих легких испарился весь воздух. Кровь стучит в моих ушах; ритм моего сердца сравнивается с его ритмом.

Он отпускает мою руку, оставив ее там, чуть выше сердца. Я слегка сгибаю пальцы и под тканью рубашки чувствую тепло его кожи. Он затаил дыхание. Я не могу вынести это и хочу убрать руку.

— Нет, — тотчас же говорит он и снова накрывает мою руку своей ладонью, прижимает к груди мои пальцы. — Не надо.

Осмелев, я придвигаюсь ближе, чтобы наши колени касались друг друга, и медленно поднимаю другую руку, чтобы он успел понять мои намерения. Он шире раскрывает глаза, но меня не останавливает.

Я осторожно расстегиваю пуговицы на его рубашке. Одной рукой это делать трудно. Я шевелю пальцами другой руки, и он отпускает ее, позволив мне расстегнуть его рубашку двумя руками. Не отрывая глаз, я распахиваю рубашку, обнажив его грудную клетку.

Он сглатывает, раскрывает губы; его дыхание учащается, и я чувствую, как внутри него нарастает паника. Но он не отстраняется от меня. Может, он до сих пор пребывает в режиме сабмиссива? Я не понимаю.

Продолжать или нет? Я не хочу причинить ему вред, физический или моральный. Сигналом к пробуждению для меня стал эпизод, когда Кристиан предлагал мне себя.

Я протягиваю руку, она приближается к его груди, а я гляжу на него... прошу его разрешения. Еле заметно он наклоняет голову набок и сжимается в ожидании моего прикосновения; он него исходит напряжение, но на этот раз не гнев — а страх.

Я колеблюсь. Могу ли я сделать это?

— Да, — шепчет он — опять проявляя жутковатую способность отвечать на мои невысказанные вопросы.

Я тянусь кончиками пальцев к волосам на его груди и легонько глажу их. Он закрывает глаза, морщится, словно от невыносимой боли. Мне мучительно видеть это, и я немедленно отдергиваю руку, но он тут же хватает ее и прижимает к своей груди, так, что волосы щекочут мне ладонь.

— Нет, — говорит он через силу. — Так надо.

Он крепко зажмурил глаза. Ему сейчас очень трудно. Но и мне тоже не легче. Я осторожно провожу пальцами по его груди, наслаждаясь упругостью его кожи и боюсь, что зашла слишком далеко.

Он открывает глаза; в них пылает серый огонь.

Черт побери... Его взгляд горячий, невероятно интенсивный, дикий, а дыхание неровное. Я неловко ежусь под ним, но чувствую, как у меня бурлит кровь.

Он не останавливает меня, и я снова глажу пальцами его грудь. Он тяжело дышит, раскрыв рот, и я не понимаю, от страха или от чего-то другого.

Мне так давно хотелось поцеловать его там, и я, все еще стоя на коленях, тянусь вперед, встречаю его взгляд и даю ему понять свои намерения. Потом нежно целую чуть выше сердца и чувствую губами его теплую, так сладко пахнущую кожу.

Его сдавленный стон пугает меня. Я тут же сажусь на корточки и со страхом гляжу ему в лицо. Его глаза крепко закрыты, он не шевелится.

— Еще, — шепчет он; я снова наклоняюсь к его груди и на этот раз целую один из шрамов. Он ахает, я целую другой и третий. Он громко стонет и неожиданно обнимает меня, хватает одной рукой мои волосы и больно и резко дергает их вниз. Мои губы тут же оказываются возле его жадных губ. Мы целуемся, я запускаю пальцы в его волосы.

— Ох, Ана, — шепчет он и кладет меня на пол. Через мгновение я уже лежу под ним. Я беру в ладони его прекрасное лицо и ощущаю под пальцами его слезы.

Он плачет... Нет. Нет!

— Кристиан, пожалуйста, не плачь! Я серьезно говорю, что никогда тебя не оставлю. Мне очень жаль, если у тебя сложилось другое впечатление... пожалуйста, прости меня. Я люблю тебя. Я буду всегда тебя любить.

Он смотрит на меня, и на его лице застыла болезненная гримаса.

— В чем дело?

В его больших глазах застыло отчаяние.

— Почему ты считаешь, что я брошу тебя? В чем секрет? Что заставляет тебя думать, что я уйду? Скажи мне, Кристиан, пожалуйста...

Он садится, на этот раз по-турецки, я тоже сажусь, вытянув ноги. Мне хочется встать с пола, но я не хочу нарушать его ход мыслей. Кажется, он наконец-то готов мне поверить.

Он смотрит на меня с отчаяньем. Вот черт, это плохо...

— Ана... — Он замолкает, подыскивая слова; на его лице застыла боль. Куда мы с ним идем?..

Он тяжело вздыхает и сглатывает комок в горле.

— Ана, я садист. Я люблю хлестать маленьких девушек с каштановыми волосами, таких как ты, потому что вы все выглядите как моя родная мать-проститутка. Конечно, ты можешь догадаться почему.

Он залпом выпаливает эту фразу, словно она была приготовлена давным-давно, и ему отчаянно хочется от нее избавиться.

Мой мир шатается и кренится. Только не это...

Не этого я ожидала. Это плохо. Действительно плохо. Я гляжу на него, пытаясь понять смысл того, что он сейчас сказал. Вот почему все мы походим друг на друга.

Моя первая мысль: Лейла была права, «Мастер темный».

Я вспоминаю свой первый разговор с ним о его наклонностях, тогда, в Красной комнате боли.

— Ты ведь сказал, что ты не садист, — шепчу я, пытаясь понять, как-то его оправдать.

— Нет, я сказал, что был доминантом. Если я и солгал, то это была ложь по умолчанию. Прости. — Он глядит на свои ухоженные ногти.

Мне кажется, что он помертвел. Оттого, что солгал мне? Или оттого, что он вот такой?

— Когда ты задала мне этот вопрос, я рассчитывал, что между нами будут совсем другие отношения, — бормочет он. По его взгляду я вижу, что он в ужасе.

Потом я внезапно понимаю весь кошмар нашей ситуации. Если он садист, ему в самом деле нужна вся эта порка и прочая дрянь. Дьявол. Я прячу лицо в ладонях.

— Значит, так и есть, — шепчу я, глядя на него. — Я не могу дать тебе то, чего ты жаждешь. — Да, это действительно означает, что мы несовместимы.

Паника сжимает мне горло, мир рушится под ногами. Вот как. Мы не можем быть вместе.

Он хмурится.

— Нет-нет-нет, Ана. Нет. Ты можешь. Ты мне точно даешь то, что нужно. — Он сжимает кулаки. — Пожалуйста, поверь мне, — бормочет он; его слова — страстная мольба.

— Кристиан, я не знаю, чему верить. Все так неприятно, — хрипло шепчу я, давясь от непролитых слез.

Он устремляет на меня взгляд, и сейчас его глаза светятся надеждой.

— Ана, поверь мне. После того как я наказал тебя и ты ушла, мной мир переменился. Я не шутил, когда сказал, что буду избегать того чувства. — Он смотрит на меня с болезненной мольбой. — Когда ты сказала, что любишь меня, это было словно откровение. Никто и никогда прежде не говорил мне этого, и мне показалось, будто я что-то сбросил с себя — или, может, ты сбросила это с меня, не знаю. Мы с доктором Флинном до сих пор спорим об этом.

О! В моем сердце на миг вспыхивает надежда. Может, все еще образуется? Я хочу, чтобы у нас все было хорошо, разве нет?

— Что это значит? — шепчу я.

— Это значит, что я не нуждаюсь в этом. Сейчас не нуждаюсь.

Что?

— Откуда ты знаешь? Как ты можешь говорить с такой уверенностью?

— Я просто знаю. Мысль о том, чтобы причинить тебе боль... любую физическую... мне отвратительна.

— Я не понимаю. А как же линейка, и шлепанье, и секс с извращениями?

Он проводит рукой по волосам и даже чуть улыбается, но потом с сожалением вздыхает.

— Я говорю про тяжелый секс, Анастейша. Ты бы видела, что я могу делать палкой или плеткой.

У меня от изумления отвисает челюсть.

— Что-то мне не хочется.

— Знаю. Если бы ты хотела, то хорошо... но ты не хочешь, и я это понимаю. Я не могу заниматься этим с тобой, если ты не хочешь. Я уже не раз говорил тебе, что все в твоей власти. А теперь, когда ты вернулась, я вообще не чувствую в этом потребности.

Какой-то момент я гляжу на него, раскрыв рот, и пытаюсь осмыслить сказанное.

— Значит, когда мы встретились, ты этого хотел?

— Да, несомненно.

— Кристиан, каким образом твоя потребность могла просто так взять и пройти? Типа того, что я что-то вроде панацеи и ты излечился? Я этого не понимаю.

Он опять вздыхает.

— Я бы не назвал это «излечился». Ты мне не веришь?

— Я просто считаю, что в это трудно поверить. Это разные вещи.

— Если бы ты не ушла от меня, я бы, возможно, не почувствовал этого. Твой уход от меня был самой лучшей вещью, которую ты сделала... для нас. Он заставил меня понять, как я хочу тебя, именно тебя, и я с полной ответственностью говорю, что принимаю тебя всякую.

Широко раскрыв глаза, я смотрю на него. Можно ли в это поверить? У меня болит голова от попыток осмыслить все это, а глубоко внутри я чувствую... онемение.

— Ты все еще здесь. Я думал, что ты сразу уйдешь после моих слов, — шепчет он.

— Почему? Потому что я могла подумать, что ты свихнулся на сексуальной почве, что тебя тянет пороть и трахать женщин, которые похожи на твою мать? С чего ты взял? — прошипела я, взмахнув ресницами.

Он бледнеет от моих гневных слов.

— Ну, в целом да, — отвечает он с обидой.

Глядя в его печальные глаза, я уже жалею о своей выходке и хмурюсь, чувствуя свою вину.

Что же мне делать? Я гляжу на него; он выглядит понурым, искренним... он выглядит, как мой Пятьдесят.

Тут я неожиданно вспоминаю фотографию в его детской и понимаю, почему женщина на ней показалась мне такой знакомой. Она похожа на него. Вероятно, это была биологическая мать.

Мне на ум приходит, как после моего вопроса он отмахнулся: «Так... Неважно...» Она виновата во всем этом... и я выгляжу как она... Дьявол!

Он смотрит на меня больными глазами, и я понимаю, что он ждет моего следующего шага. Кажется, он искренне сказал, что любит меня, но у меня голова идет кругом.

Все так запутанно. Он говорил про Лейлу другое, но теперь я точно знаю, что она была способна удовлетворять его закидоны. Эта мысль мне невыносима и вгоняет в тоску.

— Кристиан, я страшно устала. Давай все обсудим завтра. Я хочу спать.

Он удивленно моргает.

— Ты не уходишь?

— А ты что, хочешь, чтобы я ушла?

— Нет! Я думал, что ты уйдешь, как только узнаешь.

Все время он ждал, что я уйду, как только узнаю его темные секреты... и вот теперь я знаю. Надо же, Мастер на самом деле темный.

Может, мне надо уйти? Я гляжу на него, на этого безумца, которого я люблю, да, люблю.

Могу ли я бросить его? Я уже уходила от него однажды, и это чуть не сломало меня... и его. Я люблю его. Я знаю это, несмотря на его признание.

— Не бросай меня, — шепчет он.

— Да что мне, крикнуть громко «нет»? Я не собираюсь уходить! — ору я, и это катарсис. Вот так, я сказала. Я не ухожу.

— Правда? — Он широко раскрывает глаза.

— Что мне сделать, чтобы ты понял, что я не сбегу? Что сказать?

Он смотрит на меня, и в его взгляде я опять вижу страх и волнение. Он сглатывает комок в горле.

— Ты можешь сделать одну вещь.

— Какую? — рявкаю я.

— Выйти за меня замуж, — шепчет он.

«Что? Неужели он в самом деле...»

Во второй раз за эти полчаса мой мир замирает в ожидании.

Черт побери! Я гляжу на этого глубоко травмированного мужчину, которого я люблю. Я не могу поверить тому, что он только что произнес.

Брак? Он предлагает вступить с ним в законный брак? Он шутит? Ничего не могу с собой поделать — из моей груди вырывается нервное недоверчивое хихиканье. Я прикусываю губу, чтобы оно не перешло в истерический хохот, и не справляюсь с собой. Я валяюсь на полу и хохочу так, как не хохотала никогда прежде. Это очистительный, целебный хохот, временами переходящий в завывание.

На какой-то миг я остаюсь наедине сама с собой, я гляжу на эту абсурдную ситуацию — на хохочущую, обалдевшую девицу возле красивого и растерянного парня. Я закрываю глаза локтем, и мой смех переходит в горючие слезы. «Нет, нет! Я этого не выдержу».

Когда моя истерика утихает, Кристиан ласково убирает мою руку от лица. Я поворачиваю голову и гляжу на него.

Он наклоняется надо мной. На его лице — удивленная улыбка, но серые глаза горят; может, на дне их я замечаю обиду. Ой, нет...

Сгибом пальца он ласково вытирает слезинку на моей щеке.

— Вы находите мое предложение смешным, мисс Стил?

Ну Пятьдесят!.. Протянув руку, я нежно гляжу его по щеке, с наслаждением чувствую пальцами щетину. Господи, я люблю этого мужчину!

— Мистер Грей... Кристиан. Более подходящего момента ты... — Я гляжу на него, не в силах подыскать нужные слова.

Он усмехается, но морщинки вокруг глаз говорят мне, что он уязвлен. Это тревожно.

— Ана, ты вынуждаешь меня торопиться. Ты выйдешь за меня замуж?

Я сажусь и прислоняюсь к нему, кладу ладони на его колени. Гляжу в его милое лицо.

— Кристиан, я повстречалась с твоей чокнутой экс-сабой, вооруженной и опасной, меня вышвырнули из собственного дома, я пережила твой термоядерный наскок...

Он раскрывает рот, хочет что-то возразить, но я выставляю перед собой ладонь. Он покорно закрывает рот.

— Ты только что поведал мне шокирующую информацию о себе, а теперь просишь выйти за тебя замуж.

Он наклоняет голову, словно обдумывает приведенные факты. Улыбается. Слава богу.

— Да, пожалуй, это честное и точное резюме ситуации, — сухо говорит он.

— А как насчет отложенного удовлетворения?

— Я передумал, и теперь я твердый сторонник мгновенного удовлетворения. Carpe diem, лови момент, Ана.

— Кристиан, посуди сам: я знаю тебя всего ничего, и мне еще предстоит узнать так много. Сегодня я слишком много выпила, я голодна, устала и хочу спать. Я должна обдумать твое предложение точно так же, как обдумывала тот контракт, который ты мне дал. А тогда... — Тут я поджимаю губы, чтобы показать мое недовольство и добавить немного юмора в наш разговор. — Тогда это было далеко не самое романтичное предложение.

Он качает головой и чуть улыбается.

— Как всегда, справедливое возражение, мисс Стил, — говорит он с некоторым облегчением. — Значит, «нет» не прозвучало?

Я вздыхаю.

— Нет, мистер Грей, это не «нет», но и не «да». Вы делаете это только потому, что испуганы и не доверяете мне.

— Нет, я делаю это, потому что наконец-то встретил ту, с которой хотел бы провести остаток жизни.

Ну и ну. Мое сердце замерло на миг, а я растаяла. Как он умеет говорить самые романтические вещи в разгар самых невероятных ситуаций? Я даже раскрыла рот от удивления.

— Я никогда не думал, что со мной случится такое, — продолжает он, и его лицо лучится чистой, неразбавленной искренностью.

Я лишь таращу глаза и подыскиваю нужные слова.

— Можно я подумаю над этим... пожалуйста? И обдумаю все остальное, что происходило сегодня? Что ты мне недавно сказал? Ты просил терпения и веры. Теперь я возвращаю твою просьбу, Грей.

Его глаза испытующе смотрят на меня, потом он наклоняется и заправляет выбившуюся прядь мне за ухо.

— Что ж, ладно. — Он быстро целует меня в губы. — Не очень романтично, да? — Он вопросительно поднимает брови, а я предостерегающе мотаю головой. — Сердечки и цветочки? — спрашивает он.

Я киваю, и он улыбается.

— Голодная?

— Да.

— Ты ничего не ела. — Его глаза становятся строгими.

— Ничего не ела. — Я сажусь на корточки и устало смотрю на него. — Меня вышвырнули из квартиры, а до этого я стала свидетельницей того, как мой бойфренд интимно общается со своей экс-сабой. Все это отбило у меня аппетит.

Я с вызовом гляжу на него, упершись кулаками в бока.

Кристиан качает головой и грациозно поднимается на ноги. «Ну наконец-то, мы встаем с пола». Он протягивает мне руку.

— Давай-ка я приготовлю тебе что-нибудь поесть, — говорит он.

— Может, я сразу лягу в постель? — устало бормочу я и подаю ему руку.

Он ставит меня на ноги и нежно улыбается.

— Нет, ты должна поесть. Пойдем. — Властный Кристиан вернулся, и это для меня облегчение.

Он ведет меня в кухонный угол и сажает на барный табурет, а сам идет к холодильнику. Я гляжу на часы: почти полдвенадцатого, а мне рано вставать на работу.

— Кристиан, я правда не голодная.

Он игнорирует мои заверения и рыщет в огромном холодильнике.

— Сыр? — спрашивает.

— Не в такой поздний час.

— Крендели?

— Из холодильника? Нет, — бурчу я.

Он с усмешкой поворачивается ко мне.

— Ты не любишь крендели?

— Не в двенадцатом часу ночи, Кристиан. Я пойду лягу в постель. А ты ройся хоть до утра в своем холодильнике. Я устала, день был слишком интересный. Такой, что хотелось бы его поскорее забыть. — Я слезаю с табурета, и он хмурит брови, но мне сейчас наплевать. Я хочу лечь — я страшно устала.

— Макароны с сыром? — Он держит в руке белый контейнер, закрытый фольгой, и с надеждой смотрит на меня.

— Ты любишь макароны с сыром? — спрашиваю я.

Он с энтузиазмом кивает, и я таю. Внезапно он кажется таким юным. Кто бы мог подумать? Кристиан Грей любит детскую еду.

— Хочешь? — спрашивает он. Я голодна и не могу устоять против макарон.

Я киваю и слабо улыбаюсь ему. От его ответной улыбки захватывает дух. Он снимает с контейнера фольгу и ставит его в микроволновку. Я снова сажусь на табурет и смотрю, как красавец по имени мистер Кристиан Грей — мужчина, который хочет взять меня в жены, — легко и грациозно движется по кухне.

— Так ты умеешь пользоваться микроволновкой? — ласково дразню его я.

— Если еда упакована, я обычно с ней справляюсь. У меня проблемы с настоящими продуктами.

Мне не верится, что это тот же самый человек, который полчаса назад стоял передо мной на коленях. Сейчас он такой, как обычно, — энергичный и деловой. Он ставит на стойку тарелки, кладет столовые приборы и салфетки.

— Очень поздно, — бурчу я.

— Не ходи завтра на работу.

— Мне надо там быть. Завтра мой босс отправляется в Нью-Йорк.

Кристиан хмурится.

— Ты хочешь поехать туда в эти выходные?

— Я смотрела прогноз погоды; похоже, там будут дожди, — говорю я, качая головой.

— А что ты хочешь делать?

Микроволновка писком извещает, что наш ужин разогрет.

— Сейчас я просто хочу прожить спокойно завтрашний день. Вся эта суета... утомительна.

Кристиан игнорирует мое недовольство.

Он ставит белый контейнер между нашими тарелками и садится рядом со мной. Сейчас он о чем-то глубоко задумался. Я раскладываю макароны по тарелкам. У меня текут слюнки от их аппетитного аромата. Я проголодалась.

— Прости, что так получилось с Лейлой, — бормочет он.

— Почему ты извиняешься? — М-м, на вкус макароны тоже замечательные. Мой желудок благодарно урчит.

— Представляю, какой это был для тебя шок, когда ты увидела ее в своей квартире. А ведь Тейлор проверял ее перед этим. Он очень огорчен.

— Я не виню Тейлора.

— Я тоже. Он искал тебя весь вечер.

— Правда? Почему?

— Я не знал, где ты. Ведь ты оставила сумочку и телефон в машине. Я не мог тебя отыскать. Где ты была? — спрашивает он. Его голос звучит ласково, но в словах слышится некий зловещий подтекст.

— Мы с Итаном пошли в бар на другой стороне улицы. Оттуда я наблюдала за происходящим.

— Понятно. — Атмосфера между нами чуть переменилась. Веселье пропало.

«Ну что ж... в эту игру могут играть двое. Теперь получай ответный удар, Грей».

— Так что же ты делал с Лейлой в квартире? — спрашиваю я как можно небрежнее. Я хочу удовлетворить жгучее любопытство, но заранее боюсь ответа.

Я гляжу на него, а он застывает с вилкой в руке. Нет, это не к добру...

— Ты действительно хочешь это знать?

В моем животе скручивается тугой ком; аппетита как не бывало.

— Да, — шепчу я. «Правда? В самом деле?» Мое подсознание швыряет на пол пустую бутылку джина и садится в кресле, с ужасом глядя на меня.

Кристиан колеблется. Его губы сжаты в тонкую линию.

— Мы говорили, и я искупал ее. — Его голос звучит хрипло; я ничего не спрашиваю, и он быстро продолжает: — И я одел ее в твою одежду. Надеюсь, ты не возражаешь. Но она была такая грязная.

Черт побери... Он мыл ее?

Этого еще не хватало. Я взвинчиваю себя, глядя на несъеденные макароны. Теперь меня тошнит от их вида.

«Постарайся отнестись к этому разумно», — убеждает меня подсознание. Трезвая, интеллектуальная часть моего мозга знает, что он сделал это просто потому, что она была грязная. Но разумно отнестись к этому трудно. Мое хрупкое, ревнивое «я» не в силах это перенести.

Внезапно мне хочется плакать — не лить, как порядочная леди, слезы, которые красиво текут по щекам, а выть на луну. Я тяжело вздыхаю, чтобы подавить в себе это желание, но в моей глотке сейчас сухо и неприятно от непролитых слез и рыданий.

— Это было все, что я мог сделать, Ана, — мягко говорит он.

— Ты все-таки испытываешь к ней что-то?

— Нет! — говорит он в ужасе и закрывает глаза; на его лице я вижу страдание. Я отворачиваюсь, снова гляжу на тошнотворную еду. На него я смотреть не могу.

— Тяжело видеть ее такую — сломленную, не похожую на себя. Я забочусь о ней, как один человек о другом. — Он дергает плечами, словно сбрасывая неприятные воспоминания.

Господи, он ждет от меня сочувствия?

— Ана, посмотри на меня.

Я не могу. Я знаю, что если подниму на него взгляд, то расплачусь. Для меня всего этого слишком много, чтобы переварить. Я кажусь себе переполненной цистерной с бензином. Места больше нет ни для чего. Я просто не могу воспринять ничего нового. Я сдетонирую и взорвусь, и это будет отвратительно. Господи!

Кристиан проявляет заботу о своей экс-сабе таким интимным образом. В моем мозгу вспыхивает картинка: он моет ее, черт побери, голую. Жесткая, болезненная судорога пробегает по моему телу.

— Ана.

— Что?

— Не надо. Это ничего не значит. Я как будто ухаживал за ребенком, за бедным, больным ребенком.

Что он знает об уходе за ребенком? Это не ребенок, а женщина, с которой у него была вполне даже реальная извращенная сексуальная связь.

Как это больно... Чтобы успокоиться, я дышу полной грудью. Или, может, он имел в виду себя. Это он — больной ребенок? Тут уже мне понятнее... или, может, совсем непонятно. Ох, как все сложно... Я смертельно устала, мне надо лечь.

— Ана?

Я встаю, несу тарелку к раковине и счищаю ее содержимое в ведро.

— Ана, пожалуйста.

Я резко поворачиваюсь к нему.

— Перестань, Кристиан! Что ты заладил «Ана, пожалуйста»? — кричу я на него, и у меня по лицу снова текут слезы. — Сегодня я наглоталась достаточно всего этого дерьма. Я иду спать. Я устала, телом и душой. Оставь меня в покое.

Я почти бегу в спальню, несу с собой воспоминание об испуганных серых глазах. Приятно сознавать, что я способна его пугать. В считаные секунды стягиваю с себя одежду и, порывшись в его ящиках, вытаскиваю одну из его маек и направляюсь в ванную.

Я гляжу на себя в зеркало и с трудом узнаю в нем тощую, красноглазую уродину с лицом в пятнах. Это уже слишком. Я сажусь на пол и отдаюсь сокрушительным эмоциям, которые больше не в силах сдерживать; я наконец-то даю волю слезам, рыдаю так, что вот-вот треснет грудная клетка.

Глава 15

— Эй, — нежно бормочет Кристиан, обнимая меня. — Пожалуйста, не плачь, Ана, пожалуйста. — Он сидит на полу ванной, я — у него на коленях. Обвила его руками и рыдаю, уткнувшись в его шею. Он зарылся носом в мои волосы и ласково гладит меня по спине.

— Прости, малышка, — шепчет он. От этих слов я еще крепче прижимаюсь к нему и рыдаю еще сильнее.

Мы сидим так целую вечность. Потом, когда у меня кончаются все слезы, Кристиан поднимается на ноги, несет к себе и кладет на постель. Через несколько секунд он уже лежит рядом со мной, погасив свет. Так, в его объятьях, я наконец-то уплываю в тревожный и грустный сон.

Внезапно я просыпаюсь. Мне жарко, болит голова. Кристиан обвился вокруг меня, как лоза. Он что-то бормочет во сне, но не просыпается, когда я выскальзываю из его рук. Я сажусь и гляжу на будильник. Три часа ночи. Меня мучит жажда, и нужно принять адвил. Слезаю с кровати и топаю в большую комнату.

В холодильнике я нахожу коробку апельсинового сока, наливаю его в стакан. М-м, восхитительно... мне сразу полегчало. Я шарю по шкафам в поисках болеутоляющего и, наконец, обнаруживаю пластиковую коробку с лекарствами. Принимаю две таблетки и наливаю еще полстакана сока.

Подхожу к стеклянной стене и любуюсь на спящий Сиэтл. Городские огни мерцают далеко внизу под этим небесным замком — или, точнее сказать, крепостью. Я прижимаю лоб к холодному окну — и мне сразу становится легче. Мне надо так много осмыслить после вчерашних откровений. Потом прислоняюсь к стеклу спиной и сползаю по нему на пол. Большая комната кажется в темноте таинственной пещерой. Ее освещают только три неярких огонька над кухонной стойкой.

Смогу ли я здесь жить, если выйду замуж за Кристиана? После всего, что он тут вытворял? Ведь, живя в этой квартире, он находится в плену всех своих извращений.

Брак. Предложение совершенно неожиданное и почти невероятное. Но ведь у Кристиана все неожиданно. Я иронично усмехаюсь. Если ты рядом с Кристианом Греем, ожидай самого неожиданного — возможны все пятьдесят оттенков безумия и пороков.

Моя улыбка меркнет. Я выгляжу как его мать. Это больно ранит меня, я шумно вздыхаю. Мы все похожи на его мать.

Какого черта я настаивала на раскрытии этого маленького секрета? Неудивительно, что Кристиан не хотел мне говорить. Но ведь он наверняка плохо помнит мать. Мне опять хочется поговорить с доктором Флинном. Но позволит ли мне Кристиан? Или он сам ответит на мои вопросы?

Я качаю головой. Я устала от всего, у меня болит душа, но я наслаждаюсь покоем комнаты и старинных картин — холодных и строгих, прекрасных даже в полутьме; каждая наверняка стоит целое состояние. Смогу ли я жить здесь? Лучше мне здесь будет или хуже? К болезни это или к здоровью? Я закрываю глаза, прижимаюсь затылком к стеклу и дышу глубоко и размеренно, очищаясь от тревоги.

Ночной покой взрывается от дикого, животного крика, от которого встают дыбом мои волосы. Кристиан! Черт побери — что случилось? Я вскакиваю на ноги и с бьющимся от страха сердцем мчусь в спальню еще до того, как затихает эхо этого жуткого звука.

Я включаю ночник возле Кристиана. Он мучительно бьется, мечется, переворачивается. Нет! Он снова кричит, и этот жуткий, леденящий звук снова пронзает мое сердце.

Черт, да ему снится кошмар!

— Кристиан!

Я наклоняюсь над ним, хватаю за плечи и трясу изо всех сил. Он открывает глаза, обезумевшие и пустые, быстро обводит взглядом спальню и задерживается на мне.

— Ты ушла, ты ушла, ты должна была уйти, — бормочет он, почти обвиняет меня — а сам выглядит таким несчастным, что у меня болит душа. Бедный мой!

— Я здесь, с тобой. — Я сажусь на кровать возле него. — Я с тобой, — нежно бормочу я, пытаясь его успокоить. Прижимаю ладонь к его щеке, глажу, ласкаю.

— Ты уходила, — шепчет он. В его глазах все еще безумный страх, но он уже отступает.

— Мне хотелось пить, я пошла на кухню.

Он закрывает глаза и трет ладонью лицо. Потом с несчастным видом открывает глаза.

— Ты здесь. Ну слава богу! — Он хватает меня и заставляет лечь рядом с ним.

— Я просто вышла попить.

«Да, я физически ощущаю интенсивность его страха...» Его майка промокла от пота, сердце бешено колотится, когда он прижимает меня к себе. Он жадно смотрит на меня, словно хочет убедиться, что я и вправду рядом. Я ласково глажу его по голове, по щеке...

— Кристиан, пожалуйста, не бойся. Я здесь. Я никуда не ухожу, — уговариваю я его.

— Ох, Ана, — вздыхает он.

Берет меня за подбородок и прижимается губами к моим губам. Желание током проносится по его телу, и мое тело неожиданно отвечает ему — так оно связано с ним, настроено на него. Его губы целуют мое ухо, горло, снова губы, его зубы нежно прикусывают мою нижнюю губу. Рука ползет вверх по моему животу к груди, поднимая майку. Ласкает меня, путешествует по ямкам и выпуклостям на моем теле и вызывает уже знакомую реакцию — дрожь возбуждения во всем теле. Его ладонь накрывает мою грудь, пальцы сжимают сосок. Из моего горла вырывается протяжный стон.

— Я хочу тебя, — мурлычет он.

— Я вся твоя. Только твоя, Кристиан.

Он стонет и снова целует меня, страстно, с трепетом и отчаяньем, которых я не чувствовала прежде. Схватившись за низ его майки, я тяну ее кверху, и с его помощью стягиваю ее с него через голову. Стоя на коленях между моих широко раздвинутых ног, он торопливо сажает меня и снимает с меня майку.

В его серьезных глазах я вижу желание и много темных тайн. Он берет в ладони мое лицо и целует меня в губы. Мы падаем в постель, он ложится на меня, сквозь ткань боксерских трусов я чувствую его эрекцию. Он хочет меня, но тут в моей памяти всплывают его недавние слова, сказанные о его матери. Сказанное преследует меня, обрушивается на мое либидо как ведро холодной воды. Я не могу заниматься с ним любовью. Пока не могу.

— Кристиан... Стоп. Я не могу, — шепчу я возле его губ и упираюсь руками в его плечи.

— Что? Что такое? — бормочет он, покрывает поцелуями мою шею, легко проводит кончиком языка по горлу. Ой!

— Нет, пожалуйста! Сейчас я не могу, не могу. Мне нужно время, пожалуйста.

— Ну, Ана, не накручивай лишнего, — шепчет он и ласкает мою мочку уха.

— Ах!.. — Я чувствую жар внутри живота, мое тело выгибается, предавая меня. Это так непонятно.

— Ана, я тот же, что и прежде. Я люблю тебя, ты мне нужна. Погладь меня, пожалуйста. — Он трется о мою щеку кончиком носа, и его спокойная, искренняя мольба трогает меня, я таю.

«Погладить его. Он просит гладить его, когда мы занимаемся любовью. О господи...»

Он глядит на меня сверху вниз, и в полусвете ночника я понимаю, что он ждет моего решения и что он зачарован мной.

Я нерешительно кладу руку на мягкие волосы на его груди. Он охает и закрывает глаза, словно от боли, но на этот раз я не отдергиваю руку. Я направляю ее кверху, к плечам, и чувствую, как по его телу пробегает дрожь. Он стонет, а я прижимаю его к себе и кладу обе руки на его спину, туда, где прежде еще ни разу не дотрагивалась, — на лопатки Кристиана. Его сдавленный стон возбуждает меня.

Он утыкается лицом в мою шею, целует, подсасывает, покусывает мою кожу, скользит носом по моему подбородку, целует меня; его язык хозяйничает у меня во рту, его руки снова гладят мое тело. Его губы движутся вниз... вниз... к моей груди, оставляя дорожку поцелуев, а мои руки по-прежнему лежат на его плечах и спине, наслаждаясь его упругими и гибкими мышцами, его эластичной кожей, все еще влажной от ночного кошмара. Он берет губами мой сосок, сжимает и тянет его, и сосок набухает, отзываясь на восхитительные движения.

Я испускаю стон и провожу ногтями по его спине. Он охает, сдавленно стонет.

— Ох, Ана! — издает он то ли стон, то ли крик.

Этот звук трогает мое сердце и отзывается глубоко внутри, сжимая все мышцы в моем животе. Что я могу с ним делать! Я тяжело дышу, почти так же тяжело, как Кристиан.

Его ладонь ползет вниз по моему животу, к моему лону — и вот его пальцы уже на моем клиторе, потом внутри меня. Под мои стоны он двигает ими там по кругу, а я поднимаю бедра, отвечая на его ласку.

— Ана, — шепчет он. Потом внезапно отпускает меня, садится, снимает трусы и наклоняется к столику, чтобы взять пакетик. Его глаза пылают серым огнем. Он протягивает мне презерватив. — Ты хочешь этого? Можешь отказаться. Ты всегда можешь отказаться. — Кристиан, не позволяй мне думать. Я хочу тебя.

Я рву пакетик зубами, он стоит на коленях между моих ляжек, и я надеваю на него презерватив дрожащими пальцами.

— Помягче, Ана, — говорит он. — Иначе ты лишишь меня мужского достоинства.

Я удивляюсь тому, что я могу делать с этим мужчиной своими прикосновениями. Он ложится на меня, и вот все мои сомнения уже заперты в темных глубинах моей психики. Я отравлена этим мужчиной, моим мужчиной, моим любимым. Внезапно он переворачивается, и я уже сижу на нем. Ого!

— Ты — возьми меня, — бормочет он, а глаза его горят.

О господи! Медленно, ох как медленно я опускаюсь на него. Он запрокидывает голову, закрывает глаза и стонет. Я хватаю его за руки и начинаю двигаться, наслаждаясь полнотой моего обладания, его реакцией, наблюдая, как он нежится подо мной. Я кажусь себе богиней. Наклоняюсь и целую его подбородок, провожу зубами по его щетине. Он восхитительный на вкус. А он сжимает мои бедра и управляет моим ритмом, заставляя меня двигаться легко и равномерно.

— Ана, трогай меня... пожалуйста.

О... Я наклоняюсь и кладу руки на его грудь. Он вскрикивает, почти рыдает и рывком бедер входит глубоко в меня.

— А-а! — вскрикиваю я и осторожно провожу ногтями по его груди, по мягким волосам. Он громко стонет, и внезапно я опять оказываюсь под ним.

— Хватит, — стонет он. — Пожалуйста, больше не надо. — Эти слова звучат как сердечная мольба.

Я беру в ладони его лицо, чувствую влагу на его щеках и тяну его к губам, чтобы поцеловать. Потом обвиваю руками его спину.

Он издает низкий горловой стон и входит в меня, движется во мне, но я никак не могу дойти до завершения. Моя голова слишком заморочена проблемами.

— Давай, Ана, — уговаривает он.

— Нет.

— Да, — рычит он. Потом слегка сдвигается и вращает бедрами, вновь и вновь.

О-о-о... А-а-ах!

— Давай, детка, мне это нужно. Помоги мне.

И я взрываюсь, мое тело покоряется ему, я обвиваюсь вокруг него, льну к нему как лоза, а он выкрикивает мое имя и достигает вершины вместе со мной, потом никнет и прижимает меня к матрасу всей своей тяжестью.

Я держу Кристиана в объятьях; его голова покоится на моей груди, мы лежим в сиянии нашей любви. Я глажу пальцами его волосы и слушаю, как постепенно выравнивается его дыхание.

— Никогда не бросай меня, — шепчет он, и я закатываю глаза, понимая, что он не видит моего лица.

— Я знаю, что ты закатываешь глаза, — бормочет он, и я слышу в его голосе искорки веселья.

— Ты хорошо меня знаешь, — бормочу я.

— Я хотел бы узнать тебя еще лучше.

— И я тоже, Грей. Что ты сегодня видел в твоем кошмаре?

— Что и всегда.

— Расскажи мне.

Он сглатывает комок в горле, напрягается и тяжело вздыхает.

— Мне около трех лет, и сутенер моей матери опять зол как черт. Он курит сигарету за сигаретой и не может найти пепельницу.

Кристиан замолкает, и я застываю от ужаса, сжимающего мое сердце.

— Мне больно, — говорит он. — Я помню эту боль. До сих пор эта боль преследует меня в кошмарах. А еще то, что мать никогда не пыталась его остановить.

Ну нет, это невыносимо! Я сжимаю его в своих объятьях, руками и ногами, и стараюсь не задохнуться от отчаянья. Неужели можно так обращаться с ребенком? Кристиан поднимает голову и пронизывает меня взглядом.

— Ты не похожа на нее. Никогда и не думай об этом, пожалуйста.

Я гляжу на него и моргаю. Мне очень приятно это слышать. Он опять кладет голову мне на грудь, и я думаю, что он заснул, но, к моему удивлению, он продолжает рассказ:

— Иногда в моих снах она лежит на полу. И я думаю, что она спит. Но она не шевелится. Она больше не шевелится. А я голоден. Очень голоден.

Вот дьявол!

— Раздается громкий шум, он возвращается, бьет меня и ругает мать. Он всегда первым делом пускал в ход кулаки или ремень.

— Вот почему ты не терпишь прикосновений?

Он закрывает глаза и крепче прижимает меня к себе.

— Это сложный вопрос, — бормочет он. Утыкается носом между моими грудями и щекочет губами мою кожу, пытаясь меня отвлечь.

— Расскажи, — настаиваю я.

Он вздыхает.

— Она не любила меня. И я не любил себя. Единственные прикосновения, которые я знал, были... болезненные. Оттуда все и идет. Флинн объясняет это лучше, чем я.

— Я могу встретиться с Флинном?

Он поднимает голову и смотрит на меня.

— Пятьдесят оттенков переходят и на тебя?

— Да, некоторые из них. Например, сейчас. — Я провокационно трусь о него всем телом, и он смеется. — Мне это нравится.

— Да, мисс Стил, мне тоже это нравится. — Он наклоняется и целует меня, а потом какое-то время смотрит на мое лицо.

— Ана, ты драгоценна для меня. Я серьезно говорю о браке. Я буду о тебе заботиться, мы лучше узнаем друг друга. Ты будешь заботиться обо мне. Если хочешь, у нас будут дети. Я положу весь мой мир к твоим ногам, Анастейша. Я хочу тебя всю, и тело, и душу, навсегда. Пожалуйста, подумай над моим предложением.

— Я подумаю, Кристиан. Я подумаю, — заверяю я его, снова начиная злиться. Дети? М-да. — Мне в самом деле хочется поговорить с доктором Флинном, если ты не против.

— Все, что ты хочешь, детка. Все. Когда ты хотела бы с ним встретиться?

— Чем раньше, тем лучше.

— Хорошо, я договорюсь на утро. — Он смотрит на часы. — Ладно, надо еще поспать. — Выключает ночник и прижимает меня к себе.

Я гляжу на будильник. Черт, уже без четверти четыре.

Он обхватывает меня, прижимается к моей спине и утыкается носом мне в шею.

— Я люблю тебя, Ана Стил, и хочу, чтобы ты всегда была рядом, — бормочет он и целует меня в затылок. — Давай спать.

Я закрываю глаза.

Неохотно, со стоном я поднимаю тяжелые веки. Комнату заливает яркий свет. В голове — туман, руки-ноги налились свинцом, а Кристиан обвил меня, будто плющ. Как всегда, мне жарко. Сейчас едва ли больше пяти утра, будильник еще не звонил. Я высвобождаюсь из рук Кристиана, поворачиваюсь на другой бок. Он что-то бормочет во сне. Я гляжу на часы. Без четверти девять.

Черт, я уже опаздываю! Кошмар! Я соскакиваю с кровати и бегу в ванную, спешно, за четыре минуты, принимаю душ.

Кристиан садится на кровать и смотрит на меня с плохо скрытой усмешкой и любовью, а я вытираюсь и ищу свою одежду. Возможно, он ждет от меня реакции на вчерашние откровения. Но сейчас у меня нет на это времени.

Я смотрю на свою одежду — черные слаксы, черная рубашка — несколько в стиле миссис Р., но у меня нет ни секунды на размышления. Я торопливо надеваю черный лифчик и трусы, чувствуя, что он наблюдает за каждым моим движением. Это... нервирует.

— Ты хорошо смотришься, — сообщает с кровати Кристиан. — Может, позвонишь и скажешь, что ты заболела?

Он ослепляет меня своей несравненной кривоватой улыбкой. Ой, так заманчиво! Моя внутренняя богиня надувает губы и с мольбой смотрит на меня.

— Нет, Кристиан, не могу. Я не большой-пребольшой босс с прекрасной улыбкой, который может являться на работу и кончать ее, когда ему хочется.

— Я люблю кончать, когда хочется. — Он усмехается и растягивает губы в улыбке еще шире, до полного интерактивного максимума.

— Кристиан! — ругаюсь я и швыряю в него полотенцем. Он смеется.

— Красивая у меня улыбка, да?

— Да. Ты же знаешь, как она на меня действует. — Я надеваю часы.

— Правда? — невинным тоном спрашивает он.

— Да, знаешь. Такое же действие ты оказываешь на всех женщин. Мне надоедает смотреть, как все они впадают в экстаз.

— В самом деле? — Он с интересом смотрит на меня.

— Не изображайте невинность, мистер Грей, вам это не идет, — бормочу я, завязываю на затылке волосы и надеваю черные туфли на высоких каблуках. Вот, нормально.

Когда я наклоняюсь, чтобы поцеловать на прощанье, он хватает меня, швыряет на кровать и, наклоняясь надо мной, улыбается до ушей. О боже! Он так красив: яркие озорные глаза, пышные волосы и эта ослепительная улыбка. Теперь у него игривое настроение.

Я устала, еще не отошла от вчерашних откровений, а он свеж как огурчик и сексуален как черт. Ох уж этот Грей!

— Чем мне соблазнить тебя, чтобы ты осталась? — вкрадчиво говорит он, и мое сердце сладко замирает, а потом бешено стучит. Он само воплощение соблазна.

— Ничем, — ворчу я, пытаясь встать. — Пусти.

Он надувает губы и сдается. Я с ухмылкой провожу пальцем по его точеным губам — мой Пятьдесят Оттенков. Я люблю его со всей его порочностью. Я даже не начала обдумывать вчерашние события и свою реакцию на них.

Я опираюсь на плечо Кристиана и целую его в губы, радуясь, что почистила зубы. Он целует меня долго и крепко, потом быстро ставит на ноги. Я стою, ошалевшая, и не могу отдышаться. Меня слегка пошатывает.

— Тейлор тебя отвезет. Это будет быстрее, чем искать место для парковки. Он ждет у подъезда.

Кристиан говорит это мягко и вроде бы чувствует облегчение. Может, он беспокоился, какой будет моя утренняя реакция? Но ведь минувшая ночь — э-э, это утро — доказали, что я не собираюсь никуда сбегать.

— Спасибо, — бормочу я, разочарованная тем, что стою на ногах, смущенная его нерешительностью и слегка раздраженная тем, что я опять не сяду за руль моего «Сааба». Но, конечно, он прав — с Тейлором я быстрее приеду на работу.

— Ленитесь, мистер Грей, и наслаждайтесь утром. Жаль, что я не могу остаться, но человек, владеющий компанией, где я работаю, не одобрит, что его служащие прогуливают работу ради секса. — Я хватаю сумочку.

— Мисс Стил, лично я не сомневаюсь, что он это одобрит. Более того, он станет настаивать на этом.

— Почему ты валяешься в постели? Это на тебя не похоже.

Он кладет руки за голову и усмехается.

— Потому что я могу себе это позволить, мисс Стил.

В ответ я качаю головой.

— Покеда, детка. — Я посылаю ему воздушный поцелуй и выхожу.

Тейлор ждет меня и, кажется, понимает, что я опаздываю, потому что мчится как угорелый, чтобы я в девять пятнадцать была на работе. Я сижу с серым от страха лицом и с облегчением перевожу дух, когда он останавливается у тротуара: радуюсь, что еще жива — так было страшно с ним ехать. И еще радуюсь, что опоздала не очень сильно — всего на пятнадцать минут.

— Спасибо, Тейлор, — бормочу я и вспоминаю, как Кристиан говорил мне, что Тейлор водил танки; может, он участвует еще и в скоростных автомобильных гонках НАСКАР?

— Всего хорошего, Ана.

Он кивает на прощанье, а я мчусь в офис. Открывая дверь в приемную, я вдруг понимаю, что Тейлор отказался от формального «мисс Стил», и улыбаюсь.

Клэр усмехается мне, а я бегу через приемную и направляюсь к своему столу.

— Ана! — окликает меня Джек. — Иди сюда.

Вот гадство...

— Который час? — спрашивает он строго.

— Прости. Я проспала. — Мое лицо заливается краской.

— Чтобы это больше не повторялось. Приготовь мне кофе, а потом мне нужно, чтобы ты отправила несколько писем. Живо! — орет он, и я морщусь.

Почему он так злится? В чем дело? Что я такого сделала? Я спешу на кухню варить кофе. Может, мне уволиться? Я могла бы... ну, заниматься чем-нибудь интересным с Кристианом, завтракать с ним или просто разговаривать...

Джек едва удостаивает меня взгляда, когда я возвращаюсь в его кабинет с чашкой кофе. Он сует мне лист бумаги — на нем от руки нацарапаны неразборчивые строчки.

— Напечатай это, дай мне на подпись, сделай копии и разошли всем нашим авторам.

— Хорошо, Джек.

Он так и не поднимает глаз, когда я ухожу. Так злится.

Я с облегчением наконец-то сажусь за стол. Пока загружается компьютер, я делаю глоток чая. Потом проверяю свою почту.

От кого: Кристиан Грей
Тема: Скучаю без тебя
Дата: 15 июня 2011 г. 09.05
Кому: Анастейша Стил

Пользуйся своим «блэкберри», пожалуйста.
х

Кристиан Грей
Генеральный директор холдинга «Грей энтерпрайзес»

От кого: Анастейша Стил
Тема: Некоторым-то хорошо
Дата: 15 июня 2011 г. 09.27
Кому: Кристиан Грей

Мой босс в бешенстве.

Во всем виноват ты, задержал меня своими... шуточками.

Стыдись.

Анастейша Стил,
секретарь Джека Хайда, редактора, SIP

От кого: Кристиан Грей
Тема: Шуточками?
Дата: 15 июня 2011 г. 09.32
Кому: Анастейша Стил

А ты и не работай, Анастейша.

Ты не представляешь, как мне стыдно.

Но мне нравится тебя задерживать, чтобы ты опаздывала.;)

Пожалуйста, пиши со своего «блэкберри».

Да, и выходи за меня замуж, пожалуйста.

Кристиан Грей,
Генеральный директор холдинга «Грей энтерпрайзес»

От кого: Анастейша Стил
Тема: Жить, чтобы что-то делать
Дата: 15 июня 2011 г. 09.35
Кому: Кристиан Грей

Я знаю твою природную склонность к ворчанию, но остановись.

Я должна поговорить с твоим психиатром.

Только тогда я дам ответ.

Я не против того, чтобы жить во грехе.

Анастейша Стил,
секретарь Джека Хайда, редактора, SIP

От кого: Кристиан Грей
Тема: БЛЭКБЕРРИ
Дата: 15 июня 2011 г. 09.40
Кому: Анастейша Стил

Анастейша, если ты хочешь начать дискуссию о докторе Флинне, ПОЛЬЗУЙСЯ СВОИМ «БЛЭКБЕРРИ».

Это не просьба.

Кристиан Грей,
уже Раздраженный Генеральный директор холдинга «Грей энтерпрайзес»

Вот тебе и раз! Теперь и он на меня злится. Что ж, сколько угодно, мне наплевать. Я вынимаю из сумочки «блэкберри» и скептически смотрю на него. В это время телефон звонит. Когда Кристиан оставит меня в покое?

— Да, — рявкаю я.

— Ана, привет...

— Хосе! Привет! Как дела? — Как я рада услышать его голос!

— Все нормально, Ана. Слушай, ты еще видишься с этим Греем?

— Ну-у да... А что? — Почему он об этом спрашивает?

— Ну, он купил все твои фото, и я подумал, что могу привезти их в Сиэтл. Вернисаж закрывается в четверг, так что я могу привезти их вечером в пятницу. Может, мы тогда встретимся, посидим где-нибудь. Вообще-то, я надеюсь и где-нибудь заночевать.

— Хосе, это клево. Я уверена, мы что-нибудь придумаем. Дай-ка я поговорю с Кристианом, а потом позвоню тебе. Хорошо?

— О'кей, жду твоего звонка. Пока, Ана.

— Пока.

Черт возьми, я не общалась с Хосе давным-давно, с его вернисажа. И сейчас даже не спросила его, как все прошло и продал ли он еще какие-нибудь снимки. А еще считаю его своим другом.

Итак, в пятницу я могла бы провести вечер с Хосе. Понравится ли это Кристиану?.. Я задумалась и больно закусила губу. Да уж, у этого человека двойные стандарты. Себе он позволяет купать свою свихнувшуюся любовницу (я содрогаюсь при мысли об этом), а меня ждут нелегкая борьба и горестные вопли, если я захочу выпить с Хосе. Как разрулить эту ситуацию?

— Ана! — Джек резко отрывает меня от раздумий. Он все еще злится? — Где письмо?

— Хм... сейчас. — Черт. Что его разбирает?

Я быстро печатаю письмо, распечатываю его и, нервничая, несу в кабинет босса.

— Вот. — Кладу письмо на стол и собираюсь уйти. Джек быстро просматривает его критическим взглядом.

— Не знаю, чем ты там занимаешься, но я плачу тебе за работу, — гавкает он.

— Я понимаю, Джек, — виновато бормочу я и чувствую, как по моим щекам медленно ползет краска.

— Тут полно ошибок. Переделай.

Зараза. Он начинает разговаривать со мной как один мой знакомый, но Кристиану я прощаю грубые выходки, а вот Джек начинает меня раздражать.

— И принеси мне еще кофе.

— Извини, — шепчу я и пулей вылетаю из его кабинета. Черт побери! Он становится невыносим. Я сажусь, торопливо переделываю письмо, в котором было две ошибки, и тщательно проверяю его перед распечаткой. Теперь все нормально. Несу ему кофе. Проходя мимо Клэр, закатываю глаза, давая понять, как босс меня достал, и с тяжелым вздохом вхожу к Джеку.

— Уже лучше, — нехотя бурчит он и подписывает письмо. — Сделай ксерокс, зарегистрируй оригинал, положи в папку. Разошли письмо всем нашим авторам. Понятно?

— Да. — Я не идиотка. — Джек, что-то не так?

Он поднимает глаза и окидывает меня взглядом с ног до головы. Мне становится нехорошо.

— Нет.

Его ответ звучит кратко, грубо и пренебрежительно. Я стою перед ним как идиотка, каковой никогда себя не считала, потом плетусь из его кабинета. Вероятно, он тоже страдает от нарушений психики. Ух, прямо окружили меня! Иду к копиру — конечно, он зажевывает листы — а когда налаживаю его, оказывается, в нем закончилась бумага. Сегодня явно не мой день.

Когда я, наконец, возвращаюсь к своему столу и раскладываю копии письма по конвертам, звонит «блэкберри». Сквозь стеклянную стену вижу, как Джек разговаривает по телефону. Я отвечаю — это Итан.

— Привет, Ана. Как ты пережила ночь?

Как пережила? Перед моим мысленным взором проносится калейдоскоп картинок: Кристиан на коленях, его откровение, его предложение, макароны с сыром, мои рыдания, его ночной кошмар, секс, мои прикосновения к его груди...

— Э-э... нормально, — неубедительно бормочу я.

Итан молчит, потом я вижу, что он решил мне поверить.

— Ну и хорошо. Я могу забрать ключи?

— Конечно.

— Я буду через полчаса. У тебя будет время выпить со мной кофе?

— Сегодня — нет. Я опоздала, и мой босс злой как медведь, которому в задницу впилась колючка.

— Картина мрачная.

— Мрачная и безобразная, — хихикаю я.

Итан смеется, и мое настроение слегка улучшается.

— Ладно. Увидимся через полчаса. — Он заканчивает разговор.

Я поднимаю глаза и вижу Джека. Он смотрит на меня. Черт-те что! Я игнорирую его и продолжаю раскладывать письма по конвертам.

Через полчаса звонит мой телефон. Это Клэр.

— Он снова здесь, в приемной. Тот белокурый бог.

Я рада видеть Итана после всех вчерашних волнений и сегодняшнего грубого босса, но он быстро прощается.

— Я увижу тебя вечером?

— Наверно, я останусь у Кристиана, — смущенно говорю я.

— Ну, ты надолго влипла, — добродушно замечает Итан.

Я пожимаю плечами. В эту минуту я понимаю, что я влипла не только надолго, но и на всю жизнь. Что поразительно, Кристиан, кажется, чувствует то же самое. Итан быстро обнимает меня.

— Покеда, Ана.

Я возвращаюсь к своему столу, обдумывая свое открытие. Да, дорого бы я дала за один свободный день, чтобы толком все обдумать.

Неожиданно передо мной вырастает Джек.

— Где ты была?

— В приемной, по делам. — Он уже действует мне на нервы.

— Мне нужен ланч. Как обычно, — отрывисто бросает мой босс и удаляется в свой кабинет.

«И почему я не осталась дома с Кристианом?» Моя внутренняя богиня надула губы и стоит, скрестив на груди руки; она тоже хочет знать ответ на этот вопрос. Захватив сумочку и «блэкберри», я направляюсь к выходу. Там и проверяю свою почту.

От кого: Кристиан Грей

Тема: Скучаю без тебя

Дата: 15 июня 2011 г. 09.06

Кому: Анастейша Стил

Моя кровать слишком велика без тебя.

Похоже, что мне, в конце концов, придется ехать на работу.

Даже такому мегаломаниаку, как генеральный директор холдинга, надо что-то делать.

х

Кристиан Грей,
Бьющий Баклуши Генеральный директор холдинга «Грей энтерпрайзес»

А вот еще одно его письмо, более позднее.

От кого: Кристиан Грей
Тема: Осмотрительность
Дата: 15 июня 2011 г. 09.50
Кому: Анастейша Стил

Это лучшая часть доблести.

Пожалуйста, будь осмотрительной. Твои письма, отправленные с рабочего компьютера, мониторятся.

СКОЛЬКО РАЗ ПОВТОРЯТЬ ТЕБЕ ЭТО?

Да. Кричащими заглавными буквами, как ты говоришь. ПИШИ СО СВОЕГО БЛЭКБЕРРИ.

Доктор Флинн готов встретиться с нами завтра вечером.

х

Кристиан Грей,
Все еще Раздраженный Генеральный директор холдинга «Грей энтерпрайзес»

И вот даже еще одно… О нет!

От кого: Кристиан Грей
Тема: Беспокойство
Дата: 15 июня 2011 г. 12.15
Кому: Анастейша Стил

Я ничего не слышу от тебя.

Пожалуйста, сообщи мне, что у тебя все в порядке.

Ты знаешь, как я волнуюсь.

Я пошлю Тейлора проверить!

х

Кристиан Грей,
Ужасно Встревоженный Генеральный директор холдинга «Грей энтерпрайзес»

Я закатываю от возмущения глаза и звоню ему. Я не хочу, чтобы он волновался.

— Телефон Кристиана Грея, говорит Андреа Паркер.

Я так огорчена, что отвечает не Кристиан, что останавливаюсь, и какой-то парень, шедший позади, сердито бормочет, едва не налетев на меня. Я стою под зеленым тентом магазина.

— Алло? Я слушаю вас. — Андреа заполняет неловкое молчание.

— Простите... э-э... я надеялась поговорить с Кристианом...

— Мистер Грей на совещании. — Она — воплощение деловитости. — Вы оставите сообщение?

— Передайте ему, что звонила Ана.

— Ана? Анастейша Стил?

— Ну да. — Ее вопрос меня смущает.

— Секундочку, мисс Стил.

Я слушаю, как она кладет трубку, но не могу сказать, что там происходит. Через несколько секунд раздается голос Кристиана.

— Все нормально?

— Да, все хорошо.

Он с облегчением вздыхает.

— Кристиан, что со мной может случиться? — шепчу я.

— Ты обычно сразу отвечаешь на мои письма. После того, что я сказал тебе вчера, мне тревожно, — спокойно говорит он, а потом обращается к кому-то в офисе: — Нет, Андреа. Скажи им, чтобы подождали, — строго говорит он.

Да, я знаю этот его тон.

Я не слышу, что отвечает Андреа.

— Нет. Я сказал ждать, — отрезает он.

— Кристиан, ты занят. Я звоню, только чтобы сказать тебе, что у меня все в порядке, точно, только сегодня очень много дел. Джек щелкает плеткой. Э-э... то есть... — Я смущаюсь и замолкаю.

Кристиан молчит долго, почти минуту.

— Щелкает плеткой, да? Ну, еще недавно я назвал бы его счастливчиком. — В его голосе слышится сдержанный юмор. — Не позволяй ему садиться на тебя, детка.

— Кристиан! — одергиваю я его и знаю, что он усмехается.

— Просто будь с ним осторожной, и все. Слушай, я рад, что у тебя все в порядке. Во сколько тебя забрать?

— Я напишу тебе.

— С «блэкберри», — строго напоминает он.

— Да, сэр, — огрызаюсь я.

— Покеда, детка.

— Пока...

Он все еще не отключается.

— Клади трубку, — приказываю я с улыбкой.

Он тяжело вздыхает.

— Жалко, что ты пошла сегодня утром на работу.

— Мне тоже. Но сейчас я занята. Клади трубку.

— Ты отключайся. — Я слышу его смешок. Ох, игривый Кристиан! Я люблю игривого Кристиана. То есть я люблю Кристиана, и точка.

— Я первая сказала.

— Ты кусаешь губу.

Черт, он угадал. Как ему это удается?

— Анастейша, ты думаешь, что я не знаю тебя. А я знаю тебя лучше, чем ты думаешь, — томно воркует он, и я сразу промокаю, и у меня светлеет на душе.

— Кристиан, мы потом поговорим. Но прямо сейчас я на самом деле жалею, что пошла утром на работу.

— Жду вашего письма, мисс Стил.

— До свидания, мистер Грей.

Отключив смартфон, я прислоняюсь к холодному стеклу витрины. Господи, он владеет мной даже на расстоянии, по телефону. Тряхнув головой, чтобы избавиться от мыслей о Грее, я иду за ланчем, подавленная раздумьями о Джеке.

Когда я возвращаюсь, босс смотрит на меня исподлобья.

— Можно я пойду сейчас на обед? — робко спрашиваю я. Он хмурится еще сильнее.

— Если уж тебе так надо, иди, — бурчит он. — Сорок пять минут, не больше. Отработаешь время, которое ты потеряла сегодня утром.

— Джек. Можно тебя спросить?

— Что?

— Ты сегодня какой-то сердитый. Я что-то не так сделала, чем-то тебя обидела?

Он удивленно вскидывает голову.

— Мне еще не хватало помнить твои промахи. Я занят. Мне не до тебя. — Он продолжает смотреть на экран компьютера, игнорируя меня.

«Ничего себе... Что я такого сделала?»

Я поворачиваюсь и выхожу из его кабинета; в какой-то миг мне хочется заплакать от обиды. Почему он так внезапно и сильно невзлюбил меня? В голове возникает очень неприятная мысль, но я прогоняю ее. Сейчас мне не нужна эта дребедень — своей хватает.

Я выхожу из здания, иду в соседний «Старбакс», заказываю латте и сажусь у окна. Вынимаю из сумочки айпад, втыкаю наушники. Выбираю наугад песню и нажимаю повтор, чтобы музыка звучала вновь и вновь. Мне нужна музыка, под которую я могла бы думать.

Мои мысли беспорядочно скачут. Кристиан — садист. Кристиан — сабмиссив. Кристиан не позволяет дотрагиваться до него. Эдипов комплекс у Кристиана. Кристиан моет Лейлу. Я издаю тихий стон и закрываю глаза — последняя картинка ранит меня больнее всего.

Могу ли я в самом деле выйти замуж за этого человека? В нем так много перемешано. Он такой сложный и тяжелый, но в глубине души я знаю, что не хочу уходить от него, несмотря на все его недостатки. Я никогда не смогу от него уйти. Я люблю его. Уйти для меня — все равно что потерять правую руку.

Еще никогда я не жила такой полноценной жизнью, не ощущала такой приток жизненных сил. После встречи с Кристианом я познала всевозможные глубокие и непростые чувства, новый опыт. С ним никогда не соскучишься.

Я вспоминаю свою жизнь до встречи с Кристианом, и она мне кажется черно-белой, как фотографии, сделанные Хосе. Теперь мой мир стал ярким, разноцветным. Я летаю в луче ослепительного света, и этот луч исходит от Кристиана. Я все тот же Икар, подлетающий слишком близко к солнцу. Я тихонько хмыкаю. Полеты с Кристианом — кто может устоять против мужчины, умеющего летать?

Должна ли я посвятить ему свою жизнь? Хочу ли я этого? У меня такое ощущение, будто он нажал на кноп-

ку и осветил меня изнутри. Я как бы прошла курс обуче-
ния. За последние недели я узнала о себе больше, чем за
всю предыдущую жизнь. Я познала свое тело, свои пределы, жесткие и не очень, свою способность терпеть, состра-
дать — и свою способность любить.

И тут, словно удар грома, меня поражает мысль: беско-
рыстная любовь, вот что ему нужно от меня, вот на что он
имеет право. Он никогда не получал любви от своей мате-
ри-проститутки — а она ему необычайно нужна. Могу ли я
любить его без всякой корысти? Могу ли я принимать его
таким, какой он есть, несмотря на его признания, сделанные минувшей ночью?

Я знаю, что у него глубокая психическая травма, но не
думаю, что она неизлечима. Я вздыхаю, вспомнив слова
Тейлора: «Он хороший человек, мисс Стил».

Я видела убедительные свидетельства его доброты —
благотворительная деятельность, щедрость, деловая этика.
И все-таки он не видит доброты в себе. Не чувствует себя
достойным чьей-то любви. Зная историю его жизни и его
склонности, я догадываюсь о причине этого — вот почему он никогда и никого не пускал в свою душу. Смогу ли я
преодолеть это?

Когда-то он сказал, что я никогда не смогу постичь глубину его испорченности. Ну, теперь он рассказал мне об
этом. Если вспомнить первые годы его жизни, меня это не
удивило... Хотя рассказанное стало для меня шоком. Но,
во всяком случае, он сказал мне об этом — и теперь, кажется, ему стало легче. Ведь я все знаю.

Меньше ли он любит меня после этого? Нет, не думаю.
Он никогда не чувствовал такого прежде, да и я тоже.

На моих глазах закипают слезы, когда я вспоминаю, как
прошлой ночью рухнули его последние барьеры, и он позволил мне дотронуться до него. И здесь нам помогла Лейла с ее безумием.

Пожалуй, мне надо благодарить ее. И то, что он выку-
пал ее, уже не вызывает у меня такую горечь. Интересно,
какую одежду он ей дал? Надеюсь, не сливовое платье.
Оно мне нравилось.

Так могу ли я бескорыстно любить этого мужчину при
всех его проблемах? Ведь он не заслуживает ничего поло-
винчатого. Но ему все-таки нужно усвоить границы дозво-

ленного, научиться таким мелочам, как участливость, а еще не быть таким диктатором. Он говорит, что ему больше не хочется причинять мне боль; возможно, доктор Флинн сумеет пролить свет на это.

По сути, больше всего меня заботит то, что он нуждается в этом и всегда находил женщин, которым это тоже требовалось. Я хмурюсь. Да, это подтверждает мои смутные догадки. Я хочу быть для этого мужчины всем, от А до Я, и всем между ними, потому что он тоже для меня — всё.

Я надеюсь, что Флинн даст мне ответы, и, может, тогда я смогу сказать «да». Тогда мы с Кристианом найдем собственный кусочек неба под солнцем.

Я смотрю в окно на обеденную толчею на улице. Миссис Грей, кто бы мог подумать? Я гляжу на часы. Черт! Я вскакиваю и бросаюсь к выходу — целый час я тут сижу, как быстро летит время! Джек мне голову оторвет!

Крадучись иду к своему столу. К счастью, в кабинете Джека нет. Похоже, повезло. Я уставилась на экран компьютера, ничего не вижу и пытаюсь привести свои мысли в рабочий режим.

— Где ты была?

Я подпрыгиваю от неожиданности. Джек стоит за моей спиной, скрестив на груди руки.

— В копировальной, ксерила, — лгу я.

Джек недовольно поджимает губы.

— Я уезжаю в аэропорт в шесть тридцать. Мне нужно, чтобы ты задержалась до этого времени.

— Хорошо. — Я растягиваю губы в улыбке.

— Распечатай и отксерь в десяти экземплярах мои бумаги для Нью-Йорка. Позаботься о том, чтобы были упакованы брошюры. И приготовь мне кофе! — рычит он и удаляется в офис.

Я с облегчением вздыхаю и, когда он закрывает дверь, показываю ему язык. Скотина!

В четыре часа мне звонит Клэр из приемной.

— На проводе Миа Грей.

Миа? Надеюсь, она не предложит мне сейчас прогуляться по моллу.

— Привет, Миа!

— Ана, привет. Как дела? — Ее энтузиазм меня убивает.

— Нормально. Только много дел. А ты как?

— Такая скука! Мне надо было чем-то заняться, вот я и взялась за подготовку дня рождения Кристиана.

День рождения Кристиана? Господи, я и понятия не имела.

— А когда он будет?

— Так и знала, что он ничего тебе не скажет. В субботу. Мама с папой хотят, чтобы все собрались на праздничном обеде. Я официально приглашаю тебя.

— Очень приятно. Спасибо, Миа.

— Я уже позвонила Кристиану и сообщила ему, вот он и дал мне этот номер.

— Классно.

Мои мозги лихорадочно заработали: что мне подарить Кристиану? Что можно купить человеку, у которого все есть?

— Может, на следующей неделе мы встретимся с тобой и пообедаем?

— Конечно. А если завтра? Мой босс улетает в Нью-Йорк.

— Это будет здорово, Ана. Во сколько?

— Без четверти час тебе удобно?

— Я приеду. Пока, Ана.

— Пока.

Кристиан. День рождения. Что же ему подарить, черт побери?

От кого: Анастейша Стил

Тема: Допотопный экземпляр

Дата: 15 июня 2011 г. 16.11

Кому: Кристиан Грей

Дорогой мистер Грей

Когда конкретно вы мне скажете следующее:

что мне подарить на день рождения моему старичку?

Может, новые батарейки для его слухового аппарата?

А х

Анастейша Стил,
секретарь Джека Хайда, редактора, SIP

От кого: Кристиан Грей
Тема: Доисторическое событие
Дата: 15 июня 2011 г. 16.20
Кому: Анастейша Стил

Нехорошо смеяться над стариком.

Рад, что ты жива и бьешь копытами.

И что тебе позвонила Миа.

Батарейки всегда пригодятся в хозяйстве.

Я не люблю праздновать свой день рождения.

х

Кристиан Грей,
Глухой как Пень Генеральный директор холдинга «Грей
энтерпрайзес»

От кого: Анастейша Стил
Тема: Хм-м-м
Дата: 15 июня 2011 г. 16.24
Кому: Кристиан Грей

Дорогой мистер Грей

Представляю, как вы надували губы, когда писали последнее предложение.

Это мне важно.

А хох

Анастейша Стил,
секретарь Джека Хайда, редактора, SIP

От кого: Кристиан Грей
Тема: Закатываю глаза
Дата: 15 июня 2011 г. 16.29
Кому: Анастейша Стил

Мисс Стил

ПОЛЬЗУЙТЕСЬ ВАШИМ «БЛЭКБЕРРИ»!

х

Кристиан Грей,
Генеральный директор холдинга «Грей энтерпрайзес» с Зудящими
Ладонями

Я закатываю глаза. Почему он так переживает из-за электронной почты?

От кого: Анастейша Стил
Тема: Вдохновение
Дата: 15 июня 2011 г. 16.33
Кому: Кристиан Грей

Дорогой мистер Грей

Ах… ваши зудящие ладони не могут долго оставаться без работы, правда?

Интересно, что скажет об этом доктор Флинн.

Но теперь я знаю, что подарить тебе ко дню рождения — и надеюсь, что мне будет больно…

;)

А х

От кого: Кристиан Грей
Тема: Грудная жаба
Дата: 15 июня 2011 г. 16.38
Кому: Анастейша Стил

Не уверен, что еще одно такое письмо выдержит мое сердце или мои штаны.

Веди себя хорошо.

х

Кристиан Грей,
Генеральный директор холдинга «Грей энтерпрайзес»

От кого: Анастейша Стил
Тема: Попытка
Дата: 15 июня 2011 г. 16.42
Кому: Кристиан Грей

Кристиан

Я пытаюсь работать на очень тяжелого босса.

Пожалуйста, перестань дергать меня и себя.

От твоего последнего письма я чуть не взорвалась.

Х

PS: Ты можешь заехать за мной в 6:30?

От кого: Кристиан Грей
Тема: Я буду
Дата: 15 июня 2011 г. 16.47
Кому: Анастейша Стил

С огромным удовольствием.

Вообще-то, я знаю ряд вещей, которые приносят мне еще большее удовольствие, и всюду присутствуешь ты.

x

Кристиан Грей,
Генеральный директор холдинга «Грей энтерпрайзес»

Я краснею, читая его ответ, и качаю головой. Конечно, письма — дело хорошее, но нам в самом деле нужно поговорить. Возможно, после встречи с Флинном. Откладываю свой «блэкберри» и доделываю финансовую сверку.

К четверти седьмого офис пустеет. Я все приготовила для Джека. Такси до аэропорта оплачено, мне остается лишь отдать ему документы. Я с беспокойством поглядываю на него через стекло, но он занят телефонными звонками, и я не решаюсь его прерывать — сегодня босс не в том настроении.

Я жду, когда он закончит разговоры, и вдруг вспоминаю, что я сегодня ничего не ела. Вот черт, Кристиан рассердится. Я быстро бегу на кухню — посмотреть, не осталось ли там хотя бы печенье.

Когда я открываю редакционную коробку с печеньем, на пороге кухни появляется Джек. Я вздрагиваю от неожиданности.

Ой, что он тут делает?

Он глядит на меня.

— Ну, Ана, по-моему, сейчас самое подходящее время для разговора о твоих промахах.

Он входит, закрывает дверь, и у меня моментально пересыхает во рту, а в голове пронзительно звучит сигнал тревоги.

Да что ж такое!

Его губы кривятся в нелепой улыбке, а в глазах горит темный огонь.

— Наконец-то ты в моей власти, — говорит он и медленно облизывает нижнюю губу.

Что?

— Ну... Ты будешь хорошей девочкой и внимательно выслушаешь то, что я тебе скажу?

Глава 16

Глаза Джека горят темно-синим пламенем, он усмехается и пожирает взглядом мое тело. Меня душит страх. Что такое? Что ему надо? Где-то глубоко внутри, несмотря на пересохший рот, нахожу в себе силы и смелость говорить. Защитная мантра «Надо его/их разговорить» — крутится в мозгу как верный страж.

— Джек, сейчас не самое подходящее время. Твое такси придет через десять минут, а я еще должна отдать тебе все документы.

Мой голос звучит спокойно, но хрипло, выдавая меня.

Он улыбается, и деспотичная, похотливая улыбка наконец доходит и до его глаз. Они сверкают жестким блеском в рассеянном свете комнаты без окон. Он делает шаг ко мне, не отрывая от меня глаз. Его зрачки расширены — черный цвет почти вытеснил голубой. Нет же! Мой страх нарастает.

— Ты знаешь, мне пришлось воевать с Элизабет, чтобы дать тебе эту работу...

Он обрывает себя и делает еще один шаг ко мне. Я отхожу к дешевому стенному шкафчику. «Говори с ним, говори с ним, говори с ним...»

— Джек, в чем же твоя проблема? Если ты хочешь рассказать о твоих жалобах, тогда нужно обратиться к специалисту по кадрам. Мы можем это сделать с Элизабет в более официальной обстановке.

Где охрана? Еще в здании или нет?

— Ана, в этой ситуации нам это не нужно. — Он усмехается. — Когда я нанял тебя, я рассчитывал, что ты будешь хорошо работать. Мне показалось, что у тебя есть потенциал. Но теперь я и не знаю. Ты стала рассеянной и неряшливой. И я подумал... может, тебя сбивает с толку твой бойфренд? — Слово «бойфренд» он произносит с невероятным презрением. — Я решил посмотреть твой почтовый аккаунт, рассчитывая рассеять свои сомнения. И знаешь, что я обнаружил, Ана? Что меня насторожило? Единственные личные письма в твоем аккаунте были адресованы твоему выскочке-бойфренду. — Он замолкает, оценивая мою реакцию. — И я подумал... где же письма от него? Их нет. Да-да. Нет. Так что же происходит, Ана? Как получилось, что его писем к тебе нет в нашей системе? Может, ты промышленная шпионка, внедренная к нам организацией Грея? Это так?

Черт побери, письма. Вот тебе и раз. Что я говорила?

— Джек, ты о чем?

Я изображаю удивление, весьма убедительно. Разговор идет не так, как я ожидала, я совершенно не доверяю боссу. Меня ужасно настораживает действующий на подсознание феромон, который источает Джек, человек злой, с неустойчивой психикой и абсолютно непредсказуемый. Я пытаюсь воздействовать на его логическое мышление.

— Ты только что сказал, что тебе пришлось уговаривать Элизабет взять меня на работу. Тогда как я могу быть внедренным к вам шпионом? Ты сам подумай, Джек.

— Но ведь Грей прихлопнул поездку в Нью-Йорк, разве нет?

Засада.

— Как он ухитрился это сделать, Ана? Как это удалось твоему богатенькому бойфренду из Лиги плюща?

От моего лица отхлынули последние остатки крови. Мне кажется, что я сейчас упаду в обморок.

— Не знаю, о чем ты говоришь, Джек, — шепчу я. — Сейчас приедет твое такси. Давай я принесу твои вещи.

Ну, пожалуйста, отпусти меня! Прекрати этот разговор. Джек продолжает, наслаждаясь моим смущением.

— Он думает, что я положил на тебя глаз? — Он ухмыляется. — Что ж, пока я буду в Нью-Йорке, я хочу, чтобы ты подумала вот о чем. Я дал тебе эту работу и ожидаю от тебя благодарности. Я имею на нее право. Мне пришлось за тебя бороться. Элизабет хотела взять более квалифицированного работника, но я — я разглядел в тебе потенциал. Поэтому нам надо заключить сделку, чтобы ты меня порадовала. Ты понимаешь, о чем я говорю, Ана?

Черт!

— Если хочешь, можешь смотреть на это как на повышение квалификации. И если ты меня порадуешь, я закрою глаза и не стану рыться в том, как твой бойфренд дергает за веревочки, использует свои связи или получает взятки от одного из своих корешей из Лиги плюща.

У меня отвисла челюсть. Он меня шантажирует! Ради секса! А что я могу сказать? Известие о покупке Кристианом издательства остается под запретом еще три недели. Прямо не верится. Секс со мной!

Джек подходит еще ближе и теперь стоит прямо передо мной, глядит мне в глаза. Сладкий пронзительный запах одеколона вторгается в мои ноздри — это тошнотворно, — а в его дыхании, если я не ошибаюсь, заметна горьковатая вонь алкоголя. Черт, он пил... когда?

— Знаешь, Ана, ты такая соблазнительная, с крепкой попкой, так и хочется тебя насадить, — шепчет он сквозь сжатые зубы. — А ты меня все динамишь.

Что? Я?

— Джек, я понятия не имею, о чем ты говоришь, — шепчу я и чувствую, как в моем теле бушует адреналин.

Он подошел еще ближе. Я выжидаю, чтобы сделать свой ход. Рэй может мной гордиться. Он научил меня приемам самообороны. Если Джек дотронется до меня — если даже подойдет слишком близко, — я его положу. Я учащенно дышу. Только бы не потерять сознание, не потерять сознание...

— Погляди на себя. — Он смотрит жадными глазами. — Ты такая сексуальная. Ты в самом деле меня провоцируешь. Признайся сама себе, ты ведь хочешь этого. Я знаю.

Черт побери... Этот парень живет иллюзиями. Мой страх нарастает до высшей отметки, грозя меня раздавить.

— Нет, Джек, я никогда тебя не провоцировала.

— Нет, провоцировала, блудливая сука. Я умею читать посылы.

Подняв руку, он нежно гладит мое лицо полусогнутыми пальцами, спускается к подбородку. Проводит указательным пальцем по горлу, а я перебарываю рвотный рефлекс. Добирается до ямки на моем горле, где на черной рубашке расстегнута верхняя пуговка, и прижимает ладонь к моей груди.

— Ты хочешь меня. Признайся, Ана.

Я неотрывно и твердо гляжу ему в глаза, сосредоточиваюсь на том, что мне предстоит сделать — преодолевая отвращение и ужас, — и ласково накрываю его руку своей. Он победно улыбается. Я хватаю его мизинец, резко выкручиваю и тяну вниз, к бедру Джека.

— А-а-а! — кричит Джек от боли и удивления и теряет равновесие.

В это время я быстро и резко бью его коленом в пах. Контакт с целью получился полный. Я стремительно ныряю влево, а его колени подгибаются, и он со стоном падает на пол кухни, держась за причинное место.

— Посмей только тронуть меня, — рычу я ему. — Твои документы и брошюры упакованы и лежат на моем столе. Я ухожу домой. Счастливого пути. И впредь сам готовь свой проклятый кофе.

— Сука драная! — то ли орет, то ли стонет он, но я уже выскакиваю за дверь.

Я бросаюсь к столу, хватаю свою сумку и мчусь в приемную, не обращая внимания на стоны и проклятья ублюдка, который все еще валяется на кухонном полу. Я выскакиваю из здания и на минуту останавливаюсь, когда мне в лицо ударяет холодный воздух. Я дышу полной грудью и прихожу в себя. Но ведь я весь день ничего не ела, и, когда утихает непрошеный прилив адреналина, подо мной подкашиваются ноги, и я падаю на асфальт.

Я отрешенно наблюдаю, как передо мной, словно в замедленной киносъемке, разворачивается действие: Кристиан и Тейлор, в темных костюмах и белых рубашках, выскакивают из автомобиля и бегут ко мне. Кристиан встает возле меня на колени, и на каком-то бессознательном уровне я думаю: «Он здесь. Моя любовь здесь».

— Ана! Ана! Что случилось?

Он приподнимает меня, растирает ладонями мои руки, проверяет, нет ли травм. Обхватив руками мою голову, он изучает меня своими испуганными, большими, серыми глазами. Я безвольно прислоняюсь к нему, чувствуя облегчение и усталость. О, руки Кристиана! В целом мире для меня нет ничего лучше, чем они.

— Ана. — Он осторожно трясет меня. — Что случилось? Ты заболела?

Я качаю головой и понимаю, что пора заговорить.

— Джек, — шепчу я и скорее чувствую, чем вижу, как Кристиан делает знак Тейлору, и тот сразу скрывается в здании.

— Дьявол! — Кристиан обнимает меня. — Что этот слизняк с тобой сделал?

И вдруг откуда-то, вероятно, из сферы безумия, в моем горле рождаются пузырьки смеха. Я вспоминаю, какой шок пережил Джек, когда я схватила его за палец.

— Что я с ним сделала! — Я хохочу и не могу остановиться.

— Ана! — Кристиан трясет меня опять, и мой приступ смеха затихает. — Он прикоснулся к тебе?

— Только один раз.

Ярость проносится по телу Кристиана, его мышцы напрягаются. Он встает стремительно и мощно, держа меня на руках. Он в бешенстве. Нет!..

— Где этот мудак?

Из здания доносятся сдавленные крики. Кристиан ставит меня на ноги.

— Ты можешь стоять?

Я киваю.

— Не ходи туда. Не надо, Кристиан. — Внезапно мой страх возвращается, страх, что Кристиан что-то сделает с Джеком.

— Садись в машину, — рычит он.

— Кристиан, нет! — Я хватаю его за руку.

— Ана, черт побери, садись в машину. — Он стряхивает меня с руки.

— Нет! Пожалуйста! — молю я его. — Останься. Не оставляй меня одну, — прибегаю я к испытанному средству.

Клокоча от гнева, Кристиан проводит рукой по волосам и глядит на меня, не зная, что делать. Крики в здании усиливаются, потом внезапно стихают.

Мама дорогая! Что сделал Тейлор?

Кристиан вынимает свой смартфон.

— Знаешь, он смотрел мои письма.

— Что?

— Мои письма к тебе. Он хотел знать, где твои письма ко мне. Пытался меня шантажировать.

Взгляд Кристиана полон смертельной ненависти.

Ой-ой!

— Мать его! — ругается он и щурит глаза. Набирает какой-то номер.

Кому же он звонит?

— Барни. Грей. Мне нужно, чтобы ты зашел в главный сервер SIP и стер все письма Анастейши Стил ко мне. Потом загляни в персональные файлы Джека Хайда и проверь, есть ли они там. Если есть, сотри их... Да, все сотри. Вот. Когда все сделаешь, дай мне знать.

Он тычет в кнопку отбоя и набирает другой номер.

— Роч. Грей. Хайд — чтобы его духу не было. Немедленно. Сию минуту. Вызови охрану. Пусть немедленно очистит его стол, или я завтра утром ликвидирую эту компанию. У тебя уже есть все необходимые обоснования, чтобы его уволить. Ты понял? — Он выслушивает краткий ответ и нажимает на кнопку, очевидно, удовлетворенный.

— «Блэкберри», — шипит он мне сквозь стиснутые зубы.

— Пожалуйста, не злись на меня.

— Я очень зол на тебя, — рявкает он и снова проводит рукой по волосам. — Ступай в машину.

— Кристиан, пожалуйста...

— Анастейша, садись в машину, черт побери, или я сам запихну тебя в нее, — грозит он, сверкая глазами.

Ну надо же!

— Только не наделай никаких глупостей, пожалуйста, — молю я.

— ГЛУПОСТЕЙ! — взрывается он. — Я говорил тебе: пользуйся своим смартфоном! Так что не говори мне о глупости. Садись в эту чертову машину, Анастейша, ЖИВО! — ревет он, и по мне бегут мурашки страха. Передо мной Очень Злой Кристиан. Я еще никогда не видела его таким. Он едва владеет собой.

— Хорошо-хорошо, — бормочу я, успокаивая его. — Но пожалуйста, будь осторожен.

Сжав губы, он тычет пальцем в машину.

Господи, да ладно... Приказ понятен.

— Пожалуйста, осторожнее. Я не хочу, чтобы с тобой что-нибудь случилось. Я тогда умру, — бормочу я. Он поворачивает ко мне голову и вздыхает.

— Я буду осторожен, — уже мягче говорит он.

Ну слава богу. Я иду к машине, открываю переднюю дверцу и сажусь на кресло пассажира. Убедившись, что я в безопасности и комфорте «Ауди», Кристиан скрывается в здании, и у меня снова замирает сердце. Что он задумал?

Я сижу и жду. И жду. И жду. Пять минут тянутся как целая вечность. Подъезжает такси, вызванное для Джека, останавливается перед «Ауди». Десять минут. Пятнадцать. Господи, что они там делают? Как там Тейлор? Как мучительно ожидание.

Через двадцать пять минут из здания появляется Джек с картонной коробкой. За ним идет охранник. Где же он был раньше? Потом выходят Кристиан и Тейлор. У Джека кислый вид. Он направляется прямо к такси. Я рада, что у «Ауди» затемненные стекла и Джек меня не видит. Такси уезжает — думаю, не в Ситак, — а Кристиан и Тейлор подходят к машине.

Открыв дверцу водителя, Кристиан садится за руль, вероятно, потому, что я сижу впереди, а Тейлор устраивается позади меня. Никто не говорит ни слова, Кристиан трогает «Ауди» с места и встраивается в поток машин. Я рискую бросить быстрый взгляд на Грея. Его губы плотно сжаты, но лицо уже более спокойное. Звонит телефон, установленный в салоне.

— Грей, — отрывисто говорит Кристиан.

— Мистер Грей, это Барни.

— Барни, я на громкой связи; в салоне я не один, — предупреждает его Кристиан.

— Сэр, все сделано. Но мне надо поговорить с вами о том, что я еще нашел в компьютере мистера Хайда.

— Я позвоню, когда приеду на место. Спасибо, Барни.

— Нет проблем, мистер Грей.

Барни отключается. Судя по голосу, он гораздо моложе, чем я думала.

Что еще он нашел в компьютере Джека?

— Ты поговоришь со мной? — спокойно спрашиваю я.

Кристиан бросает на меня взгляд и снова переводит его на дорогу. Я понимаю, что он все еще злится.

— Нет, — сердито бурчит он.

А, вот оно что... как по-детски. Я обхватываю руками плечи и смотрю невидящим взором в окно. Пожалуй, я сейчас попрошу высадить меня возле моей квартиры. Тогда он может «не разговаривать» со мной в своей «Эскале», и мы оба будем избавлены от неизбежной ссоры. Но, едва подумав об этом, я понимаю, что не хочу оставлять его в таком состоянии, тем более после вчерашних событий.

Тем временем мы останавливаемся перед его домом, и Кристиан выходит из машины. С непринужденной грацией подходит к моей дверце и открывает ее.

— Пошли, — командует он, а Тейлор садится за руль. Я хватаюсь за протянутую руку и плетусь за ним через обширный вестибюль к лифту. Он не отпускает меня.

— Кристиан, почему ты так сердишься на меня? — шепчу я, пока мы ждем.

— Ты знаешь почему, — бормочет он, когда мы входим в лифт; он набирает код своего этажа. — Господи, если бы с тобой что-нибудь случилось, я был бы уже мертв.

От его тона веет ледяным холодом. Дверцы закрываются.

— В общем, я намерен поставить крест на карьере этого ничтожества, чтобы он больше не обижал девушек, пользуясь своим положением. — Он качает головой. — Господи Иисусе, Ана! — Внезапно Кристиан обнимает меня, прижав в углу лифта.

Его пальцы погружаются в мои волосы, он заставляет меня запрокинуть голову и целует в губы, страстно и отчаянно. Я не знаю, почему это становится для меня неожиданностью, но это так. Я ощущаю на вкус его облегчение, страстное желание и остатки гнева, а его язык вторгается в мой рот. Кристиан останавливается, глядит на меня сверху вниз, придавив своим весом так, что я не могу пошевелиться. А я судорожно хватаю воздух, цепляюсь за него, ища поддержки, гляжу на прекрасное лицо, на котором сейчас я вижу решимость и не замечаю ни крупицы юмора.

— Если бы с тобой что-нибудь случилось... Если бы он причинил тебе вред... — Он замолкает, а я чувствую, как он содрогается. — «Блэкберри», — приказывает он спокойным тоном. — Отныне только так. Поняла?

Я киваю, сглатываю комок в горле и не могу отвести взора от его строгих, завораживающих глаз.

Он выпрямляется и разжимает объятья, когда лифт останавливается на нашем этаже.

— Он сказал, что ты ударила его по яйцам. — Кристиан говорит это уже веселее, даже с легким восхищением, и я делаю вывод, что он меня простил.

— Да, — шепчу я, с трудом опомнившись от страстного поцелуя и бесстрастного приказа.

— Молодец.

— Рэй служил в армии. Он и научил меня.

— Правильно сделал, я очень рад, — хмыкает он и добавляет, подняв бровь: — Придется мне помнить об этом.

Взяв за руку, он выводит меня из лифта, я иду следом, испытывая облегчение, и думаю о том, что ему лучше не попадаться под руку, когда он в плохом настроении.

— Мне надо позвонить Барни. Я быстро.

Он исчезает за дверью своего кабинета, оставив меня в гостиной. Миссис Джонс добавляет последние штрихи к приготовленным блюдам. Тут я понимаю, что ужасно голодна, но я хочу тоже что-то сделать.

— Вам помочь? — спрашиваю я.

Она смеется.

— Нет, Ана. Может, я приготовлю вам коктейль или что-нибудь еще? У вас усталый вид.

— Я бы выпила бокал вина.

— Белого?

— Да, пожалуйста.

Я сажусь на стул, и она протягивает мне бокал прохладного вина. Я не знаю, что это за вино, но оно восхитительное, легко пьется и успокаивает мои расшатанные нервы.

О чем я думала сегодня днем? Какой полной жизнью я живу с тех пор, как встретила Кристиана. Какой восхитительной стала моя жизнь. Господи, да у меня почти не было скучных дней!

А если бы я никогда не повстречалась с Кристианом? Я бы сидела в своей квартире, иногда беседовала с Итаном, переживала из-за неприятностей с Джеком, зная, что снова увижу этого слизняка в пятницу. Как бы то ни было, теперь я, скорее всего, не увижу его больше никогда. Но где я буду теперь работать? Я хмурюсь. Я как-то об этом не подумала. Черт, да есть ли у меня вообще работа?

— Добрый вечер, Гейл, — здоровается Кристиан, возвращаясь в гостиную, и я отрываюсь от своих раздумий. Он идет прямо к холодильнику и наливает себе бокал вина.

— Добрый вечер, мистер Грей. Ужин будет в десять, сэр.

— Замечательно.

Кристиан поднимает бокал.

— Ну, за экс-военных, которые хорошо тренируют своих дочерей, — говорит он, и его глаза теплеют.

— За них, — бормочу я, поднимая бокал.

— Что с тобой? — спрашивает Кристиан.

— Я не знаю, есть ли у меня теперь работа.

Он наклоняет голову набок.

— А ты все-таки хочешь работать?

— Конечно.

— Тогда ты ее получишь.

Так просто, понятно? Он властелин моей вселенной. Я закатываю глаза, а он улыбается.

Миссис Джонс приготовила пот-пай, пирог с курицей. Она ушла, оставив нас наслаждаться плодами ее трудов. Поев, я почувствовала себя намного лучше. Мы сидим за стойкой. Несмотря на мои уговоры, Кристиан не говорит мне, что Барни обнаружил в компьютере Джека. Я оставляю эту тему и хочу вместо этого прозондировать непростую тему грядущего приезда Хосе.

— Хосе звонил, — сообщаю я как бы между прочим.

— Да? — Кристиан поворачивается лицом ко мне.

— Он хочет привезти в пятницу твои фотографии.

— О, даже с доставкой. Как любезно с его стороны, — бормочет Кристиан.

— Он хочет посидеть в ресторане. Выпить. Со мной.

— Понятно.

— Тогда уже вернутся Кейт и Элиот, — поскорее добавляю я.

Кристиан кладет вилку и хмуро смотрит на меня.

— В чем конкретно состоит твоя просьба?

Я фыркаю.

— Я ничего не прошу. Я информирую тебя о своих планах на пятницу. Слушай, я хочу повидаться с Хосе, а ему нужно где-то переночевать. Либо он переночует здесь, либо в моей квартире, но в последнем случае я тоже должна быть там.

Кристиан таращит на меня глаза. Кажется, он онемел.

— Он приставал к тебе.

— Кристиан, это было много недель назад. Он был пьяный, я тоже, ты спас положение — и этого больше не случится. Ведь он не Джек, слава богу.

— Там Итан. Он может составить ему компанию.

— Он хочет повидаться со мной, а не с Итаном.

Кристиан неодобрительно морщится.

— Он просто мой друг, — настаиваю я.

— Мне это не нравится.

Ну и что? Господи, иногда он меня раздражает. Я набираю полную грудь воздуха.

— Он мой друг, Кристиан. Я не виделась с ним с тех пор, как была на его вернисаже. Да и то совсем мельком. Я знаю, у тебя нет друзей, если не считать ту ужасную особу. Но ведь я не возмущаюсь, когда ты видишься с ней, — огрызаюсь я. Кристиан растерянно моргает. — Я хочу с ним встретиться. Я была ему плохим другом.

Мое подсознание встревожилось. «Ты топаешь ножкой? Осторожнее!»

Грей гневно сверкает глазами.

— Вот ты как думаешь? — спрашивает он.

— Что думаю?

— Насчет Элены. Тебе хочется, чтобы я не виделся с ней?

— Совершенно верно. Мне так хочется.

— Почему ты не говоришь мне об этом?

— Потому что я не считаю себя вправе так говорить. Ты считаешь ее своим единственным другом.

Я пожимаю плечами. Он действительно не понимает. Как же наш разговор перешел на нее? Мне даже думать о ней не хочется. Я пытаюсь вернуть наш разговор к Хосе.

— И ты не вправе говорить, могу я видеться с Хосе или нет. Неужели ты не понимаешь?

Кристиан смотрит на меня. Кажется, он озадачен. Интересно, о чем он думает?..

— Пожалуй, он может переночевать здесь, — недовольно бурчит он. — Тут он хотя бы будет на глазах у меня.

Аллилуйя!

— Спасибо. Знаешь, если я буду тут жить... — Я обрываю фразу на полуслове. Кристиан кивает. Он знает, что я пытаюсь сказать. — Кажется, тут у тебя много места, — усмехаюсь я.

Его губы медленно складываются в трубочку.

— Вы смеетесь надо мной, мисс Стил?

— Самым определенным образом, мистер Грей.

Я встаю, на всякий случай, если его ладони начнут зудеть, очищаю наши тарелки и кладу их в посудомоечную машину.

— Гейл это сделает.

— Я уже сделала. — Я встаю и гляжу на него. Он пристально глядит на меня.

— Мне надо немного поработать, — говорит он, словно оправдываясь.

— Хорошо. Я найду, чем заняться.

— Иди сюда, — приказывает он, но его голос звучит нежно и вкрадчиво, а глаза горят. Я не колеблясь следую в его объятья, обнимаю его за шею. Он сидит на барном стуле. Он обнимает меня, крепко прижимает к себе и не отпускает.

— Все в порядке? — шепчет он, прижавшись губами к моим волосам.

— В порядке?

— После того, что произошло с этим мудаком? После того, что было вчера? — добавляет он спокойно и серьезно.

Я гляжу в темные серьезные глаза. У меня все в порядке?

— Да, — шепчу я.

Его руки еще крепче обхватывают меня, и я ощущаю себя в безопасности, заботе и любви. И это блаженство. Закрыв глаза, я наслаждаюсь его объятьями. Я люблю этого мужчину. Я люблю его восхитительный запах, его силу, его талант менеджера — его Пятьдесят Оттенков.

— Давай не будем воевать, — просит он. Целует мои волосы и вдыхает их запах. — Ана, ты пахнешь божественно, как всегда.

— Ты тоже, — шепчу я и целую его в шею.

Он слишком быстро отпускает меня.

— Мне нужно поработать лишь пару часов.

Я уныло слоняюсь по квартире. Кристиан все еще работает. Я приняла душ, надела свою футболку и спортивные штаны. Мне скучно. Читать не хочется. Когда я сажусь, мне тотчас вспоминается Джек и его мерзкие пальцы.

Я захожу в свою прежнюю спальню — в комнату сабы. Хосе может переночевать тут — ему понравится вид. Сейчас четверть девятого, и солнце начинает клониться к закату. Далеко внизу мигают городские огни. Красота! Да, Хосе понравится. Я лениво думаю, где Кристиан повесит мои фотопортреты. Что до меня, то лучше бы он их не вешал. Мне не очень хочется смотреть на собственную физию.

Возвращаясь по коридору в гостиную, прохожу мимо игровой комнаты и машинально трогаю дверную ручку. Обычно Кристиан держит ее запертой, но сейчас, к моему удивлению, дверь открывается. Как странно. Вхожу, чувствуя себя как ребенок, игравший в прятки и нечаянно забежавший в запретное место. Тут темно. Я щелкаю выключателем, и источники света, установленные за карнизом, освещают комнату мягким, приглушенным сиянием. Я помню его. Комната походит на материнское чрево.

В моем сознании оживают воспоминания о том, как я была здесь в последний раз. Пояс... Я морщусь при воспоминании о нем. Теперь он невинно висит в одном ряду с другими предметами на вешалке у двери. Я робко провожу пальцами по поясам, кнутам, хлыстам и лопаткам. Ух ты! Вот об этом мне и надо поговорить с доктором Флинном. Способен ли остановиться человек, уже привыкший к такому стилю жизни. Подхожу к кровати, сажусь на мягкие атласные простыни красного цвета и оглядываюсь по сторонам.

Рядом со мной стоит столик, на нем ассортимент палок. Так много!.. Неужели мало одной?.. Ну, чем меньше говорить об этом, тем лучше. А еще большой стол. Что он на нем делает? Мой взгляд падает на честерфилд, мягкий диван, и я пересаживаюсь на него. Это просто диван, ничего выдающегося — я не вижу никаких особенных приспособлений, колец, к которым можно привязывать руки. Оглянувшись, я замечаю антикварный комод. Мне становится любопытно. Что он там хранит?

Выдвигаю верхний ящик и ловлю себя на том, что у меня кровь стучит в ушах. Почему я так нервничаю? Мои действия кажутся мне недозволенными, словно я что-то нарушаю. Впрочем, так оно и есть. Но если он хочет жениться на мне, то...

Черт побери, что это такое? Набор причудливых инструментов — я даже не догадываюсь, что это такое и для чего они предназначены, — аккуратно выложен в ящике со стеклом. Я беру один, пулевидной формы и с ручкой. Хмм... что ты ими делаешь? Я теряюсь в догадках. Четыре разных размера!.. Я поднимаю глаза.

Кристиан остановился в дверях и с бесстрастным видом смотрит на меня. Долго он так стоит? У меня такое чувство, будто меня поймали, когда я запустила руку в вазу с пирожными.

— Привет. — Я нервно улыбаюсь и знаю, что у меня вытаращены глаза и что я смертельно бледная.

— Что ты делаешь? — Он спрашивает мягко, но в его тоне чувствуется некий подтекст.

Вот черт. Он злится? Я краснею.

— Э-э... мне было скучно, и еще меня разбирало любопытство, — смущенно бормочу я. Он ведь сказал, что будет работать два часа.

— Очень опасное сочетание.

В задумчивости Кристиан проводит указательным пальцем по нижней губе, не отрывая от меня глаз. Я сглатываю комок в горле. У меня пересохло во рту.

Он неторопливо входит в комнату и спокойно закрывает за собой дверь. В его глазах пылает жидкий серый огонь. О господи... Небрежно опирается на комод, но я догадываюсь, что его спокойствие обманчиво. Моя внутренняя богиня не знает, что ей предстоит: драться или летать.

— Что вас конкретно заинтересовало, мисс Стил? Возможно, я смогу вас просветить.

— Дверь была открыта... я...

Я гляжу на Кристиана, затаив дыхание; как всегда, я не знаю его реакции или того, что мне нужно сказать. Его глаза потемнели. Мне кажется, что происходящее его забавляет, но сказать это трудно. Он опирается локтями о комод и, сцепив руки, кладет на них подбородок.

— Сегодня я заходил сюда и размышлял, что мне делать со всем этим. Вероятно, забыл запереть. — Он мгновенно хмурится, словно видит в этом непростительную ошибку. Я тоже хмурюсь: тут что-то нечисто, забывчивость не в его духе.

— Да?

— И вот ты здесь, сунула сюда свой любопытный нос, — ласково и озадаченно продолжает он.

— Ты не сердишься? — шепчу я на исходе дыхания.

Он наклоняет голову набок, на его губах усмешка.

— С чего мне сердиться?

— Ну, я как бы... без разрешения... ты всегда злишься на меня за это. — Мой голос звучит спокойно, я перевожу дух. Кристиан морщит лоб.

— Да, ты зашла сюда без разрешения, но я не сержусь. Я надеюсь, что когда-нибудь ты будешь жить в моем доме, и все это, — он обводит рукой комнату, — станет и твоим.

Моя игровая комната? Раскрыв рот, я, не отрываясь, смотрю на него: вот еще новости!

— Вот почему я был здесь сегодня. Пытался решить, что с ней делать. — Он похлопывает по губам кончиком указательного пальца. — И потом, разве я все время на тебя злюсь? Вот, например, разве сегодня утром я злился?

А, верно. Я улыбаюсь, вспомнив о том, как Кристиан проснулся и что было дальше. Это отвлекает меня от мыслей о судьбе игровой комнаты. Сегодня утром Пятьдесят Оттенков был такой забавный.

— Ты был такой веселый. Я люблю веселого Кристиана.

— Правда? — Он выгибает бровь, и его красивые губы растягиваются в улыбке, робкой улыбке. Вот это да!

— Что это? — Я беру в руки серебряную штучку, похожую на пулю.

— Мисс Стил, меня восхищает ваша неизменная жажда информации. Это анальная затычка.

— О-о...

— Куплена для тебя.

— Что?..

— Для меня?

Он медленно кивает, его лицо стало серьезным и настороженным.

Я хмурюсь.

— Ты покупаешь новые... э-э... игрушки... для каждой сабы?

— Некоторые — да.

— Затычки для попы?

— Да.

Ну ладно... Я сглатываю комок в горле. Анальная затычка. Сплошной металл — наверняка неприятно? Я вспоминаю нашу, уже давнюю, дискуссию об игрушках для секса и жестких пределах. Кажется, в тот раз я сказала, что попробую. Теперь же, увидев одну из них, я не уверена, что мне хочется это делать. Я рассматриваю еще раз ее и кладу в ящик.

— А это?

Я вынимаю нечто длинное, черное, резиновое, состоящее из постепенно уменьшающихся сферических пузырей, соединенных вместе. Первый пузырь большой, а последний — гораздо меньше. Всего восемь штук.

— Анальные бусы, — говорит Кристиан, не отрывая от меня пристального взгляда.

Ой! Я разглядываю их с интересом и ужасом. Все они, внутри меня... там! Не представляю.

— От них получается впечатляющий эффект, если их вытаскивать посреди оргазма, — добавляет он будничным тоном.

— Это для меня? — шепчу я.

— Для тебя, — кивает он.

— Значит, это попочный ящик?

— Можешь назвать его так, — усмехается он.

Я поскорее задвигаю ящик, чувствуя, что я стала красной, как запрещающий сигнал светофора.

— Не нравится тебе попочный ящик? — спрашивает он невинным тоном. Я неопределенно пожимаю плечами, пытаясь справиться с шоком.

— Это явно не весь список Кристиана, — бормочу я и нерешительно выдвигаю второй ящик. Кристиан усмехается.

— Здесь хранится коллекция вибраторов.

Я тут же задвигаю ящик.

— А что в следующем? — шепчу я, побледнев, но на этот раз от смущения.

— Тут кое-что более интересное.

А-а! После недолгих колебаний я выдвигаю ящик, не отрывая глаз от прекрасного, но лукавого лица моего возлюбленного. В ящике я вижу набор каких-то металлических штучек и бельевых прищепок. Прищепки? Я беру в руки крупное металлическое изделие, похожее на зажим.

— Генитальный зажим, — объясняет Кристиан. Он обходит вокруг комода и встает рядом со мной. Я поскорее кладу зажим на место и выбираю нечто более деликатное — два маленьких зажима на цепочке. — Некоторые из них вызывают боль, но большинство предназначены для удовольствия, — бормочет он.

— А это что?

— Зажимы для сосков — для обоих.

— Обоих? Сосков?

Кристиан веселится.

— Да, ведь тут два зажима, детка. Да, для обоих сосков, но это не то, что я имел в виду. Именно эти вызывают одновременно и удовольствие, и боль.

Ну и ну. Он берет у меня зажимы.

— Дай твой мизинец.

Я делаю, как он сказал, и он цепляет зажим на мой мизинец. Не так уж и страшно.

— Ощущение очень интенсивное, но больше всего удовольствия и боли ты получаешь, когда их снимаешь.

Я стаскиваю зажим с пальца. Хм-м-м, возможно, это действительно приятно. При мысли об этом я ежусь.

— Эти мне нравятся, — бормочу я, и Кристиан улыбается.

— Неужели, мисс Стил?

Я робко киваю и кладу зажимы в ящик. Кристиан наклоняется и вытаскивает еще парочку.

— Вот эти регулируются. — Он протягивает их мне.

— Регулируются?

— Ты можешь закрутить их крепче... или нет. В зависимости от настроения.

Как он ухитряется говорить так эротично! Я сглатываю и, чтобы отвлечь его внимание, вытаскиваю нечто, похожее на нож для пиццы.

— А это что? — хмурюсь я. Мы ведь не на кухне.

— Это игольчатое колесо Вартенберга.

— Для чего?

Он забирает у меня девайс.

— Дай мне твою руку. Ладонью кверху.

Я протягиваю ему левую руку, он ласково берет ее и проводит большим пальцем по моим суставам. У меня сразу бегут мурашки по спине. Еще не было ни разу, чтобы он не вызывал во мне бурной реакции, когда моя кожа соприкасается с его. Он проводит колесом по моей ладони.

— Ай! — Шипы впиваются в мою кожу — и это не столько больно, сколько щекотно.

— Теперь представь, что это колесо прикладывают к твоей груди, — сладострастно бормочет Кристиан.

Ох! Я вспыхиваю и отдергиваю руку. Мое дыхание учащается, пульс — тоже.

— Анастейша, существует незримая черта между удовольствием и болью, — мягко говорит Кристиан, наклоняется и убирает колесо в ящик.

— А бельевые прищепки? — шепчу я.

— С ними можно сделать очень много. — Его глаза горят.

Я нажимаю рукой на ящик, и он задвигается.

— Все? — удивляется Кристиан.

— Нет... — Я выдвигаю четвертый ящик, набитый разными ремешками. Я тяну за один ремешок... оказывается, к нему прикреплен мячик.

— Круглый кляп. Чтобы ты не дергалась, — говорит Кристиан.

— А как же мягкий предел? — бормочу я.

— Я помню наш разговор, — отвечает он. — Но ведь ты можешь дышать. Твои зубы сжимают мячик.

Забрав его из моих рук, он сжимает мячик пальцами, показывая, как во рту его сжимают зубы.

— А ты сам испробовал что-то на себе? — интересуюсь я.

Кристиан замирает и глядит на меня.

— Да, испробовал.

— Чтобы приглушить свои крики?

Он закрывает глаза, и мне кажется, что он раздражен.

— Нет, его назначение не в этом.

Да?

— Анастейша, тут дело в контроле. Насколько беспомощной ты себя почувствуешь, если ты связана и не можешь говорить? Насколько ты можешь мне доверять, зная, что ты полностью в моей власти? Это я должен видеть по твоему телу и твоим реакциям, а не слышать из твоих слов. Это делает тебя более зависимой от меня, а мне дает полнейший контроль.

Я сглатываю комок в горле.

— Ты говоришь так, словно тебе этого не хватает.

— Это то, чем я владею, — бормочет он и глядит на меня серьезными, широко раскрытыми глазами. Между нами изменилась атмосфера; сейчас он словно исповедуется мне.

— Ты обладаешь властью надо мной. Ты ведь знаешь, — шепчу я.

— Правда? Ты заставляешь меня чувствовать... мою беспомощность.

— Нет! — Ну Кристиан... — Почему?

— Потому что ты единственная из всех моих знакомых, кто может действительно меня ранить. — Он протягивает руку и заправляет выбившуюся прядь мне за ухо.

— Ох, Кристиан... это обоюдно. Если бы ты не хотел меня... — Я вздрагиваю и опускаю глаза на свои дрожащие пальцы. В этом состоит еще одно мое потаенное опасение насчет нас. Если бы он не был таким... сломленным, захотел бы он меня? Я стараюсь не думать об этом.

— Меньше всего на свете я хочу тебя обидеть. Я люблю тебя. — Я протягиваю руки и нежно провожу пальцами по его вискам, щекам. Он тянется навстречу моим прикосновениям, бросает мячик в ящик и обнимает меня за талию. Привлекает к себе.

— Мы закончили показ? — спрашивает он нежно и вкрадчиво и передвигает руку на мой затылок.

— А что? Что ты хочешь сделать?

Он наклоняется и нежно целует меня. Я таю в его объятьях.

— Ана, ты сегодня едва не пострадала. — Его голос звучит нежно, но с тревогой.

— Ну и что? — спрашиваю я, наслаждаясь его близостью, чувствуя тепло его рук. Он откидывает голову и хмуро, с упреком смотрит на меня.

— Как это «ну и что»?

Я озадаченно гляжу в его милое, недовольное лицо.

— Кристиан, со мной все в порядке.

Он крепко прижимает меня.

— Когда я думаю, что могло случиться... — Он утыкается лицом в мои волосы.

— Пойми, наконец, что я сильнее, чем кажусь! — горячо шепчу я в его шею, вдыхая его восхитительный запах. Нет ничего лучше на этой планете, чем стоять или лежать в объятьях Кристиана.

— Я знаю, что ты сильная, — спокойно соглашается Кристиан. Он целует меня в макушку, а потом отпускает меня, к моему огромному разочарованию. И все?..

Наклонившись, я вытаскиваю из нижнего ящика еще одну игрушку. Несколько наручников, прикрепленных к планке. Я вопросительно смотрю на Кристиана. У него темнеют глаза.

— Это, — говорит он, — распорка с ограничителями для щиколоток и запястий.

— Как этим пользоваться? — спрашиваю я, искренне заинтересованная.

— Тебе показать? — удивленно спрашивает он и на миг закрывает глаза.

Я смотрю на него. Когда он открывает глаза, в них горит темный огонь.

— Да, я хочу, чтобы ты показал мне. Я люблю, когда ты меня связываешь, — шепчу я. Моя внутренняя богиня делает кульбит и садится в шезлонг.

— Ох, Ана, — бормочет он. Внезапно его лицо искажается от боли.

— Что?

— Только не здесь.

— Почему?

— Я хочу любить тебя в моей постели, а не здесь. Пойдем. — Он берет меня за руку, хватает распорку и стремительно выходит из комнаты.

Почему мы уходим? Я оглядываюсь назад.

— Почему не здесь?

Кристиан останавливается возле лестницы и строго смотрит на меня.

— Ана, может, ты и готова вернуться сюда, а я нет. В последний раз, когда мы были с тобой здесь, ты ушла от меня. Сколько мне раз повторять, когда ты это поймешь? — Он хмурится и, отпустив меня, жестикулирует свободной рукой. — В результате изменилось все мое поведение. Радикально сдвинулся мой взгляд на жизнь. Я уже говорил тебе об этом. Вот только я не сказал тебе, что... — Он замолкает, проводит рукой по волосам, подыскивая точные слова. — Я сейчас похож на выздоровевшего алкоголика, понятно? Это единственное сравнение, которое я могу привести. Зависимость снята, но я не хочу, чтобы на моем пути возникали соблазны. Я не хочу причинять тебе боль.

Он выглядит полным раскаянья, и в этот момент меня пронзает острая боль. Что я сделала этому человеку? Улучшила ли я его жизнь? Он был счастлив и до встречи со мной, разве нет?

— Мне невыносима даже мысль о том, что я причиню тебе боль, потому что я люблю тебя, — добавляет он, его лицо сейчас абсолютно искреннее, как у маленького мальчика, говорящего нехитрую правду.

Он совершенно простодушен, и у меня захватывает дух. Я обожаю его больше всего и больше всех на свете. Я очень люблю этого мужчину, люблю бескорыстно.

Я бросаюсь к Кристиану так стремительно, что он роняет распорку, чтобы подхватить меня, и я толкаю его к стене. Обхватив его лицо ладонями, я прижимаю его губы к своим и, наслаждаясь его удивлением, всовываю свой язык ему в рот. Я стою выше его на ступеньку — наши лица сейчас на одном уровне, и меня охватывает эйфория от ощущения собственной силы. Я страстно целую его, погружаю пальцы в его волосы; я хочу трогать его, трогать всюду, но сдерживаю себя, зная о его страхе. Но мое желание все равно возрастает, горячее и тяжелое, расцветает внутри меня. Он стонет, берет меня за плечи и отталкивает.

— Ты хочешь, чтобы я трахал тебя на лестнице? — бормочет он. — Смотри, я могу.

— Да, — бормочу я и не сомневаюсь, что сейчас мои глаза такие же темные, как его.

Он смотрит на меня затуманенным и тяжелым взглядом.

— Нет, я хочу тебя в моей постели.

Внезапно он подхватывает меня и кладет на плечо, отчего я громко вскрикиваю, и больно шлепает меня по заду, так что я снова кричу. Спускаясь по лестнице, он нагибается и подбирает упавшую распорку.

Когда мы проходим через гостиную, из кладовки выходит миссис Джонс. Она улыбается нам, и я виновато улыбаюсь в ответ. Кажется, Кристиан ее даже не заметил.

В спальне он ставит меня на ноги и швыряет на кровать распорку.

— Я думаю, что ты не причинишь мне боль, — шепчу я.

— Я тоже думаю, что я не причиню тебе боль, — говорит он. Обхватывает мою голову ладонями и целует меня, долго и крепко, зажигая мою и без того горячую кровь. — Я очень хочу тебя, — шепчет он возле моих губ, задыхаясь от страсти. — Ты точно хочешь меня — после сегодняшнего?

— Да. Я хочу тебя тоже. Я хочу тебя раздеть. — Аж пальцы зудят, так мне хочется трогать его, ласкать.

Его глаза раскрываются шире, и какую-то секунду он колеблется, вероятно, обдумывает мою просьбу.

— Ладно, — с опаской говорит он.

Я тяну руки к второй пуговице на его рубашке и слышу, как он затаил дыхание.

— Если ты не хочешь, я не буду тебя трогать, — шепчу я.

— Нет, — быстро отвечает он. — Делай, как тебе хочется. Все в порядке.

Я осторожно расстегиваю пуговицу, и мои пальцы скользят по рубашке к следующей. Его глаза широко раскрылись и сияют, губы разжались, он учащенно дышит. Как он красив, даже когда боится... потому что боится. Я расстегиваю третью пуговицу и вижу волосы на его груди.

— Мне хочется поцеловать тебя сюда, — шепчу я.

Он резко вдыхает.

— Поцеловать меня?

— Да, — шепчу я.

Он ахает, а я расстегиваю следующую пуговицу и очень медленно наклоняюсь, чтобы он увидел мои намерения. Он задерживает дыхание, замирает, и я ласково целую его мягкие волосы. Покончив с последней пуговицей, я поднимаю на него глаза. Он смотрит на меня, и на его лице я читаю покой и... удивление.

— Тебе уже легче, да? — шепчу я.

Он кивает, а я медленно стаскиваю рубашку с его плеч; она падает на пол.

— Что ты сделала со мной, Ана, — ласково говорит он. — Не останавливайся, ладно?

Он обвивает меня руками, запускает обе руки в мои волосы и запрокидывает мою голову, открывая себе доступ к моему горлу.

Он проводит губами по моей коже, мягко покусывая. Из меня вырывается стон. Ох, я хочу этого мужчину! Мои пальцы возятся с его поясом, расстегивают пуговицу и тянут вниз молнию.

— Ох, детка, — шепчет он и целует меня за ухом. Я чувствую бедром его эрекцию. Я хочу его — хочу почувствовать его своим ртом. Делаю шаг назад и падаю на колени.

— О-о! — стонет он.

Я поскорее сдергиваю вниз его брюки и боксеры, и его член упруго выскакивает на свободу. Прежде чем он успевает остановить меня, я беру *его* в рот, сосу что было сил, наслаждаясь его удивлением и шоком. Открыв рот, Кристиан наблюдает за мной, за каждым моим движением. В его потемневших глазах я читаю плотское наслаждение. О господи. Я сосу еще сильнее. Он закрывает глаза и отдается своим чувствам. Я понимаю, что делаю для него, и это приятно, очень сексуально и дарит мне невероятную свободу. Ощущение головокружительное; я не только сильная — я всемогущая.

— Черт, — шипит он и, осторожно придерживая меня за затылок, выдвигает бедра вперед и еще глубже входит в мою глотку.

О да, я хочу этого, я ласкаю его языком, тяну, сосу... вновь и вновь.

— Ана. — Он хочет отстраниться.

Ну нет, я не пущу тебя, Грей. Я хочу тебя... Я крепко хватаю его за бедра, удваиваю усилия и чувствую, что он уже на грани.

— Пожалуйста, Ана, — задыхаясь, молит он. — Я сейчас кончу.

Хорошо! Моя внутренняя богиня запрокинула в экстазе голову, и он кончает в мой рот, бурно и обильно.

Он открывает свои ярко-серые глаза, глядит на меня сверху, а я улыбаюсь ему и облизываю губы. В ответ он ухмыляется коварно и обольстительно.

— Ого, так вот в какую игру мы играем, мисс Стил?

Он наклоняется, берет меня под мышки и ставит на ноги. Внезапно его губы накрывают мои. Он стонет.

— Я чувствую вкус самого себя. Ты вкуснее, — бормочет он у моих губ.

Потом стягивает с меня футболку и бросает на пол, поднимает меня и швыряет на кровать. Схватившись за низ штанов, резко дергает и стаскивает их одним движением. Я распростерлась на его кровати, голая. Жду. Хочу. Его глаза впиваются в меня. Не отводя от меня взгляда, он не спеша снимает оставшуюся одежду.

— Анастейша, ты красавица, — заявляет он.

А-а-а... Я кокетливо наклоняю голову и лучезарно улыбаюсь.

— Кристиан, ты красавец и очень вкусный.

С коварной ухмылкой он берется за распорку. Хватает мою левую лодыжку, быстро надевает на нее фиксатор и защелкивает на нем застежку, туго, но не слишком. Проверяет, сунув мизинец между фиксатором и лодыжкой. При этом он не отрывает от меня глаз; ему не требуется смотреть, что он делает. Хм-м... он делал это и раньше.

— Сейчас мы посмотрим, какова вы на вкус, мисс Стил. Насколько мне помнится, вы — редкий, изысканный деликатес.

Ой!

Схватив мою вторую лодыжку, он быстро и ловко сковывает и ее. Мои ноги оказываются раздвинутыми на два фута.

— В этой распорке хорошо то, что ее длину можно регулировать, — бормочет он.

Нажимает на что-то, толкает, и мои ноги раздвигаются еще сильнее. Ого, на три фута. Моя челюсть отвисает, я судорожно хватаю ртом воздух. Черт, это круто! Я горю страстью и жажду ее утоления.

Кристиан облизывает нижнюю губу.

— Ну, Ана, сейчас мы развлечемся.

Наклонившись, он берется за распорку и поворачивает ее. Я шлепаюсь на живот. Неожиданно для себя.

— Видишь, что я могу с тобой делать? — мрачно спрашивает он и опять резко поворачивает распорку; я опять оказываюсь на спине и, еле дыша, гляжу на него.

— Другие фиксаторы предназначены для твоих запястий. Я еще подумаю. Зависит от того, как ты себя вела.

— Когда я вела себя плохо?

— Я могу назвать несколько нарушений, — нежно говорит он и проводит пальцами по моим ступням. Мне щекотно, но распорка держит меня на месте, как я ни пытаюсь увернуться от его пальцев.

— Во-первых, твой «блэкберри».

Я ахаю.

— Что ты собираешься делать?

— О, я никогда не раскрываю своих планов. — Он усмехается, в глазах зажигаются озорные огоньки.

О-го-го! Он умопомрачительно сексуален, даже дух захватывает. Он ползет по кровати и теперь стоит на коленях между моих ног, обнаженный и великолепный, а я совсем беспомощна.

— Хм-м, вы так беззащитны, мисс Стил. — Он ведет пальцами по внутренней стороне моих ног, медленно, уверенно, делая круговые движения. И ни на секунду не отрывает глаз от моего лица. — Вот интересно, Ана, обладаешь ли ты даром предчувствия. Что я сейчас с тобой сделаю?

Его тихие слова проникают прямо в самую глубокую и темную часть меня. Я извиваюсь на кровати и испускаю стоны. Его пальцы продолжают медленный путь по моим ногам, они уже миновали колени. Инстинктивно я хочу соединить ноги, но не могу.

— Запомни, если тебе что-то не понравится, просто скажи мне «стоп», — воркует он.

Наклонившись, целует мой живот, нежно, слегка всасывая кожу, а его руки продолжают свой медленный, мучительный для меня путь по внутренней стороне моих ляжек, гладят и дразнят меня.

— Пожалуйста, Кристиан! — умоляю я.

— Мисс Стил, я обнаружил, что вы бываете беспощадной в своих амурных атаках на меня. И сейчас мне пора вернуть должок.

Вцепившись руками в одеяло, я отдаюсь на его милость. Его рот постепенно движется вниз, а пальцы — вверх, к беззащитной и обнаженной верхней части моих ляжек. Я издаю стон, когда он вставляет пальцы внутрь меня, и выгибаю бедра им навстречу. Кристиан стонет в ответ.

— Ты не перестаешь удивлять меня, Ана. Ты так промокла, — бормочет он, обдавая теплым дыханием волосы на моем лобке. Потом его губы находят меня, и я выгибаюсь в экстазе.

О-о-о!

Он начинает медленную и чувственную атаку, его язык кружит и кружит по моей коже, а пальцы движутся внутри меня. Все это интенсивно, очень интенсивно, так как я не могу ни пошевелиться, ни сдвинуть ноги. Я лишь выгибаю спину.

— Ох, Кристиан! — кричу я.

— Я знаю, детка, — шепчет он и, снимая напряжение, нежно дует в самую чувствительную часть моего тела.

— Ах-х! Пожалуйста! — молю я.

— Назови меня по имени, — приказывает он.

— Кристиан! — зову я, с трудом узнавая свой голос — такой он пронзительный и полный страсти.

— Еще.

— Кристиан, Кристиан, Кристиан Грей! — громко кричу я.

— Ты моя. — Его голос звучит мягко и категорично, и вместе с последним движением его языка я буквально падаю в оргазм, а поскольку мои ноги широко раздвинуты, пароксизм длится и длится, и я теряю связь с реальностью.

Смутно сознаю, что Кристиан перевернул меня на живот.

— Мы сейчас попробуем, малышка. Если тебе не понравится или будет слишком неудобно, скажи мне, и мы остановимся.

Что? Я слишком погружена в отсветы моего оргазма, чтобы связно мыслить. Я уже сижу на коленях у Кристиана. Как это получилось?

— Наклонись, детка, — бормочет он мне на ухо. — Прижми голову и грудь к постели.

Как в тумане, я послушно выполняю все команды. Он заводит мои руки назад и приковывает их к планке, рядом с лодыжками. Ой... Теперь мои колени торчат вперед, попка — в другую сторону, я абсолютно не защищена, целиком в его власти.

— Ана, ты так красиво смотришься.

Его голос наполнен восторгом; я слышу, как рвется фольга. Он проводит пальцами по моей попе, от крестца к лону, и задерживается, чтобы похлопать меня по анусу.

— Когда ты будешь готова, я хочу и так. — Его палец тихонько прижимается к заднему проходу. Я громко охаю и вся напрягаюсь от его нежного касания. — Нет, не сегодня, моя сладкая Ана, но когда-нибудь... Я хочу тебя всю. Я хочу владеть каждым дюймом твоего тела. Ты вся моя.

Я вспоминаю про анальную затычку, и внутри меня все сжимается. Его слова исторгают из меня стон, а его пальцы движутся вниз, на более освоенную территорию.

Через считаные секунды Кристиан уже грубо вторгается в меня.

— Ах! Осторожнее! — кричу я, и он сдерживает свой напор.

— Так нормально?

— Помягче... дай мне привыкнуть.

Он медленно выходит из меня и так же медленно входит, наполняя, растягивая меня, один раз, два, три — и я абсолютно беспомощна.

— Так, хорошо, я уже привыкла, — бормочу я, наслаждаясь его властью над собой.

Он стонет и набирает свой привычный темп. Движется, движется... без устали... вперед, внутрь, наполняя меня... и это восхитительно. Я нахожу радость в своей беспомощности, радость полной капитуляции перед ним; мне приятно сознавать, что он может раствориться во мне так, как он хочет. Что я могу позволить ему это. Он переносит меня в такие темные места, о существовании которых я даже не подозревала, и мы вместе наполняем их ослепительным светом. О да, ярчайшим, ослепительным светом.

И я взлетаю на вершину, наслаждаясь его любовью, получаю сладчайшее освобождение и снова прихожу к цели, крича, визжа его имя. И он замирает, выливая в меня свое сердце и душу.

— Ана, детка! — вскрикивает он и падает без сил рядом со мной.

Его пальцы ловко расстегивают фиксаторы, и он растирает мои лодыжки, потом — запястья. Наконец, освободив меня, Кристиан заключает меня в объятья, и я уплываю куда-то, обессиленная.

Когда я снова прихожу в себя, я лежу рядом с ним, свернувшись в клубок, а он глядит на меня. Я не имею представления, сколько прошло времени.

— Ана, я могу смотреть бесконечно долго, как ты спишь, — воркует он и целует меня в лоб.

Я томно улыбаюсь и обнимаю его рукой.

— Я никогда не отпущу тебя, — нежно заявляет он и прижимает к себе.

Хм-м...

— Я и не хочу никуда уходить. Никогда не отпускай меня, — сонно бормочу я, мои тяжелые веки не желают открываться.

— Ты нужна мне, — шепчет он, но его голос уже кажется мне далекой, легкой, как эфир, частью моих снов.

Я нужна ему... нужна ему... И когда я окончательно соскальзываю в темноту, последнее, что я вижу, — мне робко улыбается маленький мальчик с серыми глазами и грязной копной медных волос.

Глава 17

Хм-м-м... Кристиан щекочет губами мне шею, и я медленно просыпаюсь. Я лежу спиной к нему.

— Доброе утро, детка, — шепчет он и легонько прикусывает мою мочку.

Я открываю глаза и тут же закрываю. Яркий утренний свет наполняет спальню, рука Кристиана нежно ласкает мою грудь, дразнит меня. Потом он перемещает руку на мое бедро, прижимает меня к себе.

Я потягиваюсь, наслаждаюсь его прикосновениями, ощущаю ягодицей его эрекцию. О боже! Сигнал Кристиана Грея к побудке.

— Ты рад меня видеть, — сонно бормочу я, нарочно прижимаюсь к нему еще сильнее и ощущаю на коже теплое дуновение от его усмешки.

— Я очень рад тебя видеть, — подтверждает он, скользит ладонью по моему животу, накрывает ею мое лоно и ласкает его пальцами. — Есть определенное преимущество в том, чтобы просыпаться рядом с вами, мисс Стил, — шутит он и осторожно переворачивает меня на спину. — Как спала, хорошо? — интересуется он, а его пальцы продолжают свою чувственную пытку. Он улыбается мне — своей широкой, ослепительной, модельной, американской улыбкой, обнажающей безукоризненные зубы. У меня захватывает дух.

Мои бедра начинают двигаться в ритме танца, заданном его пальцами. Он целует меня в губы, потом переходит на шею, медленно целует ее, покусывает, подсасывает. Его легкие прикосновения несут мне божественное наслаждение. Тем временем неугомонные пальцы движутся вниз, и Кристиан медленно вставляет один палец внутрь меня и восхищенно вскидывает брови.

— Ана, — бормочет он. — Да ты всегда готова.

Он движет пальцем синхронно с поцелуями, а его губы неторопливо проходят по моей ключице и приближаются к груди. Он терзает зубами и губами сначала один сосок, потом другой, но так ласково — и они набухают и вытягиваются при своей сладкой реакции.

Из меня вырывается стон.

— М-м-м-м, — ласково мычит он и поднимает голову, чтобы одарить меня своим ярко-серым взглядом. — Я хочу тебя немедленно.

Он протягивает руку к столику, ложится на меня, перенеся свой вес на локти, раздвигает мои ноги своими коленками и трется носом о мой нос. Потом встает на колени и разрывает упаковку фольги.

— Никак не дождусь субботы, — говорит он, и в его глазах сверкает сладострастный восторг.

— Твоего дня рождения?

— Нет. Наконец-то я не буду надевать эту хреновину.

— Подходящее название. — Я хихикаю.

Он усмехается в ответ и надевает презерватив.

— Вам смешно, мисс Стил?

— Нет. — Я пытаюсь убрать с лица улыбку и не могу.

— Сейчас не время хихикать.

Он строго качает головой, и его голос тоже звучит негромко, строго, но выражение лица — боже мой! — одновременно ледяное и горячее, как вулкан.

У меня перехватывает дыхание.

— Мне казалось, что тебе нравилось, когда я смеюсь, — шепчу я хриплым голосом, глядя в темные глубины его грозных глаз.

— Не сейчас. Для смеха есть другое время и место. Мне нужно тебя остановить, и я знаю, как это сделать, — говорит он зловещим тоном, и его тело накрывает мое.

— Ана, что вы хотите на завтрак?

— Я бы съела немножко гранолы. Благодарю вас, миссис Джонс.

Я смущаюсь, когда занимаю место за стойкой рядом с Кристианом. В последний раз, когда я видела миссис Джонс, очень чопорную и правильную особу, Кристиан бесцеремонно тащил меня на плече в спальню.

— Ты смотришься очень мило, — говорит Кристиан. Я опять надела серую юбку-карандаш и серую шелковую блузку.

— Ты тоже. — Я робко улыбаюсь ему. На нем бледно-голубая рубашка и джинсы, и он выглядит крутым, свежим и безукоризненным, как всегда.

— Нам надо купить тебе еще юбок, — заявляет он будничным тоном. — И вообще, мне хочется поехать с тобой за покупками, устроить шопинг.

М-да, шопинг. Я ненавижу шопинг. Но с Кристианом, пожалуй, он получится не слишком неприятным. Я выбираю лучшую форму самозащиты — отвлекающий маневр.

— Интересно, что сегодня творится на работе?

— Там заменят слизняка. — Кристиан хмурится, словно только что наступил ногой на что-то неприятное.

— Хорошо бы моим новым боссом сделали женщину.

— Почему?

— Ну, тогда ты, пожалуй, будешь охотнее отпускать меня с ней, — дразню я его.

Его уголки губ дергаются в слабой улыбке, и он принимается за омлет.

— Что тебе так смешно? — спрашиваю я.

— Ты смешная. Ешь свою гранолу, всю до донышка, если это весь твой завтрак.

Как всегда, командует. Я надуваю губы, но ем.

— Итак, ключ вставляется сюда. — Кристиан тычет пальцем в замок зажигания под переключением передач.

— Странное место, — бормочу я.

Но я в восторге от любой маленькой детали, чуть ли не прыгаю как маленький ребенок на комфортабельном кожаном кресле. Наконец, Кристиан позволяет мне сесть за руль моего авто.

Он строго смотрит на меня, хотя в его глазах мелькают смешинки.

— Ты просто без ума от машины, точно? — удивленно бормочет он.

Я молча киваю и улыбаюсь как дурочка.

— Ах, этот запах нового автомобиля! Тут он даже лучше, чем в «Сабмиссив Спешиел»... то есть в «А3», — быстро добавляю я, смутившись.

Кристиан кривится.

— «Сабмиссив Спешиел», да? Мисс Стил, вы так ловко обращаетесь со словами. — Он откидывается на спинку кресла с неодобрительной миной, но меня ему не обмануть. Я знаю, что он радуется. — Ну, поехали. — Он машет рукой в сторону ворот гаража.

Я хлопаю в ладоши, поворачиваю ключ зажигания, и мотор оживает и урчит. Переключив передачу, я снимаю ногу с тормоза, и «Сааб» плавно движется вперед. Позади нас Тейлор трогает с места «Ауди» и, когда поднимается гаражный шлагбаум, выезжает следом за нами из «Эскалы» на улицу.

— Может, включим радио? — предлагаю я, когда мы ждем у первого светофора.

— Мне надо, чтобы ты сосредоточилась, — резко отвечает он.

— Кристиан, пожалуйста! Я могу водить машину и под музыку. — Я закатываю глаза. Он хмурит брови, но потом включает радио.

— Ты можешь слушать здесь свои диски с айпода и MP3, а также CD.

Слишком громкие, сладкие звуки группы «Полиция» внезапно наполняют машину. Кристиан убавляет звук. Да уж... «Король Боли».

— Твой гимн, — шучу я и мгновенно жалею об этом, когда его губы сжимаются в тонкую линию. Не надо бы. — У меня дома есть этот альбом, — поскорее продолжаю я, чтобы отвлечь его. — Ну, где-то в моей квартире.

Интересно, как там Итан? Надо позвонить ему сегодня. Работы у меня будет немного.

В животе шевелится тревога. Что будет, когда я приду в офис? Кто-нибудь будет знать про Джека? А про участие Кристиана? Сохранится ли за мной место? Ой, что я буду делать, если потеряю работу?

«Выйдешь замуж за мультимиллионера, Ана!» Мое подсознание высунуло свою зубастую акулью морду. Я игнорирую эту алчную суку.

— Эй, мисс Дерзкий Ротик. Очнись. — Кристиан возвращает меня к действительности, когда я подъезжаю к очередному светофору. — Ты очень рассеянная, Ана. Сосредоточься, — ругается он. — Как правило, дорожные происшествия — результат плохой концентрации.

«Ой, ради бога, отстань!» — и внезапно я переношусь мыслями в то время, когда Рэй учил меня водить машину. Другой отец мне не нужен. Муж — да, пожалуй, понимающий в сексе муж. Хм-м...

— Просто я думаю о работе.

— Детка, все будет хорошо. Доверься мне, — улыбается Кристиан.

— Прошу тебя, не вмешивайся, я хочу добиться всего сама. Кристиан, пожалуйста. Для меня это важно. — Я говорю это как можно мягче. Я не хочу спорить. Его губы снова сжимаются в упрямую линию, и я жду, что он опять будет меня ругать.

О нет...

— Давай не спорить, Кристиан. У нас было такое чудесное утро. А последняя ночь была... — Я не нахожу подходящего слова. — Небесная.

Он молчит. Я бросаю взгляд на него. Он сидит, закрыв глаза.

— Да. Небесная, — тихо говорит он. — И я серьезно тебе сказал.

— Что?

— Я не хочу отпускать тебя.

— Я не хочу уходить.

Он улыбается, и эта улыбка, новая и робкая, убирает все на его пути. Да, она всемогущая.

— Хорошо, — говорит он и заметно расслабляется.

Я въезжаю на стоянку в половине квартала от SIP.

— Я провожу тебя до работы. Тейлор заберет меня там, — предлагает Кристиан.

Я неуклюже выбираюсь из машины, стесненная узкой юбкой, а Кристиан выходит, как всегда, грациозно; он в ладу со своим телом или, по крайней мере, производит такое впечатление. Интересно: человек, который не выносит прикосновений, не может быть в ладу со своим телом. Я хмурюсь от этой случайной мысли.

— Не забудь, сегодня в семь вечера мы встречаемся с Флинном, — говорит он, подавая мне руку. Я нажимаю на кнопку дистанционного запирания дверей и берусь за его руку.

— Не забуду. Я составляю список вопросов к нему.

— Вопросов? Обо мне?

Я киваю.

— Я могу ответить на любой твой вопрос обо мне. — Кристиан, кажется, обиделся.

Я улыбаюсь ему.

— Да, но я хочу услышать непредвзятое мнение дорогостоящего шарлатана.

Он хмурится и внезапно обнимает меня, заводит обе моих руки за спину и крепко их держит.

— Это хорошая идея? — говорит он хриплым голосом. Я откидываю назад голову и вижу беспокойство в его широко раскрытых глазах. Оно терзает мою душу.

— Если ты не хочешь, чтобы я спрашивала, то я и не буду.

Я гляжу на него, и мне хочется стереть моей лаской заботу с его лица. Я высвобождаю одну руку и нежно касаюсь его щеки — она такая гладкая после утреннего бритья.

— О чем ты беспокоишься? — ласково спрашиваю я.

— Что ты уйдешь.

— Кристиан, сколько раз тебе говорить: я никуда не собираюсь. Ты уже сказал мне самое страшное. Я не ухожу от тебя.

— Тогда почему ты мне не ответила?

— Не ответила? Тебе? — неискренне бормочу я.

— Ана, ты знаешь, о чем я говорю.

Я вздыхаю.

— Кристиан, я хочу убедиться, что меня будет для тебя достаточно. Вот и все.

— И ты не хочешь верить моим словам? — с обидой говорит он, разжимая объятья.

— Все произошло так быстро. А ты мне сам признался, что в тебе можно найти пятьдесят оттенков порочности. Я не могу дать тебе то, в чем ты нуждаешься, — бормочу я. — Это просто не по мне. Но из-за этого я ощущаю свою неадекватность, особенно после того, как увидела тебя рядом с Лейлой. Кто даст гарантию, что однажды ты не встретишь женщину, которой нравится делать то же самое, что и тебе? И кто даст гарантию, что ты не... ну... не польстишься на нее? На ту, которая больше удовлетворит твои потребности.

Мысль о том, что Кристиан занимается сексом с кем-то еще, мне невыносима. Я опускаю глаза на свои побелевшие пальцы.

— У меня было несколько женщин, которым нравилось делать то же, что и я. Ни одна из них не нравилась мне так, как ты. У меня никогда не возникало эмоциональной связи ни с одной из них. Только с тобой, Ана.

— Потому что ты никогда не давал им шансов на это. Ты проводил слишком много времени, запертый в своей крепости. Ладно, давай поговорим об этом потом. Мне надо идти на работу. Может, доктор Флинн поможет нам что-то понять.

Это слишком трудный разговор для автомобильной стоянки без десяти девять утра, и Кристиан, кажется, согласен
со мной. Он кивает, но в глазах остается настороженность.

— Пойдем, — приказывает он, протягивая мне руку.

Когда я подхожу к своему столу, я вижу на нем записку с приглашением немедленно зайти в кабинет Элизабет.
У меня замирает сердце. Вот оно. Сейчас мне сообщат, что
я уволена.

— Анастейша. — Элизабет улыбается и показывает рукой на стул перед ее столом. Я сажусь и выжидающе гляжу на нее, надеясь, что она не слышит громкий стук моего
сердца. Она приглаживает густые черные волосы и смотрит
на меня строгими и ясными голубыми глазами.

— У меня несколько новостей, довольно печальных.

Печальных! Ой.

— Я позвала вас, чтобы сообщить, что Джек неожиданно уволился.

Я краснею. Для меня эта новость не печальная. Сказать
ей, что я знаю, или нет?

— После его поспешного увольнения остается вакансия,
и нам бы хотелось, чтобы вы временно исполняли обязанности редактора, пока мы не найдем замену.

Что? Я чувствую, как у меня отхлынула кровь от лица. Я?

— Но ведь я работаю чуть больше недели.

— Да, Анастейша, я понимаю, но Джек всегда был высокого мнения о ваших способностях. Он возлагал на вас
большие надежды.

Ну конечно... Он возлагал большие надежды на то, что
переспит со мной.

— Здесь подробное описание работы редактора. Проч-
тите его, и чуть позже мы с вами все обсудим.

— Но ведь...

— Да-да, я понимаю, как это все внезапно, но ведь вы
уже контактировали с ключевыми авторами Джека. Ваши
резюме не остались незамеченными в редакции. У вас
острый ум, Анастейша. Мы все уверены, что вы справитесь.

— О'кей. — Невероятно.

— В общем, подумайте. Можете занять кабинет Джека.

Она встает, игнорируя мое недоумение, и протягивает мне руку. Я пожимаю ее в полном тумане.

— Я рада, что он уволился, — шепчет Элизабет, и по ее лицу пробегает тень. Черт побери... Ей-то что он сделал?

Вернувшись к своему столу, я хватаю «блэкберри» и звоню Кристиану.

Он отвечает на втором гудке.

— Анастейша, что-нибудь случилось? — озабоченно спрашивает он.

— Меня только что посадили на место Джека — ну, временно, — выпаливаю я.

— Ты шутишь, — недоверчиво шепчет он.

— Ты имеешь какое-то отношение к этому? — Мой голос звучит резче, чем мне хотелось.

— Нет, Анастейша, нет и нет. При всем моем уважении к твоим талантам, ты ведь всего неделю работаешь в редакции — пойми меня правильно.

— Я понимаю, — хмурюсь я. — Очевидно, Джек действительно меня хвалил.

— Неужели? — В голосе Кристиана появляется лед, потом я слышу вздох. — Ну, что ж, детка, раз они считают, что ты справишься, значит, так оно и есть. Поздравляю. Пожалуй, мы отпразднуем это событие после встречи с Флинном.

— Э-э-э... Ты точно не имеешь к этому никакого отношения?

Он долго молчит, потом спрашивает сердитым басом:

— Ты ставишь под сомнение мои слова? Мне это не нравится.

Я сглатываю комок в горле. Господи, как легко он выходит из себя!

— Извини, — бормочу я.

— Если тебе что-нибудь понадобится, дай мне знать. Я приеду. И Анастейша...

— Что?

— Пользуйся своим «блэкберри», — сухо добавляет он.

— Да, Кристиан.

Он не отключает связь, как я ожидала, а вздыхает.

— Я серьезно тебе говорю. Если я буду тебе нужен, я мгновенно приеду. — Теперь его слова звучат гораздо мягче.

Ох, он такой переменчивый... его настроение колеблется словно метроном, установленный на режим «престо».

— Конечно, — бормочу я. — Мне пора. Сейчас возьмусь за работу.

— Если я понадоблюсь... Я серьезно... — повторяет он.

— Я знаю. Спасибо, Кристиан. Я люблю тебя.

Я чувствую, как он усмехается на другом конце провода. Я снова вернула его себе.

— Я тоже люблю тебя, малышка. — Мне никогда не надоест слушать эти признания!

— Мы поговорим с тобой позже.

— Покеда, детка.

Я отключаю связь и оглядываюсь в кабинете Джека. В моем кабинете. Черт побери: Анастейша Стил, исполняющая обязанности редактора. Кто бы мог подумать? Надо попросить прибавку.

Что подумает Джек, если узнает об этом? Я содрогаюсь от этой мысли и праздно гадаю, что он делает сегодня утром; очевидно, что в Нью-Йорк он не уехал. В общем, я иду в мой новый кабинет, сажусь за стол и начинаю читать про должностные обязанности редактора.

В двенадцать тридцать мне звонит по внутренней связи Элизабет.

— Ана, мы хотим видеть вас в час дня на совещании в зале заседаний. Там будут Джерри Роч и Кей Бести — знаете, президент и вице-президент компании? Будут присутствовать все редакторы.

Черт!

— Я должна как-то подготовиться?

— Нет, это просто неформальная встреча, которую мы устраиваем раз в месяц. Там будет и ланч.

— Я приду, — говорю я и кладу трубку.

Черт побери! Я просматриваю текущий список авторов Джека. Да, я уже хорошо их знаю. У меня пять рукописей, которые он уже утвердил к печати, плюс еще две, которые еще предстоит рассмотреть. Я вздыхаю всей грудью — и не верю, что уже время ланча. Полдня пролетели, и мне это нравится. Сегодня утром я узнала так много нового. Писк календаря напоминает мне о назначенной встрече.

Ой-ой, Миа! За всеми новостями я забыла про наш ланч. Я достаю «блэкберри» и лихорадочно ищу ее номер.

Звонит служебный телефон.

— Он. В приемной. — Клэр говорит вполголоса.

— Кто? — В первую секунду я думаю, что она говорит о Кристиане.

— Белокурый бог.

— Итан?

И чего же он хочет? Я немедленно ощущаю вину за то, что не звонила ему.

Итан, одетый в клетчатую голубую рубашку, белую футболку и джинсы, при моем появлении сияет.

— Вау! Круто выглядишь, Стил, — говорит он, кивком подтверждая свои слова. Потом обнимает меня.

— Все в порядке? — спрашиваю я.

Он хмурится.

— Да, Ана, все нормально. Я просто хотел тебя увидеть. Мы не перезванивались с тобой в эти дни, и я решил проверить, как мистер Великий Могол обращается с тобой.

Я краснею и не могу сдержать улыбки.

— Понял! — восклицает Итан, поднимая кверху руки. — Вижу по твоей улыбке и больше ничего не хочу знать. Я заглянул к тебе на всякий случай: вдруг ты сейчас пойдешь обедать. Я записался в Сиэтле на сентябрь на курс по психологии. Для магистерского дисера.

— Ах, Итан, так много всего случилось. Мне нужно рассказать тебе целую тонну новостей, но сейчас не могу. У меня совещание. — Тут мне в голову приходит полезная мысль. — Я вот подумала: можешь ли ты мне сделать очень-очень большое одолжение? — Я даже хлопаю в ладоши в подтверждение своих слов.

— Конечно, — отвечает он, удивляясь моей мольбе.

— Я договорилась пойти сегодня на ланч с сестрой Кристиана и Элиота, но не могу до нее дозвониться, а тут неожиданно еще это совещание. Ты мог бы пойти с ней на ланч? Пожалуйста, я очень тебя прошу.

— Ой, Ана! Я не хочу быть нянькой для соплячек.

— Пожалуйста, Итан! — Я направляю на него самый томный взгляд из-под ресниц, на какой я способна. Он закатывает глаза, и я понимаю, что победила.

— Ты приготовишь мне что-нибудь? — бормочет он.

— Конечно, в любое время и что угодно.

— Так где же она?

— Вот-вот придет. — И тут же я слышу Миа:

— Ана! — кричит она от входа.

Мы оба поворачиваемся, и перед нами появляется она — высокая, фигуристая, черные волосы подстрижены в боб-каре. На ней мини-платье мятного цвета и такие же босоножки на высоких каблуках с ремешками, охватывающими стройные лодыжки. Она выглядит изумительно.

— Это та соплячка? — шепчет он, раскрыв рот.

— Да, соплячка, нуждающаяся в присмотре, — шепчу я в ответ. — Привет, Миа. — Я быстро обнимаю ее, а она таращит глаза на Итана.

— Миа, это Итан, брат Кейт.

Он кивает, удивленно подняв брови. Миа часто моргает, потом протягивает ему руку.

— Счастлив познакомиться с вами, — галантно бормочет Итан, а Миа снова моргает и молчит. Она смутилась.

Ну надо же! По-моему, я ни разу еще не видела ее смущенной.

— У меня ничего не получается с ланчем, — неловко говорю я. — Итан согласился пойти с тобой, если ты не против. А мы с тобой давай пообедаем в другой раз, хорошо?

— Конечно, — спокойно говорит она. Спокойная Миа — это тоже новость.

— Ну, теперь инициатива за мной. Покеда, Ана, — говорит Итан, предлагая Миа руку. Она берет ее с робкой улыбкой.

— Пока, Ана. — Миа оборачивается ко мне, одними губами произносит: — О господи! — И подмигивает мне.

Он ей нравится! Я машу им, когда они выходят из здания. Интересно, как Кристиан относится к свиданиям его сестры? От этой мысли мне не по себе. Она моя ровесница, так что он не должен возражать, верно?

«Нам придется иметь дело с Кристианом». Вернулось мое хищное подсознание, с острыми зубами, в кардигане, с сумочкой на локте. Я прогоняю эту картинку. Миа — взрослая женщина, а Кристиан — разумный человек, верно? Я отбрасываю и эту мысль и возвращаюсь в кабинет

Джека... э-э... в мой кабинет, чтобы подготовиться к совещанию.

Возвращаюсь я в три тридцать. Все прошло хорошо. Я даже сумела получить одобрение двух рукописей. Ощущение головокружительное.

На рабочем столе вижу огромную плетеную корзинку, а в ней — множество потрясающих роз — белых и бледно-розовых. Потрясающе! Они источают божественное благоухание. Я знаю, кто их прислал, и с улыбкой беру в руки карточку.

Поздравляю, мисс Стил!
Все это — ваше личное достижение!
Без всякой помощи от вашего дружественного соседа-мегаломаньяка и генерального директора холдинга.
С любовью,
Кристиан

Я беру «блэкберри» и посылаю ему электронное письмо.

От кого: Анастейша Стил
Тема: Мегаломаньяк ...
Дата: 16 июня 2011 г. 15.43
Кому: Кристиан Грей

... это мой любимый тип маньяков. Благодарю за прекрасные цветы. Они доставлены в огромной плетеной корзине, навевающей мысли о пикниках и одеялах.

х

От кого: Кристиан Грей
Тема: Свежий воздух
Дата: 16 июня 2011 г. 15.55
Кому: Анастейша Стил

Маньяк, да? Пожалуй, кое-что об этом может сказать доктор Флинн.

Ты хочешь поехать на пикник?

Мы можем славно провести время где-нибудь вдалеке от цивилизации...

Как прошел твой день, малышка?

Кристиан Грей,
Генеральный директор холдинга «Грей энтерпрайзес»

О боже! Я краснею, читая его ответ.

От кого: Анастейша Стил
Тема: Лихорадочная активность
Дата: 16 июня 2011 г. 16.00
Кому: Кристиан Грей

День пролетел. У меня не было ни минуты, чтобы подумать о чем-то еще, кроме работы. Мне кажется, я сумею справиться с новой работой! Подробнее расскажу тебе дома.

Поездка на пикник… Интересная мысль.

Люблю тебя.

А х

PS: Не беспокойся начет доктора Флинна.

Звонит мой телефон. Это Клэр из приемной, ей очень хочется узнать, кто прислал мне цветы и куда делся Джек. Я весь день была занята на новом месте и упустила возможность посплетничать. Сейчас я быстро сообщаю ей, что цветы прислал мой бойфренд, что о Джеке я почти ничего не знаю. Тут же звенит смартфон — это очередное письмо от Кристиана.

От кого: Кристиан Грей
Тема: Я попробую …
Дата: 16 июня 2011 г. 16.09
Кому: Анастейша Стил

… не беспокойся.

Покеда, малышка. х

Кристиан Грей,
Генеральный директор холдинга «Грей энтерпрайзес»

В половине шестого я убираю со стола. Мне даже не верится, как быстро прошел день. Мне нужно вернуться в «Эскалу» и приготовиться к визиту к доктору Флинну. Мне даже было некогда продумать мои вопросы. Я надеюсь, что сегодня будет наша первая встреча и что Кристиан позволит мне встретиться с ним еще раз. При этой мысли я пожимаю плечами и выскакиваю из офиса, помахав на прощанье Клэр.

Еще надо обдумать день рождения Кристиана. Я уже знаю, что ему подарю. Мне даже хочется сделать мой подарок сегодня, до встречи с Флинном, но как? В маленьком магазинчике возле парковки продаются безделушки для туристов. Меня осеняет удачная мысль, и я ныряю в него.

Когда я через полчаса вхожу в гостиную, Кристиан стоит у стеклянной стены, глядит на город и разговаривает по «блэкберри». Повернувшись, он видит меня, радостно улыбается и заканчивает разговор.

— Рос, это хорошо. Сообщи Барни, и мы будем исходить из этого... Пока.

Я робко остановилась в дверях, и он подходит ко мне. Он уже переоделся в белую футболку и джинсы, весь крутой и неотразимый. Ах...

— Добрый вечер, мисс Стил, — воркует он и наклоняется, чтобы поцеловать меня. — Поздравляю с повышением по службе. — Он обнимает меня, и я дышу его восхитительным запахом.

— Ты уже принял душ.

— Я только что закончил тренировку с Клодом.

— О-о.

— Я сумел дважды посадить его на задницу. — Кристиан доволен, он сияет как мальчишка. Его улыбка заразительна.

— Такое бывает нечасто?

— Нет. Поэтому я и радуюсь. Ты голодная?

Я качаю головой.

— Что такое? — хмурится он.

— Я нервничаю. Из-за доктора Флинна.

— Я тоже. Как прошел день?

Он отпускает меня, и я кратко рассказываю ему. Он внимательно слушает.

— Ах — вот еще что, — добавляю я. — Сегодня мы с Миа должны были вместе пойти на ланч.

Он удивленно поднимает брови.

— Ты не говорила мне об этом.

— Знаю, забыла. А сегодня я не смогла из-за совещания, и Итан пошел с ней вместо меня.

Его лицо мрачнеет.

— Понятно. Перестань кусать губу.

— Я хочу принять душ, — говорю я, меняя тему, и поворачиваюсь, чтобы уйти, прежде чем он скажет что-то еще.

Приемная доктора Флинна находится недалеко от квартиры Кристиана. Очень удобно в экстренных случаях, думаю я.

— Обычно я хожу сюда пешком, — говорит Кристиан, останавливая «Сааб» у тротуара. — Хорошая тачка, — улыбается он мне.

— Я тоже так думаю. — Я улыбаюсь ему в ответ. — Кристиан... я... — Я с волнением гляжу на него.

— Что, Ана?

— Вот. — Я вытаскиваю из сумочки маленькую черную коробку. — Это тебе ко дню рождения. Мне хотелось отдать это тебе прямо сейчас — но только если ты пообещаешь мне не открывать подарок до субботы, договорились?

Он удивленно, даже с опаской глядит на меня.

— Договорились.

Набрав полную грудь воздуха, я отдаю Кристиану коробочку, игнорируя его удивление. Он трясет коробку, в ней что-то явственно стучит. Он хмурится. Я знаю, ему ужасно хочется заглянуть в нее. Потом он усмехается, его глаза уже сияют детским, беззаботным восторгом. О боже... он выглядит на свой возраст — и такой красивый!

— Не открывай до субботы, — предупреждаю я.

— Я понял, — отвечает он. — Тогда почему ты сейчас даешь ее мне? — Он убирает подарок во внутренний карман своего голубого пиджака в полоску, ближе к сердцу.

Какое подходящее место, думаю я и усмехаюсь.

— Потому что я могу, мистер Грей.

Он удивленно кривит губы.

— Эге, мисс Стил, вы присвоили себе мою линию поведения.

Дружелюбная и проворная секретарша приглашает нас в роскошный офис доктора Флинна. Она тепло приветствует Кристиана, на мой взгляд, даже слишком тепло — она годится ему в матери, и он знает ее по имени.

Кабинет обставлен лаконично: бледно-зеленые стены, два темно-зеленых дивана стоят напротив двух кожаных кресел с подголовниками. Атмосфера закрытого клуба для джентльменов. Доктор Флинн восседает за письменным столом в дальнем конце комнаты.

При нашем появлении он встает и идет к нам. На докторе черные брюки и бледно-голубая рубашка с открытым воротом — никакого галстука. Мне кажется, что от взгляда его ярко-синих глаз ничего не ускользает.

— Здравствуй, Кристиан. — Он дружески улыбается.

— Добрый день, Джон. — Кристиан жмет ему руку. — Ты помнишь Анастейшу?

— Разве ее забудешь? Анастейша, добро пожаловать.

— Пожалуйста, зовите меня Ана, — бормочу я в ответ на его крепкое рукопожатие. Мне очень нравится его английский акцент.

— Ана, — любезно повторяет он, приглашая нас присесть.

Кристиан показывает мне жестом на диван. Я сажусь, стараясь держаться непринужденно, кладу руку на подлокотник, а он устраивается, небрежно развалившись, на другом диване. Мы оказываемся под прямым углом друг к другу. Между нами — небольшой столик с простой лампой. Возле лампы я с интересом замечаю коробку с одноразовыми носовыми платками.

Я ожидала не этого. Я думала, что увижу комнату с белыми стенами и черной кожаной кушеткой.

Доктор Флинн — он держится спокойно и властно — садится в кресло и берет кожаный блокнот. Кристиан закидывает ногу на ногу, а руку кладет на спинку дивана. Другой рукой он берет мою руку, лежащую на подлокотнике, и сжимает, ободряя меня.

— Кристиан попросил, чтобы вы присутствовали на одном из наших сеансов, — мягко говорит доктор Флинн. — На всякий случай я предупреждаю, что мы проводим эти сеансы с абсолютной конфиденциальностью...

Я поднимаю брови и прерываю Флинна на середине фразы.

— А я... хм... я подписывала соглашение о конфиденциальности, — бормочу я, смущенная тем, что он замолчал.
Флинн и Кристиан уставились на меня, и Кристиан отпускает мою руку.

— Соглашение о конфиденциальности? — Доктор
Флинн морщит лоб и вопросительно смотрит на Кристиана.
Кристиан пожимает плечами.

— Ты начинаешь с соглашения о конфиденциальности
все отношения с женщинами? — спрашивает его доктор
Флинн.

— Договорные отношения — да.

Доктор Флинн кривит губы.

— У тебя были и другие типы отношений с женщинами? — интересуется он с легкой усмешкой.

— Нет, — помолчав, отвечает Кристиан и тоже усмехается.

— Я так и думал. — Доктор Флинн снова обращается ко
мне: — Итак, я полагаю, что мы можем не беспокоиться
насчет конфиденциальности. Но я бы предложил вам это
обсудить. Как я понимаю, вы больше не поддерживаете подобные договорные отношения.

— Я надеюсь, что у нас контракт иного рода, — мягко
говорит Кристиан, взглянув на меня. Я краснею, а доктор
Флинн щурится.

— Ана, ты должна меня извинить, но я, вероятно, знаю
о тебе гораздо больше, чем ты думаешь. Кристиан был
очень откровенным.

Я нервно кошусь на Кристиана. Что он такого наго-
ворил?

— Взять, к примеру, соглашение о конфиденциальности, — продолжает он. — Должно быть, оно вызвало у тебя
шок.

Я смотрю на него.

— Ну, я думаю, тот шок померк по сравнению с недав-
ними признаниями Кристиана, — отвечаю я тихо и неуверенно. Я нервничаю.

— Не сомневаюсь. — Доктор Флинн ласково улыбается
мне. — Итак, Кристиан, что ты хочешь обсудить?

Кристиан пожимает плечами, словно угрюмый подросток.

— Это Анастейша хотела с тобой поговорить. Спроси у нее.

На лице доктора Флинна снова я вижу удивление; он направляет на меня свой проницательный взгляд.

Черт побери! Умереть можно. Я опускаю глаза на свои пальцы.

— Тебе будет спокойнее, если Кристиан оставит нас ненадолго?

Мои глаза устремляются на Кристиана, он выжидающе смотрит на меня.

— Да, — шепчу я.

Кристиан хмурится и открывает рот, но тут же закрывает его и со стремительной грацией встает с дивана.

— Я буду в приемной, — говорит он; его губы складываются в суровую линию.

Только не это.

— Спасибо, Кристиан, — бесстрастно говорит доктор Флинн.

Кристиан долго и испытующе глядит на меня, потом выходит из комнаты — только что дверью не хлопает. Уфф! Я сразу расслабляюсь.

— Он давит на тебя?

— Да. Но не в такой степени, как раньше. — Я чувствую себя предательницей, но это правда.

— Это для меня не новость, Ана. Чем я могу тебе помочь?

Я гляжу на свои скрюченные пальцы. Что я могу спросить?

— Доктор Флинн, у меня никогда до этого не было близких отношений, а Кристиан... ну, это Кристиан. За последнюю неделю произошло столько всего. У меня не было шанса все обдумать.

— Что тебе нужно обдумать?

Я поднимаю на него глаза. Он склонил голову к плечу и смотрит на меня с сочувствием. Мне так кажется.

— Ну... Кристиан говорит мне, что он с радостью отказывается от... э-э...

Я замолкаю. Обсуждать эту тему гораздо труднее, чем я думала.

Доктор Флинн вздыхает.

— Ана, за очень ограниченное время вашего знакомства с Кристианом вы сделали для прогресса моего пациента больше, чем я за последние пару лет. Вы оказываете на него глубокое воздействие. Вы сами должны это видеть.

— Он тоже оказывает на меня глубокое воздействие. Просто я не знаю, достаточно ли ему меня. Чтобы удовлетворить его потребности, — шепчу я.

— Вот чего тебе нужно от меня? Подтверждения? Заверения?

Я киваю.

— Нужны перемены, — говорит он. — Кристиан оказался в ситуации, когда его методы управления жизнью утратили эффективность. Все очень просто: ты заставила его взглянуть на своих демонов и изменить свои взгляды.

Я смотрю на него с удивлением. Его слова перекликаются с тем, что говорил мне Кристиан.

— Да, его демоны, — бормочу я.

— Не будем задерживаться на них, они уже в прошлом. Кристиан знает, какие они, я тоже — а теперь, конечно, и ты. Меня больше заботит будущее Кристиана, я хочу, чтобы он занял то место в жизни, куда он стремится.

Заметив мое недоумение, он вскидывает брови.

— Научный термин для этого явления, извини за занудство, СФБТ. — Он улыбается. — То есть краткосрочная терапия, нацеленная на решение проблем; терапия, ориентированная на цель. Мы концентрируем наши усилия на том, каким хочет стать Кристиан и как этого достичь. Подход тут чисто диалектический. Сожалеть о прошлом и бить себя в грудь нет никакого смысла — такими методами работали все психологи и психиатры, к которым обращался Кристиан. Мы знаем, почему он такой, какой есть, и для нас всего важнее его будущее. То, где Кристиан себя видит, где он хочет быть. Только с твоим появлением он стал всерьез относиться к такой форме терапии. Теперь он знает, что его цель — любовь между вами. Вот и всё. Над этим мы сейчас и работаем. Конечно, тут много препятствий — в том числе хафефобия.

Что-что?

— Извини. Я имею в виду его боязнь прикосновений, — говорит доктор Флинн и качает головой, словно упрекая себя. — Которую ты наверняка замечала.

Я краснею и киваю. А, это!

— Еще я отмечаю у него патологическое отвращение к самому себе. Уверен, что для тебя это не новость. И, конечно, парасомния... хм... ночные страхи на грани галлюцинаций.

Я, растерянно моргая, стараюсь усвоить все эти мудреные слова. С тем, что они обозначают, я уже знакома. Но доктор Флинн ничего не упомянул про главную проблему, которая вызывает у меня наибольшую тревогу.

— Но ведь он садист. У него бывают такие потребности, которые я никак не смогу удовлетворить.

Тут доктор Флинн закатывает глаза от возмущения, а его рот складывается в жесткую линию.

— В психиатрии давно уже нет такого термина. Не знаю, сколько раз я говорил ему об этом. С девяностых это даже не классифицируется как парафилия.

Я опять перестаю понимать доктора Флинна и тупо моргаю. Он улыбается.

— Это мое больное место. — Он качает головой. — Во всякой конкретной ситуации Кристиан предполагает худшее, это следствие его отвращения к себе. Разумеется, существует такая вещь, как сексуальный садизм, но это не заболевание; это выбор стиля жизни. И если он реализуется в виде безопасных, разумных отношений между взрослыми людьми с одинаковыми вкусами, то проблемы тут нет. Как я понимаю, Кристиан в манере БДСМ развивал все свои сексуальные отношения. Ты оказалась первой любовницей, не согласившейся на них, вот он и задумался.

Любовницей!

— Но, конечно, все не так просто.

— Почему? — Доктор Флинн добродушно пожимает плечами.

— Ну... причины, по которым он это делает.

— Ана, в этом все и дело. С точки зрения терапии, нацеленной на решение, это просто. Кристиан хочет быть с тобой. Для того, чтобы это осуществить, он должен воздерживаться от более экстремальных аспектов сексуальных отношений. В конце концов, твои запросы нельзя назвать неразумными, верно?

Я краснею. Нет, их нельзя назвать неразумными.

— Я считаю их разумными. Но не уверена в его оценке.

— Кристиан признает твою правоту и ведет себя соответствующим образом. Он не безумец. — Доктор Флинн вздыхает. — По своей внутренней сути он не садист, Ана. Он блестяще одаренный молодой человек, но он и обозленный, испуганный индивид, которому с рождения выпал ужасающий расклад карт. Мы можем колотить себя в грудь всю жизнь до самой смерти и гадать, кто, как и почему виноват в этом, — а можем просто помочь Кристиану двигаться вперед, помочь ему решить, как он хочет жить. Он нашел нечто, что более или менее помогало ему жить несколько лет, но после того, как он встретил тебя, это уже не работает. В результате он меняет свой modus operandi, образ действия. Мы с тобой обязаны уважать его выбор и поддержать его.

Раскрыв рот, я жадно гляжу на доктора Флинна.

— Я могу на это рассчитывать?

— Насколько это возможно, Ана. В этой жизни не существует никаких гарантий. — Он улыбается. — Это мое профессиональное убеждение.

Я тоже кисло улыбаюсь. Доктор шутит... О господи.

— Но он сравнивает себя с выздоравливающим алкоголиком.

— Кристиан всегда думает о себе самое плохое. Как я сказал, это из-за его патологического отвращения к себе. Такова его натура. Естественно, он боится таких перемен в жизни. Он потенциально раскрывает себя огромному миру эмоциональных страданий, которые, между прочим, он отведал, когда ты ушла. Естественно, он полон опасений. — Доктор Флинн замолкает. — Я не стану подчеркивать твою роль в его «обращении Савла» на «пути в Дамаск». Но эта роль велика. Кристиан не переменился бы так сильно, если бы не встретил тебя. Лично я не считаю, что выздоравливающий алкоголик — удачная аналогия, но в данный момент она работает. Потом, я думаю, мы покажем ему пользу сомнения.

Покажем Кристиану пользу сомнения? Я хмурюсь при мысли об этом.

— Ана, в эмоциональном плане Кристиан — подросток. Он совершенно пропустил эту фазу своей жизни. Всю энергию он направил на достижение успеха в бизнесе и преуспел в этом выше всех пределов. Но в эмоциональном плане ему бы еще играть в салки.

— Так чем я могу помочь?

Доктор Флинн смеется.

— Просто продолжай делать то, что делаешь. Кристиан по уши влюблен. Я с восторгом это вижу.

Я вспыхиваю, моя внутренняя богиня обхватила себя за плечи и сияет от счастья; но что-то меня все-таки тревожит.

— Можно еще вопрос?

— Разумеется.

Я тяжело вздыхаю.

— Меня не покидает вот такая мысль. Если бы он не был таким... сломленным, он бы не захотел быть со мной.

Доктор Флинн удивленно вскидывает брови.

— Ана, ты говоришь про себя крайне негативную вещь. И, если честно, я вижу здесь больше твою проблему, чем Кристиана. Конечно, она не сравнится с его отвращением к себе, но я удивлен.

— Ну, если посмотреть на него... и на меня.

Доктор Флинн хмурится.

— Я и смотрел. Я вижу привлекательного молодого человека, и я вижу привлекательную молодую женщину. Ана, почему ты не считаешь себя привлекательной?

Ну уж нет. Я не хочу говорить о себе. Я опускаю глаза на свои пальцы. Резкий стук в дверь заставляет меня вздрогнуть. Кристиан входит в кабинет и с подозрением смотрит на нас. Я краснею и тут же кошусь на Флинна; он благожелательно улыбается Кристиану.

— Заходи, заходи.

— Джон, кажется, наше время истекло.

— Не совсем, Кристиан. Присоединяйся к нам.

Кристиан садится, на этот раз рядом со мной, и демонстративно кладет руку мне на колени. Этот жест не ускользает от внимания доктора Флинна.

— Ана, у тебя есть еще вопросы? — спрашивает доктор Флинн, и я вижу его озабоченность. Черт... Зря я задала этот вопрос. Я мотаю головой.

— Кристиан?

— Не сегодня, Джон.

Флинн кивает.

— Возможно, вам будет полезно прийти ко мне снова. Я уверен, что у Аны появятся новые вопросы.

Кристиан неохотно кивает.

Я краснею. Черт... он хочет копаться в моей психике. Кристиан хлопает меня по руке и пристально смотрит мне в лицо.

— Порядок? — ласково спрашивает он.

Я улыбаюсь и киваю. Да, мы познаем пользу сомнений, с любезного дозволения доброго английского доктора.

Кристиан сжимает мою руку и поворачивается к Флинну.

— Как она? — тихо спрашивает он.

Я?

— Ничего, нормально, — успокаивает его Флинн.

— Хорошо. Держи меня в курсе улучшения.

— Буду держать.

«Черт побери! Они говорят о Лейле».

— Ну что, пойдем праздновать твое повышение? — многозначительно спрашивает Кристиан.

Я робко киваю, и Кристиан встает.

Мы быстро прощаемся с доктором Флинном, и Кристиан поспешно выводит меня из приемной.

На улице он поворачивается ко мне.

— Ну, как поговорили? — В его голосе я улавливаю беспокойство.

— Хорошо.

Он с подозрением смотрит на меня. Я наклоняю набок голову.

— Мистер Грей, пожалуйста, не глядите на меня так. По рекомендации доктора я должна показать вам пользу сомнения.

— Что это значит?

— Увидишь.

Он щурится и кривит рот.

— Садись в машину. — Он открывает передо мной пассажирскую дверцу «Сааба».

Ага, смена темы. Жужжит мой «блэкберри». Я вытаскиваю его из сумочки.

Черт, Хосе!

— Привет!

— Ана, привет...

Я гляжу на Пятьдесят Оттенков, он подозрительно косится на меня.

— Хосе, — произношу я губами. Его лицо ничего не выражает, но в глазах появляются льдинки. Он думает, что я не замечаю их? Я снова направляю свое внимание на Хосе.

— Извини, что я не позвонила тебе. Ты насчет завтрашнего дня? — спрашиваю я Хосе, но гляжу на Кристиана.

— Да, слушай: я говорил с каким-то парнем, сотрудником Грея, так что знаю, куда мне привезти снимки. Я приеду туда с пяти до шести... потом я свободен.

Ага!

— Ну, я сейчас живу у Кристиана, и он говорит, что если ты хочешь, можешь переночевать у него.

Кристиан поджимает губы и хмурится. Ну и ну, гостеприимный хозяин, нечего сказать.

Хосе долго молчит, переваривая новость. Я ежусь. У меня не было случая поговорить с ним о Кристиане.

— Хорошо, — говорит он, наконец. — А это у тебя серьезно, с Кристианом?

Я отворачиваюсь от машины и иду на другую сторону тротуара.

— Да.

— Насколько серьезно?

Я закатываю глаза и молчу. Зачем Кристиану это слышать?

— Серьезно.

— Ты сейчас с ним? Поэтому отвечаешь так кратко?

— Да.

— О'кей. Так тебе позволено встретиться завтра со мной?

— Конечно. — Я надеюсь. И машинально скрещиваю пальцы.

— Так где мы встретимся?

— Ты можешь встретить меня после работы, — предлагаю я.

— Ладно.

— Я пришлю тебе адрес эсэмэской.

— Во сколько тебя встретить?

— Как тебе шесть часов?

— Нормально. Ладно, Ана, до встречи. Буду ждать с нетерпением. Я скучаю по тебе.

Я усмехаюсь.

— Ладно, пока. — Я отключаю связь и поворачиваюсь.

Кристиан облокотился на «Сааб» и пристально смотрит на меня; его лицо абсолютно бесстрастное.

— Как твой приятель? — холодно интересуется он.

— Нормально. Он заберет меня с работы, и, я думаю, мы с ним пойдем куда-нибудь выпить. Ты не хочешь присоединиться к нам?

Кристиан колеблется, в его серых глазах я вижу холод.

— Он не будет приставать к тебе, как ты думаешь?

— Нет! — В свой возглас я вкладываю все свои эмоции — но глаза не закатываю, воздерживаюсь от этого.

— Ладно. — Кристиан поднимает обе руки в знак своего поражения. — Развлекайся со своим приятелем, а я присоединюсь к вам вечером.

Я ожидала долгой битвы, и его легкое согласие выводит меня из равновесия.

— Видишь? Я бываю разумным, — усмехается он.

Мои губы сами собой складываются в улыбку. Что ж, посмотрим.

— Можно я сяду за руль?

Кристиан удивляется моей просьбе.

— Я бы этого не хотел.

— Почему?

— Я не люблю, когда меня везут.

— Сегодня утром ты вытерпел это, да и Тейлора за рулем ты всегда терпишь.

— Я доверяю квалификации Тейлора.

— А моей не доверяешь? — Я упираюсь руками в бедра. — Честное слово — твои диктаторские замашки не знают границ. Я вожу машину с пятнадцати лет.

В ответ он лишь пожимает плечами, словно это не имеет никакого значения. Нет, он просто невыносим! Польза сомнения? Ладно, к черту это.

— Это моя машина? — злюсь я.

Он хмурит брови.

— Конечно, твоя.

— Тогда отдай мне, пожалуйста, ключи. Я два раза водила ее, да и то лишь до работы и обратно. Ты лишаешь меня этого удовольствия. — Я в воинственном настроении. Губы Кристиана дергаются от сдерживаемой улыбки.

— Но ведь ты не знаешь, куда мы собираемся ехать.

— Я уверена, что вы просветите меня на этот счет, мистер Грей. До сих пор вам это прекрасно удавалось.

Он изумленно смотрит на меня, потом улыбается. Его новая, робкая улыбка совершенно обезоруживает меня, и у меня от нее захватывает дух.

— Прекрасно удавалось, да? — бормочет он.

Я краснею.

— Чаще всего да.

— Что ж, в таком случае... — Он протягивает мне ключи, обходит вокруг машины и открывает передо мной водительскую дверцу.

— Налево, сюда, — командует Кристиан, и мы берем курс на север, на I-5. — Черт, осторожнее, Ана! — Он хватается за приборную панель.

Да ради бога. Я закатываю глаза, но не поворачиваю к нему голову. Из стереоустановки воркует Ван Моррисон.

— Сбавь скорость!

— Я сбавляю!

Кристиан вздыхает.

— Что сказал тебе Флинн? — В его голосе я слышу беспокойство.

— Я уже говорила: что я должна дать тебе почувствовать пользу сомнения.

Проклятье, пожалуй, надо было уступить руль Кристиану. Тогда я могла бы смотреть на него. Да... Я сигналю о том, что останавливаюсь.

— Что ты делаешь? — рычит он, встревожившись.

— Уступаю тебе руль.

— Почему?

— Чтобы я могла смотреть на тебя.

Он смеется.

— Нет уж, ты хотела вести машину — вот и веди, а я буду смотреть на тебя.

Я хмурюсь, глядя на него.

— Не отрывай глаз от дороги! — кричит он.

У меня лопается терпение. Правильно! Я останавливаюсь у обочины прямо перед светофором и выскакиваю из машины, хлопнув дверцей. Стою на тротуаре, скрестив руки на груди, и злобно гляжу на него. Он тоже выходит.

— Что ты делаешь? — сердито спрашивает он.

— Нет, что ты делаешь?

— Здесь нельзя останавливаться.

— Знаю.

— Так почему остановилась?

— Потому что я сыта по горло твоими командами. Либо садись за руль, либо заткнись и не командуй, когда я веду машину.

— Анастейша, возвращайся в машину, пока мы не получили квитанцию о штрафе.

— Нет.

Он растерянно моргает, не зная, что делать, потом проводит руками по волосам, и его гнев превращается в удивление. Внезапно у него становится такой комичный вид, что я невольно улыбаюсь. Он хмурится.

— Что? — снова рычит он.

— Ты.

— Ох, Анастейша! Ты самая несносная женщина на планете! — Он потрясает в воздухе руками. — Ладно, я поведу машину. — Я хватаю его за лацканы пиджака и тяну к себе.

— Нет, это вы самый несносный мужчина на планете, мистер Грей.

Он окидывает меня с высоты своего роста темным пронзительным взглядом, потом обнимает за талию и прижимает к себе.

— Может, мы и предназначены друг для друга, — тихо говорит он и, уткнувшись носом в мои волосы, вдыхает их запах. Я обхватываю его руками и закрываю глаза. Впервые с утра я чувствую душевный покой.

— Ах... Ана, Ана, Ана, — шепчет он, приникнув губами к моим волосам.

Я еще крепче сжимаю объятия, и мы неподвижно стоим, наслаждаясь мгновением неожиданного покоя среди уличной суеты. Отпустив меня, Кристиан открывает пассажирскую дверцу. Я забираюсь в машину и спокойно сижу, глядя, как он садится за руль.

Кристиан трогает «Сааб» с места и встраивается в поток машин, рассеянно подпевая Вану Моррисону.

Эге! Я никогда не слышала, как он поет. Даже под душем. Я хмурюсь. У него приятный голос — конечно. Хмм... слышал бы он мое пение. Если бы слышал, то никогда бы не предложил мне выйти за него замуж! Мое подсознание скрестило на груди руки; оно нарядилось в эксклюзивную клетчатую юбку от «Бёрберри». Песня кончается, и Кристиан замечает с ухмылкой:

— Знаешь, если мы получим штрафную квитанцию, то на твое имя. Ведь машина зарегистрирована на тебя.

— Что ж, хорошо, что меня повысили, — теперь я могу позволить себе заплатить штраф, — лукаво отвечаю я, любуясь на его красивый профиль. Его губы складываются в усмешке. Звучит еще одна песня Моррисона, а Кристиан сворачивает на эстакаду, ведущую на I-5, на север.

— Куда мы едем?

— Сюрприз. Что еще сказал Флинн?

Я вздыхаю.

— Он говорил о ФФФСТБ или типа того.

— СФБТ. Последнее слово в терапии, — бормочет он.

— Ты пробовал и другие?

Кристиан фыркает.

— Детка, я перепробовал все. Когнитивизм, Фрейд, функционализм, гештальттерапия, бихевиоризм и все прочее... — В его голосе слышится горечь и затаенная злость. Последнее меня беспокоит.

— Как ты думаешь, этот новый метод поможет?

— Так что сказал Флинн?

— Сказал, что не надо цепляться за прошлое. Надо сосредоточиться на будущем — на том, где ты хочешь быть.

Кристиан кивает и одновременно пожимает плечами; на его лице я вижу недоверие.

— Что еще? — допытывается он.

— Он говорил о твоей боязни прикосновений, хотя назвал ее как-то мудрено. И о твоих ночных кошмарах, и об отвращении к себе.

Я гляжу на его лицо, озаренное вечерним солнцем. Кристиан задумался и грызет ноготь. Потом бросает на меня быстрый взгляд.

— Глаза на дорогу, мистер Грей, — строго напоминаю я и хмыкаю.

Мне кажется, что он немного разочарован.

— Анастейша, вы разговаривали целую вечность. Что он еще сказал?

Я сглатываю комок в горле.

— Он не считает тебя садистом, — шепчу я.

— Правда? — спокойно говорит Кристиан и хмурит брови. Атмосфера в салоне делается мрачной.

— По его словам, психиатрия не признает такой термин. С девяностых годов, — бормочу я, стараясь спасти наше недавнее тепло.

Лицо Кристиана мрачнеет, он вздыхает.

— Мы с Флинном расходимся в мнении насчет этого.

— Он сказал, что ты всегда думаешь о себе самое плохое. И я согласна с ним, — бормочу я. — Он также упомянул про сексуальный садизм — но сказал, что это выбор стиля жизни, а не сфера для работы психиатра. Может, об этом стоит подумать.

Он снова сверкает на меня глазами, а его рот сжимается в угрюмую линию.

— Так-так, один разговор с доктором — и ты уже эксперт, — едко говорит он и снова смотрит на дорогу.

О господи... Я вздыхаю.

— Знаешь, если не хочешь слушать, что он мне сказал, тогда и не спрашивай.

Я не хочу спорить. Вообще-то он прав: разве я разбираюсь во всей этой дребедени? Да и хочу ли разбираться? Я могу перечислить важнейшие «грехи» — его стремление все держать под контролем, опекать, собственнический инстинкт, ревность — и я прекрасно понимаю, откуда это идет. Я даже понимаю, почему он не терпит прикосновения — я видела его шрамы на теле. И могу лишь догадываться, сколько шрамов в его душе, я только однажды была свидетельницей его ночного кошмара. А доктор Флинн сказал...

— Я хочу знать, что вы обсуждали. — Кристиан прерывает мои раздумья. Он сворачивает с I-5 на 172-ю дорогу, идущую на запад, в сторону висящего над горизонтом солнца.

— Он назвал меня твоей любовницей.

— Правда? — Его тон теперь примирительный. — Что ж, он всегда разборчив в своих терминах. Пожалуй, это точное обозначение. Согласна?

— Ты считал своих сабмиссив любовницами?

Кристиан снова морщит лоб, на этот раз он думает. «Сааб» он снова поворачивает на север. Куда мы едем?

— Нет. Они были сексуальными партнершами, — бормочет он с опаской в голосе. — Ты моя единственная любовница. И я хочу, чтобы ты заняла еще более важное место.

А, опять это магическое слово, наполненное возможностями до краев. Оно вызывает у меня улыбку, и я мысленно обнимаю себя, сдерживая свою радость.

— Я знаю, — шепчу я, всячески пытаясь скрыть свой восторг. — Мне просто надо немного времени, Кристиан. А то у меня голова идет кругом в последние дни.

Он склонил голову набок и смотрит на меня странно, ошеломленно.

Через секунду загорается зеленый свет. Кристиан кивает и прибавляет громкость музыки. Наша дискуссия окончена.

Ван Моррисон все еще поет — теперь с большим оптимизмом — о чудесной ночи и танцах под луной. Я гляжу в окно на сосны и ели, окрашенные золотом заката; их длинные тени тянутся через дорогу. Кристиан свернул на местную дорогу, и мы едем на запад, к заливам.

— Куда мы едем? — снова спрашиваю я после очередного поворота. Я успеваю прочесть название — «9 Аве СЗ». Я озадачена.

— Сюрприз, — говорит он и загадочно улыбается.

Глава 18

Теперь мы едем мимо ухоженных одноэтажных деревянных домов, где дети играют в баскетбол, катаются на велосипедах или бегают по улице. Идиллическую картину дополняют пышные деревья. Может, мы едем в гости? Тогда к кому?

Через несколько минут Кристиан резко сворачивает влево — и мы оказываемся перед белыми узорчатыми створками металлических ворот, вмонтированных в шестифутовый забор из песчаника. Кристиан жмет кнопку на ручке дверцы, и стекло плавно опускается вниз. Потом он набирает номер на пульте, и ворота приветливо распахиваются.

Он смотрит на меня, и выражение его лица меняется. Кристиан выглядит неуверенно, даже нервничает.

— Что такое? — спрашиваю я, не в силах убрать озабоченность из своего голоса.

— Некая идея, — спокойно отвечает он и направляет «Сааб» в ворота.

Мы едем в горку по аллее, достаточно широкой, чтобы могли разъехаться два автомобиля. С одной стороны дороги густо растут деревья, по другую сторону, за рядом деревьев, вероятно, раньше была пашня. Теперь ею завладели травы и полевые цветы, создавая сельскую идиллию; вечерний ветерок мягко шевелит траву, позолоченную вечерним солнцем. Все мило и навевает покой. Внезапно я представила себе, как я лежу на траве и гляжу в чистое голубое летнее небо. Мысль настолько соблазнительная, что мне почему-то взгрустнулось по дому. Как странно!

После очередного поворота мы оказываемся перед импозантным домом из розового песчаника. Дом построен в средиземноморском стиле и напоминает дворец. Горят все огни, окна ярко освещены. Перед гаражом на четыре машины стоит большой черный «БМВ», но Кристиан останавливается возле величественного портика.

Интересно, кто же тут живет? И почему мы приехали сюда?

Кристиан с беспокойством оглядывается на меня и глушит мотор.

— Ты постараешься держать сознание открытым? — спрашивает он.

Я хмурюсь.

— Кристиан, с первого дня нашей встречи мне постоянно требуется открытое сознание.

Он иронично улыбается и кивает.

— Справедливое возражение, мисс Стил. Пошли.

Открываются двери из темного дерева. В них стоит женщина с темно-русыми волосами, искренней улыбкой, в элегантном сиреневом костюме. Я радуюсь, что переоделась после работы в новое платье-рубашку цвета морской волны, чтобы произвести впечатление на доктора Флинна. Ну да, я не ношу такие, как у нее, «каблуки-киллеры» — но я все-таки и не в джинсах.

— Мистер Грей, приветствую. — Она тепло улыбается, и они обмениваются рукопожатием.

— Здравствуйте, мисс Келли, — вежливо говорит он.

Женщина улыбается мне и протягивает руку, которую я пожимаю. От моего ревнивого взора не ускользает ее смущенный румянец и томные взгляды, которые она бросает на Кристиана.

— Олга Келли, — весело объявляет она.

— Ана Стил, — бормочу я в ответ.

Кто эта женщина? Она отходит в сторону, впуская нас в дом. Я вхожу и испытываю шок. Дворец пустой — совершенно пустой. Мы стоим в просторном вестибюле. Стены бледно-лимонного цвета, с более светлыми пятнами там, где когда-то висели картины. На них остались лишь старомодные хрустальные светильники. Пол темный, из какого-то твердого дерева. По обе стороны от нас — закрытые двери. Но Кристиан не дает мне времени, чтобы я могла осмыслить происходящее.

— Пошли, — говорит он и, взяв меня за руку, ведет через арку в еще более просторный холл.

В холле доминирует винтовая лестница с затейливой чугунной балюстрадой. Но Кристиан не останавливается и там, а ведет меня в большой зал. Он тоже пустой, если не считать огромного выцветшего ковра. Таких больших ковров я еще никогда не видела. Да, еще висят четыре хрустальные люстры.

Мне становятся ясными намерения Кристиана, когда мы проходим через зал и раскрытые французские двери на большую каменную террасу. Внизу — ухоженная лужайка размером с половину футбольного поля, а дальше... дальше открывается вид. Ого!..

Закат над заливом! От панорамы захватывает дух — от восторга у меня подкашиваются ноги. Вдали лежит остров Бейнбридж, а еще дальше в этот хрустально-чистый вечер солнце медленно уходит за горизонт, окрашивая в кроваво-красные и огненно-оранжевые цвета небосклон за Олимпийским национальным парком. Багряные полосы перечеркивают небесную лазурь, им вторят темный пурпур легких перистых облаков и фиолетовая масса лесов на дальнем берегу. Эта торжественная визуальная симфония исполняется небесным оркестром и отражается в глубокой, неподвижной воде залива. Я поражена — стою и безуспешно пытаюсь вместить в себя такую красоту.

Через какое-то время я обнаруживаю, что мне не хватает воздуха, — от благоговения я давно уже не дышу. Кристиан по-прежнему держит меня за руку. Я с трудом отрываю глаза от вечернего неба и замечаю, что Кристиан с беспокойством поглядывает на меня.

— Ты привез меня сюда полюбоваться закатом? — шепчу я.

Он кивает с серьезным лицом.

— Кристиан, это умопомрачительно. Спасибо, — бормочу я и снова наслаждаюсь роскошным зрелищем. Он отпускает мою руку.

— Тебе хотелось бы смотреть на эту картину до конца своих дней? — еле слышно спрашивает он.

Что? Я снова поворачиваюсь к нему; удивленные голубые глаза смотрят в задумчивые серые. Наверное, у меня отвисла челюсть. Я бессмысленно моргаю.

— Мне всегда хотелось жить на берегу моря. Я ходил по заливу на катамаране и с завистью поглядывал на эти дома. Они давно не выставлялись на продажу. Я хочу купить участок, снести этот дом и построить новый — для нас, — шепчет он, и в его глазах сияют новые надежды и мечты.

Черт побери! Я с трудом стою на ногах и не падаю. У меня кружится голова. Жить здесь! В этом прекрасном месте! До конца своих дней...

— Но это просто моя очередная фантазия, — осторожно добавляет он.

Я оглядываюсь на дом, прикидываю, сколько он может стоить. Должно быть, немало — пять, десять миллионов долларов? Мне трудно даже представить. Ого!

— Почему ты хочешь его снести? — спрашиваю я. Его лицо вытягивается. О нет...

— Мне хочется жить в более экологичном доме, где используются современные технологии. Элиот строит такие дома.

Я оглядываюсь на большой зал. Мисс Олга Келли держится поодаль, возле входа. Она, конечно, риелтор. Теперь мне бросается в глаза, что зал огромный и очень высокий, он немного похож на гостиную в «Эскале». Наверху тоже есть балкон — вероятно, туда можно подняться по лестнице, ведущей на второй этаж. Еще я вижу в зале огромный камин и целый ряд французских дверей, открывающихся на террасу. Во всем я чувствую обаяние былого уклада жизни.

— Можно, мы посмотрим дом?

Она с недоумением глядит на меня, потом соглашается.

— Конечно.

Лицо мисс Келли светлеет, когда мы возвращаемся в зал. Она с радостью устраивает для нас экскурсию.

Дом огромный: двенадцать тысяч квадратных футов на шести акрах земли. Кроме главного зала, есть кухня, соединенная со столовой — нет, с банкетным залом, примыкающая к ней «семейная» комната (семейная!), музыкальный салон, библиотека, кабинет и, к моему огромному удивлению, домашний бассейн и тренировочный зал с сауной. Внизу, в подвале, устроен кинозал и — о господи — комната для игр. Ну и в какие игры мы будем там играть?

Мисс Келли показывает нам всевозможные изъяны, но, в принципе, дом очень красивый и явно был когда-то счастливым семейным гнездом. Теперь он требует ремонта, но ведь приличная ремонтная фирма сможет это сделать.

Когда мы следом за мисс Келли поднимаемся по великолепной лестнице на второй этаж, я с трудом сдерживаю свой восторг... в этом доме есть все, о чем я могла мечтать.

— А этот дом можно сделать более экологичным и современным?

— Я спрошу у Элиота. Он неплохо разбирается в таких вещах.

Мисс Келли ведет нас в хозяйские покои, где огромные окна открываются на балкон, и вид еще лучше. Я могла бы сидеть и смотреть на залив целый день — на проплывающие мимо суда и переменчивую погоду.

На этом этаже есть еще пять дополнительных спален. Для детей! Я поскорее прогоняю эту мысль. Мне и без этого надо многое обдумать. Мисс Келли уже рассказывает Кристиану, как устроить на участке конюшню и загон. Лошади! У меня в сознании вспыхивают пугающие воспоминания о неудачных уроках верховой езды, но Кристиан, кажется, не слушает.

— Место для загона там, где сейчас луг? — спрашиваю я.

— Да, — весело говорит мисс Келли.

На мой вкус, на лугу можно лежать в высоких травах, устраивать пикники; там совсем не место этим четвероногим исчадьям сатаны.

Когда мы возвращаемся в большой зал, мисс Келли исчезает, а мы с Кристианом снова выходим на террасу. Солнце село, и теперь на дальнем берегу Залива мигают огни городов Олимпийского полуострова.

Кристиан обнимает меня и, приподняв указательным пальцем мой подбородок, пристально смотрит мне в глаза.

— Ну как, берем? — спрашивает он с бесстрастным видом.

Я киваю.

— Прежде чем покупать дом, я хотел убедиться, что тебе здесь понравится.

— Вид?

Он кивает.

— Мне нравится вид и нравится сам дом.

— Неужели?

Я застенчиво улыбаюсь.

— Кристиан, как хорошо нам будет заниматься любовью на лугу.

Он резко вдыхает воздух, приоткрыв рот, потом его лицо расплывается в усмешке. Внезапно его пальцы погружаются в мои волосы, и наши губы сливаются в поцелуе.

Когда мы возвращаемся в Сиэтл, Кристиан выглядит намного веселее.

— Так ты собираешься его купить? — спрашиваю я.

— Да.

— А «Эскалу» ты продашь?

Он хмурится.

— Зачем?

— Чтобы заплатить за... — Я замолкаю и смущаюсь.

— Поверь мне, я могу это себе позволить, — ухмыляется он.

— Тебе нравится быть богатым?

— Да. Покажи мне человека, которому бы это не нравилось, — мрачно отвечает он.

Ладно, пора менять тему.

— Анастейша, ты тоже научишься быть богатой, если скажешь «да», — ласково говорит он.

— Богатство — не то, о чем я всегда мечтала, Кристиан.

— Знаю. Мне это нравится. Но ведь ты никогда и не голодала, — возражает он. Его слова звучат убедительно.

— Куда мы едем? — весело спрашиваю я, меняя тему.

— Праздновать, — усмехается Кристиан.

Ого!

— Что праздновать, покупку дома?

— Ты что, уже забыла? Твое повышение по службе, ведь теперь ты и. о. редактора.

— Ах да, — усмехаюсь я. Трудно поверить, но я уже совершенно забыла об этом. — Где?

— Наверху, в моем клубе.

В твоем клубе?

— Да. В одном из них.

Клуб «Высотная Миля» расположен на семьдесят шестом этаже башни «Коламбия», еще выше, чем квартира Кристиана. Он очень стильный, и оттуда открывается улетный вид на Сиэтл.

— «Кристаль», мэм? — Кристиан протягивает мне бокал охлажденного шампанского. Я примостилась на барном табурете.

— О да, благодарю вас, сэр. — Я кокетливо подчеркиваю последнее слово и хлопаю ресницами.

Он смотрит на меня, и его лицо мрачнеет.

— Вы флиртуете со мной, мисс Стил?

— Да, мистер Грей, именно так. Что вы с этим поделаете?

— Что-нибудь придумаю, не сомневайтесь, — говорит он, понизив голос. — Пойдем, наш столик готов.

Когда мы подходим к столику, Кристиан останавливает меня, взяв за локоть.

— Ступай и сними трусики, — шепчет он.

Да ладно? Восхитительные мурашки бегут по моей спине.

— Иди, — спокойно приказывает он.

Что-что? Он не улыбается, он абсолютно серьезен. У меня напрягаются все мускулы, расположенные ниже талии. Я отдаю Кристиану бокал с шампанским, резко поворачиваюсь и иду в туалет.

Черт. Что он собирается делать?

Клуб не зря носит свое название. Туалетные комнаты на высоте современного дизайна — темное дерево, черный гранит и пятна света от стратегически верно размещенных галогенных светильников. Уединившись в кабинке, я ухмыляюсь, снимая нижнее белье. И снова радуюсь, что надела платье-рубашку цвета морской волны. Я-то хотела предстать в достойном виде перед доктором Флинном — и не ожидала, что вечер примет такой неожиданный оборот.

Я уже возбуждена. Почему он так влияет на меня? Мне даже не нравится, что я так легко подпадаю под его обаяние. Теперь я знаю, что в этот вечер мы не будем обсуждать наши проблемы и недавние события... но разве я могу устоять против него?

Гляжусь на себя в зеркало: у меня горят глаза, а на щеках — румянец восторга.

Я набираю в грудь воздух и возвращаюсь в зал. Нет, я и раньше иногда ходила без трусов. Моя внутренняя богиня задрапировалась в бриллианты и розовое боа из перьев и танцует в туфлях на высоченном каблуке.

Кристиан вежливо встает, когда я подхожу к столику. Как всегда, он выглядит безукоризненно — спокойный, собранный, крутой, с непроницаемым выражением лица. Конечно, теперь я знаю его лучше.

— Садись рядом со мной, — говорит он. Я сажусь, где он показал, он — тоже. — Я уже заказал для тебя блюда. Надеюсь, ты не будешь возражать.

Он отдает мне недопитый бокал шампанского и пристально смотрит на меня. Под его пристальным взором моя кровь снова закипает. Он положил руки на колени. Я напрягаюсь и слегка раздвигаю ноги.

Появляется официант с блюдом устриц на колотом льду. Устрицы. Я тут же вспоминаю, как мы сидим вдвоем в приватной столовой Кристиана в отеле «Хитман». Тогда мы обсуждали его контракт. Ой, мамочки! Сколько всего произошло с тех пор.

— Кажется, в прошлый раз устрицы тебе понравились. — Его голос звучит вкрадчиво, сексуально.

— Только обстановка, в которой я их пробовала. — Я уже еле дышу от страсти, мой голос меня выдает. Его губы раздвигаются в улыбке.

— Ох, мисс Стил, когда вы научитесь?

Он берет с блюда устрицу и отрывает от колена другую руку. Я моргаю в предвкушении, но он берет ломтик лимона.

— Научусь что? — спрашиваю я. Господи, мой пульс словно бешеный. Его длинные, чуткие пальцы аккуратно выжимают лимонный сок на устрицу.

— Ешь, — говорит он и подносит устрицу к моему рту. Я раскрываю рот, и он осторожно кладет раковину мне на нижнюю губу. — Медленно запрокинь голову, — бормочет он. Я делаю, как велено, и устрица скользит мне в горло. Кристиан не прикасается ко мне, только раковина.

Кристиан тоже съедает устрицу, потом скармливает мне еще одну. Мы продолжаем это мучительное занятие, пока не съедаем всю дюжину. За это время он ни разу не дотрагивается до меня. Это доводит меня до безумия.

— Ну как, все-таки нравятся тебе устрицы? — спрашивает он, когда я проглатываю последнюю.

Я киваю и вся горю, мечтая о его прикосновении.

— Хорошо.

Я ерзаю на сиденье. Почему это меня так заводит?

Он опять небрежно кладет руку на колено, и я таю. Ну пожалуйста, дотронься до меня! Моя внутренняя богиня стоит на коленях, голая, на ней лишь трусики — и умоляет, умоляет. Он поглаживает свое бедро, поднимает руку и опять кладет ее на колено.

Официант подливает нам шампанского и уносит тарелки. Через несколько мгновений возвращается с нашими антре — первым блюдом. Это сибас — я не верю своим глазам — со спаржей, картофелем фри, под голландским соусом.

— Любимое блюдо, мистер Грей?

— Совершенно верно, мисс Стил. Впрочем, кажется, у «Хитмана» была треска.

Он опять водит рукой по ляжке. У меня перехватывает дух, но он все никак не дотрагивается до меня. Я ужасно разочарована и стараюсь сосредоточиться на беседе.

— Я вспоминаю, как мы сидели тогда в твоей приватной столовой и обсуждали контракты.

— Счастливые деньки, — усмехается он. — Тогда я надеялся трахать тебя без всяких забот. — Он протягивает руку и берет нож.

Ах!

Он пережевывает кусочек рыбы. Нарочито медленно.

— И не надейся, — бормочу я, надув губы, и он бросает на меня лукавый взгляд. — Кстати, о контрактах, — добавляю я. — Как быть с соглашением о конфиденциальности?

— Порви его.

Ого!

— Что? Правда?

— Да.

— Ты не боишься, что я побегу в «Сиэтл таймс» с разоблачениями? — дразню его я.

Он смеется, и это такой замечательный звук. Он выглядит таким юным.

— Нет. Я тебе доверяю. Я хочу показать тебе пользу сомнения.

О-о. Я смущенно улыбаюсь.

— Ditto.

Его глаза веселеют.

— Я очень рад, что ты носишь платье, — мурлычет он. И тут же желание проносится волной по моей и без того бурлящей крови.

— Почему ты тогда ни разу не дотронулся до меня? — ворчу я.

— Соскучилась по моим прикосновениям? — удивляется он. Негодяй.

— Да, — злюсь я.

— Ешь, — приказывает он.

— Ты вообще не собираешься ко мне прикасаться?

— Нет. — Он качает головой.

Что? Я громко ахаю.

— Теперь вообрази, что ты будешь чувствовать, когда мы вернемся домой, — шепчет он. — Я с нетерпением жду этого момента.

— Ты будешь виноват, если я взорвусь здесь, на семьдесят шестом этаже, — бормочу я сквозь стиснутые зубы.

— Ну, Анастейша, мы найдем способ погасить огонь, — говорит он с похотливой усмешкой.

Буря от злости, я втыкаю вилку в рыбу, а моя внутренняя богиня щурит глаза и размышляет. Мы тоже можем играть в такую игру. Этому я научилась во время нашей трапезы в «Хитмане». Я кладу в рот кусочек сибаса. Он буквально тает во рту. Я закрываю глаза, наслаждаясь вкусом. А открыв их, начинаю соблазнять Кристиана Грея — медленно сдвигаю юбку выше и выше.

Кристиан мгновенно замирает, и вилка с рыбой застывает в воздухе.

Дотронься до меня.

Через пару мгновений он продолжает есть. Игнорируя его, я кладу в рот другой кусочек рыбы. Затем, отложив нож, провожу пальцами по внутренней стороне ляжки, слегка похлопываю ими. Меня это возбуждает, тем более что я так жажду его прикосновений. Кристиан снова замирает.

— Я знаю, что ты делаешь. — Его голос звучит хрипло.

— Я знаю, что вы знаете, мистер Грей, — тихо отвечаю я. — В этом и суть. — Я беру росток спаржи, гляжу на него из-под ресниц, потом макаю в голландский соус, кручу его и кручу.

— Смотрите, мисс Стил, не опрокиньте на меня стол. — Усмехаясь, он протягивает руку и забирает у меня спаржу — к моей досаде, ухитрившись опять не дотронуться до меня. Нет, это неправильно — не по плану. Ах!

— Открой рот, — приказывает он.

В этом поединке я проигрываю. Я опять гляжу на него — его глаза горят ярко-серым огнем. Чуть приоткрыв рот, я провожу языком по нижней губе. Кристиан улыбается, и его глаза темнеют.

— Шире, — приказывает он и сам раскрывает губы, так что я вижу его язык. Мысленно я издаю стон и прикусываю нижнюю губу, потом делаю, как он велел.

Я слышу, как Кристиан резко втягивает воздух, — не такой уж он и неуязвимый. Вот и хорошо. Я наконец-то добралась до него.

Не отрывая от него глаз, я беру в рот росток спаржи и тихонько сосу… тихонько… кончик спаржи. Голландский соус восхитителен. Я откусываю кусочек и издаю тихий стон наслаждения.

Кристиан закрывает глаза. Да! Когда он открывает их, я вижу, что его зрачки расширены. Эффект не заставляет себя ждать. Я со стоном тяну руку, чтобы прикоснуться к его бедру. К моему удивлению, он хватает меня за запястье другой рукой.

— Нет, не надо, мисс Стил, — нежно говорит он. Подносит мою руку ко рту, нежно щекочет губами мои пальцы. Я извиваюсь. Наконец-то! Еще, пожалуйста.

— Не дотрагивайся до меня, — спокойно и строго говорит он и отводит мою руку. Я разочарована таким кратким контактом.

— Нечестно, — сержусь я.

— Знаю.

Он поднимает бокал шампанского, чтобы произнести тост, и я повторяю его жесты.

— Поздравляю с новым назначением, мисс Стил. — Мы чокаемся, и я краснею.

— Да, неожиданно, — бормочу я. Он хмурится, словно от неприятной мысли.

— Ешь, — приказывает он. — Я не повезу тебя домой, пока ты не доешь рыбу. А уж тогда мы отпразднуем по-настоящему.

Он говорит это так горячо, так властно и даже грубовато. Я таю.

— Я не голодная. Я хочу не этого.

Он качает головой; очевидно, он доволен. Но все равно строго щурится.

— Ешь, или я положу тебя на колено и отшлепаю прямо здесь. Мы развлечем других гостей.

Я ежусь от его слов. Он не посмеет! Я плотно сжимаю губы и зло смотрю на него. А он берет росток спаржи, макает головку в голландский соус.

— Съешь это, — вкрадчиво бормочет он.

Я с готовностью подчиняюсь.

— Ты мало ешь. Ты похудела после нашего знакомства.

Я не хочу думать о своем весе. Дело в том, что я люблю, когда я стройная. Я глотаю спаржу.

— Я просто хочу поехать домой и заниматься любовью, — грустно говорю я. Кристиан усмехается.

— Я тоже. Мы и поедем. Ешь.

Я с неохотой беру вилку и начинаю есть. Честно признаться, я сняла трусики и ждала интересного продолжения. Сейчас я как ребенок, которому не дали конфетку. Ах, он такой дразнилка, восхитительный, клевый, озорной дразнилка, и он мой! Весь, целиком.

Он расспрашивает меня про Итана. Как выясняется, Кристиан занимается бизнесом вместе с отцом Кейт и Итана. Надо же, мир тесен. Я рада, что он не вспоминает ни про доктора Флинна, ни про дом, поскольку сейчас мне трудно сосредоточиться. Я хочу домой.

Между нами зреет предвкушение. Он так умеет его разжигать. Заставляет меня томиться. Устраивает соответствующую обстановку. Между кусочками блюд он кладет руку на свое колено, совсем близко от меня, но не прикасается ко мне, дразнит и дальше.

Негодяй! Наконец, я доедаю рыбу и овощи и кладу на тарелку столовые приборы.

— Хорошая девочка, — бормочет он, и эти два слова обещают мне очень много.

Я хмуро гляжу на него.

— Что теперь? — спрашиваю я. Желание терзает мой живот. Ох, я хочу этого мужчину.

— Что? Мы уезжаем. Кажется, у вас имеются определенные ожидания, мисс Стил. Я намерен их выполнить, приложив все свои силы.

Ого!

— Приложив... свои... силы? — бормочу я. Черт побери.

Он усмехается и встает.

— Мы не будем платить? — удивляюсь я.

Он наклоняет голову набок.

— Я член клуба. Эту сумму спишут с моего счета. Пойдем, Анастейша.

Он делает шаг в сторону, пропуская меня вперед. Я встаю, остро сознавая, что я без трусов.

Он смотрит на меня затуманенным взором, словно раздевает меня. Я ликую от мысли, что желанна. Я ощущаю себя такой сексуальной — раз этот красавец хочет меня. Будет ли так всегда? Остановившись перед ним, я нарочно разглаживаю платье на бедрах.

Кристиан шепчет мне на ухо:

— Никак не дождусь, когда привезу тебя домой, — но так и не прикасается ко мне.

На выходе он что-то негромко говорит метрдотелю о машине, но я не слушаю; моя внутренняя богиня раскалилась добела от предвкушения. Господи, да она способна сейчас поджечь весь Сиэтл!

Когда мы дожидаемся лифта, к нам присоединяются две супружеские пары средних лет. Раскрываются дверцы, Кристиан подхватывает меня под локоть и ведет в угол кабины. Я осматриваюсь по сторонам, нас окружают тонированные зеркала. Когда входят другие пары, с Кристианом здоровается какой-то мужчина в довольно непрезентабельном коричневом костюме.

— Здравствуйте, Грей, — вежливо кивает он.

Кристиан отвечает ему таким же кивком, но молчит.

Пары встают перед нами, лицом к дверям. Очевидно, они друзья — женщины громко и оживленно щебечут. Вероятно, все слегка под градусом.

Дверцы закрываются. Кристиан наклоняется, чтобы завязать шнурок на ботинке. Странно, ведь шнурки и так в порядке. Потом он тайком кладет руку на мою лодыжку. Я вздрагиваю от неожиданности, а он, выпрямляясь, быстро проводит рукой по моей ноге — снизу доверху. Я с трудом удерживаюсь и не вскрикиваю, а его рука уже трогает мою попку. Кристиан встает сзади меня.

Боже мой! Вытаращив глаза, я смотрю на стоящих перед нами людей, на их затылки. Они и не подозревают, что мы делаем. Обняв за талию, Кристиан прижимает меня к себе, крепко держит, а в это время пальцы другой руки пробираются... черт побери... туда? Лифт плавно скользит вниз, останавливается на пятьдесят третьем этаже, входят новые люди, но я почти не замечаю этого. Я вся сосредоточилась на движении его пальцев. Вот они описывают кружочки, теперь проникают дальше, пробуют, нащупывают...

И снова я с трудом подавляю сладкий стон, когда пальцы находят свою цель.

— Всегда готова, мисс Стил, — шепчет он и вставляет палец внутрь меня. Я ахаю и вздрагиваю. Как мы можем вести себя так при людях? — Спокойно, — предупреждает он одними губами.

Мне стыдно, жарко, я горю страстью, оказавшись в ловушке лифта вместе с семью чужими людьми, шесть из которых и не подозревают, что творится в углу. Палец Кристиана скользит в меня и выходит, входит и выходит. Мое дыхание... Господи, как стыдно. Я хочу сказать ему «Перестань!..» — Нет, еще!.. — Нет, перестань!.. Я без сил наваливаюсь на него, а он еще крепче держит меня за талию, и я чувствую его эрекцию.

Мы останавливаемся опять, на сорок четвертом этаже. Да сколько еще будет продолжаться эта мука?.. В меня... из меня... в... из... в... из... Я тихонько насаживаюсь на его бесстыдный палец. Что придумал Кристиан! То не желал прикоснуться ко мне даже чуть-чуть, а теперь вот что устроил! Сейчас я чувствую себя такой развратницей!

— Тихо, — шепчет он мне на ухо и, кажется, не обращает внимания, когда в лифт входят еще двое. Становится тесно. Кристиан отступает вместе со мной в самый угол и мучает меня дальше. Он прижимается губами к моим волосам. Я уверена, мы выглядим как молодая влюбленная парочка, воркующая в углу, и если бы кто-то оглянулся назад, то ничего бы не заподозрил... Между тем Кристиан вставляет в меня и другой палец.

Черт! Из меня все-таки вырывается стон, и я рада, что наши соседи по лифту оживленно болтают и ничего не заметили.

Ох, Кристиан, что ты со мной делаешь... Я кладу голову ему на грудь и отдаюсь на волю его неугомонных пальцев.

— Не кончай, — шепчет он. — Потом кончишь. — Он кладет руку мне на живот, слегка надавливает и снова продолжает свою сладкую пытку. Ощущение необыкновенное.

Наконец, лифт останавливается на первом этаже. С громким звоном раздвигаются створки, пассажиры устремляются наружу. Кристиан не спеша вытаскивает из меня пальцы, целует меня в макушку. Я оглядываюсь на него. Он улыбается, затем кивает мужчине в мешковатом коричневом костюме. Тот отвечает на его кивок и выкатывается вместе с женой из лифта. Я опять почти не замечаю этого — все мои силы уходят на то, чтобы справиться с дыханием и устоять на ногах. Господи, я испытываю разочарование, у меня все болит внутри. Кристиан убирает руку с моей талии, я уже не прислоняюсь к нему. Только бы не упасть...

Повернув голову, я гляжу на него. Он выглядит спокойным и безмятежным, как всегда. Ну-у-у, это нечестно!

— Готова? — спрашивает он. В его глазах я улавливаю озорной блеск. И тут он кладет в рот сначала указательный палец, потом средний, и сосет их. — Обалденно приятно, мисс Стил, — шепчет он. Я едва не падаю в конвульсиях.

— Поверить не могу, что ты это делал, — бормочу я и буквально лопаюсь по всем швам.

— Вы удивитесь, что я еще могу сделать, мисс Стил, — говорит он.

Протянув руку, он заправляет выбившуюся прядь мне за ухо. Легкая улыбка говорит о его хорошем настроении.

— Я хочу привезти тебя домой, но, может, мы не утерпим и займемся любовью в машине, — говорит он с ухмылкой и выходит из лифта.

Что? Секс в машине?.. Может, сразу займемся им прямо здесь, на холодном мраморе вестибюля?.. Пожалуйста!

— Пойдем.

— Я согласна на все.

— Мисс Стил! — с притворным ужасом восклицает он.

— Я никогда не занималась сексом в машине, — бурчу я.

Кристиан останавливается, берет меня теми же пальцами за подбородок, запрокидывает голову и заглядывает мне в глаза.

— Очень рад это слышать. Должен признаться, что я был бы крайне удивлен, даже взбешен, если бы ты этим занималась.

Я краснею и пристыженно моргаю. Конечно, ведь я занималась сексом только с ним. Я хмурюсь.

— Я не это имела в виду.

— Тогда что же? — Его тон неожиданно становится суровым.

— Кристиан, это всего лишь фигура речи, такое выражение.

— Популярное выражение, «я никогда не занималась сексом в машине». Так прямо и срывается с языка.

В чем проблема-то?..

— Кристиан, я не подумала. Бога ради, ты ведь только что... хм-м... делал со мной это в переполненном лифте. У меня расплавились мозги.

Он поднимает брови.

— Что я делал с тобой? — спрашивает он.

Я исподлобья гляжу на него. Он хочет, чтобы я назвала это.

— Ты завел меня по полной программе. Теперь отвези меня домой и оттрахай.

От удивления у Кристиана отваливается челюсть, потом он хохочет. Теперь он выглядит юным и беззаботным. Ах, как я люблю слушать его заливистый смех! Ведь это бывает так редко.

— Вы прирожденный романтик, мисс Стил.

Он берет меня за руку, и мы выходим из здания, туда, где возле моего «Сааба» стоит служащий клуба.

— Так ты мечтала о сексе в машине, — бросает Кристиан, включая зажигание.

— Честно говоря, меня бы устроил и пол вестибюля.

— Поверь мне, Ана, меня тоже. Но мне не улыбается перспектива ареста в столь поздний час, и я не хочу трахать тебя в «обезьяннике». Во всяком случае, не сегодня.

Что?

— Ты хочешь сказать, что не исключаешь такую возможность?

— Ну да.

— Давай вернемся.

Он поворачивается ко мне и смеется. Его смех заразителен, и вскоре мы смеемся с ним вместе — замечательно, запрокинув назад голову, словно очищаемся через катарсис. Он протягивает руку, берет меня за колено и нежно ласкает его своими умелыми пальцами. Мой смех обрывается.

— Потерпи, Анастейша, — бормочет он и встраивается в транспортный поток.

Кристиан ставит «Сааб» в гараже «Эскалы» и глушит мотор. Внезапно атмосфера в салоне меняется. Я гляжу на него, полная самых разнузданных ожиданий, пытаясь унять бешеное сердцебиение. Он поворачивается ко мне, положив локоть на руль.

Большим и указательным пальцами он оттягивает свою нижнюю губу. Я не могу отвести глаз от его рта. Я хочу поцеловать его. Он пристально глядит на меня темно-серыми глазами и медленно, сексуально растягивает губы в улыбке. У меня пересыхает во рту.

— Мы будем заниматься сексом в машине тогда, когда я сочту это нужным. А пока что я хочу тебя трахать на всевозможных поверхностях моей квартиры.

Похоже, он адресует эти слова к той части меня, которая находится ниже моей талии... Моя внутренняя богиня выполняет четыре арабеска и один баскский шаг.

— Да. — Господи, в моем голосе звучит такое отчаянье.

Он слегка наклоняется вперед. Я закрываю глаза, жду его поцелуя — наконец-то! Через несколько бесконечно долгих секунд я открываю глаза и обнаруживаю, что он смотрит на меня. О чем он думает, непонятно, но, прежде чем я успеваю что-то сказать, он снова отвлекает меня.

— Если я сейчас тебя поцелую, мы уже не доберемся до квартиры. Пойдем.

Уф! Вечер сплошных разочарований! Кристиан вылезает из машины.

Мы снова ждем лифт, мое тело пульсирует от предвкушения. Кристиан держит меня за руку, ритмично водит пальцем по моим костяшкам, и каждое движение отзывается во мне болезненным эхом. Ах, как я хочу, чтобы его руки трогали меня всю. Он и так долго меня мучил.

— Ну, а как насчет немедленного удовлетворения? — бормочу я.

— Оно неприемлемо в любой ситуации, Анастейша.

— С каких это пор?

— С этого вечера.

— Тогда зачем же ты так мучаешь меня?

— В отместку, мисс Стил.

— Разве я тебя мучаю? Как?

— Ты сама знаешь.

Я вглядываюсь в его непроницаемое лицо. «Он хочет услышать мой ответ... Вот оно что».

— Тогда я тоже за отложенное удовлетворение, — шепчу я с робкой улыбкой.

Неожиданно он тянет меня за руку, и через мгновение я оказываюсь в его объятиях. Он хватает в горсть волосы на моем затылке, тихонько тянет за них, и моя голова запрокидывается.

— Что мне сделать, чтобы ты дала согласие? — страстно спрашивает он, снова лишая меня равновесия. Я смотрю на него — на его милое, серьезное, отчаянное лицо.

— Дай мне чуточку времени... пожалуйста, — бормочу я.

Он стонет и, наконец, целует меня, долго и страстно. Потом мы входим в лифт, и тут уж становится трудно разобрать, где чьи руки, рты, языки, губы, пальцы, волосы. Желание, тягучее и интенсивное, бушует в моей крови, затуманивает мой разум. Кристиан толкает меня к стене, прижимает бедрами; одна рука держит меня за волосы, другая за подбородок.

— Ты владеешь мной, — шепчет он. — Ана, моя судьба в твоих руках.

Его слова опьяняют меня, и я, уже перегретая, хочу сорвать с него одежду. Я стаскиваю с него пиджак, но в это время лифт останавливается на этаже, и мы выкатываемся в фойе. Пиджак падает на пол.

Кристиан прижимает меня к стене возле лифта, его рука движется вверх по моей ноге, губы не отрываются от моих. Он задирает кверху подол моего платья.

— Первая поверхность, — говорит он и внезапно отрывает меня от пола. — Обхвати меня ногами.

Я покорно выполняю его приказ. Он поворачивается, кладет меня на столик и оказывается между моих ног. Краем сознания я замечаю, что непременная ваза с цветами куда-то исчезла. Угу. Из кармана джинсов он достает пакетик фольги и отдает мне, а сам расстегивает молнию.

— Ты хоть представляешь, как сильно ты меня заводишь?

— Что? Нет... я...

— Вот, ты возбуждаешь меня. Постоянно.

Он выхватывает пакетик из моих рук. Ох, все так быстро, но после всех изощренных мучений я ужасно хочу его — немедленно. Не отрывая от меня взгляда, он надевает презерватив и хватает меня под ляжки, шире раздвигая мои ноги.

— Не закрывай глаза, я хочу смотреть в них, — шепчет он и, сцепив мои пальцы со своими, медленно входит в меня.

Я стараюсь, честно стараюсь не закрывать веки, но ощущение такое восхитительное и сильное, что... Это именно то, чего я жаждала весь вечер после его дразнилок. Ах, эта полнота, этот восторг! Я со стоном выгибаю спину, отрывая ее от стола.

— Открой глаза! — рычит он, крепче стискивает мои руки и с резким напором входит в меня, я даже вскрикиваю.

Я поднимаю веки, он глядит в них своими широко раскрытыми глазами. Медленно отводит бедра назад, снова погружается в меня, его губы расслабляются, из них вырывается «А-а-а»... но он ничего не говорит. При виде его возбуждения, его реакции на меня я загораюсь еще сильнее, моя кровь уже обжигает. В его серых глазах тоже горит огонь страсти. Кристиан переходит на равномерный ритм, я наслаждаюсь им, нежусь, гляжу на Кристиана, вижу его страсть, его любовь — и мы приходим к вершине вместе.

Я с криком взрываюсь, пульсирую вокруг него, и Кристиан следует за мной.

— Да, Ана! — кричит он.

Потом отпускает мои руки и, обессилев, кладет голову мне на грудь. Мои ноги по-прежнему обхватывают его бедра. Под терпеливым, материнским взором Мадонны я ласково прижимаю к себе его голову и пытаюсь отдышаться.

Вот он поднимает голову и устремляет на меня свой взгляд.

— Я еще не насытился тобой, — бормочет он и целует меня.

Я лежу, обнаженная, в постели Кристиана, припав к его груди, и тяжело дышу. Боже мой, есть ли предел его энергии? Кристиан водит пальцами вверх и вниз по моей спине.

— Удовлетворены, мисс Стил?

Я довольно мурлычу. Разговаривать уже нет сил. Подняв голову, я направляю на него затуманенный взор и нежусь под его теплым, полным нежности взглядом. Потом нарочито медленно наклоняю голову, чтобы он знал, что я хочу поцеловать его грудь.

Он моментально напрягается, и я нежно целую мягкую поросль на его груди, вдыхаю неповторимый запах Кристиана, смешанный с потом и запахом секса. От счастья кружится голова. Он перекатывается на бок и глядит на меня.

— Интересно, у всех такой секс? Тогда я удивляюсь, как люди вообще вылезают из постели, — бормочу я, внезапно смутившись.

Он усмехается.

— За всех не скажу, но ты, Анастейша, чертовски приятная, особенная. — Он наклоняется и целует меня.

— Потому что вы, мистер Грей, чертовски особенный, — вторю я с улыбкой и нежно глажу его по щеке. Он удрученно моргает.

— Уже поздно. Пора спать. — Он целует меня, ложится и прижимает меня к себе.

— Ты не любишь комплименты.

— Спи, Анастейша.

Хм-м... Но ведь он очень-очень особенный. Господи, почему он этого не понимает?

— Мне очень понравился дом, — бормочу я.

Он долго не отвечает, но я чувствую, что он улыбается.

— Я люблю тебя. Спи. — Он утыкается носом в мои волосы, и я безмятежно уплываю в сон. Мне снятся закаты, французские двери, широкие лестницы... и маленький медноволосый мальчик, бегающий по лугу. Я догоняю его, и он весело хохочет.

— Я пошел, детка. — Кристиан целует меня в шею.

Я открываю глаза; уже утро. Поворачиваюсь на другой бок, думая, что он лежит рядом, а он уже встал и оделся. Как всегда, бодрый и безупречный.

— Который час? — испуганно спрашиваю я. Нет, мне нельзя опаздывать на работу...

— Без паники. Просто у меня сегодня деловой завтрак. — Кристиан трется носом о мой нос.

— Ты хорошо пахнешь, — бормочу я, потягиваясь. После вчерашних упражнений мое тело наполнено приятной истомой. Я обнимаю его за шею.

— Не уходи.

Он наклоняет голову набок и поднимает брови.

— Мисс Стил, вы пытаетесь помешать человеку честно зарабатывать на хлеб?

Я сонно киваю. Он улыбается своей новой робкой улыбкой.

— Как бы соблазнительно это ни звучало, я должен идти.

Он целует меня и встает. Сейчас на нем очень красивый темно-синий костюм, белая рубашка и синий галстук, и он выглядит на все сто как генеральный директор холдинга, как крутой гендиректор.

— Пока, детка, — мурлычет он и уходит.

Взглянув на часы, я вижу, что уже семь — вероятно, я не слышала будильник. Что ж, пора вставать.

Когда я принимаю душ, меня озаряет. Я понимаю, что я еще подарю Кристиану ко дню рождения. Ведь так трудно купить что-то человеку, у которого есть все. Я уже вручила ему мой главный подарок, и у меня остается другая вещица, купленная в туристической лавке. Но этот подарок скорее для меня, чем для него. Я выключаю душ и радостно обнимаю себя за плечи. Вот только надо все подготовить.

В гардеробной надеваю темно-красное облегающее платье с квадратным вырезом, довольно низким. Да, для работы подойдет.

Теперь подарок для Кристиана. Я роюсь в его ящиках, ищу галстуки. В самом нижнем ящике обнаруживаю линялые, рваные джинсы, те самые, которые он носит в игровой комнате, — те самые, в которых выглядит так знойно. Я нежно глажу по ним ладонью. Ой, какая мягкая материя.

Под штанами вижу большую черную картонную коробку. Разумеется, мне любопытно. Что там? Пару секунд я гляжу на коробку, понимая, что совершаю недозволенное. Потом достаю ее из ящика, трясу. Она тяжелая, и внутри вроде как бумаги или рукописи. Тут я все-таки не выдерживаю, открываю крышку — и быстро закрываю. Черт побери, фотографии из Красной комнаты! От шока я сажусь на стул и пытаюсь выбросить увиденное из головы. И зачем только я открыла коробку? Почему он хранит эти снимки?

Я содрогаюсь. Мое подсознание сердится: «Это ведь было до тебя. Забудь».

Оно право. Встав, я замечаю, что галстуки висят в конце одежного вешала. Беру свой любимый галстук и поскорее выхожу.

Те снимки — это да, до Аны. Мое подсознание одобрительно кивает, но завтракать я иду с тяжелым сердцем. Миссис Джонс тепло улыбается мне, затем хмурится.

— Все в порядке, Ана? — участливо спрашивает она.

— Да, — рассеянно бормочу я. — У вас есть ключ от... э-э... игровой комнаты?

Она тут же замирает, удивленная.

— Да, конечно. — Она снимает с пояса маленькую связку ключей. — Что вы будете на завтрак, милая? — спрашивает она, протягивая мне ключи.

— Только гранолу. Я сейчас.

Теперь, после фотографий, я уже не так уверена в своем подарке. «Ничего не изменилось!» — орет на меня мое подсознание и глядит поверх узких очков. Тут же подключается моя внутренняя богиня и одобряет фото: мол, знойная, ничего не попишешь. Я цыкаю на нее: да, слишком знойная, на мой взгляд.

Что еще прячет Кристиан? Я поспешно роюсь в музейном комоде, беру то, что мне нужно, и запираю за собой дверь игровой комнаты. Еще не хватает, чтобы туда случайно забрел Хосе!

Отдаю ключи миссис Джонс, сажусь и глотаю свой завтрак. Мне немного непривычно, что рядом нет Кристиана. Картинки из коробки пляшут и пляшут в моем сознании. Интересно, кто это был? Лейла, наверное?

По дороге на работу я размышляю, сказать или нет Кристиану, что я нашла фотографии. «Нет!» — кричит мое подсознание, и его лицо сейчас напоминает персонажей Эдварда Мунка. Я понимаю, что оно, возможно, право.

Я сажусь за стол, и тут звонит мой «блэкберри».

От кого: Кристиан Грей
Тема: Поверхности
Дата: 17 июня 2011 г. 08.59
Кому: Анастейша Стил

Я прикинул, что у меня найдется как минимум 30 поверхностей. Мне не терпится освоить каждую. Кроме того, еще есть полы, стены — не будем забывать и о балконе.

Есть еще мой кабинет...

Скучаю по тебе. x

Кристиан Грей,
Приапический Генеральный директор холдинга «Грей энтерпрайзес»

Его письмо вызвало у меня улыбку, и все прежние сомнения улетучились. Теперь он хочет меня. Нахлынули воспоминания о наших вчерашних выходках... лифт, фойе, кровать. Приапический, верно. Интересно, какой я могу подыскать женский эквивалент этому слову?

От кого: Анастейша Стил
Тема: Романтик?
Дата: 17 июня 2011 г. 09.03
Кому: Кристиан Грей

Мистер Грей

У вас одно на уме.

Я скучала без вас за завтраком.

Но миссис Джонс была очень любезна и услужлива.

А х

От кого: Кристиан Грей
Тема: Заинтригован
Дата: 17 июня 2011 г. 09.07
Кому: Анастейша Стил

В чем проявилась услужливость миссис Джонс?

Что вы затеваете, мисс Стил?

Кристиан Грей,
Любопытный Генеральный директор холдинга «Грей энтерпрайзес»

Откуда он знает?

От кого: Анастейша Стил
Тема: Любопытный нос
Дата: 17 июня 2011 г. 09.10
Кому: Кристиан Грей

Подожди и увидишь — это сюрприз.

Мне надо работать...

Люблю тебя.

А х

От кого: Кристиан Грей
Тема: Разочарование
Дата: 17 июня 2011 г. 09.12
Кому: Анастейша Стил

Я ненавижу, когда ты что-то утаиваешь от меня.

Кристиан Грей,
Генеральный директор холдинга «Грей энтерпрайзес»

Я долго гляжу на маленький экран мобильного. Ярость последнего письма застала меня врасплох. Почему он так? Ведь не я прячу эротические фотки своих бывших.

От кого: Анастейша Стил
Тема: Иду тебе навстречу
Дата: 17 июня 2011 г. 09.14
Кому: Кристиан Грей

Это ко дню твоего рождения.

Еще один сюрприз.

Не злись.

А х

Он сразу не ответил, а меня вызвали на совещание, поэтому я не могла долго раздумывать над этим.

Когда я снова вспоминаю о смартфоне, то, к своему ужасу, обнаруживаю, что уже четыре часа. Как быстро пролетел день! От Кристиана ничего нет. Я опять пишу ему.

От кого: Анастейша Стил
Тема: Привет
Дата: 17 июня 2011 г. 16.03
Кому: Кристиан Грей

Ты не хочешь говорить со мной?

Не забудь, я сегодня встречаюсь с Хосе. Мы посидим с ним где-нибудь, а потом он переночует у нас.

Пожалуйста, подумай насчет того, чтобы присоединиться к нам.

А х

Он не отвечает, и мне становится не по себе. Я надеюсь, что у него все в порядке. Звоню на мобильный, и меня перебрасывает на голосовую почту. Слышу лишь «Грей, оставьте сообщение», произнесенное ледяным тоном.

— Привет... э-э... это я, Ана. Все в порядке? Позвони мне, — запинаясь, бормочу я.

Мне еще не приходилось оставлять ему сообщения. Я краснею от досады. «Идиотка, конечно же, он поймет, что это ты!» — бурчит мое подсознание. Меня так и подмывает позвонить его секретарше, но я решаю воздержаться от этого шага и нехотя берусь за работу.

Неожиданно звонит телефон. У меня екает сердце. Кристиан! Но нет — это Кейт, моя лучшая подруга, наконец-то!

— Ана! — кричит она в трубку.

— Кейт! Ты вернулась? Я так соскучилась.

— Я тоже. Мне надо столько рассказать тебе. Мы в Ситаке — я и мой муж. — Она хихикает, и это совсем не похоже на Кейт.

— Круто. Я тоже расскажу тебе о многом.

— Увидимся дома?

— Я встречаюсь с Хосе, мы посидим с ним где-нибудь. Присоединяйся.

— Хосе в городе? Конечно, приду. Напиши эсэмэс, где вы будете.

— Ага. — Я сияю.

— У тебя все нормально, Ана?

— Да, все хорошо.

— Ты все еще с Кристианом?

— Да.

— Хорошо. Покеда!

Ох, и к ней тоже прилипло это слово. Влияние Элиота не знает границ.

— Да, покеда, детка.

Я хрюкаю от смеха, и она заканчивает разговор.

Здорово, Кейт вернулась. Как же я расскажу ей все, что было со мной? Надо сначала все записать, чтобы ничего не забыть.

Через час звонит мой рабочий телефон. Кристиан? Нет, это Клэр.

— Ана, ты бы видела парня, который спрашивает о тебе в приемной. Откуда ты берешь таких клевых парней?

Должно быть, Хосе. Я бросаю взгляд на часы — пять пятьдесят пять. У меня радостно бьется сердце. Я не видела его целую вечность.

— Ана, вау! Классно смотришься. Такая взрослая. — У него рот до ушей.

Просто потому что я в приличном прикиде... Да уж.

Он крепко обнимает меня.

— Да ты подросла, — удивленно бормочет он.

— Это туфли такие, Хосе. Да ты сам неплохо выглядишь.

На нем джинсы, черная майка и фланелевая рубашка в черно-белую клетку.

— Сейчас захвачу свои вещи, и пойдем.

— Отлично. Жду тебя здесь.

В многолюдном баре я беру две бутылки светлого пива «Роллинг Рок» и иду к столику, где сидит Хосе.

— Ты быстро нашел дом Кристиана?

— Да. Внутрь не заходил. Просто принес фото к служебному лифту. Их взял у меня парень по имени Тейлор. Похоже, крутое место.

— Еще бы. Ты бы видел, что там внутри.

— Жду с нетерпением. Salud, Ана. Сиэтл тебе на пользу.

Я смущаюсь. Мы чокаемся бутылками. Это Кристиан мне на пользу.

— Salud. Расскажи мне про твой вернисаж, как он прошел.

Он сияет и принимается рассказывать. Он продал почти все фотографии, кроме трех, а это значит, что ему теперь есть чем выплатить кредиты на учебу, и даже кое-что останется.

— А еще мне заказали снять несколько пейзажей для Комитета по туризму в Портленде. Круто, не? — с гордостью сообщает он.

— Да, Хосе, как здорово. А это не мешает учебе?

— Не-а. Уехали вы и еще трое моих приятелей, с которыми я общался, и у меня образовалось больше времени.

— И у тебя нет знойной подруги? В последний раз, когда я тебя видела, полдюжины красоток ловили каждое твое слово. — Я гляжу на него, подняв брови.

— Не-а, Ана. Ни одна из них меня не интересует. — Я вижу его браваду.

— Ну конечно, Хосе Родригес, женоненавистник, — хихикаю я.

— Эй, Стил, я не всегда такой. — Он чуточку обиделся, и я жалею о своих словах.

— Конечно, Хосе.

— Ну а как Грей? — спрашивает он. Его тон меняется на более прохладный.

— Хорошо. У нас все хорошо, — говорю я.

— Так, говоришь, у вас все серьезно?

— Да. Серьезно.

— Не староват он для тебя?

— Ой, Хосе, знаешь, что говорит моя мама? Что я родилась старушкой.

Хосе корчит рожу.

— Как твоя мама? — Вот так мы выходим из опасной зоны.

— Ана!

Я оглядываюсь и вижу Кейт и Итана. Кейт выглядит роскошно: соломенные волосы, выгоревшие на солнце, золотистый загар, белозубая улыбка, и она вся такая изящная в облегающих белых джинсах и свободной белой блузке без рукавов. К ней устремлены все взоры. Я вскакиваю и обнимаю ее. Ах, как мне не хватало этой женщины!

Она хватает меня за плечи и, отодвинув на расстояние вытянутой руки, внимательно разглядывает. Я зарделась под ее внимательным взором.

— Ты похудела. Здорово похудела. И выглядишь по-другому. Взрослой. Что происходит? — спрашивает она, вся из себя такая мама-наседка. — Мне нравится твое платье, тебе идет.

— После твоего отъезда случилось очень много всего. Я потом тебе расскажу, когда мы будем вдвоем. — Сейчас я не готова к исповеди перед инквизитором по имени Кэтрин Кавана. Она с подозрением глядит на меня.

— У тебя все в порядке? — осторожно спрашивает она.

— Да. — Я улыбаюсь, хотя сейчас мне больше всего на свете хочется узнать, где Кристиан.

— Отлично.

— Привет, Итан. — Я улыбаюсь ему, и он обнимает меня.

— Привет, Ана, — шепчет он мне на ухо.

Хосе хмурится и оценивающе смотрит на Итана.

— Как прошел ланч с Миа? — спрашиваю я Итана.

— Интересно, — отвечает он.

Даже так?

— Итан, ты знаком с Хосе?

— Мы как-то уже встречались, — бормочет Хосе, когда они обмениваются рукопожатием.

— Да, у Кейт в Ванкувере, — подтверждает Итан, приятно улыбаясь Хосе. — Ну, что пьем?

Я иду в туалет. Оттуда сообщаю Кристиану эсэмэской, где мы находимся; может, он присоединится к нам. От него нет ни непринятых звонков, ни писем. На него это не похоже.

— Что-то случилось, Ана? — спрашивает Хосе, когда я возвращаюсь.

— Не могу дозвониться до Кристиана. Надеюсь, ничего не случилось.

— Не волнуйся, все будет в порядке. Хочешь еще пива?

— Конечно.

Кейт наклоняется ко мне.

— Итан говорит, что в квартиру залезла какая-то сумасшедшая с пушкой, бывшая подружка Кристиана?

— Ну да. — Я пожимаю плечами. Господи, разве сейчас это важно?

— Ана, что происходит, черт побери? — Кейт вдруг замолкает и достает свой телефон.

— Привет, милый, — воркует она. Милый! Она хмурится и переводит взгляд на меня. — Конечно, — говорит она и обращается ко мне: — Это Элиот, он хочет поговорить с тобой.

— Ана. — Голос Элиота звучит спокойно и отрывисто; от скверного предчувствия у меня встают волосы дыбом.

— Что случилось?

— Кристиан не вернулся из Портленда.

— Что? Как это?

— Его вертолет пропал.

— «Чарли Танго»? — шепчу я, помертвев. — Нет!

Глава 19

Я неотрывно гляжу на язычки пламени. Они пляшут и трепещут в камине — ярко-оранжевые с каемками кобальтового цвета. Я мерзну, меня бьет озноб, несмотря на жар от огня и накинутое на мои плечи одеяло. Мне холодно, я мерзну до костей.

До меня доносятся приглушенные голоса, много голосов. Но все они далеко. А слышу я лишь мягкое шипение газа в камине и только на нем могу сосредоточиться.

Мои мысли возвращаются к дому, который мы видели вчера, и к огромным каминам — настоящим, в которых горят поленья. Я бы хотела заниматься любовью с Кристианом перед настоящим огнем. Я бы хотела заниматься любовью с Кристианом перед этим огнем. Да, это будет забавно. Не сомневаюсь, он придумает что-нибудь этакое, чтобы надолго запомнилось, как всегда, когда мы занимались любовью. Я тут же напоминаю себе, что я помню хорошо и те моменты, когда мы просто трахались. Да, их я тоже никогда не забуду. Где же он?

Пламя мерцает и колеблется, держа меня в своем плену, лишая речи. Я фокусируюсь только на его огненной, обжигающей красоте. Оно околдовывает, завораживает меня.

«Анастейша, ты околдовала меня».

Он сказал, что впервые спал со мной в его постели. О нет...

Я обхватываю себя руками, и реальность проникает, как кровь, в мое сознание. Жуткая пустота внутри меня расползается все шире. «Чарли Танго» пропал.

— Ана, вот, возьми, — ласково говорит миссис Джонс.

Ее голос возвращает меня в комнату, в нынешний час, в страх. Она принесла мне чашку чая. Я с благодарностью беру чай. Чашка дробно стучит о блюдце, потому что у меня дрожат руки.

— Спасибо, — шепчу я. Мой голос звучит хрипло из-за непролитых слез и огромного комка в горле.

Миа сидит наискосок от меня на огромном полукруглом диване, держа за руку Грейс. Они смотрят на меня, на их милых лицах — боль и тревога. Грейс выглядит постаревшей — мать беспокоится за сына. Мое лицо кажется мне застывшей маской, я не могу ни улыбнуться, чтобы их ободрить, ни пролить слезинку — внутри меня лишь растущая пустота. Я гляжу на Элиота, Хосе и Итана; с серьезными лицами они стоят возле стойки для завтрака и тихо о чемто говорят, что-то обсуждают. Миссис Джонс хлопочет на кухне.

В телевизионной Кейт следит за местными новостями. Я слышу негромкое кваканье репортера. Я страшусь увидеть на большом плазменном экране бегущую строку «КРИСТИАН ГРЕЙ НЕ ВЕРНУЛСЯ ИЗ ПОЛЕТА» — и прекрасное лицо моего возлюбленного.

Мне приходит в голову, что я еще не видела в этом зале столько народу, в его огромном объеме все кажутся меньше ростом. Маленькие островки растерянных, встревоженных людей в доме моего Кристиана. Что бы он подумал, увидев их тут?

Тейлор и Каррик ведут какие-то переговоры с полицией, получают крупицы бесполезной информации. Бесспорным остается лишь факт: Кристиан Грей пропал. Уже восемь часов от него нет никаких вестей. Ни словечка, ни сигнала. Уже начаты поиски, насколько мне известно. Уже стемнело. Мы не знаем, где он. Может, он получил травму, голоден, или что-нибудь хуже. Нет!

Я снова мысленно молюсь. «Пожалуйста, пусть у Кристиана все будет хорошо. Пожалуйста, пусть у Кристиана все будет хорошо». Я снова и снова повторяю эти слова — мою мантру, самое главное в жизни, что-то конкретное, поддерживающее меня в моем отчаянии. Я отказываюсь думать о худшем. Нет, я не допускаю даже мысли об этом. Надеяться и еще раз надеяться.

«Ты — моя жизнь».

Слова Кристиана не выходят у меня из головы. Да, надежда остается всегда. Не надо отчаиваться. Его слова эхом звучат в моем сознании.

«Теперь я твердый сторонник немедленного удовлетворения. Carpe diem, лови момент, Ана».

Почему же я медлю и медлю?

«Я это делаю, потому что наконец-то встретил ту, с которой хотел бы провести остаток жизни».

Я закрываю глаза в безмолвной молитве и тихонько раскачиваюсь. «Пожалуйста, пусть остаток его жизни не будет таким коротким. Пожалуйста, пожалуйста». У нас было мало времени... нам надо больше времени. Мы проделали так много за последние несколько недель, прошли такой длинный путь. Этот путь не должен оборваться так внезапно и трагически. Я вспоминаю все наши трогательные моменты: помада, когда он впервые занимался со мной любовью в отеле «Олимпик»; вот он стоит на коленях передо мной, предлагает мне руку и сердце; вот я впервые дотрагиваюсь до него.

«Я тот же, что и прежде, Ана. Я люблю тебя, ты мне нужна. Погладь меня. Пожалуйста».

Ах, я так люблю его! Без него я ничто, тень — без него померкнет весь свет. Нет, нет, нет ... мой бедный Кристиан.

«Ана, вот, я весь перед тобой... и я весь твой. Что мне сделать, чтобы ты это поняла? Чтобы ты увидела, что я хочу тебя всю, всю целиком, какая ты есть. Что я люблю тебя».

И я люблю тебя, все твои Пятьдесят Оттенков.

Я открываю глаза, снова гляжу невидящим взором на огонь. Перед мысленным взором пролетают счастливые воспоминания: его мальчишеская радость, когда мы мчимся под парусами; его умудренный, адски горячий взор на маскараде; танцы, да, танцы под Синатру, когда мы кружились в этом зале; его вчерашнее волнение в том доме с потрясающим видом.

«Я положу весь мой мир к твоим ногам, Анастейша. Я хочу тебя всю — и тело, и душу — навсегда».

Лишь бы у него все было хорошо! Он не может погибнуть. Ведь он для меня — все, он — центр моей вселенной.

Неожиданно из моей груди вырывается рыдание, я прижимаю руку к губам. Нет. Надо держаться. Я должна быть сильной.

Внезапно рядом со мной оказывается Хосе. Или он был тут и раньше? Не помню.

— Ты хочешь позвонить маме или отцу? — заботливо спрашивает он.

Нет! Я качаю головой и сжимаю его руку. Я не могу говорить, я знаю, что расплачусь, если скажу хоть слово. Тепло и ласковое пожатие его руки не приносят мне утешения.

Мама! Мои губы дрожат при мысли о ней. Может, позвонить ей? Нет. Мне будет трудно справиться с ее реакцией. Может, позвонить Рэю, он обойдется без эмоций — он никогда их не проявляет — даже когда проигрывает его любимая команда.

Грейс встает и подходит к Элиоту с Итаном. Это немного отвлекает меня от мыслей. Пожалуй, я никогда не видела, чтобы она так долго сидела на одном месте. Миа садится рядом со мной и держит другую мою руку.

— Он непременно вернется, — говорит она; ее голос, сначала решительный, дрогнул на последнем слове. Ее глаза покраснели от слез, лицо бледное, в красных пятнах.

Я гляжу на Итана, а он переводит взгляд с Миа на Элиота, обнимающего Грейс. Время движется к полуночи. Проклятье! С каждым часом в моей груди расширяется пустота, душит меня, поглощает. Глубоко в душе я уже готовлюсь к худшему. Я закрываю глаза и опять молюсь, сжимая руки Миа и Хосе.

Снова открываю глаза, смотрю на пламя. Вижу его робкую улыбку — самое любимое из всех его выражений лица, мимолетный взгляд на истинного Кристиана, моего истинного Кристиана. Ведь в нем уживается столько личностей: диктатор, генеральный директор, охотник, мачо, гений секса, хозяин и — в то же время мальчишка с игрушками. Я улыбаюсь. Его автомобиль, его катамаран, его самолет, его вертолет «Чарли Танго»... Мой потерянный мальчик, сейчас он действительно потерялся. На смену улыбке приходит пронзительная боль. Я вспоминаю, как он стоял под душем, стирал следы помады.

«Я ничтожество, Анастейша. Я лишь оболочка человека. У меня нет сердца».

Комок в горле растет. Ох, Кристиан, не придумывай, у тебя есть сердце, и оно принадлежит мне. Я люблю Кристиана, даже несмотря на его тяжелый, сложный характер. Я буду всегда его любить. Всегда. Мне больше не нужен никто.

Я вспомнила, как сидела в «Старбаксе» и взвешивала «за» и «против». Теперь все «против», даже фотки, которые я нашла сегодня утром, кажутся мне мелочами, не заслуживающими внимания. Сейчас для меня важнее всего он сам и его возвращение. «Пожалуйста, Господи, верни его мне, пожалуйста, пускай с ним ничего не случится. Я буду ходить в церковь... Я буду делать все». Ох, если он вернется, я не буду тратить время зря. Снова в моей голове звучит его голос: «Carpe diem, лови момент, Ана».

Я вглядываюсь в огонь, язычки пламени ярко пылают, трепещут, закручиваются... И тут вскрикивает Грейс; все медленно приходит в движение.

— Кристиан!

Я поворачиваю голову и вижу, как Грейс бежит через зал к дверям — а там стоит удивленный и усталый Кристиан. На нем рубашка с длинными рукавами и костюмные брюки, а в руках он держит свой темно-синий пиджак, ботинки и носки. Он весь грязный и невероятно красивый.

Черт побери... Кристиан. Он жив. Онемев, я гляжу на него, пытаясь сообразить, то ли мне все мерещится, то ли это правда.

На его лице написано крайнее удивление. Он роняет на пол пиджак и все остальное и подхватывает Грейс. Она бросается ему на шею и покрывает поцелуями его щеки.

— Мама?

Он растерянно глядит на нее с высоты своего роста.

— Я думала, что больше никогда тебя не увижу, — шепчет Грейс, высказывая наш коллективный страх.

— Мама, я здесь. — Я слышу в его голосе недовольные нотки.

— Сегодня я умирала тысячу раз, — еле слышно шепчет она, повторяя мои мысли.

Не в силах больше сдерживаться, она заходится в рыданиях. Кристиан хмурится, ужасаясь или помертвев — не знаю, как это назвать, — но через мгновение крепко обнимает ее и прижимает к себе.

— Кристиан! — всхлипывает она, уткнувшись в его шею и отбросив свою обычную сдержанность, — и Кристиан не противится.

Он держит ее в объятиях, покачивает, как ребенка, успокаивает. Горючие слезы наворачиваются на мои глаза. В коридоре слышен голос Каррика.

— Живой! Черт, ты здесь! — Он выходит из офиса Тейлора, сжимая в руке мобильник, и обнимает жену и сына, вздыхая с облегчением.

— Папа?

Миа визжит что-то непонятное, потом вскакивает, бежит к родителям и тоже всех обнимает.

Наконец-то, из меня хлынул каскад слез. Кристиан здесь, с ним все в порядке. Но я не могу даже пошевелиться. Каррик первым вытирает глаза и хлопает Кристиана по плечу. Потом разжимает объятия Миа. Наконец, Грейс тоже отходит на шаг.

— Извини, — бормочет она.

— Эй, мам, все в порядке, — говорит Кристиан. На его лице все еще заметны испуг и удивление.

— Где ты был? Что случилось? — восклицает Грейс и хватается за голову.

— Мам, — бормочет Кристиан, снова обнимает мать и целует в макушку. — Я здесь. Все хорошо. Просто чертовки долго добирался из Портленда. Что это за приветственный комитет? — Он поднимает голову и обводит взглядом зал, пока его глаза не встречаются с моими.

Он моргает и смотрит на Хосе — тот отпускает мою руку. Кристиан плотно сжимает губы. Я наслаждаюсь тем, что вижу его, меня захлестнула волна облегчения и счастья, я обессилела от пережитых тревог. А из моих глаз льются и льются слезы.

Кристиан снова смотрит на мать.

— Мама, у меня все в порядке. Что случилось?

Она кладет ладони на его щеки.

— Кристиан, от тебя так долго не было вестей. Твой план полета... ты не включил в него Сиэтл. Почему ты не связался с нами?

Кристиан удивленно вскидывает брови.

— Я не предполагал, что это займет так много времени.

— Почему ты не позвонил?

— На моем телефоне кончились деньги.

— Почему ты не сделал звонок за счет адресата?

— Мама, это длинная история.

— Кристиан! Больше никогда не поступай так со мной! Понятно? — Она чуть ли не кричит на него.

— Да, мама.

Он вытирает большими пальцами ее слезы и снова прижимает к себе. Когда Грейс успокаивается, он обнимает Миа, а та колотит его кулачками по груди.

— Ты так нас напугал! — кричит она, вся в слезах.

— Я ведь здесь, вернулся, — бормочет Кристиан.

Когда к нему подходит Элиот, Кристиан передает сестру Каррику, который уже держит жену за талию. Он обнимает другой рукой дочь. Элиот быстро обнимает Кристиана, к его удивлению, и хлопает его по спине.

— Рад тебя видеть. — Элиот произносит эти слова громко, немножко грубовато, скрывая свои эмоции.

Несмотря на слезы, я вижу все это. Огромный зал наполнен бескорыстной любовью. Кристиан растерян, совершенно растерян, ведь он никогда не принимал ее прежде.

Смотри, Кристиан, все эти люди любят тебя!.. Может, ты хоть сейчас поверишь в это!

Кейт встает за моей спиной (она вышла из телевизионной) и ласково гладит меня по плечам.

— Он правда здесь, Ана, — уговаривает она меня.

— Я хочу поздороваться со своей Аной, — говорит Кристиан родителям. Они улыбаются и отходят в сторону.

Он идет ко мне; его серые глаза сияют, хотя я замечаю в них опаску и удивление. С трудом я нахожу в себе силы встать на ноги и броситься в его раскрытые объятия.

— Кристиан! — рыдаю я.

— Тише-тише, — бормочет он, утыкается носом в мои волосы и вдыхает их запах. Я поднимаю к нему залитое слезами лицо, и он целует меня, увы, слишком кратко.

— Привет.

— Привет, — шепчу я в ответ, задыхаясь от горящего в горле комка.

— Скучала?

— Немножко.

Он усмехается.

— Понятно. — Ласковым прикосновением ладони он утирает мои слезы, которые не желают останавливаться.

— Я думала... я думала... — всхлипываю я.

— Понятно. Тише... Я здесь. Я здесь... — бормочет он и опять сдержанно меня целует.

— Все в порядке? — спрашиваю я.

Трогаю его плечи, грудь, руки — ох, я чувствую пальцами этого витального, чувственного мужчину — убеждаюсь, что он здесь, стоит передо мной. Он вернулся. Он почти не морщится. Просто внимательно глядит на меня.

— Все хорошо. Я никуда не денусь.

— Ну слава богу. — Я опять обхватываю его руками, и он прижимает меня к себе. — Ты голоден? Тебе надо что-нибудь выпить?

— Да.

Я порываюсь принести ему что-нибудь, но он не отпускает меня. Обнимает меня за плечи и протягивает руку Хосе.

— Здравствуйте, мистер Грей, — с достоинством говорит Хосе.

Кристиан фыркает.

— Просто Кристиан, — говорит он.

— Кристиан, я рад, что все в порядке... и хм-м... спасибо, что позволили мне переночевать.

— Нет проблем.

Кристиан щурит глаза, но его отвлекает миссис Джонс, неожиданно появившаяся рядом с нами.

Только теперь я замечаю, что она не походит на себя — чопорную, безупречную особу. Сейчас на ней мягкие серые легинсы и просторная серая худи с лого Университета штата Вашингтон на груди. Волосы распущены. Она выглядит моложе на много лет.

— Вам что-нибудь принести, мистер Грей? — Она вытирает глаза бумажным платочком.

Кристиан нежно улыбается ей.

— Гейл, пожалуйста, пива, «Бад», и что-нибудь поесть.

— Я принесу, — говорю я, желая что-нибудь сделать для любимого мужчины.

— Нет. Не уходи, — ласково говорит он, обнимая меня еще крепче.

К нам подходят родные Кристиана, а также Кейт и Итан. Кристиан жмет руку Итану и чмокает Кейт в щеку. Миссис Джонс возвращается с бутылкой пива и стаканом. Он берет бутылку, а от стакана отказывается. Она улыбается и уносит стакан обратно.

— Я удивлен, почему ты не хочешь ничего покрепче, — бурчит Элиот. — Так что же было с тобой, черт подери? Мне позвонил отец и сообщил, что твоя вертушка пропала.

— Элиот! — одергивает его Грейс.

— Вертолет, — рычит Кристиан, поправляя Элиота, тот ухмыляется, и я догадываюсь, что это семейная шутка.

— Давайте присядем, и я вам все расскажу.

Кристиан тащит меня к дивану, и все садятся, устремив на него взоры. Он делает большой глоток пива. Потом замечает Тейлора, возникшего в дверях, и кивает ему. Тот отвечает.

— Как дочка?

— Уже все нормально. Ложная тревога, сэр.

— Хорошо. — Кристиан улыбается.

Дочка? Что-то случилось с дочкой Тейлора?

— Рад вашему возвращению, сэр. На сегодня все?

— Нам надо будет забрать вертолет.

Тейлор кивает.

— Сейчас? Или можно утром?

— Я думаю, что утром.

— Очень хорошо, мистер Грей. Что-нибудь еще, сэр?

Кристиан качает головой и поднимает кверху бутылку. Тейлор отвечает ему своей редкой улыбкой — кажется, он улыбается еще реже Кристиана — и выходит, вероятно, в свой офис или к себе в комнату.

— Кристиан, так что же произошло? — торопит Каррик.

Кристиан начинает рассказ. Он летал на «Чарли Танго» вместе с Рос, его заместителем, в Ванкувер, в тамошний университет, чтобы обсудить вопросы спонсорской помощи.

Я так ошеломлена, что с трудом слушаю, только держу Кристиана за руку, разглядываю его длинные пальцы, аккуратные ногти с маникюром, морщинки на сгибах, часы на запястье — «Омега» с тремя маленькими циферблатами. Гляжу на его красивый профиль, а он говорит:

— Рос никогда не видела гору Маунт-Сент-Хеленс, и на обратном пути мы решили себя побаловать и сделать небольшой крюк. Я знал, что недавно там были сняты ограничения на полеты. Ну и хорошо, что мы так поступили. Мы летели низко, примерно на высоте двухсот футов над землей, когда замигала приборная панель. В хвосте начался пожар — и у меня не осталось иного выбора, кроме как выключить всю электронику и пойти на посадку. Я сел возле озера Силвер-Лейк, высадил Рос и ухитрился погасить огонь.

— Пожар? Оба двигателя? — ужасается Каррик.

— Угу.

— Черт! Но я думал...

— Я знаю, — перебивает его Кристиан. — Просто удача, что мы летели так низко, — бормочет он.

Я вздрагиваю. Он отпускает мою руку и обнимает меня за плечи.

— Замерзла? — спрашивает он. Я мотаю головой.

— Как же ты погасил пожар? — спрашивает Кейт: в ней проснулось соперничество с Карлом Бернштейном, известным репортером. Господи, иногда она бывает такой занудой!

— Огнетушителем. Он обязан быть на борту, по закону, — ровным голосом отвечает Кристиан.

В моей памяти всплывают его давние слова. «Я каждый день благодарю божественное провидение, что брать интервью пришла ко мне ты, а не Кэтрин Кавана».

— Почему же ты не позвонил или не связался со спасателями по радио? — спрашивает Грейс.

Кристиан качает головой.

— С выключенной электроникой у нас не было радиосвязи. Из-за пожара я не рискнул ее включать. На «блэкберри» работала джипиэс, и я смог выйти на ближайшую дорогу. Мы шли туда четыре часа. Рос была на каблуках. — Кристиан неодобрительно поджимает губы. — У нас не было сотовой связи. В Гиффорде нет покрытия. Батарейки сдохли сначала у Рос, а по дороге — и у меня.

Ничего себе! Я ерзаю от возмущения, и Кристиан сажает меня к себе на колени.

— Как же вы вернулись в Сиэтл? — спрашивает Грейс, растерянно моргая при виде такой картины. Я краснею.

— Мы вышли на дорогу и изучили наши ресурсы. У нас на двоих оказалось шестьсот долларов, и мы собирались кого-нибудь нанять. Но тут остановился шофер грузовика и согласился нас отвезти домой. Он отказался от денег и поделился с нами едой. — При воспоминании об этом Кристиан взволнованно покачал головой. — Ехали мы целую вечность. У него вообще нет мобильника — странно, но факт. Вообще-то я и не знал... — Он замолкает и глядит на родных.

— Что мы волнуемся? — возмутилась Грейс. — Ну, Кристиан! Мы тут чуть с ума не сошли!

— О тебе сообщили в новостях, брат.

Кристиан закатывает глаза.

— Угу. Я это понял, когда подъехал сюда и увидел у входа кучку фотографов. Извини, мама, мне надо было попросить шофера остановиться, чтобы я мог позвонить. Но я торопился поскорее вернуться. — Он бросает взгляд на Хосе.

Ах вот почему — потому что тут ночует Хосе... Я хмурюсь при мысли об этом. Господи...

Грейс качает головой.

— Мой мальчик, я рада, что ты вернулся целым и невредимым.

Я постепенно успокаиваюсь, кладу голову ему на грудь. От него пахнет улицей, немножко потом, гелем для душа — в общем, Кристианом, и это самый желанный запах в мире. По моему лицу снова текут слезы — слезы радости.

— Неужели оба двигателя? — снова повторяет Каррик и недоверчиво морщится.

— Кто его знает. — Кристиан пожимает плечами и проводит ладонью по моей спине.

— Эй, — шепчет он. Потом берет пальцами за подбородок и запрокидывает мою голову. — Перестань плакать.

Я утираю нос рукой самым неприличным образом.

— А ты перестань пропадать.

Я шмыгаю носом, и его губы расползаются в усмешке.

— Неполадки в электрической части... странно, правда? — Каррик опять возвращается к теме пожара.

— Да, мне тоже пришло это в голову, пап. Но прямо сейчас я хочу спать. Подумаю обо всем этом завтра.

— Значит, СМИ знают, что тот самый Кристиан Грей найден живым и невредимым? — говорит Кейт.

— Да. Андреа и мои пиарщики разберутся с ними. Рос позвонила ей сразу, как только мы довезли ее до дома.

— Да, Андреа позвонила мне и сообщила, что ты жив. — Каррик усмехнулся.

— Да, надо повысить этой женщине жалованье. Но сегодня уже поздно, — говорит Кристиан.

— Леди и джентльмены, по-моему, это намек, что мой дорогой брат срочно нуждается в сне, — насмешливо заявляет Элиот. Кристиан морщится.

— Кари, мой сын в безопасности. Теперь ты можешь отвезти меня домой.

Кари? Грейс с обожанием смотрит на супруга.

— Да. Думаю, сон нам не помешает, — с улыбкой отвечает Каррик.

— Останьтесь, — предлагает им Кристиан.

— Нет, милый, я хочу домой. Теперь я знаю, что все в порядке.

Кристиан неохотно пересаживает меня на диван и встает. Грейс опять обнимает его, прижимается головой к его груди и закрывает глаза. Он тоже ласково берет ее за плечи.

— Я так волновалась, сынок, — шепчет она.

— Мам, все нормально.

Она откидывает назад голову и внимательно смотрит на него.

— Да, по-моему, так и есть, — медленно говорит она, бросает взгляд на меня и улыбается. Я краснею.

Мы идем в фойе следом за Карриком и Грейс. За моей спиной о чем-то горячо шепчутся Миа и Итан, но я не разбираю слов.

Миа смущенно улыбается Итану, а он удивленно глядит на нее и качает головой. Внезапно она скрещивает руки на груди и резко поворачивается. Он явно разочарован, трет ладонью лоб.

— Мам, пап, подождите меня! — с досадой кричит Миа. Пожалуй, она такая же переменчивая, как ее брат.

Кейт крепко обнимает меня.

— Вижу, пока я пребывала в блаженном неведении на Барбадосе, тут у вас творились серьезные дела. Я вижу невооруженным глазом, что вы втрескались друг в друга. Я рада, что он жив-здоров. И не только за него, Ана, но и за тебя тоже.

— Спасибо, Кейт, — шепчу я.

— Да, кто знал, что мы одновременно найдем свою любовь? — усмехается она. Ну и ну. Вот она и призналась.

— Влюбимся в братьев? — смеюсь я.

— В конце концов, станем родней, — добавляет она.

Я напрягаюсь, потом мысленно одергиваю себя, когда Кейт отстраняется и смотрит на меня своим инквизиторским взглядом. Я краснею. Черт побери, может, сказать ей о его предложении?

— Пойдем, детка, — зовет ее Элиот от лифта.

Я получаю отсрочку.

— Ладно, Ана, завтра поговорим. Ты сегодня устала.

— Конечно, Кейт. Ты тоже — ведь вы сколько были в дороге.

Мы еще раз обнимаемся, потом они с Элиотом входят следом за Грейс в лифт. Итан жмет руку Кристиану и быстро обнимает меня. Он, кажется, расстроен, но входит вместе с ними в лифт, и дверцы закрываются.

Когда мы выходим из фойе, Хосе стоит в коридоре.

— Слушайте. Я пойду спать... покину вас, — говорит он. Я смущаюсь. Почему это так неловко?

— Ты знаешь, куда идти? — спрашивает Кристиан. Хосе кивает.

— Да, экономка...

— Миссис Джонс, — поправляю я.

— Да, миссис Джонс уже показала мне. Ну и квартирка у тебя, Кристиан!

— Спасибо, — вежливо отвечает Кристиан, встает рядом со мной и обнимает меня за плечи. Наклонившись, целует мои волосы.

— Я пойду поем, миссис Джонс что-то мне приготовила. Спокойной ночи, Хосе. — Кристиан возвращается в зал, оставив меня с Хосе у дверей.

Ого! Оставил наедине с Хосе.

— Ну, спокойной ночи. — Хосе неожиданно застеснялся.

— Спокойной ночи, Хосе. Спасибо за поддержку.

— Не за что, Ана. В любое время, если твой крутой бойфренд снова пропадет, я буду здесь.

— Хосе! — одергиваю я его.

— Шучу. Не злись. Я уеду рано утром. Еще увидимся когда-нибудь, да? Я скучаю без тебя.

— Конечно, Хосе. Я надеюсь, скоро увидимся. Извини, что сегодня все получилось так... хреново. — Я виновато усмехаюсь.

— Да уж, — фыркает он. — Хреново. — Он обнимает меня. — Серьезно, Ана, я рад твоему счастью, но если я тебе понадоблюсь, то я всегда буду рядом с тобой.

— Спасибо.

Его губы раздвигаются в печальной, горько-сладкой улыбке, он поворачивается и идет наверх.

Я возвращаюсь в комнату. Кристиан стоит у дивана и глядит на меня с непонятным выражением на лице. Наконец, мы одни, и мы глядим друг на друга.

— Знаешь, ему сейчас тяжко, — тихо говорит он.

— Откуда вы знаете, мистер Грей?

— Я узнаю симптомы, мисс Стил. По-моему, у меня такой же недуг.

— Я думала, что больше никогда тебя не увижу, — шепчу я.

Вот, слова прозвучали. Все мои худшие страхи аккуратно уместились в короткой фразе.

— Все было не так страшно, как кажется.

Я подбираю с пола его пиджак и ботинки, иду к нему.

— Я захвачу, — шепчет он и протягивает руку за пиджаком.

Он смотрит на меня с высоты своего роста так, словно во мне сосредоточился весь смысл его жизни. Еще я уверена, что его глаза отражают, как зеркало, мой взгляд. Он здесь, на самом деле здесь. Он заключает меня в свои объятия, крепко обхватывает меня руками.

— Кристиан! — ахаю я, и мои слезы снова льются ручьем.

— Тише, — успокаивает он меня, целует мои волосы. — Знаешь... за несколько секунд настоящего ужаса, перед тем как я посадил вертолет, все мои мысли были о тебе. Ты — мой талисман, Ана.

— Я думала, что потеряла тебя, — вздыхаю я.

Мы стоим, обнявшись, снова подключаемся друг к другу, подбадриваем друг друга. Я стискиваю его руками и вдруг замечаю, что до сих пор держу его ботинки. Они со стуком падают на пол.

— Пойдем примем вместе душ, — бормочет он.

— Давай. — Я гляжу на него и не хочу отпускать его от себя. Он берет меня за подбородок.

— Знаешь, Ана Стил, ты прекрасна даже в слезах. — Он наклоняется и нежно целует меня. — И у тебя такие мягкие губы. — Он снова целует меня, более страстно.

О боже, подумать только, что я могла его потерять... нет...

Я перестаю думать и вся отдаюсь его страсти.

— Мне надо повесить пиджак, — говорит он.

— Брось его, — шепчу я возле его губ.

— Не могу.

Я отодвигаюсь и удивленно гляжу на него.

Он усмехается.

— Вот почему.

Он достает из внутреннего кармана коробочку с моим подарком. Бросает пиджак на спинку дивана, а сверху кладет коробочку.

«Лови момент, Ана», — торопит меня мое подсознание. Что ж, уже первый час ночи, так что технически его день рождения уже наступил.

— Открой ее, — шепчу я с бьющимся сердцем.

— Я как раз надеялся, что ты скажешь это, — ворчит он. — Мне безумно любопытно.

Я лукаво усмехаюсь. У меня кружится голова от волнения. Он застенчиво улыбается мне, и я таю, несмотря на бешено стучащее сердце. Я с восторгом вижу на его лице легкую насмешку над собой и вместе с тем заинтригованность. Ловкими пальцами он разворачивает и открывает коробочку. Его брови удивленно ползут кверху, когда он выуживает из нее маленький прямоугольный пластиковый брелок с картинкой, которая вспыхивает и гаснет, словно светодиодный экран. На ней изображена панорама Сиэтла и надпись на ней — «СИЭТЛ».

Он с минуту глядит на картинку, переводит удивленный взгляд на меня. Морщины прорезают его прекрасный лоб.

— Переверни на другую сторону, — шепчу я, затаив дыхание.

Он так и делает, и его глаза устремляются на меня, большие и серые, а в них горят удивление и радость. Его губы раскрываются в улыбке.

На брелоке вспыхивает и гаснет слово «ДА».

— Поздравляю с днем рождения, — шепчу я.

Глава 20

— Ты согласна стать моей женой? — недоверчиво шепчет он. Я нервно киваю, краснею и волнуюсь — меня огорчает реакция Кристиана. Почему он не понимает, что я люблю его больше жизни?

— Скажи мне, — настаивает он, не отрывая от меня жаркого взора.

— Да, я согласна стать твоей женой.

Он резко, со всхлипом, вздыхает и вдруг подхватывает меня на руки и кружит по комнате. Как он сейчас не похож на привычного Грея — Пятьдесят Оттенков! Он хохочет, весело и беззаботно, и сияет от радости. Я вцепилась в его руки, боясь, что он меня не удержит, и чувствую пальцами, как перекатываются его стальные мышцы. Его заразительный смех уносит прочь все мои опасения — теперь я просто счастливая девочка, безумно, по уши влюбленная в своего мужчину. Кристиан ставит меня на ноги и страстно целует. Его язык настойчив, он врывается в мой рот, неистовствует… возбуждает.

— Ох, Ана! — счастливо вздыхает он возле моих губ.

Да, он любит меня, я уже не сомневаюсь в этом. И наслаждаюсь вкусом этого восхитительного мужчины с особенной остротой, ведь я думала, что больше никогда его не увижу. Его радость очевидна: его глаза сияют, улыбка не сходит с лица — несомненно, Кристиан испытывает облегчение.

— Я думала, что потеряла тебя, — шепчу я, приходя в себя и восстанавливая дыхание после долгого поцелуя.

— Детка, оторвать меня от тебя не сможет все зло этого мира, не то что какой-то забарахливший сто тридцать пятый.

— Сто тридцать пятый?

— «Чарли Танго». Это еврокоптер ЕС135, самый безопасный в своем классе.

Вдруг какая-то непонятная тень пробегает по его лицу, и это настораживает меня. Он чего-то недоговаривает? Я не успеваю спросить его об этом. Он замирает и смотрит на меня, сдвинув брови. Внезапно мне кажется, что он хочет мне что-то сказать. Я пристально смотрю в его пронзительные серые глаза.

— Подожди-ка. Ты дала мне вот это перед тем, как мы встретились с Флинном, — говорит он, взяв в руку брелок. Говорит чуть ли не с ужасом.

Господи, что его так расстроило? Я киваю.

От огорчения он открывает рот.

Я пожимаю плечами.

— Мне хотелось, чтобы ты знал: что бы ни сказал Флинн, мне это без разницы.

Кристиан недоверчиво морщится.

— Значит, весь вчерашний вечер, когда я умолял тебя дать мне ответ, я уже его получил?

Он потрясен. Я опять киваю и отчаянно пытаюсь понять его реакцию. Он уставился на меня с немым изумлением, но потом щурится и насмешливо кривит губы.

— А я-то переживал... — зловеще шепчет он. Я слабо улыбаюсь и снова пожимаю плечами. — Ох, мисс Стил, не пытайтесь меня перехитрить. Сейчас я хочу... — Он проводит ладонью по волосам, встряхивает головой и меняет тактику. — Не могу поверить, что ты морочила мне голову, — шепчет он. Выражение его лица меняется, в глазах зажигается недобрый огонь, губы растягиваются в чувственной ухмылке.

Черт побери! По моему телу пробегает дрожь. Что он придумал?

— По-моему, я должен вам отплатить за это, мисс Стил, — ласково говорит он.

Отплатить?.. Вот черт!.. Я понимаю, что он играет, — но все равно пячусь от него, на всякий случай.

Он усмехается.

— Ты решила поиграть со мной? — шепчет он. — Я все равно тебя поймаю. — В его глазах я вижу веселый задор. — А еще ты кусаешь губу, — грозно добавляет он.

У меня все сжимается внутри. О боже! Мой будущий муж хочет поиграть. Я отступаю еще на шаг, поворачиваюсь и бегу — но напрасно. Кристиан тут же настигает меня, и я визжу от восторга, удивления и ужаса. Он закидывает меня на плечо и идет по комнате.

— Кристиан! — шиплю я, помня, что наверху спит Хосе, хотя он вряд ли нас слышит. Для равновесия я хватаюсь за его ремень, а потом, расхрабрившись, шлепаю Кристиана по заду. Он тут же шлепает меня в ответ. — Ай! — вскрикиваю я.

— Время принять душ, — торжественно объявляет он.

— Пусти меня! — Я пытаюсь изобразить возмущение, но у меня плохо получается. Сопротивление бесполезно, его рука крепко держит меня за бедра — а еще я почему-то не могу удержаться от хихиканья.

— Тебе нравятся эти туфли? — интересуется он, распахивая дверь своей ванной.

— Я предпочитаю стоять в них на полу. — Я изображаю возмущение, но неудачно — все портит смех, который я не могу убрать из голоса.

— Ваше желание для меня — закон, мисс Стил.

Он снимает с моих ног туфли и со стуком ставит их на кафельный пол. Потом выгребает все из своих карманов — сдохший телефон, ключи, бумажник, брелок. Я могу лишь догадываться, как я отражаюсь в зеркале в таком ракурсе. Потом отправляется прямо под свой огромный душ.

— Кристиан! — кричу я — мне ясны его намерения.

Он включает воду на максимум. Господи! Арктика какая-то! Я визжу — но тут же замолкаю, снова вспомнив, что где-то над нами спит Хосе. Холодно, а я одета. Ледяная вода пропитывает мое платье, трусы и лифчик. Я промокла насквозь, но никак не могу удержаться от смеха.

— Хватит! — визжу я. — Пусти!

Я опять бью его, на этот раз больнее, и Кристиан отпускает меня. Я скольжу вниз по его мокрому телу. Белая рубашка липнет к его груди, намокли и брюки. Я тоже вся мокрая, растерянная, счастливая... а он улыбается мне и выглядит так немыслимо сексуально.

Он успокаивается, его глаза сияют, он берет мое лицо в ладони и приникает к моим губам. Целует меня нежно, трепетно, и я забываю обо всем на свете. Мне уже наплевать, что моя одежда промокла под душем. В мире остались только мы вдвоем и каскады воды. Он вернулся, целый и невредимый, и он мой.

Руки сами собой тянутся к его рубашке, которая липнет к каждой выпуклости и ямке на его груди; под мокрой белой тканью виднеются примятые волосы. Я выдергиваю полы рубашки из брюк, он стонет, но не отрывает губ от моего рта. Я принимаюсь расстегивать рубашку, а он отыскивает молнию на моем платье и медленно опускает вниз бегунок. Его губы все настойчивее и горячее целуют меня, язык вторгается в мой рот — и мое тело взрывается от желания. Я сильно дергаю за рубашку, разлетаются пуговицы, отскакивают от кафеля, пропадают в напольной решетке. Я сдираю мокрую ткань с его плеч и рук, прижимаю его к стене, блокируя его попытку раздеть меня.

— Запонки, — бормочет он и протягивает мне запястья, с которых свисает мокрая рубашка.

Торопливо расстегиваю сначала одну золотую запонку, затем другую, беспечно роняя их на кафельный пол. За ними следует и рубашка. Его глаза находят меня под каскадами воды, в них горит огонь желания, горячий, как сама вода. Я тянусь к его ремню, но он качает головой, хватает меня за плечи и поворачивает спиной к себе. Расстегивает донизу длинную молнию на платье, убирает с шеи мои мокрые волосы и проводит языком вверх по шее до границы волос и назад, целуя и подсасывая мою кожу.

Я издаю стон, а он медленно спускает платье с моих плеч, рук, груди и целует меня в шею под самым ухом. Расстегивает бюстгальтер, сдвигает его ниже, высвобождая мои груди. Его ладони гладят их, накрывают каждую, словно чашей, а сам он восхищенно шепчет мне на ухо:

— Какие красивые!

Мои локти скованы рукавами платья, но кисти рук свободны. Я наклоняю голову, открывая доступ к своей шее, и кладу груди в его волшебные руки. Завожу назад руки и с радостью слышу, как он резко вздыхает, когда мои неугомонные пальцы нащупывают его возбужденную плоть. Он выдвигает вперед бедра навстречу моим ласковым рукам. Проклятье, почему он не дал снять с себя штаны?

Он тихонько дергает за мои соски, и они твердеют, набухают в его опытных пальцах; я забываю обо всем и отдаюсь наслаждению, пронзающему острой стрелой мой живот. Я прислоняюсь затылком к его плечу, из моей груди вырывается стон.

— Да, — шепчет он, снова поворачивает меня лицом к себе и приникает к моим губам. Стаскивает с меня лифчик, платье и трусы; они падают мокрой грудой на пол ванной рядом с его рубашкой.

Я хватаю гель для душа. Кристиан затихает, когда понимает мои намерения. Глядя ему в глаза, я выдавливаю на ладонь немного ароматного геля, подношу руку к его груди и замираю, ожидая ответа на невысказанный вопрос. Его глаза раскрываются еще шире, потом он еле заметно кивает.

Я ласково начинаю втирать гель в его кожу. Он делает резкий вдох, но стоит неподвижно. Через какое-то время он хватает меня за бедра, но не отталкивает. Его глаза с опаской глядят на меня, но в них уже меньше страха. Правда, губы приоткрыты, и дыхание, как и прежде, учащенное.

— Ничего, терпишь? — шепчу я.

— Да.

Его краткий, на выдохе, ответ звучит как стон. Мы уже много раз стояли вместе под душем, но тот раз, в «Олимпике», пробуждает в моей памяти горько-сладкие воспоминания. Ну, а теперь я уже свободно прикасаюсь к нему. Нежными круговыми движениями я мою мужа — его подмышки, ребра, двигаюсь к его плоскому, мускулистому животу, к полоске курчавых волос и останавливаюсь перед поясом брюк.

— Моя очередь, — заявляет он, выводит нас из-под водяных струй, берет шампунь и наносит его на мои волосы.

Я понимаю, что он хочет этим отвлечь меня, и запускаю пальцы за пояс его брюк. Он втирает шампунь в мои волосы, его сильные, длинные пальцы массируют мне кожу головы. Я мычу от блаженства, закрываю глаза и отдаюсь божественным ощущениям. После всех стрессов прошедшего вечера сейчас это то, что нужно.

Он смеется; я открываю один глаз и вижу, что он улыбается.

— Нравится?

— М-м-м...

— Мне тоже, — усмехается он и, наклонившись, целует меня в лоб, а его пальцы продолжают свой сладкий и сильный массаж. — Повернись, — командует он.

Я подчиняюсь, и его любящие пальцы медленно обрабатывают мой затылок. Какое блаженство! Он добавляет еще шампуня и осторожно моет мои волосы по всей длине. После этого еще раз тащит меня под душ.

— Откинь голову, — спокойно приказывает он.

Я с готовностью подчиняюсь, и он тщательно промывает мои волосы. Затем опять поворачиваюсь к нему лицом и пикирую на его брюки.

— Я хочу помыть тебя всего, — шепчу я.

Он криво усмехается и поднимает кверху руки, как бы говоря: «Я весь твой, детка». Я усмехаюсь, потом недолго вожусь с молнией — и вот уже брюки и трусы присоединяются к груде остальной одежды. Я выпрямляюсь и тяну руку за гелем для душа и губкой.

— Теперь похоже, что ты рад видеть меня, — сухо говорю я.

— Я всегда рад вас видеть, мисс Стил, — нагло ухмыляется он.

Я намыливаю губку и продолжаю свой маршрут по его груди. Сейчас Кристиан спокойнее — может, потому, что я почти не касаюсь ее. Моя рука с губкой движется вниз, по его животу, по полоске волос, плавно переходящей в волосы на лобке, и, наконец, достигает своей излюбленной цели — его возбужденной плоти.

Краешком глаза я наблюдаю за ним, а он смотрит на меня затуманенным, чувственным взором. Хм-м... мне нравится этот взгляд. Я роняю губку и работаю руками, крепко держа его. Он закрывает глаза, откидывает назад голову и стонет, выдвигая вперед бедра.

О да! Это так возбуждает. Моя внутренняя богиня выползла из своего уголка, где прорыдала весь вечер, и намазала губы ярко-красной помадой.

Его горящие глаза внезапно встречаются с моими. Он что-то вспомнил.

— Уже суббота! — восклицает он, в его глазах зажигается радостный и чувственный огонь. Он хватает меня за талию, прижимает к себе и неистово целует.

Ого, смена темпа!..

Его рука скользит вниз по моему влажному телу, гладит мою попу, его чуткие пальцы ласкают меня, дразнят, а его рот впивается в мои губы, терзает их, лишает меня дыхания. Другая рука погрузилась в мою мокрую гриву волос, придерживает мою голову, когда на меня обрушивается с полной силой вся его страсть. Вот его пальцы входят внутрь меня.

— Ах-х-х... — Мой стон вместе с моим дыханием врывается в его рот.

— Да-а, — стонет он в ответ и поднимает меня, подхватив под ягодицы. — Обвей меня ногами, малышка.

Мои ноги немедленно подчиняются команде, и я прилипаю, как улитка, к его шее. Он прижимает меня к стене душа и замирает, глядя на меня.

— Открой глаза. Я хочу в них смотреть.

Я гляжу на него, мое сердце бешено стучит, жаркая и тяжелая кровь пульсирует в теле; меня захватывает желание, неодолимое и бешеное желание. Потом он входит в меня, ужасно как медленно, наполняет всю меня. Я издаю громкий стон. Он опять замирает, на его красивом лице отражается гамма чувств.

— Ты моя, Анастейша, — шепчет он.

— Да, навсегда.

Он торжествующе улыбается и резким движением насаживает меня еще глубже, заставляя меня испуганно вскрикнуть.

— И теперь мы можем объявить об этом всем, потому что ты сказала «да».

Теперь в его голосе звучит благоговение; он наклоняется, накрывает мои губы своими и движется... медленно и сладко. Я закрываю глаза и откидываю назад голову. Мое тело выгибается, моя воля покоряется ему, попадает в сладкое рабство его волшебного медленного ритма.

Его зубы покусывают мои щеки, подбородок, спускаются вниз по шее, а он набирает темп, толкает меня, толкает, наполняет — и мы уносимся с ним далеко-далеко от тревожного вечера, земных забот. Мир пуст, только я и мой муж, мы движемся в унисон, как единое целое — каждый из нас целиком растворен в другом — и наши стоны и вздохи смешиваются между собой. Я наслаждаюсь изысканным ощущением его власти надо мной, а мое тело расцветает вокруг его плоти.

Я могла потерять его... я люблю его ... Я очень сильно его люблю. Внезапно я поражаюсь огромности моей любви и глубине моей преданности ему. Я до самой смерти буду любить этого мужчину... На этой трепетной мысли я взрываюсь в целительном, очищающем оргазме, выкрикиваю его имя, и слезы бегут по моим щекам.

Он достигает своей вершины и изливается в меня. Крепко держа меня, уткнувшись лицом в мою шею, он сползает на пол. Он целует мое лицо, осушает поцелуями мои слезы, а сверху льется теплая вода и омывает нас.

— Мои пальчики сморщились от воды, — сыто и довольно мурлычу я, прислонившись к его груди.

Он подносит мои пальцы к губам и целует каждый по
очереди.

— Нам правда пора выйти из-под душа.

— Мне тут хорошо.

Я сижу у него между ног, он прижимает меня к себе.
Мне лень даже шевелиться.

Кристиан одобрительно бурчит. Внезапно я понимаю,
что ужасно устала, устала от всего. За последнюю неделю
столько всего произошло — хватило бы на целую жизнь, —
и вот теперь я выхожу замуж. Из моих губ вырывается недоверчивый смех.

— Вас что-то забавляет, мисс Стил? — нежно спрашивает он.

— Насыщенная получилась неделя.

— Верно, — усмехается он.

— Я благодарю бога, что вы вернулись целым и невредимым, мистер Грей, — шепчу я, посерьезнев при мысли
о том, что могло бы случиться.

Он напрягается, и я тут же жалею, что напомнила.

— Я страшно перепугался, — признается он, к моему
удивлению.

— Тогда?

Он кивает, его лицо серьезно.

Ни хрена себе.

— Так ты все приуменьшил, чтобы не расстраивать твоих близких?

— Да. Я летел слишком низко, чтобы благополучно посадить вертолет. Но как-то я все же исхитрился.

Черт! Я испуганно гляжу на него, а он сидит с мрачным
лицом, и на нас льются струи воды.

— Насколько реальной была опасность?

Он смотрит на меня.

— Реальной. — Он делает паузу. — Несколько жутких
мгновений я думал, что больше никогда тебя не увижу.

Я крепко прижимаюсь к нему.

— Кристиан, я не представляю своей жизни без тебя. Я люблю тебя так сильно, что меня это даже пугает.

— Меня тоже, — вздыхает он. — Без тебя моя жизнь опустеет. Я очень люблю тебя. — Его руки еще крепче сжимаются вокруг меня, он утыкается носом в мои волосы. — Я никуда тебя не отпущу, никогда.

— А я никогда и не уйду от тебя. — Я целую его в шею; он наклоняется и нежно меня целует.

Через мгновение он шевелится.

— Пойдем. Высушим твои волосы — и в постель. Я уже без сил, да и на тебе словно воду возили.

Я возмущенно вскидываю брови от такого сравнения. Он наклоняет голову набок и ухмыляется.

— Вы с чем-то не согласны, мисс Стил?

Я качаю головой и неуверенно поднимаюсь на ноги.

Я сижу на кровати. Кристиан настоял на том, что он подсушит мои волосы — он ловко это делает. Где он этому научился — мысль неприятная, так что я немедленно прогоняю ее. Уже третий час ночи, и я хочу спать. Кристиан еще раз берет в руки брелок, прежде чем лечь в постель. Он опять удивленно качает головой.

— Ты так ловко придумала. Самый лучший подарок ко дню рождения, какой я когда-либо получал. — Он смотрит на меня нежным и теплым взглядом. — Лучше, чем постер, подписанный Джузеппе де Натале.

— Я бы сказала тебе раньше, но поскольку впереди был твой день рождения... Что я могу подарить человеку, у которого все есть? Я и подумала, что подарю тебе... меня.

Он кладет брелок на столик и пристраивается возле меня, обнимает и прижимает к своей груди.

— Все на высшем уровне. Как ты сама.

Я усмехаюсь, хотя он не может видеть моего лица.

— Я далека от совершенства, Кристиан.

— Вы надо мной смеетесь, мисс Стил?

Откуда он только знает?

— Возможно, — хихикаю я. — Можно задать тебе вопрос?

— Конечно. — Он щекочет губами мою шею.

— Ты не позвонил, когда возвращался из Портленда. Это действительно из-за Хосе? Ты беспокоился из-за того, что я тут буду наедине с ним?

Кристиан ничего не отвечает. Я поворачиваю к нему лицо и с упреком смотрю в его широко раскрытые глаза.

— Ты хоть понимаешь, что это смешно? Какой стресс ты устроил своей семье, да и мне тоже? Мы все тебя очень любим.

Он моргает, потом застенчиво улыбается.

— Я и не думал, что вы будете так беспокоиться.

Я вытягиваю губы.

— Когда, наконец, до тебя дойдет сквозь твою толстую черепушку, что тебя все любят?

— Толстая черепушка? — Он удивленно хлопает ресницами.

— Да, — киваю я. — Именно. Крепкая и непробиваемая.

— Я не думаю, что крепость моего черепа превышает крепость других частей моего тела.

— Я серьезно! Хватит меня смешить. Я все-таки немножко сержусь на тебя, хотя и радуюсь, что ты вернулся целым и невредимым, когда я уже думала... — Я замолкаю и вспоминаю те тревожные часы. — Ну, ты понимаешь, что я думала.

Его глаза теплеют, он нежно проводит пальцами по моей щеке.

— Прости меня. Хорошо?

— А твоя бедная мама? Так трогательно было видеть вас вдвоем, — шепчу я.

Он застенчиво улыбается.

— Я еще никогда не видел ее плачущей. Да, меня это поразило. Ведь она всегда такая собранная, спокойная. Это был для меня шок.

— Вот видишь? Все тебя любят. — Я улыбаюсь. — Может быть, теперь ты поверишь. — Я наклоняюсь и нежно целую его. — С днем рождения, Кристиан! Я рада, что ты рядом со мной в этот день. И ты еще не видел, что я приготовила тебе на завтра... э-э... на сегодня. — Я лукаво улыбаюсь.

— Что-то еще? — изумляется он, и его губы расплываются в потрясающую улыбку.

— О да, мистер Грей, но вам придется подождать, пока не наступит удобный момент.

Внезапно я просыпаюсь от кошмара; мой пульс зашкаливает. В панике поворачиваюсь на другой бок. К моему облегчению, Кристиан крепко спит рядом со мной. Не просыпаясь, он обнимает меня рукой, кладет голову мне на плечо и тихо вздыхает.

Спальня залита светом. Восемь утра. Кристиан никогда не спит так долго. Я ложусь на спину и жду, когда успокоится сердцебиение. Почему мне так тревожно? Что это, отзвуки вчерашнего вечера?

Мой любимый мужчина здесь. В безопасности. Чтобы успокоиться, я набираю полную грудь воздуха и медленно выдыхаю. Поворачиваю голову и гляжу на его милое лицо. Теперь оно навсегда запечатлено в моей памяти, со всеми ямочками и морщинками.

Во сне он выглядит намного моложе. Я усмехаюсь: сегодня он стал на целый год старше. Я радостно обнимаю себя за плечи, думая о своем подарке. О-о-о... что он сделает с ним? Пожалуй, для начала я подам ему завтрак в постель. К тому же, вероятно, Хосе еще не уехал.

В самом деле, Хосе сидит у стойки и завтракает мюсли. Я невольно краснею. Он знает, что я провела ночь с Кристианом. Почему же я так застеснялась? Ведь я не голая, а в приличном виде. На мне длинный шелковый халат.

— Доброе утро, Хосе, — улыбаюсь я, набравшись смелости.

— Привет, Ана! — Его лицо светлеет, он искренне рад меня видеть. Я не замечаю ни следа насмешки или нечистых мыслей.

— Как спалось? Хорошо? — спрашиваю я.

— Конечно. Ну и вид отсюда — потрясный!

— Да. Особенный. — Как и сам хозяин. — Может, ты съешь что-то более существенное? Завтрак для настоящего мужчины? — шучу я.

— Могу.

— Сегодня у Кристиана день рождения — я подам ему завтрак в постель.

— Он проснулся?

— Нет, вероятно, отсыпается после вчерашнего.

Я поскорее отвожу взгляд и иду к холодильнику, чтобы Хосе не заметил мое смущение. «Господи, ведь это всего лишь Хосе». Когда я достаю яйца и бекон, Хосе спрашивает с доброй усмешкой.

— Тебе он правда нравится, да?

Я недовольно выпячиваю губы.

— Я люблю его, Хосе.

Он удивленно раскрывает глаза, но в них тут же мелькает скепсис.

— Еще бы тебе его не любить, — усмехается он, обводя взглядом богатый интерьер.

Я хмурюсь.

— Ну, спасибо, дружище!

— Эй, Ана, это шутка.

Хм-м... Неужели про меня всегда будут так думать? Что я вышла за Кристиана ради денег?

— Серьезно, я шучу. Ты не такая девушка.

— Будешь омлет? — спрашиваю я, меняя тему. Мне не хочется спорить.

— Конечно.

— И я тоже буду, — сообщает Кристиан, появляясь в большой комнате. Ну надо же, даже пижамные брюки ему идут. Они потрясающе сексуально свисают с его бедер.

— Привет, Хосе, — кивает он.

— Доброе утро, Кристиан, — сумрачно отвечает Хосе на его приветствие.

Кристиан поворачивается ко мне и ухмыляется, я бесстрастно смотрю на него. Он делает это нарочно. Я щурю глаза и отчаянно пытаюсь восстановить свое душевное равновесие. Выражение лица Кристиана чуть-чуть меняется. Он знает, что я знаю, что он задумал, и ему наплевать.

— Я собиралась подать тебе завтрак в постель.

С развязным видом он обнимает меня, берет за подбородок и запечатлевает на моих губах смачный поцелуй. Как это ужасно не похоже на него!

— Доброе утро, Анастейша! — говорит он.

Мне хочется отругать его, одернуть — но ведь сегодня день его рождения. Я краснею. Почему он ведет себя так? Почему дает волю своему инстинкту собственника?

— Доброе утро, Кристиан. С днем рождения.

Я улыбаюсь ему, и он опять ухмыляется.

— С нетерпением жду второго подарка, — говорит он.

Я густо краснею; теперь я могу соперничать по цвету со стенами Красной комнаты боли. Я нервно кошусь на Хосе, а тот выглядит так, словно съел что-то несвежее. Отворачиваюсь и начинаю готовить завтрак.

— Какие у тебя планы на сегодня, Хосе? — спрашивает Кристиан с нарочитой небрежностью, садясь на барный табурет.

— Я хочу навестить своего отца и Рэя, отца Аны.

Кристиан хмурится.

— Они знакомы друг с другом?

— Да, они вместе служили в армии. Потом потеряли друг друга, а мы с Аной учились вместе в колледже и случайно выяснили, что они знакомы. Вот они обрадовались и сейчас лучшие друзья. Мы собираемся вместе на рыбалку.

— На рыбалку? — искренне оживляется Кристиан.

— Да, тут в прибрежных водах хорошо ловится лосось. У-ух какие попадаются поросята!

— Верно. Мы с братом Элиотом однажды поймали лосося на тридцать четыре фунта.

Они разговаривают о рыбалке? Что они в этом находят? Никогда этого не понимала.

— Тридцать четыре фунта? Неплохо. Правда, рекорд поставил отец Аны. Его лосось весил сорок три фунта.

— Смеешься! Не может быть.

— Да, кстати, с днем рождения!

— Спасибо. Так где вы любите рыбачить?

Я отключаю внимание. Это мне знать не обязательно. Но в то же время я испытываю облегчение. Видишь, Кристиан? Хосе не такой уж и плохой.

Когда Хосе собирается уходить, оба общаются уже гораздо свободнее. Кристиан быстро переодевается в футболку и джинсы и босиком идет с Хосе и мной в фойе.

— Спасибо, что позволил мне переночевать, — говорит Хосе Кристиану, когда они жмут на прощанье друг другу руки.

— Приезжай в любое время, — улыбается Кристиан.

Хосе быстро обнимает меня.

— Береги себя, Ана.

— Конечно. Рада была тебя видеть. В следующий раз мы сходим куда-нибудь в ресторан.

— Буду ждать этого.

Он машет нам из лифта, и створки закрываются.

— Видишь, он не такой уж плохой.

— Он все-таки хочет залезть в твои трусики, Ана. Но не мне осуждать его за это.

— Кристиан, неправда!

— А то ты сама не видишь! — Он усмехается. — Он хочет тебя. Ужасно.

Я хмурюсь.

— Кристиан, он просто мой друг, хороший друг.

И тут же ловлю себя на том, что говорю как Кристиан, когда речь заходит о миссис Робинсон. Это меня огорчает.

Кристиан выставляет ладони в знак примирения.

— Я не хочу войны, — мягко заявляет он.

О-о! Мы и не воюем... правда же?

— Я тоже.

— Ты не сказала ему, что мы поженимся?

— Нет. Я хочу сначала сказать маме и Рэю.

Черт. Я впервые подумала о родителях. Интересно, что они скажут?

Кристиан кивает.

— Да, ты права. А я... хм-м... я должен спросить позволения у твоего отца.

— Ой, Кристиан, сейчас не восемнадцатое столетие, — смеюсь я.

Ни фига себе. Что скажет Рэй?.. Мысль об этом разговоре наполняет меня ужасом.

— Такова традиция. — Кристиан пожимает плечами.

— Давай поговорим об этом позже. Я хочу вручить тебе второй подарок.

Моя цель — его отвлечь. Мысль о подарке прожигает дыру в моем сознании. Мне надо вручить его Кристиану и посмотреть на реакцию.

Он отвечает своей застенчивой улыбкой, и мое сердце замирает от нежности. До конца своих дней я не устану любоваться этой улыбкой.

— Ты опять кусаешь губу, — говорит он и берет меня за подбородок.

Его пальцы касаются меня, и по моему телу пробегает восторг. Не говоря ни слова и собрав остатки храбрости, беру его за руку и веду в спальню. Там я отпускаю его руку, наклоняюсь и достаю из-под кровати второй подарок — две коробочки.

— Два подарка? — удивляется он.

Я вздыхаю.

— Я купила это еще до... хм... вчерашнего инцидента. И сейчас не уверена, понравится ли тебе.

Я быстро отдаю ему одну коробочку — пока я сама не передумала. Он озадаченно смотрит на меня, чувствуя мою неуверенность.

— Конечно, ты хочешь, чтобы я открыл ее?

Я киваю, волнуясь.

Кристиан разрывает упаковочную бумагу и с удивлением глядит на коробку.

— «Чарли Танго», — шепчу я.

Он усмехается. В коробке лежит небольшой деревянный вертолет с большими лопастями на солнечной батарее. Он открывает коробку.

— На солнечной батарее, — бормочет он. — Ого!

И, прежде чем я успеваю опомниться, Кристиан садится на кровать и мгновенно собирает игрушку. Вот он уже держит голубой вертолет на ладони. Потом поворачивает ко мне лицо, улыбается своей неотразимой улыбкой американского парня и идет к окну. Маленький вертолет купается в солнечных лучах, и винт начинает вращаться.

— Ты только погляди, — восхищается он, внимательно рассматривая его. — Что мы уже умеем делать с помощью такой технологии.

Он поднимает вертолет на уровень глаз, смотрит, как крутится винт. Он зачарованно наблюдает за ним, а я зачарованно наблюдаю, как он задумался, глядя на крылатую игрушку. О чем он размышляет?

— Тебе нравится?

— Ана, очень нравится. Спасибо. — Он хватает меня в охапку, сладко целует, потом снова наблюдает за вращающимся винтом и рассеянно говорит: — Я поставлю его в своем кабинете рядом с планером.

Он переносит руку в тень, и лопасти замедляют вращение и останавливаются.

Я не удерживаюсь от сияющей улыбки и мысленно поздравляю себя. Подарок ему нравится. Конечно, он ведь работает с альтернативными технологиями. Я так торопилась купить какой-нибудь подарок, что забыла об этом.

— Он составит мне компанию, пока мы будем оживлять «Чарли Танго».

— Его еще можно оживить?

— Не знаю. Надеюсь. Мне будет скучно без нее, моей стрекозы.

Без нее? Я в ужасе замечаю укол ревности, которую испытываю к неодушевленному предмету. Мое подсознание презрительно смеется. Я игнорирую его.

— Что во второй коробке? — спрашивает он. В его широко раскрытых глазах горит детский восторг.

Черт побери...

— Я не уверена, что это может быть подарком для тебя или меня.

— Неужели? — спрашивает он, и я знаю, что подогрела его интерес.

Слегка нервничая, я протягиваю ему вторую коробку. Он осторожно встряхивает ее, и мы слышим тяжелый стук. Он удивленно поднимает брови.

— Почему ты так нервничаешь? — спрашивает он.

Я смущенно пожимаю плечами и краснею.

— Вы меня заинтриговали, мисс Стил, — шепчет он; его голос волнует меня, желание и предвкушение сжимают судорогой мой живот. — Должен признаться, мне очень нравится твоя реакция. Она мне что-то обещает. Что ты затеяла? — Он задумчиво щурит глаза.

Я молчу, затаив дыхание.

Он открывает крышку коробки и достает маленькую карточку. Все остальное завернуто в упаковочную бумагу. Он раскрывает карточку, и его глаза тут же впиваются в меня — расширенные от шока или удивления, трудно сказать.

— Итак, ты хочешь грубого секса? — бормочет он и хмурится.

Я киваю и сглатываю комок в горле. Он наклоняет голову набок и смотрит с опаской, оценивая мою реакцию. Потом снова возвращается к коробке. Разрывает бледно-голубую бумагу и выуживает полумаску, несколько зажимов для сосков, анальную затычку, свой айпод, серебристо-серый галстук и, наконец, ключ от игровой комнаты.

Он смотрит на меня с мрачноватым и непонятным выражением лица. Дьявол. Может, я зря это сделала?

— Ты хочешь поиграть? — тихо спрашивает он.

— Да, — с придыханием говорю я.

— В честь моего дня рождения?

— Да. — Это краткое слово я выговариваю совсем тихо.

Мириады эмоций отражаются на его лице, и ни одну из них я не могу определить. Мне становится тревожно. Хмм... Я ожидала совсем не такой реакции.

— Ты уверена? — спрашивает он.

— Только без плеток и подобных штучек.

— Понятно.

— Тогда да. Я уверена.

Он качает головой и разглядывает содержимое коробки.

— Ненасытная сексуальная маньячка. Что ж, я полагаю, мы можем что-нибудь сделать с этим ассортиментом, — бормочет он почти что сам себе и убирает все в коробку.

Когда он снова поднимает на меня глаза, выражение его лица полностью меняется. Боже мой, его глаза горят, на губах играет медленная эротичная улыбка. Он поднимает руку.

— Ну, — говорит он, и это не просьба.

Внутри у меня все сжимается, крепко и резко, глубоко-глубоко. Я кладу свою руку в его.

— Пойдем, — приказывает он, и я следую за ним. Мне страшновато. Желание горячей волной бушует в моей крови, а мои внутренности изнемогают от предвкушения. Наконец-то!

Глава 21

Кристиан останавливается у двери игровой комнаты.

— Так ты уверена в своем решении? — спрашивает он и устремляет на меня взгляд, затуманенный страстью, но чуть встревоженный.

— Да, — шепчу я с робкой улыбкой.

— Назови то, что ты не хочешь делать, — ласково говорит он.

Я сбита с толку таким неожиданным вопросом, и мой мозг лихорадочно подыскивает ответ. Мне приходит в голову только одно.

— Я не хочу, чтобы ты меня фотографировал.

Он замирает и наклоняет голову к плечу; его глаза смотрят задумчиво и жестко.

О черт... Я жду, что он меня спросит, почему не надо. К счастью, не спрашивает.

— Ладно, — бормочет он и, морща лоб, отпирает дверь, встает в стороне и пропускает меня в комнату.

Я чувствую на себе его глаза. Он входит следом и запирает дверь.

Положив коробку с подарком на комод, он достает айпод, включает его, затем делает взмах в сторону музыкального центра на стене. Дверцы из дымчатого стекла бесшумно раздвигаются. Он нажимает какие-то кнопки, и шум поезда метро эхом проносится по комнате. Он убавляет звук; медленный, гипнотический электронный ритм становится приятным фоном. Поет женщина. Я не знаю, кто это, но голос нежный, с хрипотцой, и этот размеренный ритм звучит необычайно... эротично. Господи... Под такую музыку только и заниматься любовью.

Кристиан поворачивает ко мне лицо, а я стою в середине комнаты, у меня бьется сердце, кровь поет в жилах, пульсирует — или мне кажется? — в унисон с соблазнительной музыкой. Он небрежно подходит ко мне и берет меня за подбородок, чтобы я больше не кусала губу.

— Чего ты хочешь, Анастейша? — бормочет он и нежно, скромно целует меня в угол рта, а его пальцы все еще держат меня за подбородок.

— Сегодня твой день рождения, поэтому выбирай ты, — шепчу я.

Он проводит большим пальцем по моей нижней губе и еще сильнее морщит лоб.

— Так что, мы здесь, потому что ты думаешь, что мне хочется быть здесь? — Он произносит это ласково, но сам внимательно глядит на меня.

— Нет, — шепчу я. — Мне тоже хочется здесь быть.

Его взгляд темнеет, делается смелее, когда он оценивает мой ответ. После бесконечно долгого молчания он вновь говорит:

— О, мисс Стил, здесь такой огромный выбор. — В его голосе звучит восторг. — Давай начнем с того, что тебя разденем.

Он тянет за пояс халата, и полы распахиваются, под ними становится видна моя ночная рубашка. Он отходит назад и небрежно садится на подлокотник честерфилдского дивана.

— Сними одежду. Медленно.

Он устремляет на меня чувственный, огненный взгляд. Я судорожно вздыхаю и плотно сжимаю ляжки. Между ними уже влажно. Моя внутренняя богиня разделась и теперь просит меня сыграть с ней в догонялки. Я спускаю с плеч халат и, не прерывая глазного контакта, легким движением сбрасываю его на пол. Магнетические серые глаза Кристиана горят страстью. Он проводит указательным пальцем по губам и ждет продолжения.

Сняв с плеч тонкие лямки, я несколько мгновений гляжу на любимого мужчину, потом гибким движением тела сбрасываю рубашку. Она мягко соскальзывает с моего тела и растекается шелковой лужицей у моих ног. Теперь я стою голая и ох-какая-готовая.

Кристиан медлит, и я любуюсь искренним восхищением и плотской страстью, которые отражаются на его лице. Потом он идет к комоду и берет свой серебристо-серый галстук, мой любимый. Поворачивается и, небрежно поигрывая галстуком, протягивает его сквозь сложенные кольцом пальцы и движется ко мне. Я ожидаю приказа протянуть ему руки. Но Кристиан действует по другому сценарию.

— По-моему, вам не мешает одеться, мисс Стил, — бормочет он.

Он надевает мне на шею галстук и медленно, но искусно завязывает его узлом, кажется, виндзорским. Когда он затягивает узел, его пальцы прикасаются к моему горлу, и меня пронзает электричество, я ахаю. Он оставляет конец галстука длинным-предлинным, до моего лобка.

— Сейчас вы выглядите превосходно, мисс Стил, — говорит он и нежно целует меня в губы.

Поцелуй слишком беглый, я хочу большего, желание поднимается спиралью по моему телу.

— Что мы будет с тобой делать дальше? — говорит он, берется за галстук и резко тянет за него, так что я поневоле падаю в его объятия. Его руки погружаются мне в волосы, запрокидывают мою голову, и теперь он целует меня по-настоящему, крепко — его язык неистово вторгается в мой рот, а рука гладит мои ягодицы. Оторвавшись от меня, он тяжело дышит и страстно смотрит на меня с высоты своего роста своими прекрасными глазами, которые теперь стали свинцового цвета. Он отрывается от меня, а я горю от страсти, жадно хватаю ртом воздух и утрачиваю всякую связь с реальностью. Уверена, губы после такого натиска распухнут.

— Повернись, — ласково приказывает он, и я подчиняюсь.

Он распускает мои волосы, завязанные на затылке, и быстро заплетает их в косу. Тянет за нее. Моя голова запрокидывается.

— Какие у тебя роскошные волосы, Анастейша, — мурлычет он и целует мое горло. По спине бегут мурашки. — Слушай, ты ведь помнишь: тебе достаточно сказать «стоп». Договорились?

Я киваю, закрыв глаза, и наслаждаюсь нежностью его губ. Он снова поворачивает меня лицом к себе и берется за конец галстука.

— Пойдем.

Дергая за галстук, он ведет меня к комоду, где лежат отобранные мною «игрушки».

Он берет затычку.

— Анастейша, эта пробка слишком велика. Ты ведь анальная девственница, и сейчас она едва ли тебе понравится. Лучше мы начнем вот с этого.

Он показывает мне свой мизинец. Я в шоке. Пальцы, там? Он ухмыляется, а мне приходит на ум неприятное воспоминание об анальном фистинге, который упоминался в контракте.

— Просто мизинец — один-единственный, — ласково говорит он.

Опять эта его жутковатая способность читать мои мысли. Я испуганно гляжу в его глаза. Как он это делает?

— Такие зажимы чересчур суровые. — Он показывает мне зажимы для сосков. — Мы их заменим.

Он выбирает другую пару, похожую на огромные черные шпильки для волос со свисающими с них мелкими гагатовыми блестками.

— Они регулируются, — объясняет Кристиан. Я слышу в его голосе искреннюю заботу.

Широко раскрыв глаза, я гляжу на него. Он мой ментор в области секса и знает обо всем этом гораздо больше, чем я. Я хмурюсь. Он знает больше моего почти обо всем на свете... за исключением кулинарии.

— Понятно? — спрашивает он.

— Да, — хриплю я пересохшим ртом. — Может, ты мне скажешь, что намерен делать?

— Нет, Ана. Я решаю это по ходу действия. Это тебе не театральная сцена.

— А мне как себя вести?

Он морщит лоб.

— Как хочешь.

Ой!..

— Анастейша, ты ожидаешь увидеть сейчас мое alter ego? — спрашивает он. В его тоне я улавливаю легкую насмешку и удивление.

— Ну да... Мне он нравится, — неуверенно бормочу я. Он улыбается и проводит большим пальцем по моей щеке.

— Ты уже его видишь, — еле слышно произносит он и проводит большим пальцем по моей нижней губе. — Я твой любовник, Ана, а не господин. Я люблю, когда ты смеешься, люблю слушать твое девчоночье хихиканье. Мне нравится, когда ты такая, как на снимках Хосе, — веселая и раскованная. Такая девочка ворвалась в мой офис. В такую девочку я влюбился.

От удивления я раскрываю рот, и мое сердце захлестывает теплая волна радости. Да, это радость — чистая радость.

— Но при всем этом мне также нравится заниматься с вами грубым сексом, мисс Стил, и мое alter ego знает парочку трюков. Итак, слушай меня. Отвернись.

В его глазах появился коварный блеск, и по моему животу растекается радостная судорога, туго сжимает каждую мышцу. Он выдвигает за моей спиной один из ящиков и через секунду снова стоит передо мной.

— Пойдем, — приказывает он и, потянув за галстук, ведет меня к столу.

Проходя мимо дивана, я впервые замечаю, что все палки исчезли. Это отвлекает меня. А вчера, когда я заходила сюда, были они на месте или нет? Я не помню. Кто их убрал, Кристиан? Миссис Джонс? Кристиан прерывает мои размышления.

— Я хочу, чтобы ты встала на колени вот тут, — говорит он, когда мы останавливаемся у стола.

Ну ладно. Что он задумал? Моей внутренней богине не терпится это выяснить: она уже лежит на столе, раздвинув ноги, и с обожанием глядит на него.

Он осторожно сажает меня на стол. Я стою перед ним на коленях и удивляюсь собственной грации. Теперь мы смотрим в глаза друг другу. Он гладит ладонью мои бедра, хватает за колени, раздвигает мои ноги и встает прямо передо мной. Вид у него ужасно серьезный, глаза потемнели, заволоклись... похотью.

— Руки за спину. Я надену на тебя наручники.

Из заднего кармана он извлекает наручники. Вот так. Куда он на этот раз утащит меня?

Его близость завораживает меня. Этот мужчина станет моим мужем. Можно ли вообще так сильно хотеть своего мужа? Не помню, чтобы я о таком слышала. Я не могу устоять против него, я провожу раскрытыми губами и языком по его щеке, щетина покалывает мою нежную кожу... Ах, это головокружительное сочетание нежного и колючего! Он застывает и прерывисто дышит, закрыв глаза. Потом резко отстраняется.

— Стоп. Или мы закончим со всем быстрее, чем нам хочется, — предостерегает он.

В какой-то момент мне кажется, что он рассердился, но тут он улыбается, а в его горящих глазах я вижу удивление.

— Ты неотразим, — заявляю я, надув губы.

— Даже сейчас? — сухо спрашивает он.

Я киваю.

— Не отвлекай меня, или я заткну тебе рот кляпом.

— Мне нравится тебя отвлекать, — упрямо шепчу я.

Он глядит на меня, подняв брови.

— Сейчас я тебя отшлепаю.

А! Я пытаюсь спрятать улыбку. Еще совсем недавно меня бы напугала такая угроза. Я бы никогда не осмелилась поцеловать его без разрешения, тем более в этой комнате. Теперь я понимаю, что больше его не боюсь. Это откровение для меня, приятное откровение. Я отвечаю ему озорной улыбкой, и он тоже усмехается мне.

— Не балуйся, — рычит он, отходит на шаг, глядя на меня, и бьет кожаными наручниками по ладони. В общем, пугает меня. Я пытаюсь овладеть собой; кажется, мне это удается. Он снова подходит ко мне. — Вот так-то лучше, — бурчит он и снова наклоняется ко мне.

Я удерживаюсь от искушения дотронуться до него, но вдыхаю его восхитительный запах, до сих пор свежий после ночного душа. М-м-м... Прямо хоть консервируй его на память.

Я ожидаю, что он наденет наручники на мои запястья, но он застегивает их выше локтя. Из-за этого я волей-неволей выгибаю спину и выпячиваю вперед грудь, хотя локти находятся на некотором расстоянии. Покончив с этим, он отходит и любуется на меня.

— Как себя чувствуешь? Порядок? — спрашивает он.

Поза, признаться, не самая удобная, но я настолько охвачена желанием узнать, что он предпримет дальше, что одобрительно киваю, изнемогая от страсти.

— Хорошо.

Он достает маску.

— По-моему, ты уже достаточно всего насмотрелась, — бормочет он и надевает маску мне на глаза. От страсти мне уже не хватает воздуха. Ух ты! Почему он не хочет, чтобы я смотрела на его действия? Вот я стою на столе, со связанными локтями, на коленях, и жду — сладкое предвкушение бродит в моем животе, жаркое и тяжелое. Я по-прежнему слышу его и повторяющийся мелодичный и размеренный ритм музыки. Еще минуту назад я его не замечала.

Кристиан отходит от меня. Что он делает? Ага, он выдвигает какой-то ящик комода, потом задвигает. Через мгновение он возвращается, я чувствую, что он рядом. В воздухе висит острый, насыщенный мускусный запах. Он восхитительный, у меня прямо-таки текут слюнки.

— Мне не хочется портить любимый галстук, — бормочет он и медленно развязывает узел.

Я отрывисто всхлипываю, когда кончик галстука ползет по моему телу. Мне щекотно. Он опасается, что испортится его галстук? Я вслушиваюсь, пытаясь угадать, что он хочет делать. Он трет руки. Костяшки его пальцев внезапно гладят мне щеку, движутся по скуле.

Его прикосновение вызывает во мне восхитительную дрожь возбуждения, все мое тело напрягается. Его рука, скользкая от сладко пахнущего масла, скользит по моему горлу, ключице, плечу, его пальцы нежно разминают кожу на своем пути. Ой, это массаж. Вовсе не то, чего я ожидала.

Другую руку он кладет мне на плечо и начинает другое медленное путешествие по моей ключице. Я издаю тихий стон, когда он спускается к моим напрягшимся грудям, мне хочется большего. Какая сладкая пытка! Я еще больше выгибаю спину под его прикосновениями, но его руки скользят по моим бокам, медленно, размеренно, в такт музыке, и всячески избегают касаться моей груди. Из меня опять вырывается стон, и я не понимаю — стон удовольствия или разочарования.

— Ты так прекрасна, Ана, — бормочет он хриплым голосом, прижавшись губами к моему уху.

Его нос движется по моей шее и спускается вниз, массируя мою грудь, живот... Потом Кристиан опять целует меня в губы, а его нос движется опять по моей шее, горлу... Черт побери, я вся горю... от его близости, его рук, слов...

— Скоро ты станешь моей женой, и я буду владеть тобой, — шепчет он.

О господи...

— Любить и беречь.

Ах...

— Я боготворю тебя.

Я запрокидываю голову и издаю сладкий стон. Его пальцы движутся по моему лобку, раздвигают половые губы; он трет ладонью клитор.

— Миссис Грей, — шепчет он, не прекращая движений.

Я не в силах удержать стон.

— Да, — шепчет он, не замедляя ритма. — Открой рот.

Мои губы и так раскрыты от учащенного дыхания. Я раскрываю их еще шире, и он кладет мне в рот металлический предмет, большой и холодный. Он напоминает мне большую детскую соску, но на нем много мелких бороздок, а на конце что-то, похожее на цепь.

— Соси, — приказывает он. — Сейчас я вставлю это внутрь тебя.

Внутрь меня? Куда внутрь меня? От испуга сердце уходит в пятки.

— Соси, — повторяет он и прекращает меня гладить.

Нет, только не останавливайся! Я хочу крикнуть эти слова, но мой рот занят. Его смазанные маслом руки снова поднимаются по моему телу и, наконец, накрывают мои обездоленные груди.

— Соси, не останавливайся.

Он осторожно крутит мои соски большим и указательным пальцем; они напрягаются, посылают волны удовольствия в мой пах.

— У тебя такие красивые груди, Ана, — восхищается он, и в ответ мои соски еще больше твердеют.

Он одобрительно мурлычет, а я задыхаюсь от страсти. Его губы движутся вниз по моей шее к груди, покусывая и подсасывая мою кожу, приближаются к соску, и вдруг я чувствую, как его сдавило зажимом.

— Ах-х!

Из моего рта вырывается стон, несмотря на затычку. Господи, это ощущение такое восхитительное, грубое, болезненное, приятное... о-о-о! Он ласкает языком зажатый сосок и в это время зажимает другой. Укус второго зажима такой же жесткий и приятный. Я громко кричу.

— Чувствуешь? — шепчет он.

О да! Да! Да!

— Дай мне это. — Он тихонько выдергивает из моего рта металлическую соску, и я ее выпускаю. Его руки снова движутся вниз по моему телу, к лону. Он еще раз смазывает руки маслом и продолжает движение. К моей попке.

Я ахаю. Что он задумал? Я напрягаю коленки, а его пальцы уже раздвигают мои ягодицы.

— Тише, расслабься, — шепчет он мне на ухо и целует мне шею, а его пальцы гладят и дразнят меня.

Что он хочет сделать?.. Другая его рука скользит по моему животу к паху. Он вставляет в меня пальцы, и я с наслаждением принимаю их.

— Сейчас я вставлю это в тебя, — бормочет он. — Только не сюда. — Его пальцы движутся между моими ягодицами, умащивая свой путь маслом. — А вот сюда.

Он обводит пальцами вокруг моего ануса, раз за разом, хлопает по нему пальцем, нажимает на него, хлопает по передней стенке моего влагалища. Мои зажатые соски набухают еще сильнее.

— Ах-х!

— Теперь тише. — Кристиан убирает пальцы и вставляет в меня этот предмет.

Берет в ладони мое лицо и страстно целует. Я чувствую очень слабый щелчок. Пробка, вставленная в меня, начинает вибрировать — там! Я хватаю ртом воздух. Ощущение необычное — такого я еще никогда не испытывала.

— А-а!

— Тише, — успокаивает меня Кристиан и накрывает мой рот губами, приглушая стоны. Его пальцы тихонько дергают за зажимы. Я громко кричу.

— Кристиан, пожалуйста!

— Тише, детка. Тише.

Это уже невыносимо — вся чрезмерная стимуляция. Мое тело приближается к оргазму. Я стою на коленях и не в силах его контролировать. Господи... сумеет ли он справиться с этим?

— Молодец, хорошая девочка, — успокаивает он.

— Кристиан, — задыхаюсь я, и в моем голосе звучит отчаяние.

— Тише, Ана, прочувствуй все это. Не бойся.

Сейчас он держит меня за талию, но я не могу сосредоточиться не только на его руках, но даже на том, что внутри меня, и на зажимах. Мое тело приближается, приближается к взрыву — из-за непрерывной вибрации и сладкого-пресладкого терзания моих сосков. Черт побери! Все слишком интенсивно. Его руки движутся вниз по моим бедрам, скользкие от масла; они гладят, мнут мою кожу — мнут мои ягодицы.

— Какая красавица, — приговаривает он и вдруг осторожно вставляет в меня намасленный палец... туда! В мою попку. Ни хрена себе! Это так необычно, стыдно... но так... ох, так приятно! Палец начинает медленно двигаться внутрь — наружу, внутрь — наружу, а зубы ласково покусывают мою шею. — Ты такая красивая, Ана.

Мне кажется, что я подвешена над широким-преширoким оврагом; я и парю над ним, и одновременно падаю в пропасть, врезаясь в землю. Я больше не в силах это переносить, я пронзительно кричу, а мое тело бьется в конвульсиях, погружается в оргазм с небывалой полнотой. Оно взрывается, я забываю обо всем на свете.

Кристиан снимает сначала один зажим, затем другой, и мои соски наполняются новой, сладкой болью. Все это необычайно хорошо, и мой оргазм все продолжается и продолжается. Его палец по-прежнему остается там же, он тихонько вторгается в мою попку и выходит из нее.

— А-а! — кричу я.

Кристиан обхватывает меня, сжимает в объятиях, а мое тело продолжает беспощадно пульсировать.

— Нет! — снова кричу я с мольбой в голосе, и на этот раз он вытаскивает из меня вибратор и палец, а мое тело продолжает биться в конвульсиях.

Он расстегивает наручник, мои руки бессильно падают. Моя голова катается по его плечу, и я вся нахожусь во власти этого мощного ощущения. Мое дыхание прерывается, желания гаснут, и наступает сладкое, долгожданное забытье.

Смутно чувствую, как Кристиан поднимает меня, несет к кровати и кладет на прохладные атласные простыни. Через мгновение его руки, смазанные маслом, ласково трут мои колени, икры, бедра и плечи. Я чувствую, как прогибается матрас, когда он ложится рядом со мной.

Он стаскивает с меня маску, но у меня нет сил открыть глаза. Взяв мою косу, он распускает ее и, наклонившись, нежно целует меня в губы. Тишину комнаты нарушает только мое прерывистое дыхание. Когда оно успокаивается, я приплываю назад, на землю. Музыка уже не звучит.

— Как красиво, — бормочет он.

Когда я с трудом заставляю свой правый глаз открыться, Кристиан смотрит на меня и нежно улыбается.

— Привет, — говорит он. Я выдавливаю из себя ответный хрип, и его улыбка расплывается еще шире. — Ну, как, достаточно было грубо для тебя?

Я киваю ему и слабо улыбаюсь. Господи...

— Я подумала, что ты хочешь меня убить, — бормочу я.

— Смерть посредством оргазма. — Он усмехается. — Есть более неприятные способы умереть, — говорит он и слегка хмурится от неприятной мысли. Я протягиваю руку и ласково глажу его лицо.

— Ты можешь приканчивать меня таким способом в любое время, — шепчу я и тут же замечаю, что он обнажен и готов к действию.

Он берет меня за руку и целует мои пальцы. Я наклоняюсь, беру в ладони его лицо и прижимаюсь губами к его губам. Он кратко целует меня в губы и останавливается.

— Подожди... сейчас, — бормочет он и достает из-под подушки пульт от музыкального центра. Нажимает на кнопку, и комнату наполняют нежные гитарные аккорды. — Я хочу любить тебя, — говорит он, не сводя с меня своих серых, горящих глаз, любящих и искренних.

Знакомый голос поет «В первый раз, когда я увидел твое лицо». И его губы находят мои.

Я пульсирую вокруг него, еще раз испытывая оргазм; Кристиан достигает вершины в моих объятиях, он запрокидывает голову и шепчет мое имя. Потом крепко прижимает меня к груди, и мы сидим нос к носу на огромной кровати, я верхом на нем. И в этот момент — радостный момент, ведь я нахожусь с любимым мужчиной и слушаю любимую музыку — меня с новой силой настигает мой утренний опыт, а также все, что происходило за последнюю неделю. Происходило не только физически, но и эмоционально. Меня захлестывают чувства. Я очень сильно люблю этого мужчину. И я впервые понимаю, как он заботится о моей безопасности.

Вспомнив о вчерашних волнениях из-за «Чарли Танго», я содрогаюсь при мысли об опасности, грозившей Кристиану, и на мои глаза наворачиваются слезы, текут по моим щекам. Если бы с ним случилось плохое... Я люблю его, люблю все его пятьдесят оттенков. Я люблю его, милого и нежного. Я люблю его, жесткого и властного Господина, доминанта. Это все мое. Все потрясающее. А еще я понимаю, что мы еще недостаточно хорошо знаем друг друга и что нам предстоит преодолеть гору конфликтов. Но я не сомневаюсь, что мы их преодолеем и что у нас впереди долгая жизнь.

— Эй, — тихонько говорит он, берет в ладони мою голову и озабоченно глядит мне в глаза. — Почему ты плачешь?

— Потому что я очень люблю тебя, — шепчу я. Он прикрывает глаза, словно наслаждаясь моими словами. Когда он снова их открывает, в них горит любовь.

— И я тебя, Ана. Ты делаешь меня таким... цельным.

Он ласково целует меня, а Роберта Блэк допевает свою песню.

Мы сидим на кровати в игровой комнате и говорим, и говорим, и говорим. Я устроилась на коленях у Кристиана, наши ноги переплелись. Мы завернулись в атласную простыню красного, царского цвета, и я не имею представления, сколько прошло времени. Кристиан смеется, когда я рассказываю про Кейт и фотосессию в «Хитмане».

— Подумать только! Ведь она могла прийти ко мне и взять интервью. Слава богу, что в мире существуют простудные заболевания, — бормочет он и целует меня в нос.

— Кажется, у нее был грипп. — Я поправляю Кристиана и праздно вожу пальцами по волосам на его груди. Вожу и радуюсь, что он все терпит. — Гляди-ка, все палки пропали, — говорю я, вспоминая свое недавнее удивление. Он в который раз убирает мне за ухо прядь волос.

— Я не думаю, что ты когда-нибудь перейдешь за эту жесткую линию.

— Верно, едва ли, — шепчу я, широко раскрыв глаза, а потом ловлю себя на том, что гляжу на все эти плетки, трости и кнуты, выложенные у противоположной стены. Он прослеживает мой взгляд.

— Ты хочешь, чтобы я их тоже выбросил? — Он искренне удивлен.

— Не все. Оставь вон то кнутовище... коричневое. Или ту замшевую плетку. — Я краснею.

Он улыбается.

— Ага, кнутовище и плетку. Ну, мисс Стил, вы полны сюрпризов.

— Вы тоже, мистер Грей. И я люблю в вас эту черту. — Я ласково чмокаю его в уголок рта.

— Что еще ты любишь во мне? — спрашивает он, широко раскрыв глаза.

Я понимаю, как ему было ужасно трудно задать этот вопрос. Поэтому немею и растерянно гляжу на него. Я люблю в нем все — даже его пятьдесят оттенков. Я знаю, что жизнь рядом с Кристианом никогда не будет скучной.

— Вот их. — Я гляжу указательным пальцем его губы. — Я люблю их и все, что из них выходит, и то, что ты делаешь мне. И вот то, что там. — Я гляжу его по голове. — Ты такой умный, остроумный, компетентный, так много знаешь. Но больше всего я люблю то, что здесь. — Я осторожно прижимаю ладонь к его груди и чувствую размеренный стук сердца. — Ты самый отзывчивый человек, каких я встречала. Я люблю все, что ты делаешь, как ты работаешь. Это потрясающе, — шепчу я.

— Потрясающе?

Он озадачен, но в его глазах пляшут смешинки. Потом его лицо меняется, губы раздвигаются в застенчивой улыбке, словно он смущен. Мне хочется броситься ему на шею. Что я и делаю.

Я дремлю, укрывшись простыней и... Кристианом. Вот он щекочет меня своим носом — будит.

— Голодная? — спрашивает он.

— Хм-м, умираю от голода.

— Я тоже.

Я приподнимаюсь и гляжу на него, разлегшегося на кровати.

— Сегодня ваш день рождения, мистер Грей. Я приготовлю вам что-нибудь. Что пожелаете?

— Устрой мне какой-нибудь сюрприз. — Он ласково гладит меня по спине. — Мне надо проверить почту, там письма, которые были присланы мне вчера.

С тяжелым вздохом Кристиан поднимается, и я понимаю, что наши особенные часы закончились... пока.

— Пойдем под душ, — говорит он.

Кто я такая, чтобы ослушаться именинника?

Кристиан разговаривает по телефону в своем кабинете. Там с ним Тейлор; он выглядит серьезно, но одет, как обычно, в джинсы и облегающую черную футболку. Я готовлю на кухне ланч. В холодильнике я обнаружила несколько стейков семги и теперь припускаю их с лимоном. Еще я готовлю салат и отвариваю молодую картошку. Я необычайно спокойна и счастлива, я на седьмом небе — в буквальном смысле. Повернувшись к огромному окну, я гляжу на роскошное голубое небо. Все эти разговоры, весь этот секс... Ну-у... К этому можно привыкнуть.

Из кабинета появляется Тейлор и прерывает мои раздумья. Я выключаю айпод и вынимаю из уха наушник.

— Привет, Тейлор.

— Здравствуй, Ана, — кивает он.

— Как ваша дочь? Хорошо?

— Да, спасибо. Моя бывшая жена решила, что у девочки аппендицит, но, как всегда, преувеличила. — Тейлор с досадой закатывает глаза, удивив этим меня. — Так что у Софи все неплохо, хотя врач определил сильную желудочную инфекцию.

— Сочувствую.

Он улыбается.

— А «Чарли Танго» нашли?

— Да. За ним уже выслали людей. К вечеру его вернут на аэродром «Боинг Филд».

— Хорошо.

Он сдержанно улыбается.

— Это все, мэм?

— Да, да, конечно.

Я смущаюсь. Я когда-нибудь привыкну к обращению «мэм»? Я чувствую себя старой, прямо-таки тридцатилетней.

Тейлор кивает и выходит из большой комнаты. Кристиан все сидит на телефоне. Я жду, когда сварится картошка. И тут меня осеняет. Схватив сумочку, я вытаскиваю из нее «блэкберри». Там — эсэмэска от Кейт: «Увидимся сегодня вечером. С нетерпением жду дооооолгого разговора».

Я пишу в ответ: «Аналогично».

Хорошо, что мы поговорим с Кейт.

Открываю почту и быстро печатаю послание Кристиану.

От кого: Анастейша Стил

Тема: Ланч

Дата: 18 июня 2011 г. 13.12

Кому: Кристиан Грей

Дорогой мистер Грей

Сообщаю вам в письменной форме, что ваш ланч почти готов.

А еще, что я сегодня трахалась в сексуально-эксцентричной форме умопомрачительно сладко.

По-моему, это можно рекомендовать всем ко дню рождения.

И вот еще что: я тебя люблю.

А х

(Твоя невеста)

Я отправляю письмо и прислушиваюсь к реакции, но он все еще говорит по телефону. Я пожимаю плечами. Что ж, вероятно, он слишком занят. Тут «блэкберри» вибрирует.

От кого: Кристиан Грей
Тема: Секс с эксцентрикой
Дата: 18 июня 2011 г. 13.15
Кому: Анастейша Стил
Какой аспект был самым умопомрачительным?
Я веду наблюдения.

Кристиан Грей,
Голодный и Обессилевший после Утренних Нагрузок Генеральный директор холдинга «Грей энтерпрайзес»

PS: Мне нравится твоя подпись
PPS: Что случилось с искусством беседы?

От кого: Анастейша Стил
Тема: Голодный?
Дата: 18 июня 2011 г. 13.18
Кому: Кристиан Грей

Дорогой мистер Грей
Позвольте обратить ваше внимание на первую строчку моего предыдущего письма, информирующего вас, что ваш ланч в самом деле почти готов... так что не будем говорить про голод и трату сил. А что касается умопомрачительных аспектов сексуально-извращенного траханья, то... честно говоря — всё. Мне было бы интересно прочитать ваши записи. Подпись мне нравится тоже.

А х

(Твоя невеста)
PS: С каких пор ты стал таким болтливым? До сих пор висишь на телефоне!

Я отправляю письмо и поднимаю голову. Он стоит передо мной и усмехается. Я не успеваю ничего сказать, как он огибает кухонный островок, заключает меня в объятия и нежно целует.

— Вот и все, мисс Стил, — говорит он, отпускает меня и возвращается — в незаправленной белой рубашке, джинсах, босой — в свой кабинет. Я, онемев, гляжу ему вслед.

К лососю я приготовила соус из кресс-салата, кориандра и сметаны. Поставила тарелки и все прочее на барную стойку. Я ужасно не люблю прерывать его, когда он работает, но тут я встала в дверях его кабинета. Он все еще говорит по телефону, волосы всклокочены, серые глаза горят ярким огнем — прелесть, да и только. При моем появлении он поднимает глаза и больше не отрывает их от меня. Потом слегка хмурится, и я не пойму, то ли из-за меня, то ли по ходу разговора.

— Ты просто прими то, что есть, и оставь их в покое. Поняла, Миа? — сердится он и закатывает в досаде глаза. — Ладно.

Я жестами изображаю, как я ем. Он улыбается мне и кивает.

— До встречи. — Он кладет трубку и спрашивает: — Можно еще один звонок?

— Конечно.

— Это платье слишком короткое, — добавляет он.

— Тебе оно нравится?

Я быстро кружусь перед ним. Его тоже выбрала для меня Кэролайн Эктон. Нежно-бирюзовое, оно больше подходит для пляжа, но ведь сегодня такой прекрасный день во многих отношениях.

Он хмурится, и мое лицо вытягивается.

— Ана, ты выглядишь в нем фантастически. Я просто не хочу, чтобы кто-нибудь еще видел тебя такой.

— Ах! — Я машу рукой. — Ведь мы дома, Кристиан. Тут никого нет, кроме обслуги.

Он кривит губы и либо пытается скрыть свое удивление, либо действительно не видит в этом ничего забавного. Но потом одобрительно кивает. Я качаю головой — неужели он всерьез так считает? Возвращаюсь на кухню.

Через пять минут он подходит ко мне и протягивает трубку.

— С тобой хочет поговорить Рэй, — сообщает он с опаской.

Из моего тела мгновенно улетучивается весь воздух. Я беру трубку и накрываю ладонью микрофон.

— Ты сказал ему! — шиплю я. Кристиан кивает и таращит глаза при виде моего явного огорчения.

Черт!.. Я набираю в грудь побольше воздуха.

— Привет, пап!

— Кристиан только что спросил меня, может ли он жениться на тебе, — говорит Рэй.

Долгое молчание; я отчаянно подыскиваю слова. Рэй, как всегда, тоже молчит, и я не могу понять его реакцию на такую новость.

— И что же ты ответил? — хрипло спрашиваю я.

— Я ответил, что хочу поговорить с тобой. Все так неожиданно, тебе не кажется, Энни? Ты знакома с ним совсем недавно. Нет, он приятный парень, умеет ловить рыбу... Но так скоропалительно? — Его голос звучит спокойно и размеренно.

— Да. Все внезапно... Подожди.

Я торопливо выхожу из кухни, подальше от обеспокоенных глаз Кристиана, и иду к огромному окну. Двери на балкон открыты, и я выхожу на солнце. Я не могу подойти к краю. Слишком высоко.

— Я понимаю, все неожиданно и вообще. Но я... ну, я люблю его. Он любит меня. Он хочет жениться на мне, и больше мне никто и никогда не будет нужен.

Я смущаюсь при мысли о том, что это, пожалуй, самая интимная беседа, какая когда-либо была у меня с моим приемным отцом.

Рэй молчит, потом спрашивает:

— А матери ты уже сказала?

— Нет.

— Энни, я понимаю, он богатый и вообще подходящий, но брак? Ведь это такой ответственный шаг. Ты уверена?

— После этого он будет мой, — шепчу я.

— Ого, — уже мягче говорит Рэй, помолчав.

— Для меня он все.

— Энни, Энни, Энни. Ты такая упрямая девочка. Я уповаю на Бога, что ты знаешь, что делаешь. Передай трубку ему, ладно?

— Конечно, пап. А на свадьбе ты отведешь меня к жениху? — спокойно спрашиваю я.

— Ох, милая моя. — Его голос дрогнул, некоторое время он молчит; от эмоций, прозвучавших в его голосе, у меня наворачиваются слезы. — Мне ничто не доставит большего удовольствия.

Ах, Рэй, я так тебя люблю... Я сглатываю комок в горле и стараюсь не заплакать.

— Спасибо, папа. Передаю трубку Кристиану. Будь с ним помягче. Я люблю его, — говорю я вполголоса.

Мне кажется, Рэй улыбается, но сказать трудно. С Рэем вообще трудно сказать что-то определенное.

— Ясное дело, Энни. А ты приезжай и навести старика, да захвати с собой Кристиана.

Я возвращаюсь в комнату — сердитая на Кристиана, что он не предупредил меня, — и протягиваю ему трубку. Своим насупленным видом даю ему понять степень моей досады. Он удивленно берет трубку и возвращается в кабинет.

Через пару минут он появляется вновь.

— Я получил благословение твоего отца; правда, он дал его скрепя сердце, — с гордостью сообщает он.

С такой гордостью, что я хихикаю, и он тоже усмехается. Он держит себя так, как будто только что сделал новое крупное приобретение или коммерческое слияние. Правда, в каком-то смысле так оно и есть.

— Черт побери, женщина, ты хорошо готовишь. — Кристиан съедает последний кусочек семги и поднимает бокал белого вина.

Я расцветаю от его похвал. Мне тут же приходит в голову, что я смогу готовить для него лишь по выходным. Я хмурюсь. Я люблю готовить. Пожалуй, испеку-ка я именинный пирог. Я смотрю на часы. Время еще есть.

— Ана? — прерывает он мои раздумья. — Почему ты попросила меня не делать твои снимки?

Вопрос застает меня врасплох, тем более что его голос звучит слишком ласково.

Вот засада... Фотографии. Я гляжу на свою пустую тарелку и хлопаю ресницами. Что я могу сказать? Я дала себе слово никогда не упоминать о том, что обнаружила его версию «Кисок «Пентхауса».

— Ана, — рявкает он. — В чем дело?

От неожиданности я подпрыгиваю и невольно смотрю на него. Когда это я думала, что больше не боюсь его?

— Я нашла твои фото, — шепчу я.

В его глазах я читаю ужас.

— Ты залезла в сейф? — недоверчиво спрашивает он.

— Сейф? Нет. Я не знала, что у тебя есть сейф.

Он хмурится.

— Тогда я ничего не понимаю.

— В твоем шкафу. В коробке. Я искала галстук, а коробка лежала под джинсами... которые ты обычно носишь в игровой комнате. Кроме сегодняшнего раза.

Я краснею.

Он в смятении глядит на меня и нервно проводит рукой по волосам, обдумывая полученную информацию. Трет подбородок, глубоко задумавшись, но не может скрыть смущения и раздражения, они написаны на его лице. Он в отчаянии трясет головой — и одновременно в уголках его рта появляется слабая улыбка.

— Это не то, что ты думаешь. Я совсем забыл про них. Коробка попала туда случайно. Фотографии должны храниться в моем сейфе.

— Кто положил их туда? — шепчу я.

Он сглатывает комок в горле.

— Это могла сделать только одна особа.

— А-а. Кто же? И почему ты говоришь «Это не то, что ты думаешь»?

Он вздыхает. По-моему, он смущен. «Он и должен смутиться!» — рычит мое подсознание.

— Возможно, это прозвучит некрасиво, но это моя подстраховка, — шепчет он, готовый увидеть мое возмущение.

— Подстраховка?

— Мера против огласки.

Монетка падает и со стуком катается в моей голове.

— А-а, — бормочу я, потому что не знаю, что еще сказать. Я закрываю глаза. Вот так. Вот они, пятьдесят оттенков порока, прямо передо мной. — Да. Правильно, — бормочу я. — Звучит действительно некрасиво.

Я встаю и начинаю убирать посуду. Я больше ничего не хочу знать.

— Ана.

— Они-то знают? Девушки... сабы?

Он сдвигает брови.

— Конечно.

А-а, ладно, уже легче... Он хватает меня за талию и прижимает к себе.

— Эти фотографии должны храниться в сейфе. Они не для развлечения. — Немного помолчав, он добавляет: — Может, когда-то и были такими. Но... — Он умолкает и испытующе глядит на меня. — Они ничего не значат.

— Кто же положил их в твой шкаф?

— Это могла сделать только Лейла.

— Она знает код твоего сейфа?

Он пожимает плечами.

— Возможно. Это очень длинная комбинация цифр, и я редко ею пользуюсь. Поэтому я записал ее однажды и никогда не менял. — Он качает головой. — Интересно, что еще она знает и вынимала ли оттуда что-либо еще. — Он хмурится, потом опять поворачивается ко мне. — Слушай. Если хочешь, я уничтожу эти снимки. Прямо сейчас.

— Кристиан, это твои снимки. Делай с ними, что хочешь, — бормочу я.

— Не надо так говорить. — Сжав ладонями мои виски, он смотрит мне в глаза. — Мне не нужна та жизнь. Я хочу жить другой жизнью, вместе с тобой.

Черт побери! Откуда он знает, что за моим ужасом из-за этих снимков стоит моя паранойя?

— Ана, я думаю, что сегодня утром мы изгнали всех призраков. Я чувствую это. А ты?

Я растерянно моргаю, вспоминая наше очень-очень приятное, романтичное и абсолютно безнравственное и порочное утро в его игровой комнате.

— Да. — Я улыбаюсь. — Да, мне тоже так кажется.

— Хорошо. — Он наклоняется и целует меня, обнимая за плечи. — Я положу их в шредер. Теперь мне надо поработать. Извини, малышка, но сегодня днем мне необходимо сделать кучу дел.

— Ладно. А мне надо позвонить маме. — Я морщусь. — Еще я хочу кое-что купить и испечь для тебя торт.

У него загораются глаза, как у маленького мальчика.

— Торт?

Я киваю.

— Шоколадный торт? — Его улыбка неотразима.

— Ты хочешь шоколадный?

Он молча кивает.

— Я попробую, мистер Грей.

Он опять меня целует.

Карла молчит, потрясенная известием.

— Мам, скажи что-нибудь.

— Ты не беременна, а? — шепчет она в ужасе.

— Нет, нет и нет, ничего такого.

Разочарование острым ножом колет мое сердце. Мне грустно, что она могла подумать обо мне такое. Но потом с унынием вспоминаю, что она была беременна мной, когда вышла замуж за моего отца.

— Прости, дорогая. Все это так неожиданно. То есть, конечно, Кристиан — выгодная партия, но ты такая юная и еще не повидала мир.

— Мам, неужели ты не можешь просто порадоваться за меня? Я его люблю.

— Дорогая, мне просто надо привыкнуть к этой мысли. Для меня это шок. Еще в Джорджии я видела, что между вами завязывалось нечто особенное, но брак?

Тогда, в Джорджии, он хотел, чтобы я стала его сабой... Но об этом я умолчу.

— Вы уже назначили дату свадьбы?

— Нет.

— Ах, если бы был жив твой отец, — шепчет мать с привычным драматизмом. Ой, нет... только не это. Не сейчас.

— Конечно, мама. Я бы тоже хотела на него посмотреть.

— Он только однажды держал тебя на руках и был так горд. Он сказал, что ты самая красивая девочка на свете.

В ее голосе звучит смертная тоска, она пересказывает семейную легенду... в который раз. Далее должна пролиться крупная слеза.

— Я знаю, мама.

— А потом он умер.

Она шмыгает носом, и я знаю, что эти слова всякий раз выбивают ее из колеи.

— Мама, — шепчу я, жалея, что не могу ее немедленно обнять и успокоить.

— Я старая дура, — бормочет она и опять шмыгает носом. — Конечно, дорогая, я счастлива за тебя. А Рэй знает? — добавляет она. Кажется, ее душевный покой уже восстановлен.

— Кристиан только что говорил с ним и просил моей руки.

— Ах, как это мило. — Она говорит это не без меланхолии, вероятно, делает над собой усилие.

— Да, они хорошо пообщались.

— Ана, дорогая, я очень люблю тебя. Я счастлива за тебя. И вы оба непременно должны приехать ко мне.

— Да, мама. Я тоже люблю тебя.

— Меня зовет Боб, я должна идти. Сообщи мне дату. Нам нужно все распланировать... А вы устроите грандиозную свадьбу?

Грандиозная свадьба, черт. Я даже не думала об этом. Грандиозная свадьба? Нет. Я не хочу грандиозной свадьбы.

— Я еще не знаю. Как только станет ясно, я позвоню.

— Хорошо. Будь осторожнее. Вам нужно пожить немного для себя... не спешить с детьми.

Дети! Ну вот, опять: прозрачный намек, что она родила меня так рано.

— Мама, я ведь не очень сильно разрушила твою жизнь? Она охает.

— Нет-нет, Ана, никогда так не думай. Ты была самым лучшим, что когда-нибудь происходило со мной и твоим отцом. Ах, если бы он был жив! Он бы увидел, какая ты взрослая и уже выходишь замуж. — Она опять впадает в меланхолию.

— Мне бы тоже хотелось этого. — Я качаю головой, думая о своем мифическом отце. — Мам, ступай. Я скоро позвоню тебе.

— Я люблю тебя, дорогая.

— Я тебя тоже, мама. До свидания.

Кухня у Кристиана — просто мечта. Для человека, который ничего не смыслит в приготовлении пищи, тут есть, кажется, все. Я подозреваю, что миссис Джонс тоже любит готовить. Единственное, чего я не нашла, — высококачественного шоколада для глазировки.

Я оставляю две половинки торта остывать на решетке, хватаю сумку и заглядываю в кабинет Кристиана. Он сосредоточенно глядит на экран компьютера, но тут поднимает голову и улыбается.

— Я сейчас сбегаю в магазин и куплю кое-что нужное для торта.

— Хорошо. — Он хмурится.

— Что?

— Ты наденешь джинсы или еще что-нибудь?

Ну вот, начинается!

— Кристиан, зачем? Я и так нормально одета.

Он сумрачно смотрит на меня. Сейчас мы схлестнемся. А ведь сегодня он именинник. Я закатываю от досады глаза и чувствую себя непослушным подростком.

— Вот если бы мы были на пляже? — Я выбираю другую тактику.

— Но мы не на пляже.

— Ты бы возражал, если бы мы были на пляже?

Он на секунду задумался.

— Нет, — просто отвечает он.

Я опять закатываю глаза и улыбаюсь.

— Ну вот и представь себе, что мы там. Покеда.

Я поворачиваюсь и мчусь в фойе. Добегаю до лифта прежде, чем он успевает меня догнать. Дверцы закрываются, я машу ему и мило улыбаюсь, а он беспомощно смотрит — но, к счастью, с тенью улыбки. Он в отчаянии качает головой, и я его уже не вижу.

Эх, это было замечательно! Адреналин бурлит, а сердце грозит выскочить из груди. Но по мере того как лифт спускается, падает и мое настроение. Черт, что же я наделала?

Я дернула тигра за хвост. Он будет страшно злиться, когда я вернусь. Мое подсознание сердито смотрит на меня, сдвинув на нос очки-половинки, и держит в руке розгу. Черт. Я думаю о своем слишком небольшом опыте общения с мужчинами. Ведь я никогда прежде не жила с мужчиной — ну, если не считать Рэя, но он не в счет. Он мой отец … вернее, человек, которого я считаю своим отцом.

Теперь у меня есть Кристиан. По сути, он никогда ни с кем не жил. Надо спросить его об этом — если он еще будет разговаривать со мной.

Но я убеждена, что я всегда буду носить то, что мне нравится. Я помню его правила. Да, вероятно, для него это тяжело, но ведь он сам заплатил деньги за это платье. Значит, он должен был дать сотруднице из «Нейман» более четкие инструкции — ничего слишком короткого!

Но ведь юбка не такая и короткая? Я смотрю на свое отражение в огромном зеркале в вестибюле. Проклятье. Все-таки очень короткая. Но ведь я уже обозначила свою позицию. Несомненно, придется это расхлебывать. Интересно, что он придумает?.. Но прежде всего мне нужны наличные.

Я гляжу на чек, выданный мне банковским автоматом: 51 689 долларов 16 центов. Пятьдесят тысяч долларов лишние! «Анастейша, тебе нужно будет научиться быть богатой, если ты скажешь «да». Вот и начало. Я беру свои жалкие пятьдесят долларов и иду за шоколадом.

Вернувшись, я иду прямо на кухню; меня переполняют тревожные ожидания. Кристиан все еще работает у себя. Господи, как долго. Я принимаю решение пойти к нему и разведать, насколько тяжела ситуация. Осторожно заглядываю в дверь. Он сидит у окна и говорит по телефону.

— А специалист по еврокоптеру прибудет днем в понедельник? Хорошо. Держи меня в курсе. Скажи им, что мне нужны их первые выводы вечером в понедельник либо утром во вторник.

Он нажимает на кнопку и крутится в кресле, но останавливает его, когда видит меня; на его лице бесстрастная маска.

— Привет, — шепчу я.

Он молчит, и у меня обрывается сердце. Я робко вхожу в кабинет, огибаю письменный стол и подхожу к нему. Он сидит и молчит, устремив на меня взгляд. Я стою перед ним и ощущаю в себе все пятьдесят оттенков глупости.

— Я вернулась. Ты злишься на меня?

Он вздыхает, берет меня за руку и тянет к себе, сажает на колени и обхватывает за талию. Утыкается носом в мои волосы.

— Да, злюсь.

— Прости. Не знаю, что на меня нашло.

Я удобно устраиваюсь на его коленях, вдыхаю божественный запах Кристиана и чувствую себя в безопасности, несмотря на его признание.

— Ладно, носи то, что тебе нравится, — бормочет он и проводит ладонью вверх по моей голой ноге до верха бедра. — К тому же у этого платья есть явное достоинство.

Он наклоняется ко мне, и, когда наши губы соприкасаются, страсть, или похоть, или подспудное желание вымолить прощение пронзают меня, вспыхивают в крови. Я сжимаю ладонями его голову, погружаю пальцы в медную шевелюру. Он стонет, его тело отзывается на мои ласки. Он страстно покусывает мою нижнюю губу, горло, мочку уха, его язык вторгается в мой рот. Я не успеваю опомниться, как он расстегивает молнию на джинсах, сажает меня верхом и входит в меня. Я хватаюсь за спинку кресла, мои ноги слегка касаются пола... и мы начинаем двигаться.

— Мне нравится твой способ извиняться, — мурлычет он, уткнувшись губами в мои волосы.

— А мне — твой. — Я хихикаю, прижавшись к его груди. — Ты уже закончил?

— Боже мой, Ана, ты хочешь еще?

— Нет-нет! Работай.

— Я освобожусь примерно через полчаса. Я слышал твое сообщение по голосовой почте.

— Вчерашнее.

— У тебя был встревоженный голос.

Я крепко обнимаю его.

— Еще бы. Ты не отвечал мне, а это на тебя не похоже.

Он целует меня в макушку.

— Твой торт будет готов через полчаса. — Я улыбаюсь ему и соскакиваю с его коленей.

— Жду с нетерпением. Пахнет восхитительно, даже вызвало в памяти какие-то воспоминания.

Я застенчиво улыбаюсь ему и чувствую смущение, а он, как в зеркале, повторяет мое выражение лица. Господи, разве мы с ним разные? Возможно, это воспоминания из его раннего детства. Нагнувшись, я нежно целую его в уголок рта и возвращаюсь на кухню.

У меня уже все готово. Услышав, как он выходит из кабинета, я зажигаю одну золотистую свечку на торте. С широкой улыбкой Кристиан идет ко мне, а я тихонько пою «С днем рожденья тебя!». Потом он наклоняется и, закрыв глаза, задувает пламя.

— Я загадал желание, — сообщает он, открывая их, и я почему-то смущаюсь.

— Глазурь еще не совсем застыла. Я надеюсь, торт тебе понравится.

— Анастейша, дай мне скорее попробовать его, — бормочет он, и это звучит так сексуально.

Я отрезаю нам по ломтику, и мы едим их маленькими вилками.

— М-м-м, — стонет он от удовольствия. — Вот почему я хочу на тебе жениться.

Я с облегчением смеюсь. Ему это нравится.

— Ты готова предстать перед моей семьей? — Кристиан выключает зажигание своей «Ауди». Мы стоим возле дома его родителей.

— Да. Ты собираешься объявить им?

— Конечно. Мне не терпится увидеть их реакцию.

Он коварно улыбается и вылезает из машины.

Половина восьмого, и, хотя день был теплый, с залива сейчас дует прохладный ветерок. На мне изумрудное коктейльное платье; я нашла его сегодня утром, когда шарила по шкафам. На платье — широкий пояс того же цвета.

Кристиан берет меня за руку, и мы идем к парадной двери. Мы не успеваем постучать, как Каррик распахивает ее перед нами.

— Кристиан, привет. С днем рождения, сын. — Он пожимает протянутую Кристианом руку, а потом быстро его обнимает.

— Э-э... спасибо, папа, — удивленно говорит Кристиан.

— Ана, как приятно видеть тебя снова. — Он обнимает и меня, и мы входим следом за ним в дом.

В холле на нас налетает Кейт. Она в ярости.

Ой, не надо!..

— Эй, вы! Я хочу поговорить с вами, — рычит она своим самым грозным голосом.

Я нервно гляжу на Кристиана. Он пожимает плечами и хочет все свести к шутке. Мы идем в столовую, оставив удивленного Каррика на пороге гостиной. Кейт закрывает дверь и поворачивается ко мне.

— Что это за дрянь? — машет листком бумаги.

Ничего не понимая, я беру его в руки и быстро пробегаю глазами. У меня пересыхает во рту. Черт побери! Мой ответ Кристиану по электронной почте, когда мы обсуждали условия контракта.

Глава 22

Моя кровь леденеет, я бледнею, страх пронизывает мое тело. Я непроизвольно встаю между ней и Кристианом.

— В чем дело? — с удивлением и опаской спрашивает Кристиан.

Я не отвечаю. Мне не верится, что моя лучшая подруга способна на такое.

— Кейт! Тебя это никак не касается. Это не твое дело.

Я с яростью гляжу на нее, гнев вытесняет мой страх. Как она смеет устраивать такие сцены? Тем более сегодня. В день рождения Кристиана. Удивленная моей реакцией, она растерянно моргает и таращит свои зеленые глаза.

— Ана, что это? — снова спрашивает Кристиан, более жестким тоном.

— Кристиан, пожалуйста, выйди, — прошу я.

— Нет. Покажи мне. — Он протягивает руку, и я понимаю, что спорить нельзя — его голос звучит жестко и холодно. Я неохотно даю ему распечатку.

— Что он сделал с тобой? — спрашивает Кейт, игнорируя Кристиана. Она полна тревоги. Я краснею, мириад эротических картинок проносится в моем сознании.

— Кейт, это тебя не касается. — Я не в силах убрать отчаяние из своего голоса.

— Где ты это взяла? — спрашивает Кристиан, наклонив набок голову; его лицо ничего не выражает, но голос... зловеще мягкий. Кейт краснеет.

— Не имеет значения. — Но под его каменным взглядом она торопливо объясняет: — Листок лежал в кармане пиджака, как я догадываюсь, твоего, который я обнаружила на двери спальни Аны.

При встрече с горящим взором Кристиана стальная решимость Кейт слегка дрогнула, но подруга быстро восстанавливает утраченные позиции.

Одетая в узкое красное платье, она — само воплощение враждебности, при этом великолепно выглядит. Но какого черта она шарила в моей одежде? Обычно все наоборот.

— Ты говорила кому-нибудь об этом? — Голос Кристиана как шелковая перчатка.

— Нет. Конечно, нет, — рычит Кейт.

Кристиан кивает и вроде успокаивается. Он идет к камину. Мы с Кейт молча смотрим, как он берет с камина зажигалку, поджигает письмо и бросает в топку. Оно медленно шевелится на решетке, сгорая. Молчание становится удручающим.

— Даже Элиоту? — спрашиваю я, снова перенося внимание на Кейт.

— Никому, — категорически заявляет Кейт и впервые за это время выглядит обиженной и озадаченной. — Ана, я просто хотела узнать, все ли у тебя в порядке.

— У меня все хорошо, Кейт. Более чем. У нас с Кристианом все замечательно — а это дело прошлого. Пожалуйста, забудь.

— Забыть? — удивляется она. — Разве можно это забыть? Что он сделал с тобой? — Ее зеленые глаза полны искренней заботы.

— Кейт, он ничего мне не сделал. Честное слово, все в порядке.

Она озадаченно смотрит на меня.

— Правда?

Кристиан обнимает меня и прижимает к себе, не отрывая глаз от Кейт.

— Кэтрин, Ана дала согласие стать моей женой, — спокойно говорит он.

— Женой! — пищит Кейт и недоверчиво таращит глаза.

— Мы сыграем свадьбу. А сегодня вечером намерены объявить о помолвке, — объясняет Кристиан.

— Ой! — Кейт раскрывает рот от удивления. — Ана, я оставила тебя одну на шестнадцать дней — и что получилось? Все так неожиданно. Вчера, когда я сказала... — Осекшись, она глядит на меня. — Как же во все это вписывается то электронное письмо?

— Никак, Кейт. Забудь о нем, пожалуйста. Я люблю его, и он любит меня. Не надо. Не порти его день рождения и наш вечер, — шепчу я.

Она моргает, неожиданно на ее глазах выступают слезы.

— Нет, что ты, конечно, я не буду. Все хорошо? — спрашивает она снова.

— Я никогда еще не была такой счастливой, — шепчу я.

Она берет меня за руку, не обращая внимания на обнимающего меня Кристиана.

— У тебя правда все о'кей? — спрашивает она с надеждой.

— Да.

Ко мне возвращается радостное настроение. Она снова вернулась в мою жизнь. Она улыбается мне, и мое счастье отражается в ней. Я подхожу к ней, и она внезапно меня обнимает.

— Ах, Ана, я так встревожилась, когда прочла это. Не знала, что и думать. Ты объяснишь мне это? — шепчет она.

— Когда-нибудь, не сейчас.

— Хорошо. Я никому не скажу. Ана, я так тебя люблю, как сестру. Просто я подумала... Я не знала, что и думать. Извини. Если ты счастлива, то и я тоже.

Она смотрит на Кристиана и повторяет свои извинения. Он кивает ей, но в его глазах остается лед, а выражение лица не меняется. Эге, он до сих пор злится.

— Мне правда жалко, что так получилось. Ты права, не мое это дело, — шепчет она.

Раздается стук в дверь. Мы с Кейт вздрагиваем и перестаем обниматься. В комнату заглядывает Грейс.

— Все в порядке, милый? — спрашивает она у Кристиана.

— Все в порядке, миссис Грей, — немедленно говорит Кейт.

— Нормально, мам, — вторит Кристиан.

— Хорошо. — Грейс входит. — Тогда, если вы не возражаете, я обниму своего сына и поздравлю с днем рождения.

Она радостно улыбается нам обоим. Он крепко обнимает мать и немедленно оттаивает.

— С днем рождения, дорогой, — закрыв глаза, нежно говорит она в его объятиях. — Я так рада, что ты по-прежнему с нами.

— Мама, у меня все хорошо, — говорит с улыбкой Кристиан. Она отстраняется, внимательно глядит на него и усмехается.

— Я так рада за тебя, — говорит она и гладит его по лицу.

Он одаривает Грейс своей улыбкой в тысячу мегаватт.

Она знает!.. Когда он ей сказал?..

— Ну, детки, если вы закончили ваш тет-а-тет, пойдемте. Там собралось много народу. Они хотят убедиться, Кристиан, что ты в самом деле цел и невредим, и поздравить тебя с днем рождения.

— Я сейчас приду.

Грейс с тревогой глядит на нас с Кейт; наши улыбки, кажется, ее успокаивают. Она кивает мне и держит для нас дверь. Кристиан подает мне руку, и я берусь за нее.

— Кристиан, я искренне прошу прощения, — смиренно говорит Кейт. Смиренная Кейт — это нечто невероятное. Кристиан кивает ей, и мы выходим в коридор.

Я с беспокойством смотрю на Кристиана.

— Твоя мама знает про нас?

— Да.

— Надо же!

Подумать только, что наш вечер могла испортить упорная мисс Кавана. Я содрогаюсь при мысли о том, что всем станут известны отклонения в стиле жизни Кристиана.

— Что ж, начало вечера получилось интересным. — Я мило улыбаюсь ему. Он смотрит на меня с высоты своего роста — к нему вернулся его добродушный взгляд. Слава богу.

— Как всегда, мисс Стил, вы недооцениваете ситуацию.

Он подносит мою руку к губам и целует мои пальцы, когда мы входим в гостиную под внезапный оглушительный взрыв аплодисментов.

Ничего себе!.. Сколько же там народу?

Я быстро обвожу взглядом гостиную: все Греи, Итан с Миа, доктор Флинн с женой, как я догадываюсь. Там и Мак с катамарана, и высокий, симпатичный афроамериканец, помню, я видела его в офисе Кристиана в первый день нашего знакомства, и противная Лили, подружка Миа; двух женщин я вообще не знаю, а еще... ой, нет. У меня обрывается сердце. Эта женщина... миссис Робинсон.

Материализуется Гретхен, держа поднос с шампанским. На ней черное платье с низким вырезом, вместо хвостиков ее волосы зачесаны наверх. При виде Кристиана она млеет и хлопает ресницами. Аплодисменты смолкают; Кристиан сжимает мою руку; все взоры устремлены на него.

— Спасибо всем. Оказывается, мне очень приятно и необходимо ваше внимание.

Он хватает с подноса два шампанских и мельком одаривает Гретхен улыбкой. По-моему, от этого она либо испарится, либо шлепнется в обморок. Один бокал он дает мне.

Кристиан поднимает свой бокал, глядя на собравшихся, и тотчас все устремляются к нему. Впереди всех — ведьма в черном. Она вообще носит другой цвет?

— Кристиан, я так волновалась. — Элена быстро обнимает его и целует в обе щеки. Он не отпускает меня, как я ни пытаюсь выдернуть руку.

— У меня все в порядке, Элена, — холодно бормочет он.

— Почему ты не позвонил мне? — В ее мольбе я слышу отчаяние, ее глаза с волнением вглядываются в его лицо.

— Я был занят.

— Ты не получал мои письма?

Кристиан неловко мнется и обнимает меня за плечи. На его лице бесстрастная маска. Она больше не может меня игнорировать.

— Ана, — бросает она с вежливым кивком. — Дорогая, ты отлично выглядишь.

— Элена, — воркую я в ответ. — Благодарю.

Я ловлю на себе взгляд Гретхен. Она хмуро уставилась на нас.

— Элена, я должен кое-что объявить, — говорит Кристиан, бесстрастно глядя на нее.

Ее чистые голубые глаза заволакиваются туманом.

— Да, конечно. — Она фальшиво улыбается и делает шаг назад.

— Прошу внимания, — кричит Кристиан. Несколько мгновений он ждет, когда в гостиной уляжется шум.

— Спасибо вам, что пришли сегодня сюда. Признаться, я ожидал, что будет спокойный семейный ужин. Для меня это приятная неожиданность.

Он выразительно смотрит на Миа, а та усмехается и тихонько машет ему рукой. Кристиан укоризненно качает головой и продолжает.

— Вчера мы с Рос... — Он поворачивается к рыжеволосой особе, стоящей рядом с маленькой подвижной блондинкой, — чуть не отправились к праотцам.

А, это та самая Рос, которая с ним работает. Она улыбается и поднимает выше свой бокал. Он кивает в ответ.

— Поэтому я особенно рад, что стою сейчас перед вами и могу поделиться радостной новостью. Эта прекрасная девушка, — он смотрит на меня с высоты своего роста, — мисс Анастейша Роуз Стил, согласилась стать моей женой, и я хочу, чтобы все вы первыми узнали об этом.

Следуют всеобщий удивленный вздох, странное оживление и взрыв аплодисментов! Господи, это действительно случилось! Мне кажется, что я такая красная, что могу состязаться по цвету с платьем Кейт. Кристиан берет меня за подбородок и быстро целует.

— Скоро ты будешь моей.

— Я уже твоя, — шепчу я.

— Будешь моей законной, — одними губами произносит
он и лукаво подмигивает.

Лили, стоящая возле Миа, кажется убитой; у Гретхен
такое лицо, будто она съела что-то горькое и неприятное.
Оглядывая с беспокойством собравшуюся толпу, я вижу
Элену. У нее отвисла челюсть. Она изумлена, даже в ужасе; при виде ее шока я невольно испытываю легкое удовлетворение. И вообще, на хрена она сюда притащилась?

Каррик и Грейс прерывают мои недобрые мысли, и вот
меня уже обнимает, целует и передает по кругу все семей-
ство Грей.

— Ах, Ана, я в восторге, что ты войдешь в нашу семью, — горячо говорит Грейс. — Кристиан так переменился... Он такой счастливый. Я невероятно благодарна тебе.

Я смущаюсь от такого потока благодарности, но в душе
тоже счастлива.

— Где же кольцо? — восклицает Миа, обнимая меня.

— Э-э-э...

Кольцо!.. Господи... Я и не подумала о кольце. Я оглядываюсь на Кристиана.

— Мы хотим выбрать вместе... — Кристиан сердито
сверкает глазами.

— Да не гляди на меня так, Грей! — с упреком восклицает Миа и бросается ему на шею. — Я так счастлива за
тебя, Кристиан.

Она единственная из всех, кого я знаю, не робеет под
гневным взглядом Кристиана. Вероятно, привыкла. Я-то
до сих пор пугаюсь.

— Когда свадьба? Вы уже назначили дату? — пристает она.
Он качает головой в явном отчаянии.

— Не знаю, нет, не назначили. Нам с Аной еще нужно
все обсудить, — раздраженно бурчит он.

— Надеюсь, вы закатите грандиозную свадьбу! — с энтузиазмом восклицает Миа, игнорируя его брюзжание.

— Пожалуй, мы улетим завтра в Вегас, — огрызается он
и получает в ответ недовольно выпяченные губы и сдвину-
тые брови Миа Грей.

Закатив от досады глаза, Кристиан поворачивается к Элиоту. Тот обнимает его по-медвежьи во второй раз за последнее время и хлопает по спине.

— Будь счастлив!

Гостиная бурлит от восторга. Вскоре мы с Кристианом принимаем поздравления от доктора Флинна.

Рядом с Флинном стоит яркая молодая женщина с длинными, темными, почти черными волосами и привлекательными газельими глазами; у нее — глубокое декольте.

— Кристиан, поздравляю, — говорит Флинн, протягивая руку. Кристиан радостно трясет ее.

— Джон. Райан! — Он целует брюнетку в щеку. Она изящная и очень хорошенькая.

— Рад, что ты по-прежнему с нами, Кристиан. Без тебя моя жена увяла бы и превратилась в скупую каргу.

Кристиан усмехается.

— Джон! — с упреком восклицает брюнетка.

— Райан, это Анастейша, моя невеста. Ана, это жена Джона.

— Рада познакомиться с женщиной, которая наконец-то пленила сердце Кристиана, — любезно улыбается Райан.

— Спасибо, — лепечу я, опять смутившись.

— Кристиан, хорошую рыбку ты словил. — Доктор Флинн качает головой с шутливым удивлением. Кристиан хмурится.

— Джон, оставь свои простонародные словечки, — возмущается Райан. — Поздравляем с днем рождения, Кристиан, а вас обоих — с помолвкой. Какой чудесный подарок ко дню рождения. — Она широко улыбается мне.

Я не понимаю, почему сюда пришли доктор Флинн или Элена. Это для меня шок. Я ломаю голову, что мне спросить у доктора, но потом понимаю, что вечеринка по случаю дня рождения — не самое подходящее время для психиатрической консультации.

Несколько минут мы беседуем. Райан сидит дома с двумя маленькими сыновьями. Как я понимаю, именно из-за нее доктор Флинн ведет практику в Штатах.

— У нее все неплохо, Кристиан. Она нормально проходит курс. Еще пара недель, и мы перейдем на амбулаторное лечение. — Доктор Флинн и Кристиан негромко переговариваются, я невольно прислушиваюсь к ним и довольно рассеянно беседую с Райан.

— ... Так что сейчас у меня на уме памперсы и игрушки...

— Должно быть, у вас уходят на это все силы, — лепечу я, снова слушая мило улыбающуюся Райан. Я знаю, что Кристиан и Флинн обсуждают Лейлу.

— Спроси ее обо мне, — говорит Кристиан.

— Так чем вы занимаетесь, Анастейша?

— Зовите меня Ана. Я работаю в издательстве.

Кристиан и Флинн понижают голос; какая досада. Но они умолкают, когда к ним подходят две женщины — Рос и бойкая блондинка Гвен, которую Кристиан представляет нам как партнершу Рос.

Рос очаровательна. Вскоре я узнаю, что они живут буквально напротив «Эскалы». Она рассыпается в похвалах по поводу летного мастерства Кристиана. Она впервые летала на «Чарли Танго» и заявляет, что без всяких колебаний полетит еще раз. Она из тех немногих женщин, известных мне, кто не влюблен в него... ну, по очевидной причине.

Гвен — хохотушка со своеобразным чувством юмора. Кристиан непринужденно держится с обеими. Он хорошо их знает. Они не говорят о делах, но я догадываюсь, что Рос — прекрасный специалист и без труда способна с ним сработаться. Еще у нее замечательный смех — громкий, горловой смех заядлого курильщика.

Грейс прерывает нашу неторопливую беседу сообщением, что нас ждет фуршет. Гости не спеша направляются в заднюю часть дома.

Миа перехватывает меня в коридоре. В бледно-розовом платье, пышном, как у куклы, и на высоченных каблуках она парит надо мной, словно фея с рождественской елки, с двумя коктейльными бокалами.

— Ана, — заговорщицки шепчет она. Я оглядываюсь на Кристиана, он отпускает меня — мол, ступай-все-равно-от-нее-не-отвяжешься, — и мы ныряем в столовую.

— Вот, — с озорным задором говорит Миа. — Папин мартини с лимоном — гораздо приятнее, чем шампанское.

Она сует мне в руку бокал и с волнением смотрит, как я нерешительно отпиваю глоток.

— Хм-м... восхитительно. Но крепко.

Чего ей нужно? Может, она пытается меня напоить?..

— Ана, мне нужен совет. И я не могу спросить Лили — она так категорична во всем. — Миа закатывает глаза, потом усмехается. — Она так ревнует к тебе. Кажется, она втайне надеялась когда-нибудь соблазнить Кристиана. — Миа весело хохочет над такой нелепой мечтой, а я внутренне содрогаюсь.

Ведь с этим мне придется иметь дело очень-очень долго — с другими женщинами, желающими завладеть моим мужем. Я прогоняю от себя неприятную мысль и, чтобы отвлечься, использую подручное средство — делаю еще один глоток мартини.

— Попробую тебе помочь. Выкладывай.

— Как ты знаешь, мы с Итаном недавно познакомились, благодаря тебе. — Она лучезарно улыбается.

— Да. — Куда она клонит, черт побери?

— Ана, он не хочет встречаться со мной. — Она надувает губы и смотрит на меня исподлобья.

— Да ну? — Я изображаю удивление, а сама думаю: может, ты ему просто не нравишься?

— Слушай, все как-то нелепо. Он не хочет встречаться со мной, потому что его сестра встречается с моим братом. Понимаешь, он считает, что это похоже на инцест. Но я ведь знаю, что нравлюсь ему. Что мне делать?

— А, понятно, — бормочу я, пытаясь выиграть время. Что я могу сказать? — А ты можешь не торопиться какое-то время, чтобы вы были просто друзьями? Ведь вы только что встретились.

Она удивленно поднимает брови.

— Слушай, я понимаю, что я и сама только недавно познакомилась с Кристианом, но... — Я хмурюсь, не зная и сама, что хочу сказать. — Миа, это решать только тебе и Итану. Я бы посоветовала тебе выбрать дорожку дружбы.

Миа усмехается.

— Ты переняла эту интонацию у Кристиана.

Я смущаюсь.

— А вообще, если хочешь совета, спроси его у Кейт. Уж она-то лучше всех знает своего брата.

— Ты так думаешь? — спрашивает Миа.

— Да. — Я ободряюще улыбаюсь.

— Отлично. Спасибо, Ана. — Она снова обнимает меня и мчится к двери — радостно и внушительно, учитывая ее высоченные каблуки.

Я не сомневаюсь, что теперь она спикирует на Кейт. Я делаю еще один глоток мартини и иду за ней, но...

В столовую стремительно врывается Элена. На ее лице я вижу угрюмую решимость. Она спокойно закрывает дверь и хмуро глядит на меня.

Ох, и ни фига себе!..

— Ана!.. — усмехается она.

Я собираю все свое самообладание (от двух бокалов шампанского и убойного коктейля, который держу в руке, я слегка захмелела). Вероятно, я побледнела, но тем не менее я призываю на помощь мое подсознание и внутреннюю богиню, чтобы выглядеть предельно спокойной и неуязвимой.

— Элена. — Мой голос звучит тихо, но спокойно — несмотря на пересохшие губы. Почему я так боюсь этой женщины? Чего она хочет сейчас от меня?

— Я готова искренне поздравить тебя, но думаю, что это будет неуместно. — Ее холодные голубые глаза наполнены ненавистью.

— Элена, я не нуждаюсь в твоих поздравлениях. Я удивлена и разочарована, увидев тебя здесь.

Она поднимает брови. Кажется, укол удался.

— Анастейша, я не считала тебя достойной соперницей. Но ты удивляешь меня на каждом шагу.

— А я вообще никак о тебе не думала, — хладнокровно лгу я. Кристиан может мной гордиться. — Теперь извини: у меня много дел, более приятных. Я не хочу тратить на тебя время.

— Не торопись, девочка, — шипит она и загораживает собой дверь. — Что ты затеяла? Как ты решилась женить на себе Кристиана? Ты сильно ошибаешься, если думаешь, что он хоть минуту будет счастлив с тобой.

— Что мы будем делать с Кристианом — не твое дело. — Я растягиваю губы в любезной, полной сарказма усмешке. Она игнорирует меня.

— У него есть особенные потребности — и ты не сможешь их удовлетворить, — злорадно выпаливает она.

— Что ты знаешь о его потребностях? — огрызаюсь я. Во мне вспыхивает негодование, его разжигает адреналин, бушующий в моих жилах. Как смеет эта сучка меня учить? — Ты всего лишь педофилка со сдвинутыми мозгами. Что до меня, так я швырнула бы тебя в седьмой круг ада и удалилась со спокойной душой. Теперь убирайся с моей дороги — или я тебя отшвырну.

— Ты совершаешь большую ошибку, девочка. — Элена машет перед моим носом длинным костлявым пальцем с дорогим маникюром. — Как ты смеешь осуждать наш образ жизни? Ты даже не имеешь представления, куда ты влезаешь. Если ты думаешь, что он будет счастлив с такой серой мышкой, позарившейся на его богатство...

Ну и дрянь!.. Я выплескиваю ей в лицо остатки лимонного мартини.

— Не смей меня учить! — ору я. — Когда ты поймешь: это не твое собачье дело!

Она в ужасе смотрит на меня, вытирая с лица липкую жидкость. Я жду, что она бросится на меня, но тут, едва не сбив ее с ног, открывается дверь.

Появляется Кристиан. Ему достаточно наносекунды, чтобы оценить ситуацию — я, трясущаяся, с пепельным лицом; она, мокрая, вне себя от ярости. Его милое лицо темнеет и искажается от гнева, когда он встает между нами.

— Элена, мать твою, что ты тут вытворяешь? — грозно спрашивает он ледяным тоном.

Она с мольбой глядит на него и шепчет:

— Она тебе не пара, Кристиан.

— Что? — орет он, глядя на нас обеих. Я не вижу его лица, но все его тело напряглось и излучает враждебность. — Откуда ты знаешь, мать твою, что для меня хорошо, а что нет?

— У тебя есть особенные потребности, Кристиан, — ласково говорит она.

— Я уже говорил тебе: не твое это дело, — ревет он.

Вот черт, Очень Злой Кристиан показывает свое вовсе-не-безобразное лицо. Люди услышат...

— Ах, вот оно что, — насмешливо продолжает он. — Ты считаешь, что только ты мне подходишь? И больше никто?

Теперь его голос звучит мягче, но он полон презрения. Внезапно мне хочется уйти. Я не хочу быть свидетельницей их интимного поединка. Я чувствую себя лишней. Но ноги меня не слушаются.

Элена тяжело вздыхает и, кажется, собирает все свои силы. Меняется ее осанка, теперь в ней больше властности. Она делает шаг к нему.

— Я была лучшим, что когда-либо случалось с тобой, — надменно шипит она. — Ты погляди на себя, какой ты теперь. Один из богатейших и самый успешный предприниматель в Штатах — ты хозяин своего мира, ни в чем не нуждаешься.

Он пораженно пятится от нее и недоверчиво щурится.

— Тебе это нравилось, Кристиан, не обманывай себя. Ты шел по пути саморазрушения, а я спасла тебя от этого, спасла от жизни за решеткой. Поверь, мой мальчик, именно там ты бы и оказался. Это я научила тебя всему, что ты знаешь, всему, что тебе нужно.

Кристиан бледнеет и в ужасе глядит на нее. Когда он заговаривает, его голос звучит тихо и недоверчиво:

— Ты научила меня трахаться, Элена. Но это все пустое, как и ты сама. Неудивительно, что Линк тебя бросил.

Я чувствую вкус желчи во рту. Я не хочу быть здесь. Но я застыла на месте и теперь завороженно смотрю, как они обвиняют друг друга.

— Ты никогда не удерживала меня, — шепчет Кристиан. — Ты никогда не говорила мне, что любишь меня.

Она суживает глаза.

— Любовь — это для дураков, Кристиан.

— Вон из моего дома.

Мы ошеломлены суровым, яростным голосом Грейс. Три головы поворачиваются к дверям, где стоит мать Кристиана. Сверкая глазами, она смотрит на Элену, и та бледнеет под своим загаром а-ля Сен-Тропез.

Мне кажется, время останавливается; мы все задерживаем дыхание, а Грейс спокойно входит в комнату. В ее глазах пылает гнев, она ни на секунду не отрывает их от Элены, пока не останавливается перед ней. В глазах Элены вспыхивает тревога. Грейс с силой ударяет ее по лицу, и звук удара эхом отражается от стен столовой.

— Убери свои грязные когти от моего сына, ты, шлюха, и убирайся из моего дома — немедленно! — шипит Грейс сквозь стиснутые зубы.

Элена держится за покрасневшую щеку и какое-то время с ужасом глядит на Грейс. Потом выскакивает из комнаты, не потрудившись закрыть за собой дверь.

Грейс медленно поворачивается к Кристиану, и напряженное молчание ложится на нас толстым одеялом: Кристиан и Грейс глядят друг на друга. Через некоторое время Грейс говорит мне:

— Ана, прежде чем я передам тебе моего сына, ты не возражаешь, если я поговорю с ним наедине пару минут? — Ее голос звучит спокойно, хрипловато и ужасно властно.

— Конечно, — шепчу я и поскорее выхожу из комнаты, тревожно оглянувшись через плечо. Но никто не смотрит на меня. Они продолжают глядеть друг на друга в своем безмолвном общении.

В коридоре я мгновенно теряюсь. Мое сердце лихорадочно бьется, а кровь бурлит... Из глубины поднимается паника. Черт побери, это было тяжко, и теперь Грейс многое известно. Я не знаю, что она собирается сказать Кристиану. Я понимаю, что это неправильно, но я прижимаюсь к двери и пытаюсь подслушивать.

— Как долго это было, Кристиан? — Голос Грейс звучит совсем тихо, я еле слышу.

Его ответ не слышен совсем.

— Сколько тебе было лет? — Она спрашивает это настойчивее. — Скажи мне, сколько тебе было лет, когда все это началось? — И снова я не слышу Кристиана.

— Все нормально, Ана?

Ко мне обращается Рос.

— Да. Нормально. Спасибо, я...

— Я хочу взять мою сумочку. Мне нужна сигарета.

В какой-то момент я подумываю, не присоединиться ли к ней.

— Я пойду в ванную.

Мне требуется собраться с духом, разобраться со своими мыслями и обдумать все, что я видела и слышала. Наверху — самое безопасное место для уединения. Я наблюдаю, как Рос заходит в гостиную, и мгновенно взлетаю на второй этаж, потом на третий. Там есть единственное место, где мне хочется оказаться.

Я открываю дверь в детскую Кристиана и со вздохом облегчения закрываю ее за собой. Иду к его кровати, падаю на нее и гляжу в белый потолок.

Черт побери... Это была, несомненно, одна из самых суровых стычек, которые когда-либо выпадали на мою долю, и теперь я онемела. Жених и его бывшая любовница — никакой невесте не пожелаю увидеть такое. Вместе с тем я даже рада, что она проявила свою истинную сущность и что я стала свидетельницей этого.

Мои мысли возвращаются к Грейс. Бедная Грейс, она все это слышала! Я сжимаю одну из подушек Кристиана. Вероятно, она слышала, что у Кристиана и Элены была связь — но не подозревает о ее природе. Ну, и слава богу! Из меня вырывается стон.

Что я делаю? Может, эта ведьма и права.

Нет, я отказываюсь этому верить. Она такая жестокая и расчетливая. Я качаю головой. Она ошибается. Я подхожу Кристиану. Я — то, что ему нужно. И в минуту поразительной ясности я не спрашиваю, *как* он жил до сих пор, я спрашиваю, *почему* он так жил. Я хочу знать причины, по которым он делал то, что делал, бесчисленным женщинам — я даже не хочу знать их количество. С вопросом «как» все в порядке. Все они были взрослыми и — как это сформулировал Флинн? — делали это безопасно, в здравом уме и по обоюдному согласию. А вот с «почему» все не так просто.

«Почему» было ошибочным. «Почему» исходило от его тьмы.

Я закрываю глаза и загораживаю их рукой. Но теперь он двинулся вперед, оставил все позади, и мы оба с ним вышли на свет. Я очарована им, он — мной. Мы можем вести друг друга. Тут мне приходит на ум одна мысль. Черт! Сверлящая, тайная мысль: сейчас я нахожусь там, где могу покончить с этим призраком. Я стремительно сажусь. Да, я должна это сделать.

Я встаю на ноги, сбрасываю туфли, иду к его столу и смотрю на висящую над ним доску. Там по-прежнему висят фотографии юного Кристиана, ставшие еще более интересными для меня, теперь, когда я вспоминаю спектакль, свидетелем которого только что стала, — перепалку с миссис Робинсон. А в углу — маленькое черно-белое фото: его родная мать, дешевая проститутка.

Я включаю настольную лампу и направляю свет на фото. Я даже не знаю ее имени. Она так похожа на него, но моложе и грустнее; глядя на ее горестное лицо, я чувствую лишь сострадание. Я пытаюсь отыскать сходство между ее лицом и моим. Я щурюсь, рассматриваю фото вблизи, издалека, но никакого сходства не нахожу. Разве что волосы, но у нее они, кажется, светлее. Мы с ней совсем не похожи. Какое облегчение.

Мое подсознание стоит, скрестив на груди руки, и сердито смотрит поверх очков-половинок. «Зачем ты себя мучаешь? Ведь ты уже дала согласие. Приготовила себе постель». Я хмурюсь в ответ. Да, я это сделала, и рада этому. Я хочу лежать в этой постели вместе с Кристианом до конца своих дней. Моя внутренняя богиня сидит в позе лотоса и безмятежно улыбается. Да. Я приняла правильное решение.

Надо найти Кристиана — он будет волноваться. Я надеюсь, что они с Грейс уже поговорили. Не представляю, сколько времени я пробыла в этой комнате; еще подумает, что я сбежала. Меня охватывает ужас при мысли, какой может быть его паническая реакция.

Я встречаю Кристиана, когда он взбегает по лестнице на второй этаж в поисках меня. У него напряженное и встревоженное лицо — это не тот беззаботный красавец, с которым я приехала сюда. Я замираю на площадке, а он — на верхней ступеньке; мы смотрим в глаза друг другу.

— Привет, — осторожно говорит он.

— Привет, — отвечаю я.

— Я волновался...

— Знаю, — прерываю я его. — Извини — я не могла смотреть на праздничное веселье. Мне надо было уйти куда-нибудь. Подумать.

Протянув руку, я глажу его по щеке. Он закрывает глаза и утыкается носом в мою ладонь.

— И ты решила, что лучше всего это сделать в моей комнате?

— Да.

Он берет меня за руку и тянет в свои объятия; я охотно подчиняюсь ему, ведь это мое самое любимое место в целом мире. Он пахнет свежим бельем, гелем для душа и Кристианом — это самый успокаивающий и возбуждающий запах на свете. А он прижался щекой к моим волосам и вдыхает их запах.

— Прости, что тебе пришлось выдержать все это. — Он виновато улыбается.

— Ты не виноват, Кристиан. Почему она оказалась здесь?

— Она друг семьи.

Я воздерживаюсь от комментариев.

— Больше не друг семьи. А как твоя мама?

— Мама сейчас чертовски зла на меня. Я ужасно рад, что ты здесь и что это произошло в середине вечеринки. Иначе я, может, и не перенес бы этого.

— Так тебе плохо, да?

Он кивает, глаза серьезные, и я чувствую, что он удивлен такой реакцией.

— Ты осуждаешь ее? — Я говорю спокойно, ласково.

Он крепко обнимает меня и, кажется, не находит что ответить.

Наконец, отрицательно качает головой.

Эге! Прорыв!..

— Давай посидим? — прошу я.

— Конечно. Здесь?

Я киваю, и мы садимся на ступеньки.

— Так что ты чувствуешь? — спрашиваю я, с беспокойством сжимаю его руку и гляжу в печальное, серьезное лицо.

Он вздыхает.

— Я чувствую себя освободившимся.

Он пожимает плечами, потом улыбается своей великолепной, беззаботной улыбкой. Опасения и стресс от недавних событий канули в прошлое.

— Правда? — радуюсь я. Боже, да я проползу по битому стеклу ради этой улыбки!

— Наши деловые контакты закончены. Все.

Я хмурюсь.

— Ты собираешься ликвидировать салоны?

Он фыркает.

— Я не такой мстительный, Анастейша. Нет, я подарю их ей. Ведь я многим ей обязан. В понедельник я поговорю со своим юристом.

Я вопросительно поднимаю брови.

— И больше никакой миссис Робинсон?

Он кривит губы в усмешке и качает головой.

— Все позади.

— Мне жаль, что ты потерял друга.

Он пожимает плечами, потом ухмыляется.

— Тебе в самом деле жалко?

— Нет, — смущенно признаюсь я.

— Пошли. — Он встает и протягивает мне руку. — Поучаствуем в вечеринке, устроенной в нашу честь. Может, я даже напьюсь.

— Ты напиваешься? — спрашиваю я, беря его за руку.

— Нет. Я пьянствовал только в юности, когда был буйным подростком.

Мы спускаемся по лестнице.

— Ты что-нибудь ела? — спохватывается он.

Ой.

— Нет.

— Ну, тебе надо поесть. Судя по виду Элены и по исходившему от нее запаху, ты плеснула в нее одним из убойных коктейлей моего отца.

Он поворачивает ко мне лицо и пытается убрать с него свое веселое удивление. Не получается.

— Кристиан, я...

Он поднимает кверху ладонь.

— Не спорь, Анастейша. Если ты собираешься пить — и плескать спиртным в моих бывших, — тебе необходимо поесть. Это правило номер один. Кажется, мы уже это обсуждали после нашей первой ночи, проведенной вместе.

О да. «Хитман».

Когда мы идем по коридору, он останавливается и ласково проводит пальцами по моей щеке.

— Я долго лежал без сна и смотрел на тебя спящую, — говорит он. — Наверное, я уже любил тебя даже тогда.

О...

Он наклоняется и ласково целует меня, и тут я таю и напряжение последних часов постепенно уходит из моего тела.

— Поешь, — шепчет он.

— Ладно, — соглашаюсь я, потому что сейчас я готова сделать для него что угодно. Взяв меня за руку, он ведет меня на кухню, где вечеринка в полном разгаре.

— Доброй ночи, Джон, Райан.

— Еще раз поздравляем, Ана. У вас все будет хорошо. — Доктор Флинн прощается с нами. Мы вышли в вестибюль и провожаем его и Райан.

— Доброй ночи.

Кристиан закрывает дверь и качает головой. Потом смотрит на меня, и в его глазах внезапно вспыхивает восторг.

Что такое?..

— Осталась только наша семья. Кажется, мама выпила слишком много.

Грейс поет в гостиной караоке. Кейт и Миа спорят с ней на деньги.

— Ты ее осуждаешь? — Я смеюсь, стараясь сохранить между нами веселый настрой. Получается.

— Вы смеетесь надо мной, мисс Стил?

— Да.

— День получился напряженным.

— Кристиан, еще недавно каждый день, проведенный с тобой, был напряженным, — сардонически парирую я.

Он качает головой.

— Справедливое замечание, вовремя сделанное, мисс Стил. Пойдем — я хочу показать тебе кое-что.

Взяв меня за руку, он ведет меня через дом на кухню, где Каррик, Итан и Элиот обсуждают «Маринерс», допивают коктейли и доедают остатки угощений.

— Прогуляться решили? — с намеком интересуется Элиот, когда мы проходим через французские двери. Кристиан игнорирует его. Каррик хмурится на Элиота и с молчаливым упреком качает головой.

Мы поднимаемся по ступенькам на лужайку. Я снимаю туфли. Над заливом ярко светит месяц, отбрасывая на воду мириады оттенков серого. Вдали мерцают огни Сиэтла.

В лодочном сарае горят огни, их свет кажется теплым в холодном сиянии луны.

— Кристиан, я хочу пойти завтра в церковь.

— Да?

— Я молилась, чтобы ты вернулся живым, и ты вернулся. Единственное, что я могла тогда сделать.

— Хорошо.

Мы какое-то время бродим, держась за руки, и молчим. Потом я вспоминаю одну вещь.

— Куда ты денешь мои фотографии, которые снял Хосе?

— Я подумал, что мы повесим их в новом доме.

— Ты его купил?

Он останавливается и с беспокойством говорит:

— Да. Мне показалось, что там тебе понравилось.

— Угу. Когда ты купил его?

— Вчера утром. Теперь нам надо решить, что с ним делать.

— Только не сноси его, пожалуйста. Такой милый дом. Ему требуется лишь заботливый уход.

Кристиан смотрит на меня и улыбается.

— Ладно. Я поговорю с Элиотом. Он знает хорошего архитектора, тот кое-что делал в моем доме в Аспене. Возможно, он кое-что смыслит и в реконструкции домов.

Внезапно я вспоминаю, как мы в последний раз шли через лужайку к лодочному сараю. Тогда тоже светила луна. Ой, может, именно туда мы и направляемся? Я хмыкаю.

— Что?

— Я вспомнила, как ты в прошлый раз водил меня в лодочный сарай.

Кристиан посмеивается.

— Да, это было забавно. Вообще-то...

Внезапно он останавливается и закидывает меня на плечо. Я визжу, хотя идти нам недалеко.

— Насколько мне помнится, ты очень злился.

— Анастейша, я всегда очень злюсь.

— Нет, не всегда.

Он шлепает меня по заду и останавливается перед деревянной дверью. Опускает на землю и сжимает руками мою голову.

— Верно, я больше не злюсь.

Наклонившись, он крепко целует меня. Когда поцелуй заканчивается, я еле дышу, а мое тело наполнено желанием.

Он глядит на меня, и в узкой полоске света, падающей из домика, я вижу его озабоченность. Мой озабоченный мужчина, не светлый и не темный рыцарь, а просто мужчина — красивый, не-совсем-уж-порочный мужчина, которого я люблю. Я протягиваю руку и ласкаю его лицо, запускаю пальцы в волосы, провожу ладонью по щеке, потом мой указательный палец касается его губ. Он успокаивается.

— Я хочу кое-что показать тебе там, внутри, — говорит он и открывает дверь.

Жесткий свет флуоресцентных ламп освещает моторный катер внушительных размеров. Он мягко покачивается на темной воде. Возле него уместилась еще и гребная лодка.

— Пойдем.

Кристиан берет меня за руку и ведет наверх по деревянным ступеням. Там он распахивает дверь и отходит в сторону, пропуская меня вперед.

От удивления у меня отвисает челюсть. Чердак не узнать. Он полон цветов... цветы повсюду. Кто-то создал волшебный будуар, где соединились красота цветущего луга, рождественские огни и миниатюрные фонарики, льющие нежный свет.

Я поворачиваю голову к Кристиану. Он глядит на меня с непонятным выражением лица.

— Ты ведь хотела сердечек и цветочков, — бормочет он, пожимая плечами.

Я стою и не верю своим глазам.

— Сердце — у меня в груди... — Тут он плавно машет рукой в сторону комнаты.

— ... а цветы вот тут, — шепчу я, договаривая за него фразу. — Кристиан, это прекрасно.

Я не знаю, что еще сказать. У меня бешено колотится сердце, а на глаза навернулись слезы.

Он тянет меня в комнату и, прежде чем я успеваю опомниться, встает передо мной на одно колено. Мамочки, такого я не ожидала!..

Из внутреннего кармана пиджака он достает кольцо и смотрит на меня снизу вверх. Сейчас его глаза ярко-серые, в них целая гамма чувств.

— Анастейша Стил, я люблю тебя. Я обещаю любить и защищать тебя до конца своих дней. Будь моей. Навсегда. Раздели со мной мою жизнь. Выходи за меня замуж.

Я смотрю на него сквозь слезы. Мой мужчина, со всеми его оттенками. Я очень сильно его люблю. Меня захлестывает волна эмоций, и я говорю лишь одно краткое слово:

— Да.

Он с облегчением улыбается и медленно надевает кольцо мне на палец. Оно красивое — овальный бриллиант в платиновом кольце. Ого, какое большое... Большое, но простое и потрясающее в своей простоте.

— О Кристиан!

Я рыдаю, внезапно охваченная радостью, и тоже опускаюсь на колени рядом с ним. Погружаю пальцы в его волосы и целую, целую его от всего сердца, от всей души. Я целую этого красивого мужчину, который любит меня так же сильно, как люблю его я. Он обнимает меня, его пальцы тянутся к моим волосам, а губы накрывают мои. Глубоко в душе я знаю, что всегда буду принадлежать ему, а он всегда будет мой. Мы с ним уже прошли часть трудного пути, впереди у нас еще много преград, но мы созданы друг для друга. Мы обречены быть вместе.

В темноте ярко вспыхивает огонек сигареты. Мужчина сильно затягивается и долго выдыхает дым. Выпускает в воздух два кольца, которые тают в лунном свете, словно бледные призраки. Ему скучно, он ерзает, отхлебывает дешевый бурбон из бутылки, завернутой в бумажный пакет, потом опять зажимает сверток коленями.

Ему до сих пор не верится в такое везение: он напал на след. Он зловеще усмехается. С вертолетом все получилось быстро и решительно. Пожалуй, в его жизни еще не было таких смелых поступков. Но, увы — в конце его ждала неудача. Он усмехается. Кто бы мог подумать, что этот говнюк действительно умеет летать на вертаке?

Он раздраженно фыркает.

Они его недооценивают. Если бы Грей хоть на минуту задумался, на кого он попер, то с воплями убежал бы в кусты, ведь этот хрен не знает ни черта.

Вот так всю жизнь. Люди постоянно его недооценивают: мол, просто парень, читающий книжки. А вот хрен вам! Парень с фотографической памятью, читающий книжки. Да сколько он узнал из них, сколько он вообще знает... Он снова фыркает. Да-да, и о тебе тоже, Грей. Я многое знаю о тебе...

Не слабо для парня из детройтских трущоб.

Не слабо для парня, который получил грант на учебу в Принстоне.

Не слабо для парня, который, не отрывая задницы, учился в колледже и успешно работал в издательском деле.

И вот теперь все пошло к чертям собачьим из-за Грея и его маленькой сучки...

Он злобно глядит на дом, словно в нем воплощено все, что он презирает. Но тут даже и делать-то нечего, все прошло гладко. Единственной проблемой оказалась телка в черном — проковыляла, вся в слезах, от дома, залезла в белый «мерс-SLK» и отвалила с ветерком.

Он невесело ухмыляется, потом морщится. Черт, его ребра. До сих пор болят после быков Грея.

Он вспоминает неприятную сцену. «Если ты, мать твою, хоть пальцем дотронешься до мисс Стил, я тебя прикончу».

Тот ублюдок тоже получит свое. Да-да, получит то, что ему причитается.

Он устраивается удобнее. Похоже, ночь будет долгой... Но он останется, будет наблюдать и ждать. Он снова глубоко затягивается красным «Мальборо». Его время придет. Очень скоро.

Оглавление

Литературно-художественное издание

ЭРИКА ДЖЕЙМС. МИРОВОЕ ПРИЗНАНИЕ

Э Л Джеймс

НА ПЯТЬДЕСЯТ ОТТЕНКОВ ТЕМНЕЕ

Ответственный редактор *Ю. Раутборт*
Редактор *В. Зайцева*
Младший редактор *А. Черташ*
Художественный редактор *Д. Сазонов*
Технический редактор *О. Лёвкин*
Компьютерная верстка *Г. Клочкова*
Корректор *Т. Кузьменко*

В оформлении использовано фото:
altrendo images / Stockbyte / Thinkstock/ Fotobank.ru

ООО «Издательство «Эксмо»
123308, Москва, ул. Зорге, д. 1. Тел. 8 (495) 411-68-86,8 (495) 956-39-21.
Home page: **www.eksmo.ru**   E-mail: **info@eksmo.ru**

Өндіруші: «ЭКСМО» АҚБ Баспасы, 123308, Мәскеу, Ресей, Зорге көшесі, 1 үй.
Тел. 8 (495) 411-68-86, 8 (495) 956-39-21
Home page: www.eksmo.ru E-mail: info@eksmo.ru.
Тауар белгісі: «Эксмо»
Қазақстан Республикасында дистрибьютор және өнім бойынша арыз-талаптарды қабылдаушының
өкілі «РДЦ-Алматы» ЖШС, Алматы қ., Домбровский көш., 3«а», литер Б, офис 1.
Тел.: 8(727) 2 51 59 89,90,91,92, факс: 8 (727) 251 58 12 вн. 107; E-mail: RDC-Almaty@eksmo.kz
Өнімнің жарамдылық мерзімі шектелмеген.
Сертификация туралы ақпарат сайтта: www.eksmo.ru/certification

Оптовая торговля книгами «Эксмо»:
ООО «ТД «Эксмо». 142700, Московская обл., Ленинский р-н, г. Видное,
Белокаменное ш., д. 1, многоканальный тел. 411-50-74.
E-mail: **reception@eksmo-sale.ru**

Сведения о подтверждении соответствия издания согласно
законодательству РФ о техническом регулировании можно получить
по адресу: http://eksmo.ru/certification/

Өндірген мемлекет: Ресей
Сертификация қарастырылмаған

Подписано в печать 23.03.2015. Формат 84x108 $^1/_{32}$.
Гарнитура «Светлана». Печать офсетная. Усл. печ. л. 28,56.

Доп. тираж 40000 экз. Заказ 2250.

Отпечатано с готовых файлов заказчика
в АО «Первая Образцовая типография»,
филиал «УЛЬЯНОВСКИЙ ДОМ ПЕЧАТИ»
432980, г. Ульяновск, ул. Гончарова, 14

ИНТЕРНЕТ-МАГАЗИН
shop.eksmo.ru

shop.eksmo.ru

ЭКСМО

ISBN 978-5-699-79191-0

9 785699 791910 >